山东大学中文专刊

孙昌熙文集

第二册

文艺理论研究
鲁迅研究

社会科学文献出版社
SOCIAL SCIENCES ACADEMIC PRESS (CHINA)

本册目录

文艺理论研究

鲁迅研究

文艺理论研究

学习《矛盾论》[*]

——对新现实主义创作方法的体会

毛主席在延安文艺座谈会上的讲话中，关于新现实主义创作方法的基本问题，早已有了明确的指示：

"中国的革命的文学家艺术家，有出息的文学家艺术家，必须到群众中去，必须长期地无条件地全身心地到工农兵群众中去，到火热的斗争中去，到唯一的最广大最丰富的源泉中去，观察、体验、研究、分析一切人，一切阶级，一切群众，一切生动的生活形式和斗争形式，一切自然形态的文学和艺术，然后才有可能进入加工过程即创作过程，这样把原料与生产、把研究过程与创作过程统一起来。"

这就概括说明了革命文艺工作者如何深入到工农兵群众中去，运用马列主义的立场观点方法，认识并掌握实际生活斗争的发展规律，获得主题，直到创造出艺术作品的全部过程。凡是忠实地遵照毛主席这一宝贵指示，去实践创作的革命文艺工作者，都获得了一定成就。最近荣获斯大林奖金的《太阳照在桑干河上》，《暴风骤雨》，《白毛女》，就是具体的典型的证明。

当然，就全国目前的文艺创作来说，还不能适应国家和人民的要求，也还没有很好地完成毛主席所给予我们文艺工作者的巨大任务。相反地，在文艺思想上却表现出相当混乱的情况，诚如《人民日报》纪念毛主席的《在延安文艺座谈会上的讲话》发表

---

[*]　原载《文史哲》1952 年第 5 期。署名孙昌熙、刘泮溪。

十周年的社论中所指出的："首先，也是主要的，是资产阶级思想对于革命文艺的侵蚀，这表现为脱离政治，脱离群众，追求资产阶级的艺术形式，追求小资产阶级的庸俗趣味，在虚伪的化装下，宣传着各种非无产阶级的错误思想以至反动思想。……其次，和上述倾向看来似乎相反，而实际上也是脱离群众脱离生活的，便是文艺创造上的公式化和概念化的倾向。……"以上所说的这两种偏向，都是由于受着资产阶级思想的影响，是和新现实主义的创作方法背道而驰的。这一类作者完全违背了毛主席的指示，脱离政治，脱离生活，脱离实际，脱离群众，不肯深入工农兵群众中间去参加火热的斗争，当然也就不可能认识生活的发展规律，把实际生活中复杂的矛盾和斗争的形象组织起来，集中起来，加以形象化，典型化，造成文学艺术作品，因而就必然地不是歪曲了生活的真实及英雄人物的伟大形象，就是把英雄人物写成抽象的进步符号。

为了贯彻毛主席的文艺方向，开拓新现实主义创作方法的道路，使我们的文艺很好的成为革命机器的一个组成部分，就得与上述两种偏向作坚决的斗争。这除了展开文艺思想上的批评与自我批评而外，最根本的办法，便是深入实际的生活和斗争，学习社会，"要研究社会上的各个阶级，它们的相互关系和个别状况，他们的面貌和他们的心理。"同时更要学习马克思列宁主义和毛泽东思想。而一个文艺工作者学习马列主义和毛泽东思想的主要目的，也是为了改造思想以便更有效地与资产阶级文艺思想展开斗争，更好地学习社会，分析各阶级的相互关系和个别状况，解决新现实主义创作上的问题。

《在延安文艺座谈会上的讲话》，这是毛主席运用马列主义的立场观点方法，来解决中国革命文艺具体问题的一部辉煌的文艺科学的著作，文艺工作者必须认真学习；而《实践论》和《矛盾论》，不但是解决中国革命具体问题，推动中国革命向前发展的一个强有力的思想武器，同时也可作为《在延安文艺座谈会上的讲话》的哲学基础。在这两部经典性的哲学著作中，实质上就已经深入地生动地精辟地解说着毛主席那部文艺科学。《实践论》教我们系统地了解认识世界和改造世界的方法，而与《实践论》相结合的《矛盾论》更给新现实主义的创作方法以无可辩驳的理论根据。对于革命文艺工作者来说，若把其中的精神实质应用到创作实践中来，就更加能够丰富我们的创作理论，更准确有力地实践毛主席的文艺方向。毛主席曾经告诉我们如何"把原料与生产，把研究过程与创作过程统一起来"，通过对这三部经典性的辉煌巨著的学习和实践，问题可以得到根本的解决。

革命所给予我们文艺工作者的迫切任务，是用艺术的形象迅速反映现实的矛盾和斗争，只有忠实地坚决地实践毛泽东文艺方向，学会使用新现实主义的创作方法，这样产生出来的劳动成果，才能"使人民群众惊醒起来，感奋起来，推动人民群众走向团结和斗争，实行改造自己的环境"。而新现实主义首先要求作者表现爱国主义和国际主义的伟大主题。抗美援朝，土地改革，镇压和肃清反革命，和资产阶级的猖狂进攻作斗争，加强国防建设与经济建设，增产节约，广大农民通过互助组、农业生产合作社逐步走向生产集体化，贯彻婚姻法，鼓励与表扬工业、农业、科学发明和创造等一系列的相联系着的伟大革命事业，急需文艺工作者迅速而正确地表现出来，这就是文艺工作者的写作范围，这就是文艺创作的无限广阔而丰富的源泉。

现实生活是复杂多变的，要从复杂多变的现实生活中获得主题，选择题材，也并不是一件简单的事。《矛盾论》中说："这个辩证法的宇宙观，主要地就是教导人们要善于去观察和分析各种事物的矛盾的运动，并根据这种分析，指出解决矛盾的方法。"我们的革命文艺工作者，当着深入到火热的斗争生活中去的时候，如果精通了掌握了《矛盾论》这个思想武器，就晓得怎样"观察、体验、研究、分析一切人，一切阶级，一切群众，一切生动的生活形式和斗争形式"，就懂得如何在广阔而丰富的人民革命斗争生活中，选取最生动最典型最富有教育意义的事件，用它来教育人民，鼓舞人民去为新生活的建设而斗争。

中国人民在长期革命斗争中，经过革命的锻炼和党的教育，日益提高了自己的觉悟，因而就不断涌现出新的人物——在战场上，生产建设中，以及其他各种工作中的英雄模范：战斗英雄，劳动模范，科学发明家，文化战士等等先进人物。文艺既是忠实地表现生活，故事和人物是文艺的要素。而生活的核心就是矛盾和斗争，故事就是这种矛盾和斗争的发展，因而故事的编织就要密切地依据矛盾和斗争的发展过程；人物也就应该是这种矛盾和斗争的各方面有代表性的分子。我们的英雄模范，就是在战斗环境中成长起来，在生活斗争中锻炼出来，并且站在矛盾斗争的最前哨，带动群众，坚持战斗，以推动社会前进的主要力量。（像《原动力》中的老孙头，《平原烈火》中的周铁汉，《铜墙铁壁》中的石得富……）只有这些可敬可爱的人物，才能使我们从悲惨的阴影中解脱出来，走向光明的境地，因而我们的作品首先应该用最大的力量表现他们，把这些人物用艺术的手腕集中组织起来，使之典型化，刻划出他们的伟大精神和优良品质，以之教育人民，作为千百万人的学习榜样。尤其对于共产党员（有不少是英雄模范）那种高度的智慧，那种把国家利益和全体人民利益放在个人利益之上的忘我牺牲精神和英雄形象，更是应该加以集中突出表现的。

"即将死亡的东西，并不甘心死亡，它还要为自己底存在而挣扎。"而英雄人物，他们是代表社会矛盾的前进的方面的，他们也只有团结群众带动群众跟那些即将死亡的东西作过尖锐紧张的斗争之后，才能巩固在现实生活中的立脚点，才能促使矛盾急剧转化，才能掌握住主要的矛盾方面，使各种复杂问题获得正确的解决。当然脱离实际、脱离生活、脱离斗争的追求资产阶级艺术形式，追求小资产阶级的庸俗趣味的"作家们"，以及制造概念化、公式化作品的"作家们"，由于不肯学习社会，不肯学习马列主义毛泽东思想，自然不认识生活的本质是矛盾斗争，他们否认了阶级斗争，甚至取消了冲突，把社会事件看成是孤立的，他们臆造出社会前进的规律是一帆风顺，他们的英雄人物不是被歪曲了就是没有灵魂的，因为他们看不见英雄和群众的血肉关系，看不见个人和社会的密切联系，也就曲解了现实。他们看不见或者故意避免了描写生活的黑暗面，反对触到生活中的落后现象，否认那正在发生着的矛盾——新型人物和那些仍然被种种陈腐的思想感情抓住的人物之间的矛盾。他们有的居然主观地认为新民主主义社会中没有了阶级斗争，因而就出现了为资产阶级捧场的《神龛记》和《祖国在前进》。

　　一个忠于毛泽东文艺方向，有出息的革命文学家艺术家，就应该是一个马克思主义者。他既要以文艺为人民服务，就必须把唯物辩证法运用到革命的实际中去，尤其要把《矛盾论》的方法具体而灵活地运用到创作过程中去。唯物辩证法（矛盾论包括在内）是工人阶级思想和智慧的结晶体，它和资产阶级思想是冲突的，一个满头满脑是资产阶级思想的人，是无法掌握它的，而革命的文学家艺术家，却非学会掌握它不可，否则在创作上就要犯错误。

　　新现代主义创作方法，明确地说就是善于运用唯物辩证法来认识社会，运行创作，也就是毛主席所恳切告诉过我们的"这样把原料与生产，把研究过程与创作过程统一起来"的方法。简单一句话，新现实主义的创作方法就是正确描写现实的方法。就是站在工人阶级立场，运用唯物辩证法，以文艺手腕去反映一个社会或者一个运动的矛盾和斗争，尤其要反映主要矛盾斗争着的两方面的内部矛盾和斗争。对于冲突着斗争着的两方面，尤其要着重反映前进的方面，即最后必然要取得胜利的革命的或正确的一方面，以显示出这种矛盾斗争的发展前途，渗透着对光辉的将来的认识，给人以教育，鼓舞人们为争取美好的将来而斗争。

　　由于现实生活中，各种事物的矛盾有普遍性与特殊性，其普遍性即寓于特殊性之中，而"每一物质的运动形式所具有的特殊的本质，为它自己的特殊性的矛盾所规定"，"不同质的矛盾，只有用不同质的方法才能解决"，因而作品就必然是不能雷同，而是多样化的——故事的多样化和人物的多样化，而且富有典型性代表性。这就说明了为什么同是写伟大的土地改革的作品，却有《太阳照在桑干河上》和《暴风骤雨》的不同；同是以爱国主义为主题的作品，就有马烽的《结婚》和玛拉沁夫的《科尔沁草原上的人们》的不同；同是写抗日战争与解放战争时期人民对敌斗争的英勇故事，就有徐光耀的《平原烈火》，柳青的《铜墙铁壁》……；同是表现中国人民志愿军的爱国主义与国际主义精神的，就有那样多的朝鲜通讯。为了对新现实主义的创作方法有更进一步的了解，试将丁玲同志的《太阳照在桑干河上》这部作品加以分析来作具体说明。

这部荣获斯大林奖金的小说之所以能够在思想性和艺术性上获得相当成就，主要就是作者坚持实践毛主席文艺政策的结果，是作者正确运用了新现实主义创作方法的结果。作者在这部作品中，就她自己观察、分析、研究所得，作了尽可能地客观地叙述与描写。"作者首先分析事物矛盾发展的最初状态，随而一步又一步地，一层又一层地深入暴露现实的一切方面，各个方面的互相交错和互相推移，而达到关于解决矛盾的结论。"作者这一研究过程也正是她的创作过程，她是把研究过程和创作过程统一起来的。

在土地改革运动当中，一般都是农民阶级和地主阶级的对抗矛盾与斗争，但是暖水屯的这两个阶级之间的矛盾，以及其他方面的许多对矛盾，是有其特殊性的。它和其他农村土地改革运动中所存在的矛盾是有所区别的，当然暖水屯的矛盾和斗争也自有其典型性代表性，这也就是丁玲同志选择暖水屯的土地改革运动来作为题材的缘故。她首先具体地分析这里的矛盾的特殊性，等到经过观察、体验、研究、分析，认识了各种矛盾的复杂关系，达到捉住运动发展过程中的主要矛盾以及主要的矛盾方面，掌握了社会发展的方向，预见到运动发展中发生的问题的时候，便根据不同质的矛盾用不同质的方法来解决。于是作者在作品中首先以富裕中农顾涌为线索，特别是以他的家庭和亲戚来开始展开了：暖水屯的复杂的阶级体系；这个村子在土地改革运动过程中的许多对矛盾；各对矛盾之间又互相成为矛盾的复杂关系；以及各种不同方式的斗争。

顾涌的家庭是这样的：大女儿嫁给外村胡泰（富裕中农兼小商人）的儿子，二女儿嫁给地主恶霸钱文贵的儿子钱义作媳妇，一个儿子参军，儿媳妇则是贫农出身，小儿子是青年团员也是一个不坏的村干部。这就充分说明了这个农村中的复杂的阶级关系以及阶级之间的矛盾。不同的阶级之间有矛盾，而同一阶级之间也是有矛盾存在着的。譬如说这村的地主阶级就有两种类型：一种是胆小绝望，在革命的压力下逃亡的地主李子俊，一种则是地主代表阴谋多诈的恶霸地主钱文贵。这两个地主是有矛盾的，不仅在过去李子俊就受着钱文贵的排挤，就是在土地改革斗争的初期，钱文贵也阴谋把农民斗争的主要对象转到李子俊身上。从钱文贵的家庭也可以看出暖水屯中阶级关系的复杂。暖水屯的土地改革斗争是比邻村开始得较晚的，因此钱文贵就预先有了"应变"布置：他一方面把儿子送去参军，同时把一个女儿嫁给村干部治安委员张正典，而他的侄女黑妮很早就与农会主任程仁恋爱，现在他想把她嫁过去。他一方面假作"开明"，另方面，由于土地不多，颇迷惑了土改工作组的干部对于他的阶级成分的划分。他的势力统治着全村，他有许多狗腿子，他暗地里破坏着土改。尽管钱文贵的"应变准备"做得怎样好，用尽了心思转移矛盾斗争的对象，但是作者却指出了钱文贵才真正是农民所要斗争的主要对象，只有打倒他才能打垮整个地主阶级。虽然在土地改革斗争的初期，他的"威势"仍然暂时地沉重地压在农民的心上，这是由于贫雇农之间，新旧思想的矛盾，干部之间个人利益与集体利益的矛盾，特别是土改工作组内部教条主义或官僚主义与正确领导的矛盾……因为在前进的力量方面存在着这么复杂的内部矛盾，就大大影响了暖水屯主要矛盾斗争的顺利发展。

在这时作者甚至很早就明确地告诉我们这个村子的主要矛盾是农民与地主阶级代表钱文贵，而主要的矛盾方面是在共产党领导之下的劳动群众的力量，并且及时提出了解决矛盾的办法。她批判了文采的主观主义，教条主义，让真正具有工人阶级思想的章品同志来代表党正确领导着群众展开了火热的斗争，因而也就使农村起了本质的变化，斗争得到胜利。但是我们知道："唯物辩证法认为外因是变化的条件，内因是变化的根据，外因通过内因而起作用。"（《矛盾论》）因此领导干部决不能包办代替，必须让群众亲自动手进行斗争。让群众了解政策，分清敌我，提高阶级觉悟，把个人打算，变天思想，宿命论等旧思想加以清算，在党的领导下团结一致，才有力量把地主阶级斗倒，才能巩固革命胜利的果实。

作者就这样来观察、体验、研究、分析她所参加的火热斗争的发展过程，找出其中的规律，并且表现为艺术作品，这就是"把研究过程与创作过程统一起来"的新现实主义的创作方法。

前面我们说《太阳照在桑干河上》这部小说之所以成功，主要是作者运用新现实主义的创作方法，表现了土改运动中，农村复杂的阶级矛盾与斗争以及复杂的阶级关系，预见了问题，解决了问题。"达到教育人，感化人，把人们的理想和情感更提高一步"的效果。

但是小说光有故事（即矛盾和斗争的发展），没有人物，或人物写得不好，是不成其为优秀小说的。因为生活是劳动人民的生活，生活的本质是矛盾和斗争，人物是矛盾和斗争的实际参加者。在现实社会中，没有人物就没有矛盾和斗争，因此写生活的矛盾和斗争，就得写人物，写人物是为了写斗争，也就是为了写社会或写生活。但是为写人，必须从现实社会和生活的基础上，从矛盾斗争的发展上去写人。因此，写事物的发展过程，同时就得写人物的发展过程，写人物思想性格的发展过程。只有把人物放在残酷的斗争里考验，才能突出表现人物的性格，才能看见人物思想性格质量的发展与提高。这就是新现实主义创造人物的最根本的方法，这就是"典型环境中的典型性格"的根本意义。就是说要求作者写人物的时候，要使人物性格的发展紧跟着故事的发展，紧密地联系着斗争。因此《矛盾论》——唯物辩证法，同样可以而且必须应用到人物的描写上。

在许多伟大的运动中，斗争中，必然要涌现出许多英雄模范的形象。说人物在战斗里成长，就是说人物本身的思想性格品质，如何在矛盾和斗争中成长起来，而成为英雄模范。现实生活里的英雄模范就已经富于典型性了，已经可以被群众当作学习的榜样，成为推动生活前进的力量了。如果再经过艺术的加工，即根据对现实生活和人物的分析研究创造出各种各样的典型人物来，那就更能"帮助群众推动历史前进"。因为文艺是"更有组织性、更有集中性、更典型、更理想，因此就更带普遍性"的。典型人物的特点就是既保持特殊又一般，也就是说既有特殊性又有普遍性。高尔基和鲁迅所指的那种创造典型人物的现实主义的方法，就是毛主席所说的"组织起来，集中起来，典型化"的方法。而最高的哲学根据就是：先分析人物的特殊性，而又获得其全部总和。也就是在认识问题时，由特殊到一般，又由一般到特殊；而在艺术创作上，则是以特殊表现一般。于是所创造出来的典型人物就能是：共性寓于个性之中。既有个性，又有集体性；既有特殊性，又有普遍性。因而他就能够作为千百万人的榜样，鼓舞人民去为崇高的理想而斗争。

《太阳照在桑干河上》里面创造典型人物的方法，毫无疑问的也是采用了新现实主义的创作方法的。

丁玲同志把作品的大部分篇幅献给了革命群众，特别给予了在斗争中涌现出来的新的人物，这就是那些农民男女干部：张裕民、程仁、董桂花、周月英等人。他们和她们都是在党的教育下领导农民起来翻身的优秀干部，彼此却具有完全不同的性格。这主要是由于作者熟悉他（她）们的生活，熟悉他（她）们的理想和灵魂，熟悉他（她）们之间相同的地方和不同的地方，而且对他（她）们寄以无限热爱的缘故。

作者从实际生活的矛盾和斗争中认识了他（她）们，看见了他（她）们如何从火热的战斗中成长起来，由矛盾的非主要方面转化成主要的矛盾方面，取得了生活的支配地位，担负了并且胜利地完成了这一阶段的战斗任务，因而在描写他（她）们的时候，是用的描写战斗行动和心理描写相结合的方法的。作者常常把自己心爱的人物放在最残酷最尖锐的斗争中去加以考验，来刻划人物的性格，来推进运动的发展。

就拿作者所心爱的人物之一——农会主任程仁作为例子来看吧：程仁在小说里出场不久，作者就概括地描写了他的性格：是沉重的青年人，有良心，能横心咬牙战胜矛盾经得起考验的。于是作者就把他放在一个长期的复杂矛盾和残酷的斗争里。他领导群众斗争的主要对象钱文贵有一个侄女（黑妮），恰是他的恋爱对象。虽然他在很早给钱文贵抗活的时期，就已和她相爱，并且受过钱文贵的压迫和阻挠；但现在革命力量到达之后，钱文贵却想利用他们过去的恋爱关系把黑妮作糖衣炮弹阴谋向程仁进攻。当然黑妮是热爱程仁，并且和钱文贵有着极大的矛盾，实质上并不是个糖衣炮弹，这点程仁是知道的，所以他仍然爱她；但是为了避免群众对自己的误会，就故意躲避和黑妮接近。在这极其复杂的斗争过程中，存在着"一对以上的矛盾，各对矛盾之间，又互相成为矛盾"。而各对矛盾互相冲突的结果，主要是思想和行动矛盾的结果，就使主要矛盾（阶级矛盾）的斗争不能迅速走向尖锐化，这就使作为一个领导斗争的主要干部之一的程仁，在运动中长久不能积极地行动起来。

但是新人物是在战斗里成长的，当程仁处在这个长期的最严重的考验里，遇到了一个新的条件把这个阶级斗争的迟滞局面打开了，这就是章品所领导的党员大会上决定把钱文贵扣押起来，事实上照样做了。一旦革命群众就要动起来，程仁的思想开始要有所转变时，作者就抓住了这个机会，有系统地揭开了程仁的新旧思想的自我斗争。（见哈尔滨光华书店出版的该小说的第四十六章第二七八页到二七九页。）结果程仁的自我斗争胜利了，于是当钱文贵的老婆拿着地契并且打着黑妮的旗号来向他进攻时，他毅然拒绝了，并且积极地斗争起来。

丁玲同志的这种创造人物性格的新现实主义创作方法，是成功的，这就是因为她掌握了"人物性格的发展要一步一步跟着斗争发展，要紧紧地联系着斗争"的规律，她掌握了"一切矛盾着的东西，互相联系着，不但在一定条件之下共处于一个统一体中，而且在一定条件之下互相转化"这种规律，因而就真实地有力地写了人也更写了事，完成了"典型环境中的典型性格"的要求。虽然程仁还不是个伟大典型的形象，但他那性格发展的规律，却有力地驳斥了那些反对写英雄触及落后面的非现实主义创作方法的荒谬理论。

根据上面所论述的新现实主义创作方法，绝不会是找好爱国主义的主题，像政治论文似的仅仅把它加以阐明就算完事。文艺是形象的意识形态，是以艺术形象宣传政策，宣传马列主义和毛泽东思想的。"作者的思想愈是不露锋愈好"，"倾向不可以明指，而必须从状态与行动中流露出来"（恩格斯）。最好的作品是"政治与艺术的统一，内容与形式的统一，革命的政治内容与尽可能高度艺术形式的统一"。这也是新现实主义创作方法所要达到的最高标准。我们是要求对原料或自然形态的文艺加工的，但我们反对纯技术观点，因为文艺首先是要求真实地反映现实矛盾斗争发展的曲折性与复杂性，只有从这种基础上出发，才能进行艺术的加工。《太阳照在桑干河上》之所以在思想性与艺术性上获得一定的成功，由此可得到证明，得到启发。而如何把结构弄得精密谨严，以及如何运用语言，如何创造民族风格等等，也是必须好好学习的。本年五月二十五日的《人民日报》社论说得对："我们应该正确地和认真地学习技术，这就是说提高技术必须和深入生活深入群众密切结合，必须和劳动人民的革命的阶级斗争密切结合。只有深刻地研究了人民生活，认识了阶级斗争，研究了群众的语言、爱好，技术才能帮助你恰切地去表现生活，表现阶级斗争。"

为什么短篇小说不能写短[*]

过去我很喜欢学写小说，并愿意往长里写，却总没成功过。后来，从写小说变成小说的读者了，但却喜欢选读长篇，很少重视短篇。有时也阅读一些还未发表的青年作者的小说创作，发现他们正和我过去的情形一样，也是喜欢极力往长里写。其中，也并非没有写短的，但多半都是瘦骨嶙峋，竟象一个中篇小说的提纲了。由此可见，读者不喜欢短篇，作者不愿写短篇或者写而不能短，以及虽写短却不具备短篇小说的特征，是老早就存在着的一个问题。这个问题在目前的一些刊物上已引起注意并加以讨论了，因此，我也想趁机会谈谈个人的意见。

我以为，一些青年作者由于受到"一本书主义"的诱惑，不愿写短篇，固然是一个原因，是应该劝告的；但不懂得短篇小说的好处，或还没有掌握住短篇小说的特点（这并不是说，我自己已经懂得和掌握住了，我也正在学习），往往把中篇小说的材料硬向短篇小说的形式里填，例如把小说情节的几个构成环节（破题、开端、发展、高潮、结局等）充分的展开描述，仔细交代人物思想性格的转变、发展的过程等等，只要篇幅不太大——还不超过三五万字，就以为是个短篇小说。其实早已把它的肚子撑破了。一些作者之所以有这样的误解和做法，我想可能是与某些理论家、批评家的不正确指导分不开的。假如说：短篇虽然短小，却能表现很多东西；再加上有的读者也喜欢要求短篇小说能包罗

＊　原载《前哨》1957 年第 5 期。

万象。于是，作者说往往把中篇甚至长篇的内容，集中、压缩到短篇小说的形式中来；于是不是写得浮肿不堪，就是只剩下骨头了。因此，我以为充分讨论如何认识短篇小说的特征，如何学习掌握短篇小说的表现技巧，是解决这个问题，从而提高短篇小说的质量的一个关键。

短篇小说是个年轻的形式，有着极大的发展前途。中国新文学的奠基人鲁迅先生和名作家茅盾先生在这方面给了我们许多的辉煌范例和湛深的指导理论，鲁迅先生指出短篇小说的特征说："只顷刻间，而仍可借一斑略知全豹，以一目尽传精神。"（《近代世界短篇小说集》小引）茅盾先生也说它是"短小精悍而意味深长"（《茅盾短篇小说选集》后记）。

短篇小说这个特征是为其反映社会上特殊任务所决定的，它与长篇小说所担负的任务不同，它主要是：专以简短而明快的艺术形式，迅速地反映社会生活中某一新的、主要的事件，能够铭刻下现代社会的（当然也可以写过去）典型特点。因而它富有生动、活泼、战斗的性能。短篇小说虽然是个艺术的整体，和中篇、长篇小说一样的具有独立的完整的艺术独特形式，但比较起来，却是最富于单纯性。这是它的内容的最大特点，因此就不能要求短篇小说象大作品那样能够包罗万象，要求它对现实生活作全面的反映。所以鲁迅先生告诉我们："一时代的纪念碑底文章，文坛上不常有；即有之，也什九是大部的著作。以一篇短小说而成为时代精神所居的大宫阙者，是极其少见的。"（《近代世界短篇小说集》小引）因此，如果希望它能够较全面地反映现实生活，那就非集合短篇小说的集体力量不可了。所以鲁迅先生又说："用数顷刻，遂知种种作风，种种作者，种种所写的人和事状。"据此，我们就完全有权利说：鲁迅先生的三部短篇小说集，是鲁迅生活着的时代的纪念碑底文章。

我们必须反对短篇小说中的三多——人多、场面多、和对话多等。但这并不意味着限制短篇小说的人物、故事和字数，那是公式主义、形式主义者的论调；相反，我们是欢迎内容的多样化和形式的多样化的，因为现实生活是多样的。因此，把一个单纯又有决定性的事件，而且这个事件又关系着某一个人生命中的某种剧变，来作为主题象鲁迅先生的《离婚》那样，固然很理想；而事件比较复杂，人物比较众多，场面也不止一个，但却不是一个中篇的内容，虽然需用较多的篇幅、字数，仍可写成一篇很好的短篇小说，鲁迅先生的《祝福》就是例子。尤其值得我们注意的是：内容比较丰富的短篇小说，同样可以用极少的篇幅和字数很好地表现出来。不一定就非写长不可。例如鲁迅先生的《药》里面的人物，事件和场面，和《离婚》比较起来要复杂得多了，可是用以表现《药》的内容的字数却反而比《离婚》的字数要少得多。这就要依赖作者的才华和高度艺术表现技巧，围绕着主题思想去恰当地处理材料了。就因为作者能够这样做，才使短篇小说的题材丰富多样，而形式又简练多彩了。但是，无论如何，主题的单纯性，思想的丰富深刻性和形式的短小精悍，总是短篇小说的共同特征。不过短篇小说主题的单纯性，却并不是孤立的，偶然的；尽管它是一个特殊、完整的世界——小天地，可它却是从社会生活这部大"书"中摘下来的最有意义的一页，是从一棵大树上撷取来的一片最典型的叶子，并且是加工过的。因此，通过它，读者才能够因小见大，在狭小的天地中，可以理解到社会的整体，即所谓借一斑而略知全貌。吉学霈的《一面小白旗的风波》比起秦兆阳的《在田野上前进》来，固然是一件农村小事，然而由于它接触到了农村生活中较深的一角，就使读者有可能想见其他。

但也应该注意：短篇小说的这种主题的单纯性，简短明快的形式，虽不是中、长篇小说题材的集中、压缩，但也绝不是把速写、随笔之类的题材随便予以填充或拉长，它同样要求一定的分量；所以鲁迅先生在谈到自己的创作经验时说"宁可将可作小说的材料缩成 sketch 决不能将 sketch 材料拉成小说"（《答〈北斗〉

杂志社问》），而是"得到较整齐的材料，则还是作短篇小说"（《自选集》自序）。这就是要求短篇小说的主题既充实有分量而又必须在精炼中获得。

为了做到短篇小说的内容的精炼和篇幅的短小，有人以为人物可以不必要求典型，也可以不要情节，其实这是错误的有害的论调。尽管我们"不能要求短篇小说都能具充分的论证和完全适应大型作品那样的法则，不能用不必要的细节，附带的叙述，甚至是一再申述的描写来填塞在短篇小说内"。但是短篇小说不仅要求典型环境中的典型人物，而且还要求典型情节和完整的结构，即所谓"麻雀虽小而五脏俱全"。这也就是短篇小说所以异于速写或生活小故事的地方。我们听听鲁迅先生给我们的指导吧："人物的模特儿……没有专用过一个人，往往嘴在浙江，脸在北京，衣服在山西，是一个拼凑起来的脚色。"（《我怎么做起小说来》）这不正是指出在短篇里必须创造典型人物吗？（这从周遐寿写的《鲁迅小说里的人物》中也能看到鲁迅的确是这样实践的）在《出关的关》一篇里鲁迅先生说得更加明白透彻，就不再多引了。鲁迅说的："所写的事迹，大抵有一点见过或听到过的缘由，但决不全用这事实，只是采取一端，加以改造，或生发开去，到足以几乎完全发表我的意思为止。"（《我怎么做起小说来》），这不正是指的典型情节的创造吗？然而正如人物一样，情节也是各种各样的，并不限定在一种类型，一个公式之内，它可以象鲁迅先生的《离婚》那样充满了行动性的火辣辣的战斗——尖锐的矛盾和激烈的冲突；也可以写充满了抒情诗样的《鸭的喜剧》《呐喊》，当然也可以写《一件小事》《呐喊》，也更可以写批评辛亥革命彻底失败的《阿Q正传》……然而尽管性质不同，类型有别，却都是完整的典型的服从着人物性格的情节，并从而体现了深刻的教育和战斗的意义。

然而短篇小说的人物，情节尽管要求典型性，可总的来说，它的内容却不能过于复杂，而是"选材要严，开掘要深"。它的形式虽然是最自由而多样的，甚至可以用几页日记（鲁迅的《狂人日记》），或一封短简（契诃夫的《万卡》）来表现，但却不能浪费一个字。就由于短篇小说从内容到形式对作者作了严格的要求，因此，便不可能毫不费力地随便地写出它来的。这就不仅是立场、政治热情问题，而且和写中、长篇小说一样，要求作者的生活丰富和对社会规律的深刻理解，还得具备着一定高度的艺术修养，善于运用现实主义或浪漫主义的创作方法，从不断地创作实践中刻苦锻炼。

　　鲁迅先生告诉过我们："模特儿不用一个一定的人，看得多了，凑合起来的。"又说："留心各样的事情，多看看，不看到一点就写。"鲁迅还将自己这经验谆谆告诫青年作家。在他回答 Y 及 T 两先生时说：光有丰富的生活还是不够的，因为作者对自己所熟悉的生活，未必就认识得正确。因此，获得正确的世界观就成为创作的关键。所以他说："两位是可以各就自己现在能写的题材，动手来写的，不过选材要严，开掘要深，不可将一点琐屑的没有意思的事故，便填成一篇，以创作丰富自乐。"（《关于小说题材的通信》）茅盾先生也以自己的创作经验告诉我们："我认为：如果看到了一事一物具有所谓'故事性'或典型性而马上提笔写一个短篇，也许可以写得很动人，但不能保证一定耐人咀嚼，即具有深刻的思想性。在横的方面，如果对于社会发展的方向看不清楚，那么，你就很少可能在繁复的社会现象中恰好地选取了最有代表性、典型性的，即是具有深刻的思想性的一事一物，作为短篇小说的题材。对于全面茫无所知，就不可能深入一角：这是我在短篇小说的写作方面所得到的一点经验教训。"（《茅盾短篇小说选集》后记）由此可见，创作短篇小说，虽然比起写中、长篇来较易，但也不是十分轻而易举的事，更不是不值得写的东西。如果没有丰富的生活作基础，没有正确的世界观作指导，你就不可能"知道生活中破坏的是什么，创造的是什么？"自然也不可能"在现实底革命的发展中真实地、广泛地、具体地描写现实"。当然也没有力量积极干预生活了。

　　只有确实具备了上述的基本条件，那你在丰富多彩的现实生活中去选择材料，就会得心应手，几乎可以说俯拾即是了。你可以选择暴风雨式的材料——如玛拉沁夫的《科尔沁草原上的人们》；可以选择偏重于阶级思想斗争的题材——如李准的《不能走那条路》；而你更可以选择青年人内心的秘密生活作题材——如张弦的《甲方代表》（1956 年 11 月号《人民文学》）；自然也可以选择象布文的《假日》（1957 年 1 月号《人民文学》）那样的家庭琐事——但却又是重大的，典型的"琐事"。在生活里应该选取什么，喜欢什么样的样式予以表现，作家完全有自由，其实也不仅是个自由的问题；而且还决定于作家的生活角度，理解的深度，以及他的性格，独特的风格，但也和他的才华，熟练的表现技巧分不开。这就不能不使我们一再重复到短篇小说的特征问题了。由于短篇小说的主题思想是单纯、深刻的，而为这种内容所决定的表现形式也必然有其特点。表现短篇小说的技巧，是从不怕失败，不断努力中获得胜利的。鲁迅先生自己就谈过这种创作的甘苦。他的技巧的高度成就，是走过一段艰苦的道路的。他在《中国新文学大系》小说二集序里，说他从 1918 年起陆续发表了《狂人日记》、《孔乙己》、《药》等短篇小说，但这些小说虽然因"表现的深切和格式的特别"颇激动了青年读者的心，但他还嫌或多或少地受着俄国短篇小说的影响，可他经过不断努力锻炼，以后就脱离了外国作家的影响，十足代表了中国民族特点，而且技巧圆熟和刻划深切了。那代表的作品就是《肥皂》、《离婚》。我们试再读《离婚》看看，这的确是属于鲁迅的全部小说中的一篇更为优秀的短篇。它不仅最具备短篇小说主题的单纯性：象我们已在前面说过的，它的取材是一个单纯典型的而又具有决定性的事件（离婚事件），而这事件正决定着小说主角（爱姑）一生过的命运——斗争的失败，或者是另一种生活的开始。而它的表现方法，正如鲁迅先生告诉我们的：创造人物"要极省俭的画出一个人的特点，最好是画他的眼睛。我以为这话是极对的，倘若画了全副的头发，即使画得逼真，也毫无意思。"鲁迅的这段话，一方面是在指出现实主义创作方法的特点，和批判有害的自然主义；但同时也指出了在短篇小说中创造人物的特点，是画眼睛式的。就是说：和长篇小说用传记式的表现人物性格成长的方法有所不同。短篇小说中的人物，一般说来，并不细密交代性格成长过程，而是抓住出场人物性格发展中的某一阶段，或者变化发展中的某一（或几个）关键，予以突出表现的。所以《离婚》中的爱姑，当她一出场，读者就对于她的反抗、复仇的战斗特点有了深刻印象。但是经过一个残酷的考验以后，便暴露出了她的软弱的一面。这就是鲁迅画眼睛的方法。而在情节上亦复如此。我们知道，数量并不等于质量，如果一个重要场面就足够完成任务的话，鲁迅决不使用两个场面。因而，他的情节也尽可能地节省，决不象长篇那样大量的铺张、详细的交代；所以在《离婚》中，鲁迅先生主要使用一个过场，以侧叙的方法，简洁地交代出情节的开端、发展（他是利用话剧的特点——航船中的对话交代出来的）之后，便很快地让情节进入了高潮，充分地展开了一个冲突极尖锐的巨大场面，来表现（考验）她的性格。然而鲁迅先生对情节的这种处理方法，并不使读者有残缺不全或没有血肉的感觉，相反是充满了艺术感染力的。而其所以如此，就因为实现他一贯主张的精炼；并且抓住了情节的"眼睛"，予以放大。鲁迅先生一再说过的："可省的处所，我决不敢添"，"写完后，至少看两遍"，"竭力将可有可无的字、句、段删去，毫不可惜。"就因为短篇小说是高度的概括和典型的完整艺术品，因而任何一个轻率的句子，或者一个多余的字都会损害到它。

　　语言的尽可能的大众化和精炼，是鲁迅先生短篇小说的最大特色之一。他说："我力避行文的唠叨，只要觉得够将意思传给别人了，就宁可什么陪衬拖带也没有。中国旧戏上没有背景，新年卖给孩子看的花纸上，只有主要的几个人（但现在的花纸却多背景了)，我深信对于我的目的，这方法是适应的，所以我不去描写风月，对话也决不说到一大篇。"这一切正是表示出鲁迅先生的短篇小说的中国作风和中国气派。然而却有人误会了鲁迅的话，以为鲁迅先生真的不写"风月"了。其实鲁迅先生只是反对写无聊的浪费笔墨的"风月"，他为了创造典型环境，为了人物、情节的需要，为了更深刻地表现主题思想，鲁迅不仅注意写"风月"，而且写得很多：《风波》里不就是一幅很好的社会生活风俗画吗；特别在·《祝福》里，如果不是鲁迅先生使用了和他的人物（祥林嫂）悲惨命运相反的快乐的气氛描写、就不能更加有力地激起读者对那吃人的旧社会制度，统治阶级的刽子手的憎恶与仇恨！鲁迅先生对于语言的运用向来就是该吝啬的吝啬，该大方的大方，而他所依据的标准则是："有真意、去粉饰、少做作、勿卖弄而已。"（《作文秘诀》）这就是鲁迅先生运用语言的全部秘密！因而才能使他的小说"短小精悍而意味深长"。

这就是我对短篇小说特征及其表现方法的理解。而我所以过多地引用了鲁迅先生的理论和作品作例证（在此还必须声明：我体会得非常肤浅，甚至还有错误），是因为他是中国新的短篇小说的奠基人，而他的作品之所以至今成为典范，是和继承中国短篇小说的优秀传统分不开的。因而，我觉得学习鲁迅的小说，是我们能够以短篇小说这种迅速、活泼、战斗的艺术形式，来揭示新的中国人民的丰富的精神世界，积极地干预生活的成功道路。

也谈文艺如何正确反映人民内部矛盾[*]

革命的文艺应该服从"党在一定革命时期所规定的革命任务"。在今天全民"大跃进"的时代，文艺应该多多歌颂新英雄人物及其丰功伟绩。但在多快好省地建设社会主义过程中，也常常遇到矛盾。对两类不同性质的矛盾，文艺都应该予以反映，周扬同志在《文艺战线上的一场大辩论》中特别指出：反映人民内部矛盾是我们文艺当前的一个新的任务。

但是，正如主席所说，"许多人不敢公开承认我国人民内部还存在着矛盾；正是这些矛盾推动着我们的社会向前发展。许多人不承认社会主义社会还有矛盾，因而使得他们在社会矛盾面前缩手缩脚，处于被动地位"（《关于正确处理人民内部矛盾的问题》），因而反映到文艺领域内就出现了：在文艺批评上，"无冲突论"倾向有些冒头；在创作上，有的作家缩手缩脚地不敢动笔，有的写了却因分不清两类不同性质的矛盾，因而处理不当或犯了错误。当然这有许多原因，但我们认为在实践过程中，没有时时结合着学习《关于正确处理人民内部矛盾的问题》是一个重要原因。因此，在讨论文艺应如何正确反映人民内部矛盾的同时，必须密切结合着这部经典著作来研究两类社会矛盾的不同性质和不同的处理原则方法，这是十分必要的。

文艺为什么要正确反映人民内部矛盾？这就必须首先理解，在政治上为什么必须正确处理人民内部矛盾？主席教导我们，

"在不断地正确处理和解决矛盾的过程中，将会使社会主义社会内部的统一和团结日益巩固"，"以便团结全国各族人民进行一场新的战争——向自然开战，发展我们的经济，发展我们的文化，使全体人民比较顺利地走过目前的过渡时期，巩固我们的新制度，建设我们的新国家"。因此，"党中央把正确处理人民内部矛盾作为社会主义建设总路线的一个不可分的组成部分，这是完全正确的"。（《伟大的一年》，《人民日报》1958年6月19日。）为政治服务作为政治一翼的文艺就必须予以深刻的、正确的反映。而且不仅仅是反映，还要提出问题和解决问题，帮助人们正确认识矛盾和解决矛盾。文艺把人民内部矛盾反映得越真实、越深刻，把作品中所存在的矛盾解决得越正确，则它的教育意义也就越大。这才真正是发挥了它的"反转来给予伟大的影响于政治"的作用，起了保护和巩固我们社会制度的巨大作用。

文艺应该怎样正确反映人民内部矛盾，并没有也不可能提出成方，只有原则可寻。

一　必须学会正确认识两类不同性质的社会矛盾

我们先从创作中的具体例子说起：农民作家刘勇同志在1958年11月号的《人民文学》上发表了短篇小说《鸭》。根据茅盾同志的意见，它是"借一件小事指出农村中的阶级斗争会以各种方式表现出来。但是作者对于这个矛盾的性质把握不定，因而在故事开始时的陈大伯与周寡妇（富农分子）之间的敌我矛盾性质的斗争，在故事发展中却渐渐变样，陈大伯这个绰号'天不怕'的人却表示出软弱，而'无人惹'（周寡妇的绰号）虽然曾被惹了，却没有被狠狠地斗一场……把敌我矛盾当作人民内部矛盾来处理，是这篇作品的原则性的错误"。（《人民文学》1959年第2期，第13页。）再如赵树理同志在《三里湾》中所创造的范登高这个人物。"虽然写出了这个人物，也是活生生地，但是并没有理解这个人物在《三里湾》里应该起到的作用。无论在情节安排上，与其他人物之间关系的描写上，都把范登高当做落后人物的思想问题来对待，把村支部向范登高展开的斗争，也当做先进与落后之间的内部矛盾来处理。作者把人物的位置摆错了，没有从阶级斗争的高度上去表现范登高。"（《文艺报》1958 年第 23 期。）由此可见，认识不清，便处理不当；认识不深，提出来的矛盾也就不会深刻而复杂。因此，作者光是站稳无产阶级立场和深入生活，虽是重要的，但还是不够的。有了丰富的生活，未必能认识得正确。因此要学习马克思主义，掌握"对立统一规律"并学着应用这个规律去观察问题和处理问题。而特别在复杂的生活中，去认识两类不同性质的社会矛盾的时候，更要用心学习《关于正确处理人民内部矛盾的问题》并和实践结合起来，培养社会主义眼光，掌握政治标准，学会正确地区别两类矛盾。

现阶段划分人民和敌人的准则，不能忘记阶级，但更必须看他对待社会主义的态度和行动。"一切赞成、拥护和参加社会主义建设的阶级、阶层和社会集团，都属于人民的范围"，而"一切反抗社会主义革命和敌视、破坏社会主义建设的社会势力和社会集团，都是人民的敌人"（《关于正确处理人民内部矛盾的问题》）。

人民内部矛盾与敌我矛盾有着根本性质的不同，是有自己的特点的。

①"一般说来，人民内部的矛盾，是在人民利益的根本一致的基础上的矛盾。""敢想敢做的人"中的张英杰和万主任虽然有尖锐矛盾，但大家都是为了建设社会主义，就是很好的例子。

②非对抗性的：但对这一点，就必须好好思考了。例如：我们和民族资产阶级的矛盾是否有"利益根本一致的基础"呢？是否非对抗的呢？经过对于文件的研究，我们就明白：尽管这是两条道路的斗争，有对抗性的一面，但民族资产阶级也"有拥护宪法，愿意接受社会主义改造的一面。……工人阶级和民族资产阶级之间存在着剥削和被剥削的矛盾，这本来是对抗性的矛盾。但

是在我国的具体条件下，这两个阶级的对抗性的矛盾如果处理得当，可以转变为非对抗性的矛盾"，同时在这里还有一个现象值得我们去注意，那就是使用大民主方式的少数人闹事，也并非全属于敌我矛盾："前年（56）冬天到去年（57）春天，山东农村曾发生过某些闹事事件，有些同志就认为这全是敌我矛盾或者大部分是敌我矛盾，我们说，这些同志的看法是不符合事实的，根据我省去年发生的一些闹事事件的调查，其原因和性质绝大多数是关于干部作风问题、粮食分配问题和少数富裕中农想走回头路的问题，这一切正是人民内部矛盾的表现。从参加闹事的成员来看，有百分之九十几的事件都是没有地主、富农、反革命分子和坏分子参加的，在余下的百分之几当中，虽有这些反动分子参加，并且企图利用人民内部矛盾进行反动活动，但是他们并没有起主导作用。这些反动分子和人民的矛盾是敌我的矛盾，但是这些闹事事件仍然是人民内部的问题，只有那些以反动分子为首的、以反党反社会主义为目的的事件，才是敌我矛盾，但这类事件只是极少数。"（周南：《继续深入学习〈关于正确处理人民内部矛盾的问题〉》，《学习》1958年第9期。）

③主要是个思想问题，是人民内部的是非问题。

在我国现在的条件下，所谓人民内部矛盾，主要可以分成如下几类。第一类是各阶级或阶层内部的矛盾。这里有工人阶级内部的矛盾（主要是先进与保守的矛盾）、农民阶级内部的矛盾（其中的主要矛盾是富裕农民残存的资本主义自发倾向和社会主义方向的矛盾。——参考许立群：《从是否"已经到了共产主义"说起》，《红旗》1958年第12期。）、民族资产阶级内部的矛盾、知识分子内部的矛盾等。第二类是各阶级、阶层之间的矛盾，这里包括工、农两个阶级之间的矛盾，工人、农民同知识分子之间的矛盾，工人阶级和其他劳动人民同民族资产阶级之间的矛盾。而在这三种矛盾中的最后一种，是这类矛盾中的主要矛盾。第三类是政府同人民群众之间的矛盾："我们的人民政府是真正代表人民利益的政府，是为人民服务的政府，但是它同人民群众之间也有一定的矛盾。这种矛盾包括国家利益、集体利益同个人利益之间的矛盾，民主同集中的矛盾，领导同被领导之间的矛盾，国家机关某些工作人员的官僚主义作风同群众之间的矛盾。"（《关于正确处理人民内部矛盾的问题》）上述诸类矛盾是错综复杂的，但表现最多、突出并为人们所注意的，特别是从性质上看来是这样两种。一种是无产阶级和资产阶级的两个阶级、两条道路的矛盾。这个矛盾是我国过渡时期的主要矛盾，但它不单纯属于敌我矛盾，人民内部也有两条道路的斗争，因此它具有两重性：在某些范围内表现为激烈的敌我矛盾；而在目前，大多数表现为人民内部矛盾。再一种便是进步与落后、保守的矛盾。因此，在近一两年的创作中，反映这两种矛盾的作品特别多，是完全可以理解的。

二　处理人民内部矛盾与党的方针政策的关系

只要是人民内部存在着矛盾，只要有教育意义，不管是什么样的矛盾，没有不可以反映的。所谓文艺正确反映人民内部矛盾，我们认为，其实就是作者遵照党的方针政策，在生活斗争实践中所获得的：正确地认识社会主义社会中的矛盾，正确地区别两类矛盾，正确处理人民内部矛盾等的经验和体会，在自己的创作中，正确处理人民内部矛盾。作者当然要尊重人物的性格特点及其行动的自由，但作者也有权利来表示自己的态度——批评或是赞同。因为，我们不是自然主义者，在创作过程中，要根据现实，却又必须高于现实，亦即，不是现实生活的翻版而是艺术的概括。因此，我们认为反映人民内部矛盾，应该运用革命的现实主义和革命的浪漫主义相结合的方法，单用革命的浪漫主义方法是不能完成任务的。因为这里面有歌颂有理想，但也有讽刺、揭露和批评的。因此，在讨论革命的现实主义和革命的浪漫主义相结合的创作方法时，结合着讨论文艺怎样正确反映人民内部矛盾，也许可能使问题的讨论更深入下去。但我们在这里还不是企图讨论这个问题，而是另外提出一个可供讨论的问题：既然文艺正确反映人民内部矛盾，实质上就是作者在自己的作品中正确处理人民内部矛盾，因此，作者在处理矛盾过程中、使用处理矛盾的原则时，是否一定要完全遵照党的处理原则而不能灵活一下？为什么提出这个问题来？原来当大家讨论赵树理同志在《锻炼锻炼》中处理"小腿痛"所使用的方法时，有人认为是超出了处理人民内部矛盾的范围。但有人却又赞成，并且再一次研究了党的处理人民内部矛盾的原则方法。党指示：解决人民内部矛盾的民主方法，应该是"团结——批评——团结"，而且必须强调。但"人民为了有效地进行生产、进行学习和有秩序地过生活，要求自己的政府、生产的领导者、文化教育机关的领导者发布各种适当的带强制性的行政命令。……这同用说服教育的方法去解决人民内部的矛盾，是相辅相成的两个方面"（《关于正确处理人民内部矛盾的问题》）。邓小平同志在 1957 年 9 月 23 日的《关于整风运动的报告》中也指出："各地农村中都有一些'大法不犯，小法常犯'的不良分子。对于这些人，如果由地方法院处理就不胜其烦，但是不加以处理，对于生产秩序和社会秩序又有很大妨害。可以考虑由社员代表大会或者乡人民代表大会定出切实可行的公约，由上一级政府批准，加以约束，并建立调处委员会负责公约的执行。违反这些公约的，可以授权合作社或者乡政府给以适当处罚。这是一种群众性的自我教育、自我监督、自我约束的办法，是社会主义社会限制个人主义、改变旧的风俗习惯、形成新的风俗习惯的重要方法。不但在农村中，而且在城市中，在厂矿机关学校中，都可以试行。"因此，即使"小腿痛"还不是个坏分子或不良分子，但在特殊情况下，可以使用送乡政府和送法院的方法处理。

本来正确处理人民内部矛盾，也就是党的群众路线的工作方法。一切革命路线、政策都是集中人民大众的要求与经验而产生的。"文艺工作者对于政策决不能只是一种概念上的，甚至条文式的了解，他必须熟悉人民的实际生活情况。政策本身就是从实际生活出发，并给实际生活以决定影响的；必须熟悉各种不同阶层、不同性格的人们对于这些政策的种种心理反应，懂得政策的成功在那里，执行中的困难、缺点又在那里，文艺工作者本人最好就是这些政策之实际执行者。"（周扬：《关于政策与艺术》）况且文艺结合政治，就是结合人民的感情，结合人民当时的感情和精神的要求。因而作者在处理人民内部矛盾时，在特殊环境中，必然发展的情况下，为了尊重群众的感情和要求，而又对读者起好的教育效果的时候，是否可以灵活地运用两种相辅相成的处理内部矛盾的方法？这是可以讨论的。

三 处理（反映）人民内部矛盾的态度、分寸和党性

在反映人民内部矛盾时，作家必须掌握分寸。这是一个非常重要的问题。所谓分寸，就是无论对歌颂对象或批评对象，决不能无原则地任意夸大，也不能无原则地任意缩小。把英雄人物夸大成头上戴着光圈的圣象，是不真实的，是丧失分寸；而把批评面无原则地夸大到使读者感到三风五气，在我们社会里普遍存在，占统治地位而且无法克服，同样也是丧失分寸，严重歪曲了我们的现实生活，违反了六条政治标准，就会成为毒草。但也不能无原则地把错误和缺点缩小，否则就会导致"无冲突论"，这就是粉饰现实。由此可见，分寸有一个客观标准，那就是生活。文艺必须忠实于现实生活，但文艺也必须在现实的基础上集中、概括和提高；文艺必须忠于现实而又必须高于现实，这就必须依靠作家的立场和态度了。我们并由此认识到：分寸不单纯是主观动机问题，还必须拿到现实生活中去检验，只有达到了动机与效果的统一，主观客观的统一，才算是真正掌握了分寸。而这恰恰就是作家的党性。作者只有真正地掌握了分寸，才能真实地、正确地反映人民内部矛盾，也就是真正地反映了现实生活。

　　我们的现实生活是个什么样子呢？那就是：在人民内部矛盾中，光明面、新生力量和先进事物是主要的，是矛盾的主导方面。这就是我们对现实生活的正确认识，我们的分寸就是以此为基础的。这就是我们和右派、修正主义者们有根本分歧的地方，和教条主义、无冲突论者不同的地方。善于区别两类不同性质的矛盾，在反映人民内部矛盾中能够掌握分寸，是我们在反右、反修正主义以及反教条主义的斗争中最大的收获之一。

　　我们决不能把正反面的力量放在同等地位，尽管反面力量可能在矛盾斗争中的某一短暂时间内占了上风（这种描写也是必需的），但正面力量一定会最后战胜或克服任何反面力量。我们在观察认识生活的过程中，要抓住本质，而不为表面现象所迷惑。正象对"纸老虎"一样，要从战略上藐视它，而在战术上则重视它，并且一定把它打垮。

　　在此附带谈一个有关的并且应该讨论的问题：

　　反映人民内部矛盾，是否必须在作品中出现对立面？全是反面事物的作品，或者说全是揭露、批评的作品，在今天社会里写起来是否符合真实？这样写是否也属于正确反映人民内部矛盾的范围？

　　有人认为这是不可能的，即使在讽刺剧方面也不可能。果戈理的时代是可以的，但在今天就不行。这正是我们的讽刺剧与批判现实主义的讽刺剧不同的地方。

　　但也有人主张人民内部矛盾可以单纯写落后面（例如：苏联电影《我们好象见过面》）。只要掌握住分寸，不让人感到三风五气普遍地占统治地位而且不可克服，就可以了。

　　但是，这样是否失掉了对立面？光讽刺，不处理，还算不算反映人民内部矛盾的范围？这的确是值得讨论的！

　　在反映（处理）人民内部矛盾中，一般人感到最难于掌握态度与分寸的是领导与被领导之间的矛盾。这类矛盾，一般说来有两种：一种是领导者有缺点和错误，一种是被领导者有缺点和错误。但无论哪一种，作家都感到困难。

特别是第一种，作家首先感到困难的是：当他们写领导方面的缺点和错误的时候，往往受到某些批评家的压力，这些人不准写领导干部特别是党的领导者的缺点和错误，理由是不典型。例如有人批评《布谷鸟又叫了》关于妇女解放问题时说"农村中阻碍妇女解放的势力，从本质上看，应当是发生在丈夫和婆婆之类的人物身上，党、团是解放妇女的力量，现在剧本里却把阻碍妇女婚姻自主的残余封建思想放在党、团领导的身上，根本是不典型的，这是剧本的根本错误"。（转引自《剧本》1959 年第 5 期，第 94 页。）显然这是一种主观片面的看法，是把"应当"代替了"实际"，把"个别"代替了"一般"的看法，是不能服人的。但是作者自己也应该负主要的责任。譬如，有的作家害怕把领导者的缺点夸大到统治地位，成为普遍的不可克服的力量，而又不知道究竟怎样去克服，因而在政治上犯错误。因此在一种"但求无过"的心理状态下，觉得既无十分把握，还是不写或少写为妙。我们认为作家之所以害怕，其实还是一个立场问题，是由于立场不稳。我们必须认识到：在这一种矛盾中，干部的官僚主义作风同群众利益的矛盾，是比较突出的，尽管它不是我们社会的本质矛盾，不是我们社会必然要产生的矛盾，而是由于旧时代的影响的遗留，但却并非不关重要的。如果不及时解决，也可以产生很大的害处。"在我们的社会主义国家中，一部分管理工作人员受资产阶级思想作风的熏染，同人民群众之间存在着隔阂，甚至用处理敌我矛盾的方法来处理人民内部矛盾。"（《伟大的一年》，《人民日报》1958 年 6 月 19 日。）

官僚主义作风常常是产生坏事的温床。特别值得我们注意的是：毛主席在《关于正确处理人民内部矛盾的问题》中就少数人闹事的问题一再指出"发生闹事的更重要的因素，还是领导上的官僚主义"，并且指出："为了从根本上消灭发生闹事的原因，必须坚决克服官僚主义。"而且事实上经过整风运动，绝大多数的工作人员已克服了工作中的缺点，并且采取了一系列的步骤打掉了官气，深入群众，跟群众同甘共苦，一切从群众的利益出发了。因此，我们党在克服官僚主义斗争中，已取得了丰富的经验，作家们只要立场态度无问题，掌握党的方针政策，在党的领导教育下学习，是完全能够掌握分寸的。我们认为反映这一种矛盾，不但不必害怕会歪曲党的领导，相反，是与反映党的正确领导特别分不开的。林默涵同志曾经给我们指出一个原则：反对官僚主义应该依靠党和党所领导的群众，而不是依靠个人，更不是依靠资产阶级或小资产阶级知识分子。（《文学艺术如何反映人民内部矛盾》，《中国电影》1958 年第 8 期。）《敢想敢做的人》就是运用这个原则比较正确地反映了这种矛盾的。尽管这个剧本在艺术性方面还有待提高，但在政治思想性上是做到了正确反映党的正确领导的。

文艺正确反映人民内部矛盾，发挥深刻的教育作用，必须在正确的思想内容上努力提高完美的艺术性。因此，在反映这一种矛盾时，创造官僚主义者的典型是很必要的，但也是很困难的。

首先一个问题就是为什么一些批评家或读者，特别是读者们常常对这样的形象有意见？这一方面固然是因为他们往往没有把个别党员，甚至个别书记的个人的缺点和错误和党组织区别开来，而是以个别当作全体；但同时，作者不善于创造这样的形象，甚至同样也不理解这种人物的特殊性，因而夸大了他的共性，把官僚主义者写成代表了所有领导者的典型，使人感到一切党和政府领导干部都象他那个样子，就难怪读者的指责了。其实这样的人物尽管有代表性，不是绝无仅有，但从整个党和政府领导干部中说来是个别的。因此，创造这样的形象，要不要写典型，怎样写他的共性，是大家所最关心的问题！

我们认为官僚主义者应分成两种。一种是丑恶的堕落腐化的不可救药的，这是极其少数的，代表性非常小。并且这种人物之所以成为这样人物是有其特殊原因、特殊发展道路的。作者必须紧紧抓住这一环去创造。林默涵同志特别指出："必须对于这个人的所以如此，有具体的描写，要写出他的所以堕落的具体道路，使读者看到这只是他的道路，而不是所有共产党员都会这样。"就是说作家必须要牢牢抓住他的这个坏根子——使他堕落腐化的根本原因，而这个根源早就潜伏在他身上，而后来逐步发展起来了。他的堕落腐化绝不是偶然的。但我们也应注意，使他堕落蜕化的原因不是我们的制度而是旧社会遗留下来的恶习，特别是资产阶级思想的腐蚀的结果。我们深刻地揭发这些根源，也正是有力地批判了在社会主义社会里，个人主义是万恶之源。但《在和平的日子里》所创造的一个严重官僚主义分子梁健就不是这样写的，我们完全不明白梁健在过去原是一个好的政委，优秀的党的领导干部，为什么一到和平建设的日子里就变成这个样子，因此就不真实，无说服力，因而教育意义也就不大。

再一种官僚主义者，比起上述一种来是多的。他们并不是坏人，他们是忠心耿耿为党为人民为社会主义服务的。他们多数是具有良好的动机，但效果却常常很坏，就是说损害了党和人民的利益。譬如《敢想敢做的人》里的万主任、《海上渔家》里的区委书记李成信等。这一种官僚主义者的共同特点是动机与效果的矛盾。这一种官僚主义者的代表性比起前一种来要大些。他们有极大的优点，那就是为党为人民事业而不辞劳苦，不怕牺牲。因此，这样的典型，对其缺点应有所批判，但对其优点也应有所肯定。并且他们的缺点和错误也有一定程度的普遍性，因而也就具有巨大的教育意义，那就是领导者都可以从这种典型身上照照镜子，如果自己身上也有类似的灰尘，就应该洗洗脸。所谓"有则改之，无则加勉"。

作者对于这一种的官僚主义者所持的感情、态度，也应与前一种有所不同。作者对他们这种动机与效果相矛盾的悲剧是寄予同情和惋惜的，但对他们的作风、缺点和错误则是批判的、痛恨的。因此也就不可能无原则地夸大他们的缺点，相反应该珍视他们的优点。因此，处理起来，就不是"残酷斗争、无情打击"而是批评教育，让他们最后在事实面前，必然要转变。王命夫同志在《敢想敢做的人》中，对万主任在感情态度和处理上，基本上是正确的。当然这个形象的创造也并非没有缺点。例如，在某些缺点方面还存在着不应有的夸张。象万主任只关心生产不关心人的缺点，这是一个相当严重的缺点，但这个缺点对于整个剧情矛盾冲突的发展似乎没起作用。而增加了这个缺点只是加强了他后来转变的困难。同时，作为一个老工人出身的领导干部为什么居然那样崇拜资产阶级专家、迷信技术？这虽然对剧情的发展有作用，但作者并未交代这种思想产生的根源。作者肯定了万主任的优点——为了建设社会主义而艰苦努力，但这个人物却从未在新事物——为了加速社会主义建设的技术革命的新事物面前有所感动，他的内心里从未有过矛盾。因而这个人物的优点也就永远停滞，这就又增加了他后来转变的困难。因此，作者后来让他从一个绝对顽固保守的领导者变成一个模范车间主任，尽管作者给了他两年的时间，仍然缺乏说服力。但作者对万主任的感情、态度和处理的方法基本上是正确的。也就因为如此，作者才基本上掌握了分寸。

在这里我们要借机会谈一谈作者对这一种官僚主义者的感情、态度与分寸，特别是结合着讽刺问题来谈谈。

早在几十年前，鲁迅先生在《什么是"讽刺"？》（《且介亭杂文二集》）里，谈过作者的态度问题。我们觉得直到今天仍然最可宝贵。他说："讽刺作者虽然大抵为被讽刺者所憎恨，但他却常常是善意的，他的讽刺，在希望他们改善，并非要捺这一群到水底里。……如果貌似讽刺的作品，而毫无善意，也毫无热情，只是使读者觉得一切世事，一无足取，也一无可为，那就并非讽刺了，这便是所谓'冷嘲'。"

老舍同志在 1956 年创作了《西望长安》，尽管这是个反映敌我矛盾的讽刺剧，但对于人民内部的官僚主义者的感情、态度和分寸是值得我们学习的。在这剧里，他创造了几个官僚主义者的形象。好些读者认为夸张不够，没有把他们写成坏蛋。老舍在公开的复信中提出了两个相关的问题：一个是今天的讽刺剧不同于古典的，二是对官僚主义的立场、感情、态度、分寸等问题。他说："我的写法与古典的讽刺文学作品（如《钦差大臣》等）的写法大不相同，而且必须不同。《钦差大臣》中的人物是非常丑恶的，所以我们觉得讽刺得很过瘾，通过那些恶劣可笑的人物，作者否定了那个时代的整个社会制度。那个社会制度要不得，必须推翻，我能照那样写吗？绝对不能。我拥护我们的新社会制度。假若我为写得痛快淋漓，把剧中那些干部都描写成坏蛋，极其愚蠢可笑，并且可憎，我便是昧着良心说话——我的确知道我们的干部基本上是好的，只在某些地方有缺点，犯些错误。我只能讽刺这些缺点，而不能一笔抹煞他们的好处，更不能通过他们的某些错误而否定我们的社会制度。这就是今天的讽刺剧为什么必须与古典讽刺剧有所不同。在我给朋友们朗读剧本初稿的时候，就有人建议把受骗的干部们写得更坏一些，我拒绝了。讽刺是要夸大的，但不能无中生有，信口雌黄〔按：鲁迅也说：'讽刺的生命是真实，不必是曾有的实事，但必须是会有的实情。'（《什么是讽刺》）〕。……我不能把剧中人物（除了反动分子）都写成坏蛋，那是歪曲现实。我应当把他们写得更可笑，不是更可恶。"（《有关〈西望长安〉的两封信》，《人民文学》1956年第5期。）

以上是谈的领导与被领导之间的矛盾的第一种，现在我们谈谈第二种，即被领导者方面有缺点和错误的一种，如何创造落后人物和处理的问题。

和反对写官僚主义形象一样，有些人也是不同意写落后的劳动人民的形象的。譬如，最近武养同志批评《锻炼锻炼》时就认为"象'小腿痛''吃不饱'这样典型的、落后的、自私而又懒惰的农村妇女虽然会有，但不是占农村妇女的大多数，而是极其

个别的"（《文艺报》1959 年第 7 期，第 4 页）。因此，就认为不
典型。再如何易同志写的《关于写人物的一点问题》（见《红
岩》1958 年第 11 期）也认为创造落后保守的反面劳动人民典型
没有现实意义。而有一些作者，也的确常常把这类特殊人物的共
性无原则的夸大，使人读起来仿佛大多数劳动人民都是自私、落
后保守的。这的确是对于典型的一个错误认识，同时也是个创作
方法的问题。

落后的、自私的人物在我们社会里的确是少数，而且有特
点，和广大劳动人民是不一样的。但也有其一定范围的代表性。
因为在相当多的人的思想上或多或少或轻或重还带有落后或自私
的灰尘。因而创作这样的典型仍然有教育意义。而且更重要的是
这些人物虽少，却能带动中间，因而他们是对新事物发展的阻
力，是矛盾冲突的对立面。象《锻炼锻炼》里的"小腿痛"，她
就代表着一部分落后或中间的妇女阻碍了争先社的生产。不过对
这样人物的创造同样也得掌握其特殊性，交代她之所以严重落
后、自私、自利的根源，深远的阶级根源和社会根源。赵树理同
志在创造"小腿痛"时就注意了这一点并且交代清楚了这一点，
是值得我们学习的。

而《锻炼锻炼》引起人们争论的，不在于是否应该创造"小
腿痛"这样的典型，而是对她的处理的问题，这我们在前面已提
出来，并作为一个讨论的问题提出来，于此不再重复。

现在，我们想附带着谈谈群众中落后人物的转变问题。我们
认为对于群众中的落后人物的描写也应该掌握分寸。如果他
（她）不是花岗岩头脑，就不应该过分夸大，而且应该让他（她）
转变，这是对落后人物的根本处理问题。这不是作者的主观愿
望，也不是公式化，而是我们社会主义制度的优越性，它能改造
人。我们认为苏联作家凯特玲斯卡娅在《勇敢》中，让不良分子
果里岑最后转变是有教育意义的。因为她通过对于这样人物的最
后处理，赞美和歌颂了社会主义制度的优越性，道出了旧社会把

人变成鬼，新社会把鬼变成人的真理。但是我们有些作品对于落后、自私的人物却没有注意这个问题。例如《我们播种爱情》里的苗康，作者尽管交代了他所以成为一个严重自私自利者的根源，但对他的教育改造工作就做得很不够；因此，最后仍然让他带着严重的个人主义离开了火热的斗争、有意义的生活，丝毫没有改悔之心。这种处理方法是不能令人满意的，至少缺乏积极的教育意义。此外，戏剧《青春之歌》里的丁辉、《在和平日子里》的常飞，作者对他们的处理都存在着同样的缺点，这的确是应该引起我们作者的严重注意的。

四　反映人民内部矛盾，必须广泛、深刻而复杂

我们的社会中，目前还存在着两种不同性质的矛盾。而这两种矛盾是常常纠缠在一起的。尽管敌人已经不多了，急风暴雨式的群众阶级斗争虽已基本结束，但敌人并没有甘心失败；他们常常利用人民内部矛盾进行反革命活动。例如，《百炼成钢》中的特务分子李吉明就是利用秦德贵和张福全的矛盾来破坏生产的。虽然作者没有写好，甚至是有意回避了这个复杂斗争的描写，但作者的确是注意了现实生活的全部复杂性的。我们在反映人民内部矛盾时，应该注意写敌我矛盾，特别在长篇中，绝没有权利逃避活生生的现实。茅盾同志指出：郝斯力汗写的短篇小说《起点》是一个复杂的主题，而且处理得相当成功（参考《人民文学》1959 年第 2 期，第 13 页），的确值得我们重视。因为这样写的教育意义很大，可以使人不忘记敌我矛盾并未完全消除，应随时提高警惕性。作家们在正确反映人民内部矛盾的同时，有责任培养人民的热烈的爱国主义。

把歌颂新人新事和反映人民内部矛盾结合起来，这早就是一个正确的方向。毛主席在 1951 年，批判电影《武训传》时，就已有原则的指示。周扬同志在 1953 年第二次全国文代大会上的报告里又作了深入的阐发，指出创造英雄人物应该在矛盾斗争环

境里考验，不然就是"离开社会生活孤立地去表现英雄，既看不出他周围环境的背景，更看不出他个人的命运和整个国家的命运的不可分割的联系"（参考《人民文学》1953 年第 11 期，第 9—10 页）。许多人在讨论革命的现实主义和革命的浪漫主义相结合的创作方法，深入到典型创造时，已经接触到这个问题，茅盾同志在最近（《短篇小说的丰收和创作上的几个问题》，《人民文学》1959 年第 2 期）再度提出来，这对提高创造英雄人物的方向，就更加明确。通过与自然斗争，与生产斗争，当然可以创造英雄人物，但是这种矛盾冲突并非孤立的，常常和人与人之间的矛盾交织在一起，而且后者常常是主要矛盾。《烈火红心》、《敢想敢做的人》就是"反映怎样克服了内部矛盾，而新人新事奏了凯歌"。而我们还应该再一次提出艾芜同志在《百炼成钢》中创造英雄秦德贵的经验。作者让秦德贵不仅在火热的生产斗争中接受锻炼，而且也在内部矛盾中接受考验，同时，作者也让他参加了对敌的复杂斗争，最后把秦德贵锻炼成一个英雄。尽管作者在小说中没有突出对敌斗争的情节和场面，但是作者是把人与生产斗争、人民内部矛盾和敌我矛盾三者集中起来反映的，因而作品的主题思想就表现了相当的广阔、深刻和复杂的特点。

　　文艺如何正确反映人民内部矛盾，由于目前作家们写这方面的作品还不太多，因而理论也就只能局限在一般的讨论上。这个问题的深入，恐怕得依靠创作上的不断丰收。但有一点值得我们去做的是：

　　我们的新文艺在大规模的急风暴雨式的群众阶级斗争的革命时期，在表现人民如何同他们的压迫者、剥削者作英勇卓绝的斗争生活方面，已经绘下了悲壮的震撼人心的画卷，但对当时人民内部所存在的矛盾，也并非毫无反映。例如，《无敌三勇士》、《我的两家房东》、《红旗歌》、《传家宝》等，而在新中国成立以后，以此为主题的作品如《一架弹花机》、《妇女代表》、《在新事物面前》，《三里湾》、《在和平日子里》等等，无论在数量和质量上都有了极大的提高。我们必须好好总结经验；至于苏联文学中，关于这方面的作品那就更加丰富，更值得我们好好学习了。这将有助于我们在这个问题上的讨论。

　　最后，必须说明：这是一个极不成熟的讲稿，仓卒发表出来，错误一定很多，请专家、读者指教批评吧！

1959.5.22.夜

论文学的内容和形式 [*]

在自然界和社会生活中，没有也不可能不具有两个对立面（内容和形式）统一的事物。作为观念形态的文艺作品自然也不能例外。但形式主义却不承认内容的存在，说文学作品是没有什么思想内容的，只有作品的形式才具有头等重要的意义。而庸俗社会学的理论虽然承认文学的内容，但却轻视艺术形式，认为文艺作品只是一般社会法则和某种政治观念的形象化。因此，站在马克思主义美学立场上，来研究现实主义或积极浪漫主义文艺作品的内容和形式的相互作用的客观规律问题，不仅对理解文艺特征以及创作与批评实践有所帮助，同时对揭露现代腐朽的资产阶级的反动美学实质，特别是同形式主义进行斗争，具有重大的意义。

第一　文学的内容

一　构成文学内容的诸要素

辩证唯物主义的认识论是马克思主义文艺理论的基础。它的出发点，就是承认在我们之外存在着客观世界。我们的意识只是外部世界的映象。列宁说："物质是标示客观的实在的哲学范畴，这种客观的实在是在人底感觉中被给与人的，它不依赖我们的感觉而存在着，为我们的感觉所复写、摄影、映写。"（《唯物论与经验批判论》第二章第四节，人民出版社，1955，第 116 页。）
又说："物、世界、环境，是不依赖于我们而存在的。我们的感
觉、我们的意识，不过是外在世界的映象，并且，不言而喻，没
有被反映者，反映就不能存在，可是被反映者是不依赖于反映者
而存在的。"（同上书第一章第三节，人民出版社，1955，第 53
页。）因此，作为认识与反映现实的文学的艺术形象不过是外在
世界的映象，或者说，不过是现实的反映而已。现实生活是文学
描写的对象，没有被反映者——现实生活，就没有创作。因此，
现实生活是文学创作的唯一源泉。由此可知，作为文学内容的决
定性的因素是被写到文学作品中去的客观现实生活。

但是，这被写进作品中去的客观现实生活，虽是第一义的，
是构成文学作品内容的决定性的因素，却不是唯一的因素。因为
"观念和感觉是这些客体底复写或反映"。（《唯物论与经验批判
论》代绪论，人民出版社，1955，第 9 页。）"社会意识反映社会
存在——这就是马克思底学说。反映可以是被反映者底有近似地
真确的模写，可是说它们是等同的，这就荒谬了。"（《唯物论与
经验批判论》第六章第二节，人民出版社，1955，第 314 页。）
维·图加林诺夫根据列宁的反映论和巴甫洛夫学说，对意识作过
研究，他认为："意识就整个来说是客观的，同时又是主观的。
意识之所以是客观的，因为它的根源是外部世界；它的内容反映
外部世界并因而与外部世界相同；它的使命是使人的行动适合于
环境，使有机体同环境保持'平衡'（巴甫洛夫），改造外部世
界，并由于这一切而起到交际工具的作用；它是完全物质的表现
和产物。意识之所以是主观的，因为它是人的内部世界的内容，
是反映，是外部世界的相近似的'复制品'，是体验，是自我意
识，是客观内容的特殊的主观形式，是客观世界的主观形象。"
（《论意识和社会意识》，《学习译丛》1956 年第 2 期，第 20 页。）
而"作为观念形态的文艺作品，都是一定的社会生活在人类头脑
中的反映的产物"（《毛泽东论文艺》，第 64 页），更不是一般的、

简单的而是一种复杂的反映，它不仅反映现在，而且也反映过去和展示未来，它是作者在现实基础上的一种创造性的再现，是一种为现实所无的完美的艺术世界。因此，文学作品内容中的这个现实生活，是经过作家从现实中选择来的，是生活的特定方面和具有特定的特征的，是已经在作家的头脑中被改造过了的，是渗透着作家的目的和要求的。因此，作为观念形态的"艺术并不要求把它的作品当做现实"。（列宁：《哲学笔记》，人民出版社，1956，第49页。）相反，"文艺作品中反映出来的生活却可以而且应该比普通的实际生活更高，更强烈，更有集中性，更典型，更理想，因此就更带普遍性"。（《毛泽东论文艺》，第65页。）别林斯基也说："艺术是现实的复制，被重复了的、重新被创造了的世界：它难道能够是一种独立的、隔绝一切外来影响的活动吗？诗人，作为一个人，一个性格、一个天性——总之，作为一个人格，难道能够不反映在作品中吗！"（《别林斯基选集》第2卷，时代出版社，1952，第418页。）邵荃麟在《论主观问题》中也指出在创作过程中作家主观作用的重要性："所谓作家的主观精神，就是作家的思想、情感、立场，态度等等的总和。客观的现实既然是通过作家的主观而反映于创作中间，作家的主观作用自然是个重要的问题；所以毛泽东在文艺座谈会的引言中首先提出来的，也即是作家的立场问题、态度问题等等。但是，在主观所包含的诸因素中间，思想意识却是最基本的因素。无论创作态度、政治立场，或是所谓战斗热情、创作要求，就其内容而言，首先都不能不是决定于作家对现实的认识。高尔基说：'无论自然科学或艺术文学，在其中起基本作用的，是观察、比较和研究。'（《我的文学修养》）这即是包括着感觉与思维的认识过程。自然高尔基也还指出，文艺创作不仅需要认识，而且还需要想象；所谓'想象'，他说：'在本质上，也是关于世界的思维，不过它特别是凭借形象的思维，是"艺术的思维"。'艺术的思维，固然以赋有感性为必要条件，但却不是说，它完全是依赖于感性的特征。因为确定感觉的真实性，更决定的是其本质，必须通过作家的思想，而无论是作家的认识或是感觉，基本上又不能不是受他的阶级意识所支配。因此，在理解这些问题时，我们首先不能把作家的主观同他的社会基础和阶级性质分开，其次不能把构成认识过程的感觉与思维的有机部分割裂开来。……在文艺创作过程中来说，也就是高尔基所说的：'思维和认识不外是技术和一联的方法——观察、比较、研究的方法。以它们为媒介，使我们的"生活的印象"和"体验"被加工，借哲学形态化为思想，借科学形态化为假说和理论，借文学形态化为形象。'（高尔基：《文学论集》）这说明艺术认识与创作过程，固然从作者对于现实的感受开始，但是作为完成其认识以至创作过程底基本因素，却不能不是思维作用，作家必须经过精密的观察，比较、研究，才能从他所感觉的对象中深入地认识其本质，把握这本质去创造完整的形象。'我们所认识的有才能的文学家，他充分具有选择、观察、比较最特质的阶级的特殊方法，及把这些特殊性包括于一个人物中去的方法。文学的形象和社会的典型，就是这样创造出来的。'（高尔基：《文学论集》）所以，思想问题在作家主观作用问题上，不能不是一个最主要的问题，是非常显然的。"

在文艺创作过程中，主观与客观的关系或者说现实与作家的思想、情感的密切关系，在中国古代文学批评史上，一些具有朴素唯物思想的理论家和作家们也有相当深刻的理解。象班固《汉书·艺文志·诗赋略》序："传曰：'不歌而涌谓之赋，登高能赋，可以为大夫，'言感物造嵩，材知深美……自孝武立乐府，而采歌谣，于是有代、赵之讴，秦、楚之风，皆感于哀乐，缘事而发。"（着重点为引者所加）陆机《文赋》："伫中区以玄览，……遵四时以叹逝，瞻万物而思纷。"刘勰《文心雕龙·物色篇》："春秋代序，阴阳惨舒，物色之动，心亦摇焉。……情以物迁，辞以情发。……是以诗人感物，联类不穷，流连万象之际，沉吟视听之区，写气图貌，既随物以宛转，属采附声，亦与心而徘徊。"这都是说的创作从现实出发，描写以现实为对象，然而并不排斥作家的思想情感，恰恰相反，作家把他的思想情感渗透到他所选择的现实生活中去，而写成文学作品。也就因为这样，我们才看到描写或歌咏同一事物，而产生许多具有不同内容的作品。例如同是写春草，杜甫说："国破山河在，春城草木深。"（《春望》）孟郊说："谁言寸草心，报得三春晖？"（《游子吟》）李后主说："离恨恰如春草，更行更远还生。"（《清平乐》）这些具有不同内容的作品，使我们获得如下的结论。

　　文学作品的内容具有两种因素：客观现实方面（社会生活、自然环境等）和主观方面（作家对所选择和把握的某一组生活现象的理解和评价等）。而这两者在现实主义作品中是基本统一的。这写到作品中去的客观的方面，既然是一种反映，而且是经过选择、改造而又渗透着作家的主观愿望等，因此，已经不是纯客观的东西了。但正如前面所说它却是重要的并且是决定性的因素。因此，文学的内容，应当是艺术家根据一定的世界观、一定的社会理想和美学理想反映出来的现实。因此，单独强调文学内容的任何一个方面或因素是文学的唯一内容，都是错误的。如果片面强调文学内容仅仅是文学描写的对象，即客观现实，那就会导致艺术中的自然主义；反之，强调思想是文学的唯一内容，那就和黑格尔犯了同样的错误。因此，我们必须和资产阶级的文艺思想作斗争。

二　关于文学的内容有无特征问题的争论

　　1. 认为文艺与科学内容是相同的

　　较早（1848）提出这个主张的是别林斯基［杜勃罗留勃夫在《黑暗的王国》（1859）中也提到过］：他认为科学和艺术之间的差别，"决不在于内容，而只在于创造内容的方法"。他说："哲学家用三段论法讲述，诗人用形象和图画讲述，他们两人所讲的东西是一样的。政治经济学家利用统计数字，在其读者或听众的思想中证实：由于如此这般的原因，某一阶级的社会状况大大改善了或大大恶化了。诗人则利用对于现实的生动而鲜明的描写，用一幅忠实的图画，在其读者底想象中显示：由于如此这般的原因，某一阶级的社会状况真正大大改善了，或大大恶化了。一个证实，另一个显示，两个都是说服，只不过一个是运用逻辑的论据，另一个是运用图画。"（《对 1847 年俄国文学的意见》——转引自康士坦丁诺夫《社会意识及其形态》，人民出版社，1954，第 84 页。满涛译《别林斯基选集》第 2 卷，时代出版社，1952，第 428—429 页，但译文有出入。）许多文艺理论家、哲学家和社会学家都同意别林斯基的论点，例如康士坦丁诺夫主编的《历史唯物主义》中就说："艺术和其他社会意识形态一样，是生活和现实的反映；这是对现实的特种认识。跟科学不同，艺术不是以概念，而是以艺术形象……"（人民出版社，1955，第 496 页。）但他在最近主编的《马克思主义哲学原理》（人民出版社，1959，第 624 页）中已有所修改。

2. 主张文艺有自己的特殊内容的

随着文艺理论的研究的深入，许多理论家和作家却强调艺术的描写对象首先是人，人的社会关系和内心世界。其他的事物或自然色只能是对人作间接的描写，即使是单写风景的或花鸟的诗与画，其作品的主人公也是作者自己，一些儿童文学作品中所写的动植物或神仙世界，因为是以人的现实生活为依据，并且是从人的思想情感道德的愿望出发创造出来的艺术形象，仍然是在描写人。

直接对别林斯基论点提出不同意见的是阿·布洛夫，他在《论艺术内容和形式的特征》中说："别林斯基说，科学和艺术的区别'决不在于内容，而只在于创造内容的方法'。这一论断在我们的理论著作里再三引用。有些批评家甚至艺术家简单化地去理解这个原理，结果否认了艺术内容的特征，把艺术与科学等量齐观。……显然，把自然科学的内容和艺术的内容混为一谈是经不起任何批评的。别林斯基在上述原理中主要是以艺术和社会科学（特别是政治经济学）相比。但是我们在下面就会知道，即使如此，也不能说科学和艺术的内容是一样的，艺术内容是没有特征的。"（《苏联文学艺术论文集》，学习杂志社，1954，第110页。）不过布洛夫也还没有根本推翻别林斯基的论点，他接着说："如从唯物地提问题这个意义上，即意识总是这样或那样地反映实在的现实这个意义上来说，别林斯基关于艺术和科学内容的一致的说法是正确的。但决不能这样来理解这种说法：它抹煞了艺术对象和内容的特征问题；它否认了从内容特征派生出来的形式特征。"（《苏联文学艺术论文集》，第111页。《文艺理论学习小译丛》第5辑合订本，新文艺出版社，1954，第152—153页。）从文艺描写的对象的特征上，拥护或同意布洛夫的这个论点的有许多人，例如格·尼古拉耶娃在她的《论艺术文学的特征》中说："重要的是要记住，文学的对象是作为整体的社会的人，文学是不同于只从某一方面来考察人的道德学、伦理学、心理学、社会科学、生理学的。"（《苏联文学艺术论文集》，第161页。）再如万斯洛夫在《艺术中的内容和形式问题》中也说："人和社会生活就是艺术的主要对象。与研究生活某一方面的规律性的社会科学不同，大多的艺术样式综合地、整体地描写人，同时具体、完备地再现生活。"（《文艺理论译丛》第1辑合订本，新文艺出版社，1956，第270页。）德米特里耶娃在《评涅陀希文的〈艺术概论〉》中也支持布洛夫的说法。（《艺术概论》朝花美术出版社，1958，第432—433页。）格·波斯彼洛夫在《文学的现实主义和真实性》中认为，许多理论家把艺术和科学之间存在着的重大区别只归结为形式上的差别，反映生活的手段上的差别的理论是"回避了艺术的思想意义的问题，……艺术象科学和其他的意识形态一样，是反映生活的。但它反映生活中的什么，为什么反映，如何反映——在所有这些方面，艺术有着重大的特点，即内容上的、不只是形式上的特点"。（《学习译丛》1958年第2

期，第 64 页。）但是以布洛夫为代表的这种论点，在苏联也并非没有人反对。例如，克·克里维茨基在《美学应当建立在艺术事实的基础上》（不过争论的对象是布洛夫的《艺术的美学实质》一书）中就认为布洛夫提出的"人是艺术的特殊对象"的基本论点，"在实践上使艺术贫乏化，而在理论上则站到简单化的、庸俗化的立场上去了"。因而他提出："艺术的对象，就是一切激动人们、引起人们感情上反应的事物。"而且认为"随着人类的前进运动而不断扩大着"。他认为一切事物现象如果能普遍引起人们一定的感情反应，就能成为艺术的对象。他说："难道太阳、日出和日落，不是历史地经过一长串中间环节而变成艺术对象的吗？"于是他为别林斯基辩护说："因此看来，别林斯基说艺术的对象是现实，这并没有错。"但他也承认别林斯基的话并不周密："他只不过没有附带说明，现实的对象在什么条件下才能是艺术的对象，因为这位伟大的批评家是从另外一个角度来看这个问题的。"（《学习译丛》1957 年第 2 期或《美学与文艺问题论文集》。）

3. 我们对这问题的看法

别林斯基的论点，在布洛夫等理论家的新意见发表以前，在我国文艺理论界是有巨大影响的，例如巴人的《文学论稿》，在论文学的形象性时，就引用过。并说："在这里，别林斯基非常正确地把思想（修改本删去——引者）科学和文学艺术的相同点和不同点给予以说明……"（旧版本上册第 304—305 页，修改本上册第 284 页。）自从以布洛夫为代表的新论点译到我国之后，在我们理论界起了很大影响，很快就被吸收到一些文艺理论著作中去。

我们认为以布洛夫为代表的新论点，并没有错误，别林斯基的论点也没有错误。两者非但没有矛盾，而且前者是后者的一种发展或深入。科学和文艺都是意识形态，而它是人所特有的反映客观现实的最高级的形式。都是客观现实的反映，如果没有被反映的客观现实，艺术和科学就不能存在。因此两者的内容在这一义上来看是相同的，而且别林斯基的这段话是在反对那些否认艺术是社会现实和历史时代各种现象的反映，把艺术看作是主观意识或某种"绝对理念"的产物的论调时说的，他是从意识与存在的关系这样一个哲学的根本问题出发，特别强调艺术与科学都是现实的反映，它们之间的区别仅在于形式，这无疑是唯物主义的论点，是正确的。但是把问题停留在仅仅阐明艺术和其他的意识形态所共有的规律性，显然是不够的。我们知道：任何事物"没有一般的内容，只有该对象、现象、过程等的具体内容。没有一般的形式，只有该具体内容的具体形式"。[《辩证唯物论》（上），中国人民大学出版社，第 544 页。]科学与艺术既然是两种不同的意识形态，就应该有自己的特殊内容。科学与艺术既然各有自己的特殊任务，就应该有自己的特殊对象，从而构成自己的特定内容。也就因为这种特定内容才决定了表现这种内容的特殊方法以及它的特殊形式。自然科学的主要任务是要揭破宇宙之谜，征服自然。因而它研究的特殊对象就是星云、电子之类的自然现象，积累关于自然界规律性的知识，并使之系统化。而社会科学的任务，总起来说是积累社会的规律性的知识的。因而其研究对象就有特殊性，无论经济学也好，历史学也好，教育学也好，它们或者只研究各个社会经济形态的特点，或者只研究各个国家、民族的经济政治、文化等等的变革情况，或者只研究培养教育青年一代的理论和方法，却不可能综合地反映人及其生活。而文艺由于它的特殊任务，作家是人类灵魂的工程师，他通过活生生的人、他们的行动、关系感受、环境等等来认识和评价社会生活的基本特点，向读者进行美感教育。文艺与科学由于任务不同，对象或取材不同等等，因此就构成了文艺的特殊内容。

　　但是有些人却并不作如此了解，他们在区别科学与文艺的不同时，只是着眼于两者的表现方法。象布洛夫所指出的：有人"竟武断地说，既然艺术能通过具体的形象形式反映自然科学法则，那末，即使自然科学法则（如光合作用、物体摆动、原子内部过程等等）原则上也可以成为艺术的对象"。（《苏联文学艺术论文集》，第 100 页。）有人把文艺作品看成是科学小品，例如象尼古拉耶娃所指出的：查克鲁特金的小说《水上乡村》（《苏联文学艺术论文集》，第 165 页）以及我国的电影《游园惊梦》等都有这种倾向。这都是错误的，是违反艺术内容特征和艺术创作法则的。毛主席早在《讲话》中就已指出文艺的主要对象是写人——创造人物。他说："一切革命的文学家艺术家只有联系群众，表现群众，把自己当作群众的代言人，他的工作才有意义。"（《毛泽东论文艺》，第 68 页。）又说："革命的文艺，应当根据实际生活创造出各种各样的人物来，帮助群众推动历史的前进。"（《毛泽东论文艺》，第 65 页。）并且这个人，主要不是自然范畴的人而是社会生活中的人。尽管科学，譬如生理学也研究人，但却是研究的自然范畴中的人，而不是社会生活中的人。

当然文学的对象也写，例如，外部世界的一切现象——自然景色、人和社会关系、动物、生产工具、生产过程等等，这一切都可以在艺术作品中反映出来。但是"艺术之所以要反映外部世界的各种各样的对象与现象，是因为人和它们有机地联系着，离开它们，实在的人是不存在的。为了现实主义地描写人，艺术家不能不通过与周围现实的真正联系来表现人"。（《苏联文学艺术论文集》，第 117 页。）而且作者为了突出人物的性格，丰富人物的精神世界，以及收到艺术效果，有时还要突出地写，例如《烈火红心》中许国清攻克电子管的秘密，作者是突出地写了的，而且就因为写的那样具体，提出了电子管不裂缝的秘密究竟在哪里的问题，因而就能集中观众的注意力，让观众和人物一齐去钻研问题，这就不仅突出了人物的精神世界，而且收到了剧场的效果。而在《敢想敢做的人》中，作者写张英杰的创造发明就有点逊色，观众只看到他在那里紧张地费劲地拉锯，但却不知道他要解决的关键在哪里。因此，尽管张英杰拉锯拉得出大汗，甚至最后晕倒，但观众却使不上劲，因此剧场的空气就显得涣散。由此可见，与人物性格有关的事物是可以写而且应该写，但问题是如何写！而且还应该指出，由于作品描写了与人物生活、性格有关的事物，因而在其他方面直接收到了实用效果，例如苏尔科夫就曾指出："长篇小说《活命的水》成为推广社会主义农业中新的进步的耕地灌溉法的强有力的有效工具。"（《苏联人民的文学》上册，第46页。）承认《日日夜夜》在中国解放战争中在战术上起过巨大作用。（姚远方：《苏维埃战时文学成了我们无形的军事力量》，《文艺报》第1卷第3期。）中国的《三国演义》《水浒》在农民起义中起过战略战术的作用（参考北大学生编著《中国文学史》下册，"三国演义的影响"第299页，"水浒传的巨大影响"第320页。）这也并非庸俗社会学观点，因为文艺本来是生活与战斗的教科书，只要它写的是人，创造的是艺术形象，而不是专门写的工程手册或军事学。

　　但是文艺的内容毕竟与科学不同，我们认为文艺作品所写事物现象，常常是不能用科学去解释的，夸大一点说，有时是反科学的，例如《诗经·小雅》："螟蛉有子，蜾蠃负之。"这是古人在生物学上的错误。《诗经·鲁颂》："翩彼飞鸮，集于泮林，食我桑黮，怀我好音。"《诗经·大雅》："周原膴膴，堇荼如饴。"这显然是一种艺术的夸张。再如宋人小说《碾玉观音》赞美秀秀养娘善绣说："……斜枝嫩叶包开蕊，唯只欠馨香；曾向园林深处，引教蝶乱蜂狂。"（《眼儿媚》）根据生物学的研究：花之招蜂引蝶主要是依靠它的香味，既然无香，必不至使蝶乱蜂狂，但在作为文学的内容来看，我们并不认为它反科学因而说它不真实。特别在一些著名的浪漫主义作品里象《西游记》等，作者所创造的人物和故事大都是不科学的。毛主席在《矛盾论》中说："《西游记》中所说的孙悟空七十二变和《聊斋志异》中的许多鬼狐变人的故事等等，这种神话中所说的矛盾的互相转化，乃是无数复杂的现实矛盾的互相变化对于人们所引起的一种幼稚的、想象的、主观幻想的变化，……神话并不是根据具体的矛盾之一定的条件而构成的，所以它们并不是现实之科学的反映。"（《毛泽东选集》第 2 卷，人民出版社，1952，第 797—798 页。）但却并不伤害其为文学内容，相反，如毛主席所说："能够吸引人们的喜欢，并且最好的神话具有'永久的魅力'（马克思）。"（同上书同页）当然上述例子主要是属于文学的表现方法范畴，但我们知道，这仍然离不开特定内容，是为它所决定的。此外，特别在抒情诗、风景花鸟画中还有很多例子，如杜甫《春望》诗："感时花溅泪，恨别鸟惊心。"李白的《劳劳亭》诗："春风知别苦，不遣柳条青。"宋"郑所南以墨笔兰花出名，南宋亡后，所作墨兰从此加添花根，不着土坡"。（《人民文学》1959 年第 6 期，第 55 页。）而作为一个生物学家，如果他把这样的内容写到他的著作里去便是天大的错误。由此可见，即使科学家与文学家所研究描写的虽是同一对象，而所构成的著作内容也有绝大的不同。为什么？就因为两者的角度不同。科学家（生物学家）所研究的对象是把客观现实的自然事物从自然范畴来看，而文艺家都是以社会人的见地，特别是把自己的思想感情与自然中的事物结合起来，把自然人化了。这是一种创造，是他的主观作用在创造与自然有所区别的新产品，是创造性地再现自然美。这就说明了文艺的内容是主观与客观的统一。不同的任务、不同的角度、不同的理解、不同的方法——典型化——等等，说明了文艺内容的特征。抒情诗或景物画的情景交融是科学家所不需要的。鲁迅在《诗歌之敌》里说："倘我们赏识美的事物，而以伦理学的眼光来论动机，必求其'无所为'，则第一先得与生物离绝。柳阴下听黄鹂鸣，我们感得天地间，春气横溢，见流萤明灭于丛草里，使人顿怀秋心。然而鹂歌萤照是'为'什么呢？毫不客气，那都是所谓'不道德'的，都在大'出风头'，希图觅得配偶。至于一切花，则简直是植物的生殖机关了。虽然有许多披着美丽的外衣，而目的则专在受精，比人们的讲神圣恋爱尤其露骨。即使清高如梅菊，也逃不出例外——而可怜的陶潜林逋，却都不明白那些动机。"（《集外集拾遗》）鲁迅这些话，虽然是在讽刺那些所谓道德家，但却恰好说明了科学家与文艺家对同一对象研究的角度和要求不同，从而产生了不同的内容。一枝盛开的有名色的牡丹，两个鸣翠柳的黄鹂，生物学家所关心的只是它们的品种或为了繁殖的动机等方面；画家却不管这些，而是通过花鸟的自然属性的某些特点抒发自己的情感。生物学家要把黄鹂和牡丹涓滴不漏地画成生物标本挂图，而画家却对自然有所取舍，并把它们概括成灌注了自己的思想情感的艺术品。也就因为如此，所以生物学家只能产生一张挂图，而画家却把它们创造成千千万万的艺术品。齐白石论画说："作画妙在似与不似之间，太似为媚俗，不似为欺世。"假设画家都象生物学家那样用"自然见地"看花鸟，象生物学家那样冷冰冰地如实地临摹，那根本不是艺术。诗人或画家是以人的见地，看待自然，以饱和着人的健康情趣的笔触来表现花鸟的美，而生物学的内容却不允许作者灌注进自己的思想感情，这就是艺术作品的内容所以异于生物学内容的地方。至于写人、人的生活及其精神世界，作家除了客观地表现人的阶级特征之外，还要灌注进作家对于人物爱憎的思想情感，是从阶级的观点来理解人写人，而非生物学的观点。鲁迅在和"新月派"代表梁实秋关于"人性论"斗争的时候说过一句有名的话："文学不借人，也无以表示'性'（阶级性——引者）。"（《二心集》：《"硬译"与"文学的阶级性"》）应作如是理解。

由此可见在文艺作品内容中作家的思想情感的重要性，它是构成文艺作品内容，并且区别于生物科学的主要标志。但这并不意味着把客观现实看成次要的东西，也并不意味着与"自然见地"相对立或有意加以忽视。没有生活经验，不理解生活规律，就不可能再现人的生活。苏轼所想象的天上宫阙，也不过是"琼楼玉宇高处不胜寒"（《水调歌头》），蒲松龄所创造的"处处风景，与世殊异"的广寒宫，也不过是"以水晶为阶，行人如在镜中。桂树两章，参空合抱，花气随风，香无断际"（《聊斋志异·

白于玉》）而已。同样，画家不理解山水花鸟的自然属性，不通过具有某一或某些方面的自然属性的生动形象的描绘，就不能达到借物抒情的自然效果。一句话，脱离生活或自然界文艺就会无所依托，就不可能创造真正的文艺作品。

文艺作品的内容与社会科学的内容也不相同，但是却有人喜欢加以比较。象布洛夫所指出："我们这里时常有人做这样的比较，来证明艺术（艺术对象和科学对象是相同的，'同一'的）的认识力量，例如，把马克思的政治经济学著作与巴尔扎克的《人间喜剧》，把列宁的《做什么?》与高尔基的《母亲》等等加以比较。他们比较后两部著作时直截了当地说，它们的内容是相同的，只是反映的形式有所不同。"（《苏联文学艺术论文集》第28页。）

文学尽管它供给我们以无限丰富的各方面的知识，但却不等于社会科学的内容，更不提供科学的数字或历史史实。不错，恩格斯曾针对巴尔扎克的《人间喜剧》说过如下的一段话："巴尔扎克，我认为比过去、现在和将来的一切左拉都要伟大得多的一个现实主义艺术家，在他的人间喜剧里，给予了我们一部法国'社会'的卓绝的现实的历史……从这个历史里，甚至在经济的细节上，我所学到的东西，也比从当时所有的专门历史家、经济学家和统计学家的全部著作合拢起来所学到的还要多。"（《给哈克纳斯的信》）别林斯基也说普希金的"奥涅金可以称为俄罗斯生活的百科全书和最富于人民性的作品"。（转引自布罗茨基主编《俄国文学史》上卷，作家出版社，1954，第373页。）但我们认为这一方面是文学批评上的一种夸张手法，同时主要是从艺术的角度，特别是现实主义角度来说的，是就现实主义通过典型形象揭示现实本质的力量或深刻性来说的。列宁在论列夫·托尔斯泰的作品时也说过："如果站在我们面前的是一位真正伟大的艺术家，那末他至少应当在自己的作品里反映出革命的某些本质方面来。"（《托尔斯泰是俄国革命的镜子》）恩格斯从来没有承认巴尔扎克是历史家，只称他是一个伟大的现实主义艺术家。这是因为巴尔扎克是从现实主义的角度通过人、人的生活及其内心世界的典型创造，才反映出当时法国社会的本质来的。典型的最大特点之一是以有限寓无限，从个别见一般，即所谓一粒沙里见世界，一朵花里一个天堂。从这一意义上，恩格斯才说《人间喜剧》的内容是如此丰富，以至超越了社会科学家们的著作的总和。

　　但是有些人却并不从文艺作品的特殊内容上来理解，在研究文学史和历史的时候，却把文学的内容与历史的内容等同起来。一直到现在争论曹操问题的时候，还有人说要为《三国演义》里的曹操翻案。这就是忘记了文学的人物不同于历史的人物，《三国演义》里的曹操不是三国时的曹操，根本用不着翻案。鲁迅说过：真人—"进了小说，如果作者手腕高妙，作品久传的话，读者所见的就只是书中人，和这曾经实有的人倒不相干了"。（《且介亭杂文末编》：《〈出关〉的"关"》）这种情况在中国历史小说、戏剧中的例子是很多的，除了《三国演义》之外，还可以柳子戏《孙安动本》为例，张居正在历史上并不怎么坏，可是在戏剧里他成了奸臣。此外，元曲中有时写前代历史故事用后代的典故，如果我们据以考证历史，那就是天大的笑话！文学的内容是集中概括虚构而成的，不同于历史，远在几千年前，孔子的学生子贡就认为纣王的故事不是史实而近于传说。他说："纣之不善，不如是之甚也。是以君子恶居下流，天下之恶皆归焉。"（《论语·子张篇》）几千年后的李渔（笠翁）也懂得文学内容的这个特点。他说："传奇无实，大半皆寓言耳。欲劝人为孝，则举一孝子出名，但有一行可纪，则不必尽有其事；凡属孝亲所应有者，悉取而加之，亦犹纣之不善，不如是之甚也。一居下流，天下之恶皆归焉。"（《闲情偶寄·词曲部·审虚实》）把文学的内容与历史等同起来的观点，中国明代批评家钱谦益的《读杜小笺》就表现得很突出，他曾详考唐代史实以求杜甫诗情之由来。王船山在《诗绎》里批评这种观点说："杜甫得诗史之誉。夫诗之不可以史为，若口与目之不相代也久矣。"王世贞在他的《艺苑卮言》里也批评说："如诗可兼史，则尚书春秋可以并省。"杨慎的《丹铅总录》卷21"诗话类""诗史误人"条，亦云："宋人以杜子美能以韵语纪时事，谓之诗史，鄙哉宋人之见，不足以论诗也。"他指出文学有自己的特征："诗以道性情，纳情合性而归之道德也。"并且"意在言外，使人自悟"。这个论点且得到了清人阮葵生的赞赏："此段议论，最破俗儒之见，可为近代诗人痛下针砭。"（《茶余客话》，卷11，"诗史"条）由此可见，这种庸俗观点并非纯自外来，在中国若干年前的宋代即已存在，可是争论到明、清甚至到现在还有人在那里唠叨不休，实在是个怪事！

当这个问题结束的时候，不妨再重复一遍：文艺的描写对象是客观现实，但主要是写人、人的社会生活关系和人的内心世界。最近赫鲁晓夫同志在维申斯卡亚镇群众大会上的讲话也提到："对于苏联文学来说，重要的不仅是刻划人们的事业和功勋，而且要表明在争取共产主义胜利的斗争中所产生的英雄气概的思想泉源。我们的艺术的使命是：深刻地、真实地表达涌现的伟绩，剖析我们当代人的精神世界、他们的思想感情和憧憬。"（《人民日报》1959年9月4日，第5版。）而文艺作品的内容则是主观与客观两个方面的有机统一。现在接着要讨论的是：

三 文学的内容与主题、思想的关系问题

1. 主题与思想的关系和区别

什么是作品的主题？在中国文学批评史上本来是没有的，中国的传统，不论是作品或论文，统统叫做主旨，而且包括主题和思想两者在内。自从苏联文艺理论来了以后，才接受了这个新的概念，并且只限于文艺作品方面了。就因为是个新的东西，所以大家的说法或理解不一，至今还在争论。在中学里特别热闹。《文艺学习》，特别是为中学语文教师服务的《语文学习》，曾企图解决这个问题，但大家的说法仍然非常分歧。我们不妨去翻阅

一下有关这个问题的文章（可参考兰州大学图书馆出版的《文艺资料索引》第1辑，第37页）以及目前出版的一些文艺理论书，就可以知道。而且这个问题在苏联的说法也并不一致。例如高尔基对主题的说法就与众不同。现在来不及评论各家说法的得失，只提出自己认为较好的说法。

我们认为季摩菲耶夫的说法"主题就是作家所描绘的事物"（《怎样分析文学作品》，第9页）和万斯洛夫的说法"被描写在艺术作品中的现实生活的领域，叫做艺术作品的主题"（新文艺出版社，《文艺理论译丛》第1辑合订本，第272页）是较好的。文学作品的主题就是被描写进作品中来的客观方面。但是，这组生活不但是完整的，而且要显示一种东西。这就是思想。

什么叫作品的思想？我们认为万斯洛夫的说法较好："艺术家在揭示被描写的现实生活现象的本质，指出它们的正面、反面和矛盾时，从而使那些领会艺术的人们得出一定的结论，这种结论是可以当作艺术作品的思想来表述的。"（同上书，第274页。）万斯洛夫这个说法之所以好，在于它的全面。他是从作者的创作角度和读者的理解角度两个方面来说的。季摩菲耶夫只说："思想是他对于所描绘的事物所要吐露的话，是他的评价。"（《怎样分析文学作品》，第9页。）这是单从作者的角度，是不全面的。因为作品的内容，除了作家渗透其中的主观思想、情感之外，作品本身还显示出一种东西或真理来，这种东西，特别在批判现实主义的作品中，往往是作家理解不够，而为读者所发现所挖掘出来的。它的名字叫做客观思想。这个问题留在后面谈。现在先谈：

主题与思想两者尽管不同，却关系甚为密切。我们认为高尔基给主题所下的解释就充分说明了这一点。高尔基说："主题是孕育在作家的体验中的一种思想，这种思想是生活暗示给作家的，它潜伏在作家的印象仓库里还未成形，当它需要用形象来体现时，它会唤起作家心中要形成这种思想的欲望。"（《和青年作家谈话》，见《论写作》，第5页。）这是高尔基从创作过程来理解作品的主题的，并且说明了主题与思想的不可分性，主题必须有思想性、阶级性。季摩菲耶夫对于高尔基的这段话解释说："主题是艺术家从现实中选择出来，要使读者予以注意的一组生活现象。但是艺术家对所要描写的生活事实予以选择时，必然要表现对于这些事实的估价，表现他的世界观及思想。"（《怎样分析作品》，第9页。）因此主题尽管是作品中的客观方面，但是它不同于客观现实生活，或者说描写的对象（这我们叫做题材），因为，既然经过作家的选择和评价了，被写进作品中去了，也就是说在作家的头脑中被改造过了，就不能不结合着作家的主观色彩或者说思想情感。因此，主题不能离开思想而独立，可是题材则是纯客观的东西，它只是描写的对象。例如军事题材、工业题材等。陆定一同志在《百花齐放、百家争鸣》的报告里，指出我们对于题材从不加限制，就因为它是客观的东西。因此，我们认为严格说来，在文学史上绝不可能有相同的主题，只有相似的题材，尽管许多人都写莺莺传，都写长恨歌，但只能说题材相似，而主题却很不相同。因此，我认为万斯洛夫的说法（《文艺理论译丛》第1辑合订本，新文艺出版社，1956，第275—276页）有割裂主题与思想或把主题与题材混同的倾向。

　　主题与思想不仅是不可分的，而且在创作过程中，起着相互的作用：主题深化了思想，思想发展了主题。也可看作是形象思维与逻辑思想的相互作用问题。这个问题太大，来不及在这里进行分析说明，只要去读一些作家谈创作经验的文章，例如，尼古拉耶娃在《论艺术文学的特征》谈到自己创作《收获》的过程，就能帮助理解。

　　2. 文学内容与主题、思想的关系

　　前面已经说过，无论从作者的创作角度或从读者的阅读角度来理解，主题就是作品中的客观（这个客观是应该加引号的）方面。而思想就要复杂得多了。从作家的创作角度来说，他渗透在作品中的对于生活的理解、评价以及社会理想和美学理解等等，这就是作品内容的主观方面，即思想内容。但是从读者的阅读、研究和分析的角度来说，作品内容的主观方面还要丰富得多。一部优秀的真实反映现实生活的作品当读者或批评家通过艺术形象去理解它的思想时，不仅看到作家的思想，而且从作品的"客观"方面还向读者展示出一种东西，一般叫它做客观思想。因此，"客观"方面、作家的思想情感和客观思想三者的统一，才是作品的全部内容。在批判的现实主义作品中这种现象特别显著。

但是，什么是客观思想？它和作家的主观思想的关系如何？人们的理解还未取得一致。

一部作品是个客观存在之物，读者由于立场观点不同（当然还有其他原因，例如没有读懂，但这不是主要的），在阅读作品时完全可能产生不同的甚至相矛盾的理解，即所谓"仁者见仁，智者见智"。但这并不一定是客观思想，因为我们所说的客观思想是指从优秀的作品的"客观"方面展示给读者的一种真理，或者说它是从作家真实的、深刻的再现生活的图画中流露出来的一种真理，而真理只有一个，因此，只有能站在进步立场具有进步观点的读者才能分析或挖掘到作品的客观思想。而另外一些读者，例如郭开尽管看出了小说《青春之歌》充满着小资产阶级的思想情感，可不能说这就是《青春之歌》的客观思想，因为这个思想并非作品本身所有而是郭开把他个人的东西硬加到作品身上去的。

一些主张作家的世界观和创作方法绝对统一的人，不承认客观思想的存在，自然是不符合事实的。但一些主张世界观与创作方法矛盾的人，把客观思想强调到和作家的主观思想矛盾对立的地位，也是不正确的。例如季摩菲耶夫把文学内容的主观与客观因素分割开来，强调了"生活现象本身"来论证客观思想与主观思想的矛盾。他说："文学作品尤其富于实生活里的事实。作家既然企图在作品中显示生活在复杂背景中的人，他就必须在作品中特别安排各种各样的具体事实和细节，仍旧让它们保留原来的意义，无论作家怎样看待它们。因此，在文学作品中，我们可以找到大量材料去解释为作家所描写的那一面生活，并且，只要他所提供的生活事实是正确的，我们便有同等的把握达到和他相左的结论。作家的评价并不摈除我们评价的可能，而且这两者是可以非常不同的。"（《文学概论》，平明出版社，1953，第101页。）他并且以列夫·托尔斯泰的《安娜·卡列尼娜》为例说："我们所做的结论，应该是基于对小说中的事实的客观解释，而不是基于托尔斯泰所要加于小说的主观评价。"（《怎样分析文学作品》，平明出版社，1953，第30页。）万斯洛夫的意见也与此相近。（见《文艺理论译丛》第1辑合订本，新文艺出版社，1956，第276页。）季摩菲耶夫和万斯洛夫对于客观思想的看法是从作家的世界观和创作方法相矛盾的理论派生出来的，在这个根本问题还未得到解决时，当然这个派生出来的问题也不可能彻底解决，但我们愿意提出对客观思想的看法。我们是主张作家的世界观和创作方法是基本一致的，因此，认为在批判现实主义作品里，作家的主观思想与客观思想基本上也是一致的。不然就违反了作为现实主义作品内容的客观方面与主观方面的基本统一的规律。评价古典文学作品的主要标准，毛主席教导我们说，是它对待人民的态度如何和在历史上有无进步意义。（《毛泽东论文艺》，第74页。）这也就是它接近或符合真理的问题，我们认为只靠作品的客观思想是做不到这点的。一个完全反动或世界观的主导方面是反动的作者是不可能写出具有进步意义或接近真理的作品的。中国文学史上的俞万春就是例子。我们能否从歪曲生活的《荡寇志》里找到客观思想，作出和俞万春相左的结论？巴尔扎克的《人间喜剧》的进步意义，决定于他的世界观的进步方面，所以恩格斯说巴尔扎克所写的进步的东西，是为巴尔扎克所"看出"的，而且成为他最伟大的特点之一。（《马克思 恩格斯 列宁 斯大林论文艺》，人民文学出版社，1953，第22页。）而且，我们研究一个作家的世界观是进步的还是落后或反动的，应该首先从哪里去着手？是脱离开作品到外面去找还是从作品本身？毫无疑问首先是从后者。在中国文学史上有一种特殊现象，有许多伟大的作者除了留下他的伟大作品而外，再没有别的东西，象曹雪芹、施耐庵、关汉卿……如果我们撇开著作，又向哪里去找他们的世界观呢？而且杜勃罗留波夫曾经指出作家"对世界真正的看法，这必须在他所创造的生动的形象中去找寻"。（转引自维·古谢夫《再论世界观和创作的联系》，见《学习译丛》1958年第10期，第28页。）当然我们并不轻视有关作家的其他方面的材料，例如作家生活的以及创作作品的时代社会特点，他的论文、日记、书信等等，但首先而且主要的是从作品中去找，其他的材料只能作为我们研究作家世界观的辅助材料。我们在许多批判现实主义作品中看到世界观本身的矛盾，看到理智与情感的矛盾，看到现实主义与反现实主义的矛盾。因此我们说，在这些作品中世界观不是单一的，创作方法也不是单一的，并且世界观的进步一面是主导的，现实主义的创作方法也是主导的，也就因为如此，才决定了作品对人民的正确态度和它在历史上的进步意义。因此强调客观思想和作家的主观思想相对立和矛盾是片面的。那就会意味着：承认了具有单纯落后的、反动的世界观的作家，可以创造优秀的进步的作品，承认了客观思想是批判现实主义作品的唯一的正确思想，这不仅是不全面的而且是否定了作家的进步思想的指导作用。说作家对于自己所描写的作品进步内容不理解甚至对立和矛盾是不可能的。除了前面引证的恩格斯指出巴尔扎克所写《人间喜剧》的事实以外，在中国文学史上例子也很多，《孟子》里的"庖有肥肉，厩有肥马，民有饥色，野有饿莩"（《梁惠王》），杜甫的"朱门酒肉臭，路有冻死骨"（《自京赴奉先咏怀》），《红楼梦》第五三回写贾珍嫌乌进孝的租银少，听了乌进孝所说的严重的天灾之后，并不动心，反而说："不和你们要，找谁去。"我们能说作者对这些进步内容看不到吗？不是作者的思想吗？就是浪漫主义的《西游记》第九七回，写寇员外发家，从不上千亩田地挣了十万家私，作者就指出放账是一个重要原因。杜甫说："文章千古事，得失寸心知。"这句话应该重视。因此，我们认为作者主观思想的进步方面，在作品中应该是起重要作用的，是产生进步作品的基础。如果没有它，就只能写出象《荡寇志》之类的歪曲现实的作品，当然客观思想也就无从产生。因此，我们认为作家的主观思想和客观思想如果有矛盾对立的话，那是指的客观思想和作家的主观思想的落后面或反动面的对立关系，而且因之客观思想在一定程度上受到它的损害。而主观思想的进步面和客观思想基本上是统一的。或者说作家的进步观点基本上是符合真理的。我们认为作家的主观思想（进步方面，而且是主导方面）和客观思想的区别，只在于作家对反映到他头脑中的现实生活理解的高度和深度的不同。只是一种认识程度上的差别，当然，严格说来，差别也是矛盾，但却不是象一些人所说的竟成了根本的对立。例如《水浒传》的作者怀着满腔热情，描写了农民英雄们的革命事业和斗争的胜利，歌唱了起义群众的正义和力量，痛斥了封建统治阶级的罪恶与黑暗，表达了对英雄失败的惋惜和同情。这就是作者在作品里所表示的最宝贵的革命态度和进步的思想感情。就是这种思想情感和态度，才使他选取了社会的重大事件、封建社会的根本矛盾，特别是作为矛盾的主要方面的农民阶级作为主要描写对象。但是这部小说所反映出来的阶级的剥削与被剥削之间的关系，以及革命思想的不彻底性以及由此招致的惨痛的失败教训等等，作者就不可能理解得这样深刻了。只有具有阶级论的读者才会有或者说得出这样高的结论，但我们却不能说这个结论和作者的结论相左。在这里还有一个很好的例证，就是同时代的作家和批评家之间，由于彼此认识水平的不同，批评家所分析的常常为作家所没有理解到的高度，但却不能说是对立矛盾。据说冈察洛夫在看了杜勃罗留波夫的《什么是奥勃洛莫夫性格》以后说，奥勃洛莫夫这个典型是杜勃罗留波夫和他一起创造的。伟大的文学家是清醒的现实主义者，但由于他们的思想还受到历史条件的限制，所以对当时的现实的理解还不可能达到这样的高度。而且我们之所以能够在批判现实主义作品中能够指出何者为主观思想何者为客观思想，主要就是因为作家的时代和世界观的局限。而在社会主义现实主义作品中这样下结论就比较困难了。因为我们知道，作者的主观思想并不全是指的作家在作品中的说教（发议论）。它主要是渗透在形象之中的，亦即恩格斯所说的"倾向应当是不要特别地说出，而要让它自己从场面和情节中流露出来"。（《马克思　恩格斯　列宁　斯大林论文艺》，人民文学出版社，1953，第27页。）但并不能说社会主义作品中就不再有客观思想，因为人的世界观总是落后于现实，而高于作家的理论水平的批评家是完全可以得出高于作家对反映到他头脑中的现实生活的理解的。当然，社会主义作品比较起批判现实主义作品来，主观思想和客观思想吻合的程度，不知要高出多少倍。因而如果作家不公开承认，批评家几乎是无法指出来的。

第二　文学作品的形式

一　从几种不同的角度来理解形式的意义

根据形式是表现内容的概念，从文艺与现实的关系上来看：如果客观现实是内容，则文艺作品就是表现现实的形式之一。

斯大林说："如果我们把物质方面、外部条件、存在以及诸如此类的现象叫做内容，那末我们就可以把观念方面、意识以及诸如此类的现象叫做形式。"（《斯大林全集》第1卷，第291页。）马克思主义美学就根据这一原理，确定：对客观现实生活来说，文学艺术是反映现实生活的特殊形式。而客观现实生活则是这一特殊的社会意识形式的内容。

但是文艺作品是个完整的艺术形象，是个客观存在之物，因此，它本身又是内容和形式的有机统一体。这就产生了对文学作品的形式的不同理解和争论：

二　关于文学作品的形式的两种看法

季摩菲耶夫说："作品的内容即作家所意识到的现实，其形式就是形象（换言之，即人生图画），或者是具有复杂的行为和感觉的个性，亦即通过一定的结构和语言而表现出来的个性。"（《怎样分析文学作品》，第14页。）季摩菲耶夫对于形式的这个看法的理论基础是建立在"艺术形象是反映现实的形式"的原理上的。或者说，他是从文学与现实的关系的角度上来理解的。他从作家的创作过程来发挥说："艺术家的题材是人生（艺术通过人生的描绘反映出各种各样的实际现象）。艺术家必须给出他在意识中已确定的一些要点（'思想——主题'的基础），给出能够展开这些要点的形式，就是说，要使这些要点的各方面得到充分的外在的定型。为了这，艺术家必须把他的生活题材移入艺术特有的形式中，就是移入人生的具体图画，使读者去想见他所要显示的那个现实。例如，关于特洛伊战争的概念必须转化为希腊英雄在特洛伊城下的一次次的战役以及他们的交谈，筹谋，激情等。普希金关于十九世纪二十年代俄国贵族青年的概念（就是说，他所意识到的生活）必须转入具体人物——奥涅金，达吉亚娜，连斯基——的生活图画中，转入他们的思想，感觉及行为中。……"（《怎样分析文学作品》，第11—12页。）他并由此给了形式另外一个定义说："形式是向形式转化的内容。"（同上书第8页。）由此可见，季摩菲耶夫对于文学作品形式，是从文学与现实的关系上来理解的，文学是反映现实的特殊形式，是人生图画，是艺术形象。这种说法，就好比说文艺的内容和科学的内容在根本原则上没有区别一样，是没有错误的。并且也有它的优点：第一，说明形式与内容的不可分性，形式可以反映现实；第二，可以避免陷入形式主义的泥坑。但却显然存在着很大的缺点，那就是使人无法具体理解作品内容与形式的区别。无法具体深入理解作品的形式究竟是什么？而且有些作品，例如风景抒情诗，既无人生图画也无个性，难道就因此没有形式了吗？可是季摩菲耶夫这个论点，是得到多数人同意的，例如，最近我们见到的谢皮洛娃的《文艺学概论》也是这样主张（人民文学出版社，1958，第74—75页），而且对中国的影响很大，象霍松林就说："文学作品的形式就是我们在前面谈过的形象的形式——由作品中的各种人物、各种事件、各种景象交织而成的生活图画。"（《文艺学概论》，陕西人民出版社，1957，第91页。）

我们不同意上述论点的理由是，作品本身就是一个完整的艺术形象，对现实说来，它固然是反映现实的特殊形式，是艺术形象、人生图画。但，文学作品本身，亦即艺术形象本身又是一个内容与形式相统一的客观存在之物，因此，艺术形象，还应该有自己的形式。如果说人生图画是艺术形象的形式，那么内容也就只剩下了思想，"客观"方面到哪里去了呢？季摩菲耶夫的这个论点在苏联文学理论界也并非一致同意，例如万斯洛夫、叶果（高）洛夫等就不采用他的说法，而且赖颂姆纳提出了批评：

> 艺术形象的内容和形式，实际上是密切相联的：只有在抽象概念中才能把它区分开。但是，在这个统一中，艺术形象的形式具有性质上的特征，不能把它机械地与作为反映现实生活的内容丰富的形式的整个艺术形象混同起来。如果说形式脱离内容，就必然会导致艺术上的形式主义，那末把这两个概念：艺术形象——反映现实生活的形式，和艺术形象的形式——即形象内容的表现形式，为我们感觉所把握到的形象的外部面貌，机械地混淆起来，就会使得在艺术技巧问题上产生理论上的混乱。（《文艺理论学习小译丛》第5辑合订本，新文艺出版社，1954，第144—145页。）

万斯洛夫是同意赖颂姆纳的论点的。他也认为艺术本身是内容和形式的统一。他并且重视了：作为各种艺术样式的特殊物质手段，同时也是描写的、表现的手段的诸因素。"在诗文中，就是各式各样语言的表现手段，作诗的各种规律性、体裁、结构。"他并且指出这些因素的本身还不就是形式，只有当它们总合起来能表达出艺术作品的内容时，它们才算是变成了艺术的形式。(《文艺理论译丛》第 1 辑合订本，新文艺出版社，1956，第 269—270 页。)

但问题到这里却还并没有真正的解决。我们要继续追问的是：既然艺术的形式不是抽象的，而是"为我们感觉所把握到的形象的外部面貌"（赖颂姆纳语），是内容的"外在的物质表现"（万斯洛夫引加里宁语。《文艺理论译丛》第 1 辑合订本，第 266—267 页）。那末这究竟是个什么东西呢？许多理论家都提出了结构问题，例如万斯洛夫就说："艺术作品（形象）的具体的、多方面的结构是作为形式出现在艺术本身中的，这种结构是借助于该艺术样式所特有的一套物质手段组成的，同时它就是艺术内容的表现。"(《文艺理论译丛》第 1 辑合订本，第 269—270 页。)符·阿·阿尔捷莫夫也说："形式可以表现内容，可以给予内容以特别的性质。例如，诗的短长格形式就给艺术作品增加了叙事体的性质。"(《心理学概论》，人民教育出版社，1957，第 172 页。)我们认为这个看法很合乎中国文学批评史上对于形式的传统的看法，即所谓文体或体裁。

苏联阿·米纳祥从哲学上给一般事物的内容和形式作了一个解说："事物的内容是构成事物的一切方面、成分、因素和过程的统一体。事物的形式是它们的相互联系的性质和类型，是事物的结构、事物内部和外部的组织。"(《关于内容和形式的矛盾问题》，《学习译丛》1956 年第 1 期，第 74—75 页。)我们以为可以作为理解文艺作品的形式的哲学根据。我们认为文艺作品有两种结构，一种是内部的，即情节与非情节因素的结构，再一种是外部的，这就是文体或体裁。它是定型的，可直接感觉到的外部面貌。这两种结构是统一的。文体统摄着形式的一切因素。什么样的内容要求什么样的体裁，例如诗的内容要求用诗的体裁，戏剧的内容要求用戏剧的体裁来表现（这问题在第 80 页还要谈到）。各种体裁有自己不同的表现方法，因而在结构的组织上、语言的运用上等等也就有了特点，而且人们就根据结构的特点来区分体裁。

在中国文学批评史上，很早就注意了文体的研究，不仅注意了体裁和内容的密切关系（例如陆机《文赋》："诗缘情而绮靡"），而且分类很细。文体是经过漫长的时间和集体的努力而创造成功的，有相对独立性有继承性。所以毛主席在《讲话》里说："对于过去时代的文艺形式，我们也并不拒绝利用，但这些旧形式到了我们手里，给了改造，加进了新内容，也就变成革命的为人民服务的东西了。"（《毛泽东论文艺》，第 59 页）我们认为毛主席在这里所说的文艺形式绝非指的艺术形象或人生图画，而是指的体裁。鲁迅屡次说到采用民间形式问题，特别在谈到文学的形式时，他多指的是体裁。例如他说："……'五更调''攒十字'的格调，也可以放进新的内容去。"（《准风月谈》：《重三感旧》）当然鲁迅一向主张对于旧形式的采用是批判地吸收并加以改造的（《且介亭杂文》：《论"旧形式的采用"》）我在这里只想证明鲁迅所指的形式就是文体，这是中国传统的说法。

如果认为文体还不够具体，我们还可以提出和内容关系最为密切的"样式"来。什么叫样式？ A. 马契列特说："J. 季莫非也夫教授曾提及大家通用的这种分类法，把文学分为三种体裁（史诗、抒情诗和戏剧），每种体裁下面有几种形式，每种形式下面有几种变体，称为样式：'例如，长篇小说是史诗这一文学体裁下面的一种形式，而哲学长篇小说则是长篇小说下面的一种样式。'"（《电影艺术译丛》1955 年第 8 期，第 6 页）。他指出："样式的定义应当是这样：样式是一种特殊的艺术形式，它取决于突出形象的方法和典型化手段的其它特点。"（同上第 25—26页）由此可见，文体分类越细，就越和内容分不开，越具体，就变化越多，越符合我们所说的表现艺术形象的特殊内容的形式了。中国文学批评史上是没有"样式"这个术语的，但却有与之相近或相当的东西，我们曾经指出，中国文学批评史上对于文体的分类是很细的，非常具体的。并且越具体也就越和内容分不开。我们认为这就已经接近了今天的所谓样式。《文心雕龙》的关于文体论方面的各篇就说得非常清楚。

这就是我们对于作品的形式的理解。谈到这里，也许有人问：文艺作品的形式是否就是艺术性？在回答这个问题之前，应该先讨论文学作品的内容与形式的关系。

第三 文学作品内容和形式的关系

一 内容与形式的不可分性

创作的最终目的是正确地反映现实，从而对读者起认识与教育作用。作家为了达到这目的就去努力创造一个完整的艺术世界，或者说一个内容与形式统一的艺术整体。车尔尼雪夫斯基说："当形式是内容的反映时，它和内容是这样地密切，以致把形式和内容分割开来，就是毁灭内容的本身；反过来也是一样：要是把内容和形式分割开来，也就意味着形式的毁灭。"（转引自《文艺理论译丛》第 1 辑合订本，新文艺出版社，1956，第 122 页。而同书第 303 页，则说是别林斯基的话，未知孰是。）在中国文学批评史中，古代理论家们也注意了这种关系，尽管他们还不懂得"内容""形式"等术语，例如王充说："有根株于下，有荣叶于上；有实核于内，有皮壳于外。文墨辞说，士之荣叶皮壳也。实诚在胸臆，文墨著竹帛，外内表里，自相副称。"（《论衡·超奇》）白居易说："感人心者，莫先乎情，莫始乎言，莫切乎声，莫深乎义。诗者，根情，苗言，华声，实义。上自圣贤，下至愚骏……未有声入而不应，情交而不感者。"（《与元九书》，《白氏长庆集》卷 28）形式符合于内容是现实主义或积极浪漫主义艺术创作的规律或标志，而且是艺术性的标准。现实主义作品的艺术性就是从这种统一中产生出来的。

我们在前面说过：文学内容与形式的统一创造出完整的艺术世界。于是就具有了自己的特征，产生了艺术性。较早并且比较对这个特征有些粗浅理解的是梁启超，他在《论小说与群治之关系》里提出一个问题："人类之普通性，何以嗜他书不如其嗜小说？"他回答说："吾冥思之，穷鞫之，殆有两因：凡人之性，常非能以现境界而自满足者也。……故常欲于其直接以触以受之外，而间接有所触有所受，……小说者，常导人游于他境界，而变换其常触常受之空气者也。此其一。人之恒情，于其所怀抱之想像，所经历之境界，往往有行之不知，习矣不察者，无论为哀为乐为怨为怒为恋为骇为忧为惭，常若知其然不知其所以然；欲摹写其情状，而心不能自喻，口不能自宣，笔不能自传；有人焉和盘托出，彻底而发露之，则拍案叫绝曰：善哉善哉，如是如是，所谓'夫子言之，于我心有戚戚焉，'感人之深，莫此为甚，此其二。"（《饮冰室合集》，文集第 4 册，文集之十，中华书局，第 6 页。）当然这段话说得并不十分清楚，然而在今天理解起来，他所说的第一原因是指的文艺家能创造一个为现世界（即"现境界"）所无的艺术世界（即"他境界"）供人欣赏，满足人的理想愿望。他所说的第二个原因，就是说作家在他的艺术世界中所写的生活，人物的理想、希望、思想情感等都是人所共有的经验，共通的思想感情的集中概括，因而就具备了艺术的人所共赏的普遍性。总起来说，梁启超已初步接触着了艺术的特征，并且是浪漫主义和现实主义艺术的特征。但在那个时候，他还不可能有更深的理解。而认识到艺术性产自作品的内容与形式的统一，并且说得具体的是高尔基："文学凭什么而有力量呢？文学使思想充满肉和血，它比哲学或科学更能给予思想以巨大的明确性和巨大的说服力。文学比哲学是更多被人阅读的，而且因其生动性而更能说服人，因而文学是阶级倾向底最普及、方便、简单而常胜的宣传手段。"（《俄国文学史》序言，新文艺出版社，1956版，第1页。）然而说得最深刻、具体而生动，解决得最透彻的则是毛主席："文艺作品中反映出来的生活却可以而且应该比普通的实际生活更高，更强烈，更有集中性，更典型，更理想，因此就更带普遍性。……例如一方面是人们受饿、受冻、受压迫，一方面是人剥削人、人压迫人，这个事实到处存在着，人们也看得很平淡；文艺就把这种日常的现象集中起来，把其中的矛盾和斗争典型化，造成文学作品或艺术作品，就能使人民群众惊醒起来，感奋起来，推动人民群众走向团结和斗争，实行改造自己的环境。"（《毛泽东论文艺》，第65—66页。）由此可见，艺术性来自典型，整个文学作品就是一个典型的人生图画，是内容与形式统一的最高产物。典型创造得越成功越伟大，则艺术性越高，放射感染力越强烈，收到的认识与教育的效果越大。什么叫感染力，它的力量有多大？我们认为梁启超在《论小说与群治之关系》里发挥得相当细致深刻。他说："抑小说之支配人道也，复有四种力：一曰熏，熏也者，如入云烟中而为其所烘，如近墨朱处而为其所染……人之读一小说也，不知不觉之间，而眼识为之迷漾，而脑筋为之摇扬，而神经为之营注。……二曰浸，熏以空间言，故其力之大小，存其界之广狭。浸以时间言，故其力之大小，存其界之长短。浸也者，入而与之俱化者也。人之读一小说也，往往既终卷后数日或数旬而终不能释然。读红楼竟者，必有余恋有余悲；读水浒竟者，必有余快有余怒；何也？浸之力使然也。等是佳作也，而其卷帙愈繁事实愈多者，则其浸人也亦愈甚。……三曰刺，刺也者，刺激之义也。熏浸之力利用渐，刺之力利用顿；熏浸之力在使感受者不觉，刺之力在使感受骤觉。刺也者，能入于一刹那顷，忽起异感而不能自制者也。我本蔼然和也，乃读林冲雪天三恨，武松飞云浦厄，何以忽然发指？我本愉然乐也，乃读晴雯出大观园，黛玉死潇湘馆，何以忽然流泪？我本肃然庄也，乃读实甫之琴心酬简，东塘之眠香访翠，何以忽然情动？若是者，皆所谓刺激也。大抵脑筋愈敏之人，则其受刺激力也愈速且剧，而要之必以其书所含刺激力之大小为比例。……四曰提，前三者之力，自外而灌之使入，提之力自内而脱之使出，……凡读小说者，必常若自化其身焉，入于书中，而为其书中之主人翁。……夫既化其身以入书中矣，则当其读此书时，此身已非我有，截然去此界以入于彼界。……文字移人，至此而极。……"梁启超所分析的艺术的力量，我们认为的确是经验之谈，凡是爱读小说的读者都有这种经验。他所说的这四种力，是统一的完整的过程，就是我们所说的艺术感染力。并且从这种美感经验或欣赏的经验里，我们认识到这种力量并不产自文艺的形式（因为我们并不承认季摩菲耶夫给形式所下的定义），也不产自思想，抽象的思想是不放射感染力的，而是产自形式与内容的统一，即那个完整的艺术世界，更具体地说是典型的人生图画。但是我们仔细分析起来，作品的艺术感染力是从人物、故事和环境通过完美、生动而丰富的语言来激动读者的心灵深处的。人们都爱读故事（情节）性强的作品，但是人物却是故事（情节）的灵魂，是决定情节的。当一个正面人物放射强烈的感染力的时候，也正是读者和他合而为一的时候，即梁启超所说的"化身"。人物之所以能够放射感染力是和他的行动，即英雄行为和斗争分不开的，也就是和为他所决定的情节的变化分不开的。这种感染力的突出表现就是读者和人物共忧乐，同命运。作品中的反面人物同样也放射感染力，当然读者不会和他"合一"而是憎恨与仇视。因而当他胜利的时候，读者是忿怒的，而他的失败与痛苦，则激起读者的快慰。作品中的环境，特别是景物也是放射感染力的。不过它不能单独放射而是结合着人物、故事（情节）放射感染力的：在人物活动进行中，由于读者热爱人物，特别是读者已经与之"合一"的时候，成为人物生活中一部分的景物就能放射出极大的感染力。例如在《保卫延安》中，作者在写延安撤退之前的景物的美，简直是一首充满了抒情调子的延安颂歌，可是紧接着就描写在撤退中的延安夜景，这两种景色在人物行动的变化发展中交织起来，激起了读者心中多高多猛烈的浪花啊！然而不论人物、情节或环境，如果没有语言来向读者传达，就不可能放射感染力。因此语言不仅由于传达这些内容而放射感染力，而好的语言本身，由于它是个小的艺术形象，例如《保卫延安》写解放军走到极端缺水的沙漠，大家渴得不得了，幸而找到一小股泉水的时候，作者写道："这一股清淙淙的细流系着成千上万人的生命哩！"就放射了强烈的感染力。根据上面的简单分析，我们看到了文学作品的各个要素都能放射感染力。但这一切却为人物所统摄，于是整个作品——人生图画就放射了感染力，从而达到认识与教育的目的。由此可见，光依靠形式是不能放射感染力的，它必须与内容结合起来。因此，艺术性不是形式。如果抽掉了感染力就没了艺术性，也就失却了文艺的特征。有人曾经企图把艺术性叫做感染力，自然并不妥当，那么什么是艺术性呢？我们同意沙莫达的说法："艺术性这个概念的定义应当包括艺术作品的各个方面，它的内容和形式的辩证的联系，……依我们看来，下列定义或许可以令人满意：艺术性就是典型的现实现象的形象反映的真实性、充实性和美学的说服性。"（《论艺术形象的若干特点和艺术性的概念》，《译文》1955 年第 8 期，第 216—217 页。）

典型的塑造不能离开技巧，但是技巧却必须首先依靠真实的生活和作家丰富的生活经验以及他对生活的深刻理解。那些被我们看作是纯形式的东西，例如，各种各样的绘画手法或文学手法，事实上都是人对现实的感受的客观规律的反映。我们描写人物所用的许多手法如肖像、行动、对话等，如果不是由于都是现实生活里的人在表现思想性格时，所惯用的形式，如果不是由于作家经常的感受，不是经过作家精心地观察和深刻地体验、理解，最后概括出来，这些文学手法就无从产生。作家为什么敢于似乎是违背常规地使用倒叙或截取方法来叙述情节？就因为他有平日的感受，他有这样认识生活的经验。在现实生活的长河中，作家所接触、所注意到的，常常是某一事件发展的高潮或是它的结果，然后再回过头来对事件进行调查、研究它的产生根源和经过，从而获得对事件发展变化的全部过程的完整概念。所以沙莫达在提出了艺术性的概念之后，就补充说："这里对艺术性所下的定义，是以下列一点为依据的，即文学作品的艺术性取决于作家的生活知识，他的思想的高度和他将先进的社会思想体现于与内容一致的形式中的技巧。"（同上第 221 页）就因为技巧不能脱离内容，所以他批评了季摩菲耶夫给艺术性所下的定义——形象的质量。认为这个定义是不充分和危险的，会使形式主义和庸俗化有容身之处（同上第 218—220 页）。在讨论艺术性时，是必须强调真实的生活和先进的思想的，但我们认为健康的情感——虽然它寓于先进的思想中——也应该明确地提出来，别林斯基就曾经指出一个作品之所以是有生命的，就因为它具有先进的思想和健康的情感。他说："如果一篇艺术作品只是为了描写生活而描写生活，没有任何强有力的，发自时代的主导思想的主观冲动，如果它不是痛苦的哀号或热情的赞美，既不是问题的提出，也不是问题的回答，那么，这篇作品便是死的。"（别列金娜选辑《别林斯基论文学》，新文艺出版社，1958，第 259 页）他并且说："情感是诗的天性中一个主要的活动因素；没有情感就没有诗人，也没有诗。"（同上书第 14 页）鲁迅也指出："创作须情感，至少总得发点热。"（《而已集》:《读书杂谈》）这都指出了感情对艺术性的重要性。许多伟大的作家在创作时也的确有这种经验，除了季摩菲耶夫在《文学概论》（第 49—50 页）《怎样分析文学作品》（第 73 页）所引用的著名的例子外，我们可以再补充绥拉菲摩维支的例子，他说："要知道，我是用心血和脑汁来写呀。你知道，有时候我描写一个被生活所折磨、所摧残的人，我就象傻子一样，大声嚎叫起来，因为他就带着受折磨的样子，带着因为不幸而痛苦的样子站在我眼前。而且不仅我一个是这样——安德烈夫说，他和高尔基都有过这种情形。"（《一个作家的道路》，中国青年出版社，1959，第 280 页。）因此，我们说，艺术作品要感动人，首先作家自己得受感动。作品中的情感是产生艺术性的重要条件之一。

也许有人要问：艺术性是否一定要建立在真实的生活、先进的思想和健康的情感上？我们说不一定，毛主席说过的："有些政治上根本反动的东西，也可能有某种艺术性。内容愈反动的作品而又愈带艺术性，就愈能毒害人民，就愈应该排斥。处于没落时期的一切剥削阶级的文艺的共同特点，就是其反动的政治内容和其艺术的形式之间所存在的矛盾。"（《毛泽东论文艺》，第 74 页。）毛主席这段话，使我们知道：万斯洛夫所主张的：反现实主义的作品也表现内容和形式的统一的规律（《文艺理论译丛》第 1 辑合订本，新文艺出版社，1956，第 322 页）是不正确的。同时也指出了：艺术性有其相对的独立性。但这并不和我们在前面所强调过的，艺术性必须以真实的现实生活、先进的思想和健康的情感为基础的说法相矛盾。我们知道：在阶级社会里，文艺批评的标准是不同的。我们有自己的政治标准和艺术标准。因此，我们的文艺的艺术性必须建立在这个三者相统一的基础上，车尔尼雪夫斯基特别强调了思想性的重要。他说："只有在作品体现了真实的思想，而其形式又完全适合于思想时，才是艺术性的。"（转引自同上书第 309 页）因此，如果艺术性脱离这个基础或者说不和这些结合起来，它就丧失作为现实主义或积极浪漫主义作品的艺术性的资格，所创造出来的艺术形象就是虚伪的和反动的。所以毛主席指出："我们的要求则是政治和艺术的统一，内容和形式的统一，革命的政治内容和尽可能完美的艺术形式的统一。"（《毛泽东论文艺》，第 74 页。）

资产阶级有自己的文学批评标准，因而资产阶级文学的艺术性就和我们的不一样，是不要上述的内容作基础的。正如毛主席所指出："其反动的政治内容和艺术的形式之间所存在的矛盾。"

但是，为什么他们的作品也能感人，也就是说为什么仍然有某种艺术性呢？我们认为：尽管艺术性有相对独立性，可以脱离进步的思想，但只要它能感人，它就必须具备有一定的条件。首先它也必须依靠生活素材，反现实主义作家也从现实生活中取材，不过这种生活素材，虽为现实所有，人们也经验过，但却并无典型性，不是本质的，而是局部的，个别的，偶然的，甚至是些假象，一句话，完全是些破铜烂铁。特别是当他们采取了来组织成一组生活现象来反映生活和能说明某种问题的时候，虽然尽量让自己的反动思想不露锋，而是渗透在形象之中，并且他们描写的人物和编选故事也力图使人相信，也的确能一时迷惑人，但却并非本质的反映生活而是歪曲生活，这就是这种艺术性的生活基础的特点。其次他们也要求真挚的情感，不过这种情感是在反动的思想支配下的，是颓废的伤感的。但这些不健康的情感，虽有其特殊性（即个人的阶级的），也有普遍性。现象上的悲欢离合，是人所共有的经验，当然在本质上是不同的。因此，在一定程度上也有感人力量。最后就是艺术技巧问题：他们善于运用语言，他们善于挖掘人物的内心世界，和编织动人的故事。例如"昆曲传奇《铁冠图》里有些常演的戏，从剧本上看，有它的写作技巧，表演上也有些独特的艺术技巧，但是作者的立场，却是反对农民起义，仇恨农民革命的"。（梅兰芳：《谈谈不演坏戏和反右派斗争问题》，《人民日报》1957 年 9 月 25 日，第 7 版。）于是这三个条件结合起来就产生了一定的艺术性，但却是和真实的生活特别是先进的思想相矛盾的，这是"处于没落时期的一切剥削阶级的文艺的共同点"，是"芳草掩盖着的堡垒——呵，多美丽的丘岗"。（高尔基著《俄国文学史》第 4 页。）并且由于内容的不真实和思想的反动性也就严重伤害了艺术性。这些东西初读起来，是会感动人的，但掌握了六项政治标准的读者，读上它几遍，特别是从感性上升到理性分析时，它就经不住考验，暴露出它的反动的思想内容来了。如果有谁不能分辨它是毒草，那是在立场上还有问题、理论水平不高以及生活贫乏的缘故。

文艺作品的内容与形式的统一不仅构成了艺术性，且也构成了作家创作的风格。作品表现阶级的风格，但也表现作家的风格。这是因为作品中渗透着作家自己的生活经验和思想情感以及他的个性，他的整个人格，并且运用了他所特有的艺术表现的独创性，这就构成了每一作家所具有的独特的风格。关于作家创作的风格问题是复杂的，在中国文学批评史上，它也是个重要的问题，例如《文心雕龙·体性篇》就是探讨这个问题的一篇有名的文章，但我们在这里已经没有篇幅去讨论这个问题，现在我们所要讨论的是从文学作品的内容与形式的统一中，从艺术性和风格的现象上，我们看到了内容对形式的决定作用。

二　内容决定形式

文学作品的内容是第一位的，是决定性的问题，在中国文学批评史上很早就注意到这个问题（尽管还没有这些术语）。例如孟子从"知言"即批评的角度上说："波辞知其所蔽，淫辞知其所陷，邪辞知其所离，遁辞知其所穷。"（《公孙丑上》）王充从著作的角度上说："论发胸臆，文成手中"（"佚文"），"意奋而笔纵，故文见而实露也"。他特别指出，文章的美是为内容所决定的："人之有文也，犹禽之有毛也，毛有五色，皆生于体，苟有文无实，是则五色之禽毛妄生也。"（均见《论衡·超奇》篇）而刘勰在《文心雕龙·情采》篇中发挥得更加具体而生动，它指出什么样的内容表现或决定什么样的形式："夫水性虚而沦漪结，木体实而花萼振，文附质也。"内容是根本的，创作是为了抒发思想情感："夫铅黛所以饰容，而盼倩生于淑姿；文采所以饰言，而辩丽本于情性。故情者文之经，辞者理之纬，经正而后纬成，理定而后辞畅，此立文之本源也。昔诗人杂篇，为情而造文。"他并批评形式主义的"辞人赋颂"是"为文而造情"（《情采》）。他并认为：辞采建立在物与心的结合上。因此又说："写气图貌，既随物以宛转，属采附声，亦与心而徘徊。"（《物色篇》）这些正确的理论是来自著作和创作实践经验。的确，没有现实生活，没有真实的思想情感，一句话，没有内容，就不可能创作，这是内容决定形式的根本原则。

但是在创作过程中，内容和形式却是同时产生，或者说，形式是内容要求体现的必然产物。艺术实践过程是艺术家寻求内容和同时寻求完全符合内容的形式的过程。正如茅盾所说："技巧实在是形象思维的构成部分，而不是作家在构思成熟以后加上去的手术。"（《鼓吹集》，作家出版社，1959，第99页。）《文心雕龙·神思》篇说："夫神思方运，万涂竞萌，规矩虚位，刻镂无形。"这也正是莎士比亚在"仲夏夜之梦"里所说的：

"诗人的眼睛，在美妙地疯狂似的回旋，

瞥视着自天边到地上，自地上到天边，

当想象体现着未知之物的模样，

诗人的笔便赋予它以形状，

并给这空灵的无物，

以名字和居住的地方。"

都在说明：作家在形成内容的同时，为了表现内容也在创造最好的形式，并把内容固定下来，成为一个客观存在之物——艺术作品。

我们并且注意到：什么样的具体内容要求什么样的样式，或者说，样式的性质决定于作品所反映的生活现象及主观思想本身的性质，例如，抒发个人对现实的一刹那的某种感触，最好写成小诗小词。只有处在那种极端贫困的生活环境里，而又具有那样仁爱胸怀的杜甫，才有可能运用"茅屋为秋风所破歌"那样的样式。冲突性强烈的情节，最好写成戏剧，鲁迅说："有了小感触，就写些短文，夸大点说，就是散文诗，得到较整齐的材料，则还是做短篇小说。"（《南腔北调集》：《自选集自序》）当然相近的主题思想可以用不同的形式表现出来，象《祝福》既有小说也有电影，但在具体内容上却已有了相当大的改变，只有改变以后的内容才能用另一种合适的形式来表现。这是一，其次是作家的专长和个性的特点以及他对内容本身的审美态度等，使他采取了不同于别人的形式。在创作中，还出现这种情况：作家有时先决定了他愿意采用的形式，而后才去寻求故事。A. 马契列特说："在作者开始形成对素材与情节的明确概念以前，他就可能产生创作某一种样式的作品的要求。……果戈理……在给普希金的那封有名的信里，果戈理曾肯定说：'……我渴望写一个喜剧……求求你，请给我提供情节，马上就会写出一个五幕的喜剧，我敢发誓，它一定会比小鬼还可笑……'"（《电影艺术译丛》1955 年第 8 期，第 2 页。）但我们绝不能因此就认为这是形式决定内容的例子，相反仍然是内容决定形式的。因为果戈理所要求的材料仍然是只有用戏剧形式才能表现好的内容，而不是任何一个其他的内容。而且这个例子也不能说明果戈理是一个头脑里空无一物的作家。正如茅盾所说："古典作家常常把听来的故事加以改造，例如果戈理的《外套》。但《外套》的人物却是果戈理的生活经验的产物；果戈理心中早已潜伏着《外套》的人物，不过直到他听到了那个官场逸事，他这才有意地要把这样人物作为故事的主角。"（《鼓吹集》，第 105 页。）因此，上述的例子并未脱离内容决定形式的创作规律。

除了文学作品本身的内容决定形式的规律之外，我们从文学作品与现实生活的关系的角度上，同样也看到内容（现实生活）决定形式（文学作品）的规律。例如最早的文体是诗歌，这种特殊的内容和形式的统一体是为古代特殊的社会生活所决定的。具有丰富内容和特殊形式的章回体长篇小说的产生，是由于唐宋以来的生活的日趋复杂，特别是那种特殊的文娱生活风尚所决定的。象章回小说的那种语言的通俗化主要是由于为广大人民服务的关系。而那种章回体特别是回与回之间的那些悬猜手法，都是说书人在说书场里为了掌握听众能够继续听下去，而创造出来的。具有惊人的细腻描写手段的或者说善于敷衍的弹词，也是为了拉长时间而又能掌握群众所产生的形式。古代白话短篇小说的得胜头回或入话之类的结构以及短篇而具有长篇的气魄等也与适应听众的习惯有关。至于叙述故事（情节）的方式，要求从头到尾，不要倒叙，这是为民族的特殊性格所决定的。

这是一种情形，此外，"艺术中的最高成就，是与社会上升的时期，与社会先进力量即人民群众反对农奴制度的尖锐斗争的时期，其后则是与反对资本主义时期，与人民热烈地为反对社会压迫而斗争的时期相一致的。拉菲尔、蒂相、达·芬奇、米开朗吉罗的绘画，莎士比亚、拉伯雷、西万提斯、歌德、普希金、果戈理、莱蒙托夫、涅克拉索夫、托尔斯泰的伟大作品都是对农奴制度以及对钱袋统治、对强盗般的资产阶级的抗议和斗争的反映"（康士坦丁诺夫主编《历史唯物主义》，第501—502页）。在中国方面，如《诗经》里的国风，楚秦与秦汉之际的民间歌谣、东汉后期的五言诗、政治讽刺作品……都说明动荡时代和社会变革之际决定了人民创作的繁荣。同时，在这样的时代，不仅统治阶级与人民的矛盾日益尖锐，而且统治阶级内部也有了尖锐的矛盾，起了分化，因而进步文人也写出了许多优秀的作品。

我们同时看到：作为社会存在之反映的艺术，并不是消极的，它对社会的发展又发生巨大的影响，这就是形式对内容的反作用。

三　形式对内容的反作用

形式既然是表现内容的，可见它就不是消极的、被动的东西。形式产生以后，就获得相对的独立性，反过来就能给内容以很大的影响。

我们接着从文学与现实的关系上来看，文学与现实的关系首先是个文艺与政治的关系，所以毛主席在《讲话》里指出文艺对政治的反作用的问题："文艺是从属于政治的，但又反转来给予伟大影响于政治。"（《毛泽东论文艺》，第70页。）他并且指出这种反作用的力量发自具有典型的文艺作品（同上书第 65—66 页）。我们由此可以知道：艺术形象愈鲜明、愈完整，它对现实的现象及其本质的反映，也就愈充分、愈深刻。这一方面是个形式与内容的统一问题，同时也是个形式对内容的积极反作用的表现。如果艺术形象是虚伪的和反动的，那就要歪曲现实，这就是形式对内容的消极的反作用，也就形成形式与内容的矛盾。

其次，就艺术形象本身来看，它的形式对内容的反作用的情况是如何呢？

第一，内容必须依靠形式来表现，内容不能脱离形式而存在："虎豹无文，则鞟同犬羊，犀兕有皮，而色资丹漆，质待文也。"（《文心雕龙·情采》）文学的内容亦复如此。所以扬雄就曾指出："言，心声也；书，心画也。"（《法言·问神》篇）刘勰也说："心既托声于言，言亦寄形于字。"（《文心雕龙·练字》）但是艺术家常常不可能一下子就找到那完善地体现内容的艺术形式，因而必须作多次的修改（包括写出之前及写出之后），这修改过程就是寻找好的艺术形式的过程。我们只就语言的锤炼来说吧，马雅可夫斯基在《和财务检查员谈话诗》中说："你想把一个字安排得停当，那末，就需要几千吨语言的矿藏。"（《译文》1955 年第 4 期，第 18 页。）在中国有句俗话说："吟成一个字，撚断数根须。"为大家所最熟悉的例子便是王安石为了寻找"春风又绿江南岸"的"绿"字，修改了十几次。为什么要这样费力地寻找它，就因为它能最好地表现内容。别林斯基说："诗作中的每一个字都应该把那为整个作品的思想所要求的全部意义充分表达出来，以便令人一看就知道在语言中再也没有其他的字眼可以代替它。"（转引自《译文》1955 年第 8 期，第 215—216 页。）王国维在《人间词话》里说："境非独谓景物也，喜怒哀乐亦人心中之一境界。故能写真景物真感情者，谓之有境界，否则谓之无境界。'红杏枝头春意闹'，着一'闹'字而境界全出；'云破月来花弄影'，着一'弄'字而境界全出矣。"福楼拜根据这种现象建立了他的"一字说"，朱熹则把这样的字叫做"稳字"。他说："作文自有稳字，古之能文者才用便用着这样字，如今不免去搜索修改。"（《朱子语录》卷139）寻找"稳字"是个技巧问题，因此，作家掌握构成形式的技巧，乃是创造深刻的、真实的艺术内容的一个重要条件。我们更应该特别认识到：作家寻找和修改形式的过程，同时也是琢磨着、洗炼着作品的内容的过程。老舍的修改《春华秋实》（《剧本》1953年第5期）就是典型的例子，这应该是形式反作用于内容的最积极的意义。

　　第二，"在真正的艺术中，形式好象融化在内容中，或是为观众、听众、读者所不易看出的。领会艺术的人以为他在直接领会作品的内容。形式的积极性正好表现在这一点上：它能'不易看出地'使欣赏作品的人意识到包含在作品中的内容。"（《文艺理论译丛》第1辑合订本，第318页。）人们常说的，一部好的作品常常不是依靠语言文字而是生活本身在说话，就是指的这种形式积极表现内容，或者说形式与内容的高度结合的特点来说的。

　　由此可见，形式对内容的反作用是巨大的，但我们却不能由此得出形式决定内容的错误结论。因为形式"毕竟还是一种组织形式。一切要靠在这个形式中将注入何种内容为转移"（《斯大林全集》第13卷，第226页）的。如果过分强调形式的作用而忽视内容的决定作用，那就有导致形式主义的危险。普列汉诺夫在《艺术与社会生活》中曾引用了玛克辛仲干的诗有力地批评过形式主义："形式是美的，不错，在根底里有思想的时候！没有脑髓的美的脸是什么呀？"（水沫书店，1928，第47—48页。）但是光说有内容还是不全面的，它还必须是真实的生活、先进的思想和健康的情感。所以英国批评家罗斯金曾美妙地说过：少女能够就她失去了的爱情而歌唱，而守财奴却不能就他失去了的金钱而歌咏。这是为什么？普列汉诺夫回答说："他即使就自己的损失而歌咏着，他的歌也仍不使什么人感动的。换言之，就是他与别

人之间的结合的手段是没有用处的。"（同上书，第 55 页）

我们现在进一步从内容的主导作用和形式的反作用上，看看内容与形式究竟是一种什么关系呢？

四　内容与形式的矛盾统一

在苏联哲学家中间，对于这个问题的看法并不是一致的。有一派主张：形式和内容之间的矛盾不是经常存在，而只在事物和现象发展到一定阶段上才存在或出现。罗森塔尔所著《马克思主义辩证方法》（第 374 页）、他与尤金合编的《简明哲学辞典》（人民出版社，1955，第 199 页）、阿历山大罗夫主编的《辩证唯物主义》（人民出版社，1955，第 235 页）都持这种看法。而另一派以米纳祥为代表的则主张："当现象的形式不适合其内容时，形式和内容之间是有矛盾的。但同时也不能忽视：当形式和内容相适合，甚至完全适合时，它们之间也存在着一定的矛盾。"（阿·米纳祥：《关于形式和内容的矛盾问题》，《学习译丛》1956 年第 1期，第 74 页。并可参考《学习译丛》1955 年第 11 期，第 92—93 页，关于这个问题讨论情况的报导。）

米纳祥的第一个理由："形式（不管怎样适合于自己的内容），就其客观性质来说，它不可能详尽无遗地、绝对地体现内容的不断变化，而只能相对地体现这些变化。"（《学习译丛》1956 年第 1 期，第 77 页。）第二个理由：形式和内容统一的两个因素，"内容和形式的相互渗透是统一的一个因素，而对立面的相互排斥也是统一的一个因素"（同上，第 75 页）。因此，他的结论是："形式和内容是相互渗透的同时又是相互排斥的。"（同上，第 75 页）

我们认为第一种说法是错误的，它显然违反了马克思主义哲学的"对立统一规律是宇宙的根本规律"（《关于正确处理人民内部矛盾的问题》）。如果把这个观点应用到文学领域中去解释复杂的文学现象，也会弄到庸俗化或简单化的地步，对文艺事业的发展是有害的。

我们认为米纳祥的哲学论点是正确的。这不仅符合了毛主席的"矛盾的普遍性或绝对性这个问题有两方面的意义。其一是说，矛盾存在于一切事物的发展过程中；其二是说，每一事物的发展过程中存在着自始至终的矛盾运动"（《毛泽东选集》，1952，第771页）矛盾学说，而在文学的内容与形式的关系上也获得充分证明，并且有助于文艺创作和理论批评的发展。

在文学领域中，我们首先从文学与现实的关系的角度上来看：形式与内容的矛盾统一，表现在如下两个方面。一个方面是作为反映现实的特殊的形式的文学，由于优秀的"文艺作品中的反映出来的生活却可以而且应该比普通的实际生活更高，更强烈，更有集中性，更典型，更理想，因此就更带普遍性"（《毛泽东论文艺》，第65页）。因而它能够深刻地反映现实生活的本质，而其典型人物长久地激动着并且教育着读者，因此形式与内容的关系是统一的。但另一方面，我们又知道：文学所反映的现实生活——内容是不断变化发展的，等到作为反映它的形式的文学一经产生成为一个固定东西之后，它就不可能继续体现内容的不断变化，它就要落后于变化着的现实。因此，肖洛霍夫在完成了他的世界名著《被开垦的处女地》之后，就曾感觉到这种矛盾："我根据火热的足迹写下《被开垦的处女地》，那时是一九三〇年，对于这些事件的记忆还很新鲜。当我在新鲜的印象下开始写《被开垦的处女地》并且已经写完了第一卷的时候，我陷入了进退维谷的境地，以为目前这已经不是主要的了，这已经不激动读者了。你写着集体农场如何的建立起来，可是却发生了劳动日的问题……事变超过了人，这里就存在着任务的困难之处。"（转引自季摩菲耶夫《苏联文学史》，海燕书店，1949，第584页。）自然肖洛霍夫的顾虑，在某些地方是多余的，但却指明了文学落后于现实发展变化的矛盾。当然这种矛盾还是有办法克服的。这就是充分学习和运用革命的现实主义和革命的浪漫主义的创作方法。在这里我们同意巴人的说法。（《文艺报》1959 年第 1 期，第 6 页。）

反动的资产阶级的文艺，歪曲现实生活的文艺永远是内容与形式的矛盾，而不可能统一。

其次，我们从文学的发展过程上来看文学本身新内容和旧形式的矛盾：文学的形式是表现内容的，但是作为文学内容的现实基础是不断变化的，因而文学的内容必然也就不断有新的东西要求表现，可是表现文学内容的形式在一定时间内是变化不大的，或者说是有相对的稳定性的；因此，在文学发展过程中就产生了内容先于形式，形式落后于内容的矛盾。或者说：就产生了新内容要求新形式，而旧形式束缚新内容的显著矛盾。但是我们知道："矛盾是普遍存在的，不过按事物的性质不同，矛盾的性质也就不同。"（《关于正确处理人民内部矛盾的问题》）因此，文学作品的这种矛盾却不必经过什么冲突的方式而后才获得新的统一。可是有些理论家，却恰恰是这样主张的。他们不理解艺术的发展的特殊规律，而是教条主义地硬套一般的哲学原理，认为："这种或那种形式因落后于自己的内容，始终不能完全适合于这个内容，于是新的内容'不得不'暂时包藏在旧形式中，因而引起它们之间的冲突。"（《斯大林全集》第 1 卷，第 291 页。）于是象苏联文艺理论家弗·卡洛申在所著《艺术作品中的内容和形式》一书中就认为"当形式不适当于内容时，内容和形式之间必然产生冲突，这种冲突会导致用新形式代替旧形式"。这种论调显然是错误的。首先，矛盾和冲突是不同的，任何冲突都是矛盾，但并不是任何矛盾都必须有冲突。冲突是最发展的、尖锐的、达到极度紧张化的矛盾。而且经常是出现在对抗性的矛盾中，文学内容与形式的矛盾，不同于社会阶级的矛盾，不必经过冲突和斗争来解决。其次，这种论调是割断历史的：文学发展史告诉我们除了政治决定文艺的发展以外，文学本身还有一个特殊规律，那就是文学革命与继承相结合的发展规律。这是因为传统的文化虽有消极的一面，但也有积极的一面。它既"束缚着后来"，但也"裨助着后来"（《且介亭杂文二集》：《〈全国木刻联合展览会专辑〉序》），"'新文学'和'旧文学'这中间不能有截然的分界，然而有蜕变"（《准风月谈》：《"感旧"以后》上），无论从文学的内容上和形式上都是如此。特别在形式上，更表现了这种继承性。新内容完全可以利用旧形式。艺术的各种体裁不是可以任意创造出来的，而是长期以来，在表现现实的各个方面的过程中为人类所创造的；决不应当把它抛弃，而应当批判地加以利用、改造，以适应新的内容。不错，我们要求新形式，但"新形式的探求不能和旧形式的采用机械地分开"。"新形式的发端，也就是旧形式的蜕变。"（《且介亭杂文》：《论"旧形式的采用"》）这就是毛主席所说的："中国现时的新文化也是从古代的旧文化发展而来，因此，我们必须尊重自己的历史，决不能割断历史。"（《毛泽东论文艺》，第 24 页。）"……对于中国和外国过去时代所遗留下来的丰富的文学艺术遗产和优良的文学艺术传统，我们是要继承的，但是目的仍然是为了人民大众。对于过去时代的文艺形式，我们也并不拒绝利用，但这些旧形式到了我们手里，给了改造，加进了新内容，也就变成革命的为人民服务的东西了。"（《毛泽东论文艺》，第 59 页。）因此有人"机械地理解了'内容决定形式'这句话，一口断定古典文学既是过去时代的产物，它的技巧自然也是只能适合于表现旧时代的生活而不适合于表现新时代的生活，故而认为：向古典文学去学习技巧是徒劳无功的事"（茅盾：《鼓吹集》，第 99 页）。这完全是一种教条主义或虚无主义的态度。在中国文学史上，我们的确可以看到，有些体裁是具有很大的稳定性的。例如诗、词这种体裁，但我们也不应该认为是丝毫也没有变化的：我们曾经说过，文学的形式是内部结构和外部结构的有机统一。从内部来说，每一个作品的具体内容就有自己的特殊结构；而外部组织形式虽然有很大的稳定性，但是由于新内容的影响，它在平仄、韵脚和节奏旋律等各方面已有了很大的改变，因此，我们说：在具体的艺术形式上完全是新的东西。

最后，从形式表现内容上即创作过程上来看：

第一，在积极的意义上，如米纳祥说，形式使内容取得定型。"形式对内容起着一种促进它形成的作用，决定着内容的确定性，仿佛到一定的时机就把内容'陷定'在某一状态中。"显然这是一种对立面的相互排斥的统一。因为形式把流动的变化的自由的内容固定起来了。在中国文学批评史上许多理论家在讨论创作时就已经接触到这个问题：除了前面已引过《文心雕龙·神思篇》"规矩虚位，刻镂无形"之外，颜之推说得很好："凡为文章犹人乘骐骥，虽有逸气，当以衔勒制之，勿使流乱轨躅，放意填坑岸也。"（《颜氏家训·文章》篇）苏东坡也说："画竹必先得成竹于胸中，执笔熟视，乃见其所欲画者，急起从之，振笔直遂，以追其所见，如兔起鹘落，少纵即逝矣。"（《经进东坡文集事略》卷49《筼筜谷偃竹记》）这种矛盾的统一是具有积极意义的，没有形式，内容就不能成形，或者说艺术作品就不可能产生。但也因此另外产生了一种矛盾。

第二，在消极方面，表现内容的形式往往是拙劣的，还不能完美无缺陷地表现内容，亦即米纳祥所说的："形式（不管它怎样适合于自己的内容），就其客观性质来说，它不可能详尽无遗地、绝对地体现内容的不断变化。"在中国古代的一些批评家或作家早就感到这种矛盾。易系辞："书不尽言，言不尽意。"诗序："诗者志之所之也。在心为志，发言为诗。情动于中，而形于言，言之不足，故嗟叹之；嗟叹之不足，故永歌之；永歌之不足，不知手之舞之，足之蹈之也。"《文心雕龙》说得更生动而深刻："方其搦翰，气倍辞前，暨乎篇成，半折心始。何则？意翻空而易奇，言征实而难巧也。"从形式表现内容的不完善的这一角度上看来，绘画也是一样。狄慈根在他的《一个社会主义者在认识论领域中的漫游》中说："画家不能穷尽它的对象，画象总是落后于他的模特儿……画象怎样能够和它的模特儿'一致'呢？近似地，是能够的。"（转引自列宁《唯物论与经验批判论》，人民出版社，1955，第124页。）陆机《论画》也说："图形于影，未尽纤丽之容。"（《演连珠》，见《全晋文》）所以画家提出"传神"之论来解决矛盾。我们据此体会：毛主席在《讲话》里所说的我们社会主义文艺，要求"革命的政治内容和尽可能完美的艺术形式的统一"。对于形式为什么只要求"尽可能完美"而不要求绝对的完美，就是因为形式与内容之间存在着这种矛盾不可能一朝解决而必须经常努力。因此艺术技巧的锻炼就很重要了。杜甫为什么一定要"语不惊人死不休"，就是为了追求能完美地表现内容的艺术形式。艺术技巧越成熟、越高，则内容与形式的这种矛盾越小，因此，努力锻炼艺术技巧是解决这一矛盾的重要途径。

但是，我们已经说过，技巧的锻炼离不开生活，不能脱离内容，技巧是形象思维的一个不可分割的部分。因此必须加强实践，通过实践提高认识来锻炼技巧。这就是我们与单纯追求形式的形式主义者有着本质的不同的地方。"处于没落时期的一切剥削阶级的文艺的共同特点，就是其反动的政治内容和其艺术的形式之间所存在的矛盾。"（《毛泽东论文艺》，第74页。）因此也就成为形式主义者永远不可避免的悲剧！

客观思想能否作为文学作品
思想性的组成部分?[*]

　　由于文学作品的内容是个主观与客观的统一体，所以它有思想，即作家对生活的认识、评价，以及美学理想等等。作家的思想决定了作品的性质，它是作品的一个重要属性，称为思想性。思想性应该指的是作品思想性质的表现，和它对读者的作用。所以，张光年同志认为文学作品的思想性是"作家的世界观、政治修养、思想倾向在作品中的体现"（《文艺报》1960 年第 3 期，第 35 页）。我们认为作品有好与坏、进步与反动之分，主要就是针对着它的思想性而下的结论。

　　只要是个作品，它就应该有思想性，但因为它的基础建立在作家的思想上，作家既然有各种各样的，那末，作品的思想性就必然有好与坏或进步与反动之分。有人批评这种说法繁琐、迷乱人。他们只承认具有正面的、正确意义的作品才有思想性，不承认宣传错误或反动思想的作品也有思想性。这种看法其实如同只承认无产阶级的党性不承认资产阶级的党性一样，并不全面，甚至错误。当然我们通常提到文学作品的思想性时，是指的正面的正确的思想性。而且常常是指的无产阶级文艺作品的思想性。譬如周扬同志就说："我们常常讲文艺的思想性。什么叫思想性呢？这就是，文艺应当和最进步的阶级，即工人阶级的思想，他们的世界观、人生观相结合，如果没有这个结合，那末，那样的文艺

　　* 原载《山东大学学报》（中文版）1961 年第 1 期。

就不是人民所需要的，就不是能引导人民前进的；那样的文艺就不能在社会生活中起积极作用。"（《坚决贯彻毛泽东文艺路线》，人民文学出版社，1952，第 135 页。）但作品的思想性有好与坏、进步与反动之分仍然是个客观存在。

我们除了理解文艺作品的思想性而外，还应该明白与之有关的另外的几个名词，如政治性、倾向性等还得附带说明一下。

所谓"政治性"应该指的是文艺作品的强烈的阶级政治斗争的表现。但也不妨更广泛一些。如最近周扬同志在第三次文代会上的报告中就指出："文艺必须为政治服务；政治是十分广阔的领域；文艺为政治服务的途径和方式应该是多种多样的。我们提倡具有高度革命思想内容和完美艺术形式的作品。我们提倡文艺作品表现现实斗争的题材，并且鼓励和帮助文艺工作者努力去接近和熟悉人民的新生活，投入人民火热的斗争。同时，每个作家艺术家却可以根据自己的政治责任心，根据个人的生活经验、兴趣和特长来决定选择什么题材和采取什么表现形式。"（《文艺报》1960 年第 13、14 期合刊，第 24 页。）因此以群同志说政治性就是思想性（《文艺报》1960 年第 2 期，第 27 页）是完全可以的。难道山水诗、花鸟画不能用政治标准去测量么？当然能而且非如此不可的！所谓作品的"倾向性"，就是指作家的政治观点（思想）、立场在作品中的表现。他反对什么，拥护什么；爱什么，憎什么，我们从恩格斯给明娜·考茨基的专论倾向文学的信中可以理解到这个名词的含义。他说："悲剧之父克斯契拉斯和喜剧之父阿里斯托芬尼都是强烈的倾向诗人，但丁和西万提斯也是如此，而席勒的《阴谋与爱情》的主要价值就在于它是第一部德国的政治倾向戏剧。"（《马克思　恩格斯　列宁　斯大林论文艺》，人民文学出版社，1953，第 27 页。）恩格斯在给哈克纳斯的信中也说："我决不挑剔你没有写出一部纯粹社会主义的小说，一部象我们德国人所说的〔倾向小说〕，在它里边一定要称颂作者的社会思想和政治思想。"（同上书，第 21 页。）

　　根据上面看来，思想性、政治性、倾向性，从广义上说来是同一个含义。而严格区别起来：思想性是最广泛的，而倾向性、政治性则是作家的政治立场、思想表现得比较突出而强烈的。例如谢皮洛娃所说的："倾向性，就是作家在描写某个现象和阐明重大的问题中，由于他的社会同情与憎恶而流露出来的偏爱。"（《文艺学概论》，人民文学出版社，1958，第 92 页。）但它们却有共同的方面，例如，我们社会主义文学的思想性、政治性、党性、倾向性、战斗性等等，虽然不是同一意义的用语，但它们之间却有一个基本的共同的内容，即正确地帮助人们认识现实，从而使这种认识反过来作用于现实，即改造人的思想和推动社会前进。也正因为如此，所以我们评价作品的思想性，只用一个政治标准就完全够了，而不必用什么思想标准或倾向标准。

　　根据上面介绍的思想性的含义看来，它并不复杂，也很容易评价。但是有人却并不这样来理解作品的思想性，他们把作品的思想性看作是主观思想与客观思想相结合的东西。譬如有人认为："艺术家在揭示被描写的现实生活现象的本质，指出它们的正面、反面和矛盾时，从而使那些领会艺术的人们得出一定的结论，这种结论是可以当作艺术作品的思想来表述的。"而有人更明确地说："我们除了把作家从一定的阶级立场和世界观出发，对他所选择和描绘的现实生活的认识和评价以及这些认识和评价的深刻及正确程度叫做作品的思想性外，也把读者在作品中可能得出的结论叫做思想性，这便是作品的客观思想。这种情况，主要针对古典作品而言。"（《试论文学的思想性和艺术性》，《四川大学学报》1959 年第 4 期，第 6 页。）显然这就是把思想性包括了两种思想，即主观思想和客观思想。由于把思想性这个术语的概念复杂化了，这就产生了比较复杂的问题。

　　把思想性的内容丰富起来有什么不好呢？然而问题却就出在这里。为了说明这问题的复杂性，必须先简单介绍一下什么叫作品的客观思想？

　　这个艺术用语及其含义是从苏联文学理论中学来的，对我国文艺理论界影响最大的是季摩菲耶夫的《文学原理》。季摩菲耶夫在本书的第一部《文学概论》（平明出版社，1953，第100—108页）中对客观思想问题作了较细致的阐发。我们归纳他所说的客观思想大致有如下几个方面。第一，客观思想主要是以古典文学作品中所描写的真实的，并且是"不依赖于他（按指作家）而存在的""生活现象本身"为基础的。第二，客观思想是批评家或读者从这不依赖于作家而存在的生活现象本身中，得出来的和作家不同的甚至常常是相左的结论。或者可以说，客观思想是和作家的主观思想无关的。第三，客观思想是读者、批评家按照自己的方式去解释作品中的生活现象的，是依据自己的世界观给以新的理解。

　　我国文艺理论界大部分人接受了这个理论，有的甚至作了错误的发挥，例如辽宁人民出版社1957年版的《文艺学概论》中，就这样说："作家的主观思想和从作品中显露出来的作品的客观思想，有时是并不一致的。特别是在那些世界观与创作方法存在着一定的矛盾的古典作家的作品中，这种主客观思想之间的距离表现得尤为明显。在这些作家的作品中，生活本身的逻辑，现实主义的创作方法，突破了作家主观的偏见，补救了他们世界观的缺陷，而能表现出作家主观上没有企图表现的思想。"（第182页）其所以犯错误，可能就是因为没有很好地理解客观思想的特点，特别是上面所说的第三点。客观思想，我们从季摩菲耶夫的意见来体会，绝非是读者见仁见智的结果，而是具有进步世界观的批评家或读者从作品所描写的"生活现象本身"所得出来的唯一正确的结论，是批评家予以深刻的、正确的解释。关于客观思想的这个论点，也并不是没有人怀疑的，因为，既然世界观指导创作，是作者的虚构，却居然能够产生为作家所不理解或者甚至和他的思想背道而驰的结论——客观思想，这是无法解释的。于是有人就认为客观思想不可能与作家的主观思想相左，而是基本一致。他们且认为古典作家的世界观的进步一面是基本上接触到客观思想的，只是有高低或深浅的不同，并且认为只有世界观基本上进步的作家的作品才能提供正确的生活事实，才能产生客观思想。但是也有人并不接受客观思想这个理论，认为这是不可能的，这是在客观上支持了修正主义者的"世界观和创作方法矛盾"的理论。因为在理论上如果承认客观思想的存在就不能解释世界观指导创作的规律，文艺作品的内容是主观客观的统一体，是按作家的主观思想来选择素材再现生活的，而且在具体作品中也难于区分何者为主观思想何者为客观思想，如谁能指出社会主义文学作品的客观思想来？山水诗、风景花鸟画的客观思想也难分析出来！就是说，在实践上存在很大困难。

那么，在古典作品中，特别是小说戏剧（曲）中能不能得出客观思想来呢！按照季摩菲耶夫对客观思想的涵义的解释，我们经过再三的考虑，并参看了一些分析古典文学作品的论文之后，肯定地回答是能够的！譬如说《杜十娘怒沉百宝箱》这篇小说，作者对它的认识与评价是："后人（其实即作者）评论世事，以为孙富谋夺美色，轻掷千金，固非良士；李甲不识杜十娘一片苦心，碌碌蠢才，无足道者。独谓十娘，千古女侠，岂不能觅一佳侣，共跨秦楼之凤，乃错认李公子；明珠美玉投入盲人，以致恩变为仇，万种恩情化为流水，深可惜也。"这种不涉及当时社会背景，单纯就事论事、就人论人的认识与评价当然是肤浅的。这说明作者并没有看见这篇小说的更为丰富的生活内容。而我们运用马克思主义美学观点分析起来，就能看到这篇小说的生活内容是非常丰富而深刻的。首先我们看到它的强烈的反封建的主题。作者所创造的杜十娘拥有追求自由幸福、追求爱的理想的战斗性格，她的坚定的战斗过程（从对鸨子的斗争到悲愤投江），正是对封建制度、封建思想等一种有力的猛烈的抨击。作者所创造的李甲这个人物，正是有力地批判了封建纨绔子弟及掌握他的封建势力；所创造的孙富这个人物则是对市侩势力的有力抨击、揭露与讽刺。这篇小说确是反映了明代中叶以后，这一社会历史的真实面貌。（详细分析请参考刘叶秋《杜十娘怒沉百宝箱》，载《明清小说研究论文集》或《语文学习》1957 年第 8 期。）我们认为这个结论是正确的，的确是以马克思主义的阶级观点所能总结出来的，但却为作者所不可能理解的。因此客观思想的确是存在的。而且对这样一篇小说不作这样的解释实在可惜。当然有些人在总结某些古典文学作品的客观思想时，是不能说服人的，例如有人说《红楼梦》反映了封建社会制度的必然没落。（参考冉欲达等编著《文艺学概论》，辽宁人民出版社，1957，第 183 页。）其实《红楼梦》所写的封建大家庭的没落并没有揭示出它的必然性，这个封建家庭没落的主要原因是抄家，这是个偶然性的因素；至于花销大，那是历代中外反动统治阶级家庭所共有的现象，也不能说明是它必然没落的根本原因。而代表新思想的贾宝玉等与旧势力斗争的结果也是失败的。因而只凭荣、宁两府的没落现象就说它反映了封建制度的没落的必然规律是夸大了的。《红楼梦》里所描写生活现象本身根本没有提供这种材料，这个结论是个引申或外加进去的，当然也就不是它的客观思想。至于不尊重作品的实际情况，抓住个别枝节，就随意引用马克思主义的名言来"分析"作品，当然也不可能获得客观思想。这种做法不仅歪曲了马克思主义，同时也歪曲了古典作品。例如在《文学遗产》增刊二辑发表的《冯梦龙和他编撰的〈三言〉》一文中，作者就说：《杜十娘怒沉百宝箱》"还表明金钱已经成为那个时代的'社会的政治的立法者'"，这幕悲剧的主要意义是金钱，并引用《共产党宣言》的话作为自己的理论根据，把李甲对杜十娘的爱情说成了"真是象马克思恩格斯在《共产党宣言》中所说：'资产阶级扯掉了家庭关系底动人的——多情的纱幕并使之变为纯粹的金钱关系。'"这就是不顾作品生活的内容和历史实际，牵强附会地硬套马克思主义的某些名言，哪里是作品的客观思想呢。

那么承认客观思想的存在，如何解释世界观指导创作的问题呢？是不是就得承认世界观与创作方法矛盾呢？我们认为这个问题如果弄清楚客观思想是怎样产生的问题，就比较易于解决！客观思想的产生：

第一，它既然是批评家从作品中所描写的"生活现象本身"中总结出来的，那这生活现象本身就应该是真实的，至少是素材的真实，不然就得不出科学的结论。这点季摩菲耶夫也提到了："只要他们提供的生活事实是正确的，我们便有同等的把握达到和他相左的结论。"（《文学概论》，第101页。）其实不一定"相左"，在一些优秀作品中常常是基本一致的。不过在这里还有一个问题：那就是，如果，失掉了世界观的指导，作家又怎么能够提供正确的生活事实呢？我们认为现实生活中本来也可以存在着完整的典型的人物与事件。作家对这种人物、事件虽然做不到象批评家所认识的那样正确、深刻，但他总是有所感受、认识，不论是肤浅的或是错误的，他就要把它作为写作素材而进行创作，从而表现他对这生活的理解与评价。这就给我们提供了正确的（相对的）生活事实。象刚才提到的《杜十娘怒沉百宝箱》就是例子。这篇小说的原型是个真人真事，见于宋幼清的《九籥集》中的《杜十娘传》。再如列宾曾经为他邻居的妻子画像的故事，也是个很有趣的例子。朱科夫斯基在回忆列宾时说："列宾曾经有个邻居，是工程师，这工程师有个妻子，是一个异常庸俗的女人。她……对列宾……很是殷勤，使列宾觉得应该酬报她，便决定给她画一幅水彩画象。于是她坐在他的明亮的画室里，他一边画，一边不断地告诉她，他对她多么倾慕，她是多么温和善良，但是同时，画上却出现了一个短小的、自满的贪心妇人，一个显然狡猾而粗俗的女人。当我告诉他这种情形时，他对我大发脾气，反复地说：她是'安琪儿一般善良的，美丽的人'，并且责备我在看画时，把自己对她的憎恶的感觉搀杂进去了。可是当这个'安琪儿一般善良的人'自己看到这幅图画时，她难过得几乎要哭出来。"（转引自季摩菲耶夫《文学概论》，第 104—105 页。）这说明尽管作者的认识与理解是错误的，但因为他所描写的是现实生活中的典型人物，就提供了真实素材，让别人得出和他"相左"的结论。当然作品中所描写的完正生活不可能总是现成的。也允许作家虚构，而且这是主要的创作规律，如果作家的世界观不起作用，或者反动的世界观起了反动作用，他怎样提供生活事实的真实呢？季摩菲耶夫认为作家所选择使用的构成作品的材料，虽然不是个完正的典型的材料而且带有作家的主观色彩，但这些材料本身毕竟是从生活中来的，它不依赖作家的主观而存在。换句话说，有它自己的独立性，撇开作家的主观色彩，仍能看见生活现实本身的本来面貌，批评家就可以得出与作家不同或相左的结论。从这一角度上可以说"那做为它（指作品）的原料的生活材料具有抵抗作家的阶级的爱好和厌恶的偏见的能力"（季摩菲耶夫引用高尔基语）。于是提供的真实的材料越多，我们获得的客观思想也就越深刻而丰富。

第二，客观思想产生的基础是作品中的"生活现象本身"，如果没有它，任何客观思想也得不出来。但是，我们更必须明确，它也离不开批评家（在这里批评家并不是指的随便一个批评家，只能至少是唯物主义的批评家）的世界观，如果批评家没有正确的、进步的并且高于作家的世界观去分析总结，它也产生不出来。客观思想是批评家对作品中"生活现象本身"的反映，因此，客观思想并不等同于这个"生活现象本身"，是个自我意识主观的东西。"意识之所以是主观的，因为它是人的内部世界的内容，是反映，是外部世界的相近似的'复制品'，是体验，是自我意识，是客观内容的特殊的主观形式，是客观世界的主观形象。"（《学习译丛》1956 年第 2 期，第 20 页。）所以列宁说："社会意识反映社会存在——这就是马克思的学说。反映可以是被反映者底近似地真确的模写，可是说它们是等同的，这就荒谬了。"（《唯物论与经验批判论》第六章第二节，人民出版社，

1955，第 314 页。）因此，我们应该着重指出：作品中的"生活现象本身"并没有思想性，所谓客观思想其实就是批评家从"生活现象本身"得出的结论，是批评家根据作品所提供的纯客观的生活素材，以自己的立场观点经过分析而作出的正确结论。这时候批评家已经不把作品看作是作品（即主、客观统一体），而是把它看作是现实生活（或历史素材）现象，用自己的观点，过去的唯物主义的批评家用自己的进步观点，而马克思主义批评家则用无产阶级的立场观点，来进行观察分析与总结了。因此就必然要摆脱了作品的主观客观相统一的内容，也摆脱了作家的世界观及其创作方法等条件，只是依靠了作家提供的现实生活，正确的丰富的客观素材来获得他的结论。因此，不管进步的作家也好，反动的作家也好，现实主义的作品也好，自然主义的甚至反动的作品也好，只要提供出正确的生活事实就都可以分析总结出客观思想来。我们完全同意季摩菲耶夫的意见，他说列宁正是用无产阶级的观点来分析总结托尔斯泰的作品的（《文学原理》第 106 页）。我们也完全同意杜勃罗留勃夫的意见，他认为"在死灵魂第一部中，有些地方在本质上和复写非常近似（我们认为：这就是指的自然主义的倾向），但该书并不因此丧失它的概括的意义，这意义并且是和果戈理的理论观点完全违反的"（转引自季摩菲耶夫《文学概论》，第 102 页）。至于反动的作品，只要它提供的哪怕只是一鳞半爪的生活事实的真实，正如季摩菲耶夫所说的："人的意识是生活的反映，生活即使是歪曲地反映在意识里，我们仍然能在这里找到真实底一鳞半爪。"（《文学概论》，第 15—16 页。）我们就能或多或少地从中获得客观思想。高尔基在他的《俄国文学史》序言里就发挥过这一论点。在我国可以找到很多的例子，如唐代的佛教变文，尽管是宣传"因果报应"的，但它们都提供了很多现实生活中不平的事例，我们就可以从中得出和原作者相左的结论。而最突出的例子则是《荡寇志》，从这部极其反动的小说中，我们也可以看到反动统治阶级内部虽然是矛盾、倾轧的，但当共同对付阶级敌人时，他们就会合流、携起手来的。这个结论应该是正确的。斯大林在给比尔－别洛采尔科夫斯基的信中就曾认为从反动的《土尔宾一家的日子》里可以获得客观思想。他说："这个剧本留给观众的主要印象是对布尔什维克有利的印象：'如果象土尔宾这样一家人都承认自己的事业已经彻底失败，不得不放下武器，服从人民的意志，那就是说，布尔什维克是不可战胜的，对他们布尔什维克是毫无办法的。'《土尔宾一家的日子》显示了布尔什维主义无坚不摧的力量。"（《斯大林论文学与艺术》，人民文学出版社，1959，第 57 页。）

由此可见，承认了客观思想是存在的，并不等于默认了世界观与创作方法矛盾的理论。恰恰相反，它仍能证明世界观指导创作的规律是没有例外的。因此，虽然，我们分析与总结客观思想的基础是作品中的生活现象本身，不管作家的主观思想，但是进步的作品，由于作者是从现实生活中选取来具有典型意义的素材，经过加工提炼并且按照生活的逻辑再现出来的，因此，比起反动的作家所提供的生活材料不仅要丰富得多而且要正确得多！因而批评家从中得出的结论就丰富而深刻。例如，尽管我们能从极其反动的《荡寇志》里获得客观思想，但由于它所提供的许多素材中都是出于不合理的任意捏造，连生活事实的真实也丧失了，如把梁山泊英雄们一个个都杀尽等等。因此，我们所得的客观思想也就极其有限。这比起《水浒传》来就有天壤之别。

由此可见，我们承认客观思想，在世界观与创作问题上并不给我们带来什么麻烦，而问题在于：由于有些人（象前面已经指出过的）把作品的理想性理解为主观思想与客观思想两个方面的结合，这就给我们在评价作品，特别是古典作品的政治标准时，带来很大的困难！

困难的问题在哪里呢？

第一，我们认为文学作品的内容是主观和客观的统一体，它的思想性是有阶级性的，并且只有一种阶级性，而这阶级性决定于作家的立场、观点、社会理想、美学理想等。我们如果把作品的思想性连客观思想也包括进去，这就不仅势必要承认世界观与创作的矛盾，就是说承认反动世界观的作家可以写出很高的正确的思想性的作品，而且还必然要产生一个不可解决的矛盾的结论，即一个作品的思想性居然可以包涵着两种阶级性。这就等于承认一个作品可以有两种阶级性。我们在前面已经说过：古典文学作品的客观思想，譬如我们提到的《杜十娘怒沉百宝箱》的客观思想的阶级性是无产阶级的，是无产阶级批评家的立场、观点的表现，与作品的主观思想显然是绝对不一样的，现在我们却把它们硬放在一起，说这就是《杜十娘怒沉百宝箱》的思想性，这简直是使人困惑莫解！当然客观思想不是只有马克思主义批评家才能获得，它应该是一个历史的概念。过去时代的作品，在不同的各个历史时代的进步的批评家都可以获得的。但由于他们的世界观受到历史时代的和阶级的局限，因此，他们总结出来的客观思想的正确性就难免受到一定的限制。只有马克思主义批评家所得出的结论——客观思想才是完全正确的全面反映。因此，与古典作家同时代的批评家不但可以获得客观思想，而且当他们的阶级立场相同的时候，客观思想的阶级性与主观思想的阶级性是可以一致的。这时候，作品的主观思想和客观思想两者也常常是一致的，只有高低或深浅的差别，但评价究以何者为据呢？也仍然使人感到困难！

我们认为出现这种困难的原因，根本就是不明确客观思想这一概念。我们在前面曾经指出，当我们在分析古典作品的客观思想时，是完全撇开主观思想，是把作品中所描写的"生活现象本身"当作纯客观的生活现象来进行分析概括的。已经与作为主客观统一的文学作品内容无关了。这个客观思想虽是批评家从作品中的生活中分析总结出来的，但却不是它所固有的思想性。而且两者也不等同，生活现象本身是个客观存在而客观思想则是主观的，是批评家的思想观点，怎能算作是作品所固有的思想性呢？

显然不能，并且是无法解释的。

第二，把作品的主观思想和客观思想结合起来，看作是它的思想性，这就无法对作品进行评价，得不到合理的统一的结论，我们在前面已经指出：作品的主观思想和客观思想不仅有高低深浅之分，而且常常是矛盾的相左的。那么你在评价作品的思想性时，是以何者为主呢？如果以客观思想为主，显然就要把作品价值无限制地提高，甚至可以提高成无产阶级作品，如果是无产阶级批评家得出来的结论的话。因为这个客观思想是无产阶级的观点——结论，是有着无产阶级的阶级性的。这就必然要犯以今衡古反历史主义的错误。特别是我们在前面已提到过，无论是自然主义的作品，甚至是反动的作品都可以分析总结出或多或少的客观思想来的，如果你以客观思想作标准来给作品下结论，那当然是不允许的。如果抛开了客观思想，以作家的主观思想为准，可是，既然把两种思想结合起来进行评价了，如果把它评价很低或者说它反动，显然也是不公平的。

由此可见，把古典作品的思想性看作是两种思想的结合。其结果只是制造矛盾或困难而已。

有人为了坚持思想性是主客观思想相结合的论点，提出了毛主席在《讲话》中的"无产阶级对于过去时代的文学艺术作品，也必须首先检查它们对待人民的态度如何，在历史上有无进步意义"以及"检验一个作家的主观愿望即其动机是否正确，是否善良。不是看他的宣言，而是看他的行为（主要是作品）在大众中产生的效果"这两段话作为根据，认为作品的思想性不但应该包括着主观思想和客观思想，而且应该结合起来进行评价。我们认为这样来理解毛主席的话恐怕未必妥当。因为我们从毛主席的话里并得不到这个结论，相反，我们从上下文看来，认为毛主席指的恰恰是对于作品主观思想的评价，是要看作者的主观思想在群众产生的作用和影响来确定主观愿望的好坏、进步或反动的。

当然一部（篇）作品的客观方面（生活现象本身）由于进步

的读者从中得到正确的深刻的认识，受到鼓舞，因而产生了社会效果。但是我们只能评价说：这个作品的生活现象本身很好，不能说读者的这个正确而深刻的认识很好，因为这是读者的认识，是对读者的评价了。我们的论辩者也许会说，既然读者的这种正确而深刻的认识是从作品的"生活现象本身"获得的，是与作品分不开的，因而仍然是它的思想性的一部分，应该统一起来进行评价。但是他却遇到了两种问题，一个问题，我们在前面已经提到了，这个主客观思想相结合的思想性，怎样下结论呢？难道既说它低又说它高，既说它进步又说它反动吗？这就必然得到这样一个结论：作品无所谓好坏。显然是错误的。另一个是，客观思想是批评家从作品的"生活现象本身"获得的，是批评家的观点，难道一定要强迫批评家自己说自己的观点好吗？

因此，我们认为作品的思想性不能是主客观思想的结合，客观思想不是文学作品的思想性的一个组成部分，文学作品的思想性只能是作家的主观思想，只有它才是评价作品好坏的标准。也就是说，一部（篇）作品是优秀的、进步的或者反动的只有以主观思想为根据，或者说决定于主观思想而不决定于客观思想。

那么客观思想有什么用处呢？分析总结客观思想的目的何在呢？

我们认为客观思想是批评家对古典作品的客观方面的一个新的创造，是用新的观点予以新的阐发。在过去，它帮助了读者对作品中"生活现象本身"进行深刻理解，在今天的用处，是帮助读者、观众去欣赏和接受教育。譬如，《十五贯》《八义图》《孙安动本》等古典作品，为什么能够在革命者的精神上产生积极的作用（激动与鼓舞）呢？一方面由于它的生活现象的完整性普遍性，而另一原因则是由于新的观众的眼力高明，能够透过具体生活现象看出它那普遍意义（即客观思想）。古典的优秀作品之所以对今天的观众还有巨大的价值，能给人以美的欣赏和教育，主要由于作品的"生活现象本身"以及客观思想的帮助，与主观思想关系不大，或根本无关。古代的反动作品之所以能起它的反面教育作用，也由于客观思想的帮助。只有用客观思想才能说明阐发作品所描写生活现象本身的深刻意义。列宁在分析评价列夫·托尔斯泰的作品时说："如果站在我们面前的是一位真正的伟大艺术家，那末他至少应当在自己的作品里反映出革命的某些本质的方面来。"（《托尔斯泰是俄国革命的镜子》）这个结论也就是客观思想，是列宁用马克思主义美学观点从托尔斯泰的作品中的丰富的生活现象中得出来的。列宁明确地指出"对托尔斯泰的正确评价，只有依据社会民主主义的无产阶级的观点才有可能"（《列夫·托尔斯泰》）。但列宁从来没有说，这就是托尔斯泰作品的思想性。列宁对托尔斯泰全面而正确地分析评价的目的是说明托尔斯泰的作品对无产阶级革命有什么有益的作用，而并不是以这样无产阶级的评价作为根据，把托尔斯泰作品思想性提高成无产阶级作品的思想性。

　　无产阶级评价古典作品的历史主义观点，决不是把作品的主观思想和客观思想看作是作品的思想性。无产阶级的批评家在评价古典作品时，是以无产阶级的立场、观点来分析评价作品的主观思想，既看它在当时的作用又看它在今天的作用，同时又以无产阶级的立场、观点来对作品所提供的"生活现象本身"作具体地分析、评价，这评价并不是对客观思想本身的评价，而是通过客观思想，来阐明这作品中所提供的"生活现象本身"在过去应起什么作用，而在今天对我们还有什么现实意义，还起什么积极的作用，从而向读者、观众进行教育。一句话，古典文学之所以被保存下来和重视起来，主要原因是它所提供的"生活现象本身"经得住无产阶级批评家对它进行客观的科学的分析解释，从而拥有丰富而深刻的客观思想。

试论文学的人民性[*]

文学的人民性问题，是一个重要的而且复杂（特别在古典文学方面）的问题。正确理解文学人民性的概念和掌握衡量它的标准，是批判继承古典文学以为今用和使社会主义文学更好地与人民群众结合，从而获得发展繁荣的关键之一。

一 文学的人民性是一个历史的概念

文学的人民性是文学与现实的关系问题，也是文学与人民的关系问题。"人民生活中本来存在着文学艺术原料的矿藏"，人民生活在任何时代都是真正的文学艺术取之不尽，用之不竭的唯一源泉。现实生活的本质是矛盾和斗争，在阶级对抗的社会里，主要是阶级的矛盾和斗争。因而，正确地真实地反映了现实生活本质的文学作品，就不能不和人民有着关系，就不能不有利于人民。正如别林斯基说的："如果那生活的描绘是忠实的，它也就是人民性的。"（转引自别列金娜选辑《别林斯基论文学》，第69页。）因此，文学的人民性的概念，一般应理解为：人民大众的生活在文学中的真实反映，是人民大众的思想、感情、愿望和利益在文学中的正确表现。因此，研究人民性的问题，就不能不集中到文学与人民的关系上来。

为了具体说明文学与人民的关系，应该首先研究"人民"这

---

* 原载：《山东大学学报》（中国语言文学版）1961 年第 4 期。

个概念。提起"人民"来，人们会立即想到劳动群众。这是完全应该的，因为人类社会的历史，首先是物质资料生产者的历史，是身为生产过程基本力量的劳动群众的历史；因此，对于"人民"这一概念，首先应该理解到，劳动群众是所有各个时代人民群众的基本、核心。但是，"劳动群众"和"人民"并不是一个概念。在阶级社会中，人民是由具有不同利益的各个阶级、阶层和社会集团组成的。划分人民与敌人，有一个客观标准：在一定社会历史发展阶段，凡是起着推动历史前进作用的阶级、阶层和社会集团，都属于"人民"的范畴。因此，"人民"是一个历史的概念。所以毛主席在《关于正确处理人民内部矛盾的问题》中指出：

> 人民这个概念在不同的国家和各个国家不同的历史时期，有着不同的内容。拿我国的情况来说，在抗日战争时期，一切抗日的阶级、阶层和社会集团都属于人民的范围，日本帝国主义、汉奸、亲日派都是人民的敌人。在解放战争时期，美帝国主义和它的走狗即官僚资产阶级、地主阶级以及代表这些阶级的国民党反动派，都是人民的敌人；一切反对这些敌人的阶级、阶层和社会集团，都属于人民的范围。在现阶段，在建设社会主义的时期，一切赞成、拥护和参加社会主义建设事业的阶级、阶层和社会集团，都属于人民的范围；一切反抗社会主义革命和敌视、破坏社会主义建设的社会势力和社会集团，都是人民的敌人。

随着社会历史条件的不同、社会历史的不断发展，组成人民内容的阶级成分也是不断变化的。那就是说，有的阶级由于不再对社会历史起着推动作用，变成反动的阶级，就要退出人民的范围，而新兴的阶级则不断参加到人民的范围中来。但是，劳动者，物质资料的直接生产者却永远是推动历史前进的主要力量，因此，尽管随着经济条件的变化，组成人民群众的阶级成分也不断发生变化，而劳动群众却永远是所有各个时代人民群众的基本、核心。（可参考康士坦丁诺夫主编《马克思主义哲学原理》，人民出版社，1959，第670—671页。）

由此可见，"人民"是一个在历史上以物质资料直接生产者为主体或核心的不断变化的阶级、阶层和社会集团的联合。是一个历史的概念。

既然文学的人民性是文学与人民的关系问题，那么，人民的内容变了，文学的人民性的内容也就不能不变。因此，文学的人民性也是一个历史的概念。

文学的人民性这个历史的概念，表现在如下几个方面。其一，随着历史的变化和新任务的要求，有的文学的内容就不再具有人民性。例如，随着某个阶级的退出人民范围，它此后的文学就丧失了人民性，而人民文学也不再代表这一阶级的任何利益。再一个例子是，在某一社会历史发展阶段的文学的某一思想内容，象《三国演义》或《水浒传》里所宣传的"义"当时是有人民性的，可是在今天看来，"义"就失掉了它的人民性。其二，文学的人民性的内容是逐步走向深化的。例如，较古的作品，只要表示出作家对人民生活的真正关切，就应该承认它有人民性，但随着社会历史的发展，思想的发展，后一时期具有人民性的作品的深度和广度，总要超越了前一时期：象《红楼梦》的反科举、反礼教、反等级，主张男女平等、婚姻自由和要求个性的解放等等进步思想，就很明显地超越了《西厢记》。其三，文学的人民性，不仅逐步深化而且是单一化的。由于某一阶级的退出人民范围，它的文学因而丧失了人民性，而新兴的，新出现于历史舞台的阶级的文学则具有丰富的人民性；而且由每种文学走向单一化。例如，无产阶级及其文学的出现，因为它是最后的而且是最进步的、最能代表劳动人民利益的一个阶级，它的文学就具有最丰富、最强烈的人民性。而且随着无产阶级取得政权，开始建设社会主义的时代，尽管人民的范围仍然包括某些阶级，但是这些阶级的文学已经没有任何人民性，对于社会的发展不仅无益而且有害。一句话，这些阶级的文学已完成了自己的历史任务而告终。只有无产阶级的文学是社会主义时代社会的唯一文学，并且是具有最高度的人民性的文学。

文学的人民性并不等同于文学的阶级性，二者是有很大的区别的。但是人们在对待这个问题时，却常常出现一些偏向：有的人在分析文学的人民性时，往往忘记了人民是在特定的社会历史发展阶段，起着推动历史前进作用的阶级、阶层和社会集团的结合体，因而就仅仅把文学和作为人民核心的劳动群众的关系，即是否对劳动人民有益为标准，来确定它有无人民性。有的人则认为人民性和阶级性容易混淆，主张把它取消。因此，完全有进一步探讨这个问题的必要。

我们认为文学的人民性决不能局限在阶级性的范围之内。不同时代、阶级的优秀文学艺术之所以能够激动世世代代人们的心灵的主要原因之一，就因为它富有人民性。在各个社会历史的特定阶段，属于人民范围的各个阶级的文学，如果它是优秀的，在某些主要方面代表了当时人民的共同利益，反映了人民大众的思想情感和愿望，它就是人民文学，对其他阶级说来，都是有人民性的。当然，对任何时代的人民文学，我们都必须注意它和当时劳动群众的关系，人民性的丰富程度，应以看它代表或符合劳动人民利益的多寡为准。所以列宁在和蔡特金的著名谈话中说："艺术是属于人民的。它必须在广大劳动群众的底层有其最深厚的根基。它必须为这些群众所了解和爱好。它必须结合这些群众的感情、思想和意志，并提高它们。"（《列宁论文学》，人民文学出版社，1958，第 137 页。）这是因为：一方面劳动群众是人民群众的核心，同时，他们在任何历史阶段也是占着当时人民群众的大多数。如果文学居然不代表或不符合劳动人民的利益，那它的人民性就很成问题了。

某一特定社会历史发展阶段中的人民文学，虽然反映了人民群众的生活和思想感情，代表了人民的共同利益，因而有人民性，但并不因此而丧失其阶级性。从文学为本阶级的特殊利益服务的性质看来，阶级性和人民性是矛盾的。例如，某一剥削阶级、阶层或社会集团虽然在某一特定社会历史发展阶段，还起着推动历史前进的作用，但它的文学不一定都有人民性，如果它的文学是强烈而集中地为本阶级的利益服务，就往往没有人民性。只有当它在某些主要方面代表了人民的共同利益的时候，才是有人民性的。因此，人民性与阶级性的关系在对抗的阶级社会中，特别对一些非劳动阶级的文学说来，是矛盾的并且是成反比例的。例如，在抗日战争时期的人民的范围，包括了一切抗日的阶级、阶层和社会集团。这一时期的文学，凡是"一切利于抗日和团结的，鼓励群众同心同德的，反对倒退、促成进步的东西，便都是好的"（《毛泽东论文艺》，第72页）。文学，应该承认它是有人民性的。但是，剥削阶级的一些比较进步的文学，尽管具有爱国主义思想，因为它主要还是为本阶级利益服务的，对广大劳动群众说来，它的人民性毕竟是有限度的。因此，在当时的文艺界既有团结也有斗争，正是反映了当时文学的阶级性和人民性既矛盾又统一的复杂关系。

文学的人民性和文学的阶级性有无统一的时候呢？那就是前面所说的，社会主义时代的文学、在劳动人民当家作主的时代社会里，无产阶级的文学成为唯一的文学，因为再没有第二种文学还能起它的进步作用。无产阶级的文学不仅最能代表无产阶级的利益，而且最能代表广大人民的利益，为广大人民服务。不过应该注意的是，它为工农兵服务和为其他阶级服务的性质有所不同。周扬同志阐发这个问题说：不是降低工人阶级的水平去迁就，而是把他们提高到无产阶级的水平上来（《坚决贯彻毛泽东文艺路线》，人民文学出版社，1952，第139页）。

当然文学的人民性的概念，仅仅依靠上面的解释是不够的，还得从以下几个方面继续探索。

二　文学的人民性是怎样产生的

我们说过，文学的人民性的问题，是一个文学与人民的联系问题。劳动人民在任何时代都是组成人民的核心，因此，越能深刻反映劳动人民的生活，代表劳动人民利益的文学就越有人民性。那么，劳动人民自己写出来的文学，当然就越有人民性。

劳动人民自己写的文学不仅富有战斗的思想性，而且也富有高度的艺术性。正如高尔基所说："最深刻、最鲜明、在艺术上达到完美的英雄典型乃是民谣、劳动人民底口头创作所创造的。"（《苏联的文学》，山东新华书店，1950，第11页。）在我国文学史上这种例子是不胜枚举的，只在《三国演义》《水浒传》《西游记》里就可以找到近百个。

由此可见，产自劳动人民之手的文学的特点是以完美的艺术形象表现自己的生活、思想感情和愿望，当然是最有人民性的。

但也必须看到如下的事实：在对抗的阶级社会中，旧的社会制度沉重打击着劳动人民出身的天才作家，不能创造更多的精神财富；甚至主要由于受到反动统治阶级的宗教以及他们的思想的影响，反而在自己的创作中有时也产生不健康的东西（当然也有反动统治阶级的窜改和混入的）。象鲁迅所说："他们间接受古书的影响很大，他们对于乡下绅士有田三千亩，佩服得不了，每每拿绅士的思想，做自己的思想……不能称是真正的平民文学。"（《而已集：革命时代的文学》）高尔基也说："假如民谣有时候响着对于人间生活底意义的绝望与怀疑的调子，——那末这种调子是由基督教会两千年来的悲观主义宣传家和寄生的小资产阶级底愚昧无知的怀疑主义者所引起的。"（《苏联的文学》，山东新华书店，1950，第12—13页。）

当然这样的作品是没有人民性的。

最有人民性的并且不再掺着杂质的劳动人民自己写的文学——

新民歌，只有在政治、经济和文化翻身之后，在党的领导下，特别在社会主义建设"大跃进"的时代才会产生。因为劳动人民的物质生产力和精神生产力都获得了空前解放，共产主义精神空前高涨，因而他们就能运用"二革"的创作方法，写出能够充分反映人民的新生活、新思想、新的道德品质和新的风俗习惯，反映社会主义革命和建设的光辉图景，反映劳动人民共产主义意识的成长过程。因而这样的文学具有最高形式的人民性。

自古以来，劳动人民自己创作出来的文学都是富有人民性的。但这还只是我们几千年来光辉灿烂的文学中的一个组成部分。这就是说，许多非劳动人民出身的优秀作家也能写出优秀的具有丰富人民性的作品。而且占的数量最多。不是劳动人民出身的作家为什么也能写具有人民性的作品？我们认为主要原因是这些作家与劳动人民及其创作发生了密切的关系。

各个时代、各个国家的伟大的文学家艺术家的许多优秀作品的革命思想和成功的艺术形象，多是从民间创作的宝库中汲取来的。民间创作（从内容到形式）哺育了文人及其创作。高尔基说："如果不知道人民口头创作，那就不可能懂得劳动人民真正的历史，而人民的口头创作是不断地和决定地影响到……最伟大的书本文学作品的创造的。"（《苏联的文学》，山东新华书店，1950，第23—24页。）在中国文学史上自《诗经》以来，无论从事实上或理论上都可以看到这个规律。不少的进步作家重视民间文学并给予很高的评价。最突出的象白居易，他大胆宣传向民间文学学习，他把自己的富有人民性的作品称为新乐府。在中国文学发展史上，接连不断地出现的许多新文体，几乎没有一种不是渊源于民间文学的。就因为我国民间文学存在这样丰富的宝藏，并不断为文人所汲取，因此，在中国文学史上就出现了这样两种情况。其一，正如鲁迅所说："歌、诗、词、曲，我以为原是民间物，文人据为己有，越做越难懂，弄得变成僵石，他们就又去取一样，又来慢慢的绞死它。"（《鲁迅书简：致姚克第十七信》）

这是封建文人对民间创作的掠夺、蹂躏。当然，既已变质，便无人民性可言。这是民间文学的不幸，但这种现象在中国文学史上是一种逆流，阻碍不了中国文学的健康发展。其二，民间文学对文人创作的保姆作用是一条根本的规律，鲁迅说："民间文学虽不如士大夫文学的细致，但却刚健清新。"它能给文学一种新的力量，"旧文学衰颓时，因为摄取民间文学……而起了一个新的转变"（《且介亭什文·门外文谈七》）。

由于民同文学不断地哺育了历代伟大的诗人、小说家和戏剧家，于是象杜甫、白居易等的诗创作就具有丰富的人民性。特别是象小说家施耐庵、罗贯中、吴承恩等的小说创作的人民性，就更加明显。《水浒传》《西游记》等那样具有丰富的人民性的作品，正是在民间口头创作的基础上提炼加工的结果。

当我们指出民间创作的丰富的人民性和它在中国文学发展史上的伟大功绩时，必须指出一种偏见，即过分强调民间文学，以至把它看成是中国文学唯一的主流和正宗，因而降低甚至排斥了文人创作在中国文学史上的地位的那种粗暴的做法。

我们认为几千年来中国光辉灿烂的文学，是应该包括着进步文人的优秀创作的，这是中国文学史上的事实，只要文人的创作能够真实地反映人民大众的生活，表现劳动者的思想、情感和愿望，或者他们所写的和所想的符合了劳动人民的利益，就都是具有丰富的人民性的文学，在文学史上都应该给它以正宗的地位，都应该视为主流的文学。

我们认为划分文学发展主流的标准，应该看它是否起着推动社会历史前进的作用，是否符合人民的根本利益；一句话，看它是否具有丰富的人民性，而不是看它产自何人之手。作者的阶级出身并不是重要的，而是看他为谁写，为什么写，怎样写，以及作品的客观效果。如果以作家的出身为标准，那么民间文学中的某些糟粕也势必要放到主流和正宗的地位，显然是错误的。列宁有一段话值得我们注意，他说："在每个民族文化里有两种文化。

有普利史克维支们、古秩可夫们和司徒鲁威们的大俄罗斯文化但也有以车尔尼雪夫斯基和普列诺夫的名字为特征的大俄罗斯文化。"（《列宁论文化与艺术》上，山东新华书店，1949，第84页。）可见，非劳动人民出身的车尔尼雪夫斯基的创作并未被排出俄国文学史的主流和正宗之外，相反，他是代表。

劳动人民并不拒绝非劳动人民出身的作家为自己创作。恰恰相反，正如鲁迅所说："应该多有为大众设想的作家。"（《集外集拾遗·文艺的大众化》）这是因为"我们的劳苦大众历来只被最剧烈的压迫和榨取，连识字教育的布施也得不到，……繁难的象形字，又使他们不能有自修的机会。智识的青年们意识到自己前驱的使命，便首先发出战叫，这战叫和劳动大众自己的反叛的叫声一样地使统治者恐怖"（《二心集·中国无产阶级革命文学和前驱的血》），而且象我们在前面已经说过的，在中国文学史有这样一个特点：许多优秀的著作，如《三国演义》《水浒传》《西游记》等都是劳动大众和文人合作的产物，难道因为文人参加了创作，就把这些优秀作品排斥在主流和正宗之外吗？

我们认为文人作品之所以有丰富的人民性，除了文人向民间创作学习与吸取养分之外，还有一个重要的源泉，这就是文人参加或者接近和理解了劳动人民生活，吸取了当时的劳动人民的革命思想（当然民间文学中的强烈的思想性也给文人以极大的教育）。因而既提高了思想，改变了对劳动人民的态度，同时也掌握了丰富的题材。

非劳动人民出身的文人为什么能够学习民间创作和接近劳动人民，从而写出富有人民性的作品？我们认为：

第一，由于他们是新兴的或上升的剥削阶级、阶层的作家。马克思曾经指出："任何新的阶级，把自己代替它以前的统治阶级的，为了实现自己的任务，不得不把自己的利益描写为社会底一切成员底公共利益，即是，赋于自己的利益以普遍性形式，把它们描写为唯一合理和公认的思想。进行革命的阶级——单就它与别一阶级的对立而言——从最初起，就不是作为一个阶级而出现的，而是作为整个的社会底代表者而出现的；它以社会的全体群众底资格，去对抗唯一的统治的阶级。"（《德国意识形态》转引自周扬编《马克思主义与文艺》，大连大众书店，1946，第12—13页。）这就是说，在历史上，任何新兴的剥削阶级、阶层，一方面是属于人民的范围，同时为了获得广大群众的支持，从而取得政权，因而就不能不隐蔽那企图发展自己特殊利益的目的，而服从于公众的利益。这就必然反映到它的文艺创作中来，因此，这样的文学就有一定的人民性。《诗经》里的《周颂》、曹操父子的创作就是例子。曹氏出身于地主阶级里的小族。这个阶层在东汉末叶才开始走上政治舞台、成为新兴的势力。曹操对于当时的社会形势有比较清楚的认识，他看到黄巾起义虽被镇压下去，农民的反抗力量却仍然是不可轻视的，唯有采取对农民让步的政策才能缓和阶级斗争。同时，曹操所爱好的音乐本来产生于民间的相和歌。他自己就在乐府民歌的影响下写了许多歌词。曹操的文学倾向是反正统的，在诗创作上摆脱了传统的束缚而有所创新，正如鲁迅所说：曹操是一个英雄，"也是一个改造文章的祖师"（《而已集·魏晋风度及文章与乐及酒之关系》）。这与他从民间创作吸取营养也是分不开的。钟嵘《诗品》说曹操"颇有悲凉之句"这个论断是确切的。他这种悲凉感慨和对于民生疾苦的同情以及对个人的丰功伟业的追求是相结合着的，因而富有人民性。（以上参考余冠英《三曹诗选》前言，作家出版社，1957。）

第二，由于统治阶级内部的矛盾：特别在政治斗争最激烈的时代，有些比较进步的文人被排挤出去。特别是他们自己的特殊遭遇，使他们接近了劳动人民，理解了劳动人民的生活，于是写出了富有人民性的作品来。这种例子在中国文学史上是举不胜举的，象屈原、杜甫等就是例子。司马迁说："屈原放逐著离骚。"（《史记·自序》）杜甫年轻时就过着"朝扣富儿门，暮随肥马尘；残杯与冷炙，到处潜悲辛"（《奉赠韦左丞丈》）的生活。他在安史之乱时更是颠沛流离，在饥寒交迫中过日子，这使他接近了劳动人民，理解了他们的痛苦，并产生了深厚的同情心，才能写出由于"彤庭所分帛，本是寒女出。鞭挞其夫家，聚敛贡城阙"因而造成了"朱门酒肉臭，路有冻死骨"（《自京赴奉先县咏怀》）那种人间地狱相。所谓"诗以穷而后工"应作如是理解。

当然他们的创作不一定都反映劳动人民的生活、思想感情，也有写统治阶级内部的倾轧和糜烂生活的，但这类创作仍有丰富的人民性，因为它一方面打击了反动统治阶级，同时，也帮助劳动人民认清自己敌人的真实情况，如列宁所说："研究托尔斯太的艺术作品，俄国工人阶级会更清楚地认识自己的敌人。"（《托尔斯太与无产阶级斗争》）

此外，还有一些文人被排斥于反动统治阶级政治圈外之后，虽然并未接近劳动人民，而是消极颓废，写出了一些嗟叹人生如梦，宣传悲观厌世之作，但在某些作品中也往往具有一定程度的人民性。如唐传奇中的《枕中记》等都是以虚幻的形式反映当时现实中官场的真相的。它们一方面要人们逃避现实斗争，但同时也对封建社会上层阶级的生活作了否定。

当然也有这种情形：有的文人在政治上得意时，也写出了一些富有人民性的作品。相反，在政治上受到打击、排挤时，反而写不出好诗来。例如白居易创作的黄金时代，也正是他在政治上比较得意的时期。这是因为他有民主主义思想有人道主义精神，有改良主义的政治抱负，所以他要"为君为臣为民为物为事而作"（《新乐府自序》），这就充实了他的现实主义的思想内容。但是这些进步的因素的形成也不是偶然的。这与他的前此的比较长时期的贫困流浪生活，从而接近和理解了人民的痛苦生活分不开。同时，《诗经》以来的现实主义优良传统，对他的创作与批评上的影响也是非常之大的。

第三，在人民遭受苦难的时代里，一些文人由于个人自身的遭遇：颠沛流离，饱经风霜，较广泛地接触了现实生活，影响到思想的进步。他们的诗文，在抒写个人的感受之中也往往反映出乱离时代人民所遭受的灾害，听到了人民苦难的声音。例如建安七子的诗赋。《文心雕龙·时序》说："观其时文，雅好慷慨，良由世积乱离，风衰俗怨；并志深而笔长，故梗概而多气也。"

　　第四，在历史上，当受异族入侵和被统治时期，这时民族矛盾上升为主要矛盾，许多属于统治阶级的爱国作家和劳动人民一起参加民族斗争，因而写出了反映民族意识和爱国思想的作品，象陆游、辛弃疾等的一些具有这类内容的作品就有丰富的人民性。

　　第五，在注定灭亡的阶级中，进步的、有远见的知识分子，由于意识到本阶级的灭亡而转变到进步的阶级中来。他们跟原阶级坚决决裂，挺身保护劳动人民。这类作家的作品是最富有人民性的。在我国最典型的就是"从绅士阶级的逆子贰臣进到无产阶级的劳动群众的真心的友人"（《瞿秋白文集》二，第997页）——鲁迅。鲁迅是中国文学史上第一个有意识地以劳动人民为主人公的作家。他对于反动统治阶级的批判也最为彻底。正如鲁迅自己所说："因为从旧垒中来，情形看得较为分明，反戈一击，易制强敌的死命。"（《坟·写在坟后面》）

　　象鲁迅这样的作家，由于他的立场的根本转变，因而已经成为无产阶级最优秀的作家，他的作品不仅善于打击敌人和消灭敌人，而且能够团结人民、教育人民，因而是最富有人民性的。

　　根据以上前四种情况的分析，我们应认识到：文人的优秀之作，尽管有丰富的人民性，但其阶级性并未因之丧失。封建时代的进步作家并没有完全改变原有的立场，事实上，也是不可能的。他们多半是些改良主义者。他们所以暴露贵族和封建社会的弱点，用强有力的讽刺和讪笑揭穿内部的矛盾，是希望这个阶级的最高统治者能够因此而惊醒些、努力些、周密些，去改良自己的"秩序"。因此，他们的作品的人民性，主要决定于一种人道主义（这种人道主义是有阶级性的，因而也就限制了他们和劳动人民的彻底结合）的同情。譬如杜甫的政治理想是"致君尧舜上，再使风俗淳"（《奉赠韦左丞丈》），这就使他的作品的人民性受到局限。当然在残酷的现实面前，他有时也不自觉地站在被压迫的劳动人民的立场，写出了象"三吏""三别"之类具有强烈人民性的作品，但毕竟不能背叛本阶级而坚决转变到劳动人民方面来。再如白居易虽同情人民，曾公开说要为人民而写作，但却是"惟歌生民病，愿得天子知"（《寄唐生》），可见他创作的根本目的只是希望统治集团的最高代表看到民间疾苦，因而发善心减少对人民的过重剥削而已。这正是时代社会阶级所给他的限制，因而影响了他的作品的人民性的高度和深度。但也必须看到，这些作家也并非站在反动的立场上，而是站在人民的立场上，否则就不是进步作家了，因此，他们的诗篇在当时对人民却有很大好处，是对人民有利而损害统治集团的利益的。因而他们的一些为广大人民所喜爱的诗篇，就必为贵族权要所痛恨。例如白居易的诗就是如此，他自己说："闻《秦中吟》，则权豪贵近者，相目而变色矣。闻《登乐游园寄足下》诗，凡执政柄者扼腕矣；闻《宿紫阁村》诗，则握军要者切齿矣！"（《与元九书》）因而必须承认这些作品的人民性。

但也应该看到，由于他们的立场始终没有站在劳动人民的一边，因而在他们的作品里就不同情农民起义。象《三国演义》的作者就称黄巾军为"贼"。而《聊斋志异》的作者则称农民起义为"逆"。由此可见，尽管他们同情农民，也为劳动人民说话，但当农民武装革命时，他们却害怕革命。他们能够提出矛盾，而且描写得很尖锐，可他们的解决矛盾的方法，是依靠贤君的施仁政、良吏或侠客的锄奸恶，或者依靠最高的主宰者（上帝）的最后判决。

为什么害怕革命？为什么称农民革命军为"贼""逆"？他们站在什么立场还不很明显吗?！这正是阶级性与人民性相矛盾的反映。因此，文人要想写出具有丰富而强烈的人民性的作品，首先得转变立场，加入到劳动群众的队伍中来，象鲁迅就是杰出的榜样！

上面我们分析了：文学的人民性的产生是进步的作家创作的结果。但是，无论是劳动人民自己或进步的文人进行创作，都是要求达到：进步的内容与尽可能完美形式的统一，这就必须掌握与运用进步的创作方法。

当"一部文学史就是一部现实主义与反现实主义的斗争史"的理论盛行的时候，许多人认为只有现实主义作家才能写出人民性的作品。因而有人在这种错误理论的指导下，就把一切具有人民性的作品划归到现实主义的范畴中来。象发表在《文学遗产》增刊第二辑的《李白诗歌的人民性》就是比较突出的例子。当然现在不会再有人迷信这种理论了。大家都肯定只要是进步的创作方法，只要是为进步作家所掌握，就能写出具有人民性的作品。但应该进一步看到：由于现实主义和积极浪漫主义这两种创作方法的特点，文学作品的人民性表现了各自的特征。现实主义由于它主要是"选择生活中已经确定的东西，把握那已经实施的规律"，它的人民性的表现形式就往往偏重在批判与暴露。而积极浪漫主义由于主要是"描写我愿意看到的样子"，因此，人民性的表现形式往往偏重希望与理想。当然这是指一般的情况而言。因为现实主义与浪漫主义常常是相结合的，因此，我们在文学史上可以看到，有些现实主义作品的内容也是充满着人民群众的强烈的希望的，如杜甫的《茅屋为秋风所破歌》。有些积极的浪漫主义作品对现实的批判，暴露也是很强烈的。象《聊斋志异》里的《席方平》，尽管作者运用的是幻象，但作者所批判、暴露的地狱世界的贪赃枉法、残酷黑暗，正是批判的当时的现实。由此可见，人民性的产生不仅与现实主义分不开，和积极浪漫主义也是分不开的。至于运用社会主义现实主义、革命的现实主义和革命的浪漫主义相结合的创作方法写出来的作品，那就更具有最高度的人民性了。

总之，只要是进步的创作方法，就能写出具有人民性的作品来，但是掌握这些创作方法的则是进步的作家。产生人民性的根本原因，还是作家的进步的世界观。

三　正确理解文学的人民性的标准

1. 什么是文学的人民性的标准

评价文学的人民性的标准，其实也就是评价作品好坏的标准。但是应该注意：我们曾几番指出人民性与阶级性的概念不同，因而尽管评价人民性的对象仍是作品的内容与形式，但却不是看它对那个阶级有利而且看它对人民是否有利。因此，无产阶级的文艺理论家根据人民性的概念，就作品的主题思想和形式给人民性规定了几个相联系的标准或条件。较有代表性且对中国有影响的是季摩菲耶夫的主张。他在他的《文学概论》中提出："人民性的第一条件是在作品中提出具有普遍的人民意义的问题。""人民性的第二条件，即：艺术家要从人民的立场来阐明所提出的问题。"第三个条件是"易于为民众了解，易于具有形式的民主性"。（平明出版社，1953，第171页。着重点为引者所加。）

但是这样细致具体地划分标准并不十分恰当，尤其在阐释这些标准的时候，有时也失之偏颇。例如关于第一个标准，有的人强调了重大的问题的现象（如维·波·柯尔尊《文艺学概论》，高等教育出版社，1959，第45页）。我们以为"具有普遍的人民意义的问题"与具有"重大的问题"是有区别的。重大的问题应该指的是生产斗争、阶级斗争和民族矛盾斗争等，而且是人民性的重要内容。但具有人民性的作品并不局限于这些内容，还应该更加广泛。人民的生活是复杂的、丰富和多样的，除了这些重大的问题和现象之外，其他方面的生活，例如，关于爱情以及对于大自然美的喜爱等等，也是全民所关心的，也常常具有普遍的意义。在中国文学史上，对于爱情、大自然美的描写和歌唱的作品，也占有很大的分量。这就说明了中国人民自古以来对于大自然的热爱、对大自然的奥秘、对爱情的矛盾和冲突等问题，就是关心的，是严肃对待的，这些问题是迫切需要解决的。因此，具有这样内容的作品，虽不是重大的问题，但却是具有普遍意义的问题。因此，如果把这样的问题真实地正确地反映了出来，也就具有人民性。曾有一个时期，许多人因为它不是重大的问题，而不敢大胆地提出和讨论抒情诗，特别象歌咏大自然的作品的人民性问题。我们以为，文学作品有无人民性主要并不决定于写什么（当然我们反对题材无差别论），譬如说：阶级斗争这是人民大众所最关心的、具有普遍意义的重大政治问题，是应该首先描写的，但提出或描写并不等于正确的反映、说明或解决。正如季摩菲耶夫所说："艺术家可能由于反动的人生观而给它以对人民似乎不利的解答。"（《文学概论》，第 171 页。）这在中国文学史上也是有例可寻的。由此可见，文学的人民性的最主要的和具有决定性的标准，不是提出什么和描写什么，而是看作家怎样认识和怎样描写。换句话说，文学作品有无人民性，主要是看作家在他作品中所体现出来的世界观、立场和态度如何而定。因此，我们反对那种"作品的人民性也是根据它的客观的意义来加以评价的，而并不问作者的世界观如何"（柯尔尊：《文艺学概论》，第44 页）的主张。当然有些进步文人，特别是古典作家的世界观是有缺陷的，并非百分之百的进步。因此，他们常常只能正确而真实地提出和描写了社会的重大问题，而不能予以正确地解决，或者解决得非常错误。但由于作品对旧社会的强烈的批判与暴露以及其他方面有利于人民的内容，也应该承认它的人民性，而这恰恰反映了他们世界观的光辉的一面。

　　然而对于无产阶级的文学作品，则不仅要求它提出问题还必须正确地解决问题。我们还认为：只要具有先进的世界规、人民的立场和正确的态度，即使他所写的内容与人民的利益只有间接的联系也具有人民性，即使对人民的缺点有所批评的作品（如《阿 Q 正传》），也是有人民性的。

但是，作家要想写出富有人民性的作品，光靠主观愿望还是不够的，还必须看作品的客观效果，所以"检验一个作家的主观愿望即其动机是否正确，是否善良，不是看他的宣言，而是看他的行为（主要是作品）在社会大众中产生的效果"（《毛泽东论文艺》，第73页）。当然我们也反对只看效果不问动机的主张，我们是动机与效果的统一论者。因此，仅仅"指出人民性的第二条件，即：艺术家要从人民的立场来阐明所提出的问题"（季摩菲耶夫：《文学概论》，第171页）还是不够全面的。因而把人民性的标准分为三个或四个并不十分妥当。

我们认为评价人民性的标准尽管与阶级性的不能混同，但总离不开毛主席所教导我们的两个标准。毛主席指出："无产阶级对于过去时代的文学艺术作品，也必须首先检查它们对待人民的态度如何，在历史上有无进步意义，而分别采取不同的态度。"（《毛泽东论文艺》，第74页。着重点为引者所加。）我们认为这就是评价古典文学人民性的政治标准，而且是居首位的标准。这个政治标准首先值得我们注意的是：一方面是对作家与作品的动机和效果的统一的要求；另一方面是在某种情况下，也可以分开来看，那就是有些古典文学作品，在取材上并未涉及人民及其生活，我们无法直接看出作者对待人民的态度，但作品的内容却在历史上起着进步意义，仍然是有人民性的。其次，这里的所谓政治，不要理解得过于狭窄，"政治是个广阔的领域"，只要有益于人民的作品，就符合我们的政治标准。

人民性的第二个标准，我们认为就是作品的艺术性。许多文艺理论家把人民性的第三个条件（标准）看作是作品形式的民主性。但这个分法也不够全面，甚至还有些分歧问题。譬如，关于形式的概念，大家就有不同的理解。象季摩菲耶夫认为形式就是形象（详见《怎样分析文学作品》，第14页）。而万斯洛夫则认为：形式是作为各种艺术样式的特殊物质手段，同时也是描写的、表现的手段的诸因素，并且当这些因素总合起来表达出艺术作品的内容时，才是形式。（参考《文艺理论译丛》第 1 辑合订本，新文艺出版社，1956，第 269—270 页。）而赖颂姆纳则说形式是"为我们感觉所把握到的形象的外部风貌"。（《文艺理论学习小译丛》第 5 辑合订本，新文艺出版社，1954，第 144—145页。）至于所谓形式的民主性，文艺理论家们都认为主要是指的形式的大众化。（可参考《美学与文艺问题论文集》，学习杂志社，1957，第 130 页。）可是，我们知道，富有人民性的作品并不一定都是大众化的，但却都有艺术性。缺乏艺术性的作品，是没有艺术力量的，即使具有高度的思想性，人民也是不喜欢的。因此，我们主张文学的人民性的第二个标准（条件）是看它的有无艺术性。但是更必须指出，这第二个标准是没有独立性的，它只有附丽第一个标准而存在；不符合政治标准的作品，即使它有高度的艺术性，也不能承认它有人民性。

2. 必须坚持文学的人民性的政治标准

我们用政治标准来评价文学的人民性，不仅解决了题材问题的纠缠（如写爱情和大自然之类的作品有无人民性问题），而且也不致陷入人性论的泥坑。现在我们通过对以下容易引起争论的两个问题，即古典文学中的爱情和山水诗的人民性问题的讨论，来正确理解文学人民性的两个标准，并反对一切错误论点。

第一，关于以爱情为主题的作品的人民性的问题。

爱情问题是个具有普遍性的问题，是广大人民所关心的问题。当然爱的观点和方式等等是有阶级性的。但是我们却不能忘记，在特定的社会历史发展阶段的人民大众，却是个不同阶级、阶层和社会集团的联合体。因此，只要描写爱情的作品具有进步意义、符合了人民大众的共同利益，就为人民所关心，就能感动着广大人民，就合乎我们的人民性的政治标准，就有人民性。爱情生活是现实生活的一个组成部分，脱离开社会生活环境的爱情是没有的。因而以爱情为主题的作品就常常反映社会生活的矛盾和冲突，但是反映社会生活的矛盾和冲突的爱情之作，却未必都有益于人民、起到进步的作用。因此，属于如下情况的爱情之作，才是有人民性的：数千年来，在封建统治的压迫和封建礼教的束缚下，如果青年男女要想追求爱的自由和幸福，就必不可免的要和封建势力、礼教制度发生激烈的冲突，即使斗争失败了，它也能引起广大人民的同情和支持，总是激发人民憎恨这种阻碍自由与幸福的势力；它对封建婚姻制度的控诉与批判、暴露，总是给旧的营垒以沉重的打击。毫无疑问，这样的爱情之作是有进步意义的，是有积极的社会效果的。中国文学史上，象《孔雀东南飞》《西厢记》《梁山伯与祝英台》《红楼梦》……之所以具有人民性就在于此。当然通过爱情故事反映劳动生活以及社会制度的优越性（象今天的）也是富有人民性的。我们在前面已指出政治标准的含义了，政治虽然是个广阔的领域，但如果强调人所共有的特征，强调纯真的爱情，只看作品所表现的爱情本身是否真挚，有无感染力，便确定它是否有光辉的人民性，就会陷入人性论的泥坑。例如，有人肯定《长恨歌》的"人民性的光辉"的理由是："《长恨歌》之所以感动人，不是由于他们爱情生活的奢侈场面（这正是被批判的部分）和帝王贵妃的身份，而是由于诗人用充满着同情和富有魅力的动人心弦的诗句，描写了他们两人真挚的爱情和悲惨的结果，以及此后绵绵无尽的想思和殁身不绝的长恨，而正是这一点，是'人所共有的特征'，……如果我们承认这一点，我们便不必为《长恨歌》找什么题外的社会内容，它的人民性的光辉，便很明显了。"（《关于古典文学人民性研究中的庸俗社会学》，《教学与研究》1956 年第 12 期，第 35 页。）有人还说《长恨歌》之所以具有了人民性，是"因为在这艺术形象中，诗人卓越地涂上了真正人民爱情的色彩"。（《文学遗产选集》第 2 辑，作家出版社，1957，第 109 页。）并且有人在论《长生殿》时也持此论点（北京大学中文系五五级学生编著《中国文学史》下册，人民文学出版社，1958，第 461 页）。我们认为，写李、杨的真挚的爱情，或给他们"涂上了真正人民爱情的色彩"，白居易或洪昇是完全有他自己的创作自由的。但是真正的文学创作却有一个为大家所共同遵守的规律，那就是任何人物也不能脱离开他所生活的社会环境。因此，我们要问了：无论是《长恨歌》还是《长生殿》，其中所描写的爱情生活建筑在什么社会物质基础上？有人回答说："建立在人民的痛苦之上。"（北京大学中文系五五级学生著《中国文学史》，人民文学出版社，1959，第4册，第91页。）这是对的。我们再问：李、杨爱情的悲剧，是一种什么性质的冲突的结果？更明确地说：这个悲剧是谁直接造成的？是谁使他们产生了"殁身不绝的长恨"？白居易回答得好，他说："六军不发无奈何，宛转蛾眉马前死。"这就是说：从人民中来的广大士兵直接造成的。因此，这个李、杨爱情故事尽管是"悲惨的""感人的"，但是，当劳动人民在受"感动"之余，总不能不感到自己就是"凶手"吧？如果要同情这个悲剧的主人公，那就得要痛恨自己。自己是悲剧的制造者，却居然"把自己对于真挚爱情的愿望加入了杨、李的传说"（同上书，第461页），这的确是一个失掉立场的"悲剧"！打开窗子说亮话吧：这个爱情悲剧本身是和广大人民的利益有矛盾的。因而是不具有人民性的。尽管白居易或洪昇美化了李、杨的爱情，或者象一些人所说的给它"涂上了真正人民爱情的色彩"，也是无济于事的。也许有人会说，如果它没有人民性，为什么它广泛流传在民间并为人民所欢迎呢？其实，这就象出于劳动人民之手的创作不一定都有人民性一样，广泛流传的东西也不一定都有人民性（如《济公传》），而且广泛流传也并不是衡量人民性的标准。我们否定李、杨爱情故事的人民性，是否连《长恨歌》或《长生殿》的人民性也一起否定了呢？我们回答说，不是！《长恨歌》或《长生殿》是有人民性的，但它的人民性却不在李、杨爱情的真挚，而在于作品所揭示出来的社会矛盾斗争，即"朱门酒肉臭，路有冻死骨"的本质。

第二，关于山水诗或景物画的人民性问题。

目前对于山水诗的阶级性有无例外的问题正在争论。但是有的山水诗分明反动，有的山水诗对人民有益，大家却还没有提出异议。因而以人民性的政治标准来衡量山水诗（景物画）有无人民性，似乎还不是个过时的问题。

我们曾经说过，"政治是个十分广阔的领域"，不能把文学的人民性的政治标准理解得过于狭窄，不能象毕达可夫所说的那样："不宣传爱国主义的崇高思想，也不宣传进步的解放思想的话，那么人民性是不可理解的。"（北京大学中文系记录并整理《文艺学引论》，1956，第112页。）但也不能把标准放宽到全人类的领域。比如有人说，只要作品"能在某些方面充满着人类生活的气息，他们把自然仍然加上了人类的生活的彩色，自然景物与人的生活、人的生活情感还能够交融在一起"（着重点为引者所加。这段话引自《文学遗产选集》第2辑，作家出版社，1957，第112页）就是有人民性的。我们认为这种主张实质上就是放弃了人民性的政治标准。毫无疑问，人民性并不等于阶级性，但是只要在阶级社会里，人民性却也绝对不等于全人类性。而且在共产主义社会来到之前，全人类性是没有的。因此，人民性只能在符合人民的共同利益范围之内。

我们认为山水诗或景物画的内容是个情与景的交融。不管它表现作家的思想情感是明显或隐晦，它总是抒情的。但是抒情有各种各样的抒情，我们认为：只有当作家站在人民立场抒人民之情，或者当作品和人民大众的思想感情、愿望和利益相联系的时候，才是有人民性的。我们反对那种认为只有象《水浒传》那样的作品才有人民性的说法。人民绝对有权利欣赏优美的山水诗或景物画。但是某些能感染人民的感情、心绪的山水诗、景物画却不一定就是"表现了人民的感情、心绪的某一方面"。（冉欲达等编著《文艺学概论》，辽宁人民出版社，1957，第116页。）如果认为只要作品有感染力就有人民性，这实际上就是片面强调了人民性的艺术标准。

　　我们认为，具有人民性的山水诗（景物画）是作者站在人民的立场抒人民之情有益人民的创作，或者能和人民的思想情感相联系的创作。因而首先是民间创作（当然并非都有人民性，中间也有少数糟粕）。人民从畏惧自然，进而热爱和歌颂自然，这是个很大的转变，它标志着人民和自然斗争的一个巨大的胜利。不断熟悉自然，探究自然的奥秘，进一步掌握它的规律，开始征服它，不断改变大自然的面貌，把它看作是自己生活的一部分；因而与自然斗争，把大自然和自己的生活联系起来，这是劳动人民的山水诗、景物画的最大特征，过去的民间创作，例如《诗经》、乐府等就是如此。即使象汉乐府《江南可采莲》那样的作品，也仍然是把良辰美景和劳动生活融在一起的。这种特点，从民间所喜爱的风景画（年画）中同样也看得出来。清末名画师高桐轩的《秋江晚渡》就是例子（可参考《美术研究》1959 年第 2 期，第 47 页）。朱光潜先生在他的《文艺心理学》里举过一个例子，"一个海边的农夫逢人称赞他的门前海景美，很羞涩地转过身来指着屋后的菜园说：'门前虽然没有什么可看的，屋后这一园菜却还不差'"，来企图证明美必须脱离开"实用"和"功利"。但我们认为这个例子恰恰证明了劳动人民欣赏自然景物的根本态度：他们所重视和欣赏的首先是自己用双手改造过的自然面貌的美。劳动人民认为最美的自然是自己改造过的自然，因而为他们所创作的山水诗（风景画）就最富于这种内容。过去的民间创作是如此，新民歌更是如此。象《是谁绣出花世界》（见《红旗歌谣》第 105 页），与其说是写风景，不如说是歌颂自己的劳动更为恰当、确切。因此，我们认为具有丰富人民性的文人的山水诗（景物画）首先也是这样一类的诗。例如，陶潜的一些歌唱农作物的诗（《癸卯岁始春怀古田舍二首之二》《时运》等）以及杜甫在成都时期的一些诗作，不仅象《春夜喜雨》《喜雨》之类是富有人民性的，就是《舟前小鹅儿》也体现了人民喜爱小家禽的思想感情，也是有人民性的。在中国文学史上，理解劳动人民山水诗特点，并向之学习的是白居易。他指出了中国山水诗为社会政治服务而不露锋，即所谓"寄托"或"寓意"，因此他并不一般反对写山水诗，他只反对与社会政治无关的山水诗。他说："噫！风雪花草之物，三百篇中，岂舍之乎？顾所用何如耳！设如'北风其凉'，假风以刺威虐。'雨雪霏霏'，因雪以愍征役。'棠棣之华'，感华以讽兄弟。'采采芣苢'，美草以乐有子也。皆兴发于此，而义归于彼。反是者可乎哉？然则'余霞散成绮，澄江净如练'。'归花先委露，别叶乍辞风'之什，丽则丽矣，吾不知其所讽焉。"（《与元九书》）

山水诗（景物画）常常和社会政治生活密切结合起来，能够很好地为人民服务，这是中国文学艺术的优秀传统。最近一个时期在讨论山水诗（景物画）有无阶级性的问题中，已给了我们许多例证，可以不再赘述了。现在我们要强调指出的是：山水诗（景物画）既然也可以用来作为政治斗争的武器，因此，对于它同样也不能放弃政治标准。

纯粹的山水诗（景物画）并不起源于民间，而是文人笔下的产物。在中国文学史上一般人认为：现在所看到的最早的是曹操的《观沧海》。在外国也往往是如此，法国文学史家朗松说：布封"对文学的贡献是把自然史提供给文学，作为一个新领域。这是长久以来文学所曾获得的最美的扩大"（转引自《布封文钞》，人民文学出版社，1958，第1页）。而纯粹的山水画，在中国美术史上，则始于顾恺之。他为我国绘画史开辟了新的道路，使山水画向独立的方向发展。但这类的山水诗或风景画，却多为表现个人品格、抒写个人性灵之作。如苏轼画竹，有时自根及梢一笔而出，表现其通脱旷达。但在民族矛盾和阶级矛盾尖锐的时期，文人也常常通过这类创作表现其高尚情操和民族气节（如为大家所熟知的南宋马远只画"残山剩水"），这样的作品是富有人民性的，但总的看来，却多为个人寄情山水之作，不见得都能抒人民之情。因此，这一类的诗、画，除了在特殊情况之下而有深刻的寄托之外，往往与人民的关系不大，因而是不符合人民性的政治标准的。

对于山水诗（景物画）的人民性的政治标准必须坚持。如果不顾及诗的社会意义，仅以写真实、情感真挚以及看它是否能写出"生气蓬勃的轻快、清新的春天生活的气息"等为标准，那么悲秋、伤春之类的山水诗当然是没有人民性的了，可是明明有许多伤春诗是富有人民性的，如杜甫的《春望》。而且这个标准一旦运用起来，首先对诗的理解上就遇到了"见仁见智"的分歧。例如，李泽厚先生认为孟浩然的《春晓》、苏轼的《蝶恋花》（"花褪残红青杏小"）是有人民性的，因为"都正是在自然景物的白描中洋溢着这种生气蓬勃的轻快、清新的春天生活的气息"。（《文学遗产选集》第 2 辑，第 110 页。）可是我们认为《春晓》所表现的生活方式，特别是在思想情感上恰恰是一种无端伤感的调子。而苏轼的《蝶恋花》（"花褪残红青杏小"）据《林下词谈》的记载，苏轼的爱妾朝云是把它作为伤春词来唱的。因此，我们认为纯用主观欣赏和艺术性为标准是找不到人民性的。

那么，我们是不是就不要纯山水诗、景物画了呢？我们回答说，感情比较健康而又有艺术性的山水诗、最物画，虽无人民性却并不加以排斥，而是作为一份文学遗产保留下来的。它们虽无什么教育意义，但却使人愉悦。在 1959 年第 11 期的《文学知识》上，有张白山先生的一篇《漫谈〈荷塘月色〉》，他解释现在也还有青年喜欢它的原因说："我想这大抵由于它是抒情的散文，写的很美，满贮着诗意的缘故。这种喜欢正象我们忙了一天后，忽然想看看宋人的山水画卷一样，原是可以理解的。"我以为这个态度是正确的。我们对于一些不合乎政治标准，但也没有毒害，而又有一定艺术性能使人愉悦的古典的山水诗、景物画都应作如此处理。

四 分析、评价文学的人民性应注意的几个问题

1. 站在人民立场上正确理解人民性的概念

在道理上，人们都同意政治标准应居第一位，但在运用的时候，不是失之过严，就是为作品的艺术魅力所征服，而失之过宽。因此，只有站稳了人民的立场正确理解人民性的概念，才能坚持和正确运用人民性的政治标准，而不致为一些非本质现象所迷惑。例如，前面已指出过的，有人以为：只要为人民所喜欢、广泛流传的作品就有人民性。而不问它对人民是否有益。有人认为：只要写人民生活的作品就有人民性，显然这是在题材上兜圈子。其实描写人民生活，甚至赞美人民生活，如所谓田家乐或渔家乐之类的作品，如果作了歪曲的描写，也并不具有人民性。鲁迅说得好：有些文人的作品往往将下层社会的人民"写得十分幸福，说是'不识不知，顺帝之则'，平和得象花鸟一样。是的，中国的劳苦大众，从知识阶级看来，是和花鸟为一类的"（《集外集拾遗·英译本〈短篇小说选集〉自序》）。因此，我们认为象王维的《渭川田家》（"斜阳照墟落"）之类，尽管把农村生活加以美化，并且流露欣羡之情，但却是从士大夫眼里看到的一种假象，是一种空想，和真正的劳动人民的生活无关。如果他真正接近和理解了农民的生活就不会这样来描写了。还是鲁迅说得好："我母亲的母家是农村，使我能够间或和许多农民相亲近，逐渐知道他们是毕生受着压迫，很多痛苦，和花鸟并不一样。"（同上书，同篇）由此类推：无论张志和的《渔歌子》或苏轼的《浣溪沙》（"西塞山边白鹭飞"）都和王维的《渭川田家》一样，尽管是美的文字，但却没有人民性，因为首先就缺乏真实。我们试听农民画家郭同江怎么说吧："有人或许会问：'解放以前农民的生活很苦，为什么会爱音乐？'是的，解放前农民的确很苦，但正是因为苦，他们就要用歌唱来诉说自己的苦情。我们那里靠着

海，每朝每晚都听到海上传来悲壮的《咸水歌》声："挂起禾镰没米煮……'"（《我的创作经验》，广东人民出版社，1959，第 4 页。）显然，象《咸水歌》之类才是最本质地反映了农民、渔民的生活，抒写了人民的情感，代表了人民的利益，是有人民性的。当然，我们也并不是说旧社会里的劳动人民永远没有欢乐的时候，但应该看在什么时候和什么情况下，在干戈纷扰、民不聊生的时代，居然写出象《渭川田家》之类的作品，其显然是一种粉饰太平之作。

我们还应该看到：有些作品并没有把人民写成花鸟，而也写他们的苦痛生活，但也未必具有人民性。例如，鲁迅就曾指出，电影《姊妹花》的思想本质是叫人民"安贫"（《花边文学·运命》）。

相反，不写人民生活的作品如《红楼梦》《叶甫盖尼·奥涅金》之类，由于它们揭示出贵族的、统治阶级的必然灭亡的命运，对人民有重要意义，却具有人民性。

同时，由于古典作家的世界观的矛盾，因而他们的作品总是羼杂着糟粕，因此，我们必须从封建性的糟粕的积层下去开发民主性的精华。不过我们必须注意它的总倾向，我们不能向反动的坚决与人民为敌的作品中去挖掘人民性，否则就是失掉了人民的立场。

2. 从具体作品出发

理论必须结合实际，但是有些人恰恰害怕把理论运用到实际中来。因此，区别真假马克思列宁主义文艺理论的试金石，就是看他是否能够真正从具体作品出发去挖掘人民性。譬如，有人在分析陶潜诗的人民性时，不是去研究陶诗对待人民的态度，及其在历史上有无进步意义，而是从陶潜的阶级出身立论，说他是个政治上失败的中小地主，是个中小地主阶层的典型；因为中小地主是个进步的阶层，因而他的作品是有人民性的。显然这是错误的。当然，我们并不忽视研究作家的阶级出身，但我们却更重视作家如何走向人民，如何理解人民，为人民着想和为人民说话，而更重要的是看作品的内容是否对人民有利。我们既要分析某一作品的阶级性，也要分析它的人民性；既要看到两者之间的矛盾，也要看到两者之间的统一。

3. 重视产生作品的历史背景及作者的立场、思想

分析文学作品的人民性，光靠从具体作品出发还是不够的，还应该注意产生作品的社会历史背景和作家的当时的立场、思想情感等各个方面的研究，这对于分析、理解作品（特别对一些短小抒情之作）的人民性以及识别毒草，是有很大的帮助的。

譬如有这样一首抒情诗：

> 一朵金色的彩云停息在
> 悬岩巨人的胸前住了一宿，
> 一清早，在碧蓝里快乐地嬉戏着，
> 他便匆匆地又奔上了自己的程途；
> 但是在年老的悬岩的皱纹里，
> 留下了一道湿的遗痕。他孤独地
> 站在那里，深沉地沉思着，
> 他在荒野里低声地哭了起来。

如果我们不知道这是莱蒙托夫的《悬岩》，又不知道产生作品的时代社会背景以及作者的立场、思想情感，就很难了解这首诗的含意，更谈不到去正确分析它的人民性

就因为万斯洛夫掌握了上述诸条件，并对作品本身作了深入的分析，并与上述诸条件联系起来作了考察之后，他才能指出：

> 产生上述的形象的那种对生活的极度不满和对自由、幸福的热烈地、富有幻想性的渴望是由处在前一世纪三十年代尼古拉俄罗斯时代先进、有才能的青年的整个一代的悲剧所引起的，这些青年不能实现自己最大的抱负和发挥自己的力量，从而不可避免地与反动的上流社会发生了冲突。对那个有力的，但为孤独所苦的人的同情，对美好事物的渴望，对

不可得到的幸福的想念——所有这一切在他这一首诗歌中以短小、抒情的、一瞬间畅抒胸怀的体裁描绘出来。（《文艺理论译丛》，第 1 辑合订本，上海新文艺出版社，1956，第 300—301 页。）

由此可见，这个方法是很重要的，这在中国文学批判史上，是有优良传统的，叫做"知人论世"的方法。孟子就说过："颂其诗，读其书，不知其人可乎？是以论其世也。"（《孟子·万章》）这一方法鲁迅发展而成为科学的方法，他说："我总以为倘要论文，最好是顾及全篇，并且顾及作者的全人，以及他所处的社会状态，这才较为确凿。"（《且介亭杂文二集·"题未定"草（七）》）

当我们强调研究产生作品的时代社会历史背景及作者的立场、思想等的重要性的同时，必须注意：这些条件只有和具体作品密切联系起来进行研究时，才发生作用，才能帮助我们获得正确的结论。因为我们研究的是作品的人民性，这些条件只是些辅助材料而不是我们研究的对象。因而，那些专以时代社会背景等的分析来代替具体作品分析的做法，都是错误的。在民族矛盾尖锐斗争的时代，产生的一些古典优秀作品如《西厢记》等是可能具有民族思想的；但是可能性并不等于现实性，必须经过对作品的形象作了具体分析之后，才能下结论，不能用"应该"或"可能"来代替"实有"。即使有个一鳞半爪，也不能任意夸大，尤其不能牵强附会，例如，有的人说，《聊斋志异》中出现的狐都是影射满人，就不是实事求是的做法。

分析文学作品特别是古典文学作品的人民性，是一个非常复杂的问题，我们必须正确掌握两个标准，特别是政治标准，但也必须注意艺术标准，不能忽视文艺的艺术特征；而且标准也不是抽象的，它必须具体应用到作品中去，实事求是地老老实实地去锻炼分析人民性的本领，才能解决具体的复杂的情况。光靠了抽象的标准，便以为万事大吉，往往会犯错误的。

取之不尽，用之不竭[*]

  毛主席的《在延安文艺座谈会上的讲话》是我国马克思列宁主义文艺理论的经典。在她诞生后的 20 年间，资产阶级的、修正主义的文艺思想受到她的毁灭性的打击；无产阶级的文艺队伍，则在她的哺育下成长壮大起来了。年轻的中国无产阶级文学艺术已经在世界文坛上占有了显著的地位。并且"泰山遍雨，河润千里"，世界上的进步文艺也因吸收到她的光与热而欣欣向荣。因此在纪念《讲话》发表 20 年的时候，也将听到世界的欢呼！

  经典是永恒的，是真理的宝库。《讲话》以"为工农兵"作核心，以作家的思想改造为关键，解决了许多重大的根本的文艺问题，并从而总结出了文艺的各种规律……这就使她具有了指导创作和理论研究的无穷力量，成为我们永远前进的灯塔。然而《讲话》不是随便翻翻就能懂的，寻章摘句或追求字面同样将一无所获。只有认真学习、刻苦钻研，并且作通盘的领会，才能窥其丰富与深湛的内容，才能解决自己的问题，才能不断提高自己。

  譬如说，在工农兵方向下，提倡题材的多样化的问题，是最近经过反复的讨论，才明确起来的；其实，如果我们对《讲话》加以细心的钻研，就能领会到这种精神。为工农兵服务的文艺，当然首先要写工农兵，而且应当占主导地位，但却从来没有说，只准写工农兵。只要作家能和劳动群众打成一片，站在无产阶级立场上进行创作，在题材上是从未加以限制的。主席不是说过

---

  * 原载《文史哲》1962 年第 2 期。

吗："把自己的注意力放在研究和描写知识分子上面。这种研究和描写如果是站在无产阶级立场上的，那是应该的。"（《毛泽东论文艺》，第 60 页，以后只注明页数。）只要制作出来的作品"能使人民群众得到真实的利益"（第 69 页），作家的题材是异常广阔的。再如，从《讲话》的字面上，也找不到文艺欣赏问题的。然而这个问题在《讲话》里是非常重视的，而且每每和创作问题密切联系在一起加以论述的。创作不能脱离开欣赏，创作是欣赏的对象，欣赏推动着创作。这是一个极其重要的规律。革命文艺的创作，必须适应群众欣赏的需要，照顾欣赏者的水平，不然就起不到打击敌人、教育人民的作用。主席说，"既然文艺工作的对象是工农兵及其干部，就发生了一个了解他们熟悉他们的问题"（第 54 页）。个人认为，这里至少有两层意思：不熟悉他们，就不可能真实地反映他们；不熟悉他们，就写不出为他们所理解、所喜爱的作品。他们既是描写的对象，同时也是作品的接受者和欣赏者。主席一再强调指出：不为群众所了解的作品，群众就不赏识，你"越要出卖这一套，群众就越不买你的账"（第 55 页），要成为群众的代言人，"要使自己的作品为群众所欢迎"（第 56 页），起到思想战线的作用，就得和群众打成一片，就得写为群众所需要的和能欣赏的东西。主席在这里，不仅指出了文艺欣赏是有阶级性的，而且指出了：即使是革命的文艺，如果忽视了时间、地点和条件，而盲目提高，也就是说，群众还在那里唱"下里巴人"，你却给他们奏"阳春白雪"，群众也是不会批准的。因此，在普及与提高的问题上，不仅包括着创作、欣赏两个方面，而且决定着普及还是提高的关键，是以群众的接受能力和欣赏水平为准则的。创作与欣赏问题，是和美与美感问题分不开的，主席在论普及与提高问题时，以相当大的篇幅，来阐述美与美感问题，就决不是偶然的了。因此，曾经有人以为普及的作品可以不要艺术性，显然是不对的。如果我的这些体会还不错误的话，那我就认为，学习《讲话》不能追求字面，必须要深入钻研而且要通盘地领会其精神实质，才有新的收获，此其一。

其二，任何事物都是发展的，在文艺问题上，同样也得既看到当前，也要展望到将来。"我们是以占全人口百分之九十以上的最广大群众的目前利益和将来利益的统一为出发点的"（第 69 页），因此，在解决当前问题的同时，也就得预见到它的发展方向。而且正是站在将来的高度上，正确处理当前的。如在普及与提高的问题上，就不能永远把普及看作第一。当群众的接受水平和欣赏水平有了显著的提高，普遍要求阅读高级的文艺的时，就必须及时"沿着工农兵自己前进的方向去提高"（第 64 页）。

说到提高，个人觉得目前存在着这样一个问题：当年主席在《讲话》里曾强调指出："现在更成为问题的，我以为还在政治方面。"（第 74 页）20 年后的今天，当广大作家经过马克思主义和社会的学习，特别经过了几次大规模地对敌斗争的锻炼，思想上已有了显著的提高，在创作上不仅不再看到"各种糊涂观念"（第 74 页），而且都是在热烈地描写与歌唱社会主义，以及大量涌现出来的新英雄人物，一句话，在思想性上已符合了毛主席在《关于正确处理人民内部矛盾的问题》里所提出的六项政治标准的时候，是努力提高思想性还是艺术性？我个人认为：作品的思想性，仅仅符合了六项标准还是不够的，因为，人民对我们的作品还有更高的要求，他们总希望读了以后，能更深入地理解生活的本质和认识人生的真谛，获得更多的智慧，能接触到更多的为毛泽东思想所武装起来的新人物，从而"学习他们在实际工作中时时刻刻应用马克思列宁主义、应用辩证法和唯物论的榜样，学习他们把马克思列宁主义的普遍真理同中国革命的具体实践相结合、把严肃的原则精神同生动的独创精神相结合的榜样，学习他们同亿万群众在一起，看到正确方向、抓住了真理、就为真理奋斗、势如破竹、所向披靡的榜样"（刘少奇同志在中共八大二次会议上的报告）。可是，我们当前的有些作品，显然还不能满足人民的要求，往往读了以后，还不能丰富和提高读者的精神世界。也就是说，作品的思想性还不够深广，表现内容的人物的思想性格还不够高，因此作家在锻炼技巧的同时，还必须继续提高自己的马克思主义的理论水平、挖掘生活本质的能力和善于探索英雄人物灵魂的能力。因为任何单方面的提高，是产生不出高级的文艺来的，只有作两方面的不断努力，才能创造出无论在思想性或艺术性上都经得起考验的作品。主席在 20 年前，就已根据革命不断胜利与发展的规律以及文艺必须服从政治斗争的规律，提出没有绝对不变的政治标准，也没有绝对不变的艺术标准，并提出了在创作上必须进行两条战线的斗争，正是一方面预见了无产阶级文艺发展的光辉前景，同时对创作提高的正确道路，作了永远而全面的保证。《讲话》总结出了无产阶级文艺的各种相互联系的发展规律，她那无限光辉的科学预见性，表现了她指导创作和理论研究的永恒的生命力！如果我这点体会不错误的话，我认为学习《讲话》，必须用发展观点，而不应刻舟求剑。

众所周知，《讲话》是马克思主义指导中国革命文艺运动的产物，是理论与实践的产物，她必须在文艺实践和文艺斗争中才发生作用。因而只有不断努力学习马克思列宁主义、毛泽东思想，在创作实践或理论研究中遇到问题时去学习她，才有深一步地理解，受到新的启发，才愈来愈感到她那取之不尽、用之不竭的指导力量。因此，作家们、理论家们，在纪念《讲话》发表 20 年的时候，应该掀起一个学习的热潮，从她都里吸取力量和智慧，把我们的文艺推向更加繁荣的阶段。

读《（司空图）诗品臆说》[*]

（一）

晚唐诗人司空图（公元 837—908 年）的《廿四诗品》是探讨诗创作，特别是风格问题的理论著作。它不仅形象地概括地描绘出各种风格的特点，而且从创作角度深入探讨了各种艺术风格的形成，对诗创作、评论与欣赏等方面有相当大的贡献。这就使它既为当时诗坛所重视，也给后来以极大的影响。我们认为，这部书对于今天发展社会主义文学艺术创作，实现艺术风格多样化的问题，也具有极大的参考价值，因而值得我们重视。

但《诗品》却是比较难读的一部书，如无注释，青年读者会特别感到困难。在大家迫切需要一部比较好的注解《诗品》的书的时候，我们看到了清人孙联奎的《诗品臆说》（以下简称《臆说》）。《臆说》对《诗品》不仅做了注释，还大胆地作了发挥，的确是剖文析理言多中的，给人启发不少。当然这部书也并非无瑕可摘，但在今天还没有比《臆说》更好的注释本出现时，介绍给读者看看，并非多余的事。[①]

孙联奎，字星五，号梦塘居士，山东淄川人。作者未入县志，生平事迹不详；只从本书的几篇序中知道他当过塾师。他家

---

[*] 原载《文史哲》1962 年第 3 期。署名孙昌熙、刘淦。

[①] 此书，山东人民出版社将于最近翻印出版。

学渊源，是蒲松龄诗友孙树柏的裔孙。他善为诗文，有较丰富的创作实践经验；又一生热爱读书，涉猎极广，并有较丰富的生活经验，因而大大帮助他：不仅能较详尽地注释了《诗品》，且多有创见，能发司空图之所未发，这正是此书的可珍贵之处。

（二）

我们认为《臆说》不仅是一部比较好的注释《诗品》的书，同时又是一部研究《诗品》的著作。其所以不称"注释"而称"臆说"者，就因为有作者自己的独到见解在内，因而使人可以从中看到作者对《诗品》的比较深刻而全面的理解，同时也能略见作者的文学观点。这就构成它的许多特色，试先略举其在注释方面的特色如下。

一　全面理解，探幽寻隐

对于一部著作做注释工作，不是简单地去查类书、翻字典就能做好的，而是必须首先全面掌握住原书的精神实质，有了全面而深入的了解之后，注释起来才不致望文生义，曲解原著。何况由于《臆说》的主要意图在"说"而非在"解"，所以作者十分注意对《诗品》作全面把握、深入探索其精神实质。他也知道只有做到这一步，才能系统而深入地进行诠释。因此，他一方面指出了《诗品》的特点是："昔钟嵘创作《诗品》志在沿流溯源，若司空《诗品》意主摹神取象。"（作者《自序》）同时又认为，《诗品》从一部整书到每一品都具有完整的思想体系和结构。他说："总通编言：《雄浑》为《流动》之端，《流动》为《雄浑》之符。中间诸品则皆《雄浑》之所生，《流动》之所行也。不求其端而但期流动，其文与诗有不落空滑者几希。一篇文字，亦似小天地，人亦载要其端可矣。"（《流动》附注）《诗品》究竟有无完整的思想体系与结构，当代学者还存在着不同的意见，应该继续探索研究，但孙星五这种做法，却体现了他的研究精神和作注释的正确态度，应该是本书的一大优点。

因为《臆说》作者探索了《诗品》的特点，研究了它的思想体系，就使他能够较深入地理解到《诗品》原意。我们认为，他对《诗品》的理解和阐述，对司空图文艺思想的评论或发挥，还是比较正确、比较公允的，至少是能自圆其说的。比如他说："天地之化，往者过，来者继，无一息之或停；无他，流动故也。天地气运一息不流动，则阴阳之患生；人身气血一息不流动，则疾病之患生。苏子由曰：'文者，气之所形。'则知文章之有气脉，一如天地之有气运，人身之有气血；苟不流动，不将成为死物乎。《诗品》以《雄浑》居首，以《流动》终篇，其有窥于天地之道矣。"（《臆说·流动》）把一部文学论著看作是一个活的整体，是作者宇宙观以及思想体系的具体体现，并进而阐发了司空图著述《诗品》的一个方面，作者这种做法，也未尝不能给人以启发。

正因为作者对《诗品》下了一番深入探索功夫，因此每遇到一些比较费解的语句，就常能透过字面理解到它的实质：例如有人看到司空图喜欢用一些象"超以象外，得其环中"（《雄浑》）"不若一字：尽得风流"（《含蓄》）等抽象性语言来说明诗的创作、风格等问题，于是就说，《诗品》基本上属于反现实主义的文学理论。其实，司空图是说的一种典型意境以及"虚中见实，实中求虚"的写作技巧。孙星五是看到了这一点的，如他诠释"超以象外，得其环中"道："人画山水亭屋，未画山水主人，然知亭屋中之必有主人也。是谓'超以象外，得其环中'。"（《臆说·雄浑》）这真是绝妙的领悟。

作者除了对《诗品》的思想内容作了全面、较深的钻研而外，还注意研究了《诗品》的表达形式，深入探寻其笔法特点，总结其规律，从而增强诠释的科学性，指点读者，提高阅读古籍的能力。如在《豪放》篇释"处得易狂"句云："以反笔托正意。人处得意之时，便易于狂。'酒渴思吞海，诗狂欲上天'。语意未免太狂。品中每以反笔透题。如《自然》篇，'真与不夺，强得易贫'，笔法与此一律，妙在俱是先正后反，笔致跳跃。"再如："表圣《诗品》大段'超以象外'者也，读者本此读之可矣。"（《臆说·雄浑》）如果不是对《诗品》有较深的理解，并且摸熟了司空图的表现方法，运用语言的特点，是不敢作这样大胆的结论的。作者用此等方法进行诠释的优点是：一方面使读者对《诗品》内容的理解更加全面、深刻，同时举一反三地帮助读者全面掌握司空图笔法的特点，去作独立思考功夫。

二　诠释多样，时有新解

作者博闻强记，具有较丰富的文学知识和一定的创作经验，因此在讲解《诗品》各品时，不独能较多地征引需用的材料，来作正面解释，同时针对《诗品》各品原文的各种不同的具体情况，创造性地运用了多样化的解说方法，帮助读者理解。试归纳几点如下。

第一种方法是善于设喻，启人深思。如对"登彼太行，翠绕羊肠"（《委曲》）这两句，并未诠释，只征引了一个典故作比喻："《国策》触龙说赵太后，本是欲长安君质齐，乃手挥目送，旁敲远击，绝不使直笔，绝不犯正位，委委曲曲而未言之隐自能令人首肯；此所谓'登彼太行，翠绕羊肠'者也。"这就能使读者从巧妙而恰当的比喻当中，充分体会到原句的颇为含蓄的意旨。这种善于发人深思、留有余地的晓喻方法，正是作者的独创之处。

第二种方法是寓解释于欣赏。作者最懂得创作与欣赏的关系，除在理论上指导读者（如释《含蓄》的"花时返秋"句云："秋，即寒凉之意。春寒花较迟，花不遽放也。"这就是说：花不遽放，则蕴藏着无穷的美和力量，正是含蓄。一切艺术表现，不能达到顶点，否则，欣赏就不能再前进一步；以顶点摆在欣赏者面前，就会剪掉了他的想象、再创造的翅膀）而外，作者常常径直叙述自己对原文的感受，引导读者共同进行艺术欣赏，便能达到他诠释原文的目的。如释《典雅》篇"眠琴绿阴，上有飞瀑"句云："琴是雅物，又眠于绿阴；绿阴之上又有飞瀑。绿阴，非烈日也；二语高山流水，并有所寓；高山流水，典雅何如？此景吾欲倩画工图之，惜尚未逢高手。"

　　第三种方法是寓诠释于创作。《臆说》的可贵之处，还在于从诠释中进一步去作多方面的发挥，真正收到了顺流开渠、左右逢源之妙。司空图的《诗品》本来就有许多创作理论，而《臆说》作者又有一定的创作体验，因此，他常常从创作角度来诠释原文，不独收到事半功倍之效，而且阐发了司空图的创作理论。比如释《雄浑》篇"返虚入浑"句云："未有题目，理尚虚悬，此犹无极，故言'虚'。已有题目，约理入题，此犹太极，故曰'浑'。返而入之，即所谓'课虚无以责有，叩寂寞而求音'者也。"这里征引了周敦颐的太极图说，特别是用陆机《文赋》的话，从文艺的创作角度，阐明了任何文艺作品，都有一个"无"到"有"的构思过程，巧妙地解释了从字面上几乎没法解释的"返虚入浑"。特别当《诗品》涉及创作技巧问题时，就更加显示出《臆说》作者的真知灼见，常飞神采之笔。比如释"离形得似"（《形容》）一句，就巧妙地阐述了创作中的传神理论，他说："形容处断不可使类土木形骸，《卫风》之咏硕人也，曰'手如柔荑'云云，犹是以物比物，未见其神。至曰'巧笑倩兮，美目盼兮'，则传神写照正在阿堵，真把个绝世美人活活的请出来在书本上混漾，千载而下犹如亲其笑貌。此可谓'离形得似'者矣。"这真是极生动极巧妙的臆说。

　　第四种方法，也是书中最常用的，是引证作品充实《诗品》单纯理论之不足。作者于各品作题解时，多能列举古代诗人的名句，帮助读者具体地理解各种风格的特征。比如对《清奇》一品作题解云："清，对俗浊言；奇，对平庸言。如数日阴晦，几于闷煞，忽然天开日朗，万里澄空，不惟视前日阴晦之天为清为奇，即视往日清明之天为尤清尤奇。……放翁句云：'山重水复疑无路，柳暗花明又一村'。总于俗浊平庸中见清奇耳。"（《臆说·清奇》）又如释《缜密》一品，除于文中征引许多作品之外，更在篇末加《附注》云："白乐天《琵琶行》《长恨歌》，人所共读者，其缠绵周致正合《缜密》一品。"这一方法的好处是：不仅使读者真正掌握了各种风格的特征，而且能具体运用《诗品》的理论去解决实际问题。

当然作者的诠释方法，并不止此数端，为省篇幅，不再一一列举。现在要指出的是：作者所采用的多种多样的诠释方法，是值得重视的。这是作者多年做塾师所提炼出来的极其宝贵的读解古书的经验。

三　生动畅达，实事求是

《臆说》一书，一方面使人感到语言比较通俗、易懂；另一方面又因其在诠释时巧于设喻和善作发挥，因而又得生动活泼，几乎到处是生花妙笔。如"流莺比邻"（《纤秾》）一句，并无深意，无须多加解释；但作者却忽来佳兴，作了极为生动的阐发："余尝观群莺会矣：黄鹂集树，或坐鸣，或流语，珠吭千串，百梭竞掷，俨然观织锦而听广乐也。因而悟表圣《纤秾》一品。学其品句，已足破俗。"（《臆说：纤秾》）这真是随手拈来，涉笔成趣，却又并非闲笔，而是以自己的生活经验，巧释了《纤秾》一格的特征。象这些地方真使人爱不释卷，味之不厌。

作者所使用的语言，虽力求生动活泼，饶有风趣，但在诠释的态度上却始终坚持实事求是的原则，绝无望文生义或模棱两可之语。于讲解当中，虽广引众说，不主一家之言，但目的只有一个，就是只求诠释得明确、恰当和周密，并非以征引丰富自乐或借以吓人。比如给《沉著》篇作完题解后，又引"斗南云：'《沉著》便峥嵘。'信然"。也有时，为了实事求是，不惜对前人旧说加以诘难。如《典雅》篇云："'书之岁华'，即书籍之古者。书籍愈古愈雅，若满架新书，直书肆耳。有疑'书'为典谟训诰者，然何不曰书之唐虞，书之商周，而必'书之岁华'乎？"（《臆说·典雅》）

作者既善于集众家之长，又从不掠人之美，每有征引必注明出处。除如上述直书某某人"曰"之外，又比如于《典雅》题解之后，特注明："说本渔洋"。这种态度，在今天看来也是值得称道的。

四　注释详尽，细心校勘

《臆说》之作，是为了教授生徒，所以作者对原文的诠释就不厌其详。既尽量征引需要的材料，又补充自己的心得以丰富原书，达到作者解说《诗品》的最高要求——使《臆说》与《诗品》相"神似"（作者《自序》）。

其诠释体例：于每一品中，先从解题入手，然后逐句逐字地加以解说，并作全文串读，说明各段大意，分析全篇的结构组织，起承转合，使读者识层次而握全局。《雄浑》篇就是典型的例子。固然每篇串讲，其中难免也有欠妥或累赘之处，但是这种深掘细剖、务求详尽，对读者负责的精神，是十分可取的。

同时在讲解时，还能照顾到各篇的前后呼应，如释《冲淡》篇"脱有形似，握手已违"二句之后，又云："二语与《超诣》篇'少有道契，终与俗违'语，一样笔法，一样用意。但彼处'违'字作'近'字讲，此'违'字作'远'字、'去'字讲，固自有别。"这样一加对照比较，不仅加深了读者的理解，而且使读者知道了古文同字异意的用法，注意了从比较分析中阅读《诗品》。

作者不仅诠释务求详尽，而且还做了注音与校勘工作。如释《超诣》篇"远引若至，临之已非"之后，道："一本作'远引莫至'，'莫'字死，不如'若'字活，二句一推一揽文法甚妙。"虽说这里的论据尚欠充分．但却体现了他对读者全面负责的精神。

《臆说》的优点当然不止上述数端，可是它也明显地存在着缺点。从《臆说》中，显然可以看到作者思想里存有唯心主义成份，因此在解说当中，对《诗品》的思想局限和一些消极因素，不仅没能加以批判，有些地方甚至还加以阐发。如释《超诣》篇"少有过契，终与俗违"云："不涉理路，不落言诠，如羚羊挂角，无迹可求，而言中之理，挪移不动，方是妙品。一落言诠，便不超诣，不超诣便与俗近。"这样就把文学创作的艺术造诣神秘化起来了。这种观点显然受了王士禛神韵说的不良影响。因此，我们在阅读时，应当取其精华，弃其糟粕。

同时，仅就《臆说》的注释方面检查，个别地方也有疏漏粗略之处。此外，正如作者《自序》中所说："解也难，说之亦难"，"不能解也，说焉而已，说亦不能，臆焉而已"。因此，确有论证解说不够充分、分析不够透彻之处。同时，作者虽注意了对《诗品》的校勘工作，但却还有某些不应由"手民"负责的错字。如《自然》篇的"与道俱往"，各本皆作"俱道适往"。作者并未注意，而且作了解释。

《臆说》虽有上述诸缺点和局限，但却瑕不掩瑜，仍不失为一部学习《诗品》的十分有益的参考书。作者孙星五仍不失为司空图的一位功臣。

（三）

前面说过，从《臆说》中我们也可以约略看到作者的文学观点。简单归纳起来，有以下几点。

一　文学与现实

古代真正具有文学修养的作家诗人或评论家，没有不注意文学与现实之关系的。作者于《臆说》中亦曾多次论及。首先，他认为只有真实地反映了现实生活的作品，才能成为好的作品，比如他说："余最爱毛诗《茉苢》三章，脱口而出，平淡之极，而家室和平之象，令人于言外可想。"（《臆说·自然》）同时他更用自己观察现实生活的心得，说明文艺创作离不开现实世界。如前曾引过的，释《纤秾》"流莺比邻"句就是例子。他还认为：作家如果没有丰富多彩的现实生活为基础，如果不下充分的酝酿、孕育工夫，是不可能创作出好作品来的。他说："诗无强作之理，强作何能入妙。……所至遇之，妙在不是自寻。"（《臆说·实境》）这正说明文学创作要有平素积累起来的生活基础，同时，要有自己的真情实感才能写出好诗。

诗人的激动的情感和创作冲动，是感于物而生，所以他说："萧萧落叶，何如之时，漏雨苍台，何如之地，当有满目萧然，感极而悲者矣。"（《臆说·悲慨》）情虽因物兴，但作者的情却必须通过对物的捕捉与描绘才能体现出来，才构成一种情景交融的境界，所以他说："善写情者，只言景而情已无不到也。"（《臆说·悲慨》）

正因为作者认识到诗是反映现实的，所以他认为从中可以窥见天地、认识人生、指出了文学对社会现实的认识作用。因此说："谈诗小技，然司空图氏往往论及天地，如'天地与立'……。则欲人因小技而窥天地也。《中庸》言至诚，而必推本于天地，表圣《诗品》其有见于此矣。谈诗岂小技哉！"（《臆说·劲健》）

二 文学创作论

任何一种文学作品，都是内容与形式的统一体。创作是从内容到形式的，并以内容为主宰，形式是为内容服务的。《臆说》作者孙星五在释"大用外腓，真体内充"时说明了这个道理："文字意为体，辞为用。沈浸浓郁，含英咀华，是外腓也。然非真体内充，则理屈词穷，何以大用外腓乎？故欲大用外腓，必先真体内充。'理扶质以立干'，是体；'文垂条而结繁'，是用。"
（《臆说·雄浑》）但他认为形式也并非是消极的，它能反作用于
内容。所以他又说："文不委曲，意不能幽，理不能透。"（《臆
说·委曲》）

　　作者看到了每首好的诗都有一个好的意境。创作时，诗人必
须以精炼美妙的语言写出情景交融的意境。所以他认为，只有做
到真正的高度的情景交融，才能传景物之神，作品才具有巨大的
感染力。他举例说："画《云汉图》，人见之而觉热；画《北风
图》，人睹之而乍凉。"（《臆说·形容》）写景抒情如此，写人亦
复如此。孙星五认为，描写人物不应单单要求形似，而要做到形
神兼备。写人物必须是活的，有生命的，是这一个而非那一个。
因此，他在释《形容》篇"离形得似，庶几斯人"二句时说：
"'似'，神似，非形似也。'庶几斯人'，言形容非'斯人'莫与
归也。"（《臆说·形容》）而描写人物传神的重要方法，是画出
人物的眼睛。如前已引述过的：他举《诗经·卫风》咏硕人为
例，指出"传神写照正在阿堵"（《臆说·形容》）。这正是说，
必须把对象的独特神情把握住，并恰当地表现出来，才能写得栩
栩如生，才能给人以真实感，才能动人心弦。他并且指出，欲描
写得成功，还要有高度的艺术造诣；不过这也并非不可企及，关
键在于勤学苦练，即所谓"惟洗炼功极，乃有此境"（《臆说·洗
炼》）。从这些论述中可以看出作者的文学理论、创作修养水平是
相当高的。

　　最后，孙星五认为：创作应当继承遗产，但切忌一味摹仿。
文艺作品之最宝贵处，在于独创。他举例证指出："初写兰亭，
盖超诣也，后人临摹又何能及其万一乎？字如是，诗可知。"
（《臆说·超诣》）这是完全正确的，因为文学创作是在匠心独运
而不是拾人牙慧。人与人之间的生活环境、教养、经历、习惯特
点等等，根本没有绝对相同的。因此，只要经过勤学苦练，艺术
地表达了作者真实的情感、深广的思想和个性特点，必然能够创

造出独具一格的作品，形成创新意、铸新辞的完美的艺术作品。关键在于作者必须努力陶冶培养自己的思想性格，并寻找出最适合表现自己精神世界的形式。因此他进一步指明："不洗不净，不炼不纯，惟陈言之务去，独戛戛乎生新。"（《臆说·洗炼》）到这里就已经涉及风格问题了。

三　文学风格论

《臆说》作者认为：文学作品的风格，就是作者的人格在作品中的完满体现。他说："语无有不肖其人者。"就因为文如其人，所以不同的作者写出来的作品就出现了多样化的风格，如"高祖为人气象近于雄浑，故其诗亦雄浑。项王为人则雄肆矣，而《垓下》歌亦适肖之"（《臆说·雄浑》）。

作者不独认识到一人有一人的风格，而且认识到杰出的作家还能表现多种风格的现象。如陶渊明，作者就指出他既是冲淡的（见释《冲淡》），又是疏野的（见释《疏野》），更"多极自然之趣"（见释《自然》）。当然大作家虽统多样风格于一身，还是有自己的总风格的。因为《臆说》作者并不是专门在研究陶渊明的风格问题，就不必去苛求他没有指出这一点来。

风格标志着一个作家或诗人创作的成熟，因此并非人人都能创造出自己独特风格来的，但也并非永远不能做到。孙星五认为：首先必须"真体内充"，也就是说，要加强作者自己的思想性格品质的修养。仍举陶渊明为例，他指出，就因为"陶元亮一生率真，至以葛巾漉酒，已复著之，故其诗亦无一字不真"（《臆说·疏野》）。但是光有个人的修养，有了自己独特的个性，还未必就能从自己的作品中找出自己来。作家的风格是怎样体现在作品中去的呢？孙星五回答说，是由于修辞立诚："人率真为好人，诗率真得不为好诗乎？惊风雨而泣鬼神，惟其真也。"（《臆说·疏野》）这是一。其二，他认为还必须做到使自己的情感意旨与相应的艺术表现形式有机地结合起来，即达到内容与形式的高度统一。如他诠释《劲健》风格时说："劲健，总言横竖有力也。通体松懈不足论已，一字失势遂使通体无神。杜诗'群山万壑赴荆门'，易'群'字为'千'字便不合调，不劲不健故不合调。余可类推。"这里作者确实看到：欲形成一种独特风格，必须把意和辞完美地融成一体。他也指出："有佳意必有佳语。"（《臆说·沉著》）但是，只"有佳意"，如果缺乏足够的技巧，未必就能获得"佳语"，更说不上产生优美的艺术风格了。所以，他认为必须加强技巧的锻炼。这就是前面所说的，从结构到字句下推敲功夫。他在诠释"流水今日，明月前身"时，所说"抚我今日，有如流水；仰看明月，是我前身；渣滓去而清光来。此方见洗炼之效矣"（《臆说·洗炼》），就是要求作家从内容到形式达到炉火纯青之境，才有独创的风格。由此还可以进一步看出，孙星五认为风格不是天生的，不是固定不变的，而是可以学习、可以发展、可以不断创新的。人的努力是决定风格发展变化的重要因素。正因为这样，所以他才认为关键在于陶冶洗炼之功。这一观点无疑是正确的。孙星五对于风格的这些意见，不仅说明他对《诗品》研究有素，而且也说明他自己对风格有较深刻的理解，因而才形成了一套比较完整的风格理论。

综前所述，可以看出作者的文学观点基本上是属于现实主义的，对许多基本问题的看法是正确的。因此，对于他的文学理论应当珍视，应给予恰当的估价、认真的研究。

当然，前已指出，由于他思想中还有许多局限性，因而他的文学观点也就不可避免地存在着缺陷和错误。比如他有时过于推崇天才，就产生了"文不可以学而能"（《臆说·劲健》）的错误论点。这就和他所主张的创作应勤学苦练相矛盾了。而且矛盾也不是偶见，比如他一方面正确地解说"沉著对漂浮言。意思漂浮，故语不镇纸"，同时却又说"沉著即在空灵中"（均见《臆说·沉著》），就不但是矛盾的，而且是在谈玄了。不过，虽有这些局限，却仍然是一部好书。同时，我们也不应以今日的尺度去要求古人。但是，对于这些局限，读者却应该知道，对他的理论应当仔细鉴别，加以批判地吸收。

一九六二年五一节前夕，于山东大学

试论情节中的偶然因素[*]

所谓情节中的偶然因素，是指情节发展过程中意外出现的影响情节发展的偶然事件，即我们平时所说的"巧"。俗话说，"无巧不成书"，情节中的偶然因素是文学作品中故事情节的重要组成部分，设置巧妙的故事情节也是情节提炼的基本规律之一。然而，自从那些胡编乱造的侦探小说、荒唐离奇的凶杀小说铺天盖地后，情节似乎成为创作的大敌，偶然因素更被视为歪门邪道，不少读者一听就摇头，部分作家竭力追求情节淡化，情节中的偶然因素更成为胡编乱造的别名。

果真如此吗？

要探讨这一问题，时下流行的热门小说是不足为训的，我们且看前人留下的文学杰作。古今中外的文学大师们是那么善于利用偶然因素，创造出一幕幕人生活剧。他们常常把"茶馆""旅馆""酒店""舞厅""码头"等作为展开生活矛盾的剧场，因为这些公共场合，是三教九流的汇集之地，在这里，各色人物进进出出，或巧遇、或相识、或高谈阔论、或闲谈磨牙……产生复杂微妙的、转瞬即逝的社会关系，出现各种偶然因素，作家可以巧妙利用，创造波澜起伏的故事情节，集中刻画人物。如果没有"裕泰茶馆"，老北京的三教九流就不会集中起来，共同演出一幕幕生动的时代活剧，也就没有杰作《茶馆》。如果没有盛大的"舞会"，安娜就不会巧遇渥伦斯基，当然也不会产生那个复杂的

* 原载《山东社会科学》1992年第1期。署名孙昌熙、张云龙。

社会悲剧，托翁的杰作也无从产生；同样，如果没有潘金莲挑帘巧打西门庆，也就不会有《金瓶梅》……由此可见，这些作品中的偶然因素不但没有破坏作品的思想性艺术性，反而是主题思想得以表现的必不可少的因素，因此我们不能因为出现了胡编乱造的情节，就否定情节的作用，否定情节中的偶然因素，难道我们会因吃了几枚臭蛋就否定鲜蛋好吃吗？

其实，作品中的偶然因素，既不是作家凭空捏造，也不是上帝对人的愚弄，它出人意料，却不神秘。它是生活本身复杂性的反映，是作家对生活复杂性的提炼和利用，只不过有的用得巧妙，有的用得拙劣而已。俗话说"大千世界，无奇不有"，生活中的偶然因素太多了，有的乍一听来，简直如天方夜谭。某报载，美国一个打高尔夫球的，因用力过猛，将球打入空中，恰巧击中一只飞鸟，鸟中球下落，恰恰坠入一架练习机舱内，驾驶员意外受惊慌乱，飞机在山上撞毁。我们古代也早有"时来风送滕王阁，远去雷轰荐福碑"的名句，前句写年仅十四的王勃坐船，被一阵风冲到滕王阁，恰逢文人雅集，正要作序，王勃被邀加入，写下了流传千古的《滕王阁序》。后一句说了一人更离奇的故事，过去有一穷士人，去找一位做县官的朋友求帮，即所谓"打秋风"，而此友是清官，无钱助之，想到衙中有一荐福碑，碑文的字写得极好，因在衙中，无人敢拓，所以流传极少，颇值钱，就想让此人于次日拓一些去卖钱。可就在当天晚上忽然雷雨大作，碑被击碎，士人失望而去。真是"天有不测风云，人有旦夕祸福"，这样的巧事在生活中太多了，足令最富想象力的作家望而却步。不仅如此，在严肃的科学文化领域，偶然因素也层出不穷：阿基米德洗澡时受到启发，发现浮力定律；瓦特看到水开时壶盖跳动，发明蒸汽机；牛顿看到苹果落地，发现了万有引力定律……

在文学创作中，偶然事件的作用就更大了，它往往启发作家产生灵感，是创作的真正起点。一个作家，平时积累了那么多素材、那么多感情，它们在作家脑海中翻滚，就象即将爆发的火山下的岩浆，寻找喷发口。作家不能将自己的积累艺术地表现出来，是找不到构思的起点，这时，一件貌似无关的偶然事件就能产生神奇的效果，如一根火柴丢到汽油里，轰地燃烧起来，把作家积累的一切全部照亮。郭沫若的创作就是典型。由于惠特曼的启发，郭沫若"民族的郁积，个人的郁积"找到了喷发口，才产生了《凤凰涅槃》等狂飙突进式的作品。司汤达、托尔斯泰都是由偶尔得知的刑事案件触发灵感，创作出《红与黑》《复活》等杰作。我国现代的老舍，在"山大"与朋友闲谈，得到了《骆驼祥子》的素材。试想，如果没有这些偶然事件，这些作品能够产生吗？

由此看来，偶然事件是生活的有机组成部分，它不可预知，甚至不可避免，但却是客观存在，我们既不能轻视，更不能害怕，而应积极探求，创造积极的人生。对文学家来说，偶然因素提供了丰富多彩的素材和广阔的想象世界，充分利用它们，可以创作出多姿多彩的文学作品，因此，我们说，生活是作品的偶然因素之母。

当然，文学中情节的偶然因素并不就是生活偶然性因素的翻版，而是经过作家精心的艺术处理的。换言之，文学中的偶然因素决不是生活偶然因素的偶然进入，而是作家细密构思、精心设计的必然结果。在这里，作家是先知，他完全了解这一偶然因素的进入对作品产生的效果。否则，只能是一堆无意味的素材堆积，不会产生动人的艺术魅力。

如最近，某大学一对青年夫妇，积教学、科研数年之资，计三千元，决心买一台高级彩电。他恐怕自己不识货，头几天特请一位专家帮助挑拣。于是，一天清晨，他把钱放入手提包去找专家，正巧专家病了，只好把钱带回。在返家途中，巧遇多年不见前来探访的表兄，满心欢喜，一道往家去。途经菜场，两人争购蔬菜，这青年竟把手提包放在菜摊上，忘得一干二净，等想起来回去找时，提包已不翼而飞。为此，夫妇两个难过了好多天。

这自然是各种偶然事件制造的生活悲剧。男青年丢了那么多钱，其难过可想而知，亲戚朋友也会为他惋惜，但如果丝毫不予加工，只是原样写出，又能感动几个人呢？而果戈里却从一位小公务员偶尔失掉猎枪的趣闻中，深入思考，精心构思，创作出千古不朽之作。仅就故事原型看，我们的故事比果戈里的素材要感人很多，但却无法与他的小说《外套》相比。我们的故事至多能感动几个与当事者有关的人，而《外套》则感动了一代又一代读者——这就是艺术的力量。

因此，我们说，生活中的偶然因素只给文学创作提供契机、基础，要创造优秀的文学作品，还要靠作家的精心加工、提炼。这与科学研究相似。阿基米德之前，不知有多少人有澡堂洗澡的经验，但只有阿基米德总结出浮力定律；瓦特之前，不知多少人看到蒸汽顶起壶盖，但只有瓦特发明了蒸汽机；牛顿之前，不知有多少人看到苹果落地，但只有牛顿总结出万有引力定律……原因就在于他们在得到启发之前，已长久地思考此类问题，一旦得到启发，才能豁然开朗，洞见本质。同样，古往今来，不知有多少人坐过茶馆，进过舞厅，但只有老舍和托尔斯泰等少数天才，才能巧妙利用其中的偶然因素，创作出文学杰作。原因就在于，作家在构思前，已对他的描写对象有深入的了解，因此，一旦受到启发，才能顿开茅塞。所以，我们说，"机遇只偏爱有准备的头脑"。生活中的偶然因素，要成为作品情节的有机组成部分，必须以作家的深入思考为基础，只有这样，才能使偶然因素必然进入作品，起到必然的作用。

怎样才能使生活的偶然因素变为文学作品情节的必然因素呢？文学大师们是怎样巧妙利用生活中的偶然因素的呢？

最简单，也最容易让人误解的情况是，作家把生活中的偶然因素几乎照搬到作品中。生活中的巧合或偶然因素，构成比较完整的故事情节，作家只稍作加工、润色，便写入作品。如《聊斋志异·张诚》，此小说情节极巧，据作者文末自述，是作者含泪听完一个真实的故事，又含泪写出的。这类情况在创作中很少，作家之所以修改很少，就是因为故事本身已很动人，能较好地体现作家要表达的思想感情，但即使这样，故事一旦成为作品，也浸透了作家感情，与原来的素材大不相同了。

生活中偶然因素被作家运用最多且最成功的有以下几种情况。

第一，偶然事件的出现，构成作品特定的冲突情境，这是作品故事得以发展、主题得以深入的基础。最典型的是昆戏《十五贯》。娄阿鼠杀害尤葫芦，盗走十五贯钱；与尤的养女苏成娟同行的路人熊友兰恰好也带了十五贯钱。尤葫芦的十五贯与熊友兰的十五贯完全是巧合，没有任何关系，但我们在看戏时并不因为这一巧合而否定这出戏，恰好相反，我们会拍案叫绝。因为这一巧合出现在开头，只是为提供既定的冲突情境，毫不牵强附会。我们急于知道的是这一特定的巧合造成的效果，作者正是在此基础上展开了况钟、过于执、周忱等不同人物的尖锐冲突，刻画了他们的性格。

第二，偶然事件导引出新的矛盾，使情节波澜起伏，性格冲突进一步深化。潘金莲挑帘巧打西门庆，导引出几个人之间的一幕幕惊心动魄的活剧。这一事件，乍一看非常偶然，为什么潘金莲恰好在此时此刻挑帘，为什么西门庆恰好在此时此刻经过窗下，为什么又突然来一阵风等等，几件事没有任何联系，"巧打西门庆"完全是"巧合"，这一巧合却导出了那么多冲突。作家的目的不是为巧合而巧合，而是借这一巧合，刻画人物。"巧打西门庆"是偶然的，但随之而来的冲突却是必然的。通过前面的描写、暗示，我们已经了解了武大郎、潘金莲、武松的性格。武松临行前对武大郎的一次次嘱咐、对潘金莲的威吓嘱托，使我们隐隐感到将有大事发生，我们在期待冲突的爆发，作家也引导我们把注意力转向即将来临的冲突，接之而来的潘金莲、西门庆私通，潘金莲毒杀武大郎，武松杀嫂等，既是性格的必然，又进一步展现了人物性格和命运。

第三，偶然事件往往能使情节波澜起伏，使人物集中亮相，收到出人意料的绝妙效果，莫泊桑的《我的叔叔于勒》《项链》是典范。"我"的一家听说于勒叔叔在国外发了财，日夜盼望他回来，似乎连他以前的浪荡生活也是高尚的了。但等到"我们"一家到哲赛尔岛游玩时，突然在船上遇到了他。原来，他非但没有发财，简直就是个乞丐了。于是，"我"的父亲、母亲千方百计躲避他，丑态百出。正是这一突然相遇的偶然事件，把各种人物放到尖锐的冲突中，使他们各现原形。《项链》中，那位爱虚荣的女主人公为参加舞会，借来项链，却突然掉了。这一极偶然的事件，使她饱受十年辛苦。刚还清了债，却突然得知项链是假的。这样的结尾，出人意料，又耐人寻味。

第四，作品中看似偶然的细节，往往能更深刻地表现人物的性格，是作家精心设计的结果，有时会让人拍案叫绝。

鲁迅的短篇《离婚》有这样一个细节：当爱姑与七大人对阵交锋、不可开交时，七大人突然想吸鼻烟，叫长班送烟壶来。这本是极偶然的细节，但骨子里对封建威权的胆怯使爱姑误会到要对自己动刑或绑送衙门，顿时软弱下来，从大胆泼辣一变而为低眉顺眼，在喜剧形式中表现了悲剧性结局。这就揭示了中国几千年封建地方恶势力，以及妇女长期形成的精神创伤。又如《儒林外史》中范进吃大虾圆子的细节。在这之前，范进因为守孝连象箸也不肯用，而满桌无一素餐，县太爷正为难的时候，忽然发现范进夹了一个虾圆子吃进嘴里，这才放心。一下就揭下了范进假孝的画皮。

第五，偶然因素可以进一步扩张情节，把作家的思想感情表达得淋漓尽致。

《祝福》中祥林嫂第一次到鲁家后，被婆家劫走，卖给深山里的贺老六，生了个孩子，生活比较幸福，谁也不会想到她第二次来到鲁家。但作家迫切需要她回来，不然这个大悲剧就演不下去，作家对旧中国妇女命运的同情与思考就不可能充分表现出来。为此，作者运用了两个偶然因素——贺老六病死，孩子被狼吃掉——才把她拉回来，导致了悲剧高潮的发生。在这里，偶然因素负有组织情节的使命，而更重要的是反映作家的"礼教吃人"的思想，贺老六、阿毛的死，促使大伯把祥林嫂驱逐出贺家，她走投无路，只好再请卫老婆子介绍到鲁家。

由以上分析可知，偶然因素进入作品，必须有两个条件：第一，必须与作品的情节、人物性格紧密结合起来，成为作品的有机部分，不能为偶然而偶然，哗众取宠；第二，有助于深化主题，更深刻地表现作家的思想。正如别林斯基在分析奥塞罗偶尔将苔丝狄蒙那的手帕碰在地上时所说的："诗人有充分的权利利用这个偶然事件，因为它符合他的目的。"只要作家能从偶然中发现必然，用偶然表现必然他就能征服偶然，使之为自己服务。

当然，偶然因素相对情节发展来说，毕竟是突发的、出人意料的。为了使偶然因素的出现合情合理，作家往往采用各种伏笔、暗示、烘托，达到呼之欲出的效果，只有这样，偶然因素的出现才能既在意料之外，又在情理之中。如《三国演义》曹操煮酒论英雄，刘备惊慌失箸，却以闻雷失箸掩饰过去。作者在前先写有云雨，且"天外龙挂"，这些暗示都为"闻雷失箸"埋下伏笔，一旦出现"闻雷失箸"的细节，我们才恍然大悟，惊叹于作家的出奇制胜。

当然，利用偶然性是相当危险的，这恰如杂技表演走钢丝，需要高超的平衡技巧，稍有不慎，就摔下来。作家利用偶然性也是这样，必须在偶然必然中找到微妙的平衡，否则，就陷入哗众取宠、华丽不实的泥潭。有些风行一时的通俗小说往往以离奇古怪的情节吊读者胃口，结果是最终让读者呕吐。还有一类公式化的"巧合"，不仅在通俗文学中，就在我们的高雅文

学中也占有不小地位，如封建时代的因果报应，清官出现，奉
旨成婚等大团圆，比比皆是。如《二十四孝图》的"郭巨埋
儿，天赐黄金"似乎是偶然性，实则是粉饰生活、善恶报应的
老套，目的在美化现存制度。现在，一些轰动一时的作品也有
这种老套，如香港电影《生死牌》，本是无法避免的悲剧，而
作者却请海瑞出场，大团圆！即使一些总体优秀的作品，有时
也难以避免这类老套，如《高山下的花环》把赵蒙生写成是梁
大娘的养子，就是一例。

　　特别奇怪的是，生活中真实的偶然因素，一旦原封不动地搬
入作品，往往有胡编乱造的嫌疑，而一些经过艺术加工、净化，
甚至完全虚构的偶然性，反而有极强的艺术真实性，这的确值得我
们深思，它告诉我们，素材是重要的，而更重要的是作家的处理。

　　鉴于目前有的作家滥用偶然性，有的作家又排斥偶然性，
甚至排除情节，我们觉得有必要强调情节中的偶然因素对文学
创作的作用。俗话说："文似看山不喜平"。读者在欣赏叙事文
学时，总希望在短小的篇幅中欣赏到丰富多彩的生活，丰富多
变的情节正好能满足读者的期待心理。有作家认为，情节的曲
折是通俗文学的特征，不屑一用。殊不知，恩格斯早就要求，
将"较大的思想深度和意识到的历史内容，同莎士比亚戏剧情
节的丰富性、生动性的完美融合"，而重视情节的生动性、丰富
性、曲折性，正是我国文学，尤其是小说的优良传统，有着广
泛的民族性、群众性。因此，要使我们的创作更为中国人民喜
闻乐见，就必须注意这一点，而情节的偶然因素是达到这一目
的的必要条件。

　　所以，我们不要害怕情节中的偶然因素，更不应把它作为否
定作品的标准。相反，我们应充分利用，以丰富我们的创作。我
们反对那种生搬硬套的、临时拉来救急的偶然性，否定那些虚假
的概念化的偶然性，因为这种偶然性既无有机性也无合理性，是
主观臆造。但我们赞成并提倡那种包含着深刻必然性的偶然性，

因为它不仅能使作品情节丰富多彩，使作品更加民族化、群众化，还能深刻表现人物的性格和命运，表现社会人生的本质。因此，我们不可忽视偶然因素在文学创作中的积极作用。

（作者单位：山东大学中文系）

为情节中的偶然因素辩护[*]

一

在小说、戏剧的情节中，根据情节发展的需要，正确运用偶然因素，使故事情节有机地合理地发展，是作家创作的艺术手段之一。80年代以来，随着社会生活的发展、艺术视野的开拓，作家们的审美观念也发生了重大的调整：开始注重人的内心世界，思索日常平凡人生的意义，感受富有文化意蕴的生活现象，从而以非情节化的结构方式来营建新的艺术世界；出现了心理小说、散文化小说、性格小说等等，故事情节逐渐淡化，传统的叙事方式受到挑战。同时，某些武侠、言情、侦探等通俗文学营造荒诞离奇的情节成为一种模式，使人感到厌烦。因而，在文学批评上也出现了鄙视故事情节的倾向，把情节中的偶然因素贬低为没有艺术价值的编造而加以否定，并把它作为判定作品价值不高的根据。实际上，这不是科学的态度。偶然因素在叙事文学的情节提炼中的重要作用是不容忽视的。

我国古典文学中的叙事作品从来都是以情节见长的，无论是现实主义，还是浪漫主义，莫不如此。从六朝的志怪小说开始，到唐代传奇，那种波澜起伏的情节感人至深，影响巨大。其中，

---

* 原载《青岛海洋大学学报》（社会科学版）1992年第2期。署名孙昌熙、张学军。

有不少偶然因素推动，使情节的发展曲折多姿。如《白猿传》就是从一双女鞋始发现了白猿的洞穴。此后的话本小说、元代杂剧和《水浒传》、《三国演义》、《西游记》等长篇小说，一直到现代文学，始终继承和发展着这一优良传统。现代小说的奠基人鲁迅，固然写出了心理小说《狂人日记》，但他更多的却是情节完整的叙事性小说。他的名著《祝福》情节生动曲折，文章由于许多偶然因素的自然运用，表现出炉火纯青的艺术功力。由此看来"无巧不成书"既是我们民族优秀的文学传统，也是叙事性作品中情节提炼的规律之一。

从接受美学的角度上来看，更能说明这一问题。文艺起源于劳动，是马克思主义文艺理论的一个重要观点。如果说诗歌在劳动过程中产生，那么小说则产生在劳动后休息的时候。诗的灵魂是意境，而小说的特征则是故事情节。为了休息愉快，就要听故事。这就产生了叙事要曲折变化、生动有趣的心理要求，以审美的愉悦来获得精神上的满足。后来便出现了说书场和说书人的专业。李娃的故事最早就出现在唐代的说书场，白行简把它写成传奇，其中偶然因素迭出，成为情节发展的桥梁。宋代出现了许多说书名家，而且多为长篇故事，每晚说一回，为了吸引听众下次再来，往往用一个惊险或奇异动人的偶然因素来收尾，只说一点儿，就戛然而止。这就留下悬念，以吸引和巩固听众。由此可见，叙事作品中偶然因素的运用，是为了制造诡奇多变的情节，而这种情节的创造是作者与读者合作的结果，并主要取决于读者，是为了适应读者的好奇的心理和审美期待的心态。

"文似看山不喜平"，这句话道出了读者的阅读心理。阅读过程犹如名山探胜，读者怀着期待的心情，悬猜情节的发展和故事的结局。故事情节的险奇曲折，具有强烈的艺术效果，是征服读者的一个重要手段。福斯特在其权威性的著作《小说面面观》中，将情节的奇诡看作小说美感的一个重要部分，他说："美感的出现常是也必须是出其不意的；奇诡的情节最能配合她的风貌。"我国明末清初的小说、戏剧评点家金圣叹早就注意到奇险的情节能使读者得到美感享受，他在《水浒传》中宋江浔阳江遇险一回的夹批中写道"不险则不快，险极则快极也"，从审美心理的角度道出了读者对文学作品的要求。艺术要征服读者，就要满足读者的审美期待。文学作品的情节要吸引读者，往往离不开设置悬念、巧用跌宕、组织高潮，而要完成这一切就离不开情节提炼中的偶然因素。

　　偶然因素在情节中的地位和作用极为重要。人物的化险为夷，使读者从紧张的心情中解放出来；情节的变幻莫测，让读者悲喜交集；结局的出人意料，又使读者恍然大悟，这种艺术魅力都是由于偶然因素的存在所产生的美感效应。而在作者方面则要善于合理运用偶然因素，它可以平地生波，它可以解开矛盾使情节畅通，它可以在"山重水复疑无路"时，推出"柳暗花明又一村"。如果避开偶然性的表现形式，就很难把丰富复杂的生活现象加以集中概括，就很难使情节具有生动性和丰富性。没有出人意料的偶然性，让人看到开头就知道结局的作品，只能使人感到味同嚼蜡，而陷入平庸。所以，偶然性是情节提炼中不可缺少的因素，大量的中外文学名著的创作实践已经证明了这一点。如果安娜·卡列尼娜不巧遇渥伦斯基，就导演不出那样一个复杂的、巨大的上层社会的悲剧；潘金莲若不是失手将叉杆滑落在西门庆头上，也就引不出二者的奸情、药鸩武大郎、武松报仇等一系列的故事；在曹禺的《雷雨》中，如果没有大量的偶然性成分的存在，也难以高度集中地揭示出这一震撼人心的悲剧的必然结局。由此看来，偶然因素出现在故事的开端，它将起引导作用，是情节得以发展的契机；如果出现在情节的发展过程中，它将使情节显得跌宕起伏而引人入胜；如果出现在故事的结尾，它将是揭示悬念谜底的重要手段。偶然因素不仅使情节丰富生动，而且有时能在一篇作品中起着决定性的作用，能构筑起一部作品的主体结构。如戏曲《十五贯》，不仅以开端出现的偶然因素决定了情节发展的方向，而且由此派生出的许多偶然性因素使剧情更加复杂诡奇，结尾的偶然因素又交代开端之谜，在这部作品中，偶然因素成为情节中的主体。欧·亨利的小说《麦琪的礼物》、莫泊桑的《项链》等，莫不如此。如果没有偶然因素的出现，这些作品就难以结构出来，作者正是靠偶然因素作为编织情节的基础的。所以，偶然性在艺术构思中占有重要的地位，它可以展开一系列的矛盾冲突，使情节的发展具有节奏感，可以充分展现人物性格，可以揭示深刻的思想主题。文学要表现人生，而写人生总离不开偶然因素，人虽然无法掌握猝然而来的偶然性，但它却是真实的，发生之后完全可以做客观的解释和分析，并且有其潜蕴着的必然性。

二

艺术中的偶然性必须以客观世界中的偶然性为基础，才能不失其真实。我们知道现实生活是丰富多彩的，事物的发展变化并非以直线形式出现，人物的命运是由多种社会因素和个人因素相互作用而决定的，任何一个人的未来都存在着许多未知数和偶然性。例如，鲁迅弃医就文，这一人生道路上的重大转折的直接原因，是由于偶然从一幻灯片上看到麻木的国民而引起的。在文学创作上，许多名篇也是由于现实生活中的偶然因素的触发而创作出来的。朱自清脍炙人口的散文名篇《背影》，就是由于作者从车窗偶然望见父亲的背影，触发了内心的隐痛而创作出来的。就是在科学技术发展的历史上，许多重大的发明也无不以偶然性的启迪为突破的契机。牛顿从苹果落地发现了万有引力定律，瓦特从沸水顶起壶盖发明了蒸汽机，琴纳对牛痘苗的发现，弗莱明对青霉素的发现等等，都是由于偶然因素的出现触发了他们的灵感，才做出了科学上的重大突破。所以，偶然性是普遍存在的。作家从现实生活中提炼出偶然性来，在艺术构思中又组织得合情合理，即符合事物发展的规律，就能使读者感到真实自然，而具有引人入胜的魅力。

什么样的偶然性才是合情合理、真实自然的呢？我们说，它必须符合事物发展的规律，必须有它之所以产生的原因和条件，也就是说只有它自身包含着必然性的偶然性才是真实可信的。偶然现象的产生并非命运之神的主宰安排，它并不神秘，而是可以认识的，它受事物发展的规律制约。斯大林在《列宁主义问题》中说过："辩证法认为，自然界中任何一种现象，如果把它孤立地拿来看，把它看作是和周围现象没有联系的现象，那它就会是不可了解的东西，因为自然界任何部分中任何一种现象，如果把它看作是和周围条件没有联系的现象，那它就会变成毫无意义的东西；反之，任何一种现象，如果把它看作是和周围条件密不可分的现象，把它看作是受周围现象所制约的现象，那它就可以了解，可以引证的东西了。"任何现象都不是孤立出现的，都处于多种联系与不断变化之中，它的产生也都是由其他现象所引起的，因果联系是客观世界普遍联系相互制约的表现形式之一。任何偶然现象只要对它穷根究源并充分展示其联系，就能揭示出社会本质的某个方面。所以，因果性是我们透过偶然现象来揭示必然的枢纽。

偶然与必然，在哲学上被当作一对范畴来进行研究。事实上，偶然现象都是一定原因的必然结果，而因果联系又都是必然的联系，那么，偶然现象的产生和存在也是必然的。正如恩格斯在《路德维希·费尔巴哈和德国古典哲学的终结》中所说："被断定为必然的东西，是由纯粹的偶然性构成的，而所谓偶然的东西，是一种有必然性隐藏在里面的形式。"如上所说的科学家们的重大发明似乎是偶然的，但在这偶然的事件中也包含着自身的必然性。这是由于他们在自己从事的课题上经过长期的精心研究，以及为解决这些课题而在他们的思维中形成的定向意识，才使他们由偶然的机遇而达到成功的突破。同时，这些发明和发现也表明了当时科学技术不断向前发展的趋势。鲁迅的弃医就文，同他忧国忧民的忧患意识分不开，学医只能医治人们身体的病痛，而文艺则可疗救人们的精神创伤，正是在改造国民性的思想主导下，由现实偶然性的触发，才使他做出人生的重要选择。所以说，偶然性自身包含着必然性，它是必然性的外部表现形式，必然性通过偶然的形式表现出来。具体到文学作品来说，它所表现出的偶然现象的因果联系可以是事理性的，也就是说现实生活中已经发生或可能发生的事情；也可以是情理性的，也就是说生活中不可能有的东西，但却通于情理，符合人物的情感逻辑，如《窦娥冤》中的六月飞雪，是现实生活中不可能有的事情，但仍在情理之中，就是由于符合人物的情感逻辑。总之，不论是事理联系，还是情理联系，只要符合事物发展的规律，都是必然的，都是可取的。

三

文学作品中的偶然因素也不是凭空捏造、自天而降的，不能随意地支配，它不但受客观事物发展规律的制约，也要受着人物性格发展逻辑的规范。一方面人物的思想性格规定着情节发展方向；另一方面，又通过情节的发展来展示人物的思想性格发展的轨迹。情节中的突发事件似乎是偶然的，其实它也潜藏着复杂的必然性，一旦同人物的性格发展结合起来，进入情节就能成为推动情节合乎逻辑发展的力量。我们可以把这种偶然因素称为"合理的机缘"。正是这些"合理的机缘"使情节波澜起伏，曲折生动。情绪的悲欢转移、氛围的忧乐对比、意境的明暗变换也都由此而生。《项链》中的女主人公玛蒂尔德如果不去参加舞会，当然也不会去借项链，如果参加舞会而不去借项链也不会有遗失项链的事情。但是，她是一个年轻漂亮而又爱好虚荣的妇女，她不愿放弃这一难得的机会，而又不愿以寒酸的穿着出现在交际场所。所以，参加舞会和借项链这两个偶然因素是有其必然性在内的。那么，项链在舞会散场之后的混乱中丢失也是不足为奇的。然而由于这偶然的机缘却使她的一生发生了更大转折。她东拼西借买了一个相同的项链还给了朋友，为了还债她节衣缩食、含辛茹苦地挣扎了十年。在和老朋友的一次偶然相遇中，当她自豪地向朋友诉说靠自己的力量终于还清欠债的时候，才得知当初借的项链是假的。情绪的大喜大悲、情节的一波三折，人物命运的大起大落，全是由于偶然因素的出现，而这偶然性又完全同人物的性格的发展密切相关。正是玛蒂尔德性格中爱好虚荣的一面，促使她借项链参加舞会，也正是由于她爱好虚荣才没有向朋友讲明丢失项链。而她爱好虚荣的性格中好强的一面，又促使她不辞辛苦地靠自己的力量还清了债务。所以，情节中偶然因素的出现只有遵循了人物性格发展的逻辑，才能具有合理性和真实性。

由于事物偶然性自身所包含的内部联系的规律性构成了偶然性向必然性转化的内因，那么在文学作品中展示这种联系的规律，就能揭示出主题的深刻性，揭示出社会生活本质的某些方面。试以鲁迅的《祝福》为例。在祥林嫂一步步走向灭亡的悲剧过程中，至少有三个紧密相连的偶然性事件。其中，最主要的一个是她第二次回到鲁家去。祥林嫂被迫离开鲁家后，过上了较为安定自足的生活，原本没有再回鲁家做佣人的可能，但两个偶然事件出现了，第一个偶然事件是贺老六的死，它使祥林嫂第二次当了寡妇（这个资格决定了她此后的命运），这无疑给了她沉重的打击，不过她还有儿子阿毛聊以自慰。但第二个偶然事件接踵而至，狼吃掉了她的阿毛。在剧烈的失子之痛中，她的大伯又要把这无依无靠的寡妇赶出家门，这就产生了最重要的机缘：第二次回到鲁家当女佣。这三个偶然因素不但相互联系，而且各个偶然事件都有一定的原因。山村缺医少药，贺老六一旦染上严重的伤寒病，完全有死亡的可能。阿毛被狼吃掉是因为祥林嫂忙于干活，无暇照顾孩子，这就给狼以衔去吃掉的机会。大伯赶祥林嫂出门，是依据封建家庭制度可以赶走独身寡妇，没有卖掉她，还算手下留情。这样就逼着祥林嫂走向再当佣人的唯一道路。那么，她为什么一定要到鲁家去呢？这也是有原因的。一是她曾在鲁家吃得又白又胖，她当然不知道鲁四老爷有一把节孝的杀人不见血的软刀子；再就是她只认识卫老婆子，而卫老婆子是专门给鲁家介绍佣人的。所以，祥林嫂再次回到鲁家这看似偶然的事情，就成为必然的，而不足为奇了。当这三个偶然性事件进入主要情节之后，就构成了一条因果链：原因产生结果，结果又成为新的原因，从而产生新的结果。这样，就一步一步地展示出祥林嫂在封建制度、思想威逼下必然的悲剧结局，深刻的思想主题也由此被揭示出来，我们把这前后相继的偶然因素贯穿起来，仔细分析，就可以看出它们都有可以信服的生活基础为依据，都有各自产生的原因和条件，这诸多的原因和条件就构成了偶然性自身的必然性，从而完成了向必然性的转化，由此也反映出社会生活某些的本质方面。

由此可见，偶然因素在文学作品的情节中的作用是不可低估的，越是复杂的情节，偶然因素也越多。情节中的偶然因素只要符合事物发展的规律，符合人物性格发展的逻辑，就能推动情节，展现人物性格，揭示主题，使作品具有强烈的艺术魅力。

因此，不能简单地排斥文学作品情节中的偶然因素。更不应把它作为否定作品艺术价值的尺度。我们反对的是那种片面追求意料之外、一味强求戏剧性情节、违背事物发展规律的、猎奇式的偶然性。这种偶然性既无有机性——脱离情节的发展，又无合理性——违背生活发展的逻辑，是现实生活中所没有的，是虚假的。某些作品为了追求情节的曲折离奇，生拉硬扯地将种种巧合、误会等偶然因素编织到情节中去，对人物的安排也是招之即来、挥之即去。这种脱离生活、脱离实际而随意编造出来的偶然性，必然导致情节的虚假，丧失真实性，从而也就失去了艺术价值，这当然是不可取的。

　　有一个小说编辑向读者做过这样的调查："你拿到一本小说，想从里边得到什么？"广大读者的回答并不是想提高思想修养、得到生活哲理，也不是想增加些社会知识，而是想看到一个有趣的故事。这是小说读者普遍的心理，也是合理的要求。通过故事可以对读者潜移默化，影响他们的思想、感情，以至人生观。我们应该充分重视读者的合理要求，满足读者的审美期待，使故事情节曲折生动些，使人物性格鲜明些，使主题的表达深刻些，而偶然因素的合理运用则是达到这一目的的一个重要途径。因此，不能简单地否定偶然因素在情节中的作用，更不应抛弃它。

《周恩来文艺思想新论》评析*

在人们心目中，周恩来是一位高瞻远瞩的政治家、运筹帷幄的军事家、纵横捭阖的外交家，而对作为杰出文艺思想家的周恩来，人们所知甚少。王凤胜的新著《周恩来文艺思想新论》（以下简称《新论》，山东人民出版社1995年1月出版）可以使我们对周恩来文艺思想有一个清醒、客观、全面的认识。《新论》以宏阔的学术视野、深厚的学术功底、良好的学风文风，对周恩来文艺思想进行了深刻独到的研究分析。《新论》的出版在学术研究上具有填补空白的意义，在学风文风上具有扭转风气的意义。

周恩来作为一个伟大的马克思主义政治家、思想家，他的文艺思想包容在其整个思想理论体系之中。周恩来文艺思想的一个鲜明特质，是把文艺问题与社会主义革命和社会主义建设的任务、前途结合起来。他提供给我们的不是文艺学的一般知识，而是正确认识和解决文艺问题的世界观和方法论。《新论》突出了周恩来作为中国共产党人的文艺政策、文艺思想的宣传者、贯彻者的历史活动和历史作用。如书中多次提到他的文艺讲话，他对郭沫若、鲁迅的评价，他对新中国成立后文艺政策的参与制定和组织实施等。周恩来作为中国共产党的高级领导人，作为一个实践型的文艺思想家，对文艺发展的总体趋向，对整个文艺界的影响非常大，其文艺思想在中国现当代文艺事业中的作用相对于其他文艺理论家、文艺思想家而言是少有人能比的，不了解周恩

* 原载《山东社会科学》1996年第1期。署名孙昌熙、明铭。

来，我们就无法理解中国现当代革命和建设的历史。不了解周恩来的文艺思想，我们就无法理解中国现当代文艺发展史。而《新论》在抓住研究对象的实践型特质，从一个角度来分析评价周恩来文艺思想方面，是很有见解、很有成绩的。

作者认为，应该将周恩来文艺思想放到整个马克思主义文艺理论、毛泽东文艺理论发展的历史长河中，放到中国现当代革命史、思想史、文艺史的洪流中进行考察研究。由于背景框架的设置和学术坐标的建立，《新论》对周恩来文艺思想的历史地位作出了科学的定位与评价。《新论》认为周恩来文艺思想，是中国共产党从事革命文艺活动的一份生动记录，是周恩来探索与总结马克思主义与中国革命实践和文艺实践相结合的光辉结晶；认为周恩来文艺思想是毛泽东文艺思想的重要组成部分，是对马克思主义文艺理论和毛泽东文艺思想的重大发展。

《新论》以宏阔的理论视野和敏锐的学术眼光，对毛泽东文艺思想、周恩来文艺思想、邓小平文艺思想进行了科学分析和全面综合，提出了"桥梁说"。作者认为周恩来文艺思想特别是后期文艺思想是连接50年代至70年代与80年代、90年代中国文艺发展、毛泽东文艺思想发展的"伟大桥梁"，并且认为这个桥梁为"文革"后社会主义新时期的中国文艺的解放、复兴和繁荣，为以邓小平为核心的第二代领导集体和以江泽民为核心的第三代领导集体坚持和发展毛泽东文艺思想提供了重要的理论准备。"桥梁说"的提出是周恩来文艺思想研究领域内的一项重大突破，表现了作者深厚的学术功底和敏锐的学术眼光。

关于周恩来文艺思想对毛泽东文艺思想的补充和发展，周恩来文艺思想与邓小平文艺思想之间的承传和影响关系，《新论》作了具体的分析。《新论》认为在人民文艺理论、文艺与政治关系理论、文艺阶级性与人民性理论、文艺规律理论、文艺功能理论、文艺典型理论等等方面，周恩来文艺思想丰富发展了毛泽东思想。《新论》同时指出在文艺民族化问题、社会主义文艺总方向问题、知识分子阶级属性问题、党对文艺工作的领导问题、文艺领域的反倾向斗争问题等方面，可以发现周恩来文艺思想与邓小平文艺思想的传承和影响关系。《新论》对周恩来文艺思想梳理与分析及三座里程碑的研究与综合，一方面使我们对周恩来文艺思想的发展流程有一个清晰的印象；另一方面为"桥梁说"提供了坚实的立论基础，从而使《新论》对周恩来文艺思想的历史定位言之有据、真实可信。

"桥梁说"的提出是周恩来文艺思想研究领域的一个重大突破，代表了周恩来文艺思想历史地位研究的最新成果，"桥梁说"的提出是《新论》的又一重大贡献，仅就这一点论，《新论》在国内具有填补空白的意义。

《新论》以翔实的资料、独到的学术眼光认定：民族化作为文艺的一个口号原则，周恩来是中国现当代文艺史上较早的提出者之一，并且几十年中他不遗余力地倡导、阐发。《新论》作者认为周恩来关于文艺民族化的论述是坚持、运用、丰富和发展了马克思主义文艺理论和毛泽东文艺思想。而且周恩来关于文艺民族化的论述既是对"五四"以来新文艺运动历史进行深刻反思后所得出的正确结论，也是针对新的文艺现实问题的重新概括。在论析周恩来关于民族化与文艺规律关系的观点时，《新论》认为："文艺规律包括许多方面：如以典型化的艺术形象真实地反映生活；要用形象思维，坚持情与理的并重与统一；坚持独创与多样等，但把文艺民族化当成一个普遍的艺术规律来看待，是周恩来一个具有创新意义的发现。"（见《新论》177 页）

周恩来文艺民族化观点是对毛泽东文艺思想的补充和发展，也是周恩来文艺思想中最见风采的部分，对今天的文艺繁荣仍有重要的现实指导意义。

《新论》的出版在当前具有很强的现实意义，恰如吹进浮躁、燠热的学术界的一股清风。

改革开放以来，国门敞开，西方世界的理论、思潮象迅猛的潮水涌进中国,人们以惊喜、新鲜又有点慌乱的心情迎接异域的良规。特别是文学艺术领域的中外交流更为活跃,西方几百年时间才孕育完成的流派到中国几天时间就沸沸扬扬。表现主义、未来主义、结构主义、新批评⋯⋯联翩而至,纷至沓来。这些理论、思潮的传入对活跃思想、拓展思路起了积极的作用。但是另一方面,由于接受者的心理准备、社会准备等方面的不足,这种交流和引进也产生了盲目介绍、食洋不化的不足和局限,并为90年代初期学术界、文艺界浮夸风的盛行埋下了隐患。近年来学术界不乏兢兢业业、埋头苦干、不求闻达、厚积薄发的人,但以"炒学术"为进身之阶的人也为数不少。这些人以新理论、新名词唬人,靠造一些"学术黑话"而"各领风骚几数天"。"后⋯⋯"、"新⋯⋯"等各种主义、各种理论象新雨过后,林中冒出的色彩斑斓的蘑菇,美则美矣,但有的也有毒。

《新论》的语言朴实清新,没有唬人的新术语、新名词,而是以真实的话语还真实的周恩来。《新论》从各个角度对周恩来文艺思想进行了考察研究,论证分析逻辑严密、言之成理。每一句话、每一论点都不是空穴来风,力求言之有据。附在书后的《周恩来主要文艺实践活动和有关文艺论著年表》无声地证明着作者的扎实谨严;另一篇《周恩来文艺思想研究及资料要目索引》则映照出作者心胸的坦荡和学术上的自信。

与近几年学术界求新求奇的喧闹相联系的是对于经典理论的冷落、漠视。黑格尔、康德、莱辛等人被视为过了时的人物而备受冷落,马克思主义经典理论也被视为保守落伍而少有人问津。有人甚至以对经典理论的尊重与蔑弃来划分学术界的老朽与新秀、保守与激进。《新论》作者以过人的学术勇气、敏锐的学术眼光、深厚的学术功底发掘了周恩来文艺思想这座储量颇丰的富矿,把周恩来文艺思想作为马克思主义文艺理论、毛泽东文艺思想等经典理论的一部分加以研究和宣传,这对于重振经典理论的声威起了积极作用。

　　《新论》对党的新时期如何尊重艺术规律、更好地领导文艺工作也有很强的现实意义。现在学术界气氛宽松，思想自由，党对文艺工作的领导取得了很大成功。但在具体领导方法上，个别领导人还存在着偏差。在《新论》中的《周恩来论共产党领导文艺》《周恩来论文艺家的自我改造问题》《周恩来与文艺家的密切关系探因》等专章中，作者具体研究了周恩来的领导艺术和领导方法，为如何领导文艺工作提供了典范和榜样。在一些文艺工作者发出"文艺界呼唤周恩来"呼声的今天，《新论》的出版尤其具有重要的现实意义。

李广田师释《人间词话》"三境界"[*]

内容提要　王国维的"三境界"说是借用古典诗词说明"古今之成大事业、大学问者"必经之路的一大创造，李广田从作家创作的角度加以阐述，认为"三境界"其实是艺术创作的准备阶段、构思阶段和成功阶段，王国维将艺术创作理论化，"三境界"说是符合艺术创作规律的。

王国维是近现代中国学术史上的著名学者，也是近代以来中国文学批评史上，运用西方文学批评理论与方法来评价中国文学的第一人。他在宣告中国古典文学批评时代终结的同时，也悄悄地将现代批评的序幕徐徐拉开。在他的身上，我们可以看到中国文学由古典形态向现代形态过渡的趋势。这种过渡并不仅仅表现为新旧批评话语的简单更替，更重要的是中西批评话语的融会贯通。《人间词话》即是中西批评话语融汇较为典型的一部论著，它是中国近现代文学史上，较早地站在哲学、美学的高度，吸收、消化西方文论并和中国传统文论相结合，来对中国传统诗词进行系统的理论阐发的巨著，自 1908 年问世以来，在近现代文学史上的影响极大，无论是在古典文学研究领域还是现代文学研究领域都产生了强大的冲击波。但是，这部论著也存在着许多问题：诸多概念、术语、理论的阐发，王国维只是凭感悟式的思维，遵循着传统批评的套数加以阐述，缺乏系统的理论说明，因

---

*　原载《山东师大学报》（社会科学版）1997 年第 6 期。

而不能不引起读者的困惑，同时也带来了莫衷一是的论争。特别是王国维自己引以为豪的"古今之成大事业、大学问者"所经过的"三境界"说，更令一些读者（尤为大学生）感到迷惑不解，不能准确地领悟其实质。

　　我对"三境界"说的理解最初是受益于李广田先生的指导。李广田先生是我国现代著名的诗人、散文家和文艺理论家。1937年中日战争全面爆发，他目睹了国民党政府的腐败无能后，思想有了很大进步。他认真地阅读普列汉诺夫的《艺术论》、高尔基的《创作论》等文艺理论著作，系统地接受了马克思列宁主义文艺理论教育。1941年，他到昆明西南联大执教时，我当时也由北京大学毕业，在西南联大任教。我们虽是同事，但实际上他却是我的老师。他一边指点我创作，一边向我传授马列文论之道。可以说，我地地道道是他的受业弟子。当时在联大时，我们共同教过王国维的《人间词话》，其中，前后我教了三四遍。那时我经常就《人间词话》中许多问题请教于他，受益匪浅。特别是王国维所提及的"三境界"说，我起初教时，不能准确地掌握其要旨，是恩师李广田先生的亲切指导，才使我得以准确的理解。

　　如今，时隔几十年，李广田老师早年给我解释"三境界"的原话已经记不清了，但是他在《文学论》一书中的"创作论"部分（该书初稿他在昆明西南联大时已送给我）和《文艺书简》一书中的《论文艺欣赏》一文对此解释得较为清楚。

　　对王国维所提及的"三境界"说，李广田老师运用了马列文论思想，从作家创作的角度加以阐释。所谓的"三境界"，他认为也就是一个作家进行艺术作品创作过程的三个阶段。"昨夜西风凋碧树，独上高楼，望尽天涯路"，被称为"第一境界"。按词原意，也不过是抒发了"离愁别恨"之情[①]，但如从创作过程的角度看，实际上王国维在此揭示了作家进行艺术作品创作的起初准备阶段：深入生活，具备扎实的生活基础，寻找和积累创作题材。社会生活是文学的唯一源泉，作家的社会实践是创作的基础。因此，作家进行文学创作，首先必须从社会生活出发，深入社会生活，"切实生活、切实观察、切实体验"[②]，积累丰富的生活素材，"放大眼光，确定目标"[③]，观察、体验、分析人的情感方式和思维方式，多角度地理解人，立体地观察人，为创作开始作好必要的材料准备。所以，王国维在《人间词话》中又说："诗人对于自然人生，须入乎其内"，"入乎其内，故能写之"，"故有生气"。其中，"入乎其内"也就是指作家应深入生活，到生活中去体验生活、积累创作题材。

有了艺术题材的积累后，创作过程就进入了第二阶段："衣带渐宽终不悔，为伊消得人憔悴"。从词表面意思看，是写"昔日相思""缠绵之苦"。[④]但在此，王国维揭示了艺术创作过程的构思阶段，也就是作家在深入生活、寻找到众多的创作题材后，开始艰苦地运用、消化、创造题材的过程，犹如热恋中的情人一样，热切地为伊苦苦相思。在这一过程中，作家在内心世界，将积累的生活题材"创造成一个完整的美而和谐的世界"。[⑤]"像柏林斯基（指别林斯基，笔者注）所说的，把这些经验'焦灼而难堪的怀在自己感情的神秘圣堂中，有似母亲将她的幼子怀在自己的子宫里一样'。"[⑥]"锲而不舍，虽败不馁"。这是艺术创作的艰苦劳动过程，同时也是真正的艺术"苦炼"阶段。因此，王国维自己在《人间词话》中又说："诗人对于自然人生，须出乎其外"，"出乎其外，故能观之"，"故有高致"。其中，"出乎其外"，在此也就是指作家在积累一定的生活素材后，站在高处理性地对生活素材进行处理、加工，孕育艺术形象。

"众里寻他千百度，蓦然回首，那人却在灯火阑珊处"，谓"第三境界"。辛弃疾的原词含义也只是写苦苦相思情人间的"邂逅相遇"[⑦]，但王国维却形象地描述了艺术创作的最后阶段：艺术创作过程中艺术的顿悟以及创作的成功。作家经过一定的艺术题材积累和冥思苦想的艺术构思后，文思和才情忽如春潮般涌上心头，妙语连珠，一个个艺术形象、生活场景会不断跳入眼前，信笔所致，犹如在灯海人潮的灯节之夜，千追百寻后，终于找到了自己朝思暮想的心上人，真是"踏破铁鞋无觅处，得来全不费工夫"。⑧"一滴雨，一阵花香，一个人影，一开窗之间，一举足之间……经验集中了，灵感来了，一个新鲜的与那事实不同的完美的世界焕然地觉醒了。"⑨于是，作家就调用各种艺术技巧，创造出形象生动富有审美价值的文学作品。至此，作家的创作成功了，作品创作的整个过程结束了。

王国维这样从具体的古典诗词出发，提出了艺术创作过程中的"三境界"说，其实蕴含着深刻的哲理。从接受美学角度来说，我们今天对中国古典诗词的理解，只有从我们现今的观点、理论、水平出发，对之加以阐释，古典文学诗词才能现代化，才能得到继承和发展。王国维用他当时的思想、观点、文学理论，并"凭了自己的生活体验，凭他自己在文学问题上的甘苦"⑩来理解、欣赏古典诗词，并将之创造成艺术创作过程"三境界"文学理论，这是他将古典诗词理论化。不过，他虽将文学创作改造成文学理论，用来形象说明创作过程的三个阶段，但并没有改变诗词原有的基本含义。这一点，我认为，的确是王国维一个了不起的贡献。

另外，有点需要指明的是，在《人间词话》中，王国维在中国传统文论关于"意境"或"境界"理论的基础上，将"意境"升格到审美批评的核心概念，并努力从理论上界说其内涵，这对于鉴赏古典诗词的审美性，作出了较大的贡献。但是，王国维将境界分成"有我之境"与"无我之境"，却是存有严重的缺点。因为，任何具有审美特性的艺术品，不能不渗透着作者的主观思想，凝结着作者的情感体验。世上没有纯粹客观化的艺术作品，一切艺术品都是"有我"的。艺术作品中，作者主体情感的表现只能存在着"显"与"隐"之差、"强"与"弱"之分，即只可能是作者主体情感"浓"与"淡"的问题，而不可能存在着"有"与"无"之别。

　　唐代大文学家韩愈曾在《师说》中言道："师者，所以传道、授业解惑也"。如今，李广田先生为我解惑之事，已经过去有50多年了，这几十年来，每当有人谈起《人间词话》，每当有人谈起李广田先生，我便情不自禁地忆起往事，想起先生的德风。

[注]

　　①③④⑦⑧⑩李广田：《论文艺欣赏》，《文艺书简》，开明书店，1949。

　　②⑤⑨李广田：《四论创作过程——一个结论》，《创作论》，开明书店，1948。

　　⑥李广田：《创作是怎么一回事》，《创作论》，开明书店，1948。

（杜维斌整理）

（责任编辑　翟得尧）

鲁迅研究

鲁迅与高尔基[*]

（一）

　　鲁迅之所以能够给中国新文学、革命的现实主义文学铺好道路，旧俄的现实主义文学和苏联新文学是给了他很大的影响的。而高尔基，这位无产阶级伟大作家，人类的朋友和导师，为苏联文学铺下了社会主义的现实主义创作道路的人，给鲁迅的影响是相当重要的，特别是在鲁迅达到新现实主义的后期，正如冯雪峰所说：

　　"从一九二八年起到他逝世为止，……在这时期，马克思和恩格斯的著作，列宁和史太林的著作，蒲力汗诺夫，梅林格和卢那卡尔斯基等文学理论，为他思想上吸收阳光和水份的主要源泉；而苏联作家的作品和高尔基的言论则为他所研究苏联革命的实际经验的对象，同时作为研究文学和阶级斗争的关系的实例。"（《鲁迅和俄罗斯文学的关系》）

　　说鲁迅和高尔基的巩固结合，出现在他创作的比较成熟期，这是完全正确的，符合发展规律的，这正如鲁迅自己从进化论进到阶级论一样，只有在不断的斗争的革命的前进道路上走着，他的思想逐渐转变的过程中，才能和高尔基密切联系起来。就是说，靠在中国剧烈的革命斗争和他自己在这革命中血斗的经验，

　　* 原载《文史哲》创刊号，1951 年 5 月。

才逐渐认识了无产阶级艺术的本质，也就认识了高尔基，向高尔基学习，并且介绍了高尔基，把高尔基所创造出来的文学财富，作为培养中国人民文学的阳光和水份，让它一天天壮实起来，因而自己也就愈益和高尔基的巩固结合起来。并且自己又有了新的创造：开辟了中国文化的大众方向。

（二）

在一九二〇年以前，中国共产党还没有诞生，特别是五四运动以前，中国无产阶级还没有走上政治舞台，那时"中国资产阶级民主主义革命，是属于旧的世界资产阶级民主主义革命的范畴之内的"。因此，这一时期的鲁迅所接触、所爱好、所学习的文学，就只能是旧现实主义的作品；特别是他在日本求学时代就只能嗜读果戈理和契诃夫的作品，而"高尔基虽已有名，'母亲'也有各种译本，但豫才不甚注意"。因而在旧俄文学家中影响他最大的只能是果戈理和契诃夫，而不是高尔基。后来（一九三三年）鲁迅自己也解释过这一问题：

"当屠格纳夫，柴霍夫，这些作家大为中国读书界所称颂的时候，高尔基是不很有人注意的，即使偶然有一两篇翻译，也不过因为他所描写的人物来得特别，但总不觉得有什么大意思。这原因，现在很明白了：因为他是'底层'的代表者，是无产阶级的作者，对于他的作品，中国的旧知识阶级不能'共鸣'，正是当然的事。"（《译本高尔基〈一月九日〉小引》，《集外集拾遗》）

鲁迅在什么时候开始研读高尔基的作品呢？无疑的要比研读马恩列斯，以及蒲力汗诺夫、卢那卡尔斯基诸人的哲学和文学理论早得多，而且研读高尔基以及其他作家的作品，是他接受马列主义的一个优先条件。根据《三闲集》序，鲁迅研究科学底文艺理论是在一九二八年间，而远在一九二五年，鲁迅写过一篇杂文叫《论"他妈的!"》，说："高尔基所写的小说中，多无赖汉，就我所看过的而言，也没有这骂法。"（《坟》）这就说明了在大革命的前夜，无产阶级所领导的革命怒潮震撼了全中国的前夜，鲁迅已经研读高尔基的作品。就是说，大时代的浪潮将要到来的时候，作为先进作家的鲁迅，就必然最先有所感受，必然要和无产阶级作者的作品起"共鸣"，留心这位"底层"代表者了。

伟大的时代在前进，中国人民的革命力量愈来愈强大，永远战斗着前进的鲁迅，逐渐认识到工农大众是中国革命的主要力量，并且也认识到人民艺术是革命的有力武器之一的时候，也就愈来愈对于高尔基有深刻的注意，并且对于他的作品产生了无限的爱好。首先，在一九二六年，鲁迅指出高尔基在苏联文学史上的地位：

"俄国在一九一七年三月的革命，算不得一个大风暴，到十月，才是一个大风暴，怒吼着，震荡着，枯朽的都拉杂崩坏，连乐师画家都茫然失措，诗人也沉默了。……但也有还是生动的：如勃留梭夫和戈理奇（即高尔基）……"（《〈十二个〉后记》，《集外集拾遗》）

由于自己思想的逐步提高，更由于精研高尔基的作品，鲁迅进一步认识到无产阶级作家的特点及其艺术的特点：

"高尔基是战斗的作家……他的一身就是大众的一体，喜怒哀乐，无不相通……"（《关于太炎先生二三事》，《且介亭杂文末编》）

"革命的导师（指列宁），却在二十多年以前，已经知道他是新俄的伟大的艺术家，用了别一种兵器，向着同一的敌人，为了同一的目的而战斗的伙伴，他的武器——艺术的言语——是有极大的意义的。而这先见，现在已经由事实来确证了。"（《译本高尔基〈一月九日〉小引》，《集外集拾遗》）

"首先，当然要推高尔基的回忆什记，用极简洁的叙述，将托尔斯泰真诚的和粉饰的两面，都活画出来，仿佛在我们面前站着。而作者高尔基的面目，亦复跃如。一面可以见文人之观察文

人，一面也可以见劳动者和农民思想者隔膜之处。"（《〈奔流〉编校后记（七）》，《集外集》）

（三）

当新现实主义作品，特别是高尔基的作品为当时中国革命时代革命群众所迫切需要的时候，中国文学界却并没有负起这一责任来，虽然在一九二八年上海已有不少的文学团体如创造社、太阳社等都抢着挂起了革命文学的招牌，却并没有肯老老实实地做一点真正为革命青年作家所迫切需要的工作。而是：

"上海的市民是在看开天辟地（现在已到尧皇出世了）和封神榜这些旧戏，新戏有黄慧如产后血崩（你看怪不怪?），有些文学家是在讲革命文学，对于高尔基，去年似乎有许多人要译他的著作，现在又听不见了，大约又冷下去了。"（一九二九年三月二十二日给韦素园的第二十六信，《鲁迅书简》）

为了革命的需要，为了建设中国人民文学的迫切需要，被人诬蔑为"封建余孽"和"棒喝主义者"的鲁迅先生却默默地担起了这一艰巨的重担，大力介绍了高尔基及其作品。其实他远在一九二六年就已开始介绍了高尔基——《〈十二个〉后记》，《〈争自由的波浪〉小引》——现在他首先说明：高尔基的作品是无产阶级革命的武器，是"用了别一种兵器，向着同一的敌人，为了同一的目的而战斗"的武器。惟其如此，当然早就为中国官僚资产阶级的"评论家"所不满。鲁迅在一九三二年便强调指出：

"从高尔基感受了反抗，读者大众的共鸣和热爱，早已不是几个论客的自私的曲说所能掩蔽。"（《祝中俄文字之交》，《南腔北调集》）

有力的用事实痛击了走狗们的无耻谰言。因此鲁迅就以自己为例，来鼓励青年们努力学习以高尔基为首的这些富有革命内容的范本。在一九三五年，他说：

"但我自己，却与其看薄凯契阿，雨果的书，宁可看契诃夫，高尔基的书，因为它更新，和我们的世界更接近。"（《叶紫作〈丰收〉序》，《且介亭杂文二集》）

但是那时的：

"中国的工农，被压榨到救死尚且不暇，怎能谈到教育；文字又这么不容易，要想从中出现高尔基似的伟大作者，一时恐怕是很难的。"（《译本高尔基〈一月九日〉小引》，《集外集拾遗》，一九三三年）那么这问题如何解决呢？他认为首先是让进步青年担当起这一任务：

"知识分子以外，现在是不能有作家的，高尔基虽称非知识阶级出身，其实他看的书很不少，中国文字如此之难，工农何从看起，所以新的文字，只能希望于好的青年。"（一九三三年六月十八夜给曹聚仁的第四封信，《鲁迅书简》）

但在当时介绍无产阶级的作品却是件非常艰巨的工作，特别是自从一九三〇年鲁迅所领导的左联成立之后，一些反动派就挂起了"民族主义文学"招牌来与左联为敌，反动统治者且进一步使用特务捕杀左翼作家。于是大批的青年作家如翻译高尔基作品最努力的柔石等都被残酷地杀害，鲁迅自己也不得不暂时躲避起来。然而革命文学就可以这样用刀枪"镇压"下去吗？绝对不可能的！

"因为这是属于革命的广大劳苦群众的，大众存在一日，壮大一日，无产阶级革命文学也就滋长一日。"（《中国无产阶级革命和前驱的血》，《二心集》）

在鲁迅先生死后二十五年的今日，革命的现实主义的文学终于开放出绚烂的花朵来了，但却靠了先驱们的坚决斗争：鲁迅除了发表了《黑暗中国的文艺界的现状》《为了忘却的记念》等有力的文章向屠伯提出正义的、愤怒的抗争而外，他更积极地介绍了很多高尔基的作品给中国读者。

一九三三年，鲁迅在译文高尔基《一月九日》小引中说：

　　"这小本子虽然只是一个短篇，但以作者的伟大、译者（指曹靖华）的诚实，就正是一种范本，而且从此脱出了文人的书斋，开始与大众相见，此后所启发的是和先前不同的读者，它将要生出不同的结果来。

　　"这结果，将来也会有事实来确证的。"（《集外集拾遗》）

　　鲁迅先生不仅努力介绍高尔基的作品，并且还要指出那些坏译本来，尽力推荐好译本，以免青年上当，同时也大大鼓励了忠实的译者：

　　"高尔基……的作品，中国译出的已不少，但我觉得没有一本可靠的，不必购读，今年年底，当有他的小说选集和论文选集各一本可以出版，是从原文直接翻译出来的好译本……"（一九三三年八月十三给董永舒的信，《鲁迅书简》）

　　关于高尔基的第一部伟大的作品《母亲》，由沈端先译出印行以后，鲁迅说：

　　"高尔基的小说《母亲》一出版，革命者（指列宁）就说是'一部最合时的书'，而且不但在那时，就在现在，我想，尤其是在中国的现在和未来，这有沈端先君的译文为证，用不着多说。"（一九三四年七月二十七给韩白罗的第一信，附记，《鲁迅书简》）

　　但鲁迅这种辛劳的努力，无疑的要使反动派及其走狗们大大地惊慌起来，对于青年作家及其作品进行更残酷的压迫，在方法上也愈来愈精密和毒辣了。

　　"压迫书店，真成为最好的战略了。……中国左翼作家的作品，自然大抵是被禁止的，而且又禁到译本，要举出几个作者来，那就是高尔基……"（《中国文坛上的鬼魅》，《且介亭杂文集》）

　　当时走狗们是伸着鼻子到处乱嗅的，为了让高尔基的作品能够迅速出版供给广大的读者群，连高尔基的照片也只好不登。一九三四年十月廿一鲁迅给孟十还的第一信说：

　　"译文第三期上，就有一幅高尔基的漫画，他的像不能常有，第四期只好不用。"（《鲁迅书简》）

还得经常改换自己的笔名:

"俄罗斯童话要用我的旧笔名,自然可以的,因为我的改名,是为出版起见,和自己无关。"(一九三五年七月三十日给黄源的第二十三信,《鲁迅书简》)

就因为经常改换笔名之故,鲁迅所翻译的高尔基的作品,有时就没法收到全集里去。如在一九三四年译的高尔基的《我的文学修养》一篇,就因改用许遐的笔名而没有能够收进《鲁迅全集》。后来经过唐弢的考证才放在《鲁迅全集补遗》中。

不能登高尔基的照片,发表他的作品得经常改换新的笔名,但还是不能顺利出版的,于必要时要自掏钱出版。鲁迅在一九三五年五月廿二日给黄源的第十四信说:

"前回说,想校正俄罗斯童话,再一想,觉得可以不必了,不如就这样的请官检阅,倘不准,而将自行出版,再校正也好。"(《鲁迅书简》)

走狗们的鼻子是很尖的,有些高尔基的译本依然被禁止或骗走,有一本"高尔基文集非我所译,系书店乱登广告"(一九三六年二月十九夜给夏传经的第一信,《鲁迅书简》),但是我这本冒牌书也被禁止(见《且介亭杂文二集》,后记)。另外《现实》和《高尔基论文集》却被第三种人杜衡以出版为名骗取"扣留了几年,到今年才设法赎出来的"(一九三六年十月六日给曹白的第十四信,《鲁迅书简》)。

但胜利最后还是归于掌握真理者的手中的,辛劳的开垦,勇敢的战斗,为了哺育中国人民作家不惜流血的伟大导师鲁迅先生,是有丰富收获的,并且给新中国的新文学铺下很好的道路。

"可以大胆说,大多由于鲁迅的关系,高尔基才能在极短的时间中成为中国最流行的外国作家之一。"(罗果夫:《鲁迅论俄罗斯文学·序》)

（四）

鲁迅不仅像冯雪峰所说"高尔基的言论则为他研究苏联革命的实际经验的对象，同时作为研究文学和阶级斗争的关系的实例"，同时在文学理论上也有一部份受到高尔基的影响的，而且予以发扬和充实。例如，在《做文章》一文里，论到文艺的大众化时，鲁迅就很佩服高尔基的话：

"太做不行，但不做，却又不行。用一段大树和四枝小树做一只凳，在现在，未免太毛糙，总得刨光它一下才好。但如全体雕花，中间挖空，却又坐不来，也不成其为凳子了。高尔基说，大众语是毛胚，加了工的是文学。我想，这该是很中肯的指示了。"（《花边文学》）

当鲁迅译完高尔基的《我的文学修养》之后，在《看书琐记（一）》里关于高尔基论描写人物的方法问题，就曾做了很好的发挥和提高：

"高尔基很惊服巴尔扎克小说里对话的巧妙，以为并不描写人物的模样，却能使读者看了对话便好像目睹了说话的那些人。"（《八月份文学内：我的文学修养》）

（五）

由于高尔基是俄国无产阶级革命的战士，又是社会主义现实主义文学的创始者，鲁迅为了培养中国革命文学，把高尔基介绍到中国来的那一段辛劳艰巨的奋斗过程，由于思想情感的不断交流，不仅在文学上巩固的结合，并且也建立起无比亲密的友情。远在一九二八年，鲁迅为了庆祝高尔基为劳动大众创作四十年的勤劳功绩，他在《奔流》上作了一个友情的纪念，在编校后记（二）里说：

"这回登载了高尔基的一篇小说，一篇关于他的文章，一半还是由那一张画像所引起的，一半是因为他今年六十岁，听说在他的本国，为他所开的庆祝会，是热闹极了；我原已译成了一篇升曙梦的《最近的高尔基》，说得颇详细，但也因为纸面关系，不能登载，且待下几期的余白吧。"（《集外集》）

自从一九三〇年以来，"鲁迅开始为疾病所侵害了，有时他病得无法起床……高尔基曾邀请他去苏联住二年，作他私人的宾客，可是他并不愿意去，他说：这样做的话，国民党一定会向全中国狂叫，说他收受'莫斯科的卢布'了"（史沫特莱：《记鲁迅》）。这种高度国际友情的建立和巩固，是中苏人民幸福的来源，但却为反动派及其走狗所惊惧，国民党反动派不仅以"收受莫斯科的卢布"来叫嚣来威胁阻碍鲁迅去苏联疗养，希望加速他的死，不让他为人民多创造一些幸福，就是鲁迅为高尔基的创作四十年在杂志上作了庆祝专页，也会立刻引起反动派及其走狗的迫害和狂吠。在一九三五年五月，在天津反动报纸《益世报》上，有署名张露薇的发表了一篇《略论中国文坛》，下有小注："偷懒，奴性，而忘掉了艺术。"狂吠道："我们还记得在庆祝高尔基的四十年的创作生活的时候，中国也有鲁迅，丁玲一般人发了庆祝的电文，这自然是冠冕堂皇的事情，然而那一群签名者中有几个读过了高尔基的十分之一的作品，有几个是知道高尔基的伟大在那儿？……"鲁迅先生立刻给他以严厉的教训说：

"至于祝电，我以为打一个是应该的，似乎也并非中国人的耻辱，或者便失了人性，然而我实在却并没有发，也没有在任何电报底稿上签名，这也并非有'奴性'，只因为没有人来邀，自己也想不到，过去了。发不妨，不发也不要紧，我想：发，高尔基大约不至于说我是'日本人的追随者的作家'，不发，也未必说我是'张露薇的追随者的作家'的。"（《"题未定"草（五）》，《且介亭杂文二集》，一九三五年）

这一段话不仅揭穿了反动派走狗的无耻害人的鬼蜮伎俩，同时也使我们认识到鲁迅的高贵品质。反动派及其走狗们的杀戮、禁书、诬蔑和狂叫是吓不倒鲁迅，更不可能离间这种在对共同敌人的仇恨和斗争中巩固起来的伟大友情：

"在高尔基被法西斯特务暗害逝世的那一天，上海中国文艺界协会，在鲁迅的领导之下，发了一个电报到莫斯科去，文中说：'苏联和全世界的伟大作家高尔基的逝世，对于我们，是一个最重大的打击。'在这寥寥几个字中，表现出了中国文艺界协会及其组织者与领导者鲁迅以至于全中国人民对不朽的高尔基的态度。"（罗果夫：《鲁迅论俄罗斯文学·序》）

关于鲁迅先生哀悼高尔基的逝世所表现的伟大的阶级友爱，景宋先生在《鲁迅全集》编校后记里说：

"一九三六年夏间，当先生病重时，适世界大文豪高尔基逝世，以高氏毕生的文化功绩，和对革命的贡献，人们是应该痛惜的，而且甚至于不禁叹息说：'为甚么鲁迅不死，死了高尔基？'这为甚么，是没有人能解答的，但鲁迅先生自知很清楚，他说：'我那里比得上高尔基？'如果先生一死的确可以替代高尔基的话，那真是'如可赎兮，人百其身！'鲁迅先生是不会吝于一死的。但奇怪的是，他真个死了之后，却又有不少人说：'中国的高尔基死了……他的死，在中国，比苏联损失一个高尔基还要大。'"

景宋先生这段话，会使人想起中国文艺界的人喜欢把鲁迅与高尔基相比较，甚至把高尔基所能做到的一切，让鲁迅也都能做到。在一九三三年六月猛克就写信向鲁迅要求："你是中国文坛的老前辈，能够一直跟着时代前进，使我们想起了俄国的高尔基，我们其所以敢于冒昧的写信请你写文章指导我们，也就是曾想起高尔基高兴给青年们通信，写文章，改文稿。"鲁迅回答说：

"关于高尔基，许多青年，也像你一样，从世界上各种名人的身上寻出各种美点来，想我来照样学。但这是难的，一个人那里能做得这么好。况且你很明白，我和他是不一样的，就是你所举的他那些美点，虽然根据于记载，我也有些怀疑。照一个人的精力，时间和事务比例起来，是做不了这许多的，所以我疑心他有书记，以及几个助手。我只有自己一个人，写此信时，是夜一点半了。……文艺家的比较是极容易的，作品就是铁证，没法游移。"（《两封通信》，《鲁迅全集补遗》）

是的，"作品就是铁证"！高尔基的作品是以他的"艺术家的才干替俄罗斯——而且不仅仅是一个俄罗斯——工人运动带来了这样巨大的利益，而且还在带来着同样多的利益……"（《列宁给高尔基的信》）而鲁迅呢？他是中国"新文化新军的最伟大与最英勇的旗手……鲁迅的方向，就是中华民族新文化的方向"。他们的作品对于革命都创造了无比辉煌的业绩。鲁迅说："高尔基，那是伟大的，我看无人可比。"（一九三五年八月给萧军的信，《鲁迅书简》）同样，也是高尔基对鲁迅所衷心愿意说的话。他们都是世界文学史上的巨星，各自有其特色，而又是在同一目标——为解放全世界人类而努力——下，巩固的结合在一起，发出万丈光芒，照耀着全世界的每个角落：让自由的人民团结起来追取社会主义或共产主义的美好远景；让还受着压迫的人民看见了光明，增强向反动统治者争取自由民主的力量！

鲁迅小说的特色[*]

一　鲁迅的小说是旧中国的一面镜子

首先表现了鲁迅先生的清醒的战斗的现实主义特色的是他的小说。它是现实本质的反映，正和他的杂文一样，是有深广的思想性的。而他的小说则是把当时旧中国复杂的社会矛盾和剧烈的斗争，通过自己的思想和情感镕铸起来的具体形象——典型环境中的典型性格。鲁迅的小说，所以能够成为一面照澈中国国民性和腐朽社会的镜子，是从他的热爱祖国和人民的思想情感里爆发出来的。因此他研究和挖掘起国民性来，就愈挖愈深：他找到了产生国民性的根源——从封建文化一直挖根到支持封建文化的封建社会制度。于是他从揭发、控诉和批判吃人的礼教开始，一直到阶级对立的形象描写。这就是随着他的思想的逐步提高，他的创作的思想性也就愈来愈深广。譬如，他的第一篇小说《狂人日记》的思想性，主要还是集中在对于封建礼教的控诉与攻击上，而他继续创作的《孔乙己》、《药》、《明天》、《风波》、《故乡》、《阿Q正传》，便进一步对束缚和压榨人民的旧社会制度作强烈而辛辣的暴露和控诉了。而在《故乡》和《阿Q正传》里，则更是非常明显地写出了阶级对立的关系。（在《孔乙己》中还或多或少地写了店主和店员的对立。）这不仅是完全符合了文学是写

＊　原载《文史哲》1953 年第 6 期。

生活的本质——阶级的矛盾和斗争——的要求，同时也是开辟了小说为人民（主要是农民）服务的道路。虽然这时鲁迅的主导思想还只是进化论的，但由于他有坚定的人民立场，因而"他非常深刻、明确、完备地写出了辛亥革命时的阶级关系及其真实的状态"（冯雪峰：《论〈阿Q正传〉》）。这就使鲁迅的小说能够正确、深刻地反映了半殖民地半封建社会的基础及其上层建筑的本质面貌，从而使人民群众惊醒过来，改造自己的环境。并且由于鲁迅热爱人民的缘故，他才深深挖掘和鞭挞几千年封建统治和近百年来半殖民地半封建社会所造成的国民的劣根性，这是非常符合当时革命的要求的；但同时却更积极地挖掘潜在的民族优良性格，予以表扬和歌颂。在《一件小事》中歌颂了工人的美德；在《社戏》里借着叙述农村孩子们偷罗汉豆的故事，极力赞美了阿发和六一公公的公正、慷慨和热情。这一切充分表现了鲁迅对于劳动人民的热爱，并以此为基础，提炼、酝酿和发展的结果，便能创造出《理水》中的大禹和《非攻》中的墨子等那种最能代表中国人民最可宝贵的性格，同时在描写大禹、墨翟伟大精神的时候，不知不觉地有他自己的面影和性格在里面。

正由于鲁迅的作品不单纯是消极地暴露和批判，而是更积极地挖掘新的种子，表现新的力量（虽然还是幼弱的），因而他的作品就富有指导现实的伟大主题，成为人民的生活和战斗的教科书。

二　鲁迅小说的主题

鲁迅的创作是革命文学，而且是"遵命文学"。他说："不过我所遵奉的，是那时革命的前驱者的命令，也是我自己所愿意遵奉的命令。"（《南腔北调集》，《自选集》自序）他并且承认是和先进的马克思主义者李大钊同志"站在同一战线上的伙伴"（同上书，《守常全集》题记）。就由于无产阶级思想领导着他创作，就决定了他的创作方法有了新现实主义的萌芽。他就能够不断地在控诉、批判的同时，也"删削些黑暗，装点些欢容，使作品比较显出若干亮色"（同书同篇）。当然在鲁迅的小说里，写工人生活的很少，但正如鲁迅自己所说："根本问题是在作者可是一个'革命人'，倘是的，则无论所写的是什么材料，即都是'革命文学'。从喷泉里出来的都是水，从血管里出来的都是血。……"（《而已集：革命文学》）鲁迅的小说始终是这种创作方法指导下的产品。因而在许多篇小说（《药》、《明天》、《一件小事》、《故乡》、《阿Q正传》、《伤逝》等）中都或多或少的有着新现实主义的倾向。他曾经在《俄文译本〈阿Q正传〉序及著者自叙传略》（《集外集》）中说过，他写阿Q是"要画出这样沉默的国民的魂灵来"，更写了阶级对立的矛盾，是希望"围在高墙里面的一切人众，该会自己觉醒，走出"，揭发社会矛盾，让群众"自己觉醒，走出"，正是符合了"外因是变化的条件，内因是变化的根据，外因通过内因而起作用"（《矛盾论》）的唯物辩证法则的。因此他的作品对革命所起的作用就是要求读者开始思索问题，按照他所指示的方向去寻找解决问题的途径。也就是要求读者，认识世界，设法改造世界。鲁迅在小说里提出什么重要问题来呢？

（甲）小说中的妇女问题

在《呐喊》和《彷徨》中，提出妇女问题的计有：《狂人日记》、《明天》、《祝福》、《幸福的家庭》、《肥皂》、《伤逝》和《离婚》。在全部二十五篇小说中，以占三分之一弱的数量来正面或侧面地表现妇女问题，就说明鲁迅对于这一社会问题的重视。

除了在《狂人日记》中写了狂人的"妹子是被大哥吃了"之外，在其他篇里都是把这群被侮辱与被损害的妇女铸造了不同类型的典型（性格）的。这群人物，如果按照各自生长起来的社会和阶级来划分，那就是农村妇女和城市小资产阶级妇女两类。前者的代表是祥林嫂，后者便是子君。她们尽管所生长起来的社会不同，受的教育不同，遭遇也不同，性格也都不同，但却各自有个悲惨的故事，而且都是关于婚姻、恋爱和家庭的悲惨故事。

在农村妇女中，鲁迅创造了两个不同性格的典型：祥林嫂和爱姑。祥林嫂代表农村妇女群众的基本力量，但她的命运却是农村妇女所共有的；她被封建社会的上层建筑：礼教和迷信结合起来通过一个骂新党、讲理学的老监生鲁四老爷的手吃掉了。鲁迅在一九一八年就写过一篇杂文——《我的节烈观》（《坟》）极力批判封建礼教中这最残酷的一手，现在（一九二四）"为了使中国妇女这种被压迫被侮辱的具体情状，更加突出和形象化，以便引起有志者的改革"（华岗：《鲁迅思想的逻辑发展：鲁迅论妇女问题》），鲁迅特地创造了这个典型。祥林嫂的性格虽也具有反抗性，她出来做工是希望找个出路，多少获得点自由，但她由于受了封建教育的毒，她要守节，她迷信鬼神；而且她所投入的"自由天地"，却正是虎口。鲁迅沉痛地指给我们看：只要旧社会存在一天，旧社会环境一天不改变，她是找不到自由的，她得驯顺的任人宰割。就是有着倔强反抗到底的性格的爱姑，最后也还是要失败在和县大老爷换过帖的地主恶霸七大人的淫威下的。

那些在大都市社会里生长起来的，而且受了五四新思潮洗礼的，所谓知识分子的新女性的命运又怎样呢？

鲁迅概括和集中了为帝国主义、封建势力、官僚资本主义所统治着的都市社会环境，创造了"典型环境中的典型性格"，这就是可作为《幸福的家庭》的续篇的《伤逝》中的子君。她是个勇敢的新女性，她不顾社会的非议和家庭的威胁，终于牺牲了一切，和她所爱的男子（涓生）同居了。她说："我是我自己的，他们谁也没有干涉我的权利！"自由是暂时获得了，恋爱也成功了，理想的小家庭也组织起来了；但是，她的"革命"却是不彻底的，她并没有像鲁迅那样，坚决背叛了自己的阶级，而且毫不可惜本阶级的毁灭，转到革命的队伍，因而一旦受到恶势力和经济的压迫，就依然回到自己的阶级来。这就只能算是自己阶级的内讧，而不是阶级革命。通过这个典型的刻划，鲁迅先生揭发出新妇女的致命弱点：狂热性、动摇性和妥协性。并告诉我们：超现实的恋爱观，在残酷的现实面前，如果缺乏奋斗的毅力，必然要幻灭。

　　我们应该更从上面几篇小说里，得到这样认识：旧的中国，不论是乡村或城市都存在着不合理的社会组织和经济制度，因而牺牲最多的便是女性，不论是所谓旧式或新式妇女。种种不同面目的反动思想，种种不同面目的假道学，种种不同面目的真流氓、土豪劣绅和买办官僚……都是妇女的敌人，这种种的敌人使她们的生活陷于极端的贫困以至死亡。同时也体会到为什么所有鲁迅的关于这一主题的小说全是悲剧。但是，作为一个清醒的战斗的现实主义者的鲁迅，并不是"只问病源，不开药方"的。所以他在《伤逝》里，就借了涓生的笔，直率而明确地表示出自己对于所描写的事件的意见来。他批判沉溺在爱河里的青年们所共有的错误的同时，并鼓励他们："待到孤身枯坐，回忆从前，这才觉得大半年来，只为了爱——盲目的爱——而将别的人生的要义全盘疏忽了。第一，便是生活。人必生活着，爱才有所附丽。世界上并非没有为了奋斗者而开的路；我也还未忘了翅子的扇动，虽然比先前已经颓唐得多。"这正是鲁迅先生告诉青年妇女们：从战斗的失败里吸收经验教训，以便在下次战斗中争取胜利的战斗方法。

（乙）小说中所提出的农村土地问题

　　革命文学首先是为工农兵服务的。从"儿童时代就混进了野孩子群里，呼吸着小百姓的空气"（瞿秋白）的鲁迅先生，是始终热爱和同情农民，关心农民问题的。因而在中国新文学史上，把农民作为小说的主人公，表现他们的生活，忠实地为农民服务的首先就是鲁迅先生。

在《风波》、《故乡》、《阿Q正传》等小说里，鲁迅通过两个不同阶层、不同性格的典型人物佃农闰土和贫雇农阿Q，真实、具体而生动地写出了封建地主在农村里的残酷的压迫和剥削行为，同时也写出了被压迫被剥削的农民悲惨的面貌，以及他（她）们的缺点——封建社会文化培养起来的缺点。鲁迅在《狂人日记》里只说到佃户向地主告荒（减租）而未被准许，而在《风波》里则写出了农民和地主的斗争：七斤骂过赵七爷是贱胎，赵七爷就要趁封建皇帝复辟的机会杀七斤的头。而闰土这个被压迫和剥削的属于佃农阶层的典型，鲁迅把他写得异常生动而鲜明。闰土原是一个紫色的圆脸，头戴一顶小毡帽，颈上套一个明晃晃的银项圈的少年，可是旧社会里的"饥荒、苛税、兵、匪、官、绅"对他几十年来摧残的结果，"苦得他像一个木偶人了"。闰土是一个生产能手，可是"总是吃不够……又不太平……什么地方都要钱，没有定规……收成又坏。种出东西来，挑去卖，总要捐几回钱，折了本，不去卖，又只能烂掉……"这就让读者看见了农村的生产力与生产关系的矛盾已尖锐到何种程度。而作为贫雇农代表的阿Q更是一个封建社会中受压迫和剥削的可怜虫，赵太爷等封建势力的代表们，可以随时打骂阿Q，剥削阿Q，甚至剥削了阿Q的姓氏。阿Q为什么受到这些残酷待遇呢？因为他没有土地。鲁迅在《药》里曾经沉痛地指出：穷人生时没有立锥之地，死无葬身之所，他们的坟"都已埋到层层迭迭，宛如阔人家里祝寿时候的馒头"。但是阿Q得生活，而又没有家和些微的生产工具，连佃农都做不成，只好"给人家做短工，割麦便割麦，舂米便舂米，撑船便撑船"。何况又有同是可怜虫的小D们，做了他的不固定职业的竞争者呢！

这就充分表现出了封建农村阶级对立的关系、剥削与被剥削的关系。而这剥削关系就建立在土地问题上。农民受压迫和剥削的根源是封建制度中土地大量集中占有的不合理。毛主席说："革命的文艺，应当根据实际生活创造出各种各样的人物来，帮助群众推动历史的前进。例如一方面是人们受饿、受冻、受压迫，一方面是人剥削人、人压迫人，这个事实到处存在着，人们也看得很平淡；文艺就把这种日常的现象集中起来，把其中的矛盾和斗争典型化，造成文学作品或艺术作品，就能使人民群众惊醒起来，感奋起来，推动人民群众走向团结和斗争，实行改造自己的环境。"我以为鲁迅先生的创作目的和创作方法正是如此。

为什么鲁迅能表现得这样深刻而尖锐呢？就是因为他能站稳农民立场，热爱农民，而又和他们共同呼吸，亲眼看到农民所遭受的悲惨命运，观察、体验、研究、思考。存在决定意识，"吃人经济的存在，剥削的存在，永久要产生反对这种制度的理想，在被剥削的群众自己之中是如此，在所谓知识阶层的个别代表之中也是如此"（瞿秋白：《鲁迅杂感选集·序言》）。这就是鲁迅先进思想产生的基础。也正是清醒的战斗的现实主义的特色，特别表现在给闰土们所指示的道路上："地上本没有路，走的人多了，也便成了路。"

当然鲁迅在小说中还没有写出土地改革思想，因为发表《阿Q正传》的时代还只是一九二一年。但是首先在小说里写农民的生活，尖锐地表现了农村阶级对立关系，从而暗示出来的土地问题；这样的伟大主题、写作方向，可是鲁迅先生开辟出来，而为同时及其以后的作家们所重复着所发展着的主题。一九二一年共产党成立以后，农民在无产阶级领导之下，逐步觉悟起来，组织起来，站了起来，解放后土地还了家。闰土和阿Q的悲惨影子消失了，新人物涌现了。我们的新文学从《故乡》、《阿Q正传》发展到新现实主义的《李家庄的变迁》、《暴风骤雨》、《太阳照在桑干河上》以及最近写农民从互助组走上生产合作社——展望着集体农庄道路的一些作品。

（丙）小说中的知识分子问题

在半殖民地半封建社会的旧中国里，在反动统治阶级所安排的大小无数的人肉的筵席上，有被吃的妇女、农民……当然也有知识分子。"从绅士阶级的逆子贰臣进到无产阶级和劳动群众的真正友人，以至于战士"（瞿秋白）的鲁迅，当然同样要关心知识分子的命运的。在帝国主义和封建势力的双重压迫和剥削下，不论旧的或新的知识分子都是处在一个异常可悲的命运之中的。这些人们在当时那种昏暗混乱的局面里，有愤怒，有反抗，有不平，有挣扎，但最后他们之中的大多数，却只有失败和颓唐。这都给鲁迅以很深的感受，因而他们在鲁迅的小说中，就有着很清晰、生动的形象，且也或多或少的有点自己的影子渗透在里面。

鲁迅按着时代社会的发展写了代表两个时代的知识分子：一种是辛亥革命前生长在封建农村沾染着浓厚的旧文人气息，不肯长进的没落文人孔乙己，和中封建毒害太深，一心想升官发财的不第秀才陈士成（《白光》主角），鲁迅对于他们虽寄与同情，却是随着过去的时代批判和否定了他们。第二类便是辛亥革命前后以及受过五四运动洗礼的知识分子。鲁迅对这些人物是怀着满腔的沉痛和悲愤的情感来写的。他创造了各种各样的知识分子形象（性格）。他们有的原是积极反封建迷信，连日议论些改革中国的方法以至于和人打起来的革命者，后来却颓唐而麻木了（《在酒楼上》里的吕纬甫），或者从愤愤不平者变成"差不多"主义者了（《端午节》里的方玄绰）。有的虽然还保持着自己倔强和高傲，却只能成为孤独者了（《孤独者》里的魏连殳）。有的是脱离实际生活，但却经不起丑恶现实嘲弄的文学家（《幸福的家庭》）。有的是空想的爱情的追求者（《伤逝》里的涓生和子君）。鲁迅在他们的战斗失败的过程中，沉痛而激烈地控诉了腐蚀他（她）们的罪恶的社会环境，但更不能不揭发出胶着在他们身上的所属阶级的性格（狂热、动摇和妥协性），尽管他（她）们个性不同，战斗方法各异，如果不能摆脱自己的阶级，就必然要从人生的战场上败退下来。尽管鲁迅寄与以无限深厚的同情，却不能不眼看着他（她）们慢慢走到死路上去。鲁迅通过这些作品，告诉知识分子：封建的道路（科学）固然得伴随着封建王朝一起死亡。而在帝国主义和封建势力双重压榨下，资本主义的道路同样也走不通。

鲁迅现实主义的创作方法（典型环境中的典型性格）虽已达到这样的高度，但是在他写小说的期间还不可能明确提出知识分子的前路：只有和广大工农群众结合在一起，在共产党的领导下，推翻旧制度，以及在革命中锻炼改造，从而彻底地转变阶级。不过，终因鲁迅是一个清醒的战斗的现实主义者的缘故，像已提过的，他仍然热烈地鼓舞知识分子："世界上并非没有为了奋斗者而开的路。"（《伤逝》）而他自己就是在这种坚信下，坚持了过来的。他坚决摈弃了自己的阶级，且毫不可惜它的毁灭。对于知识分子的缺点，他的确时时解剖别人，然而更多的是无情面地解剖他自己（《坟·写在〈坟〉后面》）。而他在自己思想上所追求的那一缕新的希望，关于知识分子探求前进道路的希望，也时时表现在他的创作里：这就是在《一件小事》和《故乡》中所流露出来的那种和工人、农民相结合的最可宝贵的感情。

鲁迅的这两本小说集（《呐喊》和《彷徨》）的内容是无限丰富的，上面所谈的几个问题仅只是它的主要部分；而随着鲁迅先生思想的发展（从进化论到阶级论），以及他的创作方法走到新现实主义之后，他的小说就更突出的以表现反帝反侵略和反官僚资产阶级为主要内容了。这就是故事新编中从一九三四年开始所作的以《非攻》为首的五篇历史小说。为什么鲁迅不利用现实素材去创作新的人民文艺，而去写古人呢？主要的原因是受了当时恶劣的政治环境的限制。因而鲁迅就用过去创作历史小说的经验，发明了新的战斗方法创作了。

三　融合古代和现代的历史小说

采用古代神话传说或古史，以新的表现手法创作新的小说，这也是鲁迅开辟的。鲁迅从一九二二年到一九二六年共写了《补天》、《奔月》和《铸剑》，从一九三四年到一九三五年共写了《非攻》、《理水》、《采薇》、《出关》、《起死》，全收在《故事新编》中。但这后五篇，特别是《非攻》和《理水》，是以反帝反侵略反官僚资本主义为内容的新现实主义作品。

判断一个作品是否社会主义、现实主义的，主要不在它所描写的内容是否社会主义的现实生活，而是决定在作者的立场是否革命的立场。鲁迅自己在一九三一年就说过："如果是战斗的无产者，只要所写的是可以成为艺术品的东西，那就无论他所描写的是什么事情，所使用的是什么材料，对于现在以及将来一定是有贡献的意义的。"（《二心集·关于小说题材的通信》）

鲁迅的这些小说，是特殊历史环境的特殊产物。虽然写的古人，而且是基本上综合了古事，但却不是在写历史。他是假借"历史小说"的形式，在反动统治阶级的残酷的压迫下，向黑暗势力所使用的一种新式的战斗武器。因而它的特点就是：寓现实于古人古事之中。这就不能不谈到鲁迅对于写历史小说的创作方法问题：鲁迅与茅盾对于创作历史小说的方法是一致的，是主张"将战斗的情绪和创作的艺术，古代和现代交融成为一而二、二而一"的。这是由当时的社会环境所决定的。鲁迅虽然夸大地主张："只取一点因由，随意点染"，"叙事有时也有一点旧书上的根据，有时却不过信口开河"（并见《故事新编·序》）。事实上并非如此。试取《非攻》和《墨子》中的非攻比较一下看，是忠于史实的，但却又非遵守单一的记载材料，而也巧妙地插入了"募捐救国队"的字样。这就是既忠于史实而更结合现实，且着重艺术创作的。因而就"没有将古人写得更死"（《故事新编·序》），乃成为战斗的艺术武器。茅盾在《玄武门之变》序中说："鲁迅先生这手法，曾引起了不少人的研究和学习。然而我们勉强能学到的也还只有他的用现代眼光去解释古事这一面，而他更深一层的用心，——借古事的躯壳来激发现代人之所应憎与应爱，乃至将古代和现代错综交融，则我们虽能理会，能吟味，却未能学而几及的。"这正是把鲁迅历史小说的创作方法及其特点做了很好的说明。

作为一个战斗的无产阶级作家，他的创作总是密切结合现实，有的放矢的。例如《非攻》一篇，这是一九三四年的作品，试翻开历史看看，这时，日本帝国主义对中国的进攻有加无已；国土沦丧，寇深祸急，全国人民一致要求抗日。而反动统治者却宣布"有言抗日者杀"的最黑暗的法西斯残酷统治时代。这怎能不使爱国主义者的鲁迅先生缅怀起墨翟来呢！于是他以最高度的热爱来绘写与歌颂这位牺牲自我，为拯救人民而献身于抵抗侵略的中华民族杰出代表人物墨翟，以激发人民的爱国主义思想，来奋起抵抗日本帝国主义。一九三五年鲁迅写了《理水》。它反映了一九三一年的全国大水灾事件。这年夏天，"各地霪雨为灾，长江、淮河、黄河、汉水均暴涨，因堤防失修而洪水泛滥的区域达十七省，灾民在一万万以上。当长江大水危及汉口时，人民欲提堤防基金修堤，不料此数百万元巨款竟被国民党反动官府移作贩卖鸦片之用。疏导淮河的导淮基金也被充作内战经费。南京反动政府借赈济为名所发行的数千万元赈灾公债以及各地数百万元义账捐款，用于灾民身上的不及万一，大部分都被吸血的国民党匪帮的所谓'党国要人'所中饱"（胡华：《中国新民主主义革命史》，第七章第一节）。鲁迅在《理水》中，一方面以卓越的眼光和杰出的艺术手法描绘与歌颂了这位具有高度爱国爱人民的热情的，代表了伟大中华民族性格的大禹，写出了他为人民的战斗的和劳动的精神，献身于组织治水（"查了山泽的情形，征了百姓的意见"）的大众事业，从而鼓舞和发扬了人民大众的苦干和傻干的优秀传统精神，指出了人民只有依靠自己的力量，才能解决水灾问题。而另一方面，我们却更看见了许多小丑化而兼政客的"学者"，钻牛角尖的主观主义的历史考据家，却在信口开河地否认了这一历史上埋头苦干的伟大人物的存在，于是鲁迅就把他们戏谑了嘲弄了和侏儒化了，使他们现了原形，呈现在读者面前的正是国民党匪帮统治时期的官场学者的无耻嘴脸；而对于以治水为名，乘机大肆饱掠的大员们，则同样也予以猛烈的捂击。

至于在《采薇》里所描写的"小丙君"，则是对于资产阶级文人所提倡的资产阶级文艺思想的讽刺和捂击；《出关》一发表，"就有了不少的批评"，在御用文人和洋场恶少们大力提倡青年读庄子文选的时候，鲁迅以《起死》批判了庄子思想。在在都说明了鲁迅历史小说密切结合现实，为现代革命服务的战斗特色。而且鲁迅总喜观称这些小说为速写，这固然是自谦，但也正因为速写的本质是现实的和战斗的。

四　鲁迅小说的艺术性和整体性

（甲）艺术性

①高度的艺术性决定于高度的思想性

鲁迅先生从事文学活动的开始，他的思想就远远走在时代的前面，他的深刻而尖锐的认识力就使他的作品"忧愤深广"。这就需要高度的艺术性，才能表现他的深广的思想性。当然作品的艺术性的高度成就必须从锻炼中来，这正如鲁迅思想的发展过程一样，其小说的艺术特色，是必须吸取西洋文学的精华和中国古典文学的优良传统，经过咀嚼消化以后以及在创作实践多次锻炼中才创造出来的。鲁迅为了使他的文学形式更好地为其内容服务，他创造了白描手法而且开始注意了文学的大众化（《南腔北调集·我怎么做起小说来》）。《狂人日记》以后，他的写作技巧是逐步提高的，特别是《彷徨》中的许多作品（例如他在初期的小说里，不主张多写背景的，但在《在酒楼上》、《孤独者》等篇却大量写了自然景物，这一方面意在呈现地方色彩，而主要还是描写人物思想情感的变化，这就说明他的艺术创造手法的提高过程）。他说："此后（按，指发表了《狂人日记》、《孔乙己》、《药》等以后），虽然脱离了外国作家的影响，技巧稍为圆熟，刻划也稍加深切，如《肥皂》，《离婚》等，……"（《中国新文学大系·小说二集序》）而艺术性的不断提高却是与思想性的不断提高分不开的。他说："技术虽然比先前好一些，思想也似乎较无拘束。"（《南腔北调集·〈自选集〉内序》）就这样，鲁迅在他的作品中创造了思想深广、技巧圆熟的许多伟大的典型。

创造典型性格，表现社会阶级矛盾和斗争，鲁迅一开始创作就掌握了这个重要创作法则。他在《狂人日记》就以"狮子似的凶心，兔子的怯弱，狐狸的狡猾"描写了封建统治阶级的性格。如果不是经过长期的研究分析，他能概括出这样鲜明形象（性格）来吗！恩格斯曾说：一个人底性格，不只是说明了他在作什么，而且也说明了他如何作。鲁迅所描写的封建统治者的这种性格，正说明了为什么满本历史书上都写着两个字是"吃人"！鲁迅把创造典型（性格）的方法概括为两种。他说："作家的取人为模特儿，有两法。一是专用一个人……二是杂取种种人，合成一个……我是一向取后一法的。"（《且介亭杂文末编·〈出关〉的"关"》）但这后一法却是最难使用的，鲁迅所以使用这法，一方面是"和中国人的习惯相合"（《〈出关〉的"关"》），同时，只有这样写，才能创造出伟大的典型（性格）来。创造这样的人物的难处在哪里呢？必须以丰富的生活经验为基础，善于观察、分析和概括，并经过长期孕育工夫，这个人物的形象才能在心中长成，到了典型化的程度（见《答北斗杂志社问》前三条，《二心集》）。正是鲁迅说的："静观默察，烂熟于心，然后凝神结思，一挥而就。"（《〈出关〉的"关"》）巨大典型（性格）之一的阿Q是怎样创始的呢？鲁迅说："阿Q的影像，在我的心目中似乎确已有了好几年，但我一向毫无写他出来的意思。"为什么不写呢？因为"终于自己还不能很有把握，我是否真能够写出一个现代的我们国人的魂灵来"（《集外集·俄文译本〈阿Q正传〉序及著者自叙传略》)。

　　一般说来，创造典型人物的艺术手法，主要是使用环境描写、心理描写和行动描写等三种方法。鲁迅对于这些方法运用得都是成功的，但却非常注意"典型环境中的典型性格"的表现方法。他虽然说过不描写风月，但却为了创造人物性格并不忽略对自然景物的描绘，不过更注意时代社会环境罢了。关于阿Q所生活的社会环境，他在作品的开始就介绍了"那是赵太爷的儿子进了秀才的时候，锣声锵锵的报到村里来"的清还统治着中国的时代社会，说明阿Q这个典型是中国半殖民地半封建社会的产物。而且以社会发展观点，把人物性格的发展紧密地和社会的发展结合起来：社会起了变化，辛亥革命了，阿Q的性格也起了变化，并且行动起来，奴隶要革命了。"中国倘不革命，阿Q便不做，既然革命，就会做的。"(《华盖集续编·阿Q正传的成因》)辛亥革命的结果是失败的，因而阿Q也必得走"大团圆"的道路，"阿Q的运命，也只能如此"(同上篇)。鲁迅在自己的许多小说里，像《在酒楼上》、《孤独者》、《祝福》等，都以很多笔墨描写了人物所生活的社会环境特别是阶级环境。因而他所概括集中创造出来的人物性格，就不仅具有普遍性(首先是代表了阶级性)，而且由于鲁迅集中力量描写个性，他的人物就异常突出而鲜明，试拿阿Q和闰土、吕纬甫和魏连殳来比较，就可看出生活、性格和作风的显著不同来。这就是由于鲁迅对于当时的社会制度、各个阶级生活的特点有深刻地观察分析，从而发现人物性格和环境的关系，也就因为他善于使用这一方法，结果他的作品就最富于空间和时间的感觉。

　　鲁迅写的多是短篇小说，因为他能够运用尖锐的观察，掌握了人物和事物的特点，并以巨大的概括与集中力，用简练的文字来铸造他的典型(性格)，表现深广的内容，因而就成了我们学习创作短篇小说的典范。短篇小说第一个要求是："给语言以狭地盘，给思想以宽地盘。"因而"他善于简短地、清楚地、在一些形象中表达一种思想，在一个插曲中表达一件巨大的事变，在某一个别的人物中表达一个典型"（法捷耶夫：《关于鲁迅》）。

鲁迅描写人物，除去前面提到的三种方法外，每喜欢使用肖像描写法：漫画人物的脸形（如：《离婚》中的"蟹壳脸"；《长明灯》里的"三角脸"；《端午节》里的"我想要向他通融五十元，就像我在他嘴里塞了一大把盐似的，凡有脸上可以打皱的地方都打起皱来"……）。但他认为："要极省俭的画出一个人的特点，最好是画他的眼睛……倘若画了全副的头发，即使细的逼真，也毫无意思。"（《南腔北调集·我怎么做起小说来》）

鲁迅写人物眼睛是深入人物的精神世界的，它可被用来表现人物的性格（"独有眼睛非常大，睫毛也很是，眼白又青得如夜的晴天，而且是北方的无风的晴天，"——《在酒楼上》的阿顺），也被用来表现人物复杂的思想情感甚至生命的变化（最突出的例子，便是仅仅写了祥林嫂的四种不同的眼神，就说明了她内心的变化，交代了她的一生）。就由于鲁迅善于描写人物的脸和眼睛，因而就使他的人物形象突出，扎根在读者的心上，这应该是鲁迅的现实主义的最突出的特点。这一高度的艺术手法，至今仍是作家们唯一的学习典范，就拿《离婚》中所写的官僚地主阶级典型人物七大人来说，在我们现在的许多长、短篇小说中，还不能找出这样突出的形象来。

②创造了多样化的民族形式

语言是创作文学的基本工具，而最好的有生命的语言，是从劳动人民那里吸取来的。鲁迅先生一开始创作就严肃地对待了使用语言的问题。他是第一个使用白话写小说的人（《中国新文学大系·小说二集序》），而他的白话首先是要求"读得顺口"（《我怎么做起小说来》）并进一步学习使用"'引车卖浆者流'所用的话"（《阿Q正传》序）。因而，重视人民的生活的语言，并提炼使用在自己的作品里，也是鲁迅开辟的一条新路。而鲁迅在这方面特别成功的是：在他的作品里，记录人物的说话，不仅切合那个人的生活和出身，且可突出人物的风格。这是因为他能掌握人物的语言特点，其表现方法是"删除了不必要之点，只摘出各人的有特色的谈话"（《花边文学·看书琐记一》）。这种例子，在他的小说里是俯拾即是的。譬如，鲁迅在《故乡》里记录童年时代的闰土的关于看瓜刺猹故事的叙述，那是种质朴、浮雕和生动的言语，只有真正充分掌握了农民语言的本质和光彩之后，才能有这样的传神之笔的。而对于其他阶级人物的说话同样也能突出其性格：他在《祝福》里记录鲁四老爷的谈话和在《肥皂》里记录四铭的谈话，这两个人物虽同是封建阶级知识分子的代表，可是鲁四老爷仅仅是个道貌岸然的阴险家，而四铭却是一个假道学加真流氓了。这就首先决定了他的语言的民族形式。

以语言为基础，用以组织起来的作品的形式——结构，鲁迅先生更是吸取了西洋小说的精华和中国古典文学（旧小说）的优点而创造出了多样化的民族形式。鲁迅的全部创作"都和世界的时代思潮合流，而并未桎亡中国的民族性"（《而已集·当陶元庆君的绘画展览时》）。一九二三年茅盾在《读〈呐喊〉》里说："在中国新文坛上，鲁迅君常常是创造新形式的先锋，《呐喊》里的十多篇小说几乎一篇有一篇的形式，这些新形式又莫不给青年作者以极大的影响。"鲁迅的自选集就是代表他作品多样化的一本书。他在自序中就说该集是："材料，写法，都有些不同，可供读者参考的东西。"

试就鲁迅三本小说集来看，《狂人日记》、《药》、《明天》等就是有着中国旧小说的格调，但却是颇受了西洋小说的表现技巧的影响。《阿Q正传》是最富有中国的小说格调的。而《肥皂》、《离婚》却是逐步摆脱了西洋小说的影响，愈来愈走向艺术的高峰，成为民族形式代表的。《故乡》、《在酒楼上》、《孤独者》等篇是以抒情诗似的散文故事的（当然仍是努力刻划人物）形式来写的，但又各自具有不同的情调。至于《兔和猫》、《鸭的喜剧》、《社戏》、《一件小事》等则又很像小品散文了。而《示众》则更是近于速写了。《头发的故事》是对话体，《起死》却利用了戏剧体裁。而最值得提出的则是鲁迅在他的许多篇小说里常常有重迭的段或句。例如在《祝福》中祥林嫂把自己儿子被狼吃了的故事一说再说；《风波》里的九斤老太的牢骚话——"我已活够了"和"真是一代不如一代"；《示众》里胖孩子喊的"热的包子咧！刚出屉的……"等一篇数见。这种特殊的结构是鲁迅杰出的创造，而他所以如此，一方面是加强结构的完整与谨严，同时也表现情调的节奏。因而也就最能代表他的风格。

而在视点（即作者已经决定了小说的主角之后，所决定的讲述方法）上，鲁迅也根据内容的需要，他有时使用第一身的讲述法（如《狂人日记》、《伤逝》），有时使用第三身的讲述法（如《肥皂》、《离婚》），而有时自己作为作品中的人物之一来讲述（如《祝福》、《故乡》等）。这最末一种方法的最大好处，就是由于自己也是作品的人物，因而有权利自由、率直而明确地表示出自己对于所描写的事件的意见，因而最能增强作品的战斗力。而且这种有意义地阐明自己对所描写事物的态度不会使艺术作品减色，相反则是丰富了它，同时，这也不会排斥它的客观性。

总之，鲁迅所以创造这样丰富的多样的形式，并不是以能多样化而自乐的，是完全为了内容的要求和企图收到最大的教育效果，才获得艺术上的胜利，因而也就永远成为我们学习的光辉典范。

③风格的多样化及其统一

从一片叶子上，我们能认识一株树；从偶然打开的一页书（小说）上，马上读者会断定这是鲁迅的小说。这就因为一个伟大的作家，尽管他根据内容需要创造多少新的形式，但总离不开自己的风格——特殊的光辉。风格是作品内容与形式的统一，作家生活在特定的民族、国家、历史社会发展的阶段和特定的阶级中，再加上历史的传统和时代的风尚等等，就影响了他的风格；但他却有自己的个性和自己惯用的语言等等，因此，一个大作家的风格是既有一般性更有特殊性，而且是多样化的。

法捷耶夫曾经指出鲁迅风格的这个特点来："鲁迅的讽刺和幽默到处出现。但如果在《阿Q正传》中，鲁迅是一个表面上看来似乎是平静地描写着事变的叙事诗的作家，那末在短篇《伤逝》中，他就是一个接触着极细致的心灵之弦的、深刻的抒情的作家。"（《关于鲁迅》）但是这多样化的风格，却又统一在一人身上。就是说不管他幽默也好，沉痛的抒情也好……他总是鲁迅而不是别人。

鲁迅的多样化的风格，也正是他的创作态度，也即为他的清醒的爱与憎所决定。他对所憎恶的人物（如假道学与真流氓的结合体——《肥皂》中的四铭），是尖锐地讽刺他们；而对于自己所热爱的人物（如闰土等），则是镕铸自己强烈的爱的感情于其中，表现了极其严肃的抒情气氛。鲁迅的讽刺是随着他的思想深度的逐步发展，在他的作品中逐步显现出来的。初期作品里，讽刺还不是主要的，在《彷徨》中便加多起来，到了晚年，所写《理水》等几篇小说，则是尖锐地深刻地讽刺了敌人，是把许多柄锐利的投枪向着敌人的要害掷了过去的！

鲁迅的风格的最大的特点是幽默与严肃、讽刺与抒情相结合的，在《离婚》与《理水》中最代表这一特色。

（乙）整体性

①三本小说集

像前面所提到的：鲁迅的小说的主题是多方面地针对当时的政治社会提出各种严重问题，在形式上也表现了多样性等等；但却是有关联性、统一性的。"在狂人日记里，鲁迅天才地指出中国新文学最基本的任务之一——反封建的任务。……把握封建社会里的主题，创造封建社会中的典型，描写这一些典型的性格，和渲染这一个社会环境的朴实生动的景色，以及解说这一个社会本质的淳朴简洁的语言……这一些构成了以后的鲁迅的小说的主要内容。……狂人日记是鲁迅的对于封建社会的说明书，宣战

书，同时也就是判决书；这是他的这之后的反封建的创作的全部
纲领。"（王士菁：《鲁迅传》，第85—88页）而《狂人日记》里
的一些事实也常常作了以后的小说的主要题材。如"去年城里杀
了犯人，还有个生痨病的人，用馒头蘸血舐"，不正是《药》的
全部故事纲领吗！

　　当然《呐喊》、《彷徨》和《故事新编》是有区别的，不论
在思想、情感和形式以及问题的重点上，但这只是标志了鲁迅的
不断进步与发展，而三本小说集的全部内容却统一在反帝反封建
的伟大主题之中。

　　②小说与杂文及其他的关联性

　　鲁迅的小说和杂文在同一年（一九一八）诞生，鲁迅把他的
革命思想镕铸到小说和杂文这两种武器中，同时向旧社会进行激
烈的战斗。因而这两者就有着不可分性。在杂文中我们可以找到
某篇小说的写作动机和孕育过程，特别是小说发表后对革命所起
的作用（如《华盖集续编》——《阿Q正传的成因》之与《阿
Q正传》；同书——《记发薪》之与《端午节》；《且介亭杂文末
编》——《〈出关〉的"关"》之与《出关》）；而在杂文中更可
找到他创作小说的理论（如《南腔北调集》——《自选集》自
序等）。至于在小说里所提出的一些问题，更是在杂文里予以发
挥；并且随着他的思想的发展，在杂文里提出解决的办法（如知
识分子改造问题）。而从鲁迅的书简中也可找到有助于研究小说
的材料（如一九三五年十一月十六日给萧军、萧红的第五十一
信，提到安特列夫所给《药》的影响；一九二六年给章素园的第
四信，更正《阿Q正传》序的某种小错等）。总之，为了更正确
和深入地研究他的小说，就非研究他的杂文及书简等不可。

五　今天研究鲁迅小说的新意义

　　鲁迅的小说是当时中国社会的产物。他所写的三本小说集

（《呐喊》、《彷徨》和《故事新编》），所以成为伟大作品，除却个人的天资、才能和文学修养，还有其深刻的社会基础和历史背景的。没有近百年来中国人民和中国民族百折不挠的求解放斗争和五四前后中国民族资本主义和工人运动的发展，以及外国进步文化的介绍与中国文学本身的优良传统，就不会有《狂人日记》与鲁迅其他伟大作品的产生。在一九一七年，文学革命的口号就已提出，但却有的一开始就表现了软弱和妥协性，有的则空洞夸张，拿不出真实具体的东西来。而鲁迅先生早在一九〇六年就"提倡文艺运动了"（《呐喊》序）。而在当时，"小说不算文学，做小说的也决不能称为文学家，所以并没有人想在这一条道路上出世"（《南腔北调集·我怎么做起小说来》）。然而鲁迅先生却充分认识到小说是个进行战斗的好武器，他利用它的力量，来改良社会，同时也在荒芜的文苑里，坚决培植这棵幼芽，终于在一九一八年，鲁迅以"表现的深切和格式的特别"的《狂人日记》显示了文学革命的实绩。在中国文学史上开创了一个新的时代，并准备了向社会主义、现实主义发展的条件。

从此，这以《狂人日记》开始的具有清醒的战斗的现实主义内容和与之相适应的新形式的革命文学，就经常鼓舞着人民为改造现实而斗争。但由于产生鲁迅小说的时代已经过去，所反映的那种吃人的社会已经根本改变了面貌，居然有些青年就不把鲁迅的小说算作人民文学（胡风：《鲁迅还在活着》，见《人民文学》创刊号）；有些文学家，不是只强调"我们要从他那里接受吸收的，倒是他的艺术表现形式这一部份"（许杰：《鲁迅小说讲话》序，第7页），就是认为："《狂人日记》渐渐成为古典作品了！我们为什么反对学生读经，就因为'经'中所记载所讨论的问题都是当时当地的大人的问题，不是中小学生所应该所能够知道的。《狂人日记》也是如此。"（《新建设》杂志四卷二期，孙伏园：《五四运动和鲁迅先生的〈狂人日记〉》）这种认识法是犯了原则性的错误。毫无疑义，鲁迅的小说（特别是《呐喊》和《彷徨》）在新社会里不但没有褪色，相反，却有着新的意义，我们应当经常学习，从其中不断地吸收新的滋养。理由是：

第一，鲁迅在他的许多篇小说里，所鞭挞的几千年的封建统治和近百年的帝国主义与封建势力结合起来对于中国人民压迫、剥削所造成的旧思想、劣根性，在今天无疑是仍然残留着的。继续思想改造，铲除恶劣性格，在今天还必须大张旗鼓来进行的。因而我们特别应该继承和发扬鲁迅的这种战斗精神。马林科夫同志在苏共十九次代表大会上的演说里指出："如果认为我们苏维埃的现实没有可讽刺的材料，是不正确的。我们需要苏维埃的果戈理和谢德林，他们的讽刺像火一样把生活中的一切反面的、腐朽的和垂死的东西，一切阻碍进步的东西都烧毁了。"而我们刚刚成立不久的新中国，那些从旧社会带来的阻碍进步的毒疮和恶习的品质、习惯和风气，当然要比今日的苏联所残存的要多，最明显的一例便是妇女婚姻问题。封建婚姻制度的残余仍然危害着广大农村的妇女。在大力经常性贯彻婚姻法的今天，在乡村里再读《祝福》和《离婚》，对于农民思想的改造是有帮助的。至于鲁迅所讽刺和批判的方玄绰、高尔楚之类的面影，现在不仍然可见到吗！未经改造好的知识分子们读读这些作品，随时照照镜子，洗洗脸，不是没有益处的。当然鲁迅先生的革命成就是广阔而伟大的，我们所要学习的并不只这点，同时在新社会里，我们需要新中国的新鲁迅式的创作家。

第二，鲁迅在他的小说里所提出的一些重大的而在当时所没法解决的社会问题，随着时代社会的发展和革命运动的不断胜利，这些伟大的爱国主义的主题，也就从重复到发展阶段，我们试读了康濯的《我的两家房东》、马烽的《结婚》，再读《祝福》和《离婚》；试读了《暴风骤雨》，再读《阿Q正传》；不仅明确了这些主题的发展规律，更会增加我们对于中国无产阶级及其政党几十年来领导着中国人民从斗争中建立起来的新中国新社会的热爱。金凤（《我的两家房东》的女主角）就是新社会里的新型爱姑。赵玉林（《暴风骤雨》的主角）就是在战斗中成长起来的新型闰土。鲁迅所希望的农民"应该有的新的生活，为我们所未经生活过的"（《故乡》）。新生活，在今天的作品里已经显现了曙光。

　　第三，鲁迅小说的内容是无限深广的，只要用心去读，会随时有新的收获，而且会随时发现别人对于鲁迅的错误理解。因此，我们现在以革命的立场、新的观点来研究和发扬鲁迅给我们留下来的宝贵遗产，正是我们的责任。譬如小说《药》，孙伏园在一九三六年指出夏瑜坟上的花圈是正确的、自然的而且有事实的根据（见《鲁迅先生二三事》）；许钦文在一九五一年结合着新社会的实际重读时，又有新的认识，指出花圈的表现方法"是接近新现实主义的某种特点了"（《读〈药〉新感》，《人民文学》四卷六期）。但是同是这篇小说，却有人由于自己的小资产阶级的思想情感尚未摆脱，就产生了对《药》的错误理解，说它的"正题旨是亲子之爱，副题旨是革命者的寂寞的悲哀"（《精读指导学隅》）。以马克思主义为武器，精密正确地研究鲁迅的作品，纠正像上述之类的错误，以免歪曲鲁迅先生的作品，因而毒害青年，是迫切需要的工作。

　　第四，现在我们正遵循着毛主席所指示给"我们必须继承一切优秀的文学艺术遗产，批判地吸收其中一切有益的东西，作为我们从此时此地的人民生活中的文学艺术原料创造作品时候的借鉴。……但是继承和借鉴决不可以变成替代自己的创造……"的道路去学习、去吸收，从而创造和发展我们的新的人民文艺。而鲁迅在这条道路上正给我们树立了辉煌的榜样：他的《狂人日记》虽受到外国作家的影响，但却"比果戈理的忧愤深广，也不如尼采的超人的渺茫"。"《药》的收束"，虽"也分明的留着安特莱夫式的阴冷"（《中国新文学大系·小说二集序》），但却有着新现实主义的萌芽。"我们试读鲁迅所选的唐宋传奇，鲁迅的创作小说，终觉得其间有一脉相通之处。"（巴人：《鲁迅的创作方法》）因此，我们说：鲁迅先生的吸收和消化一切优秀的文学遗产，从而推陈出新地创作伟大作品的宝贵经验，更需要我们去仔细揣摩的。

最后，我们对于鲁迅小说的认识：它不仅是显示了文学革命的实绩，铺起了新现实主义的发展道路；它永远是我们学习研究的遗产。还应当更进一步认识到：世界文学的宝库，因为有了他这些独特的富有民族形式的作品，格外放出光彩。当他的《孔乙己》发表不久，就传到了日本文学界（孙伏园：《鲁迅先生二三事·孔乙己》）；《阿 Q 正传》发表后，译到法国和英国去（见《〈阿 Q 正传〉的成因》），也"展开在俄国读者的面前了"（《集外集·俄文译本〈阿 Q 正传〉序及著者自叙传略》）。而最有意义的是，他的作品也"横在捷克的读者的眼前"。他说："我想，我们两国，虽然民族不同，地域相隔，交通又很少，但是可以互相了解，接近的，因为我们都走过艰难的道路，现在还在走，一面寻求着光明。"（《且介亭什文末编》，"捷克译本"）他从群众那里吃来的"草"变成牛奶去哺乳他们，他从世界文学宝库中选来滋养品培育了中国的新文学，而他自己却以自己的心血结晶（创作）还给了世界文学。就由于他的书传播到世界上去，增加了各国人民革命队伍的战斗力量，因而他就不是中国所独有的，而是领导着更广大的人民，独自首先冲锋突击的文化斗士！这就是鲁迅的庄严工作，这就是鲁迅的伟大贡献，这就是鲁迅小说的特色！

学习毛主席怎样评价鲁迅[*]

毛主席对鲁迅的思想、性格、创作等方面作了科学的分析与论断，对鲁迅在中国革命史上和文化史上的伟大贡献，作了科学的结论，指出了鲁迅的崇高地位。这一方面教导我们应该如何正确认识鲁迅、学习鲁迅、发扬鲁迅精神，同时，对如何研究鲁迅的问题也使我们受到许多启发。谨将个人的肤浅体会提请读者指正。

一

鲁迅是什么人？毛主席说："是新中国的圣人。"[①] "是中国文化革命的主将。"[②] "他不但是伟大的文学家，而且是伟大的思想家和伟大的革命家。"[③] 这个英明的论断，不仅使我们认识到鲁迅是这样一位巨人，在中国革命史、文化史上占有如此崇高的地位，而且认识到鲁迅之所以伟大，首先因为他是个伟大的革命家。

毛主席在《在延安文艺座谈会上的讲话》中，给了我们评价文学作品的两个标准，我们认为它同样适用于衡量人物，而且政治标准同样居于第一位。这是因为，为战斗者，才能为作家，文学家首先应该是个革命家。毫无疑问，在鲁迅的战斗的一生里，贡献最大的是文学事业，但如果他不是个革命家，就不可能成为

---

    * 原载《文史哲》1961年第2期。

    ① 《论鲁迅》，1937年10月19日。

    ② 《新民主主义论》。

    ③ 同上。

"中国文化革命的主将"；就因为他在政治战线上"是一个彻底的现实主义者"，[①] 他在文学创作上才能以战斗的现实主义作为基本因素。所以毛主席一再指出："我们纪念他，不仅是因为他是一位优秀的作家，而是因为他站在民族解放的前列，他把自己全部力量都献给了革命斗争。"[②]

衡量英雄人物的标准是什么？毛主席曾指出，党的干部、党的领袖"懂得马克思列宁主义，有政治远见，有工作能力，富于牺牲精神，能独立解决问题，在困难中不动摇，忠心耿耿地为民族、为阶级、为党而工作。……这些人不要自私自利，不要个人英雄主义和风头主义，……他们是大公无私的民族的阶级的英雄"。[③] 我们认为主席正是用这个标准来评价鲁迅的。他说，鲁迅先生的第一个特点，是他的政治的远见。第二个特点，是他的斗争的精神。第三个特点，是他的牺牲精神。"综合了上述的这几个条件，形成了一种伟大的'鲁迅精神'。鲁迅的一生就贯穿了这种精神。所以他在艺术上成功了一个了不起的作家，在革命队伍中是一个很优秀很老练的先锋分子。"[④]

鲁迅的光辉的一生，完全证明了上述结论的英明和正确。他不仅运用文学的武器致力于人民的解放事业，而且直接参加了中国人民的政治斗争。他向来主张："革命文学家，至少是必须和革命共同着命运，或深切地感受着革命的脉搏的。"[⑤] 的确，只有是个革命作家，才懂得怎样去为革命的政治服务，写出来的作品才都是革命文学。正如鲁迅所说："我以为根本问题是在作者可是一个'革命人'，倘是的，则无论写的是什么事，用的是什么材料，即都是'革命文学'。从喷泉里出来的都是水，从血管里

---

① 《论鲁迅》。
② 同上。
③ 《为争取千百万群众进入抗日民族统一战线而斗争》。
④ 《论鲁迅》。
⑤ 《上海文艺之一瞥》。

出来的都是血。"①

如果鲁迅不是一个思想家、革命家，他的文学事业就不会如是之辉煌，他的作品的思想内容就不会如是之深广，对革命贡献便不可能如是之伟大。正因为他是个革命家，才懂得应该接受党的领导，才懂得为谁而写和应该写什么，以及如何写。正因为他懂得是为革命群众的战斗而写，他才敢于"怒向刀丛觅小诗"，②而且写得很多。终于锻炼成一个"高等的画家"，终于积累了宝贵的创作经验，而且镕铸成象《答北斗杂志社问》那样最能表现革命内容的富有民族化、群众化特色的创作原则。

因此，尽管主席一再强调指出鲁迅是伟大的思想家和伟大的革命家，但从未忽略作为伟大文学家的鲁迅，恰恰相反，非常重视鲁迅在文学上的伟大贡献，对他的辉煌的文学业绩，给予了崇高的评价。称他是文化新军的旗手、文化革命的主将，而且庄严地宣布："鲁迅的方向，就是中华民族新文化的方向。"③ 所以除了在《在延安文艺座谈会上的讲话》中在解决许多重大文艺问题时，常常提到鲁迅的重大贡献而外，还郑重推荐鲁迅的有名的创作论——《答北斗杂志社问》，把它作为重要的文件，号召全党研究学习。④

对鲁迅的创作天才及其作品，主席说："他用一支又泼辣，又幽默，又锋利的笔去画出黑暗势力的鬼脸，去画出了丑恶的帝国主义的鬼脸，他简直是一个高等的画家。"⑤ 这是给革命文学家的最大荣誉，也正是衡量革命文学家的标准。这是因为，一个革命作家，在革命斗争最激烈的年代里，首先是以他的匕首和投枪去打击敌人和消灭敌人。

① 《革命文学》。
② 《为了忘却的记念》。
③ 《新民主主义论》。
④ 《反对党八股》。
⑤ 《论鲁迅》。

　　这就给鲁迅研究者开阔了视野，开辟了研究的天地；不再把鲁迅局限于文学家的领域来研究，而是首先研究他的伟大的革命事业、革命精神；只有如此，才是全面研究，才能认识到鲁迅的真面貌、真精神。鲁迅的伟大的一生，正是充分体现了革命家与文学家相统一的特点，证明了文学与政治关系，文学是时代的风雨表，文学为政治服务是无产阶级文学发展的一个根本的规律。

二

　　没有调查研究，就没有发言权。理论必须结合实际。科学的结论，是从丰富的实际的材料中，并且是站在无产阶级立场上，以马克思列宁主义的思想方法去研究分析得出来的。因此，占有丰富的真实可靠的材料，是研究的基础。

　　毛主席是最熟悉鲁迅的人，也就是说他充分地掌握了鲁迅的一切言行。这证明在主席的著作中引用鲁迅的意见时，常常是随手拈来，涉笔成趣。

　　前面曾谈到，主席分析鲁迅具有三个特点，这三个特点形成鲁迅精神。这个科学的论断的获得，当然主要是由于主席站在无产阶级立场上，运用马克思列宁主义观点方法进行研究，但同时，也由于他占有了丰富的材料。正因为有这个基础，主席的马克思列宁主义的科学武器，才有用武之地；才能发现鲁迅精神，而以传神的笔法勾画出鲁迅的本质面貌；才能使每一个论断每一句话，都富有巨大的概括力和说服力，使人从鲁迅的言行中找到典型的注脚。例如，主席说鲁迅"简直是一个高等的画家"。这个论断，是对鲁迅的伟大革命事业、卓越的思想、创作的高度思想性和艺术性……作了高度的艺术概括，的确是传神之笔。它一方面指出了鲁迅全部创作，特别是他的杂文的反帝反封建反官僚资本主义的完整内容的核心——最本质的东西，同时指出了鲁迅杂文的典型性。正象鲁迅自己所说的："我的杂文，所写的常是一鼻，一嘴，一毛，但合起来，已几乎是或一形象的全体。"①

因此，精读、熟读鲁迅全部著作，是学习鲁迅、研究鲁迅的第一步。

三

任何人也不能脱离他生活的时代、社会、阶级而独立生存。不过有的人落后于时代，千方百计地保护旧社会旧制度，有的人则永远站在时代的最前列，不断改造自己的环境，推动着社会前进。鲁迅的一生，是随着革命运动的各个斗争阶段的迫切需要，而贡献出他的全部力量的一生；鲁迅的钢铁性格，是在战斗里成长，在革命的熔炉里镕铸而成的。鲁迅之所以永远值得我们歌颂，永远值得我们研究学习，就在于此。因此，研究鲁迅，就不能不懂得他所生活的时代环境的特点，特别是他与环境的矛盾关系。

主席在批判电影《武训传》时，在批评一些缺乏历史唯物主义观点的人的同时，给了我们创作研究的方向以及历史唯物主义的观点和方法。

在许多作者看来，历史的发展不是以新事物代替旧事物，而是以种种努力去保持旧事物使它得免于死亡；不是以阶级斗争去推翻应当推翻的反动的封建统治者，而是象武训那样否定被压迫人民的阶级斗争，向反动的封建统治者投降。我们的作者们不去研究过去历史中压迫中国人民的敌人是些什么人，向这些敌人投降并为他们服务的人是否有值得称赞的地方。我们的作者们也不去研究自从一八四〇年鸦片战争以来的一百多年中，中国发生了一些什么向着旧的社会经济形态及其上层建筑（政治、文化等等）作斗争的新的社

---

① 《准风月谈后记》。

会经济形态，新的阶级力量，新的人物和新的思想，而去决定什么东西是应当称赞或歌颂的，什么东西是不应当称赞或歌颂的，什么东西是应当反对的。①

这一马克思列宁主义的原则，主席在研究鲁迅时，给予了我们最可宝贵的典范。主席教导我们说："我们今天纪念鲁迅先生，首先要认识鲁迅先生，要懂得他在中国革命史中所占的地位。"②主席对鲁迅的确当的论断是对半封建、半殖民地的旧中国社会作了科学的分析研究，对中国革命运动的历史特点、发展规律作了科学的分析研究，并以亲自领导中国无产阶级革命的宝贵经验作基础来研究鲁迅的结果。主席根据鲁迅所处的历史环境和他战斗的历程，以及他的伟大的革命贡献——向着旧的社会经济形态及其上层建筑（政法、文化等等）作斗争的丰功伟绩，看出了他的最可宝贵的性格和他崇高的地位。主席指出鲁迅在中国革命史中所占的地位说：

> 他站在民族解放的前列，他把自己全部力量都献给了革命斗争。他并不是共产党的组织上的一人，然而他的思想、行动、著作，都是马克思主义化的。尤其在他的晚年，表现了更年青的力量。他一贯的不屈不挠地与封建势力和帝国主义作坚决的斗争。③

主席指出鲁迅在中国文化革命史上占有的崇高地位，决不是偶然的，鲁迅是在反动派的"围剿"中成了中国文化革命的伟人。

> 鲁迅是中国文化革命的主将，他不但是伟大的文学家，而且是伟大的思想家和革命家。鲁迅的骨头是最硬的，他没

---

① 《毛泽东论文艺》，第89页。
② 《论鲁迅》。
③ 同上。

有丝毫的奴颜和媚骨，这是殖民地半殖民地人民最可宝贵的性格。鲁迅是在文化战线上，代表全民族的大多数，向着敌人冲锋陷阵的最正确、最勇敢、最坚决、最忠实、最热忱的空前的民族英雄。鲁迅的方向，就是中华民族新文化的方向。①

由此可见，历史唯物主义的原则是研究人物的非常重要的原则之一。只有用它才能正确评定人物在历史上占什么地位，在今天起什么作用。因此，我们在研究鲁迅的时候，不仅要读熟鲁迅的全部著作，而且要懂得近百年来的历史特点、规律，学会如何运用历史唯物主义原则，要顾及作者的全人，以及他所处的社会状态，作全面分析研究，这才较为确凿。

如果不懂得鲁迅所处历史环境的特点，就无法懂得他的某些主张（例如，他主张少读或者不读中国书，多看外国书）；如果只看到鲁迅在中国革命史上所占的崇高地位，而看不到他和群众的关系，就不能全面认识鲁迅。所以，主席在评价鲁迅个人在历史上所占的崇高的地位的同时，也指出了鲁迅是群众的"牛"。

鲁迅之所以敢于战斗、敢于胜利，就因为他心目中永远有人民群众。他总是一切为了人民群众，并且坚决依靠群众。因此他能够从群众那里汲取战无不胜的力量，代表群众向着一切敌人冲锋陷阵，从而获得伟大的胜利。鲁迅的最可宝贵的战斗性格，一方面是在战斗里形成的，同时也是人民哺育的结果。主席在研究鲁迅时，郑重指出了这一特点，号召大家学习：

> 既然必须和新的群众的时代相结合，就必须彻底解决个人和群众的关系问题。鲁迅的两句诗，"横眉冷对千夫指，俯首甘为孺子牛"，应该成为我们的座右铭。"千夫"在这里就是说敌人，对于无论什么凶恶的敌人我们决不屈服。"孺子"在这里就是说无产阶级和人民大众。一切共产党员，一

---

① 《新民主主义论》。

切革命家，一切革命的文艺工作者，都应该学鲁迅的榜样，做无产阶级和人民大众的"牛"，鞠躬尽瘁，死而后已。①

这正是研究鲁迅的科学态度和实事求是的精神。鲁迅既是新中国的圣人，又是人民大众的"牛"；而且前者是后者的结束。这就是鲁迅在中国革命史上所占的地位，以及所起的作用；这是真正的鲁迅。那些不认真研究情况，不从客观的真实的情况出发，只凭主观愿望，抓住一星半点就一味夸大鲁迅，把鲁迅装扮成一个头顶光圈的圣像的鲁迅研究者，应该深刻地接受教育。

四

任何研究都有目的。我们研究鲁迅，目的在于继承鲁迅，发扬鲁迅精神，解决实际问题，为今天的社会主义革命和建设事业服务。因此，研究鲁迅决不能以机械地复述或排比鲁迅的话为满足，更不是教条主义地生搬硬套。而是结合实际，深入挖掘，作创造性的阐发。只有如此，才能把鲁迅研究活了，使鲁迅精神万古长青。主席在这一点上也给了我们光辉的典范。

关于鲁迅的讽刺笔法问题，在延安文艺座谈会以前的一个时期，解放区文艺界存在许多糊涂看法。例如，有人强调"还是杂文时代，还要鲁迅笔法"，要求在解放区，不分敌、友、我地滥用冷嘲热讽的杂文形式。这些人既不懂得鲁迅，也不懂得解放区这个新世界的特点，尤其是一种丧失革命立场的表现。而有的人却认为讽刺应该废除。此外，鲁迅虽然运用其匕首、投枪和敌人战斗了一生，但是他在论杂文的特征及其性质的一些著作中，有时也有些偏颇，他在答文学社问而写的《什么是"讽刺"?》就是一例。这篇文章是只就一阶级之内的讽刺问题而立论的。以上几

① 《在延安文艺座谈会上的讲话》。

种情况就说明了讽刺问题在当时的确存在着一些糊涂看法，并且是个复杂的问题。如果不正确解决，就不利于革命。

主席在《在延安文艺座谈会上的讲话》中，根据具体实际情况、文艺发展规律，对这个复杂的问题，作了全面的研究、深刻的分析，从而得出了科学的结论，创造性地解决了问题；不仅澄清了当时的混乱思想，而且从内容到形式全面地发展了这一文学样式，使讽刺成为打击敌人、团结朋友和教育人民的马克思列宁主义文艺武库中的崭新的武器。主席指出：讽刺这一文学样式是个阶级的武器。要立场坚定、态度分明地去运用这一武器。因此"有几种讽刺：有对付敌人的，有对付同盟者的，有对付自己队伍的，态度各有不同"。所以"'杂文时代'的鲁迅，也不曾嘲笑和攻击革命人民和革命政党，杂文的写法也和对于敌人的完全两样"。这就不仅指出鲁迅杂文的性质特征及其内容的丰富性和形式的多样性，而且指出了鲁迅之所以伟大，正在于他正确地运用了杂文，使杂文发挥了最大的威力。

也正因为杂文是有阶级性的，文学样式的产生发展是有规律性的，因此，主席指出，在不同的时间、地点和条件下，杂文就应该有所变化发展，当它在新的世界里，即使对付敌人时，杂文的形式也应该变：不再曲折隐晦，而是大声疾呼，使人民大众看懂，换句话说，它应该大众化。既然在新的时代、新的世界，杂文从内容到形式应该有新的变化发展，那它就永远成为打击敌人、教育人民的武器；因此，就不应该反对或废除，"但是必须废除讽刺的乱用"。这是作家的立场与政治觉悟问题，而不是讽刺本身的问题。这是多么巨大的研究成果，这是多么光辉的毛泽东文艺思想。

从上述的例子里，我们体会到：研究鲁迅，必须结合实际，善于发现问题，而且刻苦钻研，创造性地解决问题，才能不断取得新的成果，对社会主义文化建设有所贡献！

主席研究评论鲁迅运用科学的标准、态度和方法的结果，不仅总结与发扬了鲁迅精神，对无产阶级革命和文化事业有了杰出的贡献，而且给我们开辟了研究鲁迅的广阔道路，树立了典范。还应该看到，主席研究鲁迅的方法，同时也是研究一切英雄人物的方法，而对于如何创造新的英雄人物也给予很大的启发，这就全看我们能否举一反三了！

1961 年 8 月 25 日

鲁迅论批判继承文艺遗产问题[*]

　　如何正确批判继承文艺遗产，到今天还有人在理论上和实践上常常产生错误；因此，重新学习一次鲁迅对此问题看法，会得到很大的帮助的，至少我自己就是这样。

　　鲁迅是中国文化革命的伟人、主将，是文化新军的最伟大和最英勇的旗手。他是不劝青年人读古书的，且不只说过一次①。可在他的一生里，不仅教了多年的古典文学课，整理出了许多古书（《古小说钩沉》《小说备校》《唐宋传奇集》《小说旧闻钞》《谢承后汉书》《会稽群故书杂集》《嵇康集》《岭表录异》），写出了《中国小说史略》和《汉文学史纲要》，还作过古典文学专题研究②，而且直到晚年还未忘情于写一部好的中国文学史③。这的确是值得我们研究的一个问题。

一

　　这是鲁迅对待中国文学遗产的态度问题，也是个革命斗争问题。

　　鲁迅为什么不主张青年读古书？首先是因为古书中有许多封建性的糟粕，容易叫人受毒。他说："……我主张青年少读，或

　　＊　原载《山东大学学报》（语言文学版）1963年第2期。
①　《鲁迅全集》卷三，第9页；卷四，第12、110页；卷九，第134页。
②　最著名的如《魏晋风度及文章与药及酒之关系》。
③　许广平：《鲁迅回忆录》，第2页。

者简直不读中国书，乃是用许多苦痛换来的真话，决不是聊且快意，或什么玩笑，愤激之辞。"① 由于鲁迅过去读了许多古书，结果是"耳濡目染，影响到所做的白话上，常常不免流露出它的字句，体格来。……就是思想上，也何尝不中些庄周韩非的毒，时而很随便，时而很峻急"②。其次，古书所描写、反映和宣传的是古代社会政治状况，是古人的思想情感，即使是最进步的作品，也代替不了现代文学所担负的任务，恰恰相反，如果无条件、无准备地去阅读，往往容易引人脱离开现代斗争而回到古代去。鲁迅所生活的时代是个"急遽的剧烈的社会斗争"的时代，革命者必须和"残酷的强暴的压力"作坚决斗争的时代。在这时代读中国古书，"总觉得就沉静下去，与实人生离开"③。"就容易受其浸润，和现代离开。"④ 而一些封建和买办文人学者以及洋场恶少之流，恰恰就是利用古书的这些特点，提倡"国粹"，劝广大青年读古书、"进研究室"，来麻醉青年，以达到其削弱革命力量的阴谋。鲁迅在这样的时代环境中，劝一般革命青年少读或者不读中国古书，主张他们从现代好书中认识现实，提高思想，去参加战斗，是完全正确的，在当时是具有极大的革命意义的，而且这劝告本身就是一个强烈的战斗行动！

　　难道中国古书一无是处，或者鲁迅对古书采取了虚无主义态度吗？应该承认：在较早一个时期，鲁迅对于文学遗产的确是否定面大于肯定面的，但古书中有好东西并且应该吸收，他是早就知道的。譬如说，远在他留学日本时期，就曾向古书中发掘过富有民族思想的东西。而在辛亥革命到五四前夜，"鲁迅在专心一致地整理古书、钻研碑帖，打算从中发掘许多有用的东西"⑤。当

---

① 《鲁迅全集》卷一，第 365 页。
② 同上书，第 363 页。
③ 《鲁迅全集》卷三，第 9 页。
④ 《鲁迅全集》卷十，第 247 页。
⑤ 许广平：《鲁迅回忆录》，第 2 页。

然，也必须指出：鲁迅以马克思主义的科学观点来认识与对待文学遗产，则是一九二七年以后的事。但对于古典文学中的糟粕应该批判，精华应该继承，却是鲁迅的一贯的根本态度。

没有条件，没有目的去读古书，鲁迅是反对的，如果为了结合当前的战斗，鲁迅自己就在一九二七年向广州青年作过古典文学的专题报告——《魏晋风度及文章与药及酒之关系》。他说："在广州之谈魏晋事，盖实有慨而言。"① 如果为了研究，鲁迅也曾为读中国文学系的许世瑛开过阅读古书的书目②。阅读古书是为了继承，根本目的是为了发展新文化，决不是为了复古。这个问题，在鲁迅的早期是朦胧的，可是当他逐渐掌握了马克思主义的时候，就逐渐清楚起来了。如在一九二七年十月提出为了压倒现存的坏东西，可以复活古时的好东西，从而推动新文化的发展。他在《关于知识阶级》中说："我在文艺史上，却找到了一个好名词，就是 Renaissance，在意大利文艺复兴的意义，是把古时好的东西复活，将现存的坏的东西压倒，因为那时候思想太专制腐败了，在古时代确实有些比较好的；因此后来得到了社会上的信仰。现在中国顽固派的复古，把孔子礼教都拉出来了，但是他们拉出来的是好的么？如果是不好的，就是反动，倒退……"③

古今文学的关系问题，鲁迅越是进一步掌握了马克思主义的时候，理解得就越清楚，因而阐发得越加明白。他已经看到了这样一个规律："'新文学'和'旧文学'这中间不能有截然的分界，然而有蜕变。"④ 但是问题也不能简单化，由于古文学中既有封建性的糟粕，也有民主性的精华，因而它既"裨助着后来，也

---

① 文出《鲁迅全集》卷十，第 44 页。具体事实见《鲁迅全集》卷三，第 543 页。
② 参考许寿裳《亡友鲁迅印象纪》，第 93—94 页；《鲁迅全集》卷七，第 755—756 页。
③ 《鲁迅全集》卷七，第 456 页。
④ 《鲁迅全集》卷五，第 261 页。

束缚着后来"①。譬如说："古人所传授下来的经验，有些实在是极可宝贵的，因为它曾经费去许多牺牲，而留给后人很大的益处。"② 但也并不是说凡是经验都有裨于后来，"然而也有经过许多人经验之后，倒给了后人坏影响的，如俗话说'各人自扫门前雪，莫管他人瓦上霜'的便是其一"③。因而在继承与发展的过程中就永远存在着矛盾和斗争。

<h2 style="text-align:center">二</h2>

识别精华与糟粕是个复杂问题。不能简单地认为凡是封建文人的作品就都是糟粕，凡是劳动人民的作品就都是精华。当鲁迅成为马克思主义者之后，当他理解了两种文化，即在阶级社会里，文艺区分为消费者的艺术和生产者的艺术④之后，他指出，就是劳动人民的作品，即所谓民间文学中也是有糟粕的⑤。那么，怎样才算是精华？怎样才是糟粕呢？这就非有个客观的、科学的标准不可了。

当鲁迅开始和古典文学打交道的时候，他就有两个评价标准摆在那儿，当然他并没有明确地指出来，但却也可以看出他是坚持着思想性和艺术性的标准。自然这两个标准还不完全正确，可是我们已经看出他对待古典文学的严格要求。因此，当我们来探讨他的评价古典文学的标准时，还是应该提到，并且经过对比可以看出他前期标准的陈旧和他后期所运用的马克思主义标准的锋利。

成为马克思主义者以前的鲁迅，对古典文学的思想性方面，

① 《鲁迅全集》卷六，第269页。
② 《鲁迅全集》卷四，第412页。
③ 同上书，第413页。
④ 《鲁迅全集》卷六，第19页。
⑤ 《鲁迅全集》卷三，第317—318页。

他提出了反抗性，凡是具有以向旧势力反抗挑战为内容的作品，就是好的，值得肯定的。他在一九〇七年写的《摩罗诗力说》中，之所以肯定那些摩罗诗人及其作品，就因为他们"立意在反抗，指归在动作"。屈原的《离骚》能"放言无惮，为前人所不敢言"，是好的，但"反抗挑战，则终其篇未能见，感动后世，为力非强"①。这就是说，它还缺乏战斗性，还不符合鲁迅的最高标准，还得不到最高的评价。与其相关的次一点是，能在思想上敢于打破旧传统的作品。他说："自有《红楼梦》出来以后，传统的思想和写法都打破了。——它那文章的旖旎和缠绵，倒是还在其次的事。"② 鲁迅之所以认为嵇康优于阮籍，就因为："嵇康的论文，比阮籍更好，思想新颖，往往与古时旧说反对。"③ 我们认为鲁迅评价古典文学思想内容的标准，是值得重视的。鲁迅所指出所肯定的东西，正是民主性的精华。但是，也应该看到：前期的鲁迅还不能够指出，这些之所以是精华，是因为它们符合了当时人民的利益，在历史上有其进步意义。鲁迅在一九二五年虽然提出了：凡是以防碍社会发展、阻止进步为内容的旧东西，都应该彻底打倒，"我们目下的当务之急，是：一要生存，二要温饱，三要发展。苟有阻碍这前途者，无论是古是今，是人是鬼，是《三坟》《五典》，百宋千元，天球河图，金人玉佛，祖传丸散，秘制膏丹，全都踏倒他"④。充分表示了他反封建糟粕的坚决性和彻底性，但由于鲁迅这时还不是一个马克思主义者，因而这一战斗的阶级观点还是朦胧的。

　　但是，鲁迅评价古典文学的标准仍然是可宝贵的，所以当他成为马克思主义者之后，就仍把这些合理的因素保存了下来。譬如，鲁迅之所以肯定陶渊明，主要是因为陶有"金刚怒目"式的

① 《鲁迅全集》卷一，第 200 页。
② 《鲁迅全集》卷八，第 350 页。
③ 《鲁迅全集》卷三，第 390 页。
④ 《鲁迅全集》卷三，第 36 页。

作品以及敢于触犯一下旧礼教的传统。他说："……如被选家录取了《归去来辞》和《桃花源记》，被论客赞赏着'采菊东篱下，悠然见南山'的陶渊明先生，在后人的心目中，实在飘逸得太久了，但在全集里，他却有时很摩登，'愿在丝而为履，附素足以周旋，悲行止之有节，空委弃于床前'，竟想摇身一变，化为'呵呀呀，我的爱人呀'的鞋子，虽然后来自说因为'止于礼义'未能进攻到底，但那些胡思乱想的自白，究竟是大胆的。就是诗，除论客所佩服的'悠然见南山'之外，也还有'精卫衔微木，将以填沧海，刑天舞干戚，猛志固常在'之类的'金刚怒目'式。……我每见近人的称引陶渊明，往往不禁为古人惋惜。"①鲁迅之所以肯定古代小品文，也因它具有"挣扎和战斗的"传统。②

　　那么，这种正确的评价古典文学的标准和鲁迅前期所使用的标准究竟有什么不同呢？我们认为最根本的区别，在于是否运用了无产阶级的阶级观点。譬如前面引过的，鲁迅对于《离骚》虽肯定其"放言无惮，为前人所不敢言"，却嫌他无"反抗挑战"之声。至于为什么这样？鲁迅在当时是分析不出来的。可是当鲁迅成为马克思主义者之后，就深刻地指出：屈原之所以如此，是因为屈原不是个叛逆性格，所以"他的《离骚》，却只是不得帮忙的不平"③。屈原的时代阶级等等因素，使他受到了很大的局限。鲁迅在这里尖锐地、深刻地给我们指出了：在古代作品中的精华本身就渗透着糟粕，必须用阶级观点去作透辟的分析。鲁迅的这种正确的批评标准的具体运用，给我们树立了典范，使我看到了：无论是韩愈的"不平则鸣"，或欧阳修的诗"穷而后工"的文艺理论，在这些精华的背后，也正是潜伏着"只是不得帮忙

---

① 《鲁迅全集》卷六，第336—337页。
② 《鲁迅全集》卷四，第441—442页。
③ 《鲁迅全集》卷六，第273页。

的不平"。

　　鲁迅对于陶渊明的认识与评价也是如此。在一九二七年，鲁迅虽已初步掌握或者说已试图运用马克思主义观点来分析陶渊明了，他指出陶并未超出当时的政治，但却说陶是写平和文章的代表，并说："他的态度是不容易学习的，他非常之穷，而心里很平静。家无常米，就去向人家门口求乞。……虽然如此，他却毫不为意，还是'采菊东篱下，悠然见南山'。这样的自然状态，实不易模仿。"① 但当鲁迅完全摆脱进化论和个性论思想，而成为马克思主义者之后，对陶渊明的分析、评价，便深刻而全面地得到了正确的结论。他不仅强调指出陶的"金刚怒目"和他的敢于胡思乱想，而且批判了自己过去对陶渊明的"自然状态，实不易模仿"的论点。他说"雅"要地位，也要钱，陶渊明是彭泽令，当然有地位，他才能"教官田都种秫，以便做酒，因了太太的抗议，这才种了一点秔"，从而获得"天趣盎然"的境界②。而且陶渊明也是有钱的人，这证明是"他有奴子。汉晋时候的奴子，是不但侍候主人，并且给主人种地，营商的，正是生财器具。所以虽是渊明先生，也还略略有此生财之道在，要不然，他老人家不但没有酒喝，而且没有饭吃，早已在东篱旁边饿死了"③。不过，虽然鲁迅已善于运用无产阶级的观点在古典文学中挖掘精华和批判糟粕，并对古典作家、作品作出正确、深刻而全面的评价，却还不能象毛主席那样提出"无产阶级对于过去时代的文学艺术品，也必须首先检查它们对待人民的态度如何，在历史上有无进步意义，而分别采取不同态度"的科学的完整的标准。

　　此外，鲁迅对古典文学的评价与继承问题，当他成为马克思主义者以后，还善于运用历史主义观点，这个问题我们在研究鲁

① 《鲁迅全集》卷三，第394—395页。
② 《鲁迅全集》卷六，第130页。
③ 《鲁迅全集》卷六，第179页。

迅论继承问题时，要加以论述。现在，应该接着探讨鲁迅评价古典文学的第二个标准——"文采"。

可以明显地看出来，早期的鲁迅，在评价文艺遗产的两个标准中，是把思想标准放在重要地位的。这证明就是前面刚刚提到的，他之所以肯定《红楼梦》，首先是因为它打破了"传统的思想"，它那文章的美"还在其次的事"。但文艺不同于其他意识形态，它不能离开文采，这是文艺的特征。因此鲁迅在《中国小说史略》里是充分重视文采的。他之所以把一部分清代小说列为"谴责"一类，并非由于它的内容落后或反动，而是因它缺乏文采，或者说艺术性不够，因而损伤了文艺的特征。鲁迅评之曰："……虽命意在于匡世，似与讽刺小说同伦，而辞气浮露，笔无藏锋，甚且过甚其辞，以合时人嗜好，则其度量技术之相去亦远矣，故别谓之谴责小说。"① 至于《海上花列传》"其誉倡女之无深情，虽责善于非所，而记载如实，绝少夸张，则因能自践其'写照传神，属辞比事，点缀渲染，跃跃如生'（第一回）之约者矣"②。但是，也不能不看到，早期的鲁迅有时对内容恶劣反动而艺术性高的作品，批判不足；最突出的例子就是评论《荡寇志》，虽说它"思想实在未免煞风景"③，却过分重视它的艺术成就："书中造事行文，有时几欲摩前传之垒，采录景象，亦颇有施罗所未试者，在纠缠旧作之同类水说中，盖差为佼佼者矣。"④ 鲁迅所受进化论思想的负累，于此显而易见。

而当鲁迅成为马克思主义者之后，他虽同样重视文采，却首先着重检查作品的内容，并且是以阶级观点进行分析批判的。如对司马相如，是在指出他是帮闲作家之后，才说他："在文学史

---

① 《鲁迅全集》卷八，第 239 页。
② 《鲁迅全集》卷八，第 224 页。
③ 同上书，第 338 页。
④ 同上书，第 120 页。

也还是很重要的作家。为什么呢？就因为他究竟有文采。"① 由此看来，彻底和古典文学决裂的是鲁迅，而最重视古典文学，甚至其中有点滴可取之处，敢予以充分肯定的也是鲁迅。然而鲁迅这个马克思主义辩证观点和科学的评价标准的获得，也并不是轻而易举的，他是在不断学习马克思主义，坚持自我思想改造，并不断在与复古主义者、全盘西化论者的斗争中，特别是在和反动统治阶级的斗争中，锻炼成功的这一马克思主义武器。

三

无产阶级"不但是文艺上的遗产的保存者，而且也是开拓者和建设者"②。遗产的"保存"，是为了它能"裨助着后来"，这是个批判继承问题。现在我们要问：有了评价古典文学的标准，能识别其中的精华与糟粕了，是否就已解决了继承问题？有的人恰恰就是认为：只要是精华，就可以继承，就可以古为今用。可是鲁迅并不这样看，他认为：

第一，必须具有和善于运用历史主义观点。鲁迅曾在一九〇七年撰写《科学史教篇》时指出："盖世之评一时代历史者，褒贬所加，辄不一致，以当时人文所现，合之近今，得其差池，因生不满。若自设为古之一人，返其旧心，不思近世，平意求常，与之批评，则所论始云不妄，略有思理之士，无不然矣。若此立言，则希腊学术之隆，为至可褒而不可黜；其他亦然。世有哂神话为迷信，斥古教为谫陋者，胥自迷之徒耳，足悯谏也。盖凡论往古人文，加以轩轾，必取他种人与之相当之时劫，相度其所能至而较量之，决论之出，斯近正耳。"③ 鲁迅在这里批评了那些对

---

① 《鲁迅全集》卷六，第 273 页。
② 《鲁迅全集》卷七，第 679 页。
③ 《鲁迅全集》卷一，第 168 页。

待古文化采取虚无主义态度的人，因为他们用今天的标准去评价古人，不懂得文学的时代性，一时代有一时代的文学，古今是不同的。因而用今天的标准去要求古人是错误的，必然得出否定的结论。鲁迅对于虚无主义者的批判是正确的。鲁迅在同一篇文章里并用这一观点，批判了国粹主义。他说："惟张皇近世学说，无不本之古人，一切新声，胥为绍述，则意之所执，与蔑古亦相同。"① 这就是说，如果把近代的新东西，都说成是古已有之的，这种把古人现代化的方法和得出来的结论，也必然是错误的。美化古人，必然会歪曲古人，因而也等于取消了古人，在实质上"崇古"和"蔑古"相等。这个批判是完全正确的。在中国古代文学史上，由于不明白文学是一定时代社会的反映，缺乏历史观点，在写作上出笑话的大有人在。鲁迅于一九二四年在西安讲学时批判一些人喜欢摹仿《世说新语》而著作的时候说："但是晋朝和现代社会底情状，完全不同，到今日还模仿那时底小说，是很可笑的。……这就是晋时底情状。而生在现代底人，生活情形完全不同了，却要去模仿那时社会背景所产生的小说，岂非笑话？"②

鲁迅对虚无主义和复古主义的批判虽然正确，但是，鲁迅所提出的以古人的标准"自设为古之一人，返其旧心，不思近世"去评价古人，这种客观主义的态度，却是不正确的，不可能得到正确的评价，因为鲁迅在此时所使用的是进化论的观点，因而是不能真正解决问题的。只有运用无产阶级的阶级观点和历史主义观点，才能对古典文学作出正确的评价并解决继承问题。

古典文学是在特定历史发展阶段，一定阶级、阶层和社会集团的作家笔下的产物。即使最优秀的作家作品也不能不受到时代、阶级的限制。但优秀的作家、作品在当时由于同情和符合人民的利益，却起了进步与革命作用。因此，我们对古典文学的评

---

① 《鲁迅全集》卷一，第 168 页。
② 《鲁迅全集》卷八，第 322—323 页。

价，就不能忽视它的特定时代社会、阶级的特点。它所不能达到的高度，就不能随便夸张说它已经达到了，同时也不能对它作过高的要求，责备它没有达到，加以贬低；而是应该结合着它的时代社会、阶级特点及其在当时所起的进步作用，给它以应有的历史地位。此外，还必须看到：在当时起了进步或革命作用的作家作品，得到肯定，取得重要历史地位，对今天未必都是有益的和有用的。因此，这样的作品，它的思想内容，未必都一律成为今天继承的对象！

继承的标准是看它对今天是否还有用？凡是对今天已经没有用处的，即使在当时起过进步或革命作用的，也没有继承的价值，我们只给它文学史的地位。同时，即使对今天有用的，应该继承的，也必须经过批判、吸收消化，而不是生搬硬套。

成为马克思主义者以后的鲁迅，在对待中外古典文学和现代文学上，是充分体现了他的无产阶级的阶级观点和历史主义观点的。例如，现在大家都知道"为艺术而艺术"的理论与实践是反动的，应该彻底批判的。鲁迅曾和"为艺术而艺术"的第三种人作过不调和斗争，可是他却说："今日文学最巧妙的有所谓为艺术而艺术派，这一派在五四运动时代，确是革命的，因为当时是向'文以载道'说进攻的，但是现在却连反抗性都没有了。不但没有反抗性，而且压制新文学的发生……"① 这就是说："为艺术而艺术"的理论，在今天是反动的，但却不能因为它在今天"压制新文学的发生"，就连它在过去向"文以载道"的封建理论进攻的进步的革命贡献也一笔勾销，但也不能因为它"在五四运动时代，确是革命的"，就承认它在今天还有用，应该继承发展！如果鲁迅不掌握"两点论"，是作不出这样正确的论断的！鲁迅这一宝贵的论点，值得我们重视，应该好好学习。

鲁迅在一九二九年十一月写的《奔流》编校后记里，因为有

---

① 《鲁迅全集》卷七，第622页。

人任意夸大了或者说美化了彼得裴的思想，就批评说：他"……其实是一个爱国诗人，译者大约因为爱他，便不免有些掩护，将'nation'译作'民众'。我以为那是不必的。他生于那时，当然没有现代的见解"。这就是说：脱离开时代，主观地任意地把古人现代化，是错误的。但又指出，彼得裴虽然没有现代的见解，如果他对今天仍然有用，那么"取长弃短，只要那'斗志'能鼓动青年战士的心，就尽够了"①。也就是说：经过批判吸取，那"斗志"在当时还是能起鼓舞作用的。

对于文艺遗产，在思想内容上，固然应当坚持"两点论"，深刻的批判，慎重的吸收；那么对于其艺术性，是否就可以一律吸取呢？对于这一问题，鲁迅指出：对文艺遗产首先要在内容上，"加以仔细的分析和正确的批评"②，而后才谈到艺术性的继承问题。尤其值得我们重视的是，鲁迅指出就是艺术经验的吸收，也仍然不能生搬硬套，也仍然必须加以审查、批判而后取其有用者加以消化吸收。这是因为古代文学艺术的技巧，是产自旧的社会生活，是为旧的思想内容、旧的人物服务的。就拿绘画来说吧，在继承古代绘画技法上，"在唐，可取佛画的灿烂，线画的空实和明快，宋的院画，萎靡柔媚之处当舍，周密不苟之处是可取的，米点山水，则毫无用处"③。而有的人恰恰忽视了这一点。

由此可见，只有掌握和善于运用阶级观点和历史主义观点，才能对文学遗产作出最科学的结论，也最善于批判继承。

第二，必须掌握科学的方法。

1. 评价古典作家作品，鲁迅主张不能依靠别人，必须自己做主。因此，必须从具体作品出发。只有如此，才能一方面验证别人的论点是否正确，同时提出自己不同于别人的看法。所以鲁迅

---

① 《鲁迅全集》卷七，第208页。
② 《鲁迅全集》卷五，第234页。
③ 《鲁迅全集》卷六，第19页。

说："不过我并非要大家不看批评，不过说看了之后，仍要看看本书，自己思索，自己做主。"① 鲁迅为什么敢于给嵇康那样高的评价？就因为他认真阅读、整理并且研究了嵇的著作。当然"读死书是害己，一开口就害人；但不读书也并不见得好。至少，譬如要批评托尔斯泰，则他的作品是必得看几本的"②。有人说，古人比今人纯厚、心好、寿长。鲁迅说："古今的心的好坏，较为难以比较，只好求教于诗文。"③ 在文学研究上，鲁迅总是依靠自己的具体研究作出自己的结论，他既不迷信传统，也不崇拜权威。当然"自己思索、自己做主"，也并非意味着提倡主观臆断的研究。恰恰相反，鲁迅是依靠丰富而可靠的资料的。在丰富的资料的基础上，以马克思主义的观点，用理智作"冷静的"观察④，细致地思索（"心若不细，便容易走入草率的路"⑤），只有强调观点与资料相结合，才能最后作出正确的结论。

2. 全面研究。

评论古典作家作品不仅要读书，同时还要读作家的全部著作，以及反对他的人的著作，还要了解他所生活的时代环境以及他的生活经历（如果可能的话）。只有掌握了这样丰富的资料（必要时还得对资料作谨慎的鉴别，鲁迅在这方面做的工作是不少的），正确运用了"两点论"，才能作出正确的结论，而不致陷入片面。鲁迅说："我总以为倘要论文，最好是顾及全篇，并且顾及作者的全人，以及他所处的社会状态，这才较为确凿。"⑥ 必须着重指出，鲁迅对这个方法是非常重视的：他不但用它在科学研究上取得了辉煌的成果，在评价作家作品上获得了科学的结

① 《鲁迅全集》卷三，第 334 页。
② 《鲁迅全集》卷五，第 383 页。
③ 同上书，第 366 页。
④ 《鲁迅全集》卷三，第 332 页。
⑤ 《鲁迅全集》卷十，第 159 页。
⑥ 《鲁迅全集》卷六，第 344—345 页。

论，而且在对一些封建的，特别是一些资产阶级学者的"研究成果"进行批判时，总是由于运用这一武器而获得巨大的胜利。因此，他常常把这一方法来反复地加以阐发，希望真正研究古典文学者们能掌握和运用这一马克思主义的武器。例如，他在《"这也是生活"……》中，对"全人"问题，就作了深刻而沉痛的阐明，他慨叹说：我们读书时"所注意的是特别的精华，毫不在枝叶。给名人作传的人，也大抵一味铺张其特点，李白怎样做诗，怎样耍颠，拿破仑怎样打仗，怎样不睡觉，却不说他们怎样不耍颠，要睡觉。其实一生中专门耍颠或不睡觉，是一定活不下去的，人之有时能耍颠或不睡觉，就因为倒是有时不耍颠和也睡觉的缘故。然而人们以为这些平凡的却是生活的渣滓，一看也不看。于是所见的人或事，就如盲人摸象，摸着了脚，即以为象的样象柱子。中国古人，常欲得其'全'，……删夷枝叶的人，决定得不到花果"①。就由于鲁迅坚持了全面、比较研究的方法，他就看到了作家和作品真面目，从中挖掘出了精华，批判了糟粕。例如"蔡邕，选家大抵只取他的碑文，使读者仅觉得他是典重文章的作手，必须看见《蔡中郎集》里的《述行赋》（也见于《续古文苑》），那些'穷工巧于台榭兮，民露处而寝湿，委嘉谷于禽兽兮，下糠秕而无粒'（手头无书，也许记错，容后订正）的句子，才明白他并非单单的老学究，也是一个有血性的人，明白那时的情形，明白他确有取死之道"②。再如"'八大家'中的欧阳修，是不能算作偏激的文学家的罢，然而那《读李翱文》中却有云：'呜呼，在位而不肯自忧，又禁它人使皆不得忧，可叹也夫！'也就悻悻得很"③。

　　为什么同一个作家有时候写典重的或平和的文章，有时候却

①　《鲁迅全集》卷六，第486—487页。
②　《鲁迅全集》卷六，第336页。
③　《鲁迅全集》卷五，第367页。

写偏激的文章？为什么某一时代的文章总是闪烁着它那时代的色彩？鲁迅回答说："我以为文艺大概由于现在生活的感受，亲身所感到的，便影印到文艺中去。"① "创作虽说抒写自己的心，但总愿意有人看。创作是有社会性的。"② 而更重要的，影响他这样写或那样写的，则是由于作家有自己的特殊生活环境和创作环境。因此，鲁迅说："各种文学，都是应环境而产生的。"③ 因此，鲁迅强调指出，要了解作家，"要想研究某一时代的文学，至少要知道作者的环境、经历和著作"④；要谈文艺就"必须知道习惯和风俗"⑤。

因此，鲁迅能够创造性地解决了中国文学史许多重大问题。例如，他指出嵇康、阮籍的反抗礼教并非出自真心。他们是表面上毁坏礼教，骨子里不但承认礼教，还将礼教当作宝贝看待。这就纠正了一千六百多年来对嵇、阮的错误理解，从而作出了正确的评价，给中国文学史作出了巨大的贡献⑥。

为什么鲁迅能够较早地注意到了文艺与时代、社会环境的密切关系，并且在他成为马克思主义者后，提出了这个科学的研究方法呢？这首先由于他一开始搞文艺的时候就是革命者，清醒的战斗的现实主义者。更重要的则是在对敌的尖锐斗争中，在逐步掌握马克思主义的过程中，从丰富的实践经验中、亲身感受中，提高到理论上来的。鲁迅在白色恐怖的时代里，是不能自由发表文章的，甚至有时化名发表也很困难。为了能够发表，他不得不故意曲折其辞。因此，鲁迅叫它做"带了镣铐的进军"⑦。即使发表了，也往往被检查官们大加删除得"不成样子"，使读者竟至莫

---

①　《鲁迅全集》卷七，第 103 页。

②　《鲁迅全集》卷三，第 398 页。

③　《鲁迅全集》卷四，第 107 页。

④　《鲁迅全集》卷三，第 379 页。

⑤　《鲁迅全集》卷四，第 175 页。

⑥　《鲁迅全集》卷三，第 391—392 页。

⑦　《鲁迅书简》致萧军第 35 信。

名其妙。有些读者不知底细，反而批评鲁迅"沉静而且隐藏"①。因此，鲁迅在《且介亭杂文二集》后记里说："近两年来，又时有前进的青年，好意的可惜我现在不大写文章，并声明他们的失望，……所谓'现在不大写文章，其实也并非确切的核算。而且这些前进的青年，似乎谁都没有注意到现在的对于言论的迫压，也很是令人觉得诧异的。我以为要论作家的作品，必须兼想到周围的情形。"② 由此可见，这个方法是从对敌的激烈斗争中得来的经验，不仅帮助他研究当代作家作品，同样也有助于分析研究评论古典作家作品。当柔石等革命青年作家被反动派杀害，鲁迅要写文章纪念烈士感到"在中国的现在，还是没有写处的"时候，他回忆起了"年青时读向子期《思旧赋》，很怪他为什么只寥寥的几行，刚开头却又煞了尾。然而，现在我懂得了"③。因此，《思旧赋》虽只寥寥数行，却是值得肯定的作品。

　　鲁迅既然主张真正理解作家，并给以正确的评价，必须掌握全部的有关资料，作全面的研究，因此，他对古代的选家及其选本就没有好感。

　　选本是怎样产生的？鲁迅说，选家选文的目的是："凡是对于文术，自有主张的作家，他所赖以发表和流布自己的主张的手段，倒并不在作文心，文则，诗品，诗话，而在出选本。选本可借古人的文章，寓自己的意见。"④ 它的毒害，首先是对研究古典文学的人不利，"倘若研究文学或某一作家，所谓'知人论世'，那么，足以应用的选本就很难得。选本所显示的，往往并非作者的特色，倒是选者的眼光"⑤。对于古典作家来说："倘有取拾，

---

① 《鲁迅全集》卷十，第 162 页。
② 《鲁迅全集》卷六，第 360—361 页。
③ 《鲁迅全集》卷四，第 375 页。
④ 《鲁迅全集》卷六，第 348 页。
⑤ 《鲁迅全集》卷六，第 336 页。

即非全人，再加抑扬，更离真实。"① 这就是说，选本往往歪曲了
古人。例如陶渊明"现在之所以往往被尊为'静穆'，是因为他
被选文家和摘句家所缩小，凌迟了"②。其次是毒害读者，"读者
虽读古人书，却得了选者之意，意见也就逐渐和选者接近，终于
'就范'了。读者的读选本，自以为是由此得了古人文笔的精华
的，殊不知却被选者缩小了眼界"③，因而认识不到作家的全人。
而且由于选家"大抵眼光如豆，抹杀了作者真相的居多"④，因而
"选本既经选者所滤过，就总只能吃他所给与的糟或醨"⑤。而且
选本不独为害于当时，也流毒于后世："评选的本子，影响于后
来的文章的力量是不小的，恐怕还远在名家的专集之上。"⑥ 因
此，鲁迅的结论是，认真读古书的人，不可依仗选本⑦。

　　当然古代选本也并非全无用处，有些选本保存了一些古代佚
文，同时也是研究古代文学理论批评史的重要材料之一，鲁迅是
指出来了的。同时鲁迅也没有反对以马克思主义观点去选注名家
作品的工作。但作为研究作家的材料，选本却永远不是对象，这
点则是肯定的，所以他提倡编纂整理这样的专集，即除了作者的
全部著作之外，再收入别人的赠答和论难之作。他说："我以为
这样的集子最好，因为一面看作者的文章，一面又可以见他和别
人的关系，他的作品，比之同咏者，高下如何，他为什么要说那
些话，……"⑧ 而且优点还不只此。鲁迅说："我尝见人评古人的
文章，说谁是'锋棱太露'，谁又是'剑拔弩张'，就因为对面的
文章，完全消灭了的缘故，倘在，是也许可以减去评论家几分懵

① 同上书，同上页。
② 同上书，第 345 页。
③ 《鲁迅全集》卷七，第 131 页。
④ 《鲁迅全集》卷六，第 336 页。
⑤ 《鲁迅全集》卷七，第 131 页。
⑥ 《鲁迅全集》卷七，第 131 页。
⑦ 《鲁迅全集》卷六，第 339 页。
⑧ 《鲁迅全集》卷六，第 345 页。

懂的。所以我以为以后该有博采种种所谓无价值的别人的文章，作为附录的集子。"①

有关作家作品的全部资料都掌握了，也看到了其中的精华和糟粕了，那么这个作家是进步的还是落后的？他的创作是优秀的还是否定的？这也得有原则方法。

3. "观其趋向之大体"。

鲁迅认为：古代十全十美的人和文总是不多的，如果一定要十全十美，毫无瑕疵才承认是伟大的作家或作品，那实际上就等于取消了伟大的作家和作品。因此，鲁迅论人论文，总是着眼其大处，而不拘泥于小节，也就是从总倾向上或主导方面看，如果是好的，就应该首先加以基本肯定。所以鲁迅很赞成顾宪成的一段话："凡论人：当观其趋向之大体。趋向苟正，即小节出入，不失为君子；趋向苟差，即小节可观，终归小人。"鲁迅以为倘要论袁中郎，不妨恕其偶讲空话，赞《金瓶梅》，作小品文，因为袁还有更重要的一面在，他是一个"关心世道，佩服'方巾气'人物的人"②。因而在文学史上，就应给他应有的地位③。

从这里出发，鲁迅在继承问题上就提出了挖烂苹果的方法。他指出，倘不是穿心烂，还有许多可吃之处的话，就应该保留下来享用④。这就是说一个作家或作品，如果从总倾向上看是值得基本肯定的，而且对今天有用的，那就可以成为继承的对象，但却必须进一步去分析出它的精华与糟粕来，一定要挖去其坏烂之处，只吃其精华部分，绝不能囫囵吞枣。基本肯定，并不意味着全部是精华。就是精华也还须细细分析解剖，不能带着烂疤就吃下去。

第三，拿来。

鲁迅对于继承遗产或借鉴外来，提出了一个"拿来主义"。

① 同上书，第347页。
② 《鲁迅全集》卷六，第182页。
③ 《鲁迅全集》卷五，第468页。
④ 同上书，第237页。

这不仅概括了他的关于继承与借鉴的全部理论、方法，而且充分体现了他的实践与战斗精神，是值得我们努力学习的。为什么拿？拿什么？前面已说得够多了，现在主要探讨一下如何拿的问题。

　　鲁迅以为"首先要这人沉着，勇猛，有辨别，不自私"[1]，只有具有这样条件和精神的人才能"运用脑髓，放出眼光，自己来拿"[2]，"就如将彼俘来一样，自由驱使，绝不介怀"[3]。鲁迅自己就充分体现了这一精神：古书中所歌颂的某些英雄人物（如大禹和墨翟），他固然敢于歌颂他们是"中国脊梁"式的人物[4]，甚至古书中只有片言只语是有用的，也敢把它俘来，自由驱使。例如，鲁迅"并不全拜服孔夫子"，但由于孔夫子说过"以不教民战，是谓弃之"的话，"觉得这是对的"，于是在《论"赴难"和"逃难"》中，就信手拈来，用在战斗上了[5]。

　　鲁迅常常告诉我们研究古典文艺，必须用别一种眼光，眼光越亮发现得越多，可拿的也就越多了。"潦倒而至于昏聩的人，凡是好的，他总归得不到。"[6] 在文艺遗产中，常常同是一个东西，却既有精华的一面也有糟粕的一面。譬如皇宫，既是封建主义的象征，但也是劳动人民的建筑艺术品，"我们要保存清故宫，不过不将它当作皇宫，却是作为历史上的古迹看"[7]。这就成为人民所有，而不至把孩子和污水一齐泼出去了。鲁迅曾举过一个极为发人深省的例子。他说，一个土财主买了一个据说是周鼎的古董，他竟叫铜匠把它的土花和铜绿擦得一干二净闪闪发光了之后，才摆在客厅里，因而使鲁迅"由吃惊而失笑了，但接着就变成肃然，好象得了一种启示。……是觉得这才看见了近于真相的

---

① 《鲁迅全集》卷六，第33页。
② 《鲁迅全集》卷六，第32页。
③ 《鲁迅全集》卷一，第301页。
④ 《鲁迅全集》卷六，第92页。
⑤ 《鲁迅全集》卷四，第363页。
⑥ 《鲁迅全集》卷六，第337页。
⑦ 《鲁迅全集》卷十，第134页。

周鼎。鼎在周朝恰如碗之在现代，我们的碗，无整年不洗之理，所以鼎在当时，一定是干干净净，金光灿烂的……"①鲁迅把本来是为封建统治者服务的皇宫，作为古代建筑艺术拿来欣赏，把被"雅士"们当作古董来"欣赏"的周鼎，主张恢复它的真面目，并从古人的生活用具的角度，来研究古代的生活及其实用美术观点，的确是别具眼光，而这眼光正是马克思主义的眼光，把死东西变成活的有生命有用的东西，这正是马克思主义的创造性的继承的精神和态度！

鲁迅自己对于遗产的批判继承，给了我们许多范例。他对于过去的而对后来有用的东西，总是大胆地拿来使用。但是我们也必须看到，正如他前面所一再强调的，能够辨别出什么东西是对后来有用的，却真是一个了不起的本领，如果没有马克思主义的眼光，不但什么也得不到，而且会把精华视为糟粕，或把糟粕看成精华的，要不就是美化古人，"拉旧来帮新"②，这就既把文艺遗产搞成一团糟，也严重阻碍了新文艺的建设。

同时，也应该看到，鲁迅所说的拿来，绝不意味生吞活剥。例如，他把孔老夫子的"盍各言尔志"的话拿来，用以证明"志"即是"道"，批判了那些先把"志"弄成一个空洞无物的东西，进而提倡"言志"（其实即为艺术而艺术）之作，而反对"载道"（希望好社会的到来）之作的谬论③。在创作上，鲁迅的"杂取种种人合成一个"的创造典型的方法，也是继承了中国古画论的④。这都是经过批判改造才吸收，并且消化之后产生出来的新东西。鲁迅自己说得好："……采取，并非断片的古董的杂陈，必须溶化于新作品中，……恰如吃用牛羊，弃去蹄毛，留其

---

① 《鲁迅全集》卷六，第 342 页。
② 《鲁迅全集》卷十，第 202 页。
③ 《鲁迅全集》卷四，第 358 页。
④ 《鲁迅全集》卷六，第 423 页。

精粹，以滋养及发达新的生体。"①

　　鲁迅曾把文化遗产比作一个深宅大院，我们要把它拿来，并且完全有权利把其中的东西"或使用，或存放，或毁灭。那么，主人是新主人，宅子也就会成为新宅子"②。鲁迅自己正是这样一位新的主人，他在古典文艺的批判继承上，给我们树立了光辉的榜样，开辟了广阔的道路。

①　《鲁迅全集》卷六，第19页。
②　《鲁迅全集》卷六，第33页。

《铸剑》完篇的时间、地点及其意义*

研究《铸剑》应该先从它的写作年代、完成的地点谈起。

最近有的新出版的鲁迅小说研究一类著作中，仍然认为《铸剑》完成于厦门时期①。甚至有人专门写《鲁迅创作〈铸剑〉时间辨考》②。他们主要是根据作品结尾所署的日期，认为《铸剑》是"一九二六年十月作"。而且这个"时间"鲁迅另外还说过两次。一次是在《自选集·自序》里，一次是在《故事新编·序言》里。按说，作者自己在三处都说到的《铸剑》的写作日期还会错吗?! 但我们认为还得仔细查对。弄清这一问题，不仅解决了史料的准确性，主要则是看到了鲁迅这一段不平凡的生活历程、思想发展及其战斗精神，特别是有助于对作品主题的深入理解。

据《鲁迅日记》，一九二七年四月三日记载："作《眉间赤（尺）》讫。"又据许寿裳《亡友鲁迅印象记·广州同居》里说，《铸剑》是在广州中山大学大钟楼里写成的（按：许文给了我们《铸剑》完成于广州的一个有力证据，但却并非在大钟楼完成的，而是写成于白云楼。因为《鲁迅日记》记载先生与许寿裳、许广平于三月二十九日"移居白云楼"。而四月三日《鲁迅日记》："星期。……下午……作《眉间赤（尺）》讫。"可见许寿裳由于

---

* 原载《吉林师大学报》1980 年第 1 期，署名孙昌熙、韩日新。

① 吴中杰：《论鲁迅的小说创作》，第 95 页。

② 见《破与立》1979 年第 5 期。

记错了时间，便误"白云楼"为"大钟楼"）。还有一个可靠的证据是在《眉间尺》的手稿上面，第二节的末尾注明"未完"字样，而在篇末并没有注明写作日期。据此，可以断定《铸剑》的艺术构思开始于厦门。当时北伐战争节节胜利的消息使鲁迅异常兴奋，但校内外那种阴暗的、沉滞的气氛仍然异常浓重，这说明要战胜"用钢刀"的、"用软刀"的"屠伯们"，还需要进行殊死的斗争。鲁迅在北京时期就经历了女师大事件和"三·一八"惨案，从革命斗争的艰苦、曲折和复杂性，他认识到一个革命真理：人类的历史是"血战前行的历史"，"血债必须用同物偿还"。他号召中国被压迫人民必须"抽刃而起"，"肉搏强敌"，"报仇雪恨"。他在构思《铸剑》时，就结合上述现实情势和他所总结的斗争经验，对主题、人物和情节作了初步酝酿，并写成了第一、二节。后来鲁迅由厦门到了广州，思想有了巨大的提高，他不仅认识了广州的现实，而当北伐军相继攻克了上海、南京，革命呈现了高潮时，鲁迅却透过现象，看到革命正潜伏着严重危机。这期间以蒋介石为代表的国民党右派正变本加厉地向革命阴谋进攻，而共产党内以陈独秀为代表的右倾机会主义路线，则步步妥协投降，在这革命面临夭折的关键时刻，更需要以坚韧不拔的战斗精神来武装群众。这个时期，鲁迅先生先后写了《黄花节的杂感》《庆祝沪宁克复的那一边》，提出了"革命无止境""永远进击"的战斗口号，阐发了马列主义思想。同时，他对自己未完成的历史小说《铸剑》后半部分作了新的酝酿、充实和发展，最后完成它的更加辉煌的第三、四节，从而突出了拿起武器"永远进击"的深刻主题。由此，我们从创作角度上认识到：原来手稿的第一、二节没注明写作日期，是未完成之作，是属于鲁迅在厦门时期那种政治社会环境中的产物。《铸剑》最后完成则是一九二七年四月三日，《鲁迅日记》所载是正确的。而它的篇末所署年月是不可信的，是作者在把它收入《故事新编》时，随手凭记忆添上去的。

　　《铸剑》的故事取材于《列异传》（见鲁迅《古小说钩沉》）、《搜神记》及《列士传》所记载的古传说：剑工干将为楚王铸剑，三年铸成雄雌两剑。干将预料王会把他杀掉，就决定藏下雄剑，去献雌剑，并嘱妻子，他如被杀，就叫未出世的儿子将来为自己报仇。事实果如干将所料。莫邪生下的男孩叫眉间尺，长大后终于替父报了仇。

　　这个故事反映了阶级社会里统治者和被统治者之间不可克服的矛盾。贪婪、荒淫而残暴的统治者的乐园是建立在千百万劳动者的白骨堆上的。然而他们既然播下了仇恨的种子，就必然要吃到毁灭的恶果。因为广大人民群众为了生存，必然要铲除残暴的统治者，而且父死子继，前仆后继。这种复仇事业是正义的，不可战胜的。鲁迅从当时的战斗需要出发，选择了这个传说来写历史小说，经过长期酝酿把主题深化：是为了发扬这种前仆后继的复仇精神，启发当时广大被苦难折磨得活不下去的中国人民拿起"火与剑"，向独夫民贼讨还血债，进行不达目的，战则不止的韧的战斗。《铸剑》是鲁迅用自己的钢铁意志、战斗精神、革命激情铸成的，亦为广大人民最需要的一把雄青剑！

　　上述鲁迅的创作历史小说的经验是值得珍视的。它给今天文艺工作者，特别是创作历史小说的人以有益的启发：写历史小说是再创造。因此，也要深入生活斗争的漩涡中去。只有深刻理解现实，把握住时代精神，才能从现实斗争出发去选取相应的历史题材，倾注进自己的革命激情，熔古今于一炉，把历史和现实沟通起来，把古人写活，才能感染广大读者，使古的东西真正能为今天所用。

　　《铸剑》里的宴之敖者又称黑色人。关于这个人物，《列异传》只提了几句。而在《铸剑》里，鲁迅却把他作为主角，并倾全力作了艺术锻铸，通过一系列瑰玮的行动，赋予这个人物以深邃的灵魂、崇高的思想品格，时时闪耀着理想的光辉，从而突出了人物个性。有的研究者认为："在宴之敖者身上，我们可以看到一个英气勃勃的古代侠士的雄姿。"这种意见显然没有把握住这个人物的思想实质。其实宴之敖者既不是那种路见不平拔刀相助式的侠客义士，也不是那种单纯同情孤儿寡妇的浅薄的人道主义者，他的光辉行动表明，他是一个自觉的、勇于为被压迫人民复仇的坚强战士。简直就像那把"纯青的，透明的"，一条冰似的雄青剑。

宴之敖者的个性是一个"冷"字。然而他的冷，不是冷若冰霜，而是冷的外壳，热的内容。他锋芒内敛，深懂战斗的策略和艺术。在他的身上有着深沉的勇气，有一种潜在的热情，有一股涌腾奔突着的在地下运行的暖流。这是一种鲁迅式的热得发冷的那种"冷"。宴之敖者对于铸工的后代眉间尺有着深厚的感情，实际上既是眉间尺的复仇活动的支持者，又是眉间尺的保护人。当眉间尺鲁莽上阵时，他捏住了眉间尺的一只脚；当眉间尺被干瘪少年纠缠时，他出面解围；当国王下令捕拿眉间尺时，他立即报信。特别是眉间尺毫不犹豫地献上了剑和头时，他竟对着眉间尺狂热地接吻，并且发出了尖利的笑。这吻，表达了对于复仇者的敬意；这笑，显示了对于国王的憎恨与蔑视。宴之敖者挑起了为两代人复仇的重担后，挥剑斩狼，引吭高歌，履险如夷，怀着必胜的信心迎接即将到来的一场艰苦的战斗。

宴之敖者知难而进，迎险而上，在关键时刻表现出慷慨牺牲的精神，这绝不是偶然的。他曾对眉间尺说过："你的就是我的；他也就是我。我的魂灵上是有这么多的，人我所加的伤，我已经憎恶了我自己！"宴之敖者与单纯"为父报仇"的眉间尺的不同之处就在于他有着深广的忧愤，在他的胸中装着千家万户的苦难。他是代表着广大被迫害者来向国王讨还血债的，他不仅有复仇的决心，而且有丰富的斗争的经验，他不仅勇于复仇，而且善于复仇。他以玩把戏为名，只身闯入宫廷，用奇特的游戏吸引了国王。他抓紧有利时机，砍下国王的头，并为帮助眉间尺的头取得胜利，他又以自己的头投入战斗。直到把国王的头咬得"眼歪鼻塌，满脸鳞伤"才住了嘴。待到知道了王头确已断气，才"合上眼睛"。宴之敖者不愧是"真的猛士"，他代表千百万人向国王讨还血债所表现出来的牺牲精神，曲折反映了鲁迅的思想在质变前夕所达到的新的高度。鲁迅曾说过，一件作品"表面上是一张画或一个雕象，其实是他的思想与人格的表现"（《热风·随感录四十三》）。因此，我们可以说宴之敖者是鲁迅对历史上那些坚决反抗一切野蛮统治者的英雄形象的高度集中，其中也熔铸了鲁迅自己对敌人的无比憎恨，同敌人血战到底的革命精神。

宴之敖者的出场正是眉间尺报仇遇到困难的时候，不仅使读者心神俱旺，而且加深了作品的主题：从个人的复仇升华到自觉地要为千百万被侮辱、受损害的人民群众向反动统治者讨还血债的重大主题。而且根据情节的有机发展（第三节，两头在鼎内力战王头的出色描写，是作者新的革命浪漫主义创造），把作品主题进一步提到"永远进击"的新高度！

眉间尺是《铸剑》的前半部分所着重塑造的一个复仇少年的形象。这个手工业者的后代，是个正在成长中的人物，他每前进一步都是踏实的。作品的开始，通过一个捉老鼠的细节描写揭示了他性格中淳朴善良但嫌"优柔"的一面，给人留下了深刻的印象。仅仅是一只老鼠在短短时间里的不同表演，就引起了眉间尺感情的几个转折。这说明眉间尺还是一个充满了稚气的孩子，还不能算是一个成熟的战士。眉间尺的母亲曾对于这种不冷不热的性格感到焦急，并为之叹息，她担忧眉间尺这种性情干不了大事。然而，经过十六年的下层社会苦难生活的锻炼，在眉间尺的身上留下了烙印，这个淳朴而善良的青年终于懂得了爱和憎，特别是他从母亲那里听到父亲为了给大王铸剑，勤勤恳恳地劳动了三年，剑炼成了，不仅没有得到奖赏，反而惨遭杀害的血泪仇，顿时从胸中燃起了复仇的怒火。他意识到自己性格中的弱点的危害性，就决心抛弃了怜悯心，毅然背起雄青剑辞别母亲说："我已经改变了我的优柔的性情，要用这剑报仇去！"

　　眉间尺虽然准备手刃国王，可是由于主观上缺乏周密的计划和斗争经验，客观上国王戒备森严，双方力量悬殊，结果遭到失败。但他在遇到挫折时，并没有动摇复仇的意志。一些事实使他充分认识了宴之敖者，他毫不犹豫地献出了青剑和头颅。直到他的头和国王的头在金鼎里进行了一场殊死的搏斗后，才含着胜利的笑沉入水底。作品通过对眉间尺头的描写所表现出来的那种勇敢、顽强、坚韧进攻的斗争精神是极为感人的。眉间尺是为了复仇才献出自己生命的。在黑暗的现实面前，他仅是一个十六岁的青年，就过早地肩负着斗争的重担。他虽然年青、幼稚，还缺乏斗争经验，但他一旦觉悟是非界限清楚之后，就勇敢起来，勇敢到敢于把自己的头颅委托给所信任的人去报仇雪恨。但这并不意味着他已完成了复仇的任务，而是要继续承担起更艰苦的战斗，那就是后来以己头对王头的一场恶斗；从胜利地完成任务中，体现了他敢于战斗到底的精神。并从人物塑造的角度上看，眉间尺的性格到此才最后完成。

　　鲁迅在《铸剑》里，对于一些反面人物也并没有简单地加以脸谱化，而着重是从生活出发，用犀利的解剖刀揭示他们的丑恶灵魂。例如国王是个嗜血成性的暴君，他和一切反动统治者一样，外貌虽然残暴，内骨子却是怯弱的。他把干将杀掉，却把尸首分别埋在前门和后苑，为的是怕鬼魂报仇。再如宫廷内部追随国王的走狗帮凶，“讲道”的白须老臣，打诨的矮胖侏儒，献媚的妃子等，虽然着墨不多，却抓着了他们的特点，使人感到笔愈减而神愈完。这些丑类正是鲁迅生活时代的黑暗现实的折光。

　　鲁迅在谈《铸剑》时曾说过：“确是写得较为认真。”（一九三六年三月二十八日致增田涉）还说过：“《铸剑》的出典，现在完全忘记了，只记得原文大约二、三百字，我只给铺排，没有改动的。”（一九三六年二月十七日致徐懋庸）这都说明故事的梗概与原来的传说基本一致，只是运用形象思维，作了艺术处理。因而有的研究者认为《铸剑》是《故事新编》中仅有的一篇“博考文献，言必有据"的作品，并且强调指出，只有它"才算是历史作品"，这种理解显然是相当片面的。其实凡是从古代取材的作品都可划入历史作品的范畴。在《故事新编》里面，尽管有的作品采用史料少一点，但都不妨碍称为历史小说。事实上，不论哪种情况，一经作者加工，就成为"借用历史上人物的名字，写出他所创造的角色"（歌德）。这里面都离不开想象、创造，尤其渗透着作者的思想与人格。在《铸剑》里，关于眉间尺的父亲在炼完剑后开炉的描写，是对手工业者劳动的赞颂。眉间尺对老鼠态度的描写，反映了这位尚未成熟的青年的优柔寡断的性格。宴之敖者挥剑斩狼的描写，显示了不畏艰险、勇往直前的英雄气概等显然都不是"言必有据"，而且"仗义，同情，那些东西，先前曾经干净过，现在却都成了放鬼债的资本"，更是溶进了现代生活细节。这都说明，对于鲁迅的历史小说不能拿着一个固定的框子去硬套。

《起死》试解[*]

鲁迅的一生写过两个独幕剧，一个是收到《野草》里的《过客》，另一个就是收到《故事新编》里的《起死》。《过客》是反映现代生活的，剧中的过客是个肯定的人物。而《起死》却是取材于古代生活的，剧中的庄周是个否定的人物。

《起死》写于一九三五年十二月。在这一个月里，鲁迅连续写了《采薇》、《出关》和《起死》三篇历史小说，主要是为了在文化战线上从多方面配合现实的斗争。从当时的形势来看，日寇侵华日益加剧，国民党反动政府实行不抵抗主义，而一些反动政客和御用文人便乞灵于庄周哲学，作为"危急之际的护身符"。有的鼓吹《庄子》是"极上流书"，提倡青年读《庄子》。有的美化庄周哲学是"万物辩证法"，叫嚷"柔能克刚"、"不抵抗就是抵抗"。有的兜售"唯无是非观，庶几免是非"的处世之道，胡说"对是不对，不对是对"。还有的把文化战线上"围剿"与"反围剿"斗争，不分青红皂白地斥之为"文人相轻"，说什么"文既无长短可言，道又无是非之分"。鲁迅感到文化战线上的鼓噪声，搅乱了是非的界限，迷惑了人们的耳目，决不能任其自由泛滥，因而就旗帜鲜明地提出，必须"有明确的是非，有热烈的好恶"（《文人相轻》）。并且立足现实，回顾历史，一针见血地指出："胡涂主义、唯无是非观等等——本来是中国的高尚道德，你说他是解脱达观吧，也未必。他其实在固执着坚持着什么，例

---

* 原载《山东文学》1980年第3期，署名孙昌熙、韩日新。

如道德上的正统，文学上的正宗之类。"（《难得糊涂》）这就拨开迷雾，揭示了反动势力吹捧庄周的罪恶目的就是要用无是非观从政治上来掩饰自己。

历史上的庄周是战国时期的重要思想家、杰出的文学家和道家的代表人物。曾为漆园吏，生活相当贫困。但他不愿对国事有所作为，不愿对任何方面都有所积极，只愿自己生活得愉快。尽管他标榜自己超然物外，但他的主要倾向是宣扬一些消极、落后的东西。在人生论上，他宣扬虚无主义，认为人生是一场大梦。在认识论上，他否定客观真理，宣扬"彼亦一是非，此亦一是非"。认为认识是不可靠的，真理是不可知的，竭力夸大个人的主观精神作用。鼓吹什么无生死、无是非、无大小、无古今、无贵贱，幻想绝对自足自得的精神世界，因而他的哲学属于主观唯心主义体系。从表面看来，庄周好象很超脱，实际上却是抱着悲观失望、无可奈何的心情来对待社会的动荡和变革，属于没落阶级思想意识的范畴。庄周的社会政治思想是要人们无知无识，最终把人们引导到自我毁灭的道路上去。因而我们对庄周这个人物应当持否定的态度。

长期以来，庄周思想和儒家思想一样在知识分子中起着消极的腐蚀作用。鲁迅在剖析自己时说过："苦于背了这些古老的鬼魂，摆脱不开，时常感到一种使人气闷的沉重。就是思想上，也何尝不中些庄周……的毒。"（《写在〈坟〉后面》）短篇小说集《彷徨》里面的吕纬甫和魏连殳都是对生活失掉了信心和勇气而采取消极态度的知识分子，他们都或多或少地和庄周思想的影响有关系。因而通过生动、具体的形象来批判庄周的思想，不仅从刨祖坟的角度打击了现代庄周的嚣张气焰，而且对于从知识分子中清除思想垃圾，也有着重要的现实意义。

《起死》的创作有一点古书上的根据。据《庄子·至乐》，庄周在去楚国的途中，遇到一堆空髑髅后大发议论，追究其死亡的原因，后来就枕着髑髅睡觉。夜间，庄周入梦，髑髅向他表示，死后无拘无束，有无限乐趣。庄周不信，要让司命为髑髅复生。髑髅却以很悲伤的样子表示不能放弃死后的乐趣再受人间的劳累，因而加以拒绝。这个寓言所宣扬的生不如死，属于主观唯心论，其思想内容是不足取的。可是鲁迅在构思《起死》时，却从现实斗争出发，根据表达主题的需要，把这个寓言加以改造生发，将庄周的梦境变为现实，当髑髅变成一位赤条条的汉子，向庄周索取衣物时，无是非的庄周便狼狈不堪。另外作者还虚构了一个巡士，这样就使《起死》在批判"无是非"观时，又跳跃着时代的脉搏。

庄周是个"无是非"观的兜售者。他总是让别人安分守己，但实际上对自己却是另外一套。他只是运用这种理论要求别人，而不约束自己，因而在现实生活中他总是经常自己打了自己的耳光，使他的那些"无是非"的理论成为空洞的说教。庄周对鬼魂标榜"活就是死，死就是活"，似乎生与死没有什么区别；可是他偏要请司命大神复他的形，生他的肉。当髑髅复活成为汉子，庄周却说："我现在并不要你的谢礼。"这显然又说明生和死是有区别的。要不然哪里谈得上什么"谢礼"。当汉子向庄周索取衣物时，他又恶狠狠地威胁："我就请司命大神来还你一个死。"这个宣传"活就是死，死就是活"的人却想用死来进行恐吓，当然又否定了他的生和死无区别论。后来汉子扑向庄周，要求赔衣物，庄周却赶紧吹警笛招来巡士，这就又暴露了庄周原来是个贪生怕死的角色。庄周身上穿着小衫和长袍，却对赤条条的汉子宣传衣服是可有可无的，并要尽了拖延时间、转移目标、兜售谎言的卑鄙手段。当汉子拉住庄周的衣袖时，他赶紧制止："我的衣服旧了，很脆，拉不得。"后来当巡士劝庄周赏给汉子一件衣服遮羞时，庄周竟然借口要朝见楚王"不穿袍子不行，脱了小衫光穿一件袍子也不行"。归根结底就是对于赤身露体的汉子不能作任何施舍。鲁迅在《起死》里就是这样运用犀利的解剖刀一层比一层深入地剖析了庄周的肮脏灵魂，这种批判是尖锐而辛辣的。

另外庄周标榜无大小，却嫌汉子提供的昨天"阿二嫂就和七太婆吵嘴"和"杨小三旌表了孝子"的事件还欠大。庄周宣扬无古今，却对汉子死于五百年前的纣王时代感到惊讶。庄周兜售无贵贱，却不顾千里迢迢去朝见楚王，还为警察局长赞赏《齐物论》而沾沾自喜。作品就是这样让庄周自己打自己的耳光，从而暴露了他的两面派的行径。

鲁迅有一支泼辣、幽默、锋利的笔，他善于把黑暗势力画成各种鬼脸，进行无情的讽刺。《起死》对于庄周及其宣扬的"无是非"观，就抓住那荒唐的一面加以艺术夸张、形象描写，从而产生了强烈的艺术效果。鲁迅在称赞《儒林外史》的讽刺艺术时说过："《儒林外史》写范举人因为守孝，连象牙筷子也不肯用，但吃饭时，他却在燕窝碗里拣了一个大虾圆子送在嘴里。"（《论讽刺》）"无一贬词，而情伪毕露，诚微词之妙选，亦狙击之辣手矣。"《起死》让庄周在一块荒地上面活动，周围不过是些土冈和蓬草，仿佛与世隔绝的样子，其实这里却是个充满了是非的典型环境。作者用讽刺的手法让庄周现身纸上、声态并作、出尔反尔、自相矛盾。随着情节的发展，他自己撕破了身上所披的伪装，让人们看到高谈阔论的学者原来是个一毛不拔的吝啬鬼，道貌岸然的政客原来是个袖藏警笛的强盗军师。这样一来，他那丑恶的利己主义灵魂也就暴露无遗了。这正是采用的"无一贬辞"而让庄周"情伪毕露"的方法，并加以发展。

《起死》里的另一个人物是复活的汉子杨大。他在五百年前拿着伞和包裹去探亲被断路强盗打死，成为一堆髑髅。杨大被司命大神复活后，立即就找自己的衣物、伞和包裹，却被庄周指责为"糊涂得要死的角儿"，"澈底的利己主义者"，"不懂哲理的野蛮"。但他不信任庄周的谬论，不怕庄周的威胁，伸手就揪庄周的衣服，结果使庄周当场出丑，狼狈不堪。作品通过汉子的行动显然是告诉人们："老百姓虽然不读诗书，不明史法，不解在瑜中求瑕，屎里觅道，但能从大概上看，明黑白，辨是非，往往有决

非清高通达的士大夫所可几及之处的。"(《"题未定"草（九）》)

司命大神、巡士和汉子都是作者虚构的。鲁迅在《起死》里安排了这几个人物完全是为了批判庄周的需要。司命大神虽然具有起死回生的力量，却不受庄周的支配。他先是接受了庄周的要求，把髑髅复活为汉子，后来干脆拒绝出场，结果让庄周出了洋相。至于巡士，则是庄周用警笛唤来的。耐人寻味的是，他的顶头上司公安局长竟是位隐士，说穿了就是个挂着隐士招牌的官僚。其实这个巡士也不过是个应声虫似的奴才而已。他虽然袒护着庄周，让庄周脱了身，可是自己却被汉子缠得狼狈不堪，这当然同样说明了唯无是非观的破产。

"诗人的任务不在叙述实在的事件，而在叙述可能的——依据真实性、必然性可能发生的事件，历史家和诗人不同。"（亚里士德多：《诗学》）《起死》的创作虽然有一点史书上的根据，但作者通过形象思维塑造了几个鲜明、生动的人物形象，而没有拘囿于史书，没有搞成历史图解和历史人物、历史事件的翻版。作品里既不违背历史上的真人真事原则加以艺术虚构，又有机地融入现代生活细节。这就使得古代与现代熔为一炉，历史真实与艺术真实达到了辩证统一，是名副其实的新编历史故事。有的同志认为"在《起死》里，我们根本嗅不到一点点战国时期的时代气息，更谈不到他反映了什么历史生活的真实了"，因而就认为《起死》是"杰出的讽刺作品"或"寓言式的作品"。也有的同志认为《起死》"没有写出历史人物的真实面目"，因而"并不是严格的历史剧"。这些同志煞费苦心地为历史剧规定了一些框框，然后再用这些框框来套作品，似乎是违背了其中的某一条，就要被关在历史剧的大门外似的。归根到底，这种意见认为历史剧和现实没有什么联系，那当然会导致历史剧脱离现实的倾向。还有的同志在概括《起死》思想内容的时候认为，作品"通过对庄子'无是非论'的批判，揭穿了这伙'蛀虫'的反动政治立场和投降派面目"，"是一篇抨击机会主义路线的战斗檄文"。这种意见显然是脱离了作品的实际，硬把自己的一些想当然的意见强加在作品上面。鲁迅创作《起死》当然不是发思古之幽情，而是通过"刨祖坟"来批判现代庄周。在作品里，庄周兜售"唯无是非"观四处碰壁、狼狈不堪的一系列形象描写，正是曲折地嘲讽了现代庄周。但我们却不能把作品里的庄周当作现代人物乱扣帽子，那将是违反了起码的历史唯物主义常识，并将导致对于作品的曲解。

　　"喜剧将无价值的撕破给人看。"（《再论雷峰塔的倒掉》）《起死》自始至终笔调轻松，充满了喜剧气氛。作者注意发挥"笑"的战斗作用，用健康的笑声来嘲笑和否定庄周的唯无是非观。如果说庄周向髑髅讯问死的原因，让人感到可笑，庄周和司命大神谈话让人感到好笑，那么庄周在汉子索取衣物时所出现的狼狈相和汉子与巡士的纠缠则让人忍俊不禁，大声笑了起来。人们笑庄周自相矛盾，笑巡士无法摆脱矛盾。这笑声是辛辣而充满嘲讽意味的，这笑声仿佛是一把烈火，要把那腐朽的垃圾统统烧毁。甚至连自己思想里弱点也烧毁在里面。从这个意义来看，《起死》不但是很好地完成了它的历史任务，而且也有着现实意义。

责任编辑　陈宝云

《补天》试析[*]

鲁迅继"显示了'文学革命'的实绩"（《且介亭杂文二集·〈中国新文学大系〉小说二集序》）的《狂人日记》之后，又开辟了新的领域——历史小说。鲁迅在本书的《序言》里说："第一篇《补天》——原先题作《不周山》——还是一九二二年的冬天写成的。那时的意见，是想从古代和现代都采取题材，来做短篇小说。"《补天》是在中国现代文学史上"表现的深切和格式的特别"的又一突出贡献。鲁迅写《补天》的目的之一，是"取了茀罗特说，来解释创造——人和文学的——的缘起"。我们可看作这是《补天》的第一个特点。鲁迅在《我怎么做起小说来》里，提到《补天》的"结构的宏大"问题，应视为第二个特点。

然而，有些研究者，从爱护鲁迅出发，竟认为鲁迅运用"茀罗特说"写《补天》，是取怀疑态度的；有的干脆否认了鲁迅自己说的话。而《补天》的第二个特点，有人根据鲁迅自己说的"有一个小人物跑到女娲的两腿之间来，不但不必有，且将结构的宏大毁坏了"（《南腔北调集·我怎么做起小说来》）一段话，竟信以为真。这样一来，《补天》除了"纯文艺"与"自甘'庸俗'"之争而外，几乎没有什么可谈的了。

现在为了认识《补天》的真实面目，有必要从作品本身出发，作实事求是的分析。

---

[*]　原载孙昌熙主编《〈故事新编〉试析》，福建人民出版社，1982。

　　先看看鲁迅在创作本篇时，是否采取了茀罗特说，描写女娲"性的发动和创造，以至衰亡的"？（《南腔北调集·我怎么做起小说来》）我们认为，小说一开始，作者就以较大篇幅，描写女娲在弥漫着粉红色的天空笼罩下，在大地嫩绿、花团锦簇，以及和风的吹拂中，无端感到懊恼：既觉得不足，又感到太多，不耐烦的情绪促使她发出了"唉唉，我从来没有这样的无聊过！"的叹息。她又猛然站起，"擎上那非常圆满而精力洋溢的臂膊，向天打一个欠伸，天空便突然失了色，化为神异的肉红"。她这种闲愁万种，以及她对宇宙的神秘感觉，就是下意识的，又是一种性的冲动，创造的冲动。茀罗特就是认为，意识是受"下意识"支配的，而"下意识"的内容就是"性爱"。尤其小说里描写女娲在肉红色（诱惑色）的天地间走向海边时，她"全身的曲线都消融在淡玫瑰似的光海里，直到身中央才浓成一段纯白"。而"这纯白的影子……仿佛全体都正在四面八方的迸散"。这一描写同后面所写的，女娲"觉得全身的毛孔中无不有什么东西飞散，于是地上便罩满了乳白色的烟云……"都是写女娲的奶汁的分泌和喷射。如果我们再参考一下，鲁迅在《二心集·风马斗》中关于希腊神话中的"宙太太的乳汁，……喷了出来，飞散天空，成为银河"的一段描写，对照起来，便会更加相信。作者确是细腻地象征地渲染了精力弥满喷射乳汁的女娲的春意恼人而难遣的苦闷，转而又变化为欢喜的复杂的情绪，以致不自觉地在海边"跪下一足，伸手掬起带水的软泥来"造人。而且感到"喜欢"，并"以未曾有的勇往和愉快继续着伊的事业"，造人的事业。这里所描写的女娲从梦中惊醒，感到"懊恼"到造人的过程，正是女娲从性心理活动开始，产生了创造的冲动，以无比惊人的神奇力量，并以欢喜的心情创造了人类的过程。这是诗的境界，含蓄到了"不着一字，尽得风流"的境地，又爆发着巨大的生命力。作者这种从生物学角度，着力描写女娲性的发动和创造，显然是采用了茀罗特的性欲说，并通过艺术手段演义了"人的缘起"的中国神话。

当然"茀罗特说",鲁迅在《南腔北调集·听说梦》里已作了批判,但正如"为艺术而艺术"说在"五四"时期是进步的一样。鲁迅在一九二二年末写《补天》采用这个学说,塑造女娲的形象,艺术地描写"人的缘起",是有积极意义的:当时文化界的斗争非常尖锐,虽然"五四"革命文学诞生了,并在滋长,但接着旧势力就来了个反扑;于是发生了一系列的斗争,如对"保古派"、"复古派"以及"整理国故派"的斗争。此外,宣传腐朽名教的旧文艺作品也充斥市场。因而急需一些在当时能起进步作用的文艺理论来指导革命文学创作,以更多的"'文学革命'的实绩"来巩固与扩大新文艺阵地。因此,鲁迅取用茀罗特学说写女娲性的发动,从下意识的心理状态中创造人类的行动,从而冲破封建名教观念的束缚,是有进步意义的。并且把女娲的纯洁、裸美、崇高和力之美的形象,同出现在她两腿之间的"小丈夫"对比,特别显示了鲜明的战斗性。因而《补天》的这第一个特点,不仅确实存在,而且在内容和艺术上都取得成功。

《补天》的第二个特点是"结构的宏大"。按照一般情况,长篇小说富有巨大和悠久相统一的"时空"感。而短篇小说同长篇比起来,则如"大伽兰中"的"一雕阑一画础"(《三闲集·〈近代世界短篇小说集〉小引》)。而《补天》值得人们注意的,却是一篇以短篇而具有长篇的宏伟气魄的作品。它有从一条花里显现"大千世界"之美。这固然与取材有关,而鲁迅的积极浪漫主义的雄伟、博大的艺术构思则是决定性的。

在阅读本篇中,我们看到和感到,作为女娲生活环境的是全宇宙,作者把它表现得真是广阔无垠,气象万千。如,粉红色的天空中,上下流动不息的各有特征的太阳与月亮,使人感到广阔而永恒的宇宙在运动。高大、纯洁、裸美的女娲,生活在杂花馥郁、绿草如茵的大地上,温暾的风时常"将伊的气力吹得弥漫在宇宙里"。她还常与肉红色的宇宙融成一体:"天空……化为神异的肉红，暂时再也辨不出伊所在的处所。"真是天地与我如一。在这神异的境界里，女娲显得多么崇高而瑰玮。

女娲这位中国神话中的人类的母亲，她不仅神奇而伟大，而且精力弥满，她用手捏人捏得不耐烦了，焦躁地一伸出手去，就能抓起一株从山上长到天边的紫藤。当她抡动紫藤在泥和水里造人时，呈现了劳动创造的力之美：那力量飞速得使紫藤象一条给沸水烫伤了的赤练蛇。她一舒巨臂可以撮住大海涛中飞奔的山峰。这一切，使人感到她不仅是一个具有健美、宏伟的形象，而且她那无穷的神力，使宇宙在她的手掌上颤动、飘摇，她全身充满了能创造宇宙的力量。她的个性是力的独创，荒古的熔岩因为有了她才产生了活气，宇宙因为有了她才"真体内充"。天崩裂了她能补，使宇宙复苏了无穷的生命。

当她的不肖子孙颛顼和共工，为了争夺统治权，一场血战把宇宙的美破坏得"仰面是歪斜开裂的天，低头是龌龊破烂的地"的时候，她为了重整乾坤，勇敢地自觉地担负起了补天大业。堆柴、寻石的巨大劳动，已经使她"眼花耳响，支持不住了"，但她还得排除"小东西"们的种种阻力。这一切劳动和斗争的描写，都是对女娲补天大业的赞歌：从她内心的美，唱到行动的美，简直是一曲女神颂。作者描写她点燃起来的一场惊心动魄的炼石补天的大火，是那样有顺序、有节奏，在真实而又雄伟瑰丽的画图中，充满了情感起伏的旋律。让读者看到了压倒昆仑山上的红光，吓倒了风旋火柱的吼声，补天的溶石象一条不灭的闪电……而作者的惊雷走电的大手笔描绘有声有色的火景，还是为了继续雕塑女娲，"风和火势卷得伊的头发都四散而且旋转，汗水如瀑布一般奔流，大光焰烘托了伊的身躯"，当"宇宙间现出最后的肉红色"时，她的补天大业完成了，也正是作者最后完成了塑造女娲形象的胜利时刻。

在这场惊心动魄的描写中，我们感到宇宙重新有了生命。而作者对宇宙恢复了青春的歌颂，正是赞美了女娲的神奇的创造力。但她并不满足她的创造。当"天上一色青碧的时候",她"伸手去一摸,指面上却觉得还很有些参差"。她想"养回了力气,再来……"但她已不再呼吸。她已经献出了自己伟大的生命。这最后的悲壮描写,正是作者从女娲的"性的发动和创造,以至衰亡"的"宏大结构"的圆满完成。

无穷尽的宇宙运动产生了永恒的时间感。从女娲造人、补天的过程,尤其从人的诞生传递到秦皇、汉武的求仙,读者感觉到了历史长河的奔流不息。在这不可分割的无垠的空间与悠久的时间中,屹立着女娲的宏伟、壮丽、堂皇的大业,就使短篇的《补天》呈现了长篇的气魄。

最后谈谈这篇小说的思想内容问题。

《补天》发表后,有人从文学是"自我表现"的理论出发,称赞《不周山》为"纯文艺"作品。而作者自己则说它是"庸俗"之作,并且"自甘'庸俗'"。我们认为作者的论点,充分为自己的作品所证实。众所周知,从来没有"纯文艺"的小说。任何作家、艺术家的作品都有自己的创作动机,"实是他的思想与人格的表现"(《热风·随感录四十三》)。何况这篇具有宏大结构的《补天》,它概括着丰富的社会内容,而且是战斗的内容,即鲁迅所说的"庸俗"。

前面说过,作者取用莤罗特说进行创作,目的就是向封建的"文以载道"说挑战,向"非礼勿视"的礼教挑战;他冲破了一切腐朽传统思想和陈旧手法。下面试从《补天》具体内容予以分析。

鲁迅的前期创作,体现着他的文艺要"为人生"和"要改良这人生"的主张。《补天》是以积极浪漫主义创作方法,艺术地写出了他的"为人生"的"启蒙主义"的思想。他写《补天》和写《狂人日记》等的革命的目的一样,区别只是从古代采取题材,创作短篇历史小说。他是从开辟创作新领域着眼,为了增辟新的文场,以新的武器向前面所说的那些同帝国主义相勾结的封建势力特别是腐朽思想战斗而写《补天》的。当时社会上弥漫着反改革的恶浊空气，如，反对科学，宣扬迷信；打击进步，提倡复古；……文学革命旗手的鲁迅为了保卫和发扬"五四"革命精神，积极反击这一股逆流。他在《补天》中塑造了有神异创造力的女娲，通过对她重整乾坤和忘我献身的英雄业绩的描写，热情地歌颂了"五四"时期冲击"萎靡锢蔽"的创造进取精神。这就是鲁迅在该书序言里所说的"庸俗"，以及"自甘'庸俗'"的真义。

小说里的女娲就是神奇创造力的化身，就是"五四"革命精神的象征。她就是光明。她在补天时，所点燃起来的通天火光，使破坏天地的群丑嘴脸毕现。试看，人类被创造出来之后，有一部分爬上了统治地位，他们自私、贪婪、残酷、狡猾……但他们善于以卫道、复古、天命等名义欺骗部下，残杀无辜，并掩饰着争夺统治权的实质。以颛顼和共工为首的酋长们，因争帝位而互相残杀，以致天柱折、地维绝，人民罹难。然而他们的那些遍身多用铁片包着自己的小头目，却各自振振有词地诉说自己出师有名，"正义"在自己的一方。例如，共工的小头目用神情似乎很失望的脸，诉说自己虽然战败，但他们大头目共工能以"厥首触不周之山，折天柱，绝地维……"则是战死的英雄。同时还美化自己的一方，是由于"颛顼不道"，他们才"躬行天讨"的，战胜者颛顼的"也多用铁片包了全身的"小头目，则用"高兴而且骄傲的脸"宣传自己的战绩；也说由于共工"人心不古"，他们才"躬行天讨"的。

战败者破坏了天，战胜者却并不去补，双方都不负毁灭世界的责任。战胜者唯一的"大业"就是继续残杀无辜，消灭异己，扩充地盘，奴役和掠夺人民。所以修补世界的女娲就必然受到进攻。但进攻者虽威武堂皇，却又胆小如鼠，他害怕那烧红宇宙发出雷电轰鸣的火势，先是观望，然后是躲躲闪闪地进攻。然而胜利者是"聪明伶俐"的，当发现因补天力竭而死的女娲，有一笔偌大的膏腴遗产时，就从"征讨者"突变而为"女娲的嫡派"，以便拾得继承权。这就不能不使人联想到当时军阀连年混战、生灵涂炭的悲痛世界。军阀们非但不承担罪责，反而强盗装正经，用"正义"的美名装扮自己。他们为了夺地争城，经常变换脸谱和旗号，甚至自封为"仁义之师"，争正统，欺世人，树自己，压异己。作者在《补天》里所嘲讽的"禁军"的丑行，正是间接地撕破现代军阀的假面，暴露其无耻嘴脸，控诉其滔天罪恶。

作者还描写了另一类女娲的子孙：他们是胜利了的统治者的帮闲与帮凶。他们对于女娲的寻石补天，有的是"冷笑、痛骂，或者抢回去，甚而至于还咬伊的手"。有的则加给女娲以"裸裎淫佚……"的罪名，咒骂女娲，甚至要以法律制裁相威胁，拼命维护他们的"礼义之邦"的道德、风俗。但这些都是蚍蜉撼大树，当炼石的烈火轰天而起时，他们也只能"呜呜咽咽"了。这一幅漫画会使读者想起"五四"运动退潮时期，新老复古派对新文化运动的疯狂叫嚣，小丑们的可耻跳踉。鲁迅曾在《我怎么做起小说来》以及《反对"含泪"的批评家》等文章里，揭穿了当时的"道学的批评家"的阴险用心；在《补天》里从女娲两腿之间出现的"小丈夫"，不正是间接对上述"道学家"的辛辣嘲讽吗！而在艺术上也取得了成功：他们头"顶长方板"，身穿古衣冠；满口僵死的语言，流着"比芥子还小的眼泪……"来维护他们的名教。这样漫画化，一方面是适应历史小说的要求——人物要古装、"古心"，但更重要的则是把具有肮脏的内心、猥琐的外貌、滑稽表演的"小丈夫"同崇高、圣洁的女娲作鲜明的艺术形象对比：伟大与卑小，光明与阴暗，……从而取得了强烈的"笑"的效果。

白毛老道士实际上是帮闲的变种。鲁迅描写这一形象是为了刨当时那些扶乩、静坐……修身养性的善士们的祖坟，澄清当时社会上的"昏乱"思想。对这个人物的漫画化，特别是他向女娲求仙药的描写，不禁使人想起了吴承恩《西游记》第四十五回中，虎力、鹿力、羊力大仙向孙悟空等乞求灵丹、圣水时的丑态。鲁迅意在指出，这类帮闲的存在是由于反动统治者的需要。想永久掌握统治权的人，必然盼望能长生不老，一定要求仙，这就离不开白毛老道士之类的方士。鲁迅同时从白毛老道士的嫡派方士为秦皇、汉武求仙，终于失败的历史，揭穿了历代反动统治者的痴梦和方士们的骗局。

作品不仅形象地、曲折地批判了当时社会上一股妄图阻挡历史前进的"昏乱"思想，指出这类求仙、复古的人物"是'现在的屠杀者'"（《热风·现在的屠杀者》）。作者还用"科学一味"，在小说的"尾声"里幽默地指出，世上没有神仙，海上"直到现在，总没有人看见半座神仙山，至多也不外乎发现了若干野蛮岛"，从而促使人们从"昏乱"思想里觉醒。

《补天》也并非没有缺点：譬如，由于作者受到应劭《风俗通》的影响，描写女娲用紫藤造出来的人，"大半呆头呆脑，獐头鼠目的有些讨厌"。因而在颛顼同共工战争中死剩下来的兵士中，就出现了神情麻木、应声虫似的回答女娲问题的"不包铁片的东西"。自然这只是"白璧微瑕"而已。

试论《故事新编》中"油滑"问题[*]

这里所谓"油滑",是指鲁迅在他的历史小说中所使用的一种"将古代和现代错综交融"①的艺术手法。这是《故事新编》研究中一个较为棘手的问题,又是评价这部小说集不能回避的问题。过去在这方面已经有了不少颇有见地的文章。本文拟在分析鲁迅运用这一手法的认识基础和创作意图的基础上,力求从理论上来论证这一手法的美学性质,从而证明它是一种完全符合艺术规律的艺术创新。

首先来谈认识基础。我们认为,古今"神似"的思想就是鲁迅运用古今杂糅这一手法的认识基础。这一思想是鲁迅整个历史观的一个组成部分。早在一九〇七年,他就阐述过他的辩证的历史观点。他说:"所谓世界不直进,常曲折如螺旋,大波小波,起伏万状,进退久之而达水裔,盖诚言哉。"②这应该说是他对历史运动形式的总概括。这一总观点,基本上包含两方面的内容:一方面,他坚信历史发展的总趋势是前进的;另一方面,他又常常"惊心动魄"③于古今社会现象的"神似"④。而这后一方面,正是他"拾取古代传说之类"⑤来创作《故事新编》,并在历史小说中运用"将古代和现代错综交融"这一手法的认识基础。我们不妨结合作品来具体分析一下这个问题。

《故事新编》中所描写的人物基本上可以分作两大类。一类是批判讽刺的对象,一类是歌颂肯定的对象。先看第一类。这类

人物在八篇小说中都有。这里只举几例来说明这类人物及其所体现的社会关系是古今都存在的。譬如，古衣冠的小丈夫固然是由于现实生活的触发而创造的[⑥]，但他在中国封建社会里也确有代表性；古代有颛顼与共工争帝，现实中就有军阀混战；古代有逢蒙之对夷羿，现实中就有高长虹之对鲁迅[⑦]；古代有自私巧滑的嫦娥，现实中就有"见胜兆则纷纷聚集，见败兆则纷纷逃亡"[⑧]的同路人；古代有周武王的"王道"，现实中就有日本侵略者的"王道"[⑨]……鲁迅曾愤慨地指出过这一现象，他说"古人做过的事，无论什么，今人也都会做出来"[⑩]。

再看后一类，这一类应属于被鲁迅称为"小国的脊梁"[⑪]的人，如女娲、夷羿、黑色人、墨子、大禹等都是。他们埋头苦干，拼命硬干，他们有确信，不自欺。鲁迅认为这类人也是古今都存在的。他说过："石在，火种是不会绝的。"[⑫]"华土奥衍，代生英贤。"[⑬]在《中国人失掉自信力了吗》一文中更明确地说："我们自古以来，就有埋头苦干的人，有拼命硬干的人，有为民请命的人……这就是中国的脊梁。"

"这一类的人们，就是现在也何尝少呢？"

《故事新编》中着力于描写时代背景的作品较少。较多地注意描写时代特征的是《理水》、《采薇》和《非攻》。而这三篇所写的时代有一个共同特征，即都是"想做奴隶而不得的时代"[⑭]。如《理水》中的人民有如"抱在黄河决口之后，淹得仅仅露出水面的树梢头"[⑮]，还要被大员学者们敲诈欺压。《非攻》里的宋国是"历来的水灾和兵灾的痕迹，却都存留"，国家命运危如累卵，而竟然还有人在那玩弄民气论。《采薇》里的周武王，"以征伐之名入中国"[⑯]，被侵略的商民，不仅商王要"砍早上渡河不怕冷的人的脚骨，看看他的骨髓，挖出比干王爷的心来。看看它可有七窍吗？"而且还要被周兵"杀得他们尸横遍野，血流成河，连木棍也浮起来"。这三个时代背景固然是各自时代的忠实写照，但又何尝不是现实中国的曲折反映呢？鲁迅对此也有深刻的认识。

他在《坟·灯下漫笔》一文中曾"直接了当"地把中国历史看成是"想做奴隶而不得的时代"与"暂时做稳了奴隶的时代"的"循环"。他认为,当时的中国又入了"想做奴隶而不得的时代"。他在另一篇文章中曾沉痛地说:"……仿佛时间的流驶,独与我们中国无关。现在的中华民国也还是五代,是宋末,是明季。"⑰这说明,鲁迅在描绘这些时代背景时,也是以古今"神似"思想为指导的。

以上我们具体分析了鲁迅创作《故事新编》并在其中运用古今杂糅手法的认识基础。下面我们就来分析他运用这一手法的创作意图。要谈论这一问题,自然要首先弄清《故事新编》的创作意图。弄明白一个执着于现实斗争的战士,一个不过想利用小说的力量来改良社会的作家,为什么要去翻那些"和急进的猛士不相干"的"过去的陈帐簿"⑱。过去一般认为,鲁迅之所以不取材现实,而取材古籍来创作小说,是他出于对付当时反动统治者的文字压迫的考虑,他想利用这种较为隐蔽的方式战斗。这自然是不错的。鲁迅曾说他写《故事新编》是要"把那些坏种的祖坟刨一下"⑲。这说明他是项庄舞剑,意在沛公的,写古代的事情,目的仍在现实斗争。但我们却不应该认为鲁迅取材古籍仅仅是为了"在'历史小说'的烟幕下,畅所欲言地传达出对黑暗现实的战斗和抨击"⑳。好象历史题材作品的作用仅仅是借古喻今、借古讽今,拿历史来影射、比附现实。这种观点显然是肤浅的。我们认为,历史题材作品有着现实题材作品所不能代替的作用。它可以通过真实地写出历史,来与现实比照,让读者从历史的高度,来获取一些从现实题材作品中不能获取的精神营养。鲁迅的《故事新编》就是这样一种于古尽信而又古为今用的历史小说。鲁迅创作它们的意图显然是要通过写出与现实"神似"的古代,用古今比照方法来教育读者,发挥其战斗作用。鲁迅曾多次流露过这种意图。譬如,在杂文《匪笔三篇》中,他在把顾颉刚的一封要他"听候法律解决"㉑的信与三篇匪笔进行了比照后说:"我想,凡见于古书的，也都可以抄出来编为一集，和现在的来比照，看思想手段，有什么不同。"又如，在《伪自由书·后记》中，当他辑录了一些攻击他的文字后，这样写道："战斗正未有穷期，老谱将不断的袭用，对别人的攻击，想来也还要用这一类方法，但自然要改变了所攻击的人名，将来战斗的青年，倘在类似的境遇中，能偶然看见这记录，我想是必能开颜一笑，更明白所谓敌人者是怎样的东西的。"虽然鲁迅在这里并没有直接谈到他的历史小说，但仔细一想，《故事新编》的完成岂不正是把"见于古书的""编为一集"，"和现在的来比照"的愿望的实现吗？这部历史小说集岂不正是能使"在类似的境遇中"的读者在"开颜一笑"中"更明白所谓敌人者是怎样的东西的""记录"吗？

而且还不仅如此。鲁迅演义这些与现实"神似"的古代故事当还有更深一层的用意。这就是，他想使读者从古今比照中"愈觉悟到中国改革之不可缓了"。这一点，只要读一读他在一九二五年写的一些读史文章就可以明白。他说：

"史书本来是过去的陈帐簿，和急进的猛士不相干，但……倘若还不能忘情于呻唤，倒也可以翻翻，知道我们现在的情形，和那时的何其神似……"㉒

又说：

"试将记五代，南宋，明末的事情的，和现今的状况一比较，就当惊心动魄于何其相似之甚，仿佛时间的流驶，独与我们中国无关。现在的中华民国也还是五代，是宋末，是明季。"㉓

在一九二五年年底他这样总结道：

"总之：读史，就愈可以觉悟中国改革之不可缓了。"㉔

我们知道，鲁迅在写完《不周山》后，就"决计不再写这样的小说"，但就在他说了上面这些话的第二年，他便"仍旧拾取古代的传说之类，预备足成八则《故事新编》"㉕了。这说明，鲁迅创作《故事新编》，就是想让读者通过对历史的回顾，"知道我们现在的情形，和那时的何其神似"，"仿佛时间的流驶，独与我们中国无关",从而"愈觉悟到中国改革之不可缓了"。这或者可以说是《故事新编》的总构思。正是出于对这种历史小说艺术效果的总体考虑,鲁迅才使用了"古今杂糅"的艺术手法的。也就是说,古今杂糅艺术手法的运用是服从于《故事新编》的总的创作意图的。这一点,读《故事新编》,特别是其中后期运用这一手法比较圆熟的几篇时,是容易体味出来的。现就以《采薇》为例来分析一下鲁迅是怎样通过运用古今杂糅的艺术手法来实现这些历史小说的创作意图的。在这篇小说中,小穷奇是作为周武王的缩影而出现的。在他身上,王道形式与霸道内容的自相矛盾被漫画化了。因而当听到他说出"海派会'剥猪猡',我们是文明人,不干这玩意儿的"这种打破正常时空的言语时,继瞬间的荒诞感之后,稍微"注意世事"的"有阅历"[㉖]的读者就会通过类比联想和接近联想,由上海的盗贼联想到当时的日本侵略者。因为当时日寇正在宣扬他们的侵略是"支那人民所渴望的王道"[㉗]。这样,古代的小穷奇与现实的"小穷奇",古代的侵略者与现实的侵略者,一古一今,相映成趣,读者就"必能开颜一笑",更明白所谓王道者是怎样的东西了。而且,如果读者是"急进的猛士",他还会从这种古今对比当中,"知道我们现在的情形,和那时的何其神似","仿佛时间的流驶,独与我们中国无关","就愈可以觉悟中国改革之不可缓了。"

那么,古今融合的艺术手法与那些正面描写部分又有什么关系呢?我们认为,古今杂糅的描写也同样带动这些部分进入古今比较。因为在这些小说中,正面人物和喜剧人物是处于同一历史背景里的,因而当我们由喜剧部分中古今杂糅的描写引起古今联想时,我们也会对那些正面人物进行古今比照。譬如《理水》,其中对大员学者们进行的古今杂糅的描写,除了能唤起我们对这类人物进行古今比照外,我们还会由飞车想到飞机,由"文化山"想到文化城,想到二十世纪三十年代的中国,从而也就会从古代"中国的脊梁"联想到现代"那切切实实,足踏在地上,为着现在中国人的生存而流血奋斗者"㉘。从这种古今比照中，获取"创造中国历史上未曾有过的第三样时代"㉙的自信力。

从以上的分析可以看出，作者通过使用这种熔古铸今的艺术手段创造的、乍看有点怪诞的艺术形象，经过读者在欣赏时的再创造，就圆满地完成了这些历史小说的创作意图。

也许有人会问：一般的历史题材作品，对于感受敏锐的读者不也可以起到唤起古今比照的效果吗？鲁迅又何必使用这种古今杂糅的手法呢？他在《答〈戏〉周刊编者信》中有些话可以帮助我们理解这个问题。他说：

"我的一切小说中，指明着某处的却少得很。中国人几乎都是爱护故乡，奚落别处的大英雄，阿Ｑ也有这脾气。那时我想，假如写一篇暴露小说，指明事情是出在某处的罢，那么，某处人恨得不共戴天，非某处人却无异隔岸观火，彼此都不反省。……"

"果戈理作《巡按使》，使演员直接对看客道：'你们笑自己！'（奇怪的是中国的译本，却将这极紧要的一句删去了。）我的方法是在使读者摸不着在写自己以外的谁，一下子就推诿掉，变成旁观者，而疑心到象是写自己，又象是写一切人，由此开出反省的道路。"

只要我们举一反三，将空间换成时间，把不指明事情出在某处换成引导读者想到现实，鲁迅运用这种所谓"油滑"手法的目的也就很清楚了。他就是要通过这些"油滑之处"的描写，引导读者想到自己，想到现实，从而才能进行古今比照。否则，如果把这些"极紧要的""油滑之处"去掉，使《故事新编》完全古色古香，那么，当时中国的许多麻木的读者就会以为这不过是写古人，与自己无关，与现实也无关。读着这些古代的故事"无异隔岸观火"，结果，作者的创作意图就会落空。这显然是与鲁迅想使他的"作品的力量较能集中，发挥得更强烈"㉚的愿望背道而驰的。

我们已经从艺术真实和艺术功利两个角度分析了"油滑"问

题，说明了所谓"油滑之处"并不是鲁迅创作历史小说时"偶一为之的杂文手法"[31]，而是整个作品的一个有机组成部分。但这种"油滑"手法属于何种美学性质，我们又为何说它是符合艺术规律的呢？这也是本文要着力弄清的一个问题。

我们认为，《故事新编》中"油滑"手法的美学性质是偏于表现的艺术时空形式与喜剧艺术的内容的结合。

先谈时空问题。就如现实时空是物质存在的两种基本形式一样，艺术时空也是艺术形象的两种基本存在形式。而艺术时空虽然是现实时空的反映，但两者又有质的差别。艺术时空的本质是客观再现与主观表现对立统一的审美的时空意识。它既具有客观实在性、感性具体性、合规律性等客观再现因素，又具有情感性、合目的性、虚拟性等主观表现因素。但是，正如艺术可以分为偏于再现的再现艺术和偏于表现的表现艺术一样，艺术时空也有偏于再现和偏于表现的两种形式。偏于再现的艺术时空侧重于逼真地摹拟现实，如西方讲究"三一律"、"四堵墙"的戏剧，运用焦点透视的绘画以及现实主义的文学等就是比较典型的实例。偏于表现的艺术时空则恰恰相反。这种时空处理往往更多地受着主观意志的支配。情感的高温熔化了现实的时空，并对之施行异常的分切组合，造成一种乍看近乎怪诞，细想又合情合理的艺术时空。这种时空形式往往并不追求造成真实的幻觉，而追求表现某种意向或情绪。如中国旧戏用诗词歌舞叙事，偏于表情，其时空也多虚拟成分。中国传统绘画也不讲焦点透视，而是用长于表情的线条去追求一种"贯在似与不似之间"的艺术效果。更有甚者，《雪里芭蕉》可以把夏季的芭蕉描绘在冬天的雪地里，《百花齐放》则让不同季节的花卉同时开放。西方立体派绘画大师毕加索则常常将在不同时间、不同角度看到的一个事物的不同侧面组织在同一画面上，也是比较极端的例子。我们认为，《故事新编》中"将古代和现代错综交融"的描写所体现的也就是这样的一种偏于主观表现的艺术时空。它与刚刚提到的那些艺术现象虽然在具体方式上和追求的效果上有所不同，但在偏于主观、偏于心理这一方面却是根本一致的。因而我们应当肯定地认为，这种熔古铸今的艺术手法是完全符合艺术规律的。过去所以会有把这一手法看成"偶一为之的杂文手法"或"从典型化的角度来看固然是缺点"[32]的观点，就是因为这些同志是仅仅以偏于再现的时空处理原则作为尺度来衡量评价这一创新手法的。所以结论难免偏颇。我们认为，判断某一时空处理是否符合艺术规律，标准应看其是否既合规律性又合目的性，亦即是否既合情又合理。根据前面的分析，我们可以判定，《故事新编》中的这些描写是既合情又合理的。所谓合理，即指它有古今神似的历史和现实的生活作为根据；所谓合情，即指它里面渗透着作者对这种历史"轮回把戏"[33]的情感评价和启迪读者的用意。合情合理，也就是符合艺术规律了。

鲁迅对物理时空与艺术时空的区别及偏于摹拟的和偏于虚拟的艺术时空的区别是有自觉认识的。他一贯认为，艺术"幻灭之来，多不在假中见真，而在真中见假"[34]。也就是说，艺术并不必须去追求艺术形象自然形态的真，而应追求艺术中情与理的真。他在《连环图画琐谈》一文中还曾通俗地指出了东西方绘画在时空处理上的区别，并得出了"观者既经会得了内容，便是有了艺术上的真"的结论，因而《故事新编》出现这种"假中见真"的"油滑之处"，也就是很自然的了。

再来谈喜剧特点。在《故事新编》中，特别在后期运用这一手法较为娴熟的几篇中，"油滑之处"可以说几乎全部出现在喜剧描写部分。无论是女娲、夷羿，还是墨子、大禹，在他们身上都没有这种描写，因而这种描写与一般仅仅为了打破时空限制和表现主观情绪的虚拟时空又有所不同。譬如，中国绘画的散点透视除了适于传神写意之外，还为了便于俯视游动的构图，收到尺幅千里的效果。毕加索的立体派绘画则往往为了表现一种瞬间的难以捉摸的主观表象。而鲁迅的"将古代和现代错综交融"的艺术描写，自然也可以收到这些效果。如这些描写使《故事新编》没有"将眼光放在狭窄的范围内"⑤，而是收到了瞬间千古的构思效果，而且，这些"油滑之处"也会给人一种乍见感到怪诞、离奇、耀目和难以捉摸，细细领略，又觉其味无穷的感受。但"油滑"手法的独特之处，还在于它是作为一种喜剧内容的表现形式而存在的。它所表现的喜剧内容是历史"老是演一出轮回把戏"。而表现这种喜剧内容的方式就是运用公然地违反生活常理的时空组合。因而它能收到或幽默或闹剧的喜剧效果是自然的。总之，我们认为，"油滑之处"就是偏于表现的艺术时空处理方法与喜剧内容的结合。

我们还必须说明一下这种结合的美学根据是什么。我们知道，喜剧艺术是有自己的特点的。这一特点如果和悲剧比较而言就更为明显。悲剧将人生有价值的东西毁灭给人看，表现为真对善的压倒；喜剧将人生无价值的东西撕破给人看，表现为善对真的戏弄。悲剧人物给人以崇高感，主体以"仰之弥高"的态度对待客体，因而艺术氛围追求肃穆，艺术形式也要求庄重；喜剧人物给人以滑稽感，主体以居高临下的姿态对待客体，常常表现为具有优越感的主体对滑稽对象的嘲笑和戏弄，因而艺术氛围追求活泼，艺术形式也较为随便，不太拘泥于自然形态的真。而喜剧艺术的这一特点正好与偏于主观随意的时空处理艺术手法统一了起来。我们认为，这也就是《故事新编》中时空处理极端自由而仍然能够给人以和谐统一的艺术感受的美学原因。

中国戏曲中的丑角可以"回过脸来，向台下的看客指出他公子的缺点"。果戈理《巡按使》中演员也可以直接对看客说："你们笑自己。"鲁迅在《二丑艺术》和《答〈戏〉周刊编者信》两文中提到过这种喜剧现象，并且还对《巡按使》中的这种处理方法表示过欣赏。因此，鲁迅很可能是受了这种喜剧艺术的启示而录取"油滑"手法的。但我们却不能因此就把这种"油滑"手法看成是对这种喜剧现象的简单摹仿。这不仅是因为，戏剧是代言

体，小说是叙事体，而且《故事新编》中这种时空的虚拟处理的
程度和方式也都是不能与这些戏剧中的插科打诨同日而语的。所
以在我们看来："油滑"手法是鲁迅在深厚的艺术素养基础上，
在继承借鉴中外艺术中偏于虚拟，偏于主观随意的时空处理方法
基础上，在继承借鉴中外喜剧艺术经验的基础上，根据内容的需
要，把偏于主观随意的时空处理形式与喜剧内容相结合。是在历
史小说创作手法上的一种前无古人的创新。这一创新，不仅是完
全符合艺术规律的，而且正如捷克学者普实克所说："以这种手
法写成的历史小说，使鲁迅成为现代世界文学上这种流派的一位
大师。"㊱

　　有一点还必须在此予以说明，即鲁迅对于古今杂糅手法的探
索是经历了一个由自发到自觉的过程的。在创作《不周山》时，
鲁迅由于现实斗争的触发，"止不住"在女娲的两腿之间添一个
"古衣冠的小丈夫"，但这时鲁迅还没有自觉地掌握这一手法，因
而这个小丈夫就不仅是"止不住"添上的，而且仍旧穿着古衣
冠，并没有现代生活色彩的点染。同时，鲁迅也确实"对于自己
很不满"，所以就"决计不再写这样的小说，当编印《呐喊》时，
便将它附在卷末，算是一个开始，也就是一个收场"㊲。鲁迅说他
的《铸剑》中没有"油滑"之处，因而我们不能认为黑色人说
"放鬼债的资本"这句话是鲁迅有意运用"油滑"手法。而鲁迅
在《奔月》中与高长虹开玩笑则可能是因为高长虹与古代逄蒙的
"何其神似"又使他"感到滑稽"。但这也许就是鲁迅获得运用这
种熔古铸今手法艺术灵感的契机所在，从此以后，便一直"油
滑"下去，并且越来越自觉。我们考察这个探索过程的目的，是
为了使我们在研究这种手法的性质时，能够运用历史的观点看问
题，避免用静止的、纯形式逻辑的归纳法来论证这种复杂的艺术
现象。

　　最后，我们对鲁迅何以称这种手法为"油滑"谈一点意见。
鲁迅使用"油滑"一词有两个含义。含义之一是指创作态度不严

肃、不认真,如他说"油滑是创作的大敌"^㊳。"《故事新编》真是'塞责'的东西,除《铸剑》外,都不免油滑"^㊴,而"《铸剑》,确实写的较为认真"^㊵。这里"油滑"一词,都有这层含义。在这个意义 上,鲁迅是坚决反对油滑的。他还曾写信批评过别人^㊶。"油滑"的含义之二是指一种喜剧艺术的特征。前面说过,喜剧艺术的反映对象是滑稽的事物。喜剧艺术的主体(作者的意志态度)对这些对象多取一种居高临下的,具有优越感的,不够庄重的嘲笑戏弄态度。这里的"油滑"就有这层含义。如鲁迅在《故事新编·序言》中说,"从认真陷入油滑的开端",是因为"这可怜的阴险使我感到滑稽"。又说:"因为自己的对于古人,不及对于今人的诚敬,所以仍不免时有油滑之处。"这里所谓"古人"是有特定含义的,它并不包括象大禹、墨子这类正面人物在内,而是指那些对历史来说是过时的、令人感到滑稽的人物。对于他们,鲁迅当然不会"诚敬",而只能取"油滑"态度。可见,只有同时考虑"油滑"一词的不同义项,我们才容易理解鲁迅为什么一开始就"对自己很不满",却"过了十三年,依然并无长进"。而鲁迅之所以有时要把两个含义结合起来用,一方面固然是特定语言环境的需要,但主要的还是他的谦逊态度。他不愿对自己尚需在艺术实践中检验的艺术探索自吹自擂。

　　以上就是我们对《故事新编》中"油滑"问题的一些看法。

注:

①茅盾《玄武门之变》序。

②《坟·科学史教篇》。

③⑩⑰㉓㉝《华盖集·忽然想到(四)》。

④⑧⑱㉒㉔《华盖集·这个与那个》。

⑤㉕㊲㊳《故事新编·序言》。

⑥参见《故事新编·序言》。

⑦参见《两地书·厦门——广州》，1926 年 11 月 15 日。

⑨⑯㉗ 参见《且介亭杂文·关于中国的两三件事》。

⑪《且介亭杂文·中国人失掉自信力了吗》。

⑫《且介亭杂文二集·"题未定"草（九）》。

⑬《且介亭杂文·河南卢氏曹先生教泽碑文》。

⑭㉙《坟·灯下漫笔》。

⑮《南腔北调集·小品文的危机》。

⑲《鲁迅书信集（下）850 致萧军、萧红》。

⑳李桑牧《"故事新编"中的主要作品是针对现实的讽刺作品，还是历史作品?》，见《"故事新编"的思想意义和艺术风格》一书。

㉒《三闲集·辞顾颉刚教授令"候审"》。

㉖《鲁迅信书集（下）1180 致王冶秋》。

㉘《且介亭杂文末编·答托洛斯基派的信》。

㉚《且介亭杂文·答〈戏〉周刊编者信》。

㉛㉜吴颖《如何理解"故事新编"的思想意义》，见《"故事新编"的思想意义和艺术风格》一书。

㉞《三闲集·怎么写》。

㉟《鲁迅书信集（下）70 致增田涉》。

㊱ J. 普实克:《鲁迅》，见《鲁迅研究年刊》，1979 年。

㊴《鲁迅书信集（下）1134 致黎烈文》。

㊵《鲁迅书信集（下）88 致增田涉》。

㊶《鲁迅书信集（上）289 致张天翼》。

从神话"奔月"到《故事新编》的《奔月》[*]

——中国小说史中作品演变规律之一例

关于《故事新编》的性质是历史小说的问题，似乎已经解决；对于它的浪漫主义特色的讨论，也取得了较大进展；目前尚在继续深入探索的主要是"油滑"问题。因此，也许有人要问了：《故事新编》的研究将近尾声了吗？我则认为：尚待开辟的研究课题还是很多。譬如说，从小说史的角度，探索一下其中各篇小说的故事是怎样演变而来的，从而看它各自的历史地位和贡献，还是很有意义的。

现在，我就想从小说史角度探索一下《奔月》这篇小说是怎样产生的，"奔月"这个故事的长期变化发展体现了中国历史小说创作的一个什么规律，鲁迅在中国历史小说创作上有什么贡献，以及《奔月》的民族特色是怎样形成的等等问题。自然，从这样的角度来研究《奔月》是困难的，像材料的缺乏、个人的能力有限等等。不过，我还是想在大家的帮助下，尝试一次。

一

自从神话"夷羿射日"与"嫦娥奔月"故事诞生以来，有许

---

* 原载《鲁迅研究》1984 年第 2 期。

多相似故事的作品陆续出现。到鲁迅《奔月》的发表，这个故事
的比较完整的演变过程，呈现了中国小说（包括历史小说）发展
的一个民族特色，即中国许多小说的故事，往往是古已有之的，
但不是简单的重复，而是随着历史长河的流动不断丰富和变化。
一般小说家称之为演变，而且形成一个规律。有个研究中国小说
史的美国人赛珍珠（Pearl S. Buck）就看到了这一特色。她说：
中国这一类"小说逐渐成长，便逐渐改变。……起初只是一个小
故事，后来逐渐增饰上去。我们可以举《白蛇传》为例，起初是
唐朝一个无名作家写的。当时只是一个超自然的简单故事，主人
公是大白蛇。后一世纪的转变，蛇变成吸血女人，它是一个恶势
力，但第三次转变，就有了温和的人间味。吸血的女人变成为忠
实的妻子，她帮助她的丈夫，并且替他生了一个儿子。这故事像
这样的增饰，不仅加进新的人物，并且加进新的品质，结果不仅
是超自然的故事，并且是人性的小说"。① 郑振铎也曾强调指出，
研究中国小说史，不明白故事的演变过程是不行的，"种种故事
的变迁的研究，对于中国小说的探讨上，也有了很重要的价值"。
这是因为"中国的小说以讲史者为最多，即非讲史，而所取的
'题材'往往是'古已有之'的"。② 伟大的小说史家鲁迅早已注
意研究中国小说史的这一发展特点。如在论沈既济所写《枕中
记》的取材时，就指出他采用了干宝《搜神记》中的杨林故事。
还发现蒲松龄的《聊斋志异·续黄粱》又继承与发展了《枕中
记》。③ 鲁迅的《唐宋传奇集·稗边小缀》就是关于这种演变史
的研究成果。因此，《奔月》既然是取材于神话传说而创作的新
产品，鲁迅在创作过程中就不能不注意这个故事的演变，就不能
不受到影响，就不能不是中国小说史演变的一新成果。也就是

---

① 《中国小说论》，见赵景深《银字集》。
② 为孔另境所作《中国小说史料》序。
③ 《中国小说史略》。

说，古代神话传说中的射日、奔月故事，经过历代作家取材所写的作品的长期演变，才产生了鲁迅的《奔月》，从而体现了中华民族小说史上的一个重要的发展规律。

现在，我们想从几个方面看"奔月"故事的演变。

第一，"奔月"故事的演变轮廓。

最早应向《山海经》里去寻找这个故事，因为这书是保存中国古代神话传说最早最多的一部巫书。当然"秦汉人亦有增益"。① 但是羿射九日与嫦娥奔月故事却不见于现存的《山海经》。袁珂同志认为："《庄子·秋水篇》成玄瑛疏引《山海经》云：'羿射九日，落日沃焦'，或即此经原有文字，被后人刊落去了。"② 而嫦娥窃仙药奔月的故事则《山海经》里连影子也没有。有人推测是由于这个故事产生较晚之故，因而也并没有同羿射九日的故事结合起来，而是较长期地分别流传，证据之一，就是《淮南子·本经训》记载了射日故事。《淮南子·览冥训》又记载了羿妻嫦娥奔月的故事。张衡的《灵宪》有："羿请无死之药于西王母，姮娥窃之以奔月，将往，枚筮之于有黄。有黄筮之曰："吉·翩翩归妹，独将西行，逢天晦芒，毋惊毋恐后且大昌。'姮娥遂托身于月，是为蟾蜍。"③ 由此看来，虽然奔月故事到东汉已有增饰，但射日与奔月仍未合成一个比较完整的故事。直到唐周针的《羿射九日赋》和蒋防的《姮娥奔月赋》仍然分别描述。④到了明代的白话历史小说才把两个故事合了起来，而且有的作品还收进了逢蒙杀羿的故事。

可见"奔月"故事是不断发展完整起来的，而且是经过了许多不同的文学样式：神话传说、诗、赋和小说。其中白话历史小说同鲁迅的《奔月》关系较大。这些我们都留待后论，现在我们

---

① 《中国小说史略》。
② 见《中华文史论丛》1979 年第 2 期。
③ 转引自闻一多《天问疏证》。
④ 分别见于《文苑英华》卷四、卷六。

想提出一个值得注意的现象，那就是奔月故事发展中，有的作品可能脱离了演变的轨迹。我们暂时叫做它"分枝"或"分权"吧。例如，一个尚活在山东人民口头上的《羿射九日》的民间故事。[①] 这个故事流传在山东也很值得我们注意。袁珂同志以为"羿盖东夷民族之主神，故称夷羿"。[②] 鲁迅在《奔月》里的羿就是夷羿，按东夷族在今山东南部，则山东流传羿与嫦娥的故事也就不是偶然的了。还有一个是《聊斋志异》中的《嫦羿》，也是个再创造的山东民间故事。这两个故事，尤其后者，虽与鲁迅的《奔月》关系不大，但都说明另外一个重要问题，随后我们再说。

第二，奔月故事在长期演变过程中有些什么具体变化呢？

可以看出，主要人物、情节的变化，最早的神话中的羿性格鲜明，是个为人民造福的天神。《山海经·海内西经》称他是"仁羿"，说"百神之所在"的"昆仑之墟"，"非仁羿莫能上冈之岩"。《山海经·海内西经》说，"帝俊赐羿彤弓素矰，以扶下国，羿是始去恤下地之百艰"。这个仁羿在传说中却变成了"有穷后羿"，成为夏代的一个坏诸侯。这是一个巨大的变化。因此，有人说是两个羿，有人说是一个；[③] 由于塑造者的阶级倾向不同，便产生了性格决然不同的羿。留待后论。

唐周针《羿射九日赋》中歌颂的是神话中的羿。蒋防的《姮娥奔月赋》，赋予姮娥以感伤的性格；这可能代表了唐人对嫦娥比较普遍的看法。如，李商隐的《嫦娥》诗中有"嫦娥应悔偷灵药，碧海青天夜夜心"之句，也正是表现了月中嫦娥的一种凄凉意味。

明代的白话历史小说《开辟演义》却塑造了不同性格的两个羿，一是射日英雄羿，并与嫦娥共同奔月；一个是夏太康时的后

---

① 见《山东文学》1982 年第 12 期。

② 《山海经校注》。

③ 参考玄珠（茅盾）著《中国神话研究》。

羿，是个反面人物，并与嫦娥无关。《有夏志传》写的太康时的后羿，性格是先忠后篡，其妻嫦娥具有反抗性格：既恨太康之占有，又恨后羿的无情，成为她偷灵药的主要原因，还增饰了逢蒙杀羿的情节。此外像《七十二朝四书人物演义》重点描写了羿得嫦娥为妻的过程，但把嫦娥塑造成一个极端自私，屡次抛弃丈夫，一心想"做个天仙之妻，也得名列上清"的人物。……但无论人物性格怎样变化，嫦娥奔月的情节基本保留着。

鲁迅的《奔月》塑造的是射日英雄夷羿，被爱妻嫦娥抛弃，又险遭逢蒙的暗算。人物性格鲜明，情节完整。小说富有独创性，不仅表现在人物性格上，而且增强了悲剧性，大量减少了神秘的气氛与浪漫主义色彩，尤以插入了现代生活细节，使作品富有人间味和讽刺性。

从奔月故事的长期演变过程中，我们看到了鲁迅的《奔月》是奔月故事在一个长期的演变过程之后诞生的新作品，他并且把这个比较完整的故事总名之曰《奔月》。从小说史角度看，鲁迅《奔月》的诞生不是偶然的，它起源于神话传说，中间经过多种文体，特别明代的白话历史小说中的人物性格的变化较大，情节则愈来愈丰富曲折；到了鲁迅的《奔月》，经过鲁迅的继承、改造和生发，无论在人物和情节上都有了高度发展，几乎是中国小说史上的一个完成阶段，占有了光辉的一页。

<h1 style="text-align:center">二</h1>

我们应该提出一个问题：奔月故事为什么会有演变？旧故事为什么会不断被更新，从而形成一个发展规律？

任何一个特定的时代社会总要求有反映它的艺术形式，即富有时代特征的文艺作品。作者总是应时代的要求而创作。因为现实生活是文艺创作的唯一源泉，反映社会生活是文艺创作的根本规律。历史小说的取材于古，也总是为现实生活所规定，历史小说总是曲折地反映现实生活，这是一。其次，创作是一种独创的强大的精神劳动，有作者自己在内。鲁迅说：艺术家的制作，"表面上是一张画或一个雕象，其实是他的思想与人格的表现"。①就因为作者的立场、思想和感情以及个性品质等等的相异，所欲表现的主题思想不同，因而作者写的虽是同一故事，但在题材的采取与艺术构思上仍有独创性；这就在中国小说史上不断出现新产品，给小说史不断输入新血液；这就是同一故事在历代发生演变的根本原因。因而人物、故事的演变，也或多或少地反映了历史变迁。

鲁迅不仅充分注意研究了中国小说史上这种演变的特有现象，而且深入探索分析了产生这一现象的内外相结合的两种动力。

一个是刚刚说过的时代社会的外部推动力。鲁迅一向主张文以独创为贵，但如唐传奇中的《枕中记》虽"非出于独创"，然而"如是意想（构思），在歆慕功名之唐代……诡幻动人"，"多规诲之意，……为当时推重"，② 这就指出了这类作品是适应时代社会的要求而产生。

与此有关的另一力量——内部推动力，是作者创作的主观能动性，这是推动故事演变的一个内在的重要的动力。时代要求固然重要，但作者的独创意想、作品的特殊风貌，常常为作者的立场思想所决定。最典型的一个例子：鲁迅在论述《西游记》的演变时说，"这《大唐三藏法师取经诗话》，虽然是《西游记》的先声，但又颇不同：例如'盗人参果'一事，在《西游记》上是孙悟空要盗，而唐僧不许；在《取经诗话》里是仙桃，孙悟空不盗，而唐僧使命去盗。——这与其说是时代，倒不如说是作者思想之不同处（重点为引者所加）。因为《西游记》之作者是士大夫，而《取经诗话》之作者是市人。士大夫论人极严，以为唐僧

---

① 《热风·随感录四十三》。
② 《中国小说史略》。

岂应盗人参果,所以必须将这事推到猴子身上去;而市人评论人则较为宽恕,以为唐僧盗几个区区仙桃有何要紧,使不再经心作意地替他隐瞒竟放笔写上去了"。① 由此可见,鲁迅固然重视各时代出现什么样的小说与时代社会有关,但"出于造作,则思士之结想(艺术家的独创构思——引者注)"。② 只有这两种力的结合推动,才出现小说史上的演变现象。某一故事的演变是这样,整个小说的发展也是这样。这是鲁迅撰述他的《中国小说史略》的基本精神和科学方法。

三

现在我们试解剖《奔月》怎样在演变规律中诞生,并看两种力的推动作用。

在《中国小说史略》第二篇,鲁迅讲授神话时,就从《山海经》里,例举了关于西王母与羿的故事数则。在"传说"例中,又从《淮南子·本经训》举了羿射九日以及为民除害的故事。还从《淮南子·览冥训》中举了姮(嫦)娥奔月的故事。可见鲁迅向来就喜爱羿与嫦娥的故事。而且从鲁迅很早就研究产生神话的时代社会背景和初民创造神话的动机,不仅看出鲁迅向来就注意故事演变的两种推进力,而且说明鲁迅对羿神话产生的科学理解。他说:

> 原始民族,穴居野处,见天地万物,变化不常——如风,雨,地震等——有非人力所可捉摸抵抗,很为惊怪,以为必有个主宰万物者在,因之拟名为神;并想像神的生活,动作……③

---

① 《中国小说的历史的变迁》。
② 《古小说钩沉》序。
③ 《中国小说的历史的变迁》。

于是像"羿射九日"这样的神话就产生了。

羿在神话中是个大智大勇的爱民英雄。射日神话产生于什么样的时代社会呢？为什么会在这种社会里产生呢？

民俗学指出，从原始民族社会母权制转向父权制，乃至父权制确立以后才有可能产生射日为民除害的男性英雄的神话。并且还是在弓箭发明之后，更是由狩猎转向农业社会的时代。因为神话也反映社会生活，弓箭的发明标志生产力已发展到了新阶段。人们向自然开战的力量加强了，于是神话中产生了这种射日英雄。这个神话反映出当时人们的打猎技术已经很高，并且种植庄稼了。

但是后来又出现了一个羿，他叫后羿，他不但不再爱民，而且荒淫无耻。我们在前面说过，根据茅盾的意见，这并不是另外的羿，而是人化了的羿。羿的性格的改变，是由于社会出现了阶级。奴隶社会的统治阶级对这位为民除害的、为人民所歌颂的英雄十分仇视，诬蔑他为暴君，叫他"淫羿"（杨雄：《太仆箴》），诅咒他"不得其死然"（《论语·宪问》），等等，所以这个羿的出现也不是偶然的。

嫦娥奔月故事的产生在羿射日神话之后，是在仙话（长生不死之说）渗入神话以后。但也不是太晚，据闻一多氏考据：奔月故事在"战国初已流行"。[1] 因为这时神仙不死说已出。

张衡《灵宪》所载嫦娥奔月前求卜于有黄故事，反映了东汉时代的迷信气氛，也可以说是在"汉末大畅巫风"[2] 时代增饰上去的。

唐代人写的《龙城录》载明皇游月宫见素娥[3]十余人，但对故事无增饰，只反映了统治阶级提倡神仙的时风。

---

[1]　闻一多：《神仙考》注四，见《闻一多全集·神话与诗》。
[2]　《中国小说史略》。
[3]　六朝时称嫦娥为素娥（见谢庄《月赋》）。

从以上已可大略看出：时代社会生活决定作品的内容性质，是促进故事流变的力量。而典型的例子则是前面提到的山东民间故事《羿射九日》，它保存了神话中"羿射九日"的情节，且有极为生动的射日描写；除歌颂了羿的救民功业而外，写羿在功成圆满之后，夫妇双双飞入月宫成仙；男耕女织，生活美满。这大团圆的结尾，尤其那种劳动生产的生活，完全为农民的生活、思想和愿望所决定。虽然它同鲁迅的《奔月》关系不大，但有力地说明时代这个推动演变的外部力量。

由于文献不足，尚未发现唐、宋、元三代以奔月故事为内容的小说或戏曲作品，到了明才出现了较多的关于"奔月"故事的白话小说。这同当时的时代特点也是分不开的，原来，明代广大城市人民要表现自己的思想意识，直接影响到通俗小说的写作。而城市经济的发展、印刷业的发达也是重要条件。因而明代出现了历史白话小说的兴盛期。中国长篇小说首先出现的是历史小说。作者们因受《三国演义》等的影响，便大写历史小说，并且写通史性的小说。他们从开天辟地写起，就必然把神话传说，特别是把人化了的人物故事作为历史的一个组成部分写了进去。中国的正史的开端本来就是吸收神话传说的，而历史小说家又多以稗官自居，这就不能不写羿与嫦娥的故事。尽管这些作品在艺术性上远远不如《三国演义》，但作者们还是有自己的立场、观点以及自己的主题思想，或者自己的历史观，于是人物、故事还是有较大的变化，因而奔月故事得以继续演进。这也就是鲁迅所说的演变的第二个（内部）动力。

如《开辟演义》里的嫦娥，她是接受了羿的劝告才偷了王母寄存在她手里的仙药。《有夏志传》里的嫦娥则是恨羿对她的无情才偷吃了羿的仙药，反抗性格比较鲜明。《七十二朝四书人物演义》的作者把嫦娥写成一个"名列上清"的迷恋者，因而先抛弃河伯，改嫁为羿妻，终窃羿药而奔月，完全是一个自私的性格。羿曾想追射她下来，未能成功。作者是儒家，可能是从礼教角度塑造这样一个性格，意在劝惩。《历代神仙通鉴》作者是道家，因而采用了《灵宪》的嫦娥奔月前往卜于有黄的细节，故事便有了阴阳家的色彩。

对嫦娥奔月故事改动最大的是蒲松龄。他的《嫦娥》，是以传奇浪漫主义笔法，续写了嫦娥奔月以后的生活：作者把唐人心目中的寂寞嫦娥，通过西王母之手谪降人间，但她并不受王母的约束，竟与凡人恋爱生子，长留人间。《嫦娥》的故事虽与鲁迅提出的《奔月》无关，但却完全证明了鲁迅提出的推动故事演变的内部（第二种）力量，即作者创作的主观能动性。

与鲁迅《奔月》有关的是神话中的夷羿射日和仙化了的神话中嫦娥奔月的故事。以及周针的《羿射九日赋》和历史小说《开辟演义》和《有夏志传》等里面较完整的奔月故事。这些小说的作者虽然都是"博考文献，言必有据"地在写作，但毕竟各有自己的主题和取材的角度，因而也有一定的创造性（如对嫦娥性格的不同塑造）。因而奔月故事得以继续演变下去。但是创造或独创是相对而言的，如果没有继承，只强调独创，也就会脱离开演变的轨道。所谓创造是在继承中创造。所以像《有夏志传》作者就采用了《开辟演义》里的第二个羿（后羿）的题材，但却增添了嫦娥奔月的情节，不仅把羿的性格塑造得比较复杂，而且让嫦娥具有反抗性格，还增加进逄蒙杀羿的情节。再如《开辟演义》中，对第一个羿的射日描写，很可能受到周针《羿射九日赋》的影响。而《有夏志传》中关于羿与逄蒙的对射描写也未尝不可以看作是对前者的一种继承与发展。

《开辟演义》《有夏志传》都为鲁迅所涉猎，其中关于奔月故事的内容都或多或少地影响到鲁迅的《奔月》。但鲁迅的《奔月》却有巨大的创造性，而且最先在历史小说写作方法上提出了革命。

首先，鲁迅为了强调历史小说与现实生活的密切关系，亦即更有力地为现实服务，从而增强演变的生命力，因而对于中国传统的历史小说的那种以时代为纲，把神话传说和史实加以串连的演义方法，是极不满意的。他特别对于《三国演义》以来的白话历史小说那种为古籍所囿的演义方法，主张从史实中解放出来，大胆创造，而且付诸实践。这应该看作是鲁迅提出的推进历史小说演变第二种（内部）力量的一个重要补充，是鲁迅对历史小说写作方法的一次大革命。

鲁迅认为《三国演义》的"事实，皆排比陈寿《三国志》及裴松之注，间亦仍采平话，又加推演而作之；……然据旧史即难于抒写"，"此外讲史之属（熙按：包括《开辟演义》《有夏志传》等），为数尚多。……然大抵效《三国志演义》而不及，虽其上者，亦复拘牵史实，袭用陈言，故既拙于措辞，又颇惮于叙事，蔡奡《东周列国志读法》云：'若说是正经书，却毕竟是小说样子，……但要说他是小说，他却件件是从经传上来。'本以美之，而讲史之病亦在此"。[①]

五四以后这种写历史小说的传统方法仍有人继承着，不敢越出"博考文献，言必有据"的圈子去自由抒写。鲁迅曾说郑振铎的《桂公塘》"太为《指南录》所拘束，未能活泼耳"。[②]

鲁迅主张怎样写历史小说呢？他说："对于历史小说，……只取一点因由，随意点染，铺成一篇，倒无需怎样的手腕。"他就是这样去写他的《故事新编》，并总结经验说："叙事有时也有一点旧书上的根据，有时却不过信口开河。"[③]鲁迅认为只有冲破历史题材的束缚，才能写出真正的历史小说。他的《故事新编》只有《非攻》采用史实较多，但也时时闪烁着时代光彩，其他绝大多数是"只有一点因由"而不"拘牵史实，袭用陈言""随意点染"之作，因而"没有将古人写得更死"。[④]

鲁迅的这一主张及其实践，无论在理论或史实上都是有根据

① 《中国小说史略》。
② 《书信·340516致郑振铎》。
③ 《故事新编·序言》。
④ 《故事新编·序言》。

的：历史小说是今人的创作，作者向历史选材是有目的性的，必然会结合现实要求，即作者对时代的感受和某种政治倾向。鲁迅认为陈忱之写《后水浒传》就是这样。他说，陈氏为"明末遗民，……故虽游戏之作，亦屡见避地之意（按：指改换故事发生的地点，借以抒发不便直接表达的思想感情）矣"。[①]

鲁迅认为历史小说一方面脱离不开现实生活的约束，同时也不能歪曲古人性格。历史小说，当然要"有一点旧书上的根据"，可以"随意点染"，但写古人而失真（如《三国演义》作者之歪曲曹操），也是历史小说之大忌。写历史小说，鲁迅认为必须把古人写活，因而既不能歪曲古人，违反历史，也必须植根于现实生活。两者的共同基础是古今有惊人的相似。所以鲁迅反对"拘牵史实"，而主张"有一点旧书上的根据"，从而"随意点染"，以取得对现实社会的积极效果。

鲁迅的这种主张，除了前面已提到的两个原因（文艺反映现实和《水浒》特别是《后水浒传》的先例）而外，还受到外国历史小说写作方法的影响。鲁迅对于日本芥川龙之介历史小说非常重视，并总结其经验说："他又多用旧材料，有时近于故事的翻译。但他的复述古事并不专是好奇，还有他的更深的根据：他想从含在这些材料里的古人的生活当中，寻出与自己的心情能够贴切的触著的或物，因此那些古代的故事经他改作之后，都注进新的生命去，便与现代人生出干系来了。"[②] 鲁迅开始创作历史小说《补天》恰恰就是这样。他从时代的个人的对现实的感受出发，根据古今史实有惊人的相似规律，向中国神话传说和古史中"寻出与自己的心情能够贴切的触著的或物"，经过改造和生发，把自己的思想感情和愿望向它"注进新的生命"。但鲁迅却并不采用芥川龙之介的那种"近于故事的翻译"的做法，而是"随意

---

① 《中国小说史略》。
② 《译文序跋集·〈现代日本小说集〉附录》。

点染",更把现代生活细节在读者不易察觉中,艺术地穿插进去;这就不仅使历史小说"与现代人生出干系来",而且出现像茅盾所称赞的"借古事的躯壳来激发现代人之所应憎与应爱,乃至将古代和现代错综交融"的境界。① 这是鲁迅对中国传统历史小说的革命,是现代文学历史小说的新创造,是成功的新的演义方法。

四

《补天》是鲁迅运用新演义方法的首创成功。《奔月》则把这一理论更加有意识地付诸实践。但它仍然接受演变规律的支配。鲁迅在 1926 年的时代背景和个人生活的具体环境中,产生了特殊的思想感情。他说"人感到寂寞时,会创作"。② 他俯视当前,回忆过去,缅怀夷羿的勋业,想像羿在功成圆满之后,对新生活的渴望,以及嫦娥奔月后的心境,于是萌生了历史小说的创作欲。这个时期鲁迅正研究和讲授厨川白村的《苦闷的象征》,其主旨就是"生命力受了压抑而生的苦闷懊恼乃是文艺的根柢,而其表现方法乃是广义的象征主义"。③ 鲁迅有可能受其影响,取材于与之相似的古事,"演义"而成《奔月》。

《奔月》直接取材于射日的夷羿、嫦娥窃仙药奔月,以及逢蒙杀羿的神话传说,但根据主题思想的要求,作了大大的改造与生发:以羿为主人公,在三个人物性格的矛盾冲突中,构思出独创性新产品《奔月》。

古代有两个完全对立的羿。鲁迅选取了上射九日,下为民除害的英雄夷羿,并截取了羿大功告成之后,独与爱妻生活的一个横断面。羿的后半生的日子是寂寞和不算幸福的,他虽热爱嫦

---

① 茅盾:《玄武门之变·序》。
② 《而已集·小杂感》。
③ 《译文序跋集·〈苦闷的象征〉引言》。

娥，终日为她的生活享受而奔波，但接受的却是一种冷遇。嫦娥这种性格是鲁迅的独创，绝异于过去历史小说中的嫦娥，而且富有时代特征。羿的学生逢蒙不仅冒他的英名到处招摇撞骗，而且时时准备暗算他。有一天当羿带着新猎物——一只小母鸡，在归途中击败了剪径的逢蒙，乘兴而还时，嫦娥却已偷吃了仙药飞去了。但这一系列的集中打击，羿并没有倒下来。他绝异于传说中的羿：当妻子奔月、仙丹失去之后，《淮南子·览冥训》说他"怅然有丧，无以续之"。鲁迅笔下的羿却从不在失败面前颓丧。

鲁迅在《奔月》里从几个方面全力地并且成功地塑造夷羿这个爱民英雄。

一是羿热恋着嫦娥而且爱得无微不至。写羿是个多情的英雄，这是过去从没有人敢这样落笔。但鲁迅这样写，不但不损伤羿的英雄气，而是增加了羿和作品的人间味和真实感。鲁迅的一首旧体诗《答客诮》，就是对于那些讥诮他热爱儿子的人们的回答："无情未必真豪杰，怜子如何不丈夫。知否兴风狂啸者，回眸时看小於菟。"这就是说：真挚的父子之爱、夫妇之情，并不损伤英雄本色。而且这炽热的爱是增强《奔月》的悲剧气氛的重要因素。

再是，鲁迅描写了羿同逢蒙对射的场面，通过对惊险而神奇的技艺的描写，再现了神射英雄的真面目。在这里，应该郑重提出一个创作规律问题：《奔月》虽然是独创的，但也服从继承与创新的演变规律的。鲁迅关于羿的神射的描写是独创的，但也应该受到某种启发。如为鲁迅所涉猎过的《有夏志传》中，关于羿收逢蒙时的对射描写相当生动，也结合着心理活动；但鲁迅却拿来并且溶化了《列子·汤问》里"纪昌谋杀飞卫"的斗箭故事，独创地描写了羿与逢蒙夜间战斗的场面，尤其那两枝箭头相撞击而迸发出火花的描写，不仅是写的绝技，而且也是神来之笔。鲁迅更选取了《列子》甘蝇以啮镞法战胜飞卫故事，创造了一个惊险的场面，突出了羿的"学问"。并在羿战胜逢蒙之后，只是给了逢蒙一个极端的蔑视，从而体现了羿的英雄性格。

三是，通过羿射日雄姿的描写，再现他当年射日时，征服宇宙的顽强意志和绝对信念。这里也不能不提到过去一些有关射日作品给鲁迅的启发。像周针的《羿射九日赋》中羿射的雄姿，尤其被射落的太阳的雄伟景象，真是有声有色。这些描写影响到白话历史小说《开辟演义》，也写得较有声势。鲁迅是披阅过这部小说的，有可能受到启发。但鲁迅却作了创造性的描写。他不仅根据自己小说的情节合理地改射日为射月，而且集中全力细致地描写了羿的行动及其虎虎肖像：他拉满了弓对着月亮，"身子是岩石一般挺立着，眼光直射，闪闪如岩下电，须发开张飘动，像黑色火，这一瞬息，使人仿佛想见他当年射日雄姿"。前面已说过，羿的射日雄姿，《羿射九日赋》、《开辟演义》等都描写过，但重点却是描写落日的宏伟声势，而鲁迅才是独创、真实地描写了射日羿的雄姿，而且熔铸着羿内心的复杂的心境和必胜的信念。真是写得出神入化，于是在人们面前呈现了一尊充满流动的力之美的羿的雕像。古代英雄的往日的雄姿，只有在鲁迅千钧笔力下才能铸成再现！

不比较便不知鲁迅所受前人的影响，不比较便不知鲁迅的独创。射月完全是一个新的情节、新的意境，它是为独创性的人物性格所规定的：羿这位神射英雄不仅富有深挚的爱情，而且有新的理想，他的英雄本色不表现在战胜逢蒙，也不表现在对这个小人只是开他一下玩笑，而在作者浓笔点出当年射日的英雄气概！但现在连月亮也射不下来："使女发一声喊，大家都看见月亮只一抖，以为要掉下来——但却还是安然地悬着发出和悦的更大的光辉，似乎毫无伤损，……"这是讽刺这位射日能手吗？不，作者对射月的这一辩证地描写，是以崇敬的心情礼赞了羿对嫦娥的爱，并从而把作品更加现实化、人间味，所以连嫦娥奔月的情景也虚写了。在爱情方面他接受了一个悲剧性的考验，他要追回嫦娥，并且要开拓一个新的战斗生活。他绝不满足于当前这种家庭琐事，也厌恶小人的纠缠，他心想："偏是谋生忙，便偏是多碰到些无聊的事。"作者把羿由神性变化为人性的、可理解的和可亲的英雄。作者把现代生活细节穿插起来，是为了讽刺、打击反面人物，暴露人间世态，反衬英雄性格。这就是鲁迅写历史小说新方法。他对古事的选择、改造和增饰以及现代生活细节的穿插，都是围绕着把人物写活，增强作品战斗力的目的。《奔月》是个严肃的、成功的创作。

我们探索了鲁迅《奔月》的诞生。我们认识到鲁迅并不只是演义了神话传说中的羿与嫦娥的故事。只要从中国小说史，特别是从奔月故事的演变中进行考察，就不难发现：《奔月》的诞生是奔月故事长期演变的伟大成果。而历史小说的革命性以及由以得到的生命力和羿的形象的成功塑造，在在说明《奔月》在中国历史小说，不，中国小说史上的地位。

而且，鲁迅以新的历史小说创造的革命手法，塑造成功的自己民族的英雄夷羿，使《奔月》这篇小说也闪耀着民族光彩。这个为人民造福，有困难自己承担，并且要生活下去，尤其在困难中要开拓新路的夷羿，虽被长期歌颂和增饰润色着，但只有得到鲁迅的再创造，他的伟大的心灵才光芒四射，同大禹、墨子……各自放射着东方独具的中华民族的英雄异彩，屹立在世界民族英雄的画廊。

鲁迅的比较文学观及其研治古典文学的成就[*]

我们认为要探索比较文学在中国的发展史，或设立这门学科，必须注意鲁迅在这门学科中的重大贡献。特别值得重视的是：鲁迅注意和研究比较文学是从爱国主义出发的。

鲁迅在这领域中，经过长期辛勤开垦劳动总结起来的科学方法，用以研治中国古典文学，取得了第一批成就。虽然他从来没有专门写过一篇有关比较文学的理论文章，但他不仅有丰硕的实践成果，而且有独创的见解和方法。因此，我们要从鲁迅的著作中去发掘、整理、研究他的比较文学观和成就，继承和发扬他的丰富而可贵的经验，对于今天即将蓬勃开展的比较文学事业，是有深远意义的。

——

鲁迅在日本留学时期，就基于爱国热情开始了比较文学的研究和实践。当时中国留学生为了唤起民族思想，推翻清廷的贵族统治，有一部分人，去比较研究世界文学史上那些"立意在反抗，指归在动作"的摩罗诗人及其著作，宣传他们"不克厥敌，战则不止"的反抗战斗精神。鲁迅属于此派中的杰出人物。他自

----

* 原载《鲁迅研究》（总第 6 期），中国社会科学出版社，1982。

己就是立志"我以我血荐轩辕"的战士。他不仅用比较文学的观点方法，选择诸摩罗诗人中的优秀者作为学习的对象，而且密切联系当时中国实际，包括与中国古代爱国诗人屈原以及中国固有文化相比较，写出了著名战斗论文《摩罗诗力说》，以鼓舞和激发祖国人民的革命热情和理想。他用的是比较文学方法，解决的是中国问题。他发现了各国积极文学之间的有益的影响。他看到"其力如巨涛，直薄旧社会之柱石"的摩罗诗人，"余波流衍，入俄则起国民诗人普式庚，至波澜则作报复诗人密克威支，入匈加利则觉爱国诗人裴象飞"。于是，不久，他就开始翻译工作，选择富有叫喊与反抗的被压迫民族的作品，并把外国新的文艺流派介绍进中国来，以号召人们反对封建专制主义的统治和垂死的封建文化，努力促使中国也能产生出勇于革新的"以起国人之新生"的革命诗人来，《域外小说集》就是第一部。总之，鲁迅是从政治角度，爱国主义出发，开始他的比较文学实践活动的。

作为留日学生的鲁迅的爱国主义，并不局限于推翻清廷的统治。他的政治眼光高远，他的叫喊与反抗的目的是反帝、反封建与建立理想国家。他认为如果革命胜利，而不励精图治，不重视和发扬自己的文化，国运也是不能长久的。他认为中国文化应经常与外国文化作比较，有比较才能认识自己，才能上进，才能"大其国于天下"，所以他积极呼号："欲扬宗邦之真大，首在审己，亦必知人，比较既周，爱生自觉。"[1]

可见，鲁迅从事比较文学这一领域的研究与实践，是为了发扬光大自己的民族文学艺术，有助于国家之富强。所以，他主张同外国文化作比较研究，不仅是个取长补短的问题，还是寻觅改进自己缺点，破除锢蔽的武器。但鲁迅也很早就从外国的文化中注意到它有坏的一面，因此就警告国人不要对外来文化一味崇拜，连西方的"迁流偏至"之物，也加以"馨香顶礼"。[2]

因此，鲁迅的比较文学观，绝不仅仅是个科学方法问题，其中蕴含着爱国主义、革命精神；在借鉴、继承中以发展中国新文化为核心的深广内容。他既希望中国文艺以新的风格屹立于世界，又把中国文学看作是世界文学的一个组成部分。因此，他的比较文学观，不但是有特色的，而且在理论和方法上也有独创性，如大胆地提出了作为比较文学这一学科的重要内容之一的"平行研究"就是一例。

鲁迅的比较文学观的形成，不是偶然的。青年时代的鲁迅，就表现了他对事物有善于观察、比较、思考以及判断的才能。"他不看孔孟而看佛老，可是并不去附和道家者流，而佩服非圣无法的嵇康，也不相信禅宗，却岔开去涉猎《弘明集》，结果觉得有道理的还是范缜的《神灭论》。"③因此，当他从爱国主义出发，去注意叫喊和反抗的外国作家作品，并看到外国评论家用比较文学的观点方法研治这些作家作品时，譬如丹麦的评论家勃兰兑斯（Georg Brandes）的《十九世纪文学主潮》，就容易受到较大的影响。鲁迅的《摩罗诗力说》受到了它的影响，但却有所发展，那就是把祖国的伟大爱国诗人屈原和从无联系的诸摩罗诗人作了比较，开辟了比较文学新领域——无影响和实证的"平行研究"，从而认识了屈原这位诗人的局限性。而更多的是运用"负影响"的规律，如用摩罗诗人的思想与行动来抨击中国封建文学之"持人性情"论，以激发中国之革命诗人。

与鲁迅比较文学观之形成有关的另一因素，是受日本比较文学界的影响。在鲁迅留学日本的前几年，日本学术界也开始搞比较文学并出了成果。如 1893 年末，日本出版的《心海》杂志第 4 期上就刊有《欧洲道德观之二代表弗里德里希·尼采和列夫·托尔斯泰的意见的比较》。估计当时正研究尼采和托尔斯泰的鲁迅不会不注意这类论文的，无论在内容上还是方法上。

自然中国传统的"校雠学"对鲁迅也有影响。譬如，鲁迅在日本写的《文化偏至论》中就使用"校雠"一词，并已从文字之校对正误，发展其意为比较或较量。而传统的文学比较方法（如王世贞把司马相如同同时的班固等作比较）④也为鲁迅所继承。但主要还是鲁迅从自己的比较才能和他的实践经验中，总结出来的独创的理论和方法，从而形成了自己的比较文学观。

二

"比较"是识别事物的根本方法，比较观是辩证哲学。鲁迅总结他的丰富的战斗生活和治学经验，提出了"多翻"才能比较，比较"硫化铜"与"真金"，才能识得"真金"，"比较是医治受骗的好方子"⑤的著名理论。我们把这看作是鲁迅比较文学观的重要有机组成部分。当然"方子"并不只是"医治受骗"，应该也是解决和研究问题的好"方子"。

鲁迅认为任何两种世界文学几乎都有可比性。同一文化系统或互有影响的两种文学固然有可比性，他认为甚至一国之内对立阶级的文艺由于互相影响，也有可比性。例如生产者的文艺与消费者的文艺。而没有任何姻缘关系的文学同样可以进行比较研究。这是因为：人类总有些共通的东西。"性格感情等""都带着阶级性。但是'都带'，而非'只有'"。⑥所以他的阿 Q 不仅激动或激怒各阶级的读者，还走到世界上去。此外古今中外社会历史常有使人"惊心动魄于何其相似之甚"⑦的感受和认识。反映社会生活的古今中外的文艺作品就不能不有相似之处：不管是文艺运动、文学内容，还是表现形式（技巧）。有相似就可理解，就可从各种角度进行比较。所以鲁迅懂得在司马氏朝廷的统治下，向秀写《思旧赋》的苦衷⑧，他认为，他的作品之所以能在"民族不同，地域相隔，交通又很少"的情况下，"能够横在捷克的读者的眼前"，"因为我们都走过艰难的道路，现在还在走，一面寻求着光明"。⑨这样才能理解，才能起作用，才能比较研究。鲁迅还指出，由于社会政治情况相似，甚至连禁锢进步文学的理论，中外也有一致之处。例如，在柏拉图的《理想国》中，"因为诗歌有能鼓动民心的倾向，所以诗人是看作社会的危险人物的，所许可者，只有足供教育资料的作品，即对于神明及英雄的颂歌。
这一端，和我们中国古今的道学先生的意见，相差似乎无几"。⑩
因此，大而世界文学，小而一个民族国家之内的文学，都存在着
广泛的可比性。所以，鲁迅主张：除在一个文化系统之内进行比
较外，还可作几乎无限制的"平行研究"。甚至主张作"缺类研
究"。例如，中国的刘勰和希腊的亚里士多德没有关系，而《文
心雕龙》也没有论述过戏剧问题，但鲁迅大胆地把两人及其作品
做了比较，认为是古代东西两大文艺理论家：世界上的创作"篇
章既富，评骘遂生。东则有刘彦和之《文心》，西则有亚里士多
德之《诗学》。解析神质，包举洪纤，开源发流，为世楷式"。⑪
从这种比较中，认识了我们这份文艺理论遗产的特色和价值，特
别是它的世界地位。

　　辩证唯物论者的鲁迅，对于可比性也不是主张漫无限制的。
否则，比较起来是毫无意义的：文学之所以能比较，是因为它有
普遍性。如果失去这种普遍性，比较就要受到局限。所以鲁迅
说，象"北极的遏斯吉摩人和菲洲腹地的黑人，我以为是不会懂
得'林黛玉型'的；健全而合理的好社会中人，也将不能懂
得"。⑫因此，在这种情况下是没有比较的可能的。

　　鲁迅掌握与运用比较文学方法，是有革命立场与进步的思想
的。所以，他主张在比较过程中，要能"运用脑髓，放出眼光"，⑬
要自己拿主意，要用自己的判断力作出结论。那些"潦倒而至于
昏聩的人，凡是好的，他总归得不到"。⑭

三

　　鲁迅比较研究世界文学，不仅是为了贯彻他的"拿来主义"，
也是取得经验和方法，以便更好地研究中国文学，认识和发展中
国文学。他从来不孤立地考察中国文学史（小说史）。他立足中
国，放眼世界文学，在中外文学比较研究中，在中国文学，首先

在古典文学领域内，取得了巨大成就。

鲁迅在用比较文学方法研治中国古典小说，撰写《中国小说史略》（以下简称《史略》）的过程中，他发现了中国小说不是孤立发展的。他从印度、日本文学与中国文学之关系中，发现了一个东方文学体系，他认为中国小说受印度佛教思想及其小说影响甚大。他认为印度佛教思想传入后和中国原有的巫风鬼道结合起来，便产生了六朝志怪小说，并对后世影响极为深远。

鲁迅说："尝闻天竺寓言之富，如大林深泉，他国艺文，往往蒙其影响。即翻为华言之佛经中，亦随在可见。"[⑮]而影响最显著并且深远的典型故事，就是梁吴均所作《续齐谐记》中的"阳羡鹅笼之记"。

熟悉中国儒、道思想和佛教思想的鲁迅，颇怀疑"此类思想盖非中国所故有"。于是，鲁迅就用了"多翻翻"同类书的比较方法，发现了这个故事不但是从印度输入的，而且中国化了。他说："魏晋以来，渐译释典，天竺故事流传世间，文人喜其颖异，于是有意或无意中用之，遂蜕化为国有，如晋人荀氏作《灵鬼志》，亦记道人笼子中事，尚云来自外国，至吴均记乃为中国之书生。"[⑯]这是鲁迅用比较文学方法研治中国古典小说的丰收之一，它不仅说明印度佛教思想通过印度的一些著名的故事影响中国小说创作，而且有的逐渐中国化。而中国小说由于得到新的血液而新颖多变化。

这种现象在比较文学中，叫做"借用"：原来中国小说里没有这种内容，是外来的。但经不断改编、生发，就慢慢变为中国的创作了。这是一种规律，日本吸收中国的汉画也是这样的。许寿裳说，鲁迅"曾经告诉我：汉画像的图案，美妙无伦，为日本艺术家所采取。即使一鳞一爪，已被西洋名家交口赞许，说日本的图案如何了不得，了不得，而不知其渊源固出于我国的汉画呢"。[⑰]

鲁迅还一分为二地指出，中国小说也有受到佛教思想毒害的一面，特别是那种报应思想，产生了说报应之书。例如，《续金瓶梅》就是宣传的对于《金瓶梅》的因果报应。鲁迅提出这是受印度影响的："在古代的印度是曾经有过的。如《鸯掘摩罗经》就是一例。"⑱

鲁迅在他的《史略》里发现东方文学体系，并作了比较，从而解决了一些中国小说史上的发展问题，至于中西文学的可比性，一直受到一些西方比较文学家的怀疑。但鲁迅不仅从"平行研究"规律提出了广阔的可比性，他还提出了中西国家间文艺交流的证据。明代中国就向欧洲输出了才子佳人小说《平山冷燕》、《好逑传》、《玉娇梨》，而且引起欧洲人的兴趣。不过，鲁迅指出这是一种不光彩的影响。当然"平行研究"无须依靠这个材料。只要多读中外书籍，就可以从某种角度进行比较。

鲁迅的中国文学素养早就极为深厚，而后来又大量阅读了外国文学作品，这就使他进行比较文学研究有了雄厚的基础。在"平行研究"上，他的最大贡献就是较早地、大胆地做了实践。

除了前面已提到的之外，在神话研究上，鲁迅运用"平行研究"方法也取得重大成就。他广泛阅读世界各国神话，并比较了印度、埃及、希腊与中国的神话之后，从社会发展共同性的角度理解到小说起源于神话的这一世界文化发展的共同规律。他说："古代，不问小说或诗歌，其要素离不开神话。印度、埃及、希腊都如此，中国亦然。"⑲并用此科学结论反驳《汉书·艺文志》中"小说家者流，盖出于稗官"之旧说。他说："稗官采集小说之有无，是另一问题；即使真有，也不过是小说书之起源，不是小说的起源。至于现在一班研究文学史者，却多认小说起源于神话。"⑳从而纠正了中国小说史上统治很久的一个错误观点。

鲁迅的"平行研究"还注意到中外文学作品的艺术性之比较。他认为艺术技巧是人类共同财富，更富有可比性。因此，在日本留学时期，他就曾把林纾译的《鬼山狼传》里的老猎人的性格同《水浒》里鲁达、李逵作比较，以为《水浒》的艺术成就可与外国名著相媲美。

　　他还以《水浒》、《红楼梦》的艺术质量同巴尔扎克的作品作比较："高尔基很惊服巴尔扎克小说里写对话的巧妙，以为并不描写人物的模样，却能使读者看了对话，便好象目睹了说话的那些人。"于是他想起："中国人还没有那样好手段的小说家，但《水浒》和《红楼梦》的有些地方，是能使读者由说话看出人来的。"㉑

　　鲁迅比较的结果：一方面认识、赞美了中国古典小说用人物语言塑造人物个性的艺术手段，以为同样也可以使得高尔基惊服。同时，还看出了这一艺术手段在世界文学中的重要性、普遍性，它是世界大作家创造人物必不可少的一个重要手段。巴尔扎克、曹雪芹、施耐庵固然都钻研这个手段，而俄国的陀思妥夫斯基也有这样绝技："他写人物，几乎无须描写外貌，只要以语气、声音、就不独将他们的思想和感情，便是面目和身体也表示着。"㉒但是各大家的这一手段又各有特色：陀思妥夫斯基的人物就"显示着灵魂的深"。而施耐庵、曹雪芹也并不"成了中国的巴尔扎克"。㉓

　　鲁迅也在施耐庵与果戈理创造人物的比较中看到了《水浒》的某种弱点。如，果戈理善于给别人起名号，而"我们中国人并不怎么擅长这本领，……梁山泊上108条好汉都有诨名……不过着眼在形体，如：'花和尚鲁智深'和'青面兽杨志'，或者才能，如'浪里白条张顺'和'鼓上蚤时迁'等，并不能提挈这个人的全般"。㉔但鲁迅在总评价上却充分肯定《水浒》的艺术成就。所以每遇到赞赏外国名著的艺术时，鲁迅总想起《水浒》来。例如，他曾把《水浒》同《毁灭》作比较，㉕以为各有千秋。

　　果戈理的名著《死魂灵》也并非完美无缺，它与《儒林外史》比较起来，在艺术创造的某一点上，却又稍逊一筹。鲁迅批评前书的作者"常常发一套议论"，㉖不如以"白描"为主的《儒林外史》能让人物在行动中流露出作者的看法来。

　　必须反复着重指出：鲁迅无论从事比较文学的哪一种类型的（有姻缘的或无影响接触的）实践，目的都是为了本国文学。因而他从比较文学领域所吸取的许多科学方法，主要用来研治中国文学，他的首批成果，就是古典文学史（小说史）。

写文学史（小说史）的主要任务有二：总结文学发展规律和评价作家作品在历史上的地位。这两个任务的完成，除了以比较文学观点方法解决一些世界文学的共同规律和中国作家作品在世界文学史上的地位而外，鲁迅还运用比较文学中的一些原则来考察中国文学发展史，既解决本国的问题，也充实和证明世界文学的共同规律。

中国文学的产生发展不但有自己的特点，而且同世界其他国家民族的文学发展史比较起来，还可以看到有些共同或类似现象。譬如说，文学史的发展总是与社会史的发展紧密相联的，民间文学与文人创作总是互相影响的，还有各民族地区文学因相互影响而推进等等。因而把这些规律放到世界文学范围中去考察，就往往看出它的典型性。因此，鲁迅运用比较文学的原则、规律来考察总结中国文学史（小说史），不仅是可行的，而且得出来的结果完全可能充实和丰富了比较文学的内容和方法。因此，完全有理由可以说：鲁迅用比较文学观点方法研治中国文学的成就，是比较文学学科的不可分割的有机组织部分。

鲁迅指出社会发展的规律性也决定着反映社会生活的文学现象，是有规律地出现的。所以他在探索某类文言小说的发展时，是以各时代社会产生的小说特点进行比较的。他在比较其异同和研究其继承发展的关系上，由于联系社会发展规律便找到了文言小说演进的轨迹：小说也象历史那样，"世事也仍然是螺旋"。但"历史虽说如同螺旋，却究竟并非印板，所以今之与昔，也还是小有不同"。[22]六朝以来的志怪小说的发展就表现了这一螺旋现象。他说："小说到了唐时，却起了一个大变迁"，"可算是大进步"。[23]但是到了宋代，因为以理学为代表的封建思想在指导创作，就使传奇后退。鲁迅说："宋人虽还作传奇，而我说传奇是绝了。"[24]到了清代，志怪小说才又走向新的高峰，这就是"专集之最有名者为蒲松龄之《聊斋志异》"。㉚这个规律，是鲁迅用比较方法，发现了《聊斋》的故事"亦颇有从唐人传奇转化而出者（如《凤阳士人》、《续黄粱》等）"。㉛所以称《聊斋志异》为清代文言小说中的"拟古派"。

此外，鲁迅同样用先综合研究而后进行比较的方法，还发现了文学发展的又一规律。他在《且介亭杂文·论"旧形式的采用"》里，提出了消费者和生产者的两种对立的文学有相互影响，而又各具特色或者说不失本色的现象。由于篇幅限制，就不再论述了。

象世界文学规律一样，一个国家之内的几个民族或地域的文艺相结合而起的新变化的情况也是常有的。鲁迅研究了中国北方文化与南方楚国文化由于"交错为文"，使楚文艺"遂呈壮采"㉜的史实，这就是以《离骚》为代表的《楚辞》。但是后世信仰"温柔敦厚"诗教的儒家之徒，既不理解《诗》与《骚》的姻缘关系，也不认识它们各自代表一个文学流派，因而对《骚》的评价产生分歧：抑扬不一。

鲁迅从内容到形式对这两个流派作了比较，认为《离骚》的浪漫主义情调"欲昏简狄，留二姚，或为北方人民所不敢道"，但其战斗精神反而不如诗经："若其怨愤责数之言，则三百篇中之甚于此者多矣。"㉝因此，鲁迅的结论是"实则《离骚》之异于《诗》者，特在形式藻采之间耳"。也就因为《骚》在构思上比较解放，又有新的艺术形式，所以"其影响于后来之文章，乃甚或在三百篇以上"。㉞这就既指出两派各自的特点，也解决了历代对《骚》评价之纷繁，并确定了它在文学史上的地位。

写文学史（小说史）的另一任务是区别作家作品的高下，并确定其历史地位。这自然首先是评论和分析作品，研究其继承与影响，但却更需要比较，才能识别"真金"与"硫化铜"。所以鲁迅说："文艺家的比较是极容易的，作品就是铁证，没法游移。"㉟

例如，汉初的贾谊与晁错，既是政治家也是文学家，相同之处甚多，孰优孰劣呢？鲁迅把两人作了全面比较：从性行上，一直比较到他们的文章风格。最后就抓住了各人的特点，就找到解决问题的钥匙。他说："惟谊尤有文采，而沉实则稍逊。"这就是说，贾谊的文采好，但在政见上，"贾生之言，乃颇疏阔，不能与晁错之深识为伦比矣"。㊱

鲁迅认为既然是文学史，就不能忽视它的艺术形象这一文学特征。所以文学史上，作家们不断冲破旧传统而产生新思想，固然值得重视，并且作为区分作家高下的标准之一，如把阮籍与嵇康相比较，认为"嵇康的论文，比阮籍更好，思想新颖，往往同古时旧说反对"。㊲但文采的创新，在文学史上也是一个重要标准。鲁迅异常重视和强调它。鲁迅把司马相如和同时代的一些大作家逐一作比较，最后得出司马相如的文采兼众家之长，而有独创的结论，从而确定了他在文学史上的地位。鲁迅说，司马相如的"专长，终在辞赋，制作虽甚迟缓，而不师故辙，自擅妙才，广博闳丽，卓绝汉代"。㊳这一结论，直到鲁迅的晚年仍然坚持着说："司马相如在文学史上也还是很重要的作家。为什么呢？就因为他究竟有文采。"㊴

至于专就作品本身价值的比较，鲁迅也根据具体情况，作了多样的比较，解决了许多问题。

一是把主题、情节、人物近似的两种小说，比较其中的同一人物的性格，从差异中发现和解决了问题。鲁迅曾把从日本拿回来的《大唐三藏法师取经诗话》同吴承恩的《西游记》作比较，不仅看到两书的继承关系，更重要的是发现同一人物却有不同性格。"例如'盗人参果'一事，在《西游记》上是孙悟空要盗，而唐僧不许；在《取经诗话》里是仙桃，孙悟空不盗，而唐僧使命去盗。"㊵这是为什么？鲁迅从创作总是渗透着作者的立场思想态度的规律，提出，这是"因为《西游记》之作者是士大夫。而取经诗话之作者是市人"，㊶因而得出这是两种不同性质的书的结论。

再是用现实主义艺术真实的准则，区分两部名著的艺术高下，从而确定了它们的历史地位。《三国演义》与《红楼梦》都是中国现实主义名著，怎样分出高下来呢？鲁迅运用现实主义文艺反映现实的真实原则，把《三国演义》里的重要人物放在现实生活中进行检验的结果，指出，这书塑造的人物有许多是不够真实的。而《红楼梦》则是"如实描写"，"和从前的小说"（按，指《三国演义》）那种"叙好人完全是好，坏人完全是坏的，大不相同，所以其中所叙的人物，都是真的人物，总之自有《红楼梦》出来以后，传统的思想和写法都打破了"。㊷两书相较的结果，就从思想与艺术上肯定了《红楼梦》在小说史上的赫赫地位。

三是从某类文学性质特点出发，在比较中见真伪，例如讽刺文学与谴责小说。鲁迅从讽刺文学的内容与艺术以及创作态度等，全面比较了《儒林外史》与"谴责小说"，不仅解决了什么是真正的讽刺文学的问题，而且指出"谴责小说"是讽刺文学中的赝品。

因此，两者在中国小说史上的地位，如果说《儒林外史》是真金，而"谴责小说"则是"硫化铜"。

四

鲁迅的比较文学观及其成就是丰富而巨大的。但我们为什么只简述鲁迅研治中国古典文学之成就呢？第一，这是鲁迅运用比较文学方法的首批硕果。第二，对目前说来，比较文学还是一门新学科。个人刚刚学习，理解还很不够，因此，对于鲁迅在这方面的累累满树的硕果，只敢摘尝一个果子。第三，因为提出即使单纯比较研究中国文学也应属于比较文学范畴，这应是中国比较文学派的特色，但可能会引起争论，因而不能涉及的内容过于广泛。

总之，鲁迅的比较文学观及其实践成就，单从古典文学方面看，也是金光灿烂的。我们应该继续深入研究鲁迅的比较文学观及其研治中国文学的光辉成就，以利中国比较文学学科的建立与发展。

注：

① 《坟·摩罗诗力说》。

② 《坟·文化偏至论》。

③ 周启明：《鲁迅的青年时代》。

④ 《纲要》第 10 篇。

⑤ 《且介亭杂文·随便翻翻》。

⑥ 《三闲集·文学的阶级性》。

⑦ 《华盖集·忽然想到（四）》。

⑧ 《南腔北调集·为了忘却的记念》。

⑨ 《且介亭杂文末编·捷克译本》。

⑩ 《集外集拾遗·诗歌之敌》。

⑪ 《集外集拾遗补编·某书读后记》。

⑫ 《花边文学·看书琐记》。

⑬ 《且介亭杂文·拿来主义》。

⑭ 《且介亭杂文二集·"题未定"草（六）》。

⑮ 《集外集·痴华鬘题记》。

⑯ 《史略》第 5 篇。

⑰ 许寿裳：《亡友鲁迅印象记·提倡美术》。

⑱ 《中国小说的历史的变迁》第 5 讲。

⑲⑳ 《中国小说的历史的变迁》第 1 讲。

㉑ 《花边文学·看书琐记》。

㉒ 《集外集·〈穷人〉小引》。

㉓ 同㉑。

㉔ 《且介亭杂文二集·五论文人相轻——明术》。

㉕ 《毁灭》后记。

㉖ 许广平编《鲁迅书简》，第 823 页。

㉗《华盖集续编·记"发薪"》。

㉘㉙《中国小说的历史的变迁》。

㉚㉛《史略》第 22 篇。

㉜㉝㉞《纲要》第 4 篇。

㉟《纲要》第 7 篇。

㊱《集外集拾遗·两封通信》。

㊲《而已集·魏晋风度及文章与药及酒之关系》。

㊳《纲要》第 10 篇。

㊴《且介亭杂文二集·从帮忙到扯淡》。

㊵㊶㊷《中国小说的历史的变迁》。

鲁迅的文艺创作论[*]

鲁迅的熔铸着中外优秀文艺理论和自己的实践经验的创作论是极为卓越丰富的。这里，我们想以鲁迅对生活与创作的关系这一根本问题的基本观点为核心，较全面地探索一下他的创作论。

一

为什么要创作？鲁迅对这一问题的认识有一个发展过程。这个问题涉及的面较广，譬如说，它可以牵扯到文艺的起源问题。这里，我们准备着重从作家创作目的这一角度来探讨。

五四以来，各流派作家或理论家对创作目的有不同的回答：有的说为人生，有的说为艺术。鲁迅决心弃医从文后，因为他很早就认识到文艺的美感教育作用，所以不论是他在留日时期主张和实践的积极浪漫主义，还是辛亥革命以后探索和实践的现实主义，他的回答都是文学上的功利主义。具体地说，他最早从事文艺运动的动机，就是为了改造国民精神，即改造长期受到封建专制主义、蒙昧主义以及儒家思想中的腐朽教条毒害的国民性。五四以后，鲁迅更明确地提出"为人生""而且要改良这人生"的创作口号。这个口号与他的改造国民性有密切联系，可以说，国民精神中的糟粕不加以批判，不解放思想，"为人生"就是一句空话。举一个具体明显的例子：奴性不去，人们就永远安于奴隶

---

* 原载《鲁迅文艺思想新探》，天津人民出版社，1983。

地位，就根本谈不到改良人生。鲁迅在《野草·聪明人和傻子和奴才》中，对这一点已作了形象的说明。

鲁迅提出的"为人生"而创作，当然距离为阶级，尤其为无产阶级革命事业而创作的要求还很远，但在当时却是一个了不起的回答。因为他主张的"为人生"而创作富有积极的战斗意义。正如他所说，五四时期他的创作，"确可以算作那时的'革命文学'"①。当时，鲁迅正是充分利用小说这一文艺武器，改造国民精神，改良人生。所以他有了"将旧社会的病根暴露出来，催人留心，设法加以疗治的希望"②，他的"取材，多采自病态社会的不幸的人们中，意思是在揭出病苦，引起疗救的注意"③。这就是一种战斗，一种积极的战斗。那些提倡写"大团圆"的文艺家，就是害怕"揭出病苦"，"因为一说出来，就要发生'怎样补救这缺点'的问题，……事情就麻烦了"④。鲁迅不仅彻底反对"大团圆"主义，而且始终坚持为人民，主要是为农民而创作，并实践了他的战斗主张。

"为人生"主张的提出，首先是和鲁迅的生活经历分不开的。他在《呐喊·自序》里说，他的青少年时代的生活是不幸的，从而加深了对人生和社会的认识："有谁从小康人家而坠入困顿的么，我以为在这途路中，大抵可以看见世人的真面目。"在《英译本〈短篇小说选集〉自序》中他也说过，由于经常到乡村去，因而扩大了生活视野，他知道农民"毕生受着压迫，很多苦痛"。青少年时代的生活和人生经验，为他"为人生"的创作主张的形成奠定了重要的现实基础。

促使他"为人生"而创作的另一因素，是外国进步文学对他的影响。他在《南腔北调集·我怎么做起小说来》里说得很明

---

① 《南腔北调集·〈自选集〉自序》。
② 《南腔北调集·〈自选集〉自序》。
③ 《南腔北调集·我怎么做起小说来》。
④ 《中国小说的历史的变迁》第三讲。

白。他从中国到外国看到"上流社会的堕落和下层社会的不幸"是个普遍现象，于是他发表小说，将这种典型题材，显示给读者，"提出一些问题"①。可见，鲁迅主张的"为人生"，是要以文艺改良这不合理的人生和那些主张"只问病源，不开药方"的为人生的文学流派比较起来是有所不同的，是有更积极的战斗意义的。这是鲁迅创作的一个伟大的出发点。直到他从广州到了上海不久，在劳动大学讲课时，还是坚持着这一点。所以他说："我看还是首先写人生、为人生、为改良这人生……"②

鲁迅以《狂人日记》为开端的创作，就是听革命先驱者的将令的。③ 但这同他的主张创作"为人生"是完全一致的，是他为人生的创作主张的思想动力。这在《南腔北调集·〈自选集〉自序》里已有所说明。自然，当时马列主义思想对鲁迅影响不大。但他所写的"上流社会的堕落和下层社会的不幸"，真实而强烈地反映了阶级斗争，这正是革命的需要。而他的文艺理论也符合革命的要求：文艺是革命战斗的武器之一，文艺有改造人的精神的力量，鲁迅认识得已愈来愈深透。如他在一九二五年写的《坟·论睁了眼看》中说："文艺是国民精神所发的光，同时也是引导国民精神的前途的灯火。这是互为因果的，正如麻油从芝麻榨出，但以浸芝麻，就使它更油。"这个比喻是说：文艺之所以有改变国民精神的力量，是因为它产生于人民生活之中，作家把人民在矛盾斗争中所发生的积极向上的火光或者说理想，经过选择、集中和概括，以真情实感创作出光芒万丈的文艺，就能反转过来照亮人民的心灵，引导人民沿着革命大道前进。

随着鲁迅思想的发展，他愈来愈科学地认识到，文艺只能是改变人的精神的武器。这是文艺的根本任务。文艺只能利用它的

---

① 《集外集拾遗·英译本〈短篇小说选集〉自序》。
② 转引自杜力夫《永不磨灭的印象》，《人民日报》1961 年 10 月 19 日。
③ 《南腔北调集·〈自选集〉自序》。

真和美的艺术形象宣传它的善，以改造人的精神面貌；只有通过被改造过了的人，才能产生改造社会的物质力量，"来改良社会"①。所以他说："孙传芳所以赶走，是革命家用炮轰掉的，决不是革命文艺家做了几句'孙传芳呀，我们要赶掉你呀'的文章赶掉的。"② 他是"不相信文艺的旋乾转坤的力量的"③。但他知道，人一旦被唤醒，就"有毁坏这铁屋的希望"④。

　　鲁迅的创作思想是不断发展着的。他并不停留在"为人生"的阶段。他从主张"为人生"发展到主张为无产阶级革命事业而创作，是经历了一段为时较长的、艰苦的探索过程的。因而对于"为什么要创作？"的回答，鲜明地反映了他的创作思想的成长。他先是回答："为人生。"大革命失败后他则认为"无产者文学是为了以自己们之力，来解放本阶级并及一切阶级而斗争的一翼"⑤。后者就是他对于创作目的的一个马克思主义的科学回答，标志着他的创作理论的成熟。

二

　　鲁迅从他的文艺的功利性原则出发，一向主张创作必须严肃认真，必须对读者负责，切忌"走入草率的路"⑥。

　　鲁迅每当创作之际就要想到读者，总要给读者一些有益的东西。这是鲁迅最可宝贵的创作道德。他曾回忆一幕买书的动人场面："还记得三四年前，有一个学生来买我的书，从衣袋里掏出钱来放在我手里，那钱上还带着体温。这体温便烙印了我的心，至今

---

① 《南腔北调集·我怎么做起小说来》。
② 《集外集·文艺与政治的歧途》。
③ 《三闲集·文艺与革命》。
④ 《呐喊·自序》。
⑤ 《二心集·"硬译"与"文学的阶级性"》。
⑥ 《鲁迅书信集·749 致罗清桢》。

要写文字时，还常使我怕毒害了这类的青年，迟疑不敢下笔。"①

就因为鲁迅的创作对读者、对社会如此负责，所以他主张"连自己也烧在这里面"②，而不是站在旁观者的地位。他不满于"谴责小说"（如《官场现形记》等），就因为作者采取了旁观的态度。这种创作态度对今天的作者说来，仍然是十分宝贵的。我们认为，创作上的立场、观点和态度，也正是作者对人生的态度。你是否烧在里面，是创作成败的关键。作者不但要写自己所熟悉的生活，而且要写自己经验过的、战斗过的、感动过的，只有用自己的血泪写成的书，才真实感人，从而教育人。所以鲁迅写阿 Q 所持的态度是"哀其不幸，怒其不争"③。

鲁迅还提出作品应使读者也参加进去，才能让读者受到教育。他一向反对读者读小说"隔岸观火"，所以他创造典型，总是把读者也概括进去，使作品的教育力量，发挥得更强烈。所以他曾说："果戈理作《巡按使》，使演员直接对看客道：'你们笑自己！'（奇怪的是中国的译本，却将这极要紧的一句删去了。）我的方法是在使读者摸不着在写自己以外的谁，一下子就推诿掉，变成旁观者，而疑心到象是写自己，又象是写一切人，由此开出反省的道路。"④

三

什么叫文艺？鲁迅从反映论的角度回答说："我以为文艺大概由于现在生活的感受，亲身所感到的，便影印到文艺中去。"⑤

---

① 《坟·写在〈坟〉后面》，并参考阿累《一面》，见《回忆鲁迅》，人民文学出版社，1956。
② 《集外集·文艺与政治的歧途》。
③ 《坟·摩罗诗力说》。
④ 《且介亭杂文·答〈戏〉周刊编者信》。
⑤ 《集外集·文艺与政治的歧途》。

这也就是毛泽东同志所说的，文艺作品是"一定的社会生活在人类头脑中的反映的产物"。因而，生活是文艺创作的源泉，创作的根本条件是作者必须有生活，否则作品就不可能产生。正如鲁迅所说：

> 中国的《水浒》，也算是那个时代的革命文学，那是因为有了"枪打不平，替天行道"的英雄好汉们，以后才有人写他们形象的这部《水浒》文学巨著。①

作家的生活越丰富，他越有提炼生活的自由，在选择与运用题材上才能左右逢源。就因为鲁迅熟悉"上流社会的堕落和下层社会的不幸"，他才能创作出《呐喊》、《彷徨》来。鲁迅为什么没有写阿 Q 坐牢的情形？也没有描写夏瑜在牢中的斗争生活？就因为他没有经历过。他说："我当做《阿 Q 正传》到阿 Q 被捉时，做不下去了，曾想装作酒醉去打巡警，得一点牢监里的经验。"② 鲁迅后来为什么不取现代题材写小说了，尤其放弃了写以红军长征为题材的长篇小说？就因为他看到"自己不在旋涡的中心，所感觉到的总不免肤泛，写出来也不会好的"③。

由此可见生活对于创作之重要。但有人却提出了创作是否一定要有生活的问题，他们认为，文学是创造的。天才善于创造，象浪漫主义作家能虚构出现实生活中从来没有也不可能有的东西。鲁迅回答说：

> 天才们无论怎样说大话，归根结蒂，还是不能凭空创造（重点为引者所加）。描神画鬼，毫无对证，本可以专靠了神思，所谓"天马行空"似的挥写了，然而他们写出来的，也不过是三只眼，长颈子，就是在常见的人体上，增加眼睛一

---

① 转引自杜力夫《永不磨灭的印象》，《人民日报》1961 年 10 月 19 日。
② 《鲁迅书信集·161 致章廷谦》。
③ 《鲁迅书信集·504 致姚克》。

只，增长了颈子二三尺而已。这算什么本领，这算什么创造？①

鲁迅还指出，讽刺作家如果没有亲身看见过"洋服青年拜佛，……道学先生发怒"等"不合理，可笑，可鄙，甚而至于可恶"的事情②，"大约无论怎样刻薄的天才作家也想不到的。幻想总不能怎样的出奇"③。善于创造发明的科学家，也得从摹仿自然开始，这就是"仿生学"这门学科之所以重要的原因。科学幻想小说的产生，是文艺与自然科学的有机结合或联盟的结果，但也得先有一定的自然科学的诞生，然后文学家才能据以推断出未来科学发展的前景。

但日本厨川白村提出了：

> 作家之所描写，必得是自己经验过的么？他自己答道，不必，因为他能够体察。所以要写偷，他不必亲自去做贼，要写通奸，他不必亲自去私通。

鲁迅同意这一观点，但又补充阐发说："体察"得有条件，"这是因为作家生长在旧社会里，熟悉了旧社会的情形，看惯了旧社会的人物的缘故，所以他能够体察"④，"作者写出创作来，对于其中的事情，虽然不必亲历过，最好是经历过。……我所谓经历，是所遇，所见，所闻，并不一定是所作，但所作自然也可以包含在里面"⑤。

鲁迅认为，作家对生活熟悉到"亲历"或"经历"过，才能写出真实感人的作品来。如他说：《论"费厄泼赖"应该缓行》之所以有价值，就"因为这虽然不是我的血所写，却是见了我的

① 《且介亭杂文二集·叶紫作〈丰收〉序》。
② 《且介亭杂文二集·什么是"讽刺"？》。
③ 《花边文学·奇怪》。
④ 《二心集·上海文艺之一瞥》。
⑤ 《且介亭杂文二集·叶紫作〈丰收〉序》。

同辈和比我年幼的青年们的血而写的"①。他的名作《白光》中
成功的心理描写，也由于自己的亲身体验：

> 我记起我自己曾经写过这样一个人，他身边什么都光
> 了，时常抽开抽屉看看，看角上边上可以找到什么；路上一
> 处一处去找，看有什么可以找得到；这个情形，我自己是体
> 验过来的。②

他还指出世界名著哈姆生的《大饥饿》是"依他所经验的写的"③。

鲁迅强调创作要有生活，而且要写自己经验过的生活，一方
面是同那些"以为艺术是艺术家"、"象鼻子发痒的人"打喷嚏一
样打出来的之类的理论作斗争④；另一方面是劝告革命作家和
"实际的社会斗争接触"，"明白革命的实际情形"，决不能"抱
着浪漫蒂克的幻想"，"关在玻璃窗内做文章"⑤。鲁迅更进一步
指出，革命作家写革命理想的文学作品也正如革命者一样："不
但应该知道革命的实际，也必须深知敌人的情形，现在的各方面
的状况，再去断定革命的前途。"⑥

鲁迅固然重视生活与创作的关系，但宇宙无涯，人生有限，因
此，作家除了深入生活外，还得向书本学习，而且要学习得广泛：

> 先前的文学青年，往往厌恶数学，理化，史地，生物
> 学，以为这些都无足轻重，后来变成连常识也没有，研究文
> 学固然不明白，自己做起文章来也胡涂，所以我希望你们不
> 要放开科学，一味钻在文学里。⑦

---

① 《坟·写在〈坟〉后面》。
② 《集外集·文艺与政治的歧途》。
③ 《集外集·文艺与政治的歧途》。
④ 《且介亭杂文·论"旧形式的采用"》。
⑤ 《二心集·对于左翼作家联盟的意见》。
⑥ 《二心集·上海文艺之一瞥》。
⑦ 《鲁迅书信集·1188 致颜黎民》。

这样才能扩大自己的知识面，丰富生活经验，使自己的创作有雄厚的基础。当然，文学青年向中外古今文学名著学习是最重要的。这就"如蜜蜂一样，采过许多花，这才能酿出蜜来，倘若叮在一处，所得就非常有限，枯燥了"①。古今中外的文学名著，由于古代和外国的社会人生，同今天的中国的往往有惊人的相似，因而反映社会人生的文艺就不能不有类似之处，这就有了批判继承和借鉴的用处。鲁迅是有这种经验的。他称赞"中国的诗歌中，有时也说些下层社会的苦痛"②。他从中国古籍里认识了旧中国社会的吃人的本质，也批判吸取了古书里的战斗精神、讽刺本领。如，鲁迅不仅在《儒林外史》中认识了清代社会，而且受其影响写了新"儒林外史"（《白光》、《孔乙己》、《肥皂》等）。鲁迅说他受外国文学作品影响也很大。如，"《药》的收束，也分明的留着安特莱夫（L. Andreev）式的阴冷"③。迦尔洵的《红花》与《长明灯》，在题材与构思上颇有近似之处。他甚至受到自己学生创作的启发，写出了《幸福的家庭》。④ 正由于鲁迅善于博采众家，取其所长，才成为伟大的作家。

但生活是创作的源泉，却是个根本规律。鲁迅把它生动而巧妙地概括成两句话：

> 作品大抵是作者借别人以叙自己，或以自己推测别人的东西。⑤

因此，作者非具有深广的生活阅历、丰富的人生经验不可。众所周知，作者写小说，有两个"视点"：第一身（第一人称），用"我"来叙述，开展故事；第三身（第三人称），即"他"。第一

---

① 《鲁迅书信集·1186 致颜黎民》。
② 《集外集拾遗·英译本〈短篇小说选集〉自序》。
③ 《且介亭杂文二集·〈中国新文学大系〉小说二集序》。
④ 许钦文：《来今雨轩》，见《新文学史料》第 3 辑，人民文学出版社，1979。
⑤ 《三闲集·怎么写（夜记之一）》。

人称，在写人叙事上受到很大的限制，只能写"我"自己的见闻以及"我"自己的行为。而第三人称，则在描述上有极为自由的广阔天地。作者不仅能写人物间的密语，且能揭示人物心灵深处的秘密。所以有人称这个"视点"为"万能上帝的眼睛"。作者为什么有这样的眼睛？鲁迅揭破了这个秘密，即上面引述的他概括出来的两句话。作者的"万能眼"就是靠了他的生活和人生经验的丰富和深透。由于他熟悉理解社会各阶级、阶层中各种人物的思想、心理和性格，并与自己的人生经验相结合，便能化身为他的作品中的各色人物，充当各种角色，在作品里展开复杂的矛盾冲突。

四

由此可见，生活在创作中具有重要的位置。但只要有自己熟悉的生活就够了吗？鲁迅回答说："不过即使'熟悉'，却未必便是'正确'。"[1] 由于作者观点的不同，便产生出截然相异的作品来。因此，鲁迅强调指出，"如要创作，第一须观察"[2]。作家不仅要深入生活，还得观察。王国维在他的《人间词话》里提出著名的"能入能出"的理论："诗人（广义的）对于宇宙人生，须入乎其内，又须出乎其外，入乎其内，故能写之，出乎其外，故能观之。""观"就是作者与生活摆开一定距离，站在生活高处进行观察、认识和思考。鲁迅指出：作家必须"用自己的眼睛去读世间这一部书"[3]。就是这个意思。但观察所得是否正确，却与作家的立场、观点、态度，即世界观有着密切的关系。鲁迅曾批评美国作家赛珍珠（布克夫人）的以中国为题材的作品说：

① 《二心集·关于小说题材的通信》。
② 《鲁迅书信集· 462 致董永舒》。
③ 《而已集·读书杂谈》。

> 中国的事情，总是中国人做来，才可以见真相，即如布克夫人，上海曾大欢迎，她亦自谓视中国如祖国，然而看她的作品，毕竟是一位生长在中国的美国女教士的立场而已，……她所觉得的，还不过一点浮面的情形。只有我们做起来，方能留下一个真相。①

一个熟悉中国的外国人，由于缺乏正确的立场、观点，固不能写出中国的真实面貌来，而一个中国作家的描写中国现实的作品，也未必能达到真实。这就产生了必须解决的两个问题：一个是世界观（包括立场、态度）指导创作的问题；一个是思想改造的问题。这是两个极为密切相关的问题。就是说，如果作家不认真进行思想改造，他就不能获得革命立场和正确的世界观，也就必然不可能正确而深刻地认识现实生活和艺术地、本质地反映生活，更谈不到和读者有益了。

当时，鲁迅提出作家思想改造问题，具有两重积极意义：一是，这一问题是当时一些革命文艺社团的成员认识不到的。因而这一理论的提出，显示出鲁迅的创作思想远远高出同时代的许多作家。二是，鲁迅不仅大胆地提出而且试图解决，非劳动人民出身的作家怎样才能为劳动人民服务的问题。当然，当时也有真正的革命作家和作品。鲁迅赞美他们说："智识的青年们意识到自己的前驱的使命，便首先发出战叫。这战叫和劳苦大众自己的反叛的叫声一样地使统治者恐怖。"② 但这样的作家作品还是为数不多的。有些"革命文学家"，"招牌是挂了，却只在吹嘘同伙的文章，而对于目前的暴力和黑暗不敢正视"③。因此，要写出真正的革命文学来，就得认真改造思想。否则"即使是在做革命文学家，写着革命文学的时候，也最容易将革命写歪；写歪了，反于

---

① 《鲁迅书信集·516 致姚克》。
② 《二心集·中国无产阶级革命文学和前驱的血》。
③ 《三闲集·文艺与革命》。

革命有害"①。

鲁迅还针对作家的思想改造提出两个具体问题来。

第一，作家的思想固然得作彻底改造，那么他的艺术修养，特别是技巧要不要改造呢？这首先得探索作家的思想感情和艺术修养有无关系的问题。一九二八年，鲁迅在《奔流》杂志一期纪念列夫·托尔斯泰诞生一百周年专号的后记里指出，当时苏联艺术局对这位作家"奖其艺术，贬其思想"的态度，是苏联为了纪念这位世界有名望的作家，把"他的优良之点讲给外人"听的。"到了将来，自然还会有不同的言论的。"② 我们体会鲁迅这话里的意思是怀疑那种认为列夫·托尔斯泰"的哲学（勿以恶抗恶）有妨革命，而技术却可推崇"的看法，即把思想与艺术技巧截然分开的观点，是为鲁迅所不能接受的。

我们认为，鲁迅的看法是正确的，因为尽管艺术技巧有相对的独立性，但总是与作家的世界观密切联系着的。

艺术技巧从何而来？答曰，是从作家研究现实生活、理解现实生活开始；是在自己的立场、审美观的支配下，在创作实践中，逐步熟练起来、准确起来的。而且往往由于时代社会风尚的影响，技巧也不是万古常新，而是有新与旧之别的。事实也证明了这一点。鲁迅在一九二七年写的《朝花夕拾·后记》中就指出，吴友如绘画的技巧是不坏的。

> 但他于历史画其实是不大相宜的；他久居上海的租界里，耳濡目染，最擅长的倒在作"恶鸨虐妓"，"流氓拆梢"一类的时事画，那真是勃勃有生气，令人在纸上看出上海的洋场来。但影响殊不佳，近来许多小说和儿童读物的插画中，往往将一切女性画成妓女一样，一切孩童都画得象一个小流氓，大半就因为太看了他的画本的缘故。

---

① 《二心集·上海文艺之一瞥》。
② 《集外集·〈奔流〉编校后记（七）》。

这一事实说明，旧上海的恶劣社会环境污染了吴友如，而吴的旧技巧又严重毒害了新小说的插图画家。因而旧技巧也得改革。鲁迅在批判叶灵凤歪曲工人形象时，也指出了旧技巧并不完全适用于描写新内容①。由此可见，文艺家的思想改造，不仅要改造思想感情，同时与思想有关的技巧，也不能原封不动。

技巧有相对独立性，可以继承利用，但必须经过改造。这就是鲁迅的结论。但对作家说来，却并非单独改造其技术，而首先是改造其思想。在思想改造中，技巧也不断得到改造。鲁迅说：

> 但中国的作者，现在却实在并无刚刚放下锄斧柄子的人，大多数都是进过学校的智识者，有些还是早已有名的文人。莫非克服了自己的小资产阶级意识之后，就连先前的文学本领也随着消失了么？不会的。俄国的老作家亚历舍·托尔斯泰和威垒赛耶夫，普理希文，至今都还有好作品。②

这就是说，在作家思想提高的过程中，在他熟悉新生活，表现新人新事过程中，他的艺术技巧也不断起着变化。他知道哪些应该抛弃，哪些应该发扬，哪些应该创新。

第二，世界观与创作的关系。

鲁迅向来主张世界观指导创作。由于他一开始搞创作，就认识到文艺能改变人们的精神，而文艺改变人们的精神，实际上就是作家用自己的思想精神和人格通过艺术形象去影响人们的精神面貌。所以他称赞作家为"精神界之战士"③。可以说，世界观指导创作是鲁迅创作思想的一个重要的组成部分。鲁迅认为，在创作活动中，从观察、认识生活、获得主题、选取题材，一直到人物塑造、情节提炼……总之，全部艺术构思，无不受作家世界观

---

① 参见《二心集·上海文艺之一瞥》。
② 《二心集·"硬译"与"文学的阶级性"》。
③ 《坟·摩罗诗力说》。

的指导。世界观指导创作是指作家从正确地观察、认识生活中获得主题，真诚地遵照现实生活的逻辑发展去进行艺术构思。而且人物性格的塑造，是按照再现典型环境中的典型性格的现实主义创作原则去进行的，必须经过一个长期的孕育过程，然后瓜熟蒂落。所以当《阿Q正传》发表后，有人不相信阿Q会革命，说阿Q"在人格上似乎是两个"时，鲁迅回答说："据我的意思，中国倘不革命，阿Q便不做，既然革命，就会做的。"① 鲁迅这样说，反映了他在世界观指导下，运用现实主义塑造人物的原则，让人物根据自己的性格行动、发展和变化，而不是按照作家的主观意图，把人物当作傀儡，牵着人物的鼻子走。阿Q性格的发展是有典型环境的，他是个毕生受剥削、受侮辱、受迫害的人物，在革命的新形势下，为了改变自己的生活和地位，他必然要起而革命；当然他落后，他不懂得辛亥革命的意义，他的所谓革命，也不过是抢点东西，但他却懂得革命对他有益。我们完全可以说，辛亥革命的形势使阿Q要革命，也正是由于辛亥革命失败使阿Q上了断头台。

　　鲁迅为什么对世界观指导创作的规律理解得如此之深？因为他有创作实践经验，懂得创作的内部规律，能上升为理论。他在一九一九年，就能从文艺作品是主、客观的统一体，说到它的美感教育作用。他说：

　　　　进步的美术家，……固然须有精熟的技工，但尤须有进步的思想与高尚的人格。他的制作，表面上是一张画或一个雕像，其实是他的思想与人格的表现。令我们看了，不但欢喜赏玩，尤能发生感动，造成精神上的影响。②

这段话正是指出了作家的思想指导着他去创作艺术形象，作品才

---

① 《华盖集续编·阿Q正传的成因》。
② 《热风·随感录四十三》。

不等同于生活，而有了思想性。文学之所以有教育作用，根本问题是因为有作家的世界观在内。因而作家的责任非常重大，他们不仅要有丰富而熟悉的生活，更要有正确的世界观、人生观、美学观……才能对生活有正确的认识，才能运用艺术技巧写出好的作品。否则，就要歪曲生活，有害读者。

当鲁迅获得马克思主义文艺理论之后，对于世界观指导创作的规律，就阐发得更加深透了。有几点值得我们注意。

第一，他反对那种忽视现实生活，全凭主观臆造的创作活动。世界观指导创作，并不是从主观愿望出发，而是从生活感受与认识中获得主题思想，进行艺术构思的。所以他反对那种片面强调要忠实于主观创作主张。

第二，文艺不是政治口号，作家的思想政治倾向，必须渗透在艺术形象之中，让人物在行动中显示出来。鲁迅既不满于象果戈理那样在《死魂灵》里"常常要发一大套议论"①，尤其反对那种创作上加"尾巴"的做法。他说：

> 无需在作品的后面有意地插一条民族革命战争的尾巴，翘起来当作旗子；因为我们需要的，不是作品后面添上去的口号和矫作的尾巴，而是那全部作品中的真实的生活，生龙活虎的战斗，跳动着的脉搏，思想和热情，等等。②

鲁迅之所以对于一个剧本的"尾巴"（"野雉：我再不怕黑暗了。偷儿：我们反抗去！"③）有所批评，就是因为它是剧作者单从政治概念出发，不顾现实生活斗争实际，忽视文艺特征，出于主观意图而外加上去的，并非剧情本身逻辑发展的必然结果，因而违反了艺术创作的内在规律。

---

① 《鲁迅书信集·1032 致萧军》。
② 《且介亭杂文末编·论现在我们的文学运动》。
③ 《三闲集·文艺与革命》。

第三，世界观代替不了艺术技巧。鲁迅既重视作家世界观的改造，以确保作品进步的思想内容，但为了更好地反映现实，塑造成功的艺术形象，他也重视创作技巧的不断改进提高。这正是鲁迅高于同时代革命作家之处。鲁迅批评他们说：

> 我以为当先求内容的充实和技巧的上达，不必忙于挂招牌。……一说"技巧"，革命文学家是又要讨厌的。但我以为一切文艺固是宣传，而一切宣传却并非全是文艺，这正如一切花皆有色（我将白也算作色），而凡颜色未必都是花一样。革命之所以于口号，标语，布告，电报，教科书……之外，要用文艺者，就因为它是文艺。①

这话，不仅在当时表现了鲁迅的卓越眼光，在今天也仍然是科学的创作理论。

五

青年作者往往喜欢向老作家请教"怎么写"的问题，而鲁迅却同时请他们注意"写什么"的问题。鲁迅为什么重视这个问题？这一方面牵涉到文艺与生活的关系问题，同时，也牵涉到文艺为革命事业服务的问题。

三十年代是阶级斗争、民族斗争激烈而复杂的时代。在文艺创作上为了使文艺更好地发挥战斗作用，就提出了"写什么"的问题。

当时，有人主张必须写重大题材，而有的人则因缺乏或者还不够熟悉这类题材而迟迟不敢动笔。如当时有的青年作者就曾写信请教鲁迅说：

---

① 《三闲集·文艺与革命》。

　　我们曾手写了好几篇短篇小说，所采取的题材：一个是专就其熟悉的小资产阶级的青年，把那些在现时代所显现和潜伏的一般的弱点，用讽刺的艺术手腕表示出来；一个是专就其熟悉的下层人物——在现时代大潮流冲击圈外的下层人物，把那些在生活重压下强烈求生的欲望的朦胧反抗的冲动，刻划在创作里面，——不知这样内容的作品，究竟对现时代，有没有配说得上有贡献的意义？①

鲁迅不仅认为写这样的题材"对目前的时代，还是有意义的"，并且还说："我的意思是：现在能写什么，就写什么，不必趋时。"②

　　我们认为，鲁迅这样回答问题，是经过深思熟虑的。

　　保证文艺创作成功的条件之一，是作家必须写他所熟悉的生活。鲁迅指出，进步作家只有熟悉生活，对生活有强烈的感受和正确而深刻的理解，他才能获得深刻的主题，发掘到最能表现主题思想的典型题材，才能写出本质地反映生活和具有感人力量的作品。因此，不要限制作家写什么，作家也不要勉强去写自己尚不熟悉的生活。自己熟悉的生活也并非都是身边琐事。鲁迅固然写过《兔和猫》，但也创作了革命悲剧小说《药》。由于他对生活观察得正确，认识得深刻，艺术手腕的高妙，便能从生活的一角，挖掘深刻的主题，写出富有教育意义的作品。众所周知，《一件小事》是中国新文学史上第一次正面歌颂劳动人民的作品。《兔和猫》则展现了鲁迅对新生、弱小事物的爱护和对摧残它的恶势力的强烈憎恨，并启示人们要对凶狠残暴的恶势力，"使出更辣的辣手"。由此可见，只要能写进作品的题材，不论大小，作家只要能观察、理解到它的深刻意义，能对读者起到良好的教育作用，就完全可以动笔创作。如果一定要求作家去写他所不熟悉的重大题材，一个勇于对读者负责的作家，只有搁笔。

---

① 《二心集·关于小说题材的通信》。
② 《二心集·关于小说题材的通信》。

题材并不能决定作品的思想性。文艺能否为革命服务，不决定于题材之重大与否，而是看作品的主题思想，而主题思想则为作家的立场、观点所决定。所以鲁迅在主张目前"能写什么，就写什么"的同时，一再强调作家的立场、观点之重要。例如，他回答萧军说："就是写咖啡馆跳舞场罢，少爷们和革命者的作品，也决不会一样。"① 就因为作者是一个革命斗争者，"从血管里出来的都是血"②。但他们的作品必须是艺术品。所以，鲁迅当时的"能写什么，就写什么"的论点，是为了确保战斗的作者能写出"可以成为艺术品的东西"③，从而为革命事业服务。

反映伟大的革命运动，固然必须重视重大题材，但当作家目前还不熟悉火热的革命斗争生活时，也不妨从生活的一角去反映革命运动的某一侧面。任何一个时代的社会都是一个有机整体。任何一个伟大的革命运动，总不是孤立的，而是和一切生活相联系的。因此，从任何一个有典型意义的生活一角，总可以看到运动的整体，能从一斑而窥全豹。因此，作者从所熟悉的生活中选择典型题材，创作出具有深广内容的作品，是可以反映时代面貌的。而且只有这样从多方面描绘生活，才能使整个时代社会面貌更为鲜明。所以鲁迅说：

> 我想现在应当特别注意这点：民族革命战争的大众文学决不是只局限于写义勇军打仗，学生请愿示威……等等的作品。这些当然是最好的，但不应这样狭窄。它广泛得多，广泛到包括描写现在中国各种生活和斗争的意识的一切文学。因为现在中国最大的问题，人人所共的问题，是民族生存的问题。所有一切生活（包含吃饭睡觉）都与这问题相关；……懂得这一点，则作家观察生活，处理材料，就如理丝有绪；作者

---

① 《鲁迅书信集·757 致萧军》。
② 《而已集·革命文学》。
③ 《二心集·关于小说题材的通信》。

可以自由地去写工人，农民，学生，强盗，娼妓，穷人，阔佬，什么材料都可以，写出来都可以成为民族革命战争的大众文学。①

反映伟大的抗日运动可以从不同的角度来描写，具体到描写一个战士也是如此，因为"战士的日常生活，是并不全部可歌可泣的，然而又无不和可歌可泣之部相关联，这才是实际上的战士"②。鲁迅自己就是善于选择生活的典型一角来反映特定时代政治变化的能手。象《风波》就是典型的例子。所以他劝告青年作家，如果无力表现伟大的变动，"也无须悲观，我们即使不能表现它的全盘，我们可以表现它的一角，巨大的建筑，总是一木一石叠起来的"③。

但是必须注意，鲁迅的这些主张，并非意味着题材没有差别，更不是在提倡写"身边琐事"。恰恰相反，鲁迅是重视写重大题材的。他热心帮助《八月的乡村》、《生死场》的出版，并向读者积极推荐，还揭发了狄克想扼杀《八月的乡村》的阴谋，已是众所周知的事了。他对于当时有人多写"身边琐事"的小说，是不喜欢的。④ 他也曾批评那些"咀嚼着身边的小小的悲欢，而且就看这小悲欢为全世界"⑤ 的作家。

鲁迅还告诉我们：整个宇宙、社会、人生虽都是文艺创作的素材，但并不是任何素材都可以成为创作题材。例如关于塑造人物所使用的原型，"世间进不了小说的人们倒多得很"⑥。如果这人根本没有"代表人物的资格"（即具有一定的典型性），就没有被作为模特儿写入小说的可能，否则"这小说便被毁坏"⑦。现实

① 《且介亭杂文末编·论现在我们的文学运动》。
② 《且介亭杂文末编·"这也是生活"……》。
③ 《鲁迅书信集 · 994 致赖少麒》。
④ 《鲁迅书信集·附录 86 致增田涉》。
⑤ 《且介亭杂文二集·〈中国新文学大系〉小说二集序》。
⑥ 《且介亭杂文末编·〈出关〉的"关"》。
⑦ 《且介亭杂文末编·半夏小集》。

生活中的丑恶事物，当然可据以创造反面形象，但如仅有龌龊、肮脏，就没有资格进入作品。"譬如画家，他画蛇，画鳄鱼，画龟，画果子壳，画字纸篓，画垃圾堆，但没有谁画毛毛虫，画癞头疮，画鼻涕，画大便，就是一样的道理。"① 这就是说，作家对于现实生活中无论是美或丑的事物，都要有所选择，而选择的标准就是看它是否典型，以及写进作品中是否有积极意义。

因此，鲁迅是重视有意义而且有重大意义的题材。他虽不把它看成唯一的，但却视为重要的，并且看作是主流。但鲁迅对题材问题，是具有辩证观点的。当作家还不能写重大题材时，他说"能写什么，就写什么"。但又认为作家却不能停留或满足于这一点。他们应主动积极地冲破自己的生活圈子，深入革命漩涡中，把不熟悉的重大题材，逐步变成熟悉的。鲁迅一开始创作，就写以"上流社会的堕落和下层社会的不幸"为题材的革命文学。并且，他为后来由于种种原因，自己"不在革命的漩涡中心，……只能暴露旧社会的坏处"② 而深表遗憾。所以他谆谆劝诫青年作者要"逐渐克服自己的生活和意识，看见新路"，万不可满足于"能写什么，就写什么"，倘"没有改革，以致沉没了自己——也就是消灭了对于时代的助力和贡献"③。

这就是鲁迅对于"写什么"的全面而科学的回答，也是鲁迅关于生活是创作源泉的理论的精华。

六

文学作品"应该怎样写"？鲁迅一再指出，"创作是并没有什么秘诀"的④。他这话的意思是，青年不要把创作看得十分神秘

---

① 《且介亭杂文末编·半夏小集》。
② 《且介亭杂文·答国际文学社问》。
③ 《二心集·关于小说题材的通信》。
④ 《且介亭杂文二集·不应该那么写》。

或过于简单，存着侥幸成功的心理，以为不必经过艰苦努力，一改秘方就可立即成为文学家。

创作并不神秘，但也并非只靠艰苦努力就能成功。要走创作的路，需要有一定的条件，即需要有一定的写作才能。鲁迅是承认"才能"的。他曾在"遗嘱"里说："孩子长大，倘无才能，可寻点小事情过活，万不可去做空头文学家或美术家。"① 可见天资还是一个重要条件。但不能仅仅依靠它，主要的还是需要进行不断的写作锻炼。创作是作家的独创性劳动。各人有各人的心得体会和经验，可以告诉人，但不应当作灵丹秘方来骗人。从历代的大作家到鲁迅，在他们的艰苦学习与锻炼中，也的确摸索到了一些宝贵的创作经验。以鲁迅为例，他虽然没有写过一本有关创作经验的书，但在一些作品的序、跋和杂文以及书信中，的的确确告诉了我们许多他自己和别的大作家的宝贵的创作经验，他自己的作品更是创作的典范。下面，我们把鲁迅的创作经验和他的作品，结合起来作一简要的考察。

鲁迅认为，创作无秘方，但有"创作方法"，有艺术技巧。关于"创作方法"问题，前面已有专题作了较详的论述，于此从略。现在专就鲁迅关于创作技巧的看法作一探索。

"创作方法"，鲁迅说，"是写什么和怎样写的问题"②。主要是个原则问题，但具体到怎么写的时候，就不能离开技巧。各种创作方法都有自己的独特的技巧，如浪漫主义喜欢运用夸张、象征等等手法。技巧是作家从表现一定的主题，到塑造一定的形象等的描写方法，是作家自己的一种艺术构思与描写的本领。它服从于作家的审美理想和思维活动。因此，相同的反映对象，由于作家立场观点、思维活动的特点和技术修养的特点不同，创造出来的作品，就有显著的差别。鲁迅举过一个很有趣的例证：

---

① 《且介亭杂文末编·死》。
② 转引自杜力夫《永不磨灭的印象》，《人民日报》1961年10月19日。

　　……我曾在日本的照相馆里给他（按：指海婴）照过一张相，满脸顽皮，也真象日本孩子；后来又在中国的照相馆里照了一张相，相类的衣服，然而面貌很拘谨，驯良，是一个道地的中国孩子了。

　　为了这事，我曾经想了一想。这不同的大原因，是在照相师的。[①]

这就是说，由于照相师的审美理想和艺术技巧的修养不同，同一对象，各自所取的镜头、所捕捉住的刹那间的人物神情不同，照出的相片便有了极为不同的民族风格，可见技巧的重要性。因此，鲁迅说："单是题材好，是没有用的，还是要技术。"[②] 但技巧是为内容服务的。鲁迅曾给木刻家李桦说：

　　来信说技巧修养是最大的问题，这是不错的，现在的许多青年艺术家，往往忽略了这一点。所以他的作品，表现不出所要表现的内容来（重点为引者所加，下同）。正如作文的人，因为不能修辞，于是也就不能达意。但是，如果内容的充实，不与技巧并进，是很容易陷入徒然玩弄技巧的深坑里去的。[③]

鲁迅对于艺术技巧的看法和态度，就是如此。

　　艺术技巧是从作者观察和摹写生活中锻炼出来的，同时也是从观摹大作家的创作中得来的。写人最难，难在神似。因此，鲁迅主张作家应当锻炼他对现实的观察力、判断力和表现力。那么，这种"力"如何锻炼呢？在这点上，鲁迅最佩服中国的传统写意画，说画者"并不细画须眉，并不写上名字，不过寥寥几

① 《且介亭杂文·从孩子的照相说起》。
② 《鲁迅书信集· 620 致陈烟桥》。
③ 《鲁迅书信集·883 致李桦》。

笔，而神情毕肖"①。其所以能够如此，就因为画家对他要画的人物，能够"静观默察，烂熟于心，然后凝神结想，一挥而就"②。宋陈造《江湖长翁集》"论写神"的方法说："使人伟衣冠，肃瞻眂，巍坐屏息，仰而视，俯而起草，毫发不差，若镜中写影，未必不木偶也。著眼于颠沛造次、应对进退、颦频适悦、舒急倨敬之顷，熟想而默识，一得佳思，亟运笔墨，兔起鹊落，则气王而神完矣。"③ 这就是说，画家画人物要从日常生活中去观察他的人物，只有这样，才能认识这个人物的真面目。人的真面目，不表现在他的一时的矜持，而从日常生活中的家庭琐事或矛盾冲突中自然流露出来。画家经过平日的静观默察，从全面掌握中，抓住他的特点，经过孕育，一旦形成，立即捕捉在纸上，才是这个人物的真实面貌，也就是神似。但做到"神似"是不容易的，这要有两个条件：宋代陈郁在《藏一话腴》"论写心"中，强调画人物的心灵和个性，"写其形，必传其神，传其神，必写其心"；而且"写心者，当观其人"。这里说的首先是观察。但观人，画家应有充分的学识和修养。陈郁说，"必胸次广，识见高，讨论博"，有了这样的修养条件才能理解画家所画的人。所以他说"知其人则笔下流出，间不容发矣"。后一句说的是和对象精神的接近，即达到可以传神的境界。"倘秉笔而无胸次，无识鉴，不察其人，不观其形"，就要遭到"目大舜而性项羽"的失败④。

　　由此可见，技巧就是这样一种本领：对描写对象有"明确的判断力和表现的才能"⑤。而这"明确的判断力"则来源于对生活的精密而正确的观察，要经常地锻炼才成。"观察力"必须锻炼，而"判断力"也靠修养（象陈郁所说的那样），"表现力"

<hr/>

① 《且介亭杂文二集·五论"文人相轻"——明术》。
② 《且介事杂文末编·〈出关〉的"关"》。
③ 转引自俞钊华《中国画论类编》上卷，第471页。
④ 转引自俞钊华《中国画论类编》，第473页。
⑤ 《且介亭杂文二集·五论"文人相轻"——明术》。

则靠多实践。所以鲁迅一再指导青年木刻家说："对于任何事物，必须观察准确，透彻，才好下笔。"[①] "不要看了就写，观察了又观察，研究了又研究，精益求精，那怕是最平凡的事物也能创造出它的生命力来。"[②] 写出对象的"生命力"来，这就是运用"判断力"的结果，只有靠这几种力，才能观察、理解得深透，从平凡中见新奇，细小中见伟大。这种例子在鲁迅杂文中最多，《野草》里的《雪》、《风筝》、《腊叶》等也是。鲁迅教导我们，除了在生活中"更仔细的观察实状，实物"而外，还要向别的文艺家的作品学习技巧。如他曾教导李雾城说："古今的名画，也有可以采取的地方，都要随时留心，不可放过，日积月累，一定很有益的。"[③] 鲁迅的意思是：技巧必须向生活和自然学习锻炼，这是根本的，但也要向别人的成果（书本或画册）学习。因此，他一再向青年作家指出：

> 凡是已有定评的大作家，他的作品，全部就说明着"应该怎样写"。只是读者很不容易看出，也就不能领悟。因为在学习者一方面，是必须知道了"不应该那么写"，这才会明白原来"应该这么写"的。
>
> 这"不应该那么写"，如何知道呢？惠列赛耶夫的《果戈理研究》第六章里，答复着这问题——
>
> "应该这么写，必须从大作家们的完成了的作品去领会。那么，不应该那么写这一面，恐怕最好是从那同一作品的未定稿本去学习了。在这里，简直好象艺术家在对我们用实物教授。恰如他指着每一行，直接对我们这样说——'你看——哪，这是应该删去的。这要缩短，这要改作，因为不自然了。在这里，还得加些渲染，使形象更加显豁些。'"

---

① 转引自陈烟桥《鲁迅与木刻》，开明书店，1949，第31页。
② 转引自沈尹默《回忆伟大的鲁迅》，上海新文艺出版社，1958，第190页。
③ 《鲁迅书信集·598 致陈烟桥》。

　　　　这确是极有益处的学习法，……①

　　鲁迅是位善于观察、判断和富有表现力的伟大作家。他自己是怎样锻炼出来的呢？他曾回答赖少麒说，他"是由于多看和练习，此外并无心得或方法的"②。这"多看"，一方面是指多观察生活，锻炼观察力、判断力，向生活学习，即他所说的："留心各样的事情，多看看，不看到一点就写。"③另一个意思是指向伟大作家的成功的作品学习。他说，他开始写《狂人日记》时的准备工作，除了生活之外，"大约所仰仗的全在先前看过的百来篇外国作品和一点医学上的知识"④。自然，这是谦虚之辞，但说明了鲁迅有向中外作家作品学习的丰富经验。

　　至于"练习"，鲁迅更是非常努力。他说，他的作品最初虽受外国大作家的作品影响，但由于自己不断努力实践的结果，就"脱离了外国作家的影响，技巧稍为圆熟，刻划也稍加深切，如《肥皂》，《离婚》等"。⑤

　　在现代文学史上，鲁迅虽然是位艺术本领高强的伟大作家，他却很少甚至没有谈过自己如何运用技巧的经验。那么，就需要用惠列赛耶夫所说的那种学习方法，来学习鲁迅作品中的技巧。因而已经和陆续出版的象《鲁迅手稿选集》之类的书就非常宝贵。当然光靠这些是很不够的，必须从鲁迅的全部小说本身中去分析研究他的创作技巧。

　　技巧既然是作家的一种创造性地把握和描写客观事物（包括人物与人物之间的矛盾冲突）的特征，表现生活的逻辑，特别是塑造典型形象的特殊本领。因此，作家在创作过程中，特别是在

---

①　《且介亭杂文二集·不应该那么写》。
②　《鲁迅书信集·994致赖少麒》。
③　《二心集·答北斗杂志社问》。
④　《南腔北调集·我怎么做起小说来》。
⑤　《且介亭杂文二集·〈中国新文学大系〉小说二集序》，并参考《南腔北调集·〈自选集〉自序》。

构思过程中，一时一霎也离不开技巧，任何一点艺术表现上的成功，都是充分运用技巧的结果。大而至于典型人物、情节的创造，小而至于一个细节甚至一个精确的字，都无不反映着作家的技巧修养。

因此，如果我们从鲁迅的创作理论中并结合着他的作品来细致探讨鲁迅关于创作技巧的理论，那简直丰富得可以写成一部大书，这就不是一个专题所能容纳的了。因此，只能从运用技巧的几个主要方面，探索一下鲁迅的创作经验。

关于塑造典型人物问题，由于前面几个专题已谈了一些，如为什么要创造典型，以及典型人物的概念等，于此从略。现在打算重点探索一下鲁迅关于典型塑造的意见，作为对前面专题的论述的补充。

鲁迅创造典型人物，是运用"杂取种种人，合成一个"[1] 的方法的。但这要有原型。他说：

> 倘使没有，就不成为小说。纵使写的是妖怪，孙悟空一个筋斗十万八千里，猪八戒高老庄招亲，在人类中也未必没有谁和他们精神上相象。有谁相象，就是无意中取谁来做了模特儿……[2]

毫无疑问，鲁迅创造出来的典型人物阶级特征是异常鲜明的。但是，他在观察现实人物和选材时，目光并不局限在某一阶级的人们身上，而是做到广泛观察并广泛采取。例如阿 Q 这个人物，就是既采取过农民阿贵的材料，也采取过没落地主阿 Don 的材料[3]，也从其他原型受到过启发，[4] 但却都向阿贵原型身上集中，予以

---

① 《且介亭杂文末编·〈出关〉的"关"》。

② 《且介亭杂文末编·〈出关〉的"关"》。

③ 乔峰：《略讲关于鲁迅的事情·阿 Q 时候的风俗人物一斑》，人民文学出版社，1954，第 23—29 页。

④ 参见周遐寿《鲁迅小说里的人物》，第 39—72 节。

典型化。

鲁迅为什么这样广泛地取材？我们认为，创造一个典型，首先要理解现实生活，尤其是人。但只从本阶级范围内去观察，是不可能理解深透的，因为社会是一个整体，各阶级之间有着千丝万缕的联系。人与人之间的关系决不局限在一个阶级之内，人与人之间的相互影响是极其广泛的。只有从整个社会的各阶级的人与人之间的关系上去观察研究，才能做到对各阶级人物的真正理解。为了创造真实的具有鲜明的阶级特征的艺术形象，作者完全可以广泛地采用材料，从而更好地对原型进行典型化。

鲁迅的广泛取材，是为了塑造深广的典型。但必须有集中、概括的可能性，然后才加以广泛的采取。譬如说，鲁迅从未把剥削思想和行为集中到农民阿Q身上，主要是集中、概括了精神胜利法。只有这样，塑造出来的人物才是真实的、深广的。

典型化，简单说来，就是通过个性化来集中、概括。这是众所周知的。现在要指出的一点是，塑造典型要有一个孕育过程。作者要付出巨大的劳动，要呕心沥血，才能给人物以生命。每人有每人的艺术经验。鲁迅是批判继承了古文论特别是中国画论，与自己的创作经验相结合，提出了"静观默察，烂熟于心，然后凝神结想，一挥而就"①的方法的。这正是一个酝酿成熟的过程。鲁迅认为，运用这种方法，"有一种困难，就是令人难以放下笔。一气写下去，这人物就逐渐活动起来，尽了他的任务。但倘有什么分心的事情来一打岔，放下许久之后再来写，性格也许就变了样，情景也会和先前所豫想的不同起来"。②鲁迅在这里提出了三个问题：一是，创作必须要有一个酝酿阶段，即要有一个成熟期；二是，还得给一个完整的时间保证作家专心一意地去写；三是，写活人物的问题。这里只准备简赅地谈谈"一"和"三"这

---

① 《且介亭杂文末编·〈出关〉的"关"》。
② 《南腔北调集·我怎么做起小说来》。

两点。

鲁迅几次强调："写不出的时候不硬写。"① 就是要求创作必须有一个酝酿过程，至于酝酿时间的长短，那要看具体情况。长篇、中篇的酝酿时间当然要长些。例如鲁迅的《阿 Q 正传》是一个中篇。他曾说："阿 Q 的影像，在我心目中似乎确已有了好几年。"② 总之，人物酝酿成熟了，才瓜熟蒂落。当萧红写不出东西来时，鲁迅说："我不想用鞭子去打吟太太，文章是打不出来的，……我以为还是不要催促好。"③

怎样把人物写活？鲁迅认为一定要写人物的灵魂。因此最重要的就是以形传神。他说："要极省俭的画出一个人的特点，最好是画他的眼睛。"④ 鲁迅最善于画人的眼睛。在《伤逝》里，当子君骤然听到涓生不爱她的告白之后，"她脸色陡然变成灰黄，死了似的；瞬间便又苏生，眼里也发了稚气的闪闪的光泽。这眼光射向四处，正如孩子在饥渴中寻求着慈爱的母亲，但只在空中寻求，恐怖地回避着我的眼"⑤。人的眼睛是会说话的，就是说它掩藏不住人物的灵魂深处。《孟子》中就有两句名言："胸中正则眸子瞭焉，胸中不正，则眸子眊焉。"顾恺之也有两句："传神写照，正在阿睹中。"⑥ 所以鲁迅在这里并未直接写她的思想感情的复杂变化，然而她的内心却已通过眼睛和盘托出了。

当然，画眼睛并非唯一的揭示心灵的手法，那种用"万能上帝的眼睛"去直接揭开人物内心秘密的手段也能把人物写活。鲁迅也是掌握这种方法，直接揭开人物的心灵的圣手。如《阿 Q 正传》第七章，直接描写阿 Q 回到土谷祠后时对着烛光的一段狂

---

① 《二心集·答北斗杂志社问》。
② 《华盖集续编·阿 Q 正传的成因》。
③ 《鲁迅书信集·879 致萧军、萧红》。
④ 《南腔北调集·我怎么做起小说来》。
⑤ 《彷徨·伤逝》。
⑥ 《晋史·列传》卷 62。

想："白盔白甲的革命党"高喊着"阿Q! 同去同去"；"未庄的一伙鸟男女"跪下求饶；还有秀才娘子的宁氏床、赵家的桌椅，以及未庄的女人……这一切本是阿Q在现实生活中根本不可能得到的东西，但在狂想之中，他却恣意地自我满足了。

这就把阿Q的灵魂深处，揭示得极为深透。这种手法对后来影响极为深远。

鲁迅还主张用个性化的人物语言来揭示人物的内心世界。他在陀思妥夫斯基的《〈穷人〉小引》中说："显示灵魂的深者，每要被人看作心理学家；尤其是陀思妥夫斯基那样的作者。他写人物，几乎无须描写外貌，只要以语气，声音，就不独将他们的思想和感情。便是面目和身体也表示着。又因为显示着灵魂的深，所以一读那作品，便令人发生精神的变化。"① 这是一种含蓄手段。因为作者只用语气、声音而不作具体的人物外貌的描写，因此就给读者留下极其广阔的想象、创造的余地。但由于作者的诱导，再创造的"那性格，言动，一定有些类似，大致不差"②。

这种手法并不神秘，还是能够学到的，主要是来源于作者对生活现象观察之深，对人物理解之透。所以鲁迅说：

> 其实，这也并非什么奇特的事情，在上海的衖堂里，租一间小房子住着的人，就时时可以体验到。他和周围的住户，是不一定见过面的，但只隔一层薄板壁，所以有些人家的眷属和客人的谈话，尤其是高声的谈话，都大略可以听到，久而久之，就知道那里有那些人，而且仿佛觉得那些人是怎样的人了。③

那么，在作品里怎样表现自己所熟悉的这个从未见过面的人呢？

---

① 《集外集·〈穷人〉小引》。
② 《花边文学·看书琐记》。
③ 《花边文学·看书琐记》。

鲁迅说："如果删除了不必要之点，只摘出各人的有特色的谈话来，我想，就可以使别人从谈话里推见每个说话的人物。"① 这就是人物语言的典型化。

细节，特别是典型的细节是艺术生命的细胞。鲁迅最喜欢并且几次提到的一个细节就是："《儒林外史》写范举人因为守孝，连象牙筷也不肯用，但吃饭时，他却'在燕窝碗里拣了一个大虾圆子送在嘴里'，和这相似的情形是现在还可以遇见的。"② 这个吃大虾圆子的细节，一下子就把范举人的伪孝子的无耻面孔揭穿，一直揭到他的灵魂深处。

塑造典型的技巧当然不只这些，如果我们从鲁迅的小说里去分析，将会发现更多精妙的技巧。一切技巧主要是为了揭示人物的心灵。但也不是把一切技巧都用上，而是根据人物性格的需要。这就能保证把人物写活，甚至可以把死人写活。鲁迅曾在《故事新编》序言里说自己"并没有将古人写得更死"。就是说把古人写活了。因此，值得从这部小说里去学习这个技巧。

关于典型情节的提炼。

鲁迅比他同时代的作者高明得多，他早就理解并且运用"性格决定情节"这一艺术原则。《阿 Q 正传》发表后，有人曾批评阿 Q 的"大团圆"是鲁迅随意给他的。鲁迅说："其实'大团圆'倒不是'随意'给他的；……"③ 这个结局，鲁迅说他事先也"没有料到"④。这就是说，是阿 Q 自己走向"大团圆"的。也许有人要问，既然鲁迅曾说阿 Q 的形象在他的心目中已有了好几年，难道这个"大团圆"的结局他不知道吗？我们觉得鲁迅可以不知道。因为一个人物形象虽然在作者头脑里酝酿形成了，但作者只熟悉他的性格。他在矛盾斗争中，即情节发展中，可以有

---

① 《花边文学·看书琐记》。
② 《且介亭杂文二集·论讽刺》。
③ 《华盖集续编·阿 Q 正传的成因》。
④ 《华盖集续编·阿 Q 正传的成因》。

变化，作者最初构思的情节，人物有权利不服从。也就是说作者可以始料未及。现实主义创作方法之宝贵处即在此。

另一方面，我们也看到，情节是作者塑造典型人物的艺术手段之一。但只有把情节提炼到典型的高度，才能深刻地显示性格。所以鲁迅对情节也采取了"拼凑"的方法。他说："所写的事迹，大抵有一点见过或听到过的缘由，但决不全用这事实，只是采取一端，加以改造，或生发开去，到足以几乎完全发表我的意思为止。"① 这就是提炼。这段话说明了鲁迅对待生活事实——素材的态度，说明了从生活事实提高到艺术真实的过程。情节的提炼，并不是轻易就能做到的，要有丰富的材料作基础。所以鲁迅对于情节提出了几句名言（重要原则）："选材要严，开掘要深，不可将一点琐屑的没有意思的事故，便填成一篇，以创作丰富自乐。"②

创造人物与情节有机统一的作品，有两种情况：一是以人物为主，从人物性格的矛盾冲突中展开情节，鲁迅小说中最多的是这一种；二是以事件为中心，通过情节的发展变化，展示人物之间的关系和人物的风貌，《药》就属于这一类。鲁迅在创作《药》时，提炼情节，贯彻"选材要严，开掘要深"的原则，在前面的现实主义专题中已有所阐述，这里只指出一个问题：怎样提炼情节？情节的提炼并不等于简单化，更非材料的机械集中。鲁迅对于《新潮》的小说家的作品，曾批评其情节的缺点是："过于巧合，在一刹时中，在一个人上，会聚集了一切难堪的不幸。"③ 只要我们留心去翻阅一下，的确会产生这样的感觉。可是《祝福》中的祥林嫂身上也有许多的不幸，为什么我们觉得情节有机而完整，起到了塑造祥林嫂性格的有力作用？前面我们已经引过鲁迅

① 《南腔北调集·我怎么做起小说来》。
② 《二心集·关于小说题材的通信》。
③ 《且介亭杂文二集·〈中国新文学大系〉小说二集序》。

关于情节提炼的经验。把鲁迅的这个经验对照《祝福》的情节分析，进行学习研究，是会得到深刻理解的。

创作的最后工作（形式的再修正与内容的再提炼）。

有人认为，作家拿起笔来写的时候，才叫创作。其实，作家在深入生活中有所感受时，就已开始了他的创作。创作的完成，是当形象在作家的头脑里孕育成功，行将瓜熟蒂落之时。鲁迅正是这样理解的。他说："做不出的时候，我也决不硬做"。① 因此，拿起笔来写的时候，已经是创作的最后工作了。

但是，这个最后工作却非常重要。

第一，"写出来"是一种社会行为。作家头脑里的人物无论怎样生动活泼，甚至有的作家说，能听到他们大喊大叫。情节无论怎样动人，甚至有的作家为他们的命运而欢欣或流泪；如果不写出来，和不创作完全一样。只有写出来或说出来，才算是作品。

第二，在作家执笔过程中，还要付出巨大的劳动。固然，作家把自己的作品孕育成熟时，就象熟透了的果实，只要遇上一阵微风，它就会落地。但写出来却不那样容易。表现过程，是个艰苦过程。鲁迅说："写完后至少看两遍，竭力将可有可无的字，句，段删去，毫不可惜。"② 鲁迅这个经验受到毛泽东同志的重视，他说：

> 鲁迅说，"至少看两遍"，至多呢？他没有说，我看重要的文章不妨看它十多遍，认真地加以删改，然后发表。文章是客观事物的反映，而事物是曲折复杂的，必须反复研究，才能反映恰当；在这里粗心大意，就是不懂得做文章的起码知识。③

修改不仅仅是形式上的，而且也是内容上的再提炼。鲁迅不仅主

---

① 《南腔北调集·我怎么做起小说来》。
② 《二心集·答北斗杂志社问》。
③ 《反对党八股》。

张字、句的删除，甚至认为必要时，不惜来个大的变动，改变了原来的艺术构思。如他评论叶紫的小说《夜哨线》说：

> 大约预计是要写赵得胜，以他为中心，展开他内心的和周围的事件来。然而第一段所写的赵公，并不活跃，从第二段起以下的事件，倒是紧张，生动的。于是倒映上来，更显得第一段的不行。
>
> 我看这很容易补救，只要反过来，以写事件为主，而不以赵公为主要角色，就成。①

这就是指导作者要把原来设计的以人物为中心，改变成以写事件为中心。这就说明了，修改是从内容到形式的提炼。当然产生这样大的修改的情况，一方面是作者酝酿得还不够成熟，同时也说明一个最好的表现形式也不是轻易找得到的。

鲁迅还指出：就是酝酿已经成熟的形象，如果不立即写下来，把它固定在稿纸上，也还是会有变动的。所以鲁迅把"凝神结想"和"一挥而就"看成是一个不可分割的有机过程。"一挥而就"也并非指的不要修改。而是说，既然成熟了，要写了，就"一气写下去"，不受任何干扰。不但不允许外来干扰，就是自己也不允许在这时作自我批评或修改。否则，感兴（灵感），就要"稍纵即逝"。自我批评、修改的工作，要在把形象捕捉、固定在纸上之后。叶紫的创作之所以常常失败，就是违反了这个创作规律。鲁迅批评他说："你还是休息一下好。"这就是说，暂时不要创作了，而且要改变写作方法。鲁迅说叶紫：

> 先前那样十步九回头的作文法，是很不对的，这就是在不断的不相信自己——结果一定做不成。以后应该立定格局之后，一直写下去，不管修辞，也不要回头看。等到成后，

---

① 《鲁迅书信集·769 致叶紫》。

搁他几天，然后再来复看，删去若干，改换几字。在创作的途中，一面练字，真要把感兴打断的。①

这是鲁迅创作的宝贵经验之一。所以他说："我做完之后，总要看两遍。"② 这"做完之后"包涵着无限经验，的确是一字千金。

　　文章之所以要不断地修改，是为了追求作品的质量。只有不断修改，文章才愈见精采，思想性和艺术性才愈见加强和提高。而根本目的是对读者负责。因此，文章写完后，固然要修改，就是发表以后，有机会成书时，也仍然要修改。所以鲁迅告诫一个青年作家："你的作品有时失之油滑，是发表《小彼得》那时说的，现在并没有说；据我看，是切实起来了。但又有一个缺点，是有时伤于冗长，将来汇印时（重点为引者所加），再细细的看一看，将无之亦毫无损害于全局的节，句，字删去一些，一定可以更有精采。"③

① 《鲁迅书信集·1096 致叶紫》。
② 《南腔北调集·我怎么做起小说来》。
③ 《鲁迅书信集· 389 致张天翼》。

鲁迅的文艺风格论[*]

文艺风格论是鲁迅文艺思想的重要组成部分。长期以来，关于他的这一理论，很少有人作过全面系统的研究。而这一问题的研究，对于贯彻"双百"方针，发展社会主义文艺的多元风格和流派，促进文艺的繁荣，有着十分重要的现实意义。因此，在这里，我们准备较为全面地探讨一下鲁迅文艺风格论的内容、特点、形成和发展诸问题，以作借镜。

一

文艺家的一件艺术品，"表面上是一张画或一个影象，其实是他的思想与人格的表现"①。这是鲁迅较早提出的对文艺风格的意见。的确，文艺风格是文艺家在其作品中的自我表现。观者在阅读欣赏某一优秀文艺作品时，就感到有一种特殊的与众不同的"味"。这种特殊的"味"，有一种魅力吸引着读者，使他"发生感动，造成精神上的影响"②。而这种"味"是从作者的"思想与人格"以及作家的独特艺术手段相一致中发出来的，这就是某一作家作品的风格。可见风格是内容与形式的统一表现，并且是为作家渗透在作品中的思想与品格所决定的。所以，鲁迅指出好

＊　原载《鲁迅文艺思想新探》，天津人民出版社，1983。
①　《热风·随感录四十三》。
②　《热风·随感录四十三》。

的风格产生于作家的进步思想与高尚人格；又因为作品"是创作底，所以风韵技巧，因人不同"。① 因此，风格是作家独特个性的艺术体现。

好的风格总是"诚于中"而"形于外"的。什么样的人品个性表现什么样的风格。这个规律，早就为中国古代理论家、作家、诗人所注意，并不断加以总结。到了清代，更多的人明确地提出了"诗中须有我"② 的风格理论，同外国理论家的"文笔却是人的本身"③ 的名言媲美。鲁迅就是批判继承了这一传统，并借鉴于外国，总结中外作家作品，特别是通过自己的实践，逐步建立起了他的风格论。他认为，任何成为优秀艺术品的风格，都要表现出自己来："郑板桥有一块图章，刻着'难得糊涂'。那四个篆字刻得叉手叉脚的，颇能表现一点名士的牢骚气。足见刻图章写篆字也还反映着一定的风格。"④ 鲁迅认为他自己的某类作品也表现自己的个性的一方面，如对敌人战斗的文章，他说："我自己也知道，在中国，我的笔要算较为尖刻的，说话有时也不留情面。"⑤

鲁迅深知一个作家的风格形成不易，可一旦形成也不轻易变化。当《莽原》杂志问世时，鲁迅曾写信给许广平说：上面"投稿的人名都是真的，只有末尾的四个都由我代表，然而将来从文章上恐怕也仍然看得出来，改变文体（按：指风格），实在是不容易的事"。⑥ 而风格的相对稳定性，是为作者的比较稳定的思想、个性和人格等所制约的。鲁迅给黎烈文信说："夜里又做一篇，原想嬉皮笑脸，而仍剑拔弩张，倘不洗心，殊难革面，真是

---

① 《集外集拾遗·〈近代木刻选集〉（1）小引》。
② 见方东树《昭昧詹言》。
③ 见《布封文钞·论文笔》。
④ 《准风月谈·难得糊涂》。
⑤ 《华盖集续编·我还不能"带住"》。
⑥ 《两地书》第一集，第十五。

呜呼噫嘻，如何是好。"① "倘不洗心，殊难革面"的意思就是，如果作家的思想、人格没有什么变化，是无法改变自己风格的。但辩证论者的鲁迅也指出：这些虽是主要的，却并非唯一的。作家常因受其他条件的影响，如偶因作家取材的不同，而使其风格多样。如，同是一个白行简，他的《李娃传》是"缠绵可观"，而《三梦记》则"叙述简质"②。此外由于"材料，写法，都有些不同"，也可以使风格多彩，鲁迅很重视这点，并加以提倡。他的《自选集》就是按这种标准选择出来的。因此，别人称他为"stylist"（文体家），他也并不否认。③ 鲁迅甚至认为，题材虽同，而手法各异，也可以"创造不同的风格"④。茅盾也说：《呐喊》里的"十多篇小说，几乎一篇有一篇新形式"。⑤ 然而这多种风格却总是鲁迅的，呈现着鲁迅的独创个性。鲁迅认为这是由于决定风格主导精神的，不是前面所说的那些文体、题材之类的次要条件，而是作家的思想与个性、品格等本质的东西，当然与作家独特的艺术修养也分不开。因此，作家的多样化的风格，不但不与作家的主导风格相矛盾，而且是它的各种折光。因为这些都是从作家独特的思想、性格以及艺术修养中派生出来，并且是与它有血缘关系的。所以具有多样化风格的鲁迅从来就没有过"嬉皮笑脸"之作。一个大作家所统摄的诸种风格总是放射着自己独有光彩，反映着主导风格的某一侧面。鲁迅给黎烈文信说："但近来作文，避忌已甚，有时如骨髓在喉，不得不吐，遂亦不免为人所憎。后当更加婉约其辞，惟文章势必至流于荏弱，而干犯豪贵，虑亦仍所不免。"⑥ "干犯豪贵"的风格就是鲁迅的主导风格，任

---

① 《鲁迅书信集·425 致黎烈文》。
② 《中国小说史略·第八篇唐之传奇文（上）》。
③ 《南腔北调集·我怎么做起小说来》。
④ 《集外集拾遗·〈近代木刻选集〉（2）附记》。
⑤ 见《读〈呐喊〉》。
⑥ 《鲁迅书信集·424 致黎烈文》。

何"婉约其辞"之类都不能掩其劲健的战斗光辉。

鲁迅也指出，一个阶级的文艺也有自己的风格。因为同一时代同一阶级的作家，由于思想、道德、精神的一致性，不能不具有共同的而又异于其他阶级的文艺特点。同时在这阶级的主导风格中，又呈现着五彩缤纷的无边景色。如农民文艺是质朴的，散发着泥土的芳香。而其诗歌则"刚健，清新"①，戏剧是"泼刺，有生气"②。无产阶级的文艺的主导风格是雄伟、战斗的力之美。鲁迅赞《孩儿塔》道："这是东方的微光，是林中的响箭，是冬末的萌芽，……一切所谓圆熟简练，静穆幽远之作，都无须来作比方，因为这诗属于别一世界。"③当然无产阶级也提倡百花竞放。

一个国家、民族也有自己的风格。

它是由一个民族特定时代的社会生活、历史传统和民族精神、民族特性等所构成的内容和民族形式相统一，而呈现出的富有特征的艺术风格。鲁迅很早就对此异常重视，他认为美术是精神劳动创造的，要求很高、很严，工艺品不能与之相比。因此，他认为，"凡有美术，皆足以征表一时及一族之思惟，故亦即国魂之现象"④；他要求能"表记中国民族知能最高点的标本"⑤，才是代表民族艺术风格的作品。因而他认为上升时期的阶级的艺术风格，如"汉人石刻，气魄深沉雄大"⑥。这才有代表性。

那么，鲁迅生活的当时，代表中华民族文艺风格的又是怎样呢？因为既有雄伟、力之美的文艺，也有如鲁迅（仅就儿童画）所说的"中国似的衰惫的气象"⑦。"衰惫"能代表中华民族文艺风格吗？这种风格自然也不是偶然产生的，是中华民族长期受帝

---

① 《且介亭杂文·门外文谈》。
② 《花边文学·略论梅兰芳及其他（上）》。
③ 《且介亭杂文末编·白莽作〈孩儿塔〉序》。
④ 《集外集拾遗补编·拟播布美术意见书》。
⑤ 《热风·随感录四十三》。
⑥ 《鲁迅书信集·1043 致李桦》。
⑦ 《南腔北调集·上海的儿童》。

国主义侵略、压迫的烙印。中华民族精神上的"衰惫"和"疲弱"不堪，必然要反映到文艺上来。但自从中国无产阶级的文艺由萌芽到逐步成长，代表中华民族文艺风格的就应该是"力之美"。当一些资产阶级报纸，宣传中华民族的"自尊心与自信力"已"荡焉无存"① 时，鲁迅说，象大禹、墨子那样古代"中国的脊梁"式的人物，"就是现在也何尝少呢？他们有确信，不自欺；他们在前仆后继的战斗，……说中国失掉了自信力，用以指一部分人则可，倘若加于全体，那简直是诬蔑"②。这里，鲁迅所歌颂的是继承了中华民族的优秀传统，而又为马列主义武装起来的中国无产阶级及其先锋队。鲁迅并且"以为惟新兴的无产者才有将来"③。因而鲁迅无可辩驳地提出无产阶级有资格代表中华民族，而其文艺风格，也必然是中华民族的，因为"除此以外，中国已经毫无其他文艺"④，"并且也渐渐的到了跨出世界上去的第一步"，在世界艺术画廊里，以无穷的"力之美"在争妍斗胜了。

"一般只能在个别中存在，只能通过个别而存在。任何个别（不论怎样）都是一般。"⑤ 因而阶级的、民族的文艺风格，归根结蒂还是要个别作家的风格去代表。当然这不是一般的作家作品，鲁迅很早就提出："我们所要求的美术品，是表现中国民族知能最高点的标本。"鲁迅认为，由于大作家文艺风格具有高度典型性，完全可以从中看到阶级的、民族的特色。例如，高尔基"的一身，就是大众的一体，喜怒哀乐，无不相通"⑥；列宁也"知道他是新俄的伟大的艺术家"⑦。而愈是具有阶级特征的，就

---

① 见 1934 年 8 月 27、30 日《大公报》社评《孔子诞辰纪念》及《如何挽救华北》。

② 《且介亭杂文·中国人失掉自信力了吗》。

③ 《二心集·序言》。

④ 《二心集·黑暗中国的文艺界的现状》。

⑤ 《谈谈辩证法问题》，《列宁选集》第 2 卷，第 713 页。

⑥ 《且介亭杂文末编·关于太炎先生二三事》。

⑦ 《集外集拾遗·译本高尔基〈一月九日〉小引》。

愈是民族的；愈是民族的，就愈有世界意义。斯大林在《宴请芬兰政府代表团的宴会上的演说》中说："每一个民族，不论大小，都有它自己的根本特性，都有那种只能为它所有而其他民族所无的特色。这些特点乃是每一个民族带到共同的世界文化宝库中使之充实及丰富起来的贡献。"鲁迅说："文学也一样，有地方色彩的，倒容易成为世界的，即为别国所注意。"① 这是因为，从来就没有抽象的民族风格，"中国人和中国事"越特殊到具有地方色彩，就越具体。"地方色彩，也能增画的美和力，自己生长其地，看惯了，或者不觉得什么，但在别地方人，看起来是觉得非常开拓眼界，增加知识的。"② 法捷耶夫说："鲁迅是真正的中国作家，正因为如此，他才给世界文学贡献了很多民族形式的不可模仿的作品……鲁迅是中国文学的光荣，而且是世界文学著名的代表人物。"③

以上，从阶级风格、民族风格统一于个人风格的客观规律上，证明了伟大作家的名著所呈现出来的风格，是具有高度典型性的。鲁迅在论述这一规律中，使我们看到了他的风格典型论。

二

当我们进一步探索鲁迅关于风格的形成与发展的论述时，根据他的风格典型论，我们最好先看一看他关于个人风格形成与发展的论述。

鲁迅教导青年们创作时，说："第一须观察，第二是要看别人的作品，但不可专看一个人的作品，以防被他束缚住，必须博采众家，取其所长，这才后来能够独立。"④ 鲁迅在这里概括指出

---

① 《鲁迅书信集·620 致陈烟桥》。
② 《鲁迅书信集·547 致罗清桢》。
③ 见 1949 年 10 月 19 日《人民日报》。
④ 《鲁迅书信集·462 致董永舒》。

了一个作家文艺风格的形成过程。"观察"就是以自己的进步思想和高尚人格深入生活中观察。"独立"就是有了自己的风格。作家风格的形成要有一个修养过程。对一个无产阶级作家来说，包括思想不断提高，努力于共产主义道德的培养，深入生活，以及艺术技巧的勤学（向诸名家学）、苦练等问题。

　　作家把自己的思想、个性、品质等在题材基础上，经过精心地进行艺术构思，以纯熟的艺术手段熔铸成艺术品之后，才呈现出自己独特的艺术光彩。风格的形成标志着作家创作的成熟。因此，作家的艺术修养很重要，必须勤学苦练。作家就是靠了纯熟的艺术手段，去作美的个性独创。当然鲁迅也谆谆告诫青年作者："如果内容的充实不与技巧并进，是很容易陷入徒然玩弄技巧的深坑里去的。"①

　　学习有好风格的诸大家之作，包括从思想、人格到创作本领，其目的是独创自己的风格。所以，必须顺着自己的性情，学习与自己的个性比较接近的风格，而又不放弃众家之长，进行创作，才有新机，才能"独立"，才能具有多样风格。鲁迅这个经验是完全有根据的。中国文学史上杜甫就是"转益多师是汝师"，"不薄今人爱古人"，以"语不惊人死不休"的苦练精神，达到风格上"兼人所独专"而又保持主导风格独立的伟大诗人。《诗人玉屑》卷十四记王荆公论杜甫诗的风格说："有平淡简易者，有绵丽精确者，有严重威武，若三军之帅者，有奋迅驰骤，若泛驾之马者，有淡泊闲静，若山谷隐士者，有风流酝藉，若贵介公子者……。元稹以谓兼人所独专，斯言信矣。"所谓"兼人所独专"，即指一家而兼众格。然而万变不离其宗，杜甫始终是杜甫。他的主导风格是"思顿深远"，"沉郁顿挫"。青年作者要达到这种境界，自然不是一蹴而就，要有许多条件，而生活第一。但历代大作家、理论家却少有能总结出向现实生活深入学习锻炼的经

① 《鲁迅书信集·833 致李桦》。

验。而鲁迅不但主张"观察"，而且认为"第一是观察"，其次才是继承和借鉴以及向同时代大作家学习。

鲁迅自己就是这样。如他说，他最初一些作品，在技巧上较突出的是受果戈理和安特莱夫的影响，可是由于自己的不断努力实践，自己的作品就"脱离了外国作家的影响，技巧稍为圆熟，刻划也稍加深切……"①。这就是"独立"。自然，中国历代伟大的文学家象屈原、嵇康、吴敬梓……给他的影响也较大。他还重视同时代的作家，甚至向他的学生学习。如《幸福的家庭》就是"拟"许钦文的《理想的伴侣》的"轻松的讽刺笔调"。② 所以鲁迅说："文章应该怎样做，我说不出来，因为自己作文是多看和练习。"当然也应看到，风格形成的因素是复杂的：特定的时代、政治社会、阶级、民族等固然与作家的风格有关，而个人的生活经验、思想性格、人品等则是形成风格的杠杆。风格的成熟，既标志着作家技巧的成熟，更反映了作家本人的成熟。

作家风格形成后，就有相对稳定性。"然而风格……不但因人而异，而且因事而异，因时而异。"③ 末句是说：当作家所处的时代、政治社会各方面起了变化，个人生活，特别是世界观、文艺观受影响起了显著变化时，他的主导风格也就变了。这是因为文艺反映现实，是时代社会的产物，就是历史作品也无不打上时代的烙印。鲁迅评论湘中作者黎锦明的风格变化时，也指出了这一规律。④ 鲁迅自己的作品也证明着这点。这就是风格的时代性。

鲁迅认为作家风格有时代性，阶级风格也有，唐代的那种"'放笔直干'的图画，恐怕难以生存于颓唐，小巧的社会里的"⑤。

民族文艺风格也在发展变化中。

---

① 《且介亭杂文二集·〈中国新文学大系〉小说二集序》。
② 见许钦文《来今雨轩》，《新文学史料》1979 年第 3 辑，第 80 页。
③ 《准风月谈·难得糊涂》。
④ 《且介亭杂文二集·〈中国新文学大系〉小说二集序》。
⑤ 《集外集拾遗·〈近代木刻选集〉（2）小引》。

在中华民族文化发展的历史长河中，其文艺风格形成要经过一个繁杂的过程，而后又有相对稳定性。但鲁迅指出，代表了"一时及一族之思惟"之"国魂"的美术，"若精神递变，美术辄从之以转移"①。因为"文艺是国民精神所发的火光"，国民精神有变化，文艺也变。国民精神的改变是同时代政治、社会的变化有关的，于是出现了反映这时代精神的文艺思潮。这在《魏晋风度及文章与药及酒之关系》里，说得很透辟。所以鲁迅指出民族精神变了，文艺也跟着变。当然，文艺也不是完全消极的，它又"是引导国民精神的前途的灯火"②。但文艺并无"旋乾转坤的力量的"③，当某一民族发展到某一特定时代，在政治、社会、生活、精神等方面起了巨大变化时，民族文艺风格就发生变化。如帝俄时代和苏联时代的民族文艺风格就有质的不同。④

但是，鲁迅已经说过，无论是阶级的或民族的文艺风格，总是通过作家的典型风格来体现的。任何一个大作家的作品，必然为民族内容所规范。作家是在深深扎根在本民族人民生活土壤中，了解和熟悉一切，获得创作源泉，用从继承民族传统和借鉴中溶化出来的艺术手段，写出美的个性独创艺术品，才能代表独特的民族形式和民族风格。因而一个作家风格的形成、发展变化，一定脱离不开阶级、民族发展变化的轨道。他的风格会"因时而异"，时代精神变了，它就要变。因而，某一时代的民族新文艺风格的形成，常常是先由个人或某一流派敏感到民族内容（尤其在精神方面）在变化发展，就有意识或自发地以"新形式"表现"新内容"，试图创建一种新风格。五四运动时代的启蒙运动者鲁迅的创作就是这样。他说："《狂人日记》，《孔乙己》，

---

① 《集外集拾遗补编·拟播布美术意见书》。
② 《坟·论睁了眼看》。
③ 《三闲集·文艺与革命》。
④ 见《且介亭杂文二集·几乎无事的悲剧》及《且介亭杂文末编·记苏联版画展览会》第四自然段。

《药》等，……算是显示了'文学革命'的实绩，又因那时的认为'表现的深切和格式的特别'，颇激动了一部分青年读者的心。"① 为中国进步青年所喜爱的，也就必为世界所重视，于是被翻译成许多国文字，它以"独特的民族形式和民族风格的艺术"，独立于世界文艺宝库。

关于怎样创造建立新的民族文艺风格？鲁迅也给我们留下许多宝贵意见。

鲁迅生活的时代，特别在晚年，中国民族已经起了巨大变化，新的内容必然要求新的民族形式。因此，建立新的民族文艺风格和建立新的民族形式是分不开的。

鲁迅自己和他领导的艺术青年创建民族文艺风格所走的就是这样的道路。鲁迅说："我的意思，是以为倘参酌汉代的石刻画像，明清的书籍插画，并且留心民间所赏玩的所谓'年画'，和欧洲的新法融合起来，也许能够创出一种更好的版画。"② 显然鲁迅是主张在学习民族民间优秀传统画法为主的基础上吸收外国进步美术新法，从而创出一条新路，目的是为了大众能懂爱看。同时也因为只有有了民族特色的艺术，才能成为世界的。所以，他说："我并不劝青年的艺术学徒蔑弃大幅的油画或水彩画，但是希望一样着重并且努力于连环图画和书报的插图；自然应该研究欧洲名家的作品，但也更注意于中国旧书上的绣像和画本，以及新的单张的花纸（按：指年画）。这些研究和由此而来的创作，……大众是要看的，大众是感激的！"③ 鲁迅在这里主张新的民族风格要以民族的艺术技巧、手法为主导，与"欧洲的新法融合起来"④产生的新技法，为新的内容，特别为富有地方色彩的新的内容服务，才能建立。然而鲁迅总结世界革命与文艺的关系，所得的经

---

① 《且介亭杂文二集·〈中国新文学大系〉小说二集序》。
② 《鲁迅书信集·883 致李桦》。
③ 《南腔北调集·"连环图画"辩护》。
④ 《鲁迅书信集· 883 致李桦》。

验是：新民族文艺风格的形成与发展，必须在民族内容上有彻底改变之后，也就是说，必须彻底摧毁旧社会，建立新社会，广大人民的物质生活与精神生活有了彻底改变之后。所以鲁迅说：倘没有"政治之力的帮助，一条腿是走不成路的"①。

三

为什么要认识和探索优秀作家各自不同的创作风格？为什么要研究和分析文艺风格的形成与发展等问题？

第一，从创作上说，一方面，青年作者应该向许多中外名作家学习。"必须如蜜蜂一样，采过许多花，这才能酿出蜜来。"②另一方面，作家在评论家帮助下，认识自己创作的短长，取长补短，才能更好地发挥个人的文艺才能。众所周知，张天翼是受鲁迅影响较大的作家，并且受到鲁迅直接的指导，最后形成他的诙谐风格③，在中国现代文学史上奠定了应有地位。而文坛上出现了丰富多彩的局面，就因为涌现了艺术家的多样的风格。当作家作品在文坛上争吐芬芳，五彩缤纷的风格使读者目不暇接之际，正是文艺到了繁荣的时代。

第二，从欣赏上说，欣赏的主要对象是风格，风格表现作品的一种意境的美，从而触发读者的想象，引起美感联想。各种风格能呈现不同的美的类型，如豪放、雄浑、婉约、诙谐……分别给人以特殊的美的享受；它在促人兴感愉悦中，移人性情。鲁迅说："狮虎鹰隼，它们在天空，岩角，大漠，丛莽里是伟美的壮观，捕来放在动物园里，打死制成标本，也令人看了神旺，消去鄙吝的心。"④

---

① 《集外集拾遗·文艺的大众化》。
② 《鲁迅书信集·1186 致颜黎民》。
③ 《鲁迅书信集·389 致张天翼》。
④ 《且介亭杂文末编·半夏小集》。

　　读者的欣赏趣味是多方面的，有愿为悲剧而流泪，也有因听相声而捧腹……鲁迅自己欣赏文艺就是不主一格的。他固然欣赏雄伟，但也爱读"切贴，而且生动，泼剌"的杂文。所以他鼓励文艺家们多师是求。他认为，能各"以新的形，尤其是新的色来写出他自己的世界"①，去独创自己的风格，甚至能"兼人所独专"，才能"千岩竞秀"，"万壑争流"，才能满足读者广泛的趣味，从而产生教育效果。

　　第三，从批评上说，用风格美的各种类型作为品诗、评文的对象，是中国文学批评史的优秀传统。鲁迅继承并发展了这一传统，用来评价古今作家作品，如在《中国小说史略》、《汉文学史纲要》等著作中就运用得非常成功。到晚年，他在提倡新兴美术时，风格又成为他美术评论中重要组成部分。至于对现代作品评论象《白莽作〈孩儿塔〉序》、《柔石作〈二月〉小引》等，也常常揭示其风格特征，开了一代文艺评论的新风。

　　批评家指出某一作家的风格特征，一方面是个奖誉，同时也是个研究结论。它意味着这个作家思想、品德和艺术修养已达到了怎样的高度，给人一种什么样的美感和影响。但是评论家给某个作家的作品提出风格特点，他必须具有"明确的判断力和表现的才能"②，才能准确无误地认识和识别作家、作品和形象地确切地概括其精神风貌，即对其创作特点能"寥寥几笔，而神情毕肖"③。

　　认识和区别作家的独特的风格，给它一个传神的命名，要付出巨大的劳动。评论家从某一作家的一篇一篇作品的意境中产生美感，并把这些个别的美的意境加以集中、概括、融合，既识其人，也味其作，并与其他作家、作品作比较，最后获得一个富有

---

①　《而已集·当陶元庆君的绘画展览时》。
②　《且介亭杂文二集·五论"文人相轻"——明术》。
③　《且介亭杂文二集·五论"文人相轻"——明术》。

特点的美感，并传神地形象地描绘出来，恰当、贴切地给它个名字，如雄浑或婉约之类。唐代司空图的《诗品》就是这样。这样做，正如给一个人起名号一样，假如起得恰当贴切了，那么"名号一出，就是你跑到天涯海角，它也要跟着你走，怎么摆也摆不脱"。"假使有谁能起颠扑不破的诨名的罢，那么，他如作评论，一定也是严肃正确的批评家。"①

鲁迅就是善于准确概括作家作品风格而能传神的人。如在中国小说史上，鲁迅第一个贴切而恰当地概括出了《儒林外史》风格特点是"戚而能谐，婉而多讽"。② 从而对评定了它的艺术价值，给了它最高奖赏，对后来研究这部小说的人起了很大影响。

但是，风格与名号毕竟不同，前者要复杂得多。有许多情况等待评论家去研究解决和说明。如有一种情况是，尽管传统的中国风格论，发展到司空图的《诗品》，美的类型已发展成二十四品，但随着创作的丰富发展，风格类型也将愈多愈细，而且属于相同或类似的类型中也将发现"其异如面"。注意这种情况并加以研究，对于发展创作、评价作品、寻找文学发展规律……是大有裨益的，对丰富和发展风格理论也是会有贡献的。鲁迅在小说创作上，塑造人物性格，善于"同中见异"，而在评论作品风格中，也能从相近似的作家作品风格中找出差异的一面，分别予以传神。如在《汉文学史纲要》里，就把贾谊和晁错两人的风格作比较研究说："晁贾性行，其初盖颇同，……为文皆疏直激切，尽所欲言；……惟谊尤有文采，而沉实则稍逊。……然以二人之论匈奴者相较，则可见贾生之言，乃颇疏阔，不能与晁错之深识为伦比矣。"③ 从而指出了两人在文学史上的不同地位。鲁迅在评论现代作家中相近似的风格时，由于能"同中见异"找到细微的

① 《且介亭杂文二集·五论"文人相轻"——明术》。
② 《中国小说史略·第二十三篇清之讽刺小说》。
③ 《汉文学史纲要·第七篇贾谊与晁错》。

差别，不但解决了文艺批评问题，还使作家认识到自己创作的短长，扬其所长，更好地发挥自己的艺术才能。如王鲁彦和许钦文之作都属于讽刺类型的，但许是以"冷静和诙谐来做悲愤的衣裳"，而王则"往往想以诙谐之笔出之的，但也因为太冷静了，就又往往化为冷话，失掉了人间的诙谐"。也就是说，不再是讽刺了。鲁迅区分许、王两人之差别的关键，是抓住了他们不同的生活与心情，"许钦文所苦恼的是失去了地上的'父亲的花园'"，王鲁彦"所烦冤的却是离开了天上的自由的乐土"。①

批评家之所以不惮烦地分析评论文艺风格，既为了发掘多样的风格，同时也为了探索文学史上一些主要问题：一方面要对作家作品作出公正评价，更重要的是寻找文学流派，发现文学发展规律。众所周知，文学风格同文学流派有着密切的关系。我们认为，《汉文学史纲要·屈原及宋玉》一章，就是鲁迅研究中国古代浪漫主义流派比较成功的一个例证。鲁迅在论述屈原、宋玉的师承关系时说，宋玉"虽学屈原之文辞，终莫敢直谏，盖掇其哀愁，猎其华艳，而'九死未悔'之概失矣"。又比较其风格之异同，特别是宋的独创性说："《九辩》本古辞，玉取其名，创为新制，虽驰神逞想，不如《离骚》，而凄怨之情，实为独绝。"这是从两人风格的近似之处及其共同特点，找出古代浪漫主义流派及其发展趋势，并把"骚"与"诗"两大流派作比较研究，从其影响与嬗递之迹，明确了先秦文学的发展规律。至于鲁迅比较屈、宋风格特点，并加轩轾的另一用意是在指出他们在文学史上的不同地位。

还有一种比较复杂的情况。

并非一人只有一种风格，越是大家，风格越是多样化。而且还有从表面看来，作品风格与作者个性相矛盾的情况。如"晏同叔赋性刚俊，而词语特婉丽；蒋竹山词极秾丽，其人则抱节终

---

① 《且介亭杂文二集·〈中国新文学大系〉小说二集序》。

身。……"① 可见，对作家作品风格作出恰当、贴切的鉴定，是困难较多的。

鲁迅对那些"志深轩冕，而汎咏皋壤"的"有口无心"之作，不但"毫无所感"②，而且认为它也不可能有风格。至于具有铁石心肠，而吐婉媚之辞的情况，其实仍属风格多样化的问题，终为其主导风格所统摄。因为人的思想性格有主导方面，也有许多侧面。鲁迅对此有较深认识。他评论自己的作品说，虽"婉约其辞"，而仍"干犯豪贵"者，就因为其思想品质在任何情况下，都是无法掩其锋芒的。因此，识别作家的风格，首先是掌握其主导风格。如果我们熟悉一个作家的传记，熟读体味他的全部作品，摸清其个性，并运用"知人论世"的方法，把他与同时代作家风格相比较，那么，尽管他风格多样，还是能掌握其主导风格的。倘研读其编年著作，还能见其风格的形成或变化。

熟悉了一些作家作品的风格，还可用比较的方法，解决文学史上存在的一些作品的真伪或谁属等问题，也就是说，有助于考证。鲁迅在《汉文学史纲要》、《中国小说史略》里，就是在这一方面有所贡献的。如确定《招魂》为宋玉之作③，发现《游仙窟》作者为张文成④，等等。

然而评论家研究风格，主要还是评论作家作品。浇花除草的任务还是较重的。因为"诗中须有我"，而人品有高下、优劣，风格就不能不反映出来。鲁迅批评杨邨人说：只凭他"近二年来的文字，已经将自己的形象画得十分分明了"⑤。就是不存有品质问题的作家，他们的风格（偏重在形式上）也未必尽合乎理想而没有缺陷。因此对作品风格的评价，就有两类对象。

---

① 见况周颐《蕙风词话》。
② 《热风·随感录四十》。
③ 《汉文学史纲要·第四篇屈原及宋玉》。
④ 《中国小说史略·第八篇唐之传奇文（上）》。
⑤ 《南腔北调集·答杨邨人先生公开信的公开信》。

应批评的一类。

如鲁迅批判上海的"弥洒社"说：因为他们"不免咀嚼着身边的小小的悲欢，而且就看这小悲欢为全世界"，就必然产生为大众所不喜欢的"翩跹回翔"、"宛转抑扬"的调子。① 这批评既有益于读者，而这一流派也可因而认识自己。

应肯定的一类。

鲁迅认为优秀作家的各种文艺风格都提供各种美味，让读者享受，不应有所偏爱。例如他自己是重视含蓄的，但也不贬畅达。他曾指出，"玄同之文，即颇汪洋，而少含蓄，使读者览之了然，无所疑惑，故于表白意见，反而相宜，效力亦复很大"②。他对前进的文艺青年一向是采取积极帮助态度的，他在风格领域对古今中外的文学、艺术风格的评介，都是为了鼓励青年们创作的"独立"，以百花竞放新姿，去繁荣无产阶级文艺。

青年作家们应该怎样认识和发挥自己的所长，争取艺术风格的"独立"？应该追求什么样的艺术风格？鲁迅给我们留下了许多宝贵的指导意见。现在例举几点如下。

一、要含蓄。鲁迅高度评价了《儒林外史》"婉而多讽"的艺术风格。他认为"浮露"是含蓄的大敌，为文之大忌。他不仅这样看待"清末之谴责小说"③，尤其在指导青年创作时，更是言之谆谆。④ 同时，他也力纠流派的和时代的浮露文风，如指出五四时期《新潮社》的文风是"平铺直叙，一泻无余"⑤。五卅运动发生后，产生了一种极锋利肃杀的诗风。鲁迅认为这"其实是没有意思的，情随事迁，即味如嚼蜡。我以为感情正烈的时候，

———————————

① 《且介亭杂文二集·〈中国新文学大系〉小说二集序》。
② 《两地书》第一集，第十二。
③ 《中国小说史略·第二十八篇清末之谴责小说》。
④ 《鲁迅书信集·72 致李霁野》。
⑤ 《且介亭杂文二集·〈中国新文学大系〉小说二集序》。

不宜做诗，否则锋芒太露，能将'诗美'杀掉"①。含蓄应力求简练，可"稍一不慎，即易流于晦涩"，"其弊颇大"。②讽刺文学要求含蓄，故鲁迅颇欣赏"旨微而语婉"。

二、要简朴自然。这是中国民间传统艺术特色，鲁迅继承下来，并且实践下去。一方面作为自己风格之一，同时也作为批评的标准之一。他在编辑《中国新文学大系·小说二集》时说："自编的集子里的有些文章，和先前在期刊上发表的，字句往往有些不同，这当然是作者自己添削的。但这里却有时采了初稿，因为我觉得加了修饰之后，也未必一定比质朴的初稿好。"③

三、要在"深细"中见广阔。鲁迅评李霁野的风格是"以锐敏的感觉创作，有时深而细，真如数着每一片叶的叶脉，但因此就往往不能广"④，又评"宋的院画，……周密不苟之处是可取的"⑤。可见，鲁迅是肯定"深细"的，但要求与广相结合。"深广"成为他的主导风格。他的《狂人日记》比起果戈理的同名小说来，特点是"忧愤深广"。并且在自己的创作道路上，随着技巧的圆熟，刻划也更加深切了。⑥《狂人日记》的深广，是由于作者站在革命民主主义立场上，为革命而叫喊与反抗。他把忧国、忧民和拯救年青一代的内容，用白描的笔独创出思赜深远的风格。

四、要雄伟阔放。前面已指出：鲁迅对于历代文艺家的雄伟、宏放风格是欣赏的，并给予高的评价。但他认为"豪语"却不得与雄伟鱼目混珠。雄伟首先为内容所决定，诚于中，而后形于外。"豪语"如不佐以行动，便成了说大话。鲁迅认为这样的

---

① 《两地书》第一集，第三二。
② 《两地书》第一集，第十二。
③ 《且介亭杂文二集·〈中国新文学大系〉小说二集序》。
④ 《且介亭杂文二集·〈中国新文学大系〉小说二集序》。
⑤ 《且介亭杂文·论"旧形式的采用"》。
⑥ 《且介亭杂文二集·〈中国新文学大系〉小说二集序》。

做法是不足取的。如他曾说："南宋时候，国步艰难，陆放翁自然也是慷慨党中的一个，他有一回说：'老子犹堪绝大漠，诸君何至泣新亭。'他其实是去不得的，也应该折成零。"①

五、要有"力之美"。鲁迅欣赏无产阶级"力之美"的风格，并提倡文艺家去努力创造。但有的青年艺术家却错误地以为描绘头小臂粗的工人形象，就能表现这种美。鲁迅不仅一再批评这一错误②，并正面指出："力之美"的创造植根于生活，更重要的是要"有精力弥满的作家和观者，才会生出'力'的艺术来"。

以上只举其荦荦大者，并不囊括鲁迅所喜爱和肯定的风格类型之全部。譬如，他也欣赏黎锦明小说的"瑰奇"和"警拔"③。这就不但可以使我们从中看到，鲁迅对风格是不主一格的，而且他提倡什么也很清楚了。

鲁迅的风格理论对作家来说，是指出独创风格的道路；对读者来说，则使他广开眼界，养成识别多样化风格的能力，开拓广泛欣赏的趣味，尤其是识别美、丑风格的本领；而对评论家，则是树立了评论风格和运用来解决问题、寻找规律的圭臬。

---

① 《准风月谈·豪语的折扣》。
② 《鲁迅书信集·608致陈烟桥》。
③ 《且介亭杂文二集·〈中国新文学大系〉小说二集序》。

鲁迅的文艺欣赏论[*]

文艺也是社会意识形态，但它有自己的特点——艺术美。它一方面反映现实生活，另一方面作用于现实生活。因此，文艺有社会性，有宣传性。文艺创作是精神生产，创作的目的是要影响人的精神风貌。有益的创作总要有助于改造人、塑造人，提高人的文化水平和思想境界，对一代乃至几代人的精神产生影响，促进我们民族的崇高风貌和气派。

文艺作品要达到上述目的，必须以它的艺术形象或意境，经过阅读、欣赏过程才影响读者的精神，产生物质力量，起而改造社会环境。鲁迅开始从事文艺事业，就认识这一规律，更积多年之经验，给我们留下了宝贵的理论。在今天重视社会主义文艺的社会效果时，研究鲁迅关于文艺怎样通过欣赏发生社会作用的理论，不仅对于培养、提高读者的文学欣赏能力，而且对于作家的创作，都有重要意义。

一

不论什么流派的作家，不论什么创作动机，他总希望他的作品发表。"创作虽说抒写自己的心，但总愿意有人看"，^① "也愿意有共鸣的心弦"。^② 作家有了读者，他才能把心灵的甘露洒到读

＊　原载《鲁迅文艺思想新探》，天津人民出版社，1983。

①　《而已集·小杂感》。

②　《集外集拾遗·诗歌之敌》。

者的心田里，宣传自己对社会人生的看法。"创作是有社会性"①的。主张为艺术而艺术者，也离不开读者。没有读者的创作是不起任何作用的。那些自称创作只是由于个人的创作冲动，就如植物要开花一样，不对社会读者负责之类的宣言，完全是骗人的鬼话。②

读者希望有作品可读，首先是为了获得美的享受和满足。因此，欣赏对象（作品）必须是美的。读者阅读作品时，先要通过语言的媒介与作品的艺术形式，逐步理解和获得对形象的具体感受和体验，引起思想感情上的强烈共鸣，得到审美享受。

鲁迅把读书分为两种："一是职业的读书，一是嗜好的读书。所谓职业的读书者，譬如学生因为升学，教员因为要讲功课，不翻翻书，就有些危险的就是。……嗜好的读书……那是出于自愿，全不勉强，离开了利害关系的。……凡嗜好的读书，……他在每一叶每一叶里，都得着深厚的趣味。自然，也可以扩大精神，增加智识的，……"③ 这后一种阅读，是欣赏的，所以能获得"深厚的趣味"，但却有人厌恶这个词。因此鲁迅说："说到'趣味'，那是现在确已算一种罪名了，但无论人类底也罢，阶级底也罢，我还希望总有一日弛禁，讲文艺不必定要'没趣味'。"④ 鲁迅的意见是正确的。"趣味"在这里是指文艺的一种使人愉快、感到有意思、有吸引力的特性。

一个人读一本小说或一首诗，或者到娱乐场所去，怀着受宣传、教育目的的，恐怕很少。为了娱乐，为了获得深厚的趣味的要居多数。这点完全不必担忧，因为欣赏是接受宣传教育的一个先行步骤，即鲁迅所说："进步的美术家……他的制作，……令

---

① 《而已集·小杂感》。
② 《花边文学·看书琐记（三）》。
③ 《而已集·读书杂谈》。
④ 《集外集·〈奔流〉编校后记（五）》。

我们看了，不但欢喜赏玩，尤其发生感动，造成精神上的影响。"① 所以鲁迅强调读书要讲求趣味。鲁迅自己就是实践嗜好的读书的。例如，他在广州时，有一次进书店，偶然看到一叠命名《这样做》的期刊，封面上印着一个骑马的少年兵士。他说："我一向有一种偏见，凡书面上画着这样的兵士和手捏铁锄的农工的刊物，是不大去涉略的，因为我总疑心它是宣传品。发抒自己的意见，结果弄成带些宣传气味了的伊孛生等辈的作品，我看了倒并不发烦。但对于先有'宣传'两个大字的题目，然后发出议论来的文艺作品，却总有些格格不入，那不能直吞下去的模样，就和雒诵教训文学的时候相同。"②

由此可见，意图宣传教育，而不给读者以趣味的文艺作品，是不受欢迎的。因此，作家必须创造"成为艺术品的东西"。③ 否则，不管作家如何孤芳自赏，是不起任何作用的。

而读者也必须有相应的条件，才能进入阅读欣赏。第一，最好有与作品所描写的生活类似的经验和体会。"读者倘没有类似的体验"，作品对他"也就失去了效力"。④ 鲁迅曾谈道：辛亥革命前，辫子是清朝统治者的标志，革命党人为了剪去发辫，要吃很大的苦头。在辫子问题上，革命力量与反动势力之间长期发生激烈斗争。鲁迅为此也受过不少苦头。但辛亥革命后的年轻人无此经验，对鲁迅关于这种题材的创作是不够理解的。因此鲁迅在《病后杂谈之余——关于"舒愤懑"》中叹息说："现在的二十岁上下的青年，他生下来已是民国，就是三十岁的，在辫子时代也不过四五岁，当然不会深知道辫子的底细的了。那么，我的'舒愤懑'，恐怕也难传给别人，令人一样的愤激，感慨，欢喜，忧

---

① 《热风·随感录四十三》。

② 《三闲集·怎么写（夜记之一）》。

③ 《二心集·关于小说题材的通信》。

④ 《花边文学·看书琐记》。

愁的罢。"① 这种隔膜，既为读者的生活经验缺乏所造成，同时也
为读者与作家之间的立场、思想、情感的差异所决定。因此，第
二，读者必须有与作品所描写的生活相通或近似的思想感情，才
能起共鸣。共鸣是读者欣赏艺术品时一个重要的心理活动：他在
阅读作品时，为作家以美的形象所显示出来的思想感情所打动，
达到了"象忧亦忧，象喜亦喜"的境地。即鲁迅在《摩罗诗力
说》里所说："握拨一弹，心弦立应，其声澈于灵府，令有情皆
举其首，……"② 后来鲁迅就阐发得更具体而明快了，他说："新
主义宣传者是放火人么，也须别人有精神的燃料，才会着火；是
弹琴人么，别人的心上也须有弦索，才会出声；是发声器么，别
人也必须是发声器，才会共鸣。"③ 如果"著作里写出的性情，作
者的思想"，是读者所没有的，就"不会了解，不会同情，不会
感应；甚至彼我间的是非爱憎，也免不了得到一个相反的结
果"。④ 第三，是读者的文化修养问题。鲁迅特别希望大众"读者
也应该有相当的程度。首先是识字，其次是有普通的大体的知
识，而思想和情感，也须大抵达到相当的水平线。否则，和文艺
即不能发生关系"。⑤ 作者为了使大众"能懂，爱看"，要"竭力
来作浅显易解的作品"。但也不能老停留在普及阶段上，更不能
把艺术水平过分降低。"若文艺设法俯就，就很容易流为迎合大
众，媚悦大众。迎合和媚悦，是不会于大众有益的。"⑥

　　总之，文艺欣赏是作者和读者共同努力合作的一种特殊的社
会活动，作家应处处为读者着想：为适应读者的合理要求去创
作，更要在不断满足读者欣赏要求中，逐渐提高读者的欣赏水

---

① 《且介亭杂文·病后杂谈之余》。
② 《坟·摩罗诗力说》。
③ 《热风·随感录五十九"圣武"》。
④ 《热风·随感录五十九"圣武"》。
⑤ 《集外集拾遗·文艺的大众化》。
⑥ 《集外集拾遗·文艺的大众化》。

平。而读者也应继续努力提高自己，打好各方面的欣赏基础。这就是创作与欣赏的辩证关系，是文学的重要规律之一。

二

欣赏是个复杂的心灵活动。鲁迅认为还是有规律可循：欣赏既有阶级性，也有普遍性，即各个阶级之间有欣赏的共同性。在某种情况下，两者还往往是统一的。譬如，鲁迅自己的作品就拥有广大的各阶级、阶层的读者，甚至走到国外去，沟通了民族之间的互相了解和关心。①

鲁迅论欣赏的阶级性说："当屠格纳夫、柴霍夫这些作家大为中国读书界所称颂的时候，高尔基是不很有人很注意的。即使偶然有一两篇翻译，也不过因为他所描写的人物来得特别（重点为引者所加，下同），但总不觉得有什么大意思。这原因，现在很明白了：因为他是'底层'的代表者，是无产阶级的作家。对于他的作品，中国的旧的知识阶级不能共鸣，正是当然的事。"②由此可见，文艺欣赏中的强烈共鸣，大量发生在对本阶级文学的欣赏里。这是因为鲁迅所说的那些条件——立场、思想、情感相通、相同，生活经验近似——在同一阶级内是最能具备的。

阶级的作家总是有意识或无意识地为本阶级而创作，供本阶级读者欣赏，如"十八世纪的英国小说，它的目的就在供给太太小姐们的消遣，所讲的都是愉快风趣的话"。③ 各个阶级读者总愿意读自己阶级的作品。如《小园》或《枯树》是以美的文字表现出没落阶级的思想情感，就为遗老遗少之类文人所欣赏。这些人"是徘徊于有无生灭之间的文人，对于人生，既惮扰攘，又怕离去，懒于求生，又不乐死，实有太板，寂绝又太空，疲倦得要休

---

① 《且介亭杂文末编·捷克译本》。
② 《集外集拾遗·译本高尔基〈一月九日〉小引》。
③ 《集外集·文艺与政治的歧途》。

息，而休息又太凄凉，所以又必须有一种抚慰"。① 就因为欣赏有阶级性，所以读书就要有选择。鲁迅说："我自己，却与其看薄凯契阿、雨果的书，宁可看契诃夫、高尔基的书，因为它更新，和我们的世界更接近。"②

但鲁迅同时也认识到欣赏的复杂性，说"文学有普遍性"。文学史上大量存在这样的现象：某一阶级的作品，特别是一些内容真实、丰富，观点比较复杂，能反映生活本质，而在艺术上成功的作品，是常常为异阶级读者所欣赏的。甚至读者在阅读某些不同时代、不同民族的文学作品时，也会产生共鸣现象。这是因为：除了上述的文学本身的特点而外，人的生活也有共同要求的一面。不同阶级在特定历史情况下，也会有共同要求的一面：人类社会也有发展的共同道路，而且是有继承性的。对人的审美力来说难道就没有共同的地方？人在利用自己的感官感知外物时，难道没有共同的交叉点吗？于是在下列情况下，就产生了欣赏的共同性。

第一，由于社会矛盾的相似。鲁迅说：虽然中国与捷克"民族不同，地域相隔……但是可以互相了解，接近的，因为我们都曾经走过苦难的道路，现在还在走——一面寻求着光明"。③ 于是鲁迅的作品便被捷克读者所喜爱，因为他所写的也是走着艰难的道路而去寻求光明的中国人民的生活及其精神面貌。鲁迅在日本留学时期，就现实主义作家来说"最爱看的作者，是俄国的果戈理和波兰的显克微支"，"因为所求的作品是叫喊和反抗"。④ 而这些作品的内容正是这样。可见民族矛盾、革命斗争有相近似之处的作家作品与读者是会产生共鸣的。

第二，生活境遇的近似。譬如在为封建思想所统治的社会

① 《且介亭杂文二集·"题未定"草（七）》。
② 《且介亭杂文二集·叶紫作〈丰收〉序》。
③ 《且介亭杂文末编·〈呐喊〉捷克译本序言》。
④ 《南腔北调集·我怎么做起小说来》。

里，是常常产生婚姻悲剧的。那些控诉爱情不自由的作品"是血的蒸气，醒过来的人的真声音"。① 就能激动身处同样境遇的不同阶级的广大读者。

第三，有相近的生活经验和体验。如描写饥饿的作品，富人是无论如何都不会懂得的，如果饿他几天，他就明白那好处。② 历史小说如果没有把古人写得更死，读者会"惊心动魄于何其相似之甚"。③

第四，民族性决定审美的共同性。人不仅是社会关系的总和，也是一定民族的成员，有着共同的民族心理、感情等等。作家和读者也不例外：优秀作家的作品不可能不塑造具有民族素质的艺术典型。这就必然为具有共同民族心理的读者所欣赏。何况作家有意识地以阶级特征为基础去创造一个富有特定时代的民族特征的典型呢！为广大读者所公认的《阿Q正传》，是一部表现着战斗的现实主义传统和鲜明的民族风格的小说。鲁迅在创作阿Q时，是试图通过这个不觉悟的农民"画出这样沉默的国民的魂灵来"的。④ 所以它能打动广大中国人的心灵。作者也正是希望收到这样的社会效果。⑤

第五，一些不明显表现作者思想的花鸟画、山水诗，最受广大群众的欣赏。鲁迅正是利用这一规律，为新兴的木刻艺术打下广泛的群众基础。他说："木刻还未大发展，所以我的意见，现在首先是在引起一般读书界的注意，看重，于是得到赏鉴，采用，就是将那条路开拓起来，路开拓了，那活动力也就增大；如果一下子即将它拉到地底下去，只有几个人来称赞阅看，这实在

① 《热风·随感录四十》。
② 《鲁迅书信集·462致董永舒》。
③ 《华盖集·忽然想到（四）》。
④ 《集外集·俄文译本〈阿Q正传〉序及著者自叙传略》。
⑤ 参见《且介亭杂文·答〈戏〉周刊编者信》及《集外集·文艺与政治的歧途》。

是自杀政策。我的主张杂入静物，风景，各地方的风俗，街头风景，就是为此。"①

第六，富有群众性的艺术形式美也可能在各阶级之间产生某些共同的美感。"凡作者，和读者因缘愈远的，那作品就于读者愈无害。古典的，反动的，观念形态已经很不相同的作品，大抵即不能打动新的青年的心（但自然也要有正确的指示），倒反可以从中学学描写的本领，作者的努力。恰如大块的砒霜，欣赏之余，所得的是知道它杀人的力量和结晶的模样：药物学和矿物学上的知识了。"②

由此可见，阶级的文学之间还是发生欣赏关系的，"文学有普遍性"。正由于文学艺术的欣赏活动有这种共同欣赏的普遍性，所以历代各阶级的作家都自觉或不自觉地利用文艺来宣传自己的思想，征服异阶级的读者，尤其青年读者。这正说明文艺的强烈的阶级性。正由于欣赏的共同性（普遍性），有些优秀的文艺作品，就得以较永久地生存下来，③ 不随着本阶级的消灭而绝迹，而是不断被后代人继承和发展。也正由于欣赏的共同性，文学发展史上就出现了如下几种情况。一是，由于文艺的社会性，社会上各阶级之间的文艺总要通过阅读欣赏而发生关系，就产生了积极的或消极的影响。好的影响象鲁迅所总结的，士大夫文学因吸收、摄取民间文学而得以延续了自己的文学生命。④ 消极影响则如鲁迅所总结的，有的阶级有时是从内容和形式全盘吸收异阶级的消极的、有毒素的东西，因而创作的结果，就使本阶级的某些文艺变质。如老百姓所唱的山歌也并非都是好的。"他们间接受古书的影响很大，他们对于乡下的绅士有田三千亩，佩服得不得了，每每拿绅士的思想，做自己的思想，绅士们惯吟五言诗，七

---

① 《鲁迅书信集·620 致陈烟桥》。
② 《准风月谈·关于翻译（上）》。
③ 《花边文学·古人并不纯厚》。
④ 《且介亭杂文·门外文谈》。

言诗；因此他们所唱的山歌野曲，大半也是五言或七言。这是就格律而言，还有构思取意，也是很陈腐的，不能称是真正的平民文学。"① 因此，敌对阶级之间，在欣赏那些思想内容对本阶级有害而艺术形式美的作品时，往往存有危险，它那有毒的思想感情象一只蜘蛛，总是利用它的网——艺术性——来捕捉读者，征服或俘虏读者的心灵。所以鲁迅说："倘不小心，被他诱过去，那就坠入陷阱……"② 因此，阅读、欣赏这类作品时，得象看老虎一样，要设立铁栅栏，而这铁栅栏就是文艺批评。③ 二是，各阶级之间的文艺是有斗争、有排斥的，但在斗争中有的也实行拿来主义而加以改造，使之适合于本阶级文学的需要。如"士大夫是常要夺取民间的东西的，将竹枝词改成文言，将'小家碧玉'作为姨太太，但一沾着他们的手，这东西也就跟着他们灭亡"。④ 同样，劳动人民也吸收、改造封建阶级的文艺作品的："例如……在图画上，则题材多是士大夫的部事，然而已经加以提炼，成为明快，简捷的东西了。"⑤

鲁迅不仅运用欣赏的共同性理论，总结了文学发展史上的一些规律性的东西，而且从欣赏的共同性，还看到了同中有异的现象：由于欣赏者所具备的欣赏条件同作品的内容并非完全一致，而欣赏又是一种创造活动，这就产生了共同欣赏中的差异性。譬如运用精炼的对话，表现人物性格的小说，"作者用对话表现人物的时候，恐怕在他自己的心目中，是存在着这人物的模样的，于是传给读者，使读者的心目中也形成了这人物的模样。但读者所推见的人物，却并不一定和作者所设想的相同，巴尔扎克的小胡须的清瘦老人，到了高尔基的头里，也许变了粗蛮壮大的络腮

---

① 《而已集·革命时代的文学》。
② 《且介亭杂文·随便翻翻》。
③ 《准风月谈·关于翻译（上）》。
④ 《花边文学·略论梅兰芳及其他（上）》。
⑤ 《且介亭杂文·论"旧形式的采用"》。

胡子"。这就因为读者是在自己的生活经验的基础上，进行创造想象的结果，就出现了形象上的差异。但读者的再创造由于他的生活和作者的大体相同，就又遵守作品的规定性，所以鲁迅又说："不过那性格，言动，一定有些类似，大致不差……要不然，文学这东西便没有普遍性了。"①

还有一种差异是见仁见智，各取所需的欣赏活动。象《红楼梦》是有欣赏的共同性的，但大家的体会或理解却不一样："单是命意，就因读者的眼光而有种种：经学家看见《易》，道学家看见淫，才子看见缠绵，革命家看见排满，流言家看见宫闱秘事……"② 这类差异性的欣赏，恰恰反映了欣赏的阶级性。所以鲁迅说："文学虽然有普遍性，但因读者的体验的不同而有变化。"③

这些复杂的差异性用什么来统一呢？那就是正确的文艺批评。

三

前面已涉及了文艺作品为什么能激起读者的共鸣问题。在这里想集中地研究一下鲁迅对此问题的看法。

鲁迅以为文艺作品必须具备几个条件，才能"握拨一弹，心弦立应"，成为欣赏的对象。

第一是"善"。这一方面是指作品的思想性，是作者的进步思想和高尚人格。④ 同时也包括作者的善意和热情的态度。⑤ 这是文艺作品的灵魂，就是它影响读者精神，改造读者的心灵。但善寓于形象中，而形象必须真实。

第二是"真实"。首先是创作要诚实，即真情实感。如果

---

① 《花边文学·看书琐记》。
② 《集外集拾遗补编·〈绛洞花主〉小引》。
③ 《花边文学·看书琐记》。
④ 《热风·随感录四十三》。
⑤ 《且介亭杂文二集·什么是"讽刺"？》。

"写的说的，既然有口无心，看的听的，也便毫无所感了"。① 鲁迅批评元稹的《莺莺传》：尽管写的是"亲历之境"且"时有情致"，可"篇末文过饰非，遂堕恶趣"。② 可见鲁迅对创作要求思想、情感的真。然后进一步要求概括现实生活的真实。而这是同思想分不开的，即对生活"开掘要深"。鲁迅是不同意创作是作者自传的理论的。③ 主张作品允许虚构，"可以缀合，抒写，只要逼真，不必实有其事也"。④ 只要符合现实生活的发展规律，就是真，这就是"假中见真"。⑤ 许多有价值的文艺作品就是这样创造出来的。

艺术失真，善即无从附丽。所以鲁迅一再批判不真实之作。艺术固然允许虚构、夸张，但不能违反生活逻辑。象吴沃尧的《二十年目睹之怪现状》"言违真实，则感人之力顿微"。⑥ 鲁迅更厌恶那种虚伪矫情的东西，他曾说，《二十四孝图》中的老莱子娱亲图，看了感到"肉麻"。⑦ 因为这是违反了人之常情，歪曲了人的生活规律的"图画"，因而它也就收不到教育效果，而是适得其反。⑧

第三是"美"。"美"以"真"为基础，形象要美才能成为欣赏的对象。

什么样的艺术品才是美的？鲁迅关于欣赏的共同性问题，已经基本回答了共同美的问题。现在谈谈鲁迅关于阶级的审美标准问题的看法。

鲁迅说：资本家所欣赏的、认为美的艺术品"是珠玉扎成的

---

① 《热风·随感录四十》。
② 《中国小说史略·第九篇唐之传奇文（下）》。
③ 《三闲集·怎么写（夜记之一）》。
④ 《鲁迅书信集·542 致徐懋庸》。
⑤ 《三闲集·怎么写（夜记之一）》。
⑥ 《中国小说史略·第二十八篇清末之谴责小说》。
⑦ 《朝花夕拾·后记》。
⑧ 《朝花夕拾·二十四孝图》。

盆景，五彩绘画的磁瓶"，而没落的封建士大夫则欣赏"小摆设"或"清玩"。①

我们认为鲁迅所欣赏的艺术美则代表了劳动大众的审美标准。

什么是艺术美？鲁迅的回答是功利的。② 固然，鲁迅在早期曾一度主张美是"非功利"的，③ 但这正如他认为在"五四"时期"为艺术而艺术"派有反封建的"文以载道"说的意义一样，④ 是有针对性的。从鲁迅一生总的倾向看来，他的美学观始终是功利说。

鲁迅一贯反对雕砌、纤巧、空灵、夸诞之类的艺术，他认为：

第一，凡是经过作者精心创造出来的充满着美与力的文艺作品，才是美的。只是临摹自然，譬如"刻玉之状为叶，髹漆之色乱金，似矣，而不得谓之美术"。创造之所以可贵，因为有作者的生命在内，是按照作者的美学观点创造的，是美于现实的新产品，所以鲁迅认为只有"用思理以美化天物"⑤ 的作品才算是美术品。这虽是一九一三年的论点，但在他成为马克思主义者之后仍认为正确。如在一九二九年写的《〈近代木刻选集〉（2）小引》中曾说："我们这里所介绍的，并非教科书上那样的木刻，因为那是意在逼真，在精细，临刻之际，有一张图画作为底子的，既有底子，便是以刀拟笔，是依样而非独创，所以仅仅是'复刻板画'。至于'创作板画'，是并无别的粉本的，乃是画家执了铁笔，在木版上作画……自然也可以逼真，也可以精细，然而这些之外有美，有力；……"⑥ 但鲁迅也同时指出：创造和作者的立场、思想以及美学观点分不开，因而这种创造的"力之

① 《南腔北调集·小品文的危机》。
② 《二心集·〈艺术论〉译本序》。
③ 《集外集拾遗·拟播布美术意见书》。
④ 《集外集拾遗·帮忙文学与帮闲文学》。
⑤ 《集外集拾遗·拟播布美术意见书》。
⑥ 《集外集拾遗·〈近代木刻选集〉（2）小引》。

美"的艺术品，只能是来自"精力弥满的作家和观者"，① 这是因为作者固然要"精力弥满"才能创造出这种"力之美"的精神产品，但读（观）者如果是颓唐的，习惯于纤巧艺术的欣赏，他就必然不懂也看不惯"力之美"的艺术。所以这种艺术美是作者与读（观）者共同创造的。鲁迅在这里已揭出了"力之美"的欣赏的阶级性。

第二，与"力之美"相关联的是"伟美"。凡是具有雄伟气魄的、富有伟大与崇高风格的作品，他也认为是美的。鲁迅向来重视"伟美"，这种美不仅表现了力而且意味着战斗。远在一九〇七年，鲁迅写《摩罗诗力说》时，就已指出了这点：摩罗诗人之可贵，就因其著作都是"声之最雄桀伟美者矣"。② 他们"无不以殊特雄丽之言，自振其精神而绍介其伟美于世界"。③ 所以鲁迅向祖国人民介绍这类诗人及其著作目的在鼓舞战斗。成为马克思主义者的鲁迅在一九三三年批判"小摆设"时，继续发挥了这一观点。他说："在方寸的象牙版上刻一篇《兰亭序》，至今还有'艺术品'之称，但倘将这挂在万里长城的墙头，或供在云冈的丈八佛像的足下，它就渺小得看不见了，即使热心者竭力指点，也不过令观者生一种滑稽之感。何况在风沙扑面，狼虎成群的时候，谁还有这许多闲工夫，来赏玩琥珀扇坠、翡翠戒指呢。他们即使要悦目，所要的也是耸立于风沙中的大建筑，要坚固而伟大。"④ 这确实是无产阶级的气魄，欣赏艺术的气魄。鲁迅对于自然美的欣赏也是这样："养肥了狮虎鹰隼，它们在天空，岩角，大漠，丛莽里是伟美的壮观，捕来放在动物园里，打死制成标本，也令人看了神旺，消去鄙吝的心。"⑤

---

① 《集外集拾遗·〈近代木刻选集〉（2）小引》。
② 《坟·摩罗诗力说》。
③ 《坟·摩罗诗力说》。
④ 《南腔北调集·小品文的危机》。
⑤ 《且介亭杂文末编·半夏小集》。

　　不过鲁迅对于"小"的艺术品也并不一概抹煞，他只厌恶"小摆设"之类的没落艺术品，对于富有战斗意义促人向上的甚至能杀开一条生路的，譬如小品文、短篇小说，他是喜爱的。而且篇幅小也并不影响其伟大。他创作短篇小说，是有宏伟结构设计的。① 至于他的战斗的小品文则是显微镜，是典型，是匕首和投枪。这类作品的"小"，是相对的，是和鸿篇巨制相比较而言的。而且就是在和一些巨著的对比之下，也仍然显示出它的巨大的价值和意义来。鲁迅说："一时代的纪念碑底的文章，……什九是大部的著作。……但至今，在巍峨灿烂的巨大的纪念碑底的文学之旁，短篇小说也依然有着存在的充足的权利。不但巨细高低，相依为命，也譬如身入大伽蓝中，但见全体非常宏丽，眩人眼睛，令观者心神飞越，而细看一雕阑一画础，虽然细小，所得却更为分明，再以此推及全体，感受遂愈加切实，因此那些终于为人所注重了。"②

　　第三，综合美的问题。综合美是由客观美的事物的相互联系的多种个体美所形成的。鲁迅认为在有主体的综合美中，主体美只有在与陪衬资料有机地统一中，才能存在并显露出来，从而引起读者的欣赏趣味。因此，他对一些只注意"特别的精华，毫不在枝叶"的人，批评说："删夷枝叶的人，决定得不到花果。"③但鲁迅认为，艺术美同现实美一样，呈现着多种多样的形态。因此，他对百花烂漫、争妍斗丽的古今文苑、艺苑，向来是采取不主一格的欣赏态度的。他既欣赏民间文学的"刚健、清新"，④ 也爱"佛画的灿烂，线画的空实和明快"，⑤ 既推崇汉、唐人石刻的气魄"闳放"，⑥ 也认为明人版画的"文采绚烂"⑦ 可取。正是这

---

① 《南腔北调集·我怎么做起小说来》。
② 《三闲集·〈近代世界短篇小说选集〉小引》。
③ 《且介亭杂文末编·"这也是生活"……》。
④ 《且介亭杂文·门外文谈》。
⑤ 《且介亭杂文·论"旧形式的采用"》。
⑥ 《坟·看镜有感》。
⑦ 《集外集拾遗·〈北平笺谱〉序》。

些多样的美的品种在互相对比陪衬中，构成了绚烂多姿的文艺花坛。他所憎恶的是"萎靡柔媚"，① "堕落和衰退"以及"低级趣味"的东西。② 鲁迅有自己的总原则：凡是健康的、能给人以好的精神影响的，使人向上并充满着理想与战斗的、坚实有力的美，鲁迅都兼容并蓄。

四

　　欣赏是一种美的享受。但必须经过认识，而且是感性的、形象的认识。所以鲁迅说："诗歌不能凭仗了哲学和智力来认识，所以感情已经冰结的思想家，即对于诗人往往有谬误的判断和隔膜的揶揄。"③ 读者有科学知识并不破坏其欣赏情绪。而最危险的是以道学家的眼光进行欣赏，那就会杀死一切美。鲁迅在一九二五年发表文章批判说：如果"我们赏识美的事物，而以伦理学的眼光来论动机，必求其'无所为'，则第一先得与生物离绝"。因为"柳荫下听黄鹂鸣，我们感得天地间春光横溢，见流萤明灭于丛草里，使人顿怀秋心。然而鹂歌萤照是'为'什么呢？毫不客气，那都是所谓'不道德'的，都正在大'出风头'，希图觅得配偶。至于一切花，则简直是植物的生殖机关了。虽然有许多披着美丽的外衣，而目的则专在受精，比人们的讲神圣恋爱尤其露骨。"④ 这就是说，有了生物学知识，知道了生物的美是产生于它的延续生命的目的要求，是生物生活的规律，是自然规律，并不妨碍欣赏。正如知道了文艺的美是为了宣传的目的一样，并不妨碍欣赏艺术的美。欣赏者各方面的知识基础深厚，对欣赏的对象有更多、更深的理解，对欣赏活动是有帮助的，但却必须遵守欣

① 《且介亭杂文·论"旧形式的采用"》。
② 《鲁迅书信集·829 致李桦》。
③ 《集外集拾遗·诗歌之敌》。
④ 《集外集拾遗·诗歌之敌》。

赏是美的享受这一原则。欣赏是一种形象思维，但却是在欣赏对象诱导下的一种艺术想象活动。读者正是从这种艺术想象活动中获得享受。鲁迅提出读者要有与作品所写的生活类似的经验和体验，就因为它是读者进行再创造的基础。于是读者就能在概括生活深广的作品中，驰骋其想象之马，获得浓厚的趣味。

但是读者也不能老是沉湎在艺术世界里，同人物共忧乐。鲁迅要求读者还要同作品中人物摆开距离。鲁迅称之为"赏鉴"。这是一个很重要的理论。一九二四年，鲁迅在作《中国小说的历史的变迁》讲演时，就提了出来："中国人看小说，不能用赏鉴的态度去欣赏它，却自己钻入书中，硬去充一个其中的脚色。所以青年看《红楼梦》，便以宝玉，黛玉自居；而年老人看去，又多占据了贾政管束宝玉的身分，满心是利害的打算，别的什么也看不见了。"① 怎样才是一种赏鉴的态度？鲁迅在一九二六年教"中国文学史"② 课时，作了回答。他说，自孔子以来，儒家评论《诗经·郑风》，"以为淫逸"。鲁迅批判说："失其旨矣。自心不净，则外物随之。"鲁迅很赞成嵇康的论点："嵇康曰：'若夫郑声，是音声之至妙，妙音感人，犹美色惑志，耽槃荒酒，易以丧业，自非至人，孰能御之。'（本集《声无哀乐论》）。"鲁迅并加阐发说："世之欲捐窈窕之声，盖由于此，其理亦并通于文章。"③这就是说，欣赏音乐要能"御"，即要求能摆开距离；欣赏文艺作品也是一样。那么怎样才能摆开距离呢？这是读者的修养问题，即能成为"至人"。

"摆开距离"是个欣赏全过程的理性活动阶段。在进入欣赏时，读者一般都先进入角色同人物共忧乐。但这个共鸣阶段不应作长时间的继续，应该是渐渐地让理智上升，进入思考阶段，进

---

① 《中国小说的历史的变迁》第六讲，"清小说之四派及其末流"。
② 原名《中国文学史略》，后改今名《汉文学史纲要》。
③ 《汉文学史纲要》第二篇《〈书〉与〈诗〉》。

行判断，从而对作品的思想感情作出接受或排斥的理性决定。这个欣赏的完整过程，就是鲁迅的赏鉴论。

王国维曾论作者创作对生活要能入能出："诗人对宇宙人生，须入乎其内，又须出乎其外。入乎其内，故能写之；出乎其外，故能观之。"① 我们认为读者在欣赏文艺作品时也应如此。读者"入乎其内"：就是进入艺术世界、进入角色，获得美感享受。但也应当与角色摆开距离，站在艺术世界之外的高处，进行观察评论。这就是"出乎其外"。如果读者（观众）过于沉醉在剧情、人物感情之中，就不能理智地以科学的头脑去认识作品。所以为了防止观众以着了迷的状态进入剧中人物和规定情境，鲁迅主张欣赏要"摆开距离"。只要能坚持住这一点，青年可以欣赏内容有毒素的作品，从而从中吸取一些对自己有用的东西。当然，这要在一定的指导下进行，是不言而喻的。

含有毒素而带有较高的艺术性的作品，读者在初步欣赏时，特别是沉浸在作品的人物和情节中去的时候，颇不容易辨别出它的毒素。如果不能自拔，就会被俘过去的。所以必须以"赏鉴的态度去欣赏它"，才有将它拿来或排去的主动权。这当然不容易做到。嵇康说，只有"至人"才能欣赏"郑声"的美，而今天的"至人"就是具有马克思主义批评修养的人。

五

鲁迅反复强调：文艺必须是文艺，文艺必须是美的；欣赏要讲趣味；等等。难道鲁迅是个唯美主义者，为艺术而艺术派吗？不，完全不是！

首先，鲁迅强调文艺的娱乐性，是为了反对劝惩，有反封建文艺思想的巨大意义。如前所述，就因为反对文艺为封建政治、

———————————

① 见《人间词话》卷上。

教育服务的劝惩，所以他早年也曾主张美的非功利性。

其次，是尊重文艺规律，尤其是从欣赏过程提出的。鲁迅认为小说是由劳动后的娱乐要求而产生的。① 可见娱乐性是文艺的特性之一。而文艺的教育作用就潜伏在娱乐过程中。这是文艺的社会作用的特殊功能，是文艺的重要规律之一。

鲁迅一点也没有忽视革命文艺的宣传教育作用，他一开始从事文艺事业就深刻理解文艺的这一功能。他还着重指出：革命文艺必须是宣传革命的工具之一。② 也正由于此，鲁迅强调它同其他革命宣传工具不同。文艺作品首先必须能引起读者浓厚的兴趣，让读者通过美的享受受到宣传教育。所以鲁迅说："享乐着美的时候，虽然几乎并不想到功用，……然而美底愉乐的根柢里，倘不伏着功用，那事物也就不见得美了。"③

所以鲁迅强调文艺的美、文艺的娱乐性，正是从文艺的思想性出发的。鲁迅反复强调文艺作品必须有进步思想与高尚人格，可它向读者进行宣传教育却依靠了艺术性。艺术性是作品向读者进行宣传的重要手段。因此，鲁迅谆谆告诫作家、艺术家："如果内容的充实，不与技巧并进，是很容易陷入徒然玩弄技巧的深坑里去的。"④

鲁迅无论谈创作还是批评，总是坚持思想教育的重要性。但宣传教育是否文艺作品唯一的功用呢？鲁迅认为文艺的娱乐性也有其独立性。这可从鲁迅与郑振铎合编的《北平笺谱》里得到证明。它并非思想宣传品，而是三百三十二幅人物、山水花鸟画，但鲁迅在《北平笺谱》广告中给了很高的评价："民国初年，北平所出者尤为隽品，抒写性情，随意点染。每入前人未尝涉及之园地。虽小景短笺，意态无穷……则此中国木刻史上断代之唯一丰碑也。"

---

① 《中国小说的历史的变迁》第一讲，"从神话到神仙传"。
② 《三闲集·文艺与革命》。
③ 《二心集·〈艺术论〉译本序》。
④ 《鲁迅全集》第 13 卷《350204 致李桦》，人民文学出版社，1981，第 45 页。

　　由此可见，鲁迅并不把文艺的娱乐性都看成是向读者宣传思想的手段。在某些作品中如花鸟画、山水诗等的娱乐性是有独立性的。当然这类作品中作者有寄托，但却往往不易分析。它主要给人以美的享受，使人得到愉快和休息，使人精神向上。这点鲁迅是十分肯定的。"九一八"后，有人主张吃西瓜时，也应该想到国土的被瓜分。对此，鲁迅提出异议："战士如吃西瓜，是否大抵有一面吃，一面想的仪式的呢？我想：未必有的。他大概只觉得口渴，要吃，味道好，却并不想到此外任何好听的大道理。吃过西瓜，精神一振，战斗起来就和喉干舌敝时候不同，所以吃西瓜和抗战的确有关系，但和应该怎样想的上海设定的战略，却是不相干。这样整天哭丧着脸去吃喝，不多久，胃口就倒了，还抗什么敌。"① 这就是说，并不宣传任何思想的艺术品，它的美仍然于人有益，可以从它那里得到娱乐、休息。这类作品无产阶级也还是需要的。当然也应指出：它必须使人向上，有益于精神健康。

　　鲁迅认为娱乐性是文艺作品的共同性，但更多的作品是娱乐性和宣传性相结合的。鲁迅所创作，并为无产阶级所欣赏、珍视的战斗的杂文就是其一。鲁迅说："生存的小品文，必须是匕首，是投枪，能和读者一同杀出一条生存的血路的东西；但自然，它也能给人愉快和休息，然而……它给人的愉快和休息是休养，是劳作和战斗之前的准备。"②

　　鲁迅反复强调文艺的特征，再三强调文艺欣赏，是为了尊重创作与欣赏的规律，让文艺发挥它最大的功能，获得最大的宣传教育效果。

---

① 《且介亭杂文末编·"这也是生活"……》。
② 《南腔北调集·小品文的危机》。

鲁迅论文艺如何为革命服务[*]

　　新中国成立以来，在文艺问题上，我们取得了比较丰富的经验和教训。基本经验就是必须正确处理文艺和政治的关系，这实际上就是正确处理文艺和人民的关系问题。只有正确解决了文艺和人民的关系，才有可能正确地处理文艺和政治的关系。作家、艺术家彻底地和人民群众在思想感情上打成一片，反映了人民的利益和需要，就不会在政治上发生根本的摇摆。

　　文艺怎样为人民服务呢？我们认为鲁迅的创作经验及其指导创作的理论，在今天仍然值得我们继承与发扬。五四时期，鲁迅的小说创作动机是"为人生"并且要"改良这人生"。但他又是"遵命文学"家。他是把两者有机统一起来的。这在他的《〈自选集〉自序》里，是说得很明白的。所以他说："我的作品……确可以算作那时的'革命文学'。"此后，鲁迅总是坚持这一原则，为革命服务的。

　　鲁迅的重要经验，就是从创作规律出发。而充分理解文艺特征并尊重文艺创作规律，是鲁迅着重指出来的。

　　文艺为革命服务，一般理解，就是指作者通过自己创作出来的文艺作品，并借它的艺术感染力，去宣传自己的（阶级的）革命思想、政治倾向。不这样也是不可能的，因为文艺有社会宣传性，而作者自己又是本阶级的一分子。但文艺宣传是有特点的，即恩格斯所说："我认为倾向应当是不要特别地说出，而要让它

＊　原载《临沂师专学报》1983 年第 2 期。

自己从场面和情节中流露出来。"（《给明娜·考茨基的信》）这就是充分注意了文艺的特征，强调了文艺为革命服务的特殊手段。鲁迅当年并非马列主义文艺理论家，但他在五四时期，就认识了文艺这个特点，并坚持了这种做法。他说：艺术家的"制作，表面上是一张画或一个雕象，其实是他的思想与人格的表现。令我们看了，不但欢喜赏玩，尤能发生感动，造成精神上的影响"。（《热风·随感录四十三》）鲁迅的这段话，说明了文艺特征、创作规律及其社会作用的特点——精神上的影响。

文艺作品是作者在自己的世界观指导之下，对现实生活有所感受，获得主题，进而选择题材，经过艺术构思创造出来的艺术形象。在这艺术形象之中不可能不渗透进作者的思想感情、政治倾向以及个性品质等。所以文艺作品从现实生活中来，通过对广大读者的精神影响，又进而影响了生活。这就是为革命服务。

鲁迅为了坚持从文艺的创作规律出发，去为革命服务。他提出了一系列有机的创作的重要问题，同时也是些最可宝贵的创作经验。

①作者首先是个革命人的问题

1919年《热风·随感录四十三》里，他就认识到："美术家固然须有精熟的技工，但尤须有进步的思想与高尚的人格。"这点非常重要，发展到后来，鲁迅就提出了作者首先是个革命人的重大问题。他在同创造、太阳二社文艺论争之前，就提出：作家只要有了进步的世界观，是个革命家，就不必限制其取材。因为从"血管里出来的都是血"，"无论写的是什么事件，用的是什么材料，即都是'革命文学'"（《而已集·革命文学》）。

鲁迅认为在进步世界观的指导下，作家创作出来的作品，是文艺能为人民革命服务的根本保证。他说："根本问题是在作者可是一个'革命人'。"世界观落后，即使写暴露性的作品也要失败。他说："仅仅攻击旧社会的作品，倘若知不清缺点，看不透病根，也就于革命有害。"（《二心集·上海文艺之一瞥》）写革命生活也由于做了歪曲的描写，而有害。（《二心集·上海文艺之一瞥》）这是 1931 年对于这个问题的总结。而在 1927 年的《革命时代的文学》里即已有了这种初步认识。鲁迅之所以反复强调世界观的重要性，就因为作家的世界观决定作品的思想性、政治倾向性。

有进步世界观的作家，不仅能深刻认识现实社会，而且能看清革命方向，他站得高，看得远，看得深，写得新，即正确反映时代精神、新的动向。

鲁迅在同创造、太阳二社进行文艺论争时，充分认识当时（1928 年）的社会还是半封建、半殖民地性质的。（但是太阳社却高叫阿 Q 的时代已经死去）鲁迅对于当时（1928 年）的革命形势也有正确的认识。他在《上海文艺之一瞥》里，指出当时（1928 年）革命尚处于低潮。他说：革命文学的兴起，"并非由于革命高扬，而是因为革命的挫折"。所以他主张当时创作仍以反帝反封建，正确暴露当时的黑暗社会为主。而且他认为，写黑暗正是为革命服务，不要空喊未来的光明。（参考《而已集·革命文学》《三闲集·通信》《三闲集·太平歌诀》《三闲集·铲共大观》《二心集·习惯与改革》等篇）

在 1927 年尾，鲁迅就说："现在的文艺，就在写我们自己的社会，连我们自己也写进去。"（《集外集·文艺与政治的歧途》）他对于这个社会的性质、性格（顽固地不肯向革命投降），认识得非常深透。因此，他的作品就以暴露黑暗为主——写悲剧和讽刺剧。他自己在 1926 年的《写在〈坟〉后面》里说："因为是从旧营垒中来，反戈一击，易制强敌于死命。"这就是革命。他说："所谓革命，那不安于现在，不满意于现状的都是，文艺催促旧的渐渐消灭的也是革命。"（《集外集·文艺与政治的歧途》）

但是，1928 年时代的创造、太阳二社却认为，当时的中国革命已经不是反帝、反封建、反官僚资产阶级的新民主主义革命，而是社会主义革命了。因此，他们声称："拜金主义的群小是我们当前的敌人"，"小资产阶级的根性太浓厚了，所以一般的文学家大多数是反革命派"。于是他们对五四以来的进步作家采用了否定态度。对其反帝、反封建的作品的战斗作用，也严重估计不足。他们还错误地把当时正处于低潮的中国革命形势看成是高潮，于是他们不写黑暗，提倡写光明、鼓吹写超时代。在这个问题上，他们同鲁迅展开了斗争。

鲁迅强调了写当时的黑暗，他正告那些革命文学家们说：写黑暗就是革命斗争，就是为当时革命斗争服务。他说："不是正因为黑暗，正因为没有出路，所以要革命的吗？"（《三闲集·铲共大观》）而当时的革命文学家却认为写黑暗，就是"阻碍革命"（转引自《铲共大观》），可见写黑暗还是写光明是个关系到革命方向的论争。

但是革命辩证论者鲁迅更强调指出，写黑暗也未必就能为革命服务。如果站在资产阶级或小资产阶级立场、观点上写黑暗，就与无产阶级革命关系不大。当然也不是无产阶级文学。（参考《上海文艺之一瞥》及《关于小说题材的通信》）因为根本问题，作家必须是个革命家。

当然鲁迅也是主张写未来的，不过与创造、太阳二社的鼓吹写超时代是有本质的不同。

鲁迅主张在写黑暗、写"自己的社会"的基础上，才能认识未来，才能写出未来。而且有真实性，有社会效果。这是个正确认识现实问题。

深刻认识现实社会的作家，他能看到某种萌芽的东西，能通过作品说真话，并且早说出来。一句话，其作品有预见性，能显示社会的动向。不过，作家并非未卜先知，鲁迅说："文艺家的话其实还是社会的话，他不过感受灵敏，早感到早说出来。"（《集外集·文艺与政治的歧途》）

这个"早"也不一定都是光明的。但早说出来，引起疗救者的注意，也是好的。鲁迅曾举俄国的《赛宁》（《沙宁》）为例：

这是一本描写性欲较强的小说，作者阿尔志跋绥夫受到当时批评家的攻击，以为他这本书诱惑青年。鲁迅说："批评家以为一本《赛宁》，教俄国青年向堕落里走，其实是武断的。诗人的感觉，本来比寻常更其锐敏，所以阿尔志跋绥夫早在社会里觉到这一种倾向，做出《赛宁》来……"（《译了〈工人绥惠略夫〉之后》，见《译文序跋集》）

由此可见，认清社会性质、革命形势，从而确定创作方向，是文艺为革命服务的根本性的问题，而这就迫切需要革命文学家首先是个革命人。只有如此，他的创作才不会迷失方向，能跟上革命前进的脚步。

②文艺的宣传性

创作是为个人抒发情感，还是为革命服务？

"为艺术而艺术"派是主张创作为自己的。从五四以来到1934年也仍有人宣传"尊重自我"，与政治、社会、人生无关。鲁迅批判说："记得有一位诗人说过这样的话：诗人要做诗，就如植物要开花，因为他非开不可的缘故。如果你摘去吃了，即使中了毒，也是你自己错。这比譬很美，也仿佛很有道理的。但再一想，却也有错误。错的是诗人究竟不是一株草，还是社会里的一个人。"［《花边文学·看书琐记（三）》］

作家是社会的人，除非不写，一写就有宣传性、社会性。这个问题，鲁迅很早就有卓见，他早在《而已集·魏晋风度及文章与药及酒之关系》（1927年）中就说："墨子兼爱、杨子为我，墨子当然要著书，杨子就一定不著，这才是'为我'。因为若做书来给别人看，便变成'为人'。"鲁迅在1927年的《而已集·小杂感》中也指出："创作虽说抒写自己的心，但总愿有人看。创作是有社会性的。但有时只要有一个人看便满足：好友、爱人。"其实，虽只给一个好友或爱人看，也是社会性。由此可见，不宣传、不带社会性的作品是根本不存在的。

正因为如此，文艺宣传的结果，就给社会以影响。

宣传有广狭二义：广义的，只要你写作品，不管题材是什么，总有宣传的意思；狭义的，专指革命政治宣传。

只要有文艺就有宣传，因为文艺有作者自己（思想、感情、品质等）在内。所以文艺的宣传性、社会性，从它诞生起，就有这种性质。鲁迅说："我们的祖先的原始人，原是连话也不会说的，为了共同劳作，必需发表意见，（黑点引者加，以说明社会性）才渐渐练出复杂的声音来，假如那时大家抬木头，都觉得吃力了，却想不到发表，其中有一个叫道：'杭育杭育'，那么这就是创作。"（《且介亭杂文·门外文谈》）其目的：在劳动上取得协同一致的动作，减轻劳累，发泄感情，表示"意见"，也就是宣传。

文艺宣传的主要是作者的思想，思想能转化为物质力量。鲁迅一生主张：文艺要宣传下层社会的不幸，引起疗救的注意。所以文艺是有力的革命斗争武器之一。反动文人进行反动宣传，进步作家进行革命宣传。并且都尽量地超越了本阶级的范围去影响更多的读者。所以自古以来，各个阶级都利用文艺作为宣传的工具，来为自己的政治服务。因而就形成了长期以来时显时隐的文艺斗争。

但文艺的宣传却有的成功，有的失败。没落的、反动阶级的文艺总是要最后失败的。因为历史上反动阶级往往不顾文艺的真实性，硬要服从本阶级的反动观念，去为本阶级的利益服务。所以鲁迅说："中国的诗歌中，有时也说些下层社会的苦痛，但绘画和小说却相反，大抵将他们写得十分幸福。"（《集外集拾遗·英译本〈短篇小说选集〉自序》）因为旧社会的悲剧，封建士大夫往往不敢正视、不敢写的。"因为一说出来就要发生'怎样补救这缺点'的问题，或者免不了要烦闷，要改良，事情就麻烦了。"（《中国小说的历史的变迁》）所以他们写的是"瞒和骗"的文学。这种文学是没有读者的。

进步的、革命的文学一定要真实。"'讽刺'的生命是真实。"

而真实的文学是与人民革命的利益相一致的。前面我们已经指出，鲁迅的作品就是这样。

鲁迅要求革命作家一定要忠于他为革命而创作的职责。他说："革命文学者若不想以他的文学助革命更加深化、展开，……而是利用革命来推销自己的'文学'，他就会走上反革命。"（《伪自由书·后记》）

但文艺的宣传却有自己的特殊方法，就是以艺术形象为手段，"适应"是为了"征服"。因此，革命作家按照创作规律、欣赏规律，去创作"使情成体"的艺术形象，以影响读者的精神。

③创造寓情理的艺术典型

革命家不一定就是文学家，他还得有具备作为文学家的条件。他要善于从生活中开掘出深刻的意义，这就是生活的本质。中国古文论把它叫做"理"。这个"理"决定作者的情。但理在情中。寓情理的艺术形象，才能产生宣传的巨大作用，不仅使人感动，而且使人思考。刘心武《班主任》中的谢惠敏，就是一个寄寓情理的典型。它耐人咀嚼，耐人深思，起到了为革命服务的巨大作用。

文艺为革命服务，是作家从所认识的生活深处，挖掘主题，善于作新意想，独创新形象中来。不能出题目、限题材。鲁迅说："好的文艺作品，向来多是不受别人命令，不顾利害，自然而然地从心中流露的东西，如果先挂起一个题目，做起文章来，那何异于八股，在文学中并无价值，更说不到能否感动人了。"（《而已集·革命时代的文学》）

好的文学作品，作者不仅要从生活出发，写自己的感受，而且要有个酝酿阶段，"写不出的时候不硬写"（《二心集·答北斗杂志社问》）。《阿Q正传》中的阿Q正是这样诞生的（见《阿Q正传的成因》），这就是创作自由。

创作自由其实并不自由，不管他怎样自由，作家永远受世界观的支配以及生活经历的限制。

最近有人说：只要你热爱社会主义，只要你对人民有深厚的感情，你就大胆地写吧！这话是有道理的。

但是鲁迅在 1927 年力争的这个创作自由，即从出题目、限题材的紧箍咒中解脱出来的自由，却没有真正得到。1936 年鲁迅参加两个口号的论争时，鲁迅再度提出要冲破这个枷锁。他说："以过去的经验，……我们的创作也常出现近于出题目做八股的弱点。所以我想现在应当特别注意这点：民族革命战争的大众文学决不是局限于写义勇军打仗、学生请愿示威等等的作品。这些当然是最好的，但不应该这样狭窄。它广泛得多，广泛到包括描写现在中国各种生活和斗争的意识的一切文学。"（《且介亭杂文末编·论现在我们的文学运动》）可见这种束缚创作自由的枷锁还是时起时伏的。这种枷锁本来是想把文艺与革命紧密结合起来的，结果却适得其反，像鲁迅已经说过的：使文艺创作走向革命八股。

其实，鲁迅一再说明：只要作家是个革命人，又有较丰富的艺术经验，写任何题材都与革命有关。而真正能为革命服务的文艺作品，是革命文学家从生活出发，写自己所熟悉和深知的东西。但当时创造、太阳二社的成员却否认作家亲身参加实际斗争生活的必要，认为"自身就是革命"（蒋光慈：《现代中国文学与社会生活》，《太阳月刊》1928 年 1 月号）。说文艺家"可用自己的心灵去参加社会的斗争"［华希理（蒋光慈）：《论新旧作家与革命文学》，《太阳月刊》1928 年 4 月号］。鲁迅坚持文艺创作的根本规律："文艺大概由于现在生活的感受，亲身所感到的，便影响到文艺中去"。（《集外集·文艺与政治的歧途》）后来更进一步指出："阅历不深，观察不够，那也是无法创造出伟大的艺术品来的。"（《第二次全国木刻联合会流动展览会上的讲话》，1936 年）他在《文艺与政治的歧途》中举例强调了个人生活经验与创作的关系说："挪威有一个文学家，他描写肚子饿，写了一本书，这是依他所经验的写的。"这本书描写"那个人饿的久了，看见路人个个是仇人，即是穿一件单褂子的，在他眼里也见得那是骄傲"。（按：这本书名叫《大饥饿》，中华书局早就有译本。作者为哈姆生。）鲁迅接着说："我记得我曾经写过这样一个人，他身边什么都光了，时常抽开抽屉看看，看角上边可以找到什么；路上一处一处去找，看有什么可以找得到；这个情形，我自己是体验过来的。"（《白光》中的陈士成）总之，鲁迅认为作家的创作是他对他所生活的现实的感受和经验，这就是文艺是生活反映的根本概念。假如"自己并不在这样的旋涡中，实在无法表现，假使以意为之，那就决不能真切，深刻，也就不成为艺术"（1935年3月4日致李桦）。

当然鲁迅在这里所强调的是：文艺的真实植根于作者的生活经验和理解。艺术性也植根在这里面，这样的作品才能感人，才能产生社会效果。但辩证论者的鲁迅并非反对写战斗题材，恰恰相反，他主张革命作者要深入革命生活，亲身参加战斗。他常常遗憾于自己不能在革命旋涡中，因而不能写他愿意写的生活。他说："在创作上，则因为我不在革命的旋涡中心，而且久久不能到各处去考察，所以我大约仍然只能暴露旧社会的坏处。"（《且介亭杂文·答国际文学社问》）

鲁迅在文艺创作的根本规律上这样主张。在艺术上他强调典型创造，以收巨大而普遍的宣传效果。所以他批评那些忽视艺术尤其不懂得典型创造的革命作家说：好些普罗作家善写"突变式的革命英雄"，"把一些虚构的人物使其翻一个身就革命起来"（《二心集·关于小说题材的通信》）。这样的概念化的、不真实的人物，自然收不到社会效果，根本谈不到为革命服务。

④文艺的特殊的宣传方法

文艺只是用艺术形象反映现实生活，给人以美的享受。这应该是文艺的特质。因此有自己的独特的宣传方法。

鲁迅于1913年写的《拟播布美术意见书》说："美术有三要素：一曰天物（客观存在之物），二曰思理（思想与创造力），三曰美化。""美术云者，即思理以美化天物之谓。"(《集外集拾遗补编》) 这就是说：文艺从现实中产生，同时与美俱来。

鲁迅指出最早的文艺作品——神话就是这样。神话是古代人民的艺术美的创造："想出古异，诙诡可见。"(奇异可观)(《集外集拾遗·破恶声论》) 可见文艺萌芽，就显示了文艺宣传思想的特殊方法。以其巨大的艺术魅力，收到巨大的社会效果。

鲁迅说："文学与社会之关系，先是它敏感的描写社会，倘有力，便又一转而影响社会，使有变革。"(许广平编《鲁迅书简》致徐懋庸，第604页) 这所谓"力"就是指艺术力量。鲁迅常称它为"力之美"。文艺对社会的反作用，即达到为革命服务的目的，就是依靠这个"力"。鲁迅曾对好友许寿裳说："文学和学说不同，学说所以启人思，文学所以增人感。"(《亡友鲁迅印象记》) 这就指出文艺特殊的宣传方法。它用艺术形象作用于读者的思想感情。鲁迅在1903年翻译科幻小说《月界旅行》的"辨言"(即弁言，前言)中，阐发了文艺这种特殊宣传方法。它不仅可以艺术地反映生活，而且可以生动地宣传自然科学。就因为文艺能发射艺术感染力。艺术能够独创地、真实地、美地再现人生形象，动人以情，引起共鸣。这就叫感染力吧。我并且以为感染力是以作者的思想情感为基础，借艺术技巧对生活作美的规律处理而产生的。

服从艺术规律的创作自由论，直到晚年，在两个口号的论争中，鲁迅仍然坚持：作家有了革命世界观，才能认清革命的大方向。"作家观察生活，处理材料，就如理丝有绪；作者可以自由地去写工人、农民、学生、强盗、娼妓、穷人、阔佬，什么材料都可以，写出来都可以成为民族革命战争的大众文学。也无需在作品的后面有意地插一条民族革命战争的尾巴，翘起来当作旗子；因为我们需要的，不是作品后面添上去的口号和矫作的尾巴，而是那全部作品中的真实的生活，生龙活虎的战斗，跳动着的脉搏、思想和热情，等等。"(《且介亭杂文末编·论现在我们

的文学运动》）

最后，根据我对鲁迅的这部分文艺思想的分析和理解。我认为文艺与革命之关系，应该是没有任何矛盾的，那为什么产生分歧，亦怎样解决呢？首先是作家对文艺与革命的关系认识不够。作家不仅必须是个革命人，而且要生活得深广，并不断解决文艺观、美学观中存在的问题。其次，文艺领导者是按文艺的创作规律来领导文艺为革命服务，还是违反这个规律？

鲁迅整理研究我国古籍的科学方法[*]

　　鲁迅是反封建文化的主将，又是整理与研究我国文化遗产成绩卓著的专家。我国封建社会的传统文化既有积极的一面，又有消极的一面，鲁迅认为它既"束缚着后来"，也"神助着后来"。（《〈全国木刻联合展览会专辑〉序》）因而只有反对那些封建性的糟粕，汲取那些民主性的精华，我国传统的文化才能有真正的生命力，成为广大人民的财富，使其古为今用，服务于现实。

整理与研究的方法

要有正确的立场观点

　　鲁迅说："关于取用文学遗产的问题，潦倒而至于昏瞆的人，他总归得不到。"〔《"题未定"草（六）》〕因此，不论现在或将来，整理、研究古籍要取得真的成果，必得具有马列主义立场、观点。

　　早期的鲁迅是位杰出的爱国主义者，爱读明代遗民的著作，并有所得。（《病后杂谈》三）当他获得了无产阶级立场，掌握了马列主义观点，才透过现象看到本质，发现并揭发了清统治者屡兴文字狱、禁书和删改古书的用心，是为消灭汉人的民族意识，制造奴性。（《买〈小学大全〉记》）

＊　原载《古籍整理研究学刊》1985 年第 2 期。

清代个别的考据大家，如俞正燮之流，虽然善于校勘古书，但却没有悟出这道理来，就因他们早已被"培养"成为奴才，因而也就看不见清廷"文化统制"的真面目，相反要加以歌功颂德了。（《病后杂谈之余》）这就足以说明，人们虽然用的都是比较研究的方法，而由于立场观点的不同，其结果却大相径庭。可见革命的立场观点是整理研究古籍的灵魂。

要读懂古书

整理古籍要具有阅读古书的能力。当然我们可以依靠白话翻译，或注释等的帮助，但翻译未必正确，注释也并不全可靠。鲁迅说："古书不是很有些曾经后人加过注解的么？那都是坐在自己的书斋里，查群籍，翻类书，穷年累月，这才脱稿的，然而仍然有'未详'，有错误。……作证的却有别人的什么'补正'在；而且补而又补，正而又正者，也时或有之。"（《考场三丑》）鲁迅主张"须仗我们已有的知识，给它注解，补足，待到翻成精密的白话之后，这才算是懂得了。"（《此生或彼生》）由此可见，读古书需要丰富的知识，根基要厚，学整理、研究古籍者，除掌握文化史、训诂学而外，还应该懂得历史、社会发展史，也要懂得现在，……还要有"查群籍，翻类书"的本领。鲁迅还告诉我们，读古书还要善于得其精髓。如当鲁迅听到柔石等几位革命作家遇害之后，他只能写作一首小诗。因为"在中国，那时是确实无处写的，禁锢得比罐头还严密"。后来他写了《为了忘却的记念》，他说："要写下去，在中国的现在，还是没有写处的。年青时读向子期《思旧赋》，很怪他为什么只有寥寥几行，刚开头却煞了尾。然而现在我懂得了。"这说明要得古书之神髓，非与现实结合不可。鲁迅早就指出历史上一个重要规律：古今有惊人的相似。所以以今例古的方法是重要的。当然，在今天"无写处"的现实不再存在了。这例子对今天说来已失去意义，但以现实生活为基础，以进步观点为指导，体会古书精神实质的方法，却是可以采用的。

从文学规律提出研究文学史的方法

一九二七年以前，鲁迅曾用了许多宝贵的时间潜心于古籍整理研究工作，整理了《嵇康集》，著有《中国小说史略》和《汉文学史纲要》。一九二七年以后，由于当时斗争的需要，不得不放弃这方面的工作。这固然是学术界的重大损失，但我们从他的遗著里，如杂文、书信中，仍可以挖掘到他对文学发展规律的一些重要发现及论述，从中领会到鲁迅整理古籍、研究文学史和专家著述的宝贵经验。这些经验对今天我们整理研究古籍，仍然具有十分重大的启迪意义。

鲁迅用比较文学的原理、方法，总结出中国和世界的文艺一样，都起源于原始社会的劳动，（《门外文谈》七）而当社会分成阶级以后，文艺才区别为消费者的文艺和生产者的文艺。（《论"旧形式的采用"》）并且指出这两种文艺不仅仅是截然对立，二者之间也存在着相互影响的关系：民间文学的刚健清新及其现实性的特色，常常给廊庙或山林文学注入新血液。他认为民间文学作品"偶有一点为文人所见，往往倒吃惊，吸入自己的作品，作为新的养料。旧文学衰颓时，因为摄取民间文学……而起一个新的转变，这例子是常见于文学史上的"。（《门外文谈》七）同时，消费者的文艺也往往给民间文学以影响，因而有些作品便出现了消极的因素。（《革命时代的文学》）消费者的文艺毕竟束缚不住民间文学旺盛的创造力，而且它能对消费者的文艺"加以提炼，成为明快、简捷的东西……"（《论"旧形式的采用"》）鲁迅的这些意见概括了中国文学史发展的特点：这两种文学不仅相互影响着，而且封建文学是以民间文学为主要的发展动力的；封建文学中的民主精华，不仅含蕴着封建文人自己的进步思想，而且其中藏有大量的人民自己的创作在内。正如鲁迅所说的那样："歌、诗、词、曲，我以为原是民间物，文人取为己有，……"

（许广平编《鲁迅书简》致姚克第十七信）鲁迅的这些观点，可供我们整理研究古典文学作品时参考。

研究古籍不能违背社会的发展规律。古代的社会科学论著，都有其时代背景，但作者也有相对的独立性。如古代作品的产生和作者的生活及其世界观分不开，因而许多古籍的内涵是复杂的，作者本身也是复杂的。所以研究古籍及其作者必须"知人论世"。鲁迅强调"我们想研究某一时代的文学，至少要知道作者的环境、经历和著作"的"知人论世"的方法。（《魏晋风度及文章与药及酒之关系》）人们共知，文艺作品是现实生活的艺术反映，作家自然要有丰富的生活，但作家在创作时又有自己的主观能动性，这和作家的世界观分不开。而作家的世界观常常是矛盾的，因而影响到其作品的复杂性。在古典文学作品里，这种现象更为突出。例如，唐宋八大家的欧阳修是不能算作偏激的文学家的，然而他读李翱文中却有"呜呼，在位而不肯自忧，不禁他人使皆不得忧，可叹也夫！"也就悻悻得很。（《古人并不纯厚》）鲁迅用"知人论世"的方法研究陶渊明及其作品的结果是：既指出陶氏的"飘逸"的一面，又指出陶氏并不"静穆"，因为他有对时事的金刚怒目式的诗文。鲁迅以为研究作家作品，"我总以为倘要论文，最好是顾及全篇，并且要顾及作者的全人，以及他所处的社会状态，这才较为确凿"。[《"题未定"草（七）》]鲁迅主张积累丰富、可信与全面的材料，才能认识到作家的真面目，从而看到文学史的一般性和特殊性。他反对取材单靠选本，研究专事摘句等片面发挥，抹煞整体的那种主观随意的研究方法。

鲁迅正是以这种科学的方法研究了文学史上许多有争议的作家和作品，提出了富有说服力的论断，从而解决了文学史上的一些重大问题，并在这一基础上，完成了具有开创性的《中国小说史略》的著述。

考据、整理和研究的关系

鲁迅的经验告诉我们，有了正确的立场观点，读懂了古书，也掌握了科学的研究方法，要研究整理古籍，还要学会做两种工作：这便是考据和整理史料的工作（这是研究的准备）。因为整理与研究都必须掌握丰富而可信的资料，而我国古籍的很多资料，不仅由于年代久远多所散失，而且因为长期缺乏整理，常有错乱、伪造、篡改等严重现象。因此，对于研究所需的资料，必须先下一番搜集、考据和整理的工夫。这一工作的重要性，恩格斯在《论马克思的〈政治经济学批判〉》中强调指出过："即使只是在一个单独的历史实例上发展唯物主义的观点，也是一项要求多年冷静钻研的科学工作，因为很明显，在这里只说空话是无济于事的，只有靠大量的、批判地审查过的、充分地掌握了的历史资料，才能解决这样的任务。"① 恩格斯在这里不仅强调了征信的大量材料，而且要求对材料的充分认识。

鲁迅在著述《中国小说史略》时，当然需要大量的如前所述的那样的史料，然而由于封建社会向来不把小说作为文学看待，造成我国古代小说史料散失极多，严重缺乏，于是只好从类书或有关古书及其注解里去挖掘。这种辑佚工作已经是披沙拣金、繁难之极了，而汉魏以降的小说虽已渐多（散佚的也很多），但封建社会有些无聊的文人是喜欢做伪书的，正如伪造经书一样，他们也伪造了许多小说，如果不考察其真伪，率尔使用，就会造成极大的错误。像现存的汉人小说中，可以说赝品极多。日本人盐古温不察其真伪，竟相信《汉武故事》等皆为汉人之作。（见其《支那文学概论讲话》）此外，还有一些小说"丛书也有蠹虫。从

---

① 《马克思恩格斯选集》第 2 卷，人民出版社，1972，第 118 页。

明末到清初，就时有欺人的丛书出现。……如《格致丛书》、《历代小史》、《五朝小说》、《唐人说荟》等，就都是的"。（《且介亭杂文二集·书的还魂和赶造》《鲁迅全集补遗续编·破〈唐人说荟〉》）。这种欺人的丛书也瞒过了盐谷温，在他的《支那文学概论讲话》中论述唐人小说时，竟使用谬误最多的《唐人说荟》的材料。由此可见，考据（其本身也是一种研究）对于研究工作的重要性。

考订材料的真伪及其所属时代，不仅是繁难的研究工作，而且还要具备比较厚实的古代文化修养。有了特别敏锐的眼光，才能产生科学的卓见。鲁迅在这方面取得了杰出的成就。他在整理、研究《唐宋传奇集·稗边小缀》和《小说旧闻钞》时，后者，绝不参考蒋瑞藻的《小说考证》，而是依靠自己锐敏的眼光，把锐意搜集起来的材料，加以科学的鉴别，经过认真地筛选后，袤辑成书。

鲁迅的考据理论则可以从他的《关于〈唐三藏取经诗话〉的版本》（见《二心集》）一文中窥见，他无情地批驳了庸俗、机械的考证，坚持科学的考据精神。然而做小说典型人物的考证，鲁迅却是坚决反对的。他认为把一个丰富多彩的典型人物贾宝玉落实成为曹霑，是对艺术典型的毁灭。这种虚构的艺术典型人物，"只有特殊学者如胡适之先生之流，这才把曹霑和冯执中念念不忘的记在心儿里"。（《且介亭杂文末编·"出关"的"关"》）

鲁迅是从长编入手进行整理与研究工作。

鲁迅说："我数年前，曾拟编中国字体变迁史及文学史稿各一部，先从作长编入手，……"（《鲁迅书简·致曹聚仁》第四信）在谈起清代文字狱时，他又提出长编工作，"《东华录》、《御批〈通鉴辑览〉》、《上谕八旗》、《雍正朱批御旨》……倘有心人加以搜集，一一钩稽，将其中的关于驾驭汉人，批评文化，利用文艺之处，分别排比，辑成一书……"（《且介亭杂文·〈买小学大全〉记》）《古小说钩沉》《唐宋传奇集》《小说旧闻钞》可以说是《中国小说史略》的史料长编的一个重要组成部分。《中国小说史略》之所以是开创性的科学著作，是和鲁迅对我国古籍的整理、考证工作分不开的。

无事的悲剧，含泪的微笑[*]

——《孔乙己》和《外套》的比较论析

　　果戈理是鲁迅最喜欢的外国作家之一。果戈理笔下那一幕幕令人战栗的悲剧，犹如中世纪悲剧的回声，在广漠的乌克兰的原野上，在彼得堡贪婪喧嚣的街道上，在郁闷沉滞的司局办公室里，……飘荡、回响。小人物痛苦的挣扎，被扭曲了的灵魂的呼号，汇成了强烈的哀调，在鲁迅的心中震响："俄之无声，激响在焉。俄如孺子，而非喑人；俄如伏流，而非古井。十九世纪前叶，果有鄂戈理（N. Gogol）者起，以不可见之泪痕悲色，振其邦人，……"[①] 鲁迅自觉地"引那叫喊和反抗的作者为同调"，[②]酷爱果戈理的作品，"因为从那里面，看见了被压迫的善良的灵魂，的酸辛，的挣扎"。[③] 就是在自己的创作中，也深受果戈理的影响。众所周知，他的第一篇白话小说《狂人日记》的样式，就是受了果戈理同名小说的启发。就是在其后的一些小说中，也或多或少地带有果戈理影响的痕迹。但是鲁迅的借鉴，并非是单纯的描摹或机械的照搬，而是"拿来"了果戈理的写实主义精神和表现手法，并与其他中外优秀的文化传统融为一体，有机地渗入自己的创作中去。尽管如此，鲁迅作品同果戈理作品的可比性还

　　[*] 原载《临沂师专学报》1984 年第 4 期。署名孙昌熙、张学军。
　　[①] 《鲁迅全集》第 1 卷，人民文学出版社，1981，第 64 页。
　　[②] 《鲁迅全集》第 4 卷，人民文学出版社，1981，第 511 页。
　　[③] 《鲁迅全集》第 4 卷，人民文学出版社，1981，第 460 页。

是很大的，因此在二者许多相近或相似的特征中进行比较分析，就会有许多新发现。

果戈理的一生给世界留下了许多反映不幸的小人物的作品，《外套》尤为著名。别林斯基说过："果戈理是把所有人的注意力引向这些被遗忘的人们身上的第一个人（这是他的功绩，在他之后再没有第二个人建树过这样的功绩）。"① 鲁迅也写了许多被人遗忘的小人物的痛苦遭遇，孔乙己就是其中的一个。这篇小说在中国文学史上也是独创的新品。那么这两篇题材近似的作品有没有内在联系呢？它的联系又表现在什么地方？其联系又说明一些什么问题？本文拟就这些问题作些初步考察。

一

首先，从现实主义创作特征来考察：两篇小说都没有追求曲折离奇的故事情节，而是从琐屑平凡的小事中来展现深刻的思想主题，从而创出"几乎无事的悲剧"。

越是从平常的生活事件中艺术地挖掘出深刻的意蕴，就越具有普遍的社会意义，艺术的感染力也就越大。果戈理善于在最平常、最普通的生活事件中，去挖掘那深蕴着丰富内涵的东西，发现其中的真理。《外套》始于听来的一个小官吏丢失猎枪的故事，果戈理却以特别的艺术敏感，结合自己丰富的生活经验和思想，把它改造成一个卑微的九品文官失却外套的故事。这是个平淡无奇的情节，但其中却蕴含着对黑暗社会悲愤的控诉和强烈的讽刺。别林斯基非常叹服果戈理这种高度的艺术才能，他指出："这构思的朴素、情节的率真、戏剧性的缺乏、作者所描写的事件的琐屑和平凡，都是创作的真实可靠的标志；……一篇引起读者注

---

① 参见伊·佐洛图斯基《果戈理传》，刘伦振等译，天津人民出版社，1982，第 513 页。

意的中篇小说，内容越平淡无奇，就越显出作者才能过人。"① 鲁迅非常欣赏果戈理的这种"几乎无事的悲剧"，② 并在自己的创作中借鉴了这一现实主义手法。他笔下的孔乙己也有其生活中的原型，就是以绍兴东昌坊口的孟夫子的事迹为主，融合了鲁迅本家某些读书人的特征而铸成的。作品没有离奇的开头、突兀的结尾，也没有扣人心弦的情节，只有朴素自然得仿佛随手拈来的几个平凡琐屑的细节，就像生活本身一样，看不到任何雕琢的痕迹。这样在尺幅之内就概括了孔乙己被戕害的一生，并揭示出他所处的恶浊的社会环境。鲁迅不但不追求那具有强烈外在效果的场面和矛盾冲突，反而有意削弱故事情节的作用，从平常的生活中揭示出内在本质。例如，孔乙己被丁举人打断腿这件事，可以说是他一生中最能引起强烈效果的悲惨遭遇了，按说能引起一般作家兴趣的。但鲁迅却通过酒店与喝酒人的交谈，从侧面反映出事件全过程。这样着墨，不在于突现孔乙己被打的遭遇，而在于揭示酒店掌柜与喝酒人们的冷漠态度。对孔乙己如此的巨痛，他们毫无恻隐之心，却是那样心不在焉地讲出，这是何等的冷酷与残忍呵！这样处理，作品的悲剧色彩也更加浓郁。深刻的社会生活和思想内容就是从这样单纯朴素的艺术结构中表现出来，这是何等的大手笔呵！

　　这两篇作品，都注意把描写他们贫困的物质生活、屈辱的社会地位和刻画他们精神上的创痛结合起来，从而更加深刻地揭示出人物的悲剧命运。《外套》中的主人公阿卡基·阿卡基耶维奇是一个在某司供职的小官吏。他出身卑微，生活贫困，每年只有四百卢布的收入。为了做一件外套，他在半年多的时间里，晚上不点蜡烛、不喝茶，甚至不吃东西，为了省鞋，走路也放轻脚

---

① 别林斯基：《论俄国中篇小说和果戈理君的中篇小说》，《别林斯基选集》第1卷，满涛译，上海译文出版社，1979，第182页。

② 《鲁迅全集》第6卷，人民文学出版社，1981，第370页。

步，含辛茹苦，忍受着饥寒的折磨。生活上如此艰辛，精神上也得不到一点安慰。长官们对他既冷漠又专横，同僚们也施展出全部机智对他百般愚弄，但他却毫不在意，仍是安心于抄写工作。他奴隶般地忠实于上司，尽职尽责，一切功名心都变成了一种嗜爱——抄写公文，在办公室里抄，下班后回到家里，仍然靠抄写来填补自己生活的空虚。除了永无休止的抄写和永无休止的受辱之外，在他的生活里有什么乐趣和安慰呢？像他这样的生活已经使人不寒而栗了，但尤其令人可怕的是，他精神上的麻木状态，平庸、怯懦、卑琐，安于自己屈辱的地位，没有眼泪，没有悲伤，更没有呼喊和反抗。他心中也有过一瞬间的欢乐，他的外套做成之后，他满怀欢欣，像一个天真的小孩子。但他的笑是短暂的，很快就遭到了外套被劫的灾难，巨大的痛苦夺走了他刚刚闪现出的片刻欢乐，绝望攫住了他虚弱的心灵，四处求告，得到的却是敷衍塞责；求见大人物，换来的却是一顿严厉的训斥。在外套被劫的沉重打击下，在将军的严厉恐吓下，他脆弱的神经陷入了全面崩溃的绝境，终于死去了。"一个谁都不保护的，谁都不珍惜的，谁都不感兴趣的，甚至连不放过把普通的苍蝇钉在钉子上放在显微镜下仔细观看的自然观察家都不屑一顾的生物，消失了，隐没了……"果戈理就是这样把阿卡基精神上的痛苦与贫困的生活、屈辱的地位融为一体，并且人物的短暂欢乐更加剧了他的悲剧性。

《外套》的这一创作特点，在《孔乙己》中也有充分的体现。孔乙己也像阿卡基一样，也是一个为人们不屑一顾的小人物，他连个名字也没有，"孔乙己"只不过是个绰号。他靠替别人抄书过着穷困潦倒的生活，他曾想靠科举爬进上流社会，但终于连个秀才也没捞上，已被残酷无情的现实逐出长衫者的行列。封建教育又把他变成一个一无所能而又好吃懒做的废物，以至于弄到将要讨饭的地步。贫困的生活自不必说，就是在精神上也忍受着痛苦的折磨。他越是自恃清高，想保持读书人的身份，无聊的闲人

们却偏要问他是否识字；当他"显出不屑置辩的神色"时，人们
又来嘲笑他怎么连半个秀才也没得到。这挖苦犹如一把利刃，刺
向他灵魂深处的创伤，从科举道路爬上去是他毕生为之奋斗的大
愿，结果却是贫困如洗，不名一文，而人们又偏去揭他这一疮
疤，这是何等钻心刺骨的巨痛和悲哀呵！透过那颓唐不安的神
色，我们仿佛听得见一个痛苦的灵魂的呻吟，好像看到一颗滴血
的心灵的颤抖。从孔乙己身上，我们还可看到封建教育的恶果，
自恃清高、迂腐刻板、虚荣穷酸。封建的精神文明，就是这样使
他沉溺在灰暗的心理状态之中，冷酷的现实就是这样愚弄这无辜
可怜的苦人儿。除了供人嘲笑和取乐之外，他还有什么别的生存
价值呢？

　　两篇小说在描写这"几乎无事的悲剧"的时候，并不把悲剧
的原因归结为某一具体的罪魁元凶，而是从典型环境的描写中，
从人与人之间的关系上来揭露那令人窒息的社会，把批判的矛头
直指那黑暗阴冷的社会和封建的道德伦理观念，从而突现出整个
社会环境的重压。这是《外套》和《孔乙己》又一共同的特征。
《外套》在人物刻画和情节的叙述中，渗透着一种内在的冷冰冰
的寒气，有时不禁使人发抖。阿卡基周围的环境是那么冷漠，长
官的专横，同僚们的嘲弄，抢劫犯的凶残，大人物的暴虐……这
一切，使他犹如生活在寒气逼人的冰窟中，没有同情，没有温
暖，没有欢乐。但是果戈理并没有把阿卡基周围的人物完全写成
虐待狂。同僚们的嘲笑并非全属恶意，他们在阿卡基的外套被劫
之后还曾想为他募捐。然而正是这样的环境造就了他卑怯奴性的
心理特征，也正是这样的环境夺走了他的生命。这就深刻地揭露
出由这一切大大小小的官吏组成的沙俄贵族官僚阶级的黑暗统
治，更加增强了小说的控诉力量。环绕着孔乙己的环境也像《外
套》那样，是一个充满冷漠的、对一个人的哀号毫不理睬的世
界，喝酒的顾客肆无忌惮地羞辱、戏弄那迂腐可怜的孔乙己，当
孔乙己被打断腿后，人们仍不放过这个可怜的生物，仍是百般嘲

笑，从他悲哀的神色中来获取自己的快乐。一面是灵魂痛苦的挣扎，一面是麻木的哄笑，这是一个何等残忍的世界！成年人如此缺乏同情心，那童心未泯的孩子该好些吧，也不尽然。掌柜的凶相和主顾们"没有好声气"，使酒店小伙计感到沉重的压抑，在这沉闷寂寞的环境中，他的童心枯萎着，也变得十分冷漠。在他心中，被人取笑的孔乙己，只不过是他单调无聊的工作的点缀罢了。他也跟着别人嘲笑孔乙己，以此来填补他那空虚的心灵。他自以为比孔乙己的地位高，耻于同他说话，甚至认为让他教自己识字，也是一件有失体面的事。孔乙己周围的这些人物也不是恶棍歹徒，而是一些普通平常的下层人民，是"老中国的儿女"。鲁迅曾深刻地指出："自己被人凌虐，但也可以凌虐别人；自己被人吃，但也可以吃别人。"① 作惯了奴隶的人们更喜欢呵叱弱者，这些"老中国的儿女"的灵魂上，负着几千年传统的重担，他们的心灵已经僵硬而麻木，人与人之间没有任何了解和同情，而是如此的凉薄、残忍。在这森森寒意的威逼之下，哪儿还有一个弱者的生路！对这冷漠麻木的状态，不能不引起人们严肃的思考，不能不使人们对这畸形的社会发生永久的、根本的怀疑。

　　这两篇小说都把导致悲剧的直接原因写得微不足道。在《外套》中，外套被抢和将军的一顿训斥，竟夺去了阿卡基的生命，这似乎显得多么荒谬，但却有其必然性。从这可笑的事件中，我们可以看到封建贵族官僚阶级对一个善良的小人物的重压和威逼，可以看到一个弱者的灵魂在这重压下的呻吟、挣扎和毁灭。从而使我们在阿卡基的毁灭过程中，更加深刻地认识到沙俄封建统治的罪恶。孔乙己只不过是因为生活所迫而偷了丁举人一些东西，可为此却受了打断腿的重罚，给人的印象与其说是可笑，倒不如说是可悲。造成悲剧的直接原因越是无足轻重，也就越使人感到沉重，这两位艺术大师是深知艺术辩证法真谛的。鲁迅在论

① 《鲁迅全集》第 1 卷，人民文学出版社，1981，第 215 页。

果戈理创作的一篇文章中写道："这些极平常的，或者简直近于没有事情的悲剧，正如无声的言语一样，非由诗人画出它的形象来，是很不容易察觉的。"① 这不仅是鲁迅对果戈理创作的称赞，而且也是鲁迅自己创作的特点。这两位艺术大师都以敏锐的观察力，在平凡的事件中发掘出大家都已司空见惯，但只有他们才能理解的深刻内涵，用艺术形象给人们展现出一幕幕"几乎无事的悲剧"，促人深思，催人猛醒。

二

再从艺术表现手法上来考察：这两部作品在它们反映生活的真实和本质的同时，在其所反映的形象的画面中，也充分体现出生活中矛盾发展的辩证过程。两位作家都运用了艺术辩证法，因而也就对所反映的生活作出了更深刻的艺术概括，艺术感染力也就更加强烈。

悲剧和喜剧是同一范畴的两个方面，在丰富多彩的现实生活中所发生的悲喜剧并不是那么截然分明的，而是相互包容的。因而作为反映现实生活的文学也不能脱离这个轨道。悲剧因素和喜剧因素的相互渗透、相互转化，在这两篇小说中得到了充分的体现，它们都在喜剧的愉悦中，展示出凄惨的悲剧结局；在轻松的笑的情感中，蕴含着一种严肃的社会真理；熔悲喜剧于一炉，从而创造出"含泪的微笑"的杰作。别林斯基在一封信中写道：果戈理"既是一个喜剧作家，也是一个悲剧作家，但是在一部作品中，他很少以其中的一种风格出现，而通常是把这两种风格融合在一起"。② 这是对果戈理创作风格的高度概括。在《外套》中，

---

① 《鲁迅全集》第 6 卷，人民文学出版社，1981，第 371 页。
② 参见伊·佐洛图斯基《果戈理传》，刘伦振等译，天津人民出版社，1982，第 548 页。

果戈理把阿卡基身上某些可笑的特征，同他的悲剧命运紧密地糅合在一起，通过喜剧形式来展示他不幸的遭遇，以加强悲剧的内容。在开头几段轻松幽默的叙述中，阿卡基那可怜可笑的举动给我们留下深刻的印象，使我们忍俊不禁。但是，不久欢笑的琴弦绷断了，让人听见了悲伤哀告的声音："让我安静一下吧！为什么你们要欺侮我呢？"这是一个弱者悲哀的乞求，是一个痛苦的灵魂挣扎的哀叫。这只是为了寻求片刻的安宁，这是多么低微的要求呵！而后随着外套被劫，哭诉无门，将军训斥等情节的展开，直到残酷的现实无情地吞没了这善良本分的小人物，悲伤的音响越来越强，逐渐变成了整个小说的基调。我们也就逐渐地被一种深沉的悲哀笼罩。笑意还未退去，泪水已经涌出，这含泪的笑中有深切的悲伤，有着严肃的生活课题，也有深刻的诗意。"开始可笑，后来悲伤！"① 就是喜剧因素与悲剧因素的相互转化。正是这样才构成了"含泪的微笑"的艺术风格。鲁迅在《孔乙己》中，使果戈理的这种艺术风格和中国传统小说的特点（如《儒林外史》那"戚而能谐"的特点）融会贯通，创造出一个悲喜剧交融的范例。孔乙己是一个具有喜剧性格的人物形象，他穷困到将要讨饭的境地，仍不肯脱下那表示孔门弟子身份的破长衫，并迂执地端出读书人的架子；偷书本不是光彩的事，可他却涨红了脸争辩，说成是读书人固有的品德；对那明明是被打断的腿，也要百般掩饰，连声说是跌断的，……这一切内在本质同外在形式的矛盾和对立，产生了滑稽可笑的效果，构成了鲜明的喜剧气氛。但鲁迅正是在这种气氛中，写出了孔乙己让人同情的一面，即他身上那善良的品质，并通过他的悲惨的遭遇，使这些有价值的东西毁灭，从而给人展示出一幕惨不忍睹的悲剧。我们在对孔乙己种种迂腐虚荣的行为发出善意的嘲笑的时候，又感到一

---

① 别林斯基：《论俄国中篇小说和果戈理君的中篇小说》，《别林斯基选集》第1卷，满涛译，上海译文出版社，1979，第183页。

阵阵寒意的侵袭：随着情节的发展，喜剧色彩渐渐被冲淡，悲剧气氛逐渐浓重。当孔乙己被打断腿后，虽然仍死要面子，但他那恳求的神色，除了使我们洒下同情之泪以外，再也引不起任何笑意了。我们的心完全沉浸在沉重的压抑之中，悲剧色彩完全压倒了喜剧色彩，泪淹没了笑。孔乙己的悲剧正是通过他的悲剧性格完成的，在他的每个喜剧性行动中，都深蕴着悲剧的因素。悲喜剧的有机统一，构成了这篇小说的鲜明悲剧特色。

在描写那阴森逼人的社会的时候，两位艺术大师都怀着深厚的人道主义的同情之心，注视着小人物的泪痕悲色，在冷峻的表面下奔涌作者的一股热情的暗流，透出了丝丝暖意，使作品展示出某些生机。在《外套》中，果戈理从那些尚未被生活的无耻沾染过的人们身上，看到了他们的同情心。阿卡基的一个年轻同事，就被他那要求安静的哀告所刺痛、所惊醒，裁缝彼得罗维奇也是一个纯朴善良的手艺人，满怀热情地为阿卡基制作外套。这两个人物虽然着墨不多，但他们的出现，却犹如在寒冷的冰窟里吹来一股初春的和风，虽然是那么微弱，但毕竟带来了一丝暖意，温暖着那冻僵了的心灵。《孔乙己》中既充满了浓重的悲剧气氛，也涂抹着凄清阴冷的色调，然而在那平静冷峻的叙述中，我们仍可感到一股扑面而来的暖风。鲁迅的好友许寿裳先生说过："他的一支笔，从表面看，有时好像是冷冰冰的，而其实是藏着极大的同情，字中有泪的。这非有真热烈不能办到的。"[①] 但鲁迅的热烈情感被他冷静的睿智包裹着，并非像火山那样喷发而出，而是犹如地火般在熔岩下奔突。在《孔乙己》中，鲁迅虽然嘲讽了孔乙己的缺点，但仍怀着深切的同情来"哀其不幸"。鲁迅还通过邻家孩子们对孔乙己的友好态度，来慰藉那孤苦的心灵，使孔乙己从给孩子们分吃茴香豆中，获得一种精神上的满

---

① 许寿裳：《怀亡友鲁迅》，刘运峰编《鲁迅先生纪念集》，天津人民出版社，2007，第314页。

足。这虽是寥寥几笔，却在那阴冷的氛围中透出一些暖意，从而形成了"热得发冷"的独特风格。

三

从以上的比较分析中，我们可以看到，在《孔乙己》的创作中是有果戈理《外套》的影响痕迹的，这两篇小说无论在现实主义创作手法上，还是在表现形式上，都有着内在的联系。但这并不是说《孔乙己》就是《外套》的摹拟，《孔乙己》有着鲜明的时代特色和民族特色，有着完全不同于《外套》的东西，除了两个民族迥然不同的风土习俗、世态人情之外，还表现在以下几个方面。

首先，从思想深度上来看。果戈理的《外套》问世于1842年，正是尼古拉一世的黑暗统治时期。果戈理以他特有的义愤，在《外套》中着重揭示出沙俄贵族官僚制度对于小人物的摧残和戕害，以突出主人公阿卡基·阿卡基耶维奇的卑怯、平庸的性格特征以及形成这种性格的根源。鲁迅写《孔乙己》却是意在表现一般社会对于苦人的凉薄。鲁迅清醒地认识到，吃人的封建礼教、腐朽的伦理观念，已成为麻醉人民的精神鸦片，广大人民沉陷在驯服、愚昧、自私和怯懦的麻木状态之中。早在日本留学时期，鲁迅就开始了改造国民性探索，并一直在苦苦寻求改造它的良方。在写于五四前夕的这篇小说中，鲁迅站在时代的高度，已经开始了对国民心理的形象性批判。鲁迅着重描写了社会环境的残酷，展示了当时社会人与人之间的冷酷淡漠的关系，画出了一幅在几千年的传统重压下的人生图景，把批判的矛头指向了传统的、封建的精神文明。《孔乙己》是以其忧愤深广的主题、战斗的时代精神流传于后世的。

其次，从艺术表现上来看。《外套》是传记性的，作者的笔触始终追随着阿卡基·阿卡基耶维奇的脚步，表现了他一生的悲惨命运，并且作者还在小说中经常发议论和抒情。《孔乙己》则不然，它是以一种戏剧性的表现形式。整篇小说好像是一出以咸亨酒店为背景的独幕剧，酒店是人物活动的唯一的舞台。孔乙己的一切活动都集中到酒店里来，许多地方则用虚写，往往通过其他人物的口交代出来。鲁迅运用传统的白描手法进行客观的叙述和描写，从不现身说法。作者的思想情感完全从人物的矛盾冲突中流露出来，体现了马克思所指出的"莎士比亚化"的原则。

再从人物刻画上来看，鲁迅更接近于民族的文学传统。《孔乙己》没有《外套》中那细腻的心理刻画，往往通过人物外貌的简单勾勒和典型细节的描写来展示人物的性格和悲惨命运，近似中国古典小说里刻画人物的白描手法，然而又无不同孔乙己的身份、地位、遭遇和性格相关联。

小说结尾的不同处理，是两篇作品不同艺术形式的又一标志。在《外套》的结尾中，作者让死去的阿卡基的鬼魂去复仇，让它剥去那大大小小官吏的外套，是一个荒诞离奇的结局。《孔乙己》的结尾充满了阴郁的富有诗意的气氛，在复沓回环的节奏中结束，令人读后不禁掩卷沉思。

由是观之，《孔乙己》同《外套》是既有其内在联系，也有极大区别的。在鲁迅的小说中存在着果戈理的影响，但鲁迅的这篇小说创作于五四时代，而且是植根于中华民族优秀文化传统的沃土之中的，虽然吸收着异域的养料，却具有新的民族风格。那么，我们能从这两篇小说的比较分析中受到什么启发呢？不难看出：从平凡的生活素材中，发掘出深刻的社会真理；在喜剧的艺术形式里，揭示出悲剧的必然结局；在冰冷的氛围中，充溢火热的激情。这才是真实的诗！艺术地处理平凡和深刻、悲剧和喜剧、冰冷和热烈的辩证关系是鲁迅和果戈理成功的创作经验。《孔乙己》是借鉴外国经验与继承民族优良传统的光辉范例，我们应该有汉唐气魄，对于有用的外来事物，要敢于拿来，勇于消化，并以传统为主导，去创造自己的新的民族艺术。

茅盾论《阿 Q 正传》[*]

一

鲁迅在《叶紫作〈丰收〉序》里说："《儒林外史》作者的手段何尝在罗贯中下，然而留学生漫天塞地以来，这部书也就不永久，也不伟大了。伟大也要有人懂。"① 这末句话真是至理名言！

当《阿 Q 正传》开始陆续发表，有些人由于栗栗危惧，向它扔石头的时候，茅盾首先发现《阿 Q 正传》的伟大，认为阿 Q 是个世界典型，是中国现代文学史上的一颗巨星，并加以严正保卫说，《阿 Q 正传》"实是一部杰作"。② 并说：阿 Q 的诞生，虽"不免有许多人因为刻划'阿 Q 相'过甚而不满意这篇小说"，但"这正如俄国人之非难梭罗古勃的《小鬼》里用的'丕垒陀诺夫相'，不足为盛名之累"。③

伟大的文艺批评家的重要标志之一，就是他能够发现伟大的作品，因为他懂。茅盾是中国现代文学史上出现最早、成就最大的现实主义文艺批评家之一。尽管在早期，他的现实主义理论还羼有自然主义杂质。但他能最早发现《阿 Q 正传》这部现实主义杰作，予以高度评价并科学地阐发其伟大意义。这一贡献就充分

---

* 原载山东鲁迅研究会编《〈阿 Q 正传〉新探》，山东大学出版社，1986。

① 《且介亭杂文二集》。

② 《通信》，《小说月报》第 13 卷第 2 号，1922 年 2 月。

③ 《读〈呐喊〉》。

说明了茅盾是位名实相副的现实主义文艺批评家。

　　自然，茅盾的现实主义文艺观还在继续成长。在一九二一年文学研究会成立时，作为文艺理论代表人物的茅盾还不能用阶级观点去观察分析人生，可是他的眼光却已注意到被压迫的群众。主张文学应该典型地"描写黑暗专制，同情于被损害者"，并且因为我国"创作小说的人大都是念书研究学问的人，未曾在第四阶级社会内有过经验"，不能写"反映痛苦的社会背景的小说……"① 而感到遗憾。因此，当他一发现《阿Q正传》这部通过不朽典型深刻反映了社会和民族的生活，既"描写黑暗专制"，又"同情于被压迫者"的杰作，更主要的是作者创造了一个伟大的复杂的艺术典型，便没等到全文发表，就表示了非常的敬意。在一九二二年的一封《通信》里说："《阿Q正传》虽只登到第四章，但以我看来，实是一部杰作。……这个人，要在现社会中去实指出来，是办不到的；但是我读完这篇小说的时候，总觉得阿Q这人很面熟。是呵，他是中国人品性的结晶呀！"这就是说，阿Q是个"熟悉的陌生人"——典型。它不仅概括着民族性，而且茅盾还认为有所超越。他说："我读了这四章，忍不住想起俄国龚伽洛夫的Oblomov了！"② 这就是说，阿Q是个具有世界意义的典型。这一发现与评价，奠定了茅盾在《阿Q正传》研究史上的重要地位。

　　随着茅盾的思想修养和现实主义理论水平的不断深入和提高，他对阿Q有愈来愈深刻的认识。就是说，茅盾对阿Q的认识，有个发展过程。一九二二年只说想起了"Oblomov"，到了一九二三年十月，茅盾在《文学》上发表的《读〈呐喊〉》里，关于阿Q的世界意义，就说得更加清楚。他觉得"'阿Q相'未必全然是中国民族所独具。似乎也是人类普遍弱点的一种，至少，

---

① 《社会背景与创作》。
② 《通信》，《小说月报》第13卷第2号，1922年2月。

在'色厉而内荏'这一点上，作者写出了人类的普遍的弱点来了"。自然这后一句说得比较抽象，但却说明茅盾已看到阿 Q 这个典型的世界意义。

一九二七年"二七"运动之后，茅盾已经把新文学运动和中国共产党所领导的反帝、反封建的革命斗争密切结合起来了。因此，于一九三三年茅盾在《申报·自由谈》专门发表了杂文《"阿 Q 相"》，对于"阿 Q 相"能否代表民族性，又有了新看法。他说："那么，'阿 Q 相'也可以说是中国民族的民族性罢？此又未必然！因为同是黄脸孔的中国人不尽是那么乏。不见东北义勇军过去一年来的浴血苦战么？"这是茅盾思想的一个新发展。茅盾在这里充分肯定了中国民族性中有优秀的战斗传统。阿 Q 的"精神胜利"法只能代表国民的劣根性。茅盾在这里给研究中国国民性的，特别是为研究阿 Q 的人们开辟了新的道路。

关于阿 Q 的阶级性问题，茅盾在较早的时期并未加以注意。在我所见到的茅盾的一些文章中，茅盾于一九四五年十月，在《论鲁迅的〈呐喊〉和〈彷徨〉》中才对阿 Q 的阶级性提出自己的看法，认为阿 Q 的性格是复杂的，但倾向于"破落户"的主张，说："即如阿 Q 这个典型，究竟是属于哪一个阶层呢？或谓为农民，或谓为流氓无产阶级。然而我以为不能那样单纯。阿 Q 这典型，带有浓厚的'破落户'的意识。说他是农民典型，自然欠妥，但'破落户'也不就等于所谓流氓无产阶级。'破落户'有些性格，阿 Q 也没有，阿 Q 不势利，但他也决非'义侠'之流。"并且开始认为阿 Q 性格中也有积极因素，如"阿 Q 也常常反抗"。

茅盾从此注意到了阿 Q 性格中的优点。到了一九六一年，茅盾认为阿 Q 是一般农民，说："我以为如果把阿 Q 叫做落后农民的典型，还不如叫做普通农民的典型。"[①] 茅盾的这一主张，是他

---

① 《关于阿 Q 这个典型的一个看法》。

对阿 Q 性格进行"一分为二"的分析之后得出来的结论。他说："从阿 Q 这个典型看来，精神胜利法只是一端——农民落后性；而在阿 Q 身上还有相反的东西，即要求革命的愿望（不少人只看到他的浑噩的外衣，而忽略了他的乐观主义的内核）以及他的勤劳朴质等等。如果只有精神胜利法这一特征，那么，阿 Q 就不是农民的典型而是那些所谓正人君子的典型了。"①

茅盾对阿 Q 的精神胜利法，也提出了自己的看法，茅盾在《论鲁迅的〈呐喊〉和〈彷徨〉》里，就已经对精神胜利法有了"一分为二"的看法，他说所谓"精神胜利"这法宝，从一方面看，可作为被压迫者反抗失败后精神上不屈服的表征，然而亦未始不是麻痹了斗争意识的"奴隶哲学"，而"在阿 Q 身上则作为'奴隶哲学'被讽刺着的"。不过在一九五六年，他却进一步提出："奴隶哲学"也不可能腐蚀光阿 Q 的革命性，因为"就经济地位而言，阿 Q 是个劳动人民"，虽然在阿 Q 身上"还有不少封建阶级的思想意识，成为阿 Q 精神上的枷锁和麻醉剂；但即使这样，当中国发生了革命时，阿 Q 便做了革命党"。②

并由此，茅盾指出了鲁迅创造阿 Q 的缺点，特别认为鲁迅对国民性的看法有偏颇。茅盾说："毋庸讳言，《阿 Q 正传》的画面是相当阴暗的，而且鲁迅所强调的国民性的痼疾，也不无偏颇之处，也就是忽视了中国人民品性上的优点。"并指出这是由于鲁迅受到当时的历史观的局限。他说："鲁迅在另一篇文章中引用他的一个朋友的话而表示同情：历史上中国人只有做稳了奴隶和求为奴隶而不可得这样两个时代。这显然对于中国历史上人民的作用，估计太低了。"③

从阿 Q 是个"破落户"，认识到他是一个一般农民；从整个

---

① 《关于阿 Q 这个典型的一个看法》。

② 《鲁迅——从革命民主主义到共产主义》。

③ 《鲁迅——从革命民主主义到共产主义》。

国民性里挖掘出了中国人民品性上的优秀传统，因而指出阿 Q 这个典型在塑造上有缺点，并溯源到当时鲁迅的历史观。茅盾认识阿 Q 的这些变化，表明了茅盾研究《阿 Q 正传》实事求是的科学态度，同时也反映了茅盾思想发展的历程。这就是说，茅盾绝不是一下子就对这个复杂典型理解和分析得那样深透，而是随着思想的发展和文艺理论水平的提高，逐步形成了他的一些新观点。

二

阿 Q 这个典型是特定时代环境的产物，是同鲁迅的思想、立场和意图分不开的。茅盾就是从这里去探索阿 Q 这个典型的深广度，但其间也有一个认识过程：最初一九二三年，茅盾认为鲁迅创造阿 Q 的"主意，似乎只在刻划出隐伏在中华民族骨髓里不长进的性质——'阿 Q 相'"，① 没有深入理解到鲁迅创作成功这个典型是要有许多复杂因素的。到了一九四一年茅盾才认识到，首先由于鲁迅是个伟大的人道主义者（Humanist），他和世界上的一切人道主义者一样，都是"最理想的人性"的追求者。"拥有五千年悠久历史而现在则镣锁重重的'东方文明'古国之历史的与现实的条件所产生而养育的"国民劣根性，不能不引起鲁迅的严肃思考。许季茀先生曾回忆："鲁迅在弘文学院时（一九〇一——一九〇三年）。常常说到三个相连的问题：（一）怎样才是最理想的人性？（二）中国国民性最缺乏的是什么？（三）它的病根何在？"茅盾说："我们是不是从这三个相连的问题上从事于他的著作的研究？"茅盾认为伟大的人道主义者，由于追求"最理想的人性"，一定会反对一切摧残、毒害、窒息国民心灵的不合理的传统的典章文物。一个伟大的人道主义作家，一定会通过艺术形象对腐朽的文化进行抨击。"即以《阿 Q 正传》而言，如果

---

① 《读〈呐喊〉》。

这阿 Q 作为农民的或流浪无产阶层的典型来看，也不算刺谬的话，那么，是否我们倘把他代表了国民性的某几个方面看，能够更引人深思，更加扩大了我们的视野？是不是从'阿 Q 相'上，我们找出了中国国民性最缺乏的一些什么，及其病根来？我想是必然可以的。"① 这就接触到了鲁迅创造阿 Q 这个"现代的我们国人魂灵"的根本动机及其深广意义，并从而确定了研究阿 Q 的根本方向：从阿 Q 这个复杂的典型身上，积极地寻找出"中国国民性最缺乏的一些什么，及其病根来"。因而，茅盾断定阿 Q 这个典型的创造绝不是出于悲观的、消极的心情，而是通过对阿 Q 的揭发与批评，积极探索理想人性。

茅盾在一九三三年，专门写了一篇《"阿 Q 相"》，探索阿 Q 的"奴隶哲学"及其构成因素。他说："《阿 Q 正传》的精髓就在这种'阿 Q 相'的有力的揭发。"阿 Q 的内涵复杂而多样、矛盾而统一，但茅盾认为阿 Q 性格中最突出的是畏强凌弱。"事实上失败或屈服的时候，便有'精神上的胜利法'聊自安慰，……就是他的'精神胜利'哲学。"这就是阿 Q 的本质特征。

茅盾对于阿 Q 的"精神胜利"哲学的形成，一开始就有自己独特的看法，认为绝不是农民阶级所固有的，而是受到封建统治者的思想影响的结果，因此"'阿 Q 相'的别名也就可以称为'圣贤相'或'大人相'"。② 在一九三六年又说，"阿 Q 可以说是代表农民意识，然而决不是仅仅代表农民意识，我甚至还要说，'阿 Q 相'在农民中间还不及在士大夫等等中间那么来得普遍。我们在'士大夫'中间时时可以发现'阿 Q 相'"。③ 因此，愈到后来，茅盾愈认为，鲁迅写《阿 Q 正传》，主要是意在讽刺"正人君子"之流的"精神胜利"法。④ 茅盾之所以坚持这个看法，

---

① 《最理想的人性——为纪念鲁迅逝世五周年》。
② 《"阿 Q 相"》。
③ 《也是"想到什么，就说什么"》。
④ 《关于阿 Q 这个典型的一个看法》。

由于他始终认为阿 Q "精神胜利"哲学的形成，是受数千年来的封建思想污染。他说："我以为'阿 Q 相'是几千年的封建儒教（我这里用一个'教'字，不用'家'字）的环境所造成的中国'民族性'的提要，《阿 Q 正传》发表的时候，我在《小说月报》答读者的通讯就是这见解。现在（按：指一九三六年）我还是这个见解。"①

茅盾的这个结论，也是从阿 Q 诞生后所发生的社会反响而来的。根据高一涵的《闲话》那就看得很清楚了：

> ……我记得当《阿 Q 正传》一段一段陆续发表的时候，有许多人都栗栗危惧，恐怕以后要骂到他的头上。并且有一位朋友当我面说，昨日《阿 Q 正传》某一段仿佛就是骂他自己。因此便猜疑《阿 Q 正传》是某人作的，何以呢？因为只有某人知道他这一段私事。……从此疑神疑鬼，凡是《阿 Q 正传》所骂的，都以为都是他的阴私；凡是与登载《阿 Q 正传》的报纸有关系的投稿人，都不免做了他所认为《阿 Q 正传》的作者的嫌疑犯了。等到他打听出来《阿 Q 正传》的作者的名姓的时候，他才知道他和作者素不相识，因此才恍然自悟，又逢人声明说不是骂他。②

这就证明"阿 Q 相"多在"正人君子""士大夫"身上，农民身中的"阿 Q 相"只是受"士大夫"思想污染的结果。试看"同是黄脸孔的中国人不尽是那么乏"。投身义勇军的东北抗日的老百姓就没有"精神胜利"法。这是因为他们"没有受过尧、舜、禹、汤、文、武、周、孔嫡传的心法"。③

我们认为：茅盾的这"污染"论是完全符合鲁迅的原意的。

---

① 《也是"想到什么，就说什么"》。
② 《现代评论、闲话》第 4 卷第 89 期。
③ 《"阿 Q 相"》。

士大夫的思想意识常常影响平民的事实，鲁迅在《革命时代的文学》中就强调指出："平民所唱的山歌野曲，现在也有人写下来，以为是平民之音了，因为是老百姓所唱。但他们间接受古书的影响很大，他们对于乡下的绅士有田三千亩，佩服得不了，每每拿士绅的思想，做自己的思想，……"阿Q就是一个受害者的典型。

塑造艺术形象，揭发与批判孔孟之道毒害人民的罪行，是鲁迅一生的伟大贡献之一。因此，茅盾通过对阿Q性格的研究，阐发了"阿Q相"的深切涵义，照出"古圣贤"的嘴脸，从而指出阿Q的"精神胜利"哲学来自儒家思想的污染，是阿Q的"奴隶"哲学形成的主要因素。

阿Q是鲁迅在辛亥革命时期的特有感受中创造出来的典型。茅盾指出：阿Q"是有它的特定的时代性的——他是辛亥革命前后的农民典型。阿Q的时代，马克思主义还没有来到中国，统治阶级的思想意识及其愚民政策对农民还有极大的影响。表现在阿Q身上的，就是他的精神胜利法等等。不能离开时代背景谈典型性，对阿Q的典型性，亦应作如是观"。① 从而指出了，阿Q是个典型环境中的典型性格。

因而《阿Q正传》能反映出"中国历史上的一件大事"，并且非常真实，虽然"反映在《阿Q正传》里的，是怎样短气呀！""但是谁曾亲身在'县里'遇到这大事的，一定觉得《阿Q正传》里的描写是写实的。"而且是史诗似的真实。茅盾说："我们现在看了这七八两章，大概会仿佛醒悟似的知道十二年来政乱的根因罢！""《阿Q正传》对于辛亥革命之侧面讽刺，……我觉得这正是一幅极忠实的写照，极准确的依着当时的印象写出来的。"② 因而阿Q是作者根据传统思想根源和时代现实环境，塑造成功的一个真实、复杂的富有独特个性的阶级典型，有着自己独

---

① 《关于阿Q这个典型的一个看法》。

② 《读〈呐喊〉》。

特的风格。

在鲁迅活着的时代，人们往往只注意到阿Q的"精神胜利"的可笑，而不能深入研究阿Q性格的丰富内涵，不能从中发现它的风格特点。譬如，"舞台上的阿Q有使人只感到滑稽可笑，或者屡头屡脑，而看不到阿Q性格中的悲剧的素质"。① 这点鲁迅也指出过：由于当时的戏剧界还不能深入认识阿Q的个性风格，他不同意上演《阿Q正传》。他说："一上演台，将只剩下了滑稽，而我之作此篇，实不以滑稽或哀怜为目的。"② 这就是说，当时的演员还不能够表现出真正的阿Q来。茅盾说："所以然之故，我以为还在于阿Q这典型是那样复杂而深刻，矛盾而又统一。"一些人对阿Q这个典型的复杂的整体性还把握不住，尚不理解这是个喜剧与悲剧相融合，而且以悲剧素质为主导的典型。阿Q的每一个喜剧性的行动中总是潜伏着悲剧因素，而且阿Q的悲剧是通过喜剧因素的发展而构成的。茅盾对阿Q这种个性风格有充分的认识，他说："我是以阴森沉重比之轻松滑稽更能近于鲁迅原作的精神的。"③ 早在一九二七年，阿Q给茅盾的感受就是："我们鄙夷然而怜悯又爱那阿Q。"④

三

阿Q这个富有自己个性特点的典型是怎样塑造成功的？自然需要进步的创作方法。而创作方法受世界观指导，所以茅盾认为应当先从鲁迅当时的思想状况上，并且运用比较文学的原理去探索鲁迅现实主义创作方法的特点。"阿Q相"虽然那么"乏"，茅盾却一再说鲁迅绝不是抱有悲观主义去创造阿Q的。相反，阿

① 《读丁聪的〈阿Q正传〉的故事画》。
② 《鲁迅书信集·致王乔南》。
③ 《读丁聪的〈阿Q正传〉的故事画》。
④ 《鲁迅论》。

Q 这个形象给人以积极的启发。这是"因为在鲁迅前期思想中，进化论而外，还有他的人道主义，而这又成为他那时控诉'人吃人'社会制度的立场，故而他的前期作品（小说）和巴尔扎克、狄更司、托尔斯泰的'批判现实主义'颇有不同，而应和高尔基的早期作品相比较，也就是从这一点看来，我们有理由说，它是中国的社会主义文学的先驱"。

　　但茅盾认为鲁迅早期的现实主义仍属于批判现实主义范畴，却又不是一般的批判现实主义："巴尔扎克他们是根据过去以批判现实，他们所神往的思想已不存在，巴尔扎克所向往的是王政，狄更司的是产业革命以前自足自给的农村生活，托尔斯泰的则是原始基督精神的教区治下农民的生活。"而鲁迅所生活的时代则是："半殖民地的封建军阀与地主买办阶级政权之下，而且正当资本主义世界开始崩溃，地球的六分之一成了社会主义世界的时代。"鲁迅的立场是"人道主义"。他抗议，"不能把人不当人"。他追求在《狂人日记》里所说的"真人"。鲁迅的人道主义（人性的恢复），用"高尔基的话，这就是在充分认识'人的价值，人的庄严，人的力量'之下建成了新一代人的教养和成长。鲁迅曾说到的'改革国民性'，也可以作如是解"。① 因而在这样的世界观指导下的现实主义创作出来的阿 Q 绝不是悲观消极的人物，所以茅盾强调指出，阿 Q 作为农民的典型有积极的一面，像敢于反抗等。并主张向它挖掘理想的东西。

　　茅盾还指出，阿 Q 这个典型之所以伟大与成功，首先由于作者是个伟大的思想家、爱国主义者，"在现代中国，没有人能像这样深刻地理解中国的民族性"，在艺术上也没有人能"刻画出隐伏在中华民族骨髓里的不长进的性质——'阿 Q 相'"。这是由于："第一，是他观察的深刻与透彻，第二，是他对人类的热爱与悲悯，第三，是他从伟大的人格所发出来的一生的战斗工作，最

---

① 见《论鲁迅的小说》。

后，第四，是他把以上三点融合在他的天才的艺术创造之中。"①
从而创造出阿 Q 这个伟大的、复杂的典型。

　　茅盾还探索了鲁迅的"天才的艺术创造"典型的具体经验。

　　阿 Q 是具有共性辐射力强和教育力量大的典型。所以茅盾常
说，我们在社会的各方面总是看到"阿 Q 相"的分子。② 这个艺
术社会效果和鲁迅选择并且惯用的艺术方法分不开。在运用典型
环境中的典型性格的现实主义原则下，鲁迅提出了"杂取种种
人"的艺术方法。"因为'杂取种种人'一部分相像的人也就更
其多数，更能招致广大的惶怒。"鲁迅指出，"杂取种种人，合成
一个"，也是中国艺术创造的优良传统，中国人物画就是这样。
鲁迅说："例如画家画人物，也是静默观察，熟烂于心，然后凝
神结想，一挥而就，向来不用一个单独的模特儿的。"③ 鲁迅用这
方法创造人物。

　　鲁迅为了加强他作品的艺术社会效果，在小说的某些细节上
也极力注意它们的概括性。他说："我的一切小说中，指明着某
处的却少得很"，"我的方法是在使读者摸不着在写自己以外的
谁，一下子就推诿掉，变成旁观者，而疑心倒是像自己，又像是
写一切人，由此开出反省的道路"。④ 鲁迅在《集外集·文艺与政
治的歧途》中再次说明用这方法创造这种讽刺典型的积极意义：
"现在的文艺，就在写我们自己的社会，也可以发现我们自己；
以前的文艺，如隔岸观火，没有什么切身关系；现在的文艺，连
自己也烧在里面，自己一定深深感觉到；一到自己感觉到，一定
要参加到社会去！"

　　鲁迅创造阿 Q 这种艰苦的用心，及其普遍的、积极的艺术社
会效果，茅盾是深深懂得的。

---

　　① 《精神的食粮》。
　　② 《读〈呐喊〉》。
　　③ 《且介亭杂文末编·"出关"的"关"》。
　　④ 《南腔北调集·答〈戏〉周刊编者的信》。

茅盾在一九二三年的《读〈呐喊〉》里就已指出，"我以为这就是《阿Q正传》之所以可贵，恐怕也就是《阿Q正传》流行极广的主要原因"。

四

不能离开时代背景谈典型，这是茅盾研究阿Q使用的现实主义原则。因此，茅盾在肯定阿Q的现实性和真实性的基础上，从阿Q的横向与纵向两方面展开研究，去探索阿Q的运动量和生命力。所说的横向研究，就是指研究"阿Q相"所代表的民族性、世界性。例如，茅盾研究阿Q所代表的民族性说："阿Q这典型，如果作农民来看，阿Q的故事，如果只作为反映辛亥革命的失败来看，那就不能够说明它的复杂性和深刻性。在旧社会中，所谓'阿Q相'是普遍存在的，从'衮衮诸公'的'正人君子'（伪善者），知识分子、市民乃至劳动人民都是或多或少地有几分阿Q的'精神品质'。"[1] 因此，横向研究也就是研究阿Q这个人物在民族、世界中的无限相似的特点。所谓纵向研究，是指随着时代社会的发展去研究"阿Q相"顽固的生命力。茅盾说："《阿Q正传》出世以后，'阿Q相'很受人讥笑了，但……'阿Q相'依然流露在芒芒大千的社会现象中。特别在'九一八'国难以后，'阿Q相'的'精神胜利'和'不抵抗'总算发展到淋漓尽致了。"[2] 而且茅盾指出，随着时间的前进，"阿Q相"仍然附在"老中国的新儿女"身上。他说：阿Q自然是辛亥革命前后头戴毡帽、留发辫的农民，那么，那些"会吃大菜，说洋话的……'乏'的，'老中国的新儿女'"又怎样了呢？茅盾说："他们的精神上思想上不可免是一个或半个阿Q罢了。"茅盾还说："不但

---

① 《鲁迅——从革命民主主义到共产主义》。
② 《"阿Q相"》。

现在如此，将来——我希望这将来不会太久——也还是如此。"①
这自然是旧社会制度没有改变，"世道仍然如此"的原因。但值
得注意的是，社会制度改变了之后怎样呢？茅盾在一九五六年回
答说："认真说来，即在今天的我们，怕也不敢完全肯定地说：
阿 Q 这面镜子里没有自己的影子。即使一个淡淡的影子，也到底
是个影子呵！这是因为社会制度虽然改变了，旧社会旧制度所产
生的思想意识的残余，却不能够马上在人们脑子里消灭的。"② 茅
盾这个论断是唯物的、科学的。当代作家高晓声的《陈奂生上
城》所描写的就是"阿 Q 相"的残影。

茅盾在这里，既强调了阿 Q 的时代性，又指出它的相对独立
性。茅盾完全掌握了阿 Q 这个典型的纵、横运动规律。他的论述
不仅发展了鲁迅对于阿 Q 的认识，而且引起人们对如何彻底消灭
"阿 Q 相"的思考！

茅盾研究《阿 Q 正传》几十年，贡献是巨大的。在《阿 Q
正传》研究史上有着开创和指导地位。他重点集中在研究阿 Q 的
思想性方面。阿 Q 这个典型的复杂性和深刻性，得茅盾的认识与
阐发而闪光。但在艺术上，茅盾认为"《祝福》《伤逝》《离婚》
等篇所达到的艺术高峰，我以为是超过了《阿 Q 正传》的"。
"至于《阿 Q 正传》，它的过人的光辉宁在于思想深度。"③ 强调
《阿 Q 正传》的思想光辉，无疑是正确的，贡献也是突出的，但
忽视对《阿 Q 正传》艺术性的深入研究，则是茅盾研究《阿 Q
正传》的不足了。

---

① 《鲁迅论》。
② 《鲁迅——从革命民主主义到共产主义》。
③ 《论鲁迅的小说》。

鲁迅研究的新收获[*]

——读《鲁迅留学日本史》

纵观世界人文科学的研究大势，似乎对人类童年研究的兴趣越发浓了。然而这并不意味着人类忘了现在，恰恰是为了更深切认识现在和未来，人类才不得不研究过去。"我们看历史，能够据过去以推知未来，看一个人的已往的经历，也有一样的效用。"（《华盖集·答 KS 君》）因此，研究鲁迅五四运动后的思想和作品固然重要，因为鲁迅的思想发展还有个更重要的阶段；但是，要更加深切地研究鲁迅五四之后的思想和作品是怎样来的，就必须追溯既往，特别是要追溯对鲁迅思想和艺术个性的形成影响甚巨的留日时期。较长时间，除了几本《鲁迅传》以及一些散见于报刊上的文章对此有所论及外，尚没有专门的著述对留日时期的鲁迅加以综合性地研究。从这个意义上说，程麻的《鲁迅留学日本史》（陕西人民出版社），对鲁迅留日时期的描述和研究就具有开拓性的意义。

中国近代史上一个令人注目的文化现象，即留日学生对中国传统的反叛最激进，而有些英美派留学生则相对保守。《鲁迅留学日本史》对鲁迅到日本之后的见闻和思想的具体描述，使我们对这个问题的认识有所深化。鲁迅认识到，日本的"文化先取法于中国，后来便学了欧洲；人物不但没有孔、墨，连做和尚的谁也比不过玄奘。兰学盛行之后，又不见齐名林那、奈端、达尔文

* 原载《山东师大学报》（社会科学版）1987 年第 1 期。署名孙昌熙、高旭东。

等辈的学者；……然而我以为惟其如此，正所以使日本能有今日，因为旧物很少，执着也就不深，时势一易，蜕变极易，在任何时候，都能适于生存。不象幸存的古国，恃着固有陈旧的文明，害得一切硬化，终于要走到灭亡的路。中国倘不彻底改革，运命总还是日本长久，这是我所相信的"（第41页）。日本人对中国留学生的歧视，特别是以雅利安人自居的行径，更是刺伤了我国留日学生的心，大大增强了留日学生发愤图强的历史使命感：日本人的辱骂"倒可以编在我们的民族歌曲里，鞭策我们发愤图强的"（第22页）。既然日本的强盛在于向西方学习，那么，中国要想赶超日本，就必须以更开放的态度学习西方，而不能死死抱住中国的文化传统不放。鲁迅对此还是充满信心："唐朝时，日本曾向我们请教，今天我们在此留学，是向日本请教，也许过不久，日本又得向我们请教。"（第42页）

过去，除了冯雪峰等少数学者外，大多数学者对留日时期的鲁迅思想重视不够，有的甚至以其幼稚抹煞了它在近代中国思想史上的光辉。《鲁迅留学日本史》把留日时期的鲁迅思想提到一个新的高度来认识，这不但表现在全部正文中，而且还专门设一附录《论鲁迅留日时期的启蒙主义思想》，系统地阐述了鲁迅留日时期的思想结构："从探讨'国民性'问题入手，经过从自然科学到社会科学的发展阶段，最后形成了以同情被压迫的弱小者和主张个性自由为思想结构的人道主义观点。"（第346页）作者进而把留日时期的鲁迅思想纳入整个近代进步思潮的发展链条上，充分肯定了其历史地位。鲁迅改造国民性思想是对严复的"鼓民力、开民智、新民德"以及梁启超"新民"思想的直接继承。但鲁迅启蒙的主旋律是"任个人"，这显然是对严复、梁启超高高在上的启蒙姿态的一种超越，是先觉的，走在时代前头的：辛亥革命正是缺乏类似法国启蒙运动那样的一场思想觉醒运动，结果使得革命始于妥协终于流产，以致新文化运动不得不为辛亥革命进行思想上、文化上的补课，尽管这种补课已具有了新的性质。正是由于作者善于寻找留日时期鲁迅思想的内在发展逻辑，所以在描述一些决定鲁迅一生发展方向的大事件时，就显得更为合理。譬如，作者就没有把鲁迅弃医从文的壮举神化，而是联系到林纾、梁启超的文学启蒙思想对他的影响，联系到鲁迅过去文学上的译作，以及日本和整个国际环境对鲁迅这一重大选择的作用，从而将这一壮举纳入中国近代启蒙主义的链条上，而看幻灯不过是引发这一壮举的导火线罢了。这丝毫也不损鲁迅的伟大，而是在揭示鲁迅丰富的精神世界时把鲁迅"人"化了。更令人欣喜的是，作者有意识地把鲁迅留日时期与回国之后的生平思想相互映照，或者找寻留日时期的生平思想对回国之后的活动的影响，或者以回国之后的思想对留日时期的活动进行诠释。譬如，作者以《坟》中的几篇杂文来映照鲁迅留日对盲目自大的"国粹主义"的反感，或者以鲁迅留日时期的旧式结婚来观照五四之后鲁迅对旧的婚姻道德的抨击。这样，就没有把留日时期的鲁迅孤立起来，而是看成一个继往开来的生命之流。

　　"灵台无计逃神矢，风雨如磐暗故园。"无论是鲁迅的个人主义还是人道主义，无论是寻求达尔文还是尼采、拜伦、托尔斯泰，其目的都是拯救破败着的古国。目前学术界出现了"文化热"，我们觉得，要深入研究近代中国文化史、中西文化撞击史，严复、胡适、陈独秀……都应该有一部专门的留学史。然而这却是一件艰难的工作，关于他们生活细节的描述，就需要查阅大量资料，特别是当时异国情况的外文资料。《鲁迅留学日本史》就对鲁迅留日的生活细节进行了较为详细的描述，鲁迅的剪辫、与许寿裳等留日同学的交往、与光复会的关系、鲁迅在仙台的活动、与日本同学的交往、与藤野先生的关系、把日本当作通向西方的桥梁、追赶西方现代文化潮流、与弟弟一起编译域外小说……不是梗概，不是大事年表，而是以活生生的生活细节塑造成功了这个时期鲁迅的活生生的形象。由于作者精通日文，不但能够通过鲁迅及其同代人的回忆，见出鲁迅到日本后的心态，而且能够通过日本的记事，见出日本的生活和文化氛围在鲁迅心理上的投影。譬如作者在描述鲁迅弃医从文时，就对当时日本人的仇华情绪以及中国人的麻木、迷信，作了生动的渲染。作者写道，一九〇五年一月三日和十月二十三日出版的《实记》杂志，先后两次报道了中国人被日军疑为俄国侦探而被捕的事件（第152页）。即使在这虎狼入门的情况下，鲁迅从一九〇六年一月二十一日日本的《河北日报》上所能看到的，也不是中国人的发愤图强，而是清朝皇帝嘉奖袁世凯祈求天神降雪之类的报道（第150页）。这些印象积累起来，沉重地压在鲁迅的心头，构成了鲁迅弃医从文的一个重要因素。再如鲁迅弃医从文之后，作者描述了当时盛行于日本的自然主义文学，但是，鲁迅对自然主义却不感兴趣（第211页），鲁迅感兴趣的是夏目漱石和森鸥外等日本作家的作品。"一九〇七年六月二十三日至十月二十九日东京《朝日新闻》连载夏目漱石的《虞美人草》时，鲁迅读得很认真。"直到晚年，鲁迅还屡屡提及夏目漱石的作品（第22—230页）。因此，《鲁迅留学日本史》对比较文学研究也是有较大贡献的。作家在异域的留学及其所接触的外国文学，无疑是比较文学研究的一个重要内容。而《鲁迅留学日本史》就详细描述了日本的环境及其文化对鲁迅的陶冶，描述了鲁迅在日本对各国文学的涉猎，对摩罗诗歌的喜爱，对俄国和东欧文学的介绍。

《鲁迅留学日本史》作为一部断代传记，作者以漂亮的文笔、生动的细节，为我们展示了鲁迅在异国他乡的一幅幅栩栩如生的图景。作为一部严肃的学术著作，作者搜集国内外有关鲁迅留日时期活动的大量资料，进行了去伪存真的认真考索，如对鲁迅参加光复会问题的考证、对学医成绩的考证等都表现出严谨的治学态度。美中不足的是，个别引文有失误现象（也有印刷原因），在论及《摩罗诗力说》时也没有采用北冈正子提供的材料来源。这是引以为憾的。听说作者正在撰写《鲁迅与日本文学》《日本鲁迅研究史》两部专著，希望早日问世，使"鲁学大厦"更加丰实！

论《离婚》[*]

——兼谈传统与"拿来"

漫步在鲁迅小说的人物画廊里，会意识到这是一个异彩纷呈、璀璨生光的世界。那么多"熟悉的陌生人"争着向你招手：从狂人到魏连殳，从闰土到阿 Q，从单四嫂子到子君，从赵太爷到高老夫子。这些形象都是真实的、新颖的、独创的、激动人心的。当我们走到画廊的尽头，便很自然地遇到一位"瞪着眼"、有"两只钩刀样的脚"的农村妇女，她就是《离婚》里的爱姑。爱姑有自己的特色，她不象单四嫂子那样善良、懦弱而带点愚昧；也不象祥林嫂那样勤劳、朴实而尚未觉醒；更不象子君那样的热情、顽强而在政治上近视。爱姑是以其蛮野、泼辣，而又脆弱、糊涂的复杂性格引起人们的赞叹和惋惜。可以说，在中国现代文学中，爱姑是一个具有久远艺术生命的、令人深思的辛亥革命时期的农妇典型。作者以反帝、反封建及民主与科学的观点，去观察和反映现实生活，特别是有意识地站在人民大众的立场上，自觉地为人民利益说话和斗争。在这样的革命思想指导下，创造了爱姑和其他人物形象。

有人把爱姑称为"辛亥革命的女儿"，以示其与旧时代尚未觉醒的农村妇女的区别，是有道理的。因为爱姑虽出身佃户家庭，但父亲庄木三不是一般的佃户，而是在沿海三六十八村居民

---

　　* 　原载《文史哲》1987 年第 5 期。署名孙昌熙、韩日新。

中的知名人物。爱姑本人又是一位具有现代自我意识的妇女。她要求妇女有独立人格，与丈夫平起平坐；她敢于向封建的夫权挑战，反对丈夫纳妾或与人姘居；她不能忍受妻子的地位被剥夺。应当说在她身上已经有民主思想的萌芽。丈夫与小寡妇私通，她就骂丈夫是"小畜生"；公爹偏袒丈夫，她就斥之为"老畜生"。自己不堪忍受生活中的屈辱，就回到娘家来，要求伸冤。爱姑表示："我是要给他们一个颜色看，就是打官司也不要紧，县里不行还有府里呢……"由于父亲的支持，兄弟们的帮助，爱姑就要把"老畜生""小畜生"闹得家败人亡。就是地主慰老爷出头调停，她也拒绝接受，连七大人也不放在眼里。她的所作所为，对于单四嫂子、祥林嫂等说来，是完全不可想象的事。由此看来，爱姑的确是位性格蛮野、泼辣、倔强，绝不肯受压迫和屈辱的妇女，不愧是一位生活在辛亥革命时期具有现代意识的农村妇女。所以，鲁迅对自己这篇小说是比较满意的，他在《〈中国新文学大系〉小说二集序》中自评《离婚》时，认为它和《肥皂》都是"技巧稍为圆熟，刻划也稍加深切"之作。

爱姑性格中为什么有倔强、泼辣、战斗的因素？她有自我意识，有争取做一个人的意志和行动，固然由于辛亥革命以来新思潮的波及，但也有传统战斗精神的些微影响：中国神话与希腊神话的显著不同，在于富有战胜自然、反抗压迫的特点。象复仇女神精卫和虽死不屈的刑天就是代表。这正是中华民族精神的优秀传统的萌芽，这个萌芽后来发展壮大，在历史上不断出现被誉为中国脊梁式的人物（《且介亭杂文·中国人失掉自信力了吗？》）。这些数不尽的英雄的光辉，不能不洒落在爱姑的身心上。

但爱姑身上也有沉重的思想负担。几千年来，中国社会深受儒家思想的影响，爱姑的身心也自然受其浸渍。她那"两只钩刀样的脚"便是铁证。孔孟之道的阴魂，特别是对妇女的禁锢，毒蛇似的缠住爱姑的灵魂。且孔孟之道适应力很强，善于随机应变，又同爱姑的自卑心理紧密结合起来，这就可以在适当时机对爱姑随意驱使了。于是爱姑性格里便形成了两种对立因素的有条件地和平共处的结构，而且暂时用一种"战斗"的内壳保护起来。这便是辛亥革命后农村妇女的一种典型。

这种性格是怎样深切地表现出来的呢？

创造性的描写的首要问题是随着情节的意外发展，显示性格的变化。然而却如我们上面所分析，是在情理之中，即有必然性的根据。

鲁迅是先从爱姑的自卑心理入手描写的：她虽然在航船上当众倒苦水，诉冤屈，显得有理有力，让人刮目相待，但她毕竟是佃户的女儿，社会地位的低下，使她对地主和官府有一种自然的畏惧心理。尽管她在航船上对着周围熟悉的人，敢于发泄心中的不平，似乎是个反抗精神很强的妇女，可是，一旦离开航船，走进慰老爷的黑漆大门，看见"一列的泊着四只乌篷船"的那种官僚气派，她就自然地联系到自己的佃户身份，而逐步失去了锐气，甚至不敢看周围的人们。当工人们搬出年糕汤来，爱姑就越加局促不安。刚才还是气昂昂的不管七大人、八大人，谁也不放在眼里，现在却想对七大人说一说自己的冤屈，锋芒已经收敛多了。此后她就越来越软。爱姑就象海边的蛤蜊一样，长着两片坚硬的外壳，当它紧闭外壳时，似乎是坚硬的，顽强的，剥不动的，可是在外壳里面却藏着软绵绵的一团肉。如果用火烤，用开水烫，逼着它张开坚硬的外壳，那它就丧失了任何的抵御和防卫能力，只是等待着被吞噬而已。这团肉其实就是她所处的特定生活环境以及纠缠她心灵的那条毒蛇，使她具有懦怯服从的奴隶劣根性。当她在船上自己人中间时，这团肉还用外壳包着，当她跨进地主的大门，步入慰老爷的客厅，这团肉就破壳而出，开始发挥作用，以至转化成主导地位。满屋子慰老爷的客人鸦雀无声，这个场面使得她情绪紧张。七大人的豪绅气派又对她形成了精神上的千斤重压。她陷入孤立无援的境地，就连一向支持她的父亲庄木三现在也不吭一声了。她支持不住了，于是在一个偶然的误会（七大人支使仆人取鼻烟壶）里，慰老爷客厅里的爱姑在刹那间对于航船上的爱姑作了否定。这鹘突的变化，足以说明奴隶劣根性已全部掌握了她，支配了她，成为决定爱姑命运的性格的主宰者。鲁迅深切的刻画，让人感到爱姑从反抗到妥协，从叛逆到驯服的过程，正是她的两种性格因素的搏斗撞击，在闪光中照出了爱姑的真象。顽强敢斗只是爱姑性格的表层，怯懦才是她的本质，这是时代的悲剧性格。

由于社会的复杂性，人的性格（包括先天的）往往是复杂的，甚至是对立的，但有主导的方面。我们的古典小说里，就不乏这种典型。南北朝时代的志人小说《世说新语·德行》篇塑造的华歆，清初《聊斋志异》里《王成》中的王成，这些具有复杂性格的成功人物形象，为中国小说史家鲁迅所研究，并结合现实中的人物的观察和艺术创造，上升为理论。他在《中国小说的历史的变迁》里，批评《三国演义》作者罗贯中写性格单一人物的失真，指出"曹操他在政治上也有他的好处"。后来鲁迅研究反礼教的英雄如阮籍、嵇康辈，也深掘出其对立的一面（《而已集·魏晋风度及文章与药及酒之天系》），而且往往是矛盾对立统一。于是鲁迅就从这一原则出发，结合时代社会情势去观察、分析和研究古今人物，并创造自己作品里的人物。因而从这一角度上，应该说，鲁迅笔下的具有复杂性格的爱姑形象是中国小说史上人物形象塑造的新发展，同时也是典型环境中典型人物的现实主义发展的新阶段。而其圆熟的表现技巧则是以继承优秀传统为主，借鉴外来，选择、吸收、改造达到了圆熟的地步，这是鲁迅艺术探求的新成果。

世界上善于揭示灵魂的大师中，鲁迅特别推崇俄国陀思妥夫斯基，说"他把小说中的男男女女放在万难忍受的境遇里，来试炼它们，不但剥去了表面的洁白，拷问出藏在底下的罪恶，而且还要拷问出藏在那罪恶之下的真正的洁白来。而且还不肯爽利的处死，竭力要它们活得长久"（《且介亭杂文二集·陀思妥夫斯基的事》）。陀思妥夫斯基善于对人物进行纵向的心灵挖掘，着力于表现他们的心灵在万难忍受的境地里所发生的颤动，剖析他们的内心隐秘和错综复杂的心理冲突，因而不愧为"在高的意义上的写实主义者"和"社会心灵的照相师"。显然鲁迅是受到陀氏艺术经验的影响。但有益的影响的概念是受启发和自己创造，即鲁迅自己说的，"采用外国的良规，加以发挥，使我们的作品更加丰满"（《且介亭杂文·〈木刻记程〉小引》）。鲁迅对外来的经验是坚持"拿来主义"的，不但有选择，而且予以改造消化，变成自己的东西，变成自己民族艺术的血肉。鲁迅选择、改造、吸收外来的艺术经验，是为了促进现代文学的现代化和民族化相结合的新品种的产生。因为艰苦用心，当然成功的机会多，但也有失败的时候，而且在选择、吸收技巧的同时，也往往带进内容的成分，如"《药》的收束，也分明的留着安特莱夫（L·Andreev）式的阴冷"（《且介亭杂文二集·〈中国新文学大系〉小说二集序》）。鲁迅深为不安，后来在 1935 年 11 月 16 日《致萧军、萧红》信中还提到这件事。可见在技巧上完全"脱离了外国作家的影响"，也需要一个艰苦的过程。

鲁迅从现实生活出发，以优秀的传统民族艺术形式为基础，并选择吸收了外来的有益经验，创造出民族的魂灵。鲁迅曾经肯定陶元庆的画说："他以新的形，尤其是新的色来写出他自己的世界，而其中仍有中国向来的魂灵——要字面免得流于玄虚，则就是：民族性。"（《而已集·当陶元庆君的绘画展览时》）我们认为鲁迅自己的作品，尤其《离婚》正是富有这种特色。

鲁迅强调：文艺创作首先是民族的，然后才成为世界的。他说："有地方色彩，倒容易成为世界的，即为别国所注意。"（《书信·340419 致陈烟桥》）鲁迅所塑造的爱姑，不仅是中国辛亥革命后半殖民地半封建社会的农村妇女，而且是江南农村妇女。她的民族特点是以地方色彩集中体现出来的。

鲁迅描写爱姑的故乡，其特点就是运用他生发了的传统方法："画眼睛。"因此爱姑长大起来的江南，鲁迅只点出了自然与风俗人情的"眼睛"：慰老爷门前停泊的乌篷船；过年佃户喝慰老爷的年糕汤；新春佳节地主给佃户断离婚；爱姑兄弟拆"老畜生"家的锅灶……绍兴色彩如在目前。爱姑就是在这里长大、结婚和离婚，并穿着地方服装，说着绍兴方言进入了世界文艺长廊的。

《离婚》的创作虽受到陀思妥夫斯基的启发，但更重要的则来自对传统艺术经验的改造生发。人在日常生活中也许只是显示性格的某一方面，只有在复杂而又多变的境遇里，才能表现其多层次及复杂性。中国古典文学家深知这一点，并且提供了这方面的经验，这是可贵的民族艺术传统。譬如《世说新语》便在这方面给鲁迅以取之不尽的遗产，其《德行》篇对华歆这个具有复杂性格的人物就连续进行多次考验，最后才探索出他性格的本质。这些都深刻地影响了鲁迅。鲁迅用残酷的环境（在爱姑孤立无援中，那面咄咄逼人的网越收越紧时）拷问爱姑，她在重压之下没有勇气拼上一条命时，那早已潜伏在心灵深处的奴隶的劣根性便开始上升并转化为主导支配力量，使她向代表封建势力的七大人妥协投降了。显然这是受陀思妥夫斯基的启发，而对爱姑处在复杂境遇里的剧烈心理斗争变化作了真实深刻的刻画。

关于继承与改造生发的形式，鲁迅有自己的经验（虽然在创作《离婚》时还没有来得及总结）：为了使文艺更好地为人民服务，就必须大众化，就得采用旧形式。但不是照搬，而是采用，即选择改造使用其精华部分。这"正是新形式的发端，也就是旧形式的蜕变"。他说，"我们有艺术史，而且生在中国，即必须翻开中国艺术史来"，从中选取英华，"溶化于新作品中"（《且介亭杂文·论"旧形式的采用"》）。这是个采用的原则，而采用与创新的关系，鲁迅指出："旧形式是采用，必有所删除，必有所增益，这结果是新形式的出现，也就是变革。"（《且介亭杂文·论"旧形式的采用"》）而这"增益"就是吸收消化的外来因素。

现在我们看看鲁迅在创作《离婚》时是怎样实践这些原则而

创造出新民族形式来的。《离婚》情节的开端，显然是采用了外来的形式：在航船的场面上，从人们的对话中引出故事，读者从对话中认识了人，而对话把故事交代得那样清楚，因而很快就进入了"悬猜"与"出奇制胜"相合的情节中。这便出现全新的结构，新的民族形式。

更重要的是，它的新还在于鲁迅从短篇小说的新概念出发去选材，并由此来决定小说的整体结构。

中国古典的短篇小说的取材和结构脱胎于史体小说，是生活发展的史的纵剖面。"所叙的事，也大抵具有首尾和波澜。"（《且介亭杂文二集·六朝小说和唐代传奇文有怎样的区别?》）对于这个固有的概念，鲁迅在文学革命开创之始，就参考外国短篇小说的概念，作了根本性的改造。他采用了现实生活或人生的一个横断面作题材，用新的结构来表现。这种新体小说，对生活来说，"可借一斑略知全豹，以一目尽传精神"（《近代世界短篇小说集》小引）。其实这个外来的短篇小说的概念，鲁迅把它中国化了。在这里鲁迅继承发展了顾恺之画眼睛的艺术经验，用短篇小说来给现实社会生活画眼睛了。这是一种创造，是中国新短篇小说新概念的确立，所以鲁迅说《离婚》已经是脱离了外国作家影响的新品种。新文学实际由他开创，并且经他的手而成熟。如果说《狂人日记》是第一块奠基石，《离婚》则是第一座丰碑，并且体现了现代文学民族化的发展道路。唐弢同志说得好：西方思潮无论在内容与形式上都对"'五四'初期现代文学的影响是广泛而深入的。……不过这一现象维持得并不很久，无论那一个门类的创作，都迅速地出现了具有自己的民族特点和地方色彩的较为成功的作品。它们一方面继承传统的精神，另一方面又以不同姿态显示了新的生命力"（《中华现代文选》序）。而鲁迅的两本小说集就充分体现了这一规律。因此，人民才把鲁迅精神作为民族魂的象征，把鲁迅称作五四文学的旗手和主将。

任何伟大的世界文艺典型都有自己的老家。越有民族特征的典型，越有世界影响。由于爱姑是在中国辛亥革命后的半殖民地半封建社会成长起来的江南农村妇女，因而她的复杂性格有较大的代表性。这一时代社会中的青年男女，往往以倔强战斗开始，而最终却暴露出懦弱的一面而颓唐下去，甚至结束了自己的生命。象子君开始高喊着"我是我自己的，他们谁也没有干涉我的权力！"冲出封建家庭，与涓生自由结婚。而一旦遭受到社会封建顽固势力迫害，便失去了涓生的爱，又回到自己曾经冲出过的樊笼里，默默死去。吕纬甫（《在酒楼上》）在五四落潮前，曾猛烈战斗过，可在复古逆流一旦反扑过来时，便软弱动摇和妥协了。这应该是生活在这一时代中青年人的特有悲剧。鲁迅对他们"哀其不幸，怒其不争"，对他们的魂灵作纵深地挖掘和剖析，向他们敲警钟，亦寄希望，《在酒楼上》的废园里的雪里红梅便是极深刻的象征。而对爱姑则象写阿Q的悲剧一样，而以喜剧出之。

　　《离婚》是成功的民族化的新产品。民族化不但可从地方色彩中探索，而且可以通过个性独特的人物形象和整部作品的风格体现出来。正如鲁迅自己的评价那样，《离婚》是一部"脱离了外国作家的影响，技巧稍为圆熟，刻划也稍加深切"的作品。

褫其华衮　还他本相*

——论《肥皂》的民族艺术特色

近来听到有人慨叹："我们到了八十年代还读鲁迅的书，真是个悲剧。"这似乎是嫌我们的作家不争气，至今还没有写出比鲁迅更好的书，其渴望诞生新的巨著的心情相当迫切。但听后总让人觉得不舒服。因为在80年代读《诗经》、读《楚辞》的大有人在，可是论者并没有当作悲剧。这弦外之音分明是说，鲁迅的书已经过时了，不过话说得隐蔽一点、圆滑一点罢了。这种公正之状可掬的腔调，使我们联想到鲁迅在20年代为正人君子所作的画象——《肥皂》。

列宁曾把列夫·托尔斯泰的小说比作俄国革命的一面镜子，这比喻显示了列夫·托尔斯泰小说的真实性和深刻性。其实鲁迅的小说也是中国革命的一面镜子，不过具有自己的特点。鲁迅的现实主义既是用以观察中国民族心理的高倍数显微镜，又是剖析国民心灵的犀利解剖刀。作为显微镜，它在纵的方面从辛亥革命照到五四运动，横的方面则照到了社会的各个角落。作为解剖刀，对人民群众，则剖析了精神上的病态；对封建余孽，则褫其华衮，显示其肮脏。

鲁迅小说中所塑造的封建余孽，多种多样，姿态各异。一种是在革命高潮时期类似冬眠的昆虫一样，"将辫子盘在顶上，象

---

* 原载《山东文学》1988年第2期。署名孙昌熙、韩日新。

道士一般"摇头叹气，而一听到皇帝坐龙廷的消息，就苏醒过来"变成光滑头皮，乌黑头发"，"穿着宝蓝色的竹布长衫"，出来恐吓七斤一家的赵七爷。一种是象变色龙似的，平日飞扬跋扈、满嘴溅沫地骂阿Q为"浑小子"，听到革命的风声，就惶惶然若丧家之犬，结结巴巴地封阿Q为"老Q"的赵太爷。还有一种是戴着白手套的屠夫，板着道学先生面孔，对祥林嫂守寡"皱一皱眉"，嫌祥林嫂再嫁"败坏风俗"，终于把祥林嫂活活吃掉的鲁四老爷。在这一组封建余孽的形象系列中，《肥皂》里的四铭是个独特的、性格复杂的人物。其特点是隐蔽极深，善于伪装"正人君子"。在清初，他是范进。在民国，他是四铭。

列夫·托尔斯泰在1898年的一篇日记里说过：作家的主要责任在于"清楚地指出人的变化，指出同一个人时而是恶棍，时而是天使，时而是智者，时而是白痴，时而是力士，时而是浑身无力的人"。作为世界文学巨匠，列夫·托尔斯泰对于塑造人物形象具有丰富的经验。他强调文学作品中的人物是复杂的、有生命的立体人物，而不是简单的、干瘪的扁平人物，无疑是正确的。但列夫·托尔斯泰把人物性格的复杂而又多变的现象，强调到不适当的高度，未免失之偏颇。恶棍是恶棍，天使是天使，他们之间毕竟有个界限，有个主导方面。明代的顾宪成在《自反录》中说得好："吾闻之：凡论人当观其趋向之大体，趋向苟正，即小节出入，不失为君子；趋向苟差，即小节可观，终归于小人。"同样，智者和白痴，力士和浑身无力的人，也不能变来变去，让人不可捉摸。前一个时期文艺界有的同志提出"人物性格的二重组合"，就是过分地强调了人物性格的复杂多变性，把善与恶、美与丑等量齐观，忽视了抓住和突出人物性格的主导倾向，而在理论上露出了破绽。

鲁迅小说中的人物及其活动环境，就象生活那样，是一个复杂多变的艺术世界，牵连着历史，凝聚着现实。但不管人物性格复杂多样到什么程度，总有其主导的一面。鲁迅在塑造人物时，总是注意研究人物性格的复杂结构，从而区分何者是主导倾向，何者是非主导倾向，何者是本质方面，何者是表面现象。归根结蒂，就在于划清好人与坏人的界限。就是坏人，也注意区别是两面派，是正人君子，还是叭儿狗，并运用讽刺艺术褫其华衮，现其本相。

　　生活中有激流、缓流，还有逆流，从而产生出各种人物形象。收在《彷徨》里的《肥皂》就是鲁迅从逆流中摄取的一朵浪花，从中剖析了封建卫道者及其家庭生活。它和《离婚》都被鲁迅称为"技巧稍为圆熟，刻划也稍加深切"之作。《肥皂》里的四铭并不是一个简单化、概念化的封建僵尸，而是一个有血有肉有生命的人物。他的思想与行动尽管复杂暧昧，但难逃作者的慧眼。鲁迅以清醒的现实主义之笔写出来的作品，就是一面艺术的镜子，既照出了人物的须眉，又照出了他的灵魂，是个丰满的艺术变形。四铭在傍晚从外面回来给四太太买了一块肥皂，帮助她讲卫生，俨然是个体贴备至的丈夫。他提出一个外语单词"恶毒妇"让儿子学程回答，以检查其外语水平，仿佛是个关心孩子学习的父亲。当招儿吃饭带翻了饭碗，他又尽量睁大眼睛看她，好象是个严厉的家长。当他说起当天在马路上遇见一个十七八岁的女乞丐竟无人布施而愤愤不平，又似乎是个慈善家。可以说，四铭在妻子、儿子、女儿面前的所作所为是无可指责的，简直是个一本正经的正人君子。四铭还自我标榜"在光绪年间，我就是提倡开学堂的"。谈改革、讲维新，他还可以摆摆老资格，并不落在别人后面。在四铭家里的确有一本"小而且厚的金边书"，这也证明四铭是个不甘落后的时髦人物。

　　陀思妥夫斯基善于挖掘人物内心隐秘的东西，善于透视人物心灵的阴暗面。他写人物几乎无须描写外貌，只要以语气声音就不独将人物的思想感情，便是面目和身体也表示着。这艺术经验对于鲁迅创作《肥皂》中的四铭是有启示作用的。鲁迅在对四铭的生活表层作了客观描写后，又拿着解剖刀对准其灵魂剖析下去，而且仍然是客观描写，这就使人感到惊诧。

四铭在太太、儿子、女儿面前所表演的，从表层上看，觉得他是好丈夫、好父亲。可是随着鲁迅一刀下去，我们立即看到了他那发霉、变黑、带着臭味的灵魂。原来四铭在大街上随着人群围观一个十八九岁的讨饭姑娘，听到光棍说："阿发，你不要看得这货色脏，你只要去买两块肥皂来，咯支咯支遍身洗洗，好得很哩！"这话触动了四铭的邪念，才走进广源祥买了肥皂，而不是出于关心太太讲卫生。原来他逼着学程说出"恶毒妇"的含义，是为了要弄清学生们对他的这句骂语的含义。原来他指责学程"也没有学问，也不懂道理，单知道吃！"是因为他在用眼睛瞪招儿带翻了饭碗的时候，学程趁机夹走了一个他早已看好的菜心。原来他愤愤不平地批评别人没有向年青的女乞丐布施，而他自己一毛没拔，却去买了块肥皂。原来四铭一伙人所组织的移风文社，一面发出征文《恭拟全国人民合词吁请贵大总统待颁明令专重圣经崇祀孟母以挽颓风而存国粹文》，一面又想入非非，作着"咯支咯支"的甜梦。

鲁迅在作品中采用了对话和独白的戏剧形式，让四铭登上舞台，从多角度用聚光灯来照射他。在四铭自己美化自己的肮脏灵魂过程中，作者让他太太用尖酸刻薄的语言揭露其买肥皂的邪念，是为了女乞丐"咯支咯支"，使其狼狈不堪，无处藏身。更让何道统以震人的嗥嗥叫声和响亮的笑声，再一次掀开四铭那灵魂深层的肮脏。这从各个角度射来的聚光灯，让站在舞台中央的四铭剥下伪装，原形毕露。又仿佛用鞭子连续地抽打四铭，让他血肉模糊，遍身鳞伤。鲁迅当众剖析四铭的灵魂，并非为了展览丑恶，而是为了把他押上被告席，让铁面无私的法官对他进行严厉的审判。

鲁迅在谈到《肥皂》时，认为它"脱离了外国作家的影响"。这话可以理解为，鲁迅的小说在经历了接受外国文学的影响后，逐渐发挥了艺术的独创性，而成为优秀的民族文学作品。也就是说，无论在悲剧《离婚》或喜剧《肥皂》中，都鲜明地体现了民族化的特点。这是鲁迅小说在艺术上成熟，也是中国现代文学民族化的标志，应当给予充分的肯定。顺便在这里指出，关于民族化问题，有一些值得商榷的意见。有人认为民族化是"一个防御性的口号"，只有在"较为落后的民族"中，才会产生并迷恋民族化的口号，似乎提倡民族化与改革、开放相矛盾。还有人则提出"走向世界文学"的口号，意思是文学的发展将会消失民族的特色，而成为一体化的世界文学。我们对此持有不同的认识：第一，民族化不但不是什么防御性的口号，恰恰相反，是发展本民族文学的必由之路。只有如此，才能以富有民族特征的文学屹立在世界文学之林，并真实地反映时代，体现改革、开放政策。民族化乃是以优秀的民族文化遗产为基础，选择、吸取有益的外国文学的精华，化为自身的血肉，发展民族的文学，而不是奴颜婢膝地让洋大人牵着鼻子走。第二，所谓一个模子铸出来的世界一体化文学，是根本不存在的。世界文学也要百花齐放，各呈异彩，所以迫切需要富有民族特征的文学。可见走民族化的道路乃是世界文学发展的根本规律。巴尔扎克、托尔斯泰、鲁迅都既是本民族的优秀作家，又是获得世界声誉的作家，就充分地说明了这一点。

　　鲁迅的《肥皂》是一篇体现民族化特色的讽刺小说，它继承并借鉴了中外艺术巨匠，如吴敬梓、果戈理的讽刺艺术手法：作者并不直接披露自己的看法，而主要是通过情节，特别是典型细节的客观描写，把反面形象的灵魂与伪装的矛盾，集中地刻画出来，向读者发射信息，使读者感悟。《儒林外史》里的范进，因为守孝，连象牙筷子也不肯用，但吃饭时却在燕窝碗里拣了一个大虾圆子送进嘴里。这一卓越的讽刺艺术手段，鲁迅不止一次地赞赏。《死魂灵》里的乞乞科夫和玛尼罗夫在客厅门口互相谦让，谁也不肯跨过门槛，甚至彼此还挖空心思地找出理由让对方先跨进门槛；可是，他们在谈到死魂灵的价格时，又分文不肯让步。

"无一贬词，而情伪毕露"，这些戏剧性的客观的描写都给鲁迅以创作启示。

《肥皂》在情节奇变、场面处理上极富戏剧性。其对话之妙使人想起了巴尔扎克，陀思妥夫斯基运用对话写人的成功艺术经验也被鲁迅拿来，并加以消化，而呈现出新的民族形式。例如，用肥皂这个细节作为题目统摄全篇。作品用掏肥皂引出光棍的话，从买肥皂引出一场家庭风波，用一块肥皂写出一群人的精神面貌。其艺术渊源可以上溯至法国短篇小说之王莫泊桑的《项链》和中国短篇小说之王蒲松龄《聊斋志异》里的《促织》。但鲁迅毕竟以继承《儒林外史》为基调而融汇一切有用之因素创新为现代短篇讽刺小说之最——《肥皂》。

读完了《肥皂》，我们不由得连声赞叹：吴敬梓用一根灯心草照出了严监生的吝啬鬼灵魂，鲁迅则用一块肥皂照出了四铭的伪君子灵魂。吴敬梓的《儒林外史》画出了封建知识分子的百丑图，鲁迅的《肥皂》则画出了五四时期封建复古主义分子的可鄙面目。因而《肥皂》堪称一篇《新儒林外史》，一面显示"正人君子"灵魂的照妖镜：褫其华衮，还他本相。

责任编辑　丁振家

在认识与价值冲突中的选择[*]

——略论鲁迅前期思想特征

五四前期，知识界在文化范围内的反封建由于与社会革命的政治选择缺乏现实的一致性而陷入困境。在这一特定的历史时期内，在中国现代知识分子中爆发了极其严重的意识危机，这一危机表现为认识与价值的脱节，即人们感到无法在认识到的历史进程中安排自身的价值。易言之，人的意志和追求都是不能离开人的认识而存在的，人们之所以不拔着头发离开地球，是因为这种行为是被人的理知、认识否定了的，所以顽强坚执着这种徒劳行为人向来没有。但是，在前期五四先驱者那里，这种西西弗斯式的行为却是存在着的，而尤以鲁迅最为典型。鲁迅始终认为，在他的有生之年无法看到中华民族的真正觉醒和反封建革命的最终胜利，尤其前期鲁迅，他称自己的献身为"知其不可而为之"的"绝望的抗战"，但鲁迅却为中华民族的苏醒奔走、呼号了一生。

所谓认识论，它在现代中国的特定内涵，不是近代西方式的对于客观自然现象及宇宙规律的形而上把握，而是特指对当时中国现实的认识和对于中国历史总体进向的把握。中国现代文化的认识论与价值的根本冲突，其实是当时被作为哲学认识论的进化论与中国知识分子特定的人生价值追求之间的矛盾。

上世纪末，进化论的宇宙观被介绍到中国来，按照这一理

---

[*] 原载《山东大学学报》（哲学社会科学版）1988 年第 1 期。署名孙昌熙、韩毓海。

论，生物的种与属（包括人类）都要服从物竞天择、适者生存的优胜劣败的客观规律。推及社会则无论人的主观意愿如何，劣等民族终将被天然淘汰——"从世界人中挤出"。"达而文曰，物各竞存，最宜者立，动植如是，政教亦如是也。"①用这一认识论观照当时的世界，可见"波兰死，印度亡，犹太遗民散四方"，"我们试想现在没有声音的民族是那几种民族。我们可听到埃及人的声音？可听到安南，朝鲜的声音？印度除了泰戈尔，别的声音可还有？"②用这一认识论来反观内忧外患的中国，同样岌岌可危，"频于无声"。

　　然而这种进化论的认识论却与中国传统的价值论大有相悖之处，它表现为：第一，与传统的宇宙观的抵牾。中国传统宇宙观不承认存在一个可以超出包括伦理在内的人的主观愿望、动机、目的、行为利益，不以人的意志为转移的历史进程或客观历史规律。"天人合一"导致了"制天命而用之"的"人定胜天"的以人的意志（愿）来代替历史规律的"无知而行"。"知行合一"导致了"事在人为""成事在人"的对于人的伦理、道德和意志的单一化、绝对的高扬。第二，与救国、救世的时代主题的抵牾。中国的知识分子是怎样追求自身价值的实现的呢？它不是马克斯·韦伯在《新教伦理与资本主义精神》所描述的通过对于外在的、物质世界中的事物的努力，也不需要外在神灵的膜拜，非理性的狂热激情或追求超世的拯救，而是在此岸中达到济世救民的自我实现。"灵台无计逃神矢""我以我血荐轩辕"，除了报国为民（在当时的特定涵意就是反封建），他们别无选择。所以，试想象一下，如果看到中国历史的发展会不依人的意志为转移，甚至这一历史进程不会因为个人的献身、牺牲而有所改变的时候，对于"在黑暗中奔驰的猛士"们来说，这是怎样的寂寞与悲哀呵！

　　若用当代哲学大师威廉·詹姆斯（William James）的思想体系来检讨中国现代文化，我们认为，在马列主义传入中国以前，中华民族可能会遭到亡国灭种的厄运，这种对于民族前景的预测是有其自然科学的认识论根据的（进化论），是诉诸先觉者理智而被他们从理智上接受的，因而可称之为"理知"（reasonal knowledge）。而"中华民族不会灭绝"却仅仅是作为一种信念，是由意志力量来支持的，因而可称之为"信念意志"（will to be-live）。而这种信念被科学论证，从而获得一种认识论的保障，则是在马克思列宁主义传入中国以后。

　　我们认为：第一，马克思主义是从社会学的角度对于进化论的生物学观点的纠正和反拨。马克思主义论证了在某一特定的历史时期，作为社会下层的、被压迫、被剥削的无产阶级（弱者），终将战胜强者——资产阶级。在这场革命中，无产阶级失去的仅仅是身上的锁链，而得到的将是整个世界。第二，中国的马列主义者认为，列宁主义的诞生，十月社会主义革命的胜利，使世界被压迫民族的解放斗争成为世界无产阶级革命的一部分。因为弱小民族求生存的斗争成为 20 世纪人类发展的主题，所以它的胜利是必然的（参见毛泽东《新民主主义论》）。因而，马克思主义在中国一变成为对于"中华民族不会灭亡"的科学论证，成为一种"救国的科学的认识论"。它在最大程度上同一，接纳了后期五四知识者为民族献身，"外争国权"，反抗帝国主义的价值欲求，为中国民族解放的历史发展做出了光明的科学论证，从而使知识者能够在新的认识论中安排自身的价值。马列主义在反对帝国主义的旗帜下统一了中国现代理想与现实、认识论与价值论、"知"与"行"的分裂，它是 20 世纪中国伟大的民族英雄们的信知（belief knowledge）。关于马克思主义的这一特征，列宁曾说："不能不承认桑巴特的断言是正确的，他说：'马克思主义本身从头至尾没有丝毫伦理学的气味'，因为在理论方面，它使'伦理学的观点'从属于'因果性的原则'；在实践方面，它把伦理学的观点归结为阶级斗争。"③

　　毛泽东说，马列主义传入中国以后，中国的面貌就"焕然一新"了。的确，马克思主义为中华民族的反帝救国斗争指出了光明前景，但是，也正是从马克思主义的历史唯物主义观点看，在当时由于中国不存在反对封建主义的政治、经济和文化的力量，因而这场革命在相当长的历史时期内不可能取得彻底胜利。而这，也正如中国民族解放斗争的发展一祥，统是不以人的意志为转移的客观历史规律。现代中国反帝斗争的必然胜利与反对封建主义斗争的不可能彻底胜利，这便是以唯物主义认识论反观中国现代社会所得出的必然结论。这一结论决定了，在现代中国从事反封建斗争的战士，必将体味人生的孤独、寂寞和悲剧性结局。鲁迅面对着这一"天演之道"感喟"便是真叫作'无从措手'"，以及他对中国是一口大染缸，倒入多少东西都不会改变的形象描绘，都表现了现代知识分子"直觉经验地体认"到历史发展自有其人力和个人意愿所不能及的客观规律这一巨大的思想进步。绝不能小看这一进步，这乃是中国传统文化向现代文化演进所必须迈出的最为关键性的一步。正是由于没有迈出这一步，中国无数知识分子才把天下兴亡归因为几个"圣君贤臣"道德的得失；正是由于迈出了这一步，后期鲁迅才进而发现了在历史背后躲藏着的，使现代中国日落西山的真正原因所在：封建主义的政治、经济和文化。它不是几个人的力量和意志，而是以"无物之阵"的形式无所不在地存在着。是以"众数"，特别是广大农民为现实载体，以现存的生产方式和等级制度为标志的决定中国历史命运的巨大惰性力量。正因为封建主义不是由哪几个人承担的，所以可以说鲁迅是没有具体敌人的，诚如许广平说，他有许多敌人，但未必有一个是私敌。也可以说，他有无数敌人，因为他的战斗直指封建主义的文化核心，所以"为帝大禁，其意在保位"，更"为民大禁，其意在安生"。④鲁迅所毕生崇拜的是诱人偷食禁果的撒旦精神："亚当之居伊甸，盖不殊于笼禽，不识不知，惟帝是悦，使无天魔之诱，人类将无由生。故世间人，当蔑弗有魔血，惠之及人世者，撒但其首矣。"⑤而撒旦却是一位"人类公敌"，因为他"上则以力抗天帝，下则以力制众生，行之背驰，莫甚于此"。⑥正因为阻碍历史进步的不是哪个人或人类的意愿、意志和道德取向，所以几个人或人类的意愿、意志和道德取向也不能改变历史发展的客观规律。鲁迅在给许广平的信中说："你的反抗，是为了希望光明的到来罢？我想，一定是如此的。但我的反抗，却不过是与黑暗捣乱。"⑦在鲁迅那里，历史的发展与伦理的指向（人的主观愿望）显然是两种存在。

进化论的认识论和马克思主义的科学史观都使现代知识分子认识到历史的发展有不依人的意志为转移的客观规律性，特别是从辛亥革命到二次革命期间无数烈士奔走呼叫，以至抛头洒血，但中国的现实仍不为所动，更使他们象谭嗣同那样感到"无力回天"。而向封建势力做绝望挑战的人生价值选择又时刻鼓动或噬咬着他们的良知，长期在认识论与价值论之间的奔走徘徊，使他们心力交瘁，栖栖惶惶。这终于迫使其中不少人不得不改变自身的价值选择，使其与自身的认识论重合，以获得内心的解脱和安宁，这其中较有代表性的则是苏曼殊。曼殊是鲁迅故友，他也和鲁迅一祥，认识到中国的命运不是"法政理化以至警察工业"所能改变，决定中国命运的是封建主义特别是其外在表现国民性，因而他是鲁迅在东京"寻到的几个同事"之一。但是，广州起义的失败，朝鲜被日吞并，使曼殊眼看革命无望，祖国很可能成为朝鲜之续，万般无奈，只能将一腔报国热血，用冰冷的佛法压抑住，将振臂一呼的果敢，导向主观宁静的内在解脱之中。正象鲁迅的另一位好友笔下的人物将价值追求转向"性"，表现性的苦闷，性的追求（郁达夫）。鲁迅也曾为自己设想过三种人生道路，即三种价值选择，其中"（一）死了心，积几文钱，将来什么事都不做，顾自己苦苦过活"；"（三）再做一些事，倘连所谓'同人'也都以背后枪击我了，为生存和报复起见，我便什么事都敢作"。⑧这第（一）和第（三）种人生选择，鲁迅在《孤独者》和《在酒楼上》都涉及了："去庙里拔神像的胡子"的慷慨激昂的吕纬甫，终于"死了心"，"什么事都不做"，只去教些子曰诗云；

魏连殳在冰冷的现实中反复碰壁，终于"为生存和报复起见"，"什么事都敢做"，躬行了先前所反对的一切。然而，正如前文所指出的，对于中国的知识分子来说，报国为民、济世救人才是自我实现的理想途径，而遁入空门，追逐金钱、地位、女人却等于走异路，出卖灵魂。他们放弃了头一种自我实现的方法，就等于放弃了自身的一切热情、灵感、兴奋、激动、苦恼、忧悲的源泉，从而也就等于否定了生命的意义。"梦醒了无路可走"的知识分子，认清了历史发展的规律，但却无法在这种认识论中安排自身的价值，于是，就不能不对人生的意义由肯定走向怀疑，甚至否定。

那么，既要肯定生命的价值和意义，又要避开内心巨大的矛盾和痛苦，唯一的方法只能是不承认历史的发展（天道）有不以人的意志（人道）为转移的客观规律性，而把人的意志力量、道德信仰当作历史发展的决定性因素——把历史伦理化，高扬人的主观意志的绝对性，以经学（人格修养）代替史学（历史规律），这正是中国传统知识分子普遍的人生价值选择。循着这条传统知识分子人生追求的线索，我们首先找到了章太炎。

1908 年，鲁迅在东京曾受业于太炎先生。章氏的主观战斗精神以及他的不屈人格，都给了鲁迅极大影响："七被追捕，三入牢狱，而革命之志，终不屈挠者，并世亦无第二人：'这才是先哲的精神，后生的楷范。'"[⑨]然而，章氏的影响也止于此：由于他过分地把人的意志夸大成历史的动因，认为道德才是社会的规范、革命的动力，主张"用宗教发起信心，增进国民之道德"，从而否定历史的发展有其不以人的意志为转移的必然性，故他反对进化论，反对代议制民主，反对资本主义工商业，甚至反对物质文明。章氏的思想无疑"表现了小生产者的空想性和封建性"。[⑩]诚如鲁迅所说："而先生排满之志虽伸，但视为最紧要的'第一是用宗教发起信心，增进国民的道德；第二是用国粹激动种性，增进爱国的热肠'（《民报》第 6 本），却仅止于高妙的幻想；不久而袁世凯又攘夺国柄，以遂私图，就更使先生失却实地，仅垂空文。"⑪鲁迅接受太炎先生的，是他战斗的人格，而摒弃的则是他否定历史规律，以"经"带"史"的传统思维方法和人生追求："我的知道中国有太炎先生，并非因为他的经学和小学，是为了他驳斥康有为和作邹容的《革命军》序，竟被监禁于上海的西牢。"⑫

在对前期五四的文化背景做了上述分析之后，再来反观鲁迅思想特征，我们就会发现：鲁迅在认识论上超越他同时代的先驱者们之处在于，（一）他直觉到决定历史进退的，不是人的意志、道德伦理的取向，而是某种客观的力量。人固然是历史的承担者，而造成中国社会停滞不前的，不是鲁四老爷、四铭或阿Q几个人，而是躲藏在历史背后的，无所不包的"无物之阵"——封建主义的政治、政治和文化。因此，（二）在当时中国还没有产生出足以与封建主义的政治、经济、文化相抗衡的新质的政治、经济和文化力量的时候，中国的社会毫无改变的希望。所以，在当时象鲁迅那样承认中国社会毫无改革的希望和承认自己的无可措手，倒是"肤浅"的唯物主义，倒是较近于真正的马克思主义。相反，认为一切圆满，大有希望，大有可为，反倒是以主观意愿来代替历史发展规律的主观唯心主义，是传统认识论虚幻的乐观主义的翻版。

鲁迅的学医生涯，使他对于疾病有着超情感、超情绪的科学态度。在去世前一月，他写信给母亲说，"男所生的病，报上虽说是神经衰弱，其实不是，而是肺病。已经生了二三十年……男自己也不喜欢多讲，令人担心，所以很少人知道"。⑬又说"肺病是不会断根的病，全愈是不能的"。⑭这种清醒是令人毛骨悚然的，但那宁肯苦自己而"不喜欢多讲，令人担心"的用心良苦，又何其恸人！

十分有趣的是，鲁迅在他的带着"安特莱夫式阴冷"的《药》中，将华家十世单传的儿子华小栓写作一个无可救药的不治之症——肺痨病患者。华家无疑是古老中华命运的象征，这其中包蕴着，鲁迅对反封建这项工作的态度，恰恰与对待肺病的态度大有一致之处："中国国民性的堕落……是历久养成的，一时不容易去掉。我对于攻打这些病根的工作，倘有可为，现在还不想放手，但即使有效，也感很迟，我自己看不见了。"⑮"吾辈诊同胞病颇得七八，而治之有二难焉：未知下药，一也；牙关紧闭，二也。牙关不开尚能以醋涂其腮，更取铁钳摧而启之，而药方则无以下笔。"⑯鲁迅为找到这一药方而冥思苦想，他首先找到了政治，但是辛亥革命及以后的政治不能承担起反封建的历史使命，这终于使他大失所望。之后他又将希望寄予青年，但同样悲哀地发现"他们大抵是貌作新思想者，骨子里却是暴君酷吏，侦探小人"。⑰这使鲁迅认识到，正象死亡是人生所不能改变的客观规律一样，中国的封建主义"仍有其存在的历史必然性"（列宁语），这一必然性是几个"无拳无勇""徒有一文笔"的先驱者呐喊几声所不能动摇的。鲁迅多次写到"死亡"，尤其在《野草》中这种对于死亡的正视达到了高峰，标志着鲁迅对历史规律的清醒认识超出了中国历史上的所有哲人。他在给许广平的信中说："我是诅咒'人间苦'而不嫌恶'死'的，因为'苦'可以设法减轻而'死'是必然的事，虽曰'尽头'，也不足悲哀。而你却不高兴听这类话。"⑱是的，正象人不能改变生命发展的必然规律一样，人也不能改变历史发展的必然规律。鲁迅的"清醒"正是他唯物主义的科学认识论的最高体现。

然而，既然人终不免一死，无论如何挣扎都难免死亡，那么人生的挣扎又有什么意义和价值呢？这一问题苦苦地困扰着以反封建为己任的前期五四先觉者。而这一通过逻辑的认识论无法解决的问题，鲁迅通过接受近代认识论哲学的"偏至"现代价值论哲学的方式解决了。那便是人生的意义、真谛和价值在于向至高无上的必然的"挑战"之中。鲁迅的人生格言是，"相信惟黑暗与虚空乃是实有，却偏向它做绝望的挑战"。又说，"《过客》的意思不过如来信所说那样，即是虽然明知前路是坟而偏要走，就是反抗绝望，因为我以为绝望而反抗者难，比因希望而战斗者更勇猛，更悲壮"。⑲如果我们理解得不错的话，那么这种"挑战"正是鲁迅的人生价值追求的核心，也是《野草》作为一个艺术整体所透露出的深刻意蕴。他的"反抗绝望"，显示了 20 世纪中国知识分子的良心。

鲁迅的这种人生追求，初露于他对神话的当代阐释。《旧约》撒旦向上帝挑战的故事，是鲁迅早期名文《摩罗诗力说》的核心与立论主干。鲁迅认为，最伟大的生命实现，不在"尝有宏宇崇楼，珠玉犬马，尊显胜于凡人"，⑳更不在于"漂渺的名园中，奇花盛开着，红颜的静女正在超然无事地逍遥，鹤唳一声，白云郁然而起……"㉑鲁迅认为，生命的强力意志（will to power），只有在"力抗强者"之中，在与至高无上的必然挑战中，才会最热烈、最灿烂、最光芒四射地发散出来，"而永远沉浸于生命的飞扬的极致的大欢喜中"。在这里，恶魔撒旦式的挑战、反抗正是他生命意志极端顽强的展示："尼佉意谓强胜弱故，弱者乃字其所为曰恶，故恶实强之代名。"㉒所以，鲁迅崇尚的生命是在"践踏""删刈"中顽强生长的"野草"，"冻得红惨惨地"却"一笑"的"极细小的粉红花"，向灯火挑战的飞蛾"小青虫"，以及"落尽叶子"，带着皮伤，向秋夜抗争的"枣树"。"魂灵被风沙打击的粗暴，因为这是人的魂灵，我爱这样的魂灵；我愿意在无形无色的鲜血淋漓的粗暴上接吻。"㉓正是循着这条"力抗强者"的生命价值追求线索，鲁迅找到了尼采、拜伦，找到了施蒂纳、叔本华、克尔凯郭尔、易卜生，并且最终复归于马克思。

完稿于 1988 年元旦

（本文系孙昌熙等著《前期"五四"精神与当代中国文学》之一章，共三万余字，限于篇幅，在此做了重大删节）

注释：

①严复：《原墙》。

②《鲁迅全集》第 4 卷，第 15 页。

③《列宁全集》第 1 卷，人民出版社，1955，第 398 页。

④⑤⑥⑦⑧《坟》第 61、67、71、58、71 页。

⑨《关于太炎先生二三事》，《鲁迅全集》第 6 卷，第 547 页。

⑩《中国近代思想史论》。

⑪⑫《关于太炎先生二三事》，《鲁迅全集》第 6 卷，第 547—548 页。

⑬⑭《鲁迅全集》第 4 卷，第 557 页。

⑮《鲁迅全集》第 11 卷，第 40 页。

⑯第 345 页。

⑰第 275 页。

⑱第 79 页。

⑲第 422 页。

⑳㉒《坟》，第 58、71 页。

㉑㉓《鲁迅全集》第 2 卷，第 223 页。

中国古典小说发展规律[*]

——读《中国小说史略》札记之一

　　我们认为，首先应认识到：如果没有受读者欢迎的小说作家作品的延续，便不会有小说史。而小说又是怎样产生的呢？小说有一个产生它、影响它发展变化的一个变动不居的客观环境。这个环境激动作家的思想感情（有的顺应，有的逆反），便发而为作品，即所谓"缘事而发"。鲁迅指出：小说起源于神话传说，这些人类最早的小说创作，最鲜明地反映出文学与大自然的关系。鲁迅在《中国小说史略》（以下简称《史略》）第 2 篇，即指出神话之产生来自初民对于大自然运动之不理解，然而，具有征服自然的战斗性。还指出：六朝时代多产生志怪小说，则主要受佛、道两教之影响（《史略》第 5、6 篇）。而清朝的武侠公案小说，则与当时的特殊的政治情势所影响到社会上产生的一种"乐为臣仆"的心理有密切关系（《史略》第 27 篇）。可见这个复杂的客观环境是文艺（小说）产生的唯一土壤。鲁迅后来（1927 年）总结说："我以为文艺大概由于现在生活的感受，亲身所感到的便影印到文艺中去。"（《集外集·文艺与政治的歧途》）他在《史略》里正是从发掘到这个文艺与现实的根本规律，进而唯物地阐释：为什么在特定时代环境里会产生一些特殊的小说？在这里鲁迅已掌握了"文艺发生学"。

---

　　* 原载《鲁迅研究动态》1988 年第 5 期。

作品诞生以后，要接受读者的筛选（由于存在欣赏水平和趣味差异，有些坏作品可能不但保留下来或竟继续大量生产）。优秀之作既本身有较久的艺术生命力，同时通过继承与革新的规律延续其生命，并形成一些流派。这是一个有相对独立性的规律，但总受到文艺与现实规律的影响或支配。就在继承与革新的过程中，某一文艺流派是会起很大变化的。如《水浒传》之后有《水浒后传》，而后又有武侠公案小说。这固然与作家的立场思想、创作个性有关，而主要则是受时代的政治风云、社会变迁，以及社会思潮的影响。

继承与革新这一小说发展规律的内涵是异常丰富的。鲁迅通过对历代小说内容的研究，用比较与联系的方法，挖掘出了士大夫创作系本身所呈现出来的这一规律的复杂性，如清《聊斋志异》与唐传奇的继承与革新之关系，称之为"拟古派"。同时，经过小说内容性质的研究，运用比较联系的方法，发现了两类不同性质的小说：士大夫创作的和民间创作的。这两类性质对立的小说既是矛盾的又相互影响，于是鲁迅从中发现了一个在小说史上极为重要的发展规律，说明了数千年来中华文化赖以不堕，中国小说因以发展的根本原因。

中国古典小说和世界上的一样，有两种小说系：上层的与民间的。上层的士大夫文学单靠自身的继承与革新是困难的，革新要有外来的水分、阳光和养料，不然终会枯竭。要活下去，要发展，该怎么办呢？鲁迅总结了中外文学史，他发现一个重要规律：中国文学（包括古典小说）由于不断吸收民间文学和外国文学作为滋养品而获得生机，才得以欣欣向荣，川流不息。这是鲁迅研究中外文学史，特别是通过自己的创作实践得出的结论：中国民间文学不但刚健清新、有力，而且是民族文学特征的基础。鲁迅自小热爱民间文学艺术，并且有的成为他的创作题材之一，如《社戏》《女吊》等。并由此决定了他的小说富有民族风格。

基于对民间文学决定性地使士大夫文学（小说）起死回生的

作用的这一科学认识，并将其作为指导思想，他科学地整理了中国小说史上这一复杂现象和丰富的资料而加以论述和评价，这是《史略》小说史的一个突出的特点。

在《史略》中，民间小说（话本）与文人小说发生密切关系产生长篇小说的现象占有极大分量。鲁迅在《中国小说的历史的变迁》（以下简称《变迁》）第4讲《宋人之"说话"及其影响》中把这一现象说得很清楚："《大宋宣和遗事》……就是《水浒》的先声。"并总结说："总之，宋人之'说话'的影响是非常之大，后来的小说，十分之九是本于话本的。"这固然是指的长篇巨著，而作为中国文言短篇小说第二高峰的《聊斋志异》，也由于大量吸收了"四方同仁又以邮简相寄"之民间故事传说而盛行不衰，作者蒲松龄因而被誉为短篇小说之王。可见这规律的内涵极为丰富和重大。

但鲁迅把它作为规律正式提出来，则是1934年的事。他说民间文学"偶有一点为文人所见，往往倒吃惊，吸入自己的作品中，作为新的养料。旧文学衰颓时，因为摄取民间文学或外国文学而起一个新的转变，这例子是常见于文学史上的"（《且介亭杂文·门外文谈》）。不过辩证论者的鲁迅早年在编著《史略》时，却往往遇到一些复杂的情况：一方面，文人取民间话本改造充实出现了长篇白话小说，是短篇白话小说的大发展；但同时在整理研究过程中，他也发现了这些文人新作存在问题，特别在人物塑造方面与民间文学中的原型有不同。这些差异鲁迅在《史略》或《变迁》中虽都已指出，也找到一些原因，而把这一现象上升为理论、规律，则是在晚年致友人的信中才予以提出：文人对民间文学的这些"摄取"并非兼容并包，而是自古以来就由于立场观点的不同，而有所"择取"和改造。这是鲁迅成为马列主义战士以后的重大发现。如说，"歌，诗，词，曲，我以为原是民间物，文人取为己有，越做难越懂，弄得变成僵石，他们就又去取一样，又来慢慢地绞死它"（1934年2月20日致姚克）。

　　而这个现象在中国小说史上也常出现，鲁迅都已作了或多或少的评析，如宋江、孔明、唐僧都有程度不同的被改造。这里谈谈唐僧。话本"《大唐三藏取经诗话》，虽然是《西游记》的先声，但又颇不同：例如'盗人参果'一事，在《西游记》上是孙悟空要盗，而唐僧不许；在《取经诗话》里是仙桃，孙悟空不盗，而唐僧使命去盗。——这与其说时代，倒不如说是作者思想之不同处。因为《西游记》之作者是士大夫，而《取经诗话》之作者是市人。……"（《变迁》第4讲）这就是士大夫改造了民间文学之一例。

　　尽管如此，这个规律仍然是非常重要的一个发展规律。民间文学不仅向士大夫文学不断输入新血液，使之永不枯竭，而且因以保持和发展了民族特征。士大夫改造民间文学是必然的，但大醇而小疵。而士大夫对外来文学也同样加以选择改造，从而为本民族的文艺发展服务，这应当是全世界各民族发展自己民族文化的普遍规律。而如何正确运用这一规律，鲁迅提出了"拿来主义"的原则。

　　一个民族要想发展自己的文化，屹立于世界并对世界文化有所贡献，那就必须引进有益于己的外来文化，并以"拿来主义"把关。鲁迅留学日本时期，就考察了外来影响的巨大作用。他在《摩罗诗力说》中，高度评价了摩罗诗人突出的政治倾向、战斗精神，其创作"力如巨涛，直薄旧社会之柱石。余波流衍，入俄则起国民诗人普式庚，至波兰则作报复诗人密克威支，入匈加力则觉爱国诗人裴多飞；其他宗徒，不胜俱道"。他翻译出版《域外小说集》的主要目的："异域文术新宗，自此始入华土。使有士卓特，不为常俗所囿，必将犁然有当于心，按邦国时期，籀读其心声，以相度神思之所在。则此虽大涛之微沤与，而性解思惟，实寓于此。"（《序言》）

　　由于鲁迅深刻研究并通过实践，理解到中外文学之关系，特别是引进外国新作品与改革本民族文化的新血液的关系，他发现了在中国小说领域里存在着的一个东方体系：印度—中国—日本。当时鲁迅虽然掌握资料不多，在《史略》里却能够展示出中国小说史的世界性质。鲁迅发现中国对待外来小说的态度，仍然是吸收与改造，那典型的例子是《阳羡鹅笼》的故事［见《史略》第5篇《六朝之鬼神志怪书（上）》］。充分说明"志怪书中之印度影响"，但却已中国化了的。而中国的唐传奇（张文成《游仙窟》）、宋元明之话本（如《大唐三藏法师取经记》、元刊本《全相平话》……）大批传入日本。中国本土反而失散，而在日本也尘封已久。在鲁迅活着的时候，日本又大量出土，"如盐谷节山教授之发见元刊全相平话残本及'三言'，亦加考察，在小说史上，实为大事"（1930年鲁迅为《史略》所作《题记》），乃又返归故国，起了"回返影响"。

由于当时鲁迅掌握的中外小说交流的资料不多，所以《史略》里，关于中国小说接受外来影响方面的讲述是粗略的。但《史略》在讲述六朝时代的小说《阳羡鹅笼》的故事，却鲜明地反映出：中国作家对于外来小说接受的态度和方法，也和对待自己民族的民间小说一样，都是选择与改造。而其根本原因，则由于作家的民族立场思想的差异。

由于作家的立场思想不同，面对同一或相近的生活领域，在各自独创作品时，则表现了相互间的思想斗争。而选择与改造，实质上也是一种思想斗争方式。这些复杂的斗争推动了小说史的发展，先进的创作思想及其作品在斗争中最终会获得胜利，从而推动了小说史的进程。这是一个与上述相联系的另一发展规律。

鲁迅非常重视作家创作的主观能动性及其创作个性。客观环境并不能限制作家的创作动机，就是限定一个很小的题目，不同的作家也可以写出相异的作品来。譬如同是写月夜的自然环境，有人写"月白风清，如此良夜何！"却另有人写"月黑杀人夜，风高放火天"（《准风月谈·后记》）。这些不同性质之作，就是两种创作倾向，是对立的斗争，关键就在于创作动机是为作家的立场思想所决定。所以同是描写梁山水泊的，既有《水浒传》，也有《荡寇志》，从而表现了尖锐的斗争。后者就是要把前者所代表的创作思潮流派加以扼杀，目的在"截流"。但"史"的奔流是截不住的，接着就产生了表现爱国主义的《水浒后传》。"截流"与反"截流"过程是一种斗争史，统治与突破的延续更是一种重要的斗争史。这些对立斗争的发展史，在《史略》里充分体现出来，而发展的根本动力是新的健康的作品。前进的、健康的思想是小说演变或者斗争胜利的重要原因。因为作家在其进步思想指导下，不断冲破种种阻力而创造出革命之作，小说史才得以面貌常新！

但思想新颖之作并非常胜将军，每当旧思想胜利，杂草丛生，文坛便荒芜起来。小说史也就来到黑暗时代。但终有新的作品破壳而出，进步的新生力量有不可战胜性，像宋之白话小说便冲破了宋传奇之旧壳而显示它的无限生命力，而且在中国小说史上占据主导地位。因为它代表市民思想战胜了腐朽的儒家小说宋传奇。

宋代白话小说之兴，当然有其在政治、经济支配下的社会生活土壤，但从思想斗争角度去分析，它的新生与宋传奇之消亡，反映了进步思想的胜利。

鲁迅认为宋白话小说是中国小说史上的一朵新花。因为它不仅在语言上新，主要还是新作者（市民思想作者）以新的题材、新的人物为特色的新作品。它以"主在娱心"（《史略》第12篇）的创作动机，对抗"文以载道"，在广大读者支持下，它代替了儒家主劝惩的宋传奇。

这个斗争是复杂和曲折的，而且经过较长时间才取得最后胜利。宋理学家控制了传奇。道学家们"发明"了一个调和社会矛盾，欺骗性很大的创作手法：以"大团圆"作结局，为封建主义服务。宋传奇取代了进步的唐传奇。鲁迅用比较方法研究指出：唐传奇往往写社会悲剧，人物有反抗性，如蒋防之《霍小玉传》；

而宋传奇则以"团圆"剧取代了悲剧。鲁迅研究发现并在《史略》中指出："团圆"剧的发明家是秦醇。他的《谭意歌传》就是抄袭《霍小玉传》的故事而归结为"大团圆"："夫妻偕老，子孙繁茂。"（《史略》第11篇）把谭意歌描写成一个封建主义贵族妇女典型——命妇。显然这是瞒和骗的儒家小说，是儒家文艺观"温柔敦厚"在小说领域里的体现（《变迁》第5讲）。其影响波及明之才子佳人小说。

因此，这瞒和骗的枷锁，必须加以粉碎，而第一个狙击手就是宋代白话小说。而其冲击力则来自人民读者。鲁迅说："当时一般士大夫，虽然都讲理学，鄙视小说，而一般人民，是仍要娱乐的；平民的小说之起来，正是无足惊讶的事。"（《变迁》第4讲）

在这里应该提出一个问题：鲁迅一向是主张文艺为人生的，为什么在这里肯定了白话小说的"娱乐"性质？我们认为鲁迅亦不完全否定文艺的娱乐性。娱乐性本来就是文艺作品性质的一个侧面，但鲁迅主张娱乐中潜伏着功利性。他在《史略》第7篇就曾指出《世说新语》的娱乐性，同时又指出它是一部政治入门书（《变迁》第2讲）。鲁迅的这一小说美学思想，后来在《帮忙文学与帮闲文学》中作了深刻的阐释。他认为，"为艺术而艺术"派在革命时期是有战斗意义的。他说："今日文学最巧妙的有所谓为艺术而艺术派。这一派在五四运动时代，确是革命的，因为当时是向'文以载道'说进攻的，但是现在却连反抗性都没有了。"（《集外集拾遗》）所以宋代白话小说的娱乐性是在反抗理学家的"劝惩"或"载道"，而且在"娱乐"之中也潜伏着功利性。

如果说，宋代白话小说打头阵，那么第二次冲击儒家小说的则是《红楼梦》。鲁迅不论在《变迁》第6讲，还是在《坟·论睁了眼看》里，都充分肯定它的战斗性。说曹雪芹是文坛闯将，是从瞒和骗的佳人才子"大团圆"中杀出来的。他能以自己的新思想、新艺术手法写出社会悲剧，从而说明道学家统治的小说领域并不稳固。

然而进步的民主思想虽然总是战胜道学家思想，从而推动小说史的健康发展，但旧思想、旧事物的力量是强大而有韧性的，不但常常压抑新生力量，即使它遭受新力量的惨重打击而被战胜，仍不肯悄悄灭亡，总是千方百计地挣扎和伺机反扑，而且往往是改头换面渗透进新兴小说中来，一旦转化成主导一面时，小说史上便又出现衰落时代。如人情小说之末流，即才子佳人小说盛行时，新形式的"大团圆"便再度风行：公子落难，佳人爱怜，奉旨成婚。所以鲁迅慨叹中国小说史发展的曲折道路说："中国进化的情形"，"一种是新的来了好久之后而旧的又回复过来，即是反复；……文艺之一的小说，自然也如此"（《变迁》开端语）。

但是新的总要不断地产生，而且总归胜利，是个不可改变的发展规律。"真的、善的、美的东西总是在同假的、恶的、丑的东西相比较而存在，相斗争而发展的。"（毛泽东：《关于正确处理人民内部矛盾的问题》）因此，鲁迅的《史略》并不忽视属于反动的作品，尤其是那些具有一定的坏社会影响的作品。它们是被作为优秀作品的对立面收进《史略》中来的。在揭示斗争真实面貌的同时，鲁迅深刻认识到：古典小说中的糟粕（如武侠、公案小说）所占分量之重，与社会影响之大、之久，万不可掉以轻心。因此鲁迅在把它们收进与优秀之作比较的同时，加以批判消毒。

狗尾续貂，也是思想斗争的表现形式之一，更是儒家的一种反扑的手段。以《红楼梦》为例，自它问世以来，道学家文人便疯狂地反扑过来。那方法就是不断地大写续书，把悲剧换成"大团圆"，理学重新统治了小说界。所以，鲁迅后来感叹说："自从十八世纪末的《红楼梦》以后，实在也没有产生什么较伟大的作品。"（《且介亭杂文·〈草鞋脚〉小引》）《红楼梦》虽在长期受诬蔑中遭到封锁，但随着五四新文化运动的到来，新文学出现了实绩，而曙光所照，《红楼梦》又被解放出来，参加了反封建婚姻的战斗，而且大大影响了现代文学创作。

中国小说史的长河水就是这样奔流前进！

鲁迅的性格观及其实践[*]

多年来文艺界在人物创造上，有一种单纯化（脸谱化）的倾向，而且要求绝对化：好人没有一点坏处，坏人一点好处也没有。现代文学史上，有些作品中的人物已具有复杂性格，当代文学史上，虽有人提出过英雄人物有没有缺点的问题，以及坏人出场是否一定得戴个"三花脸"？但由于没有作为人物性格是否复杂的问题来探讨，并未打破单纯、绝对化的老框框，因而文艺学上也并未增添新内容，批评家遇到一个性格比较复杂的人物（如巴金《寒夜》里的曾树生）就避之唯恐不及。因而给一些巨大的典型造成严重的损失，没有得到理论上的研究与阐发，像阿Q这样一个复杂性格的人物，并未有人指出：是个复杂性的典范。

近几年来，文艺界才热衷于人物性格复杂化的研究讨论，但许多问题的研究还有待深入。可在讨论中却也发现了一个优良传统，它开始于魏晋。从《世说新语·德行》的华歆、唐传奇《柳毅传》中的柳毅，到《聊斋志异·王成》中的王成、《儒林外史》里的范进等，真是异采纷呈，使人如行山阴道上。然而我们的小说作家却并未很好地继承与发展，走的却是单纯化、绝对化的道路。特别是五四文学革命以来，还没有彻底纠正过来。

我认为：主要由于人们忽视了鲁迅创造人物性格的成就，以及他的理论贡献！

对于人物性格，鲁迅为了追求真实并探索其丰富内涵，从五

* 原载《绍兴师专学报》1990年第1期。

四文学革命开始，就肩负起了两个方面的斗争任务：从理论上，批评了性格单纯化流派；从创作实践上，他创造了具有极为复杂的性格的典型——阿Q。他的一生，始终在理论上不断探索论证并付诸实践，在战斗中完成其人物性格论。

众所周知，人物性格主要是受社会的影响（不管你是顺应还是逆反）形成的，因而与其思想分不开。作家从现实生活中观察人物，从人物的言语、行动中，从同他的全部生活接触中、体验里认识了他，并概括提炼出他的性格特点。可以发现在一个人物身上，并不仅仅具有一种性格，而是多样并且常常矛盾地存在着的。如志人小说《世说新语》里的华歆，爱名利，以至引起管宁和他分席，却在关键时刻与陌生人同舟共济，不惜牺牲自己。这种复杂的性格是愈来愈加复杂的，因为社会愈益复杂化，从而影响到人物性格。而传统的文化、时代的风习等，也无不有着影响。因而性格不仅带有地方色彩，更具有民族性。阿Q的性格就是如此。鲁迅不仅描述出阿Q的地方性，而且把阿Q作为国民劣根性的典型创造出来了。

鲁迅长久地从现实社会中观察人物，坚实地打下了他的性格论的基础，并从实践中充实完整了他的理论，并以现实人物复杂性格的特征作为衡量艺术人物的标准之一。

这就必然要与性格单纯论、绝对论作斗争。单纯论由来久矣：罗贯中的《三国演义》里的众多人物就是这样，对后来影响极大，早就形成了一个流派。

所以鲁迅从五四文学革命开始，就把此作为一项严肃的任务而为之奋斗。他评罗贯中创造人物完全从主观愿望出发，强调性格的单纯性和绝对性，写好人一点坏处也没有，写坏人一点好处也没有，严重歪曲了历史人物。他将历史人物曹操与《三国演义》里的曹操作比较，就指出：曹操也有好的一面，他是当时的政治家（《中国小说史略》评《三国演义》）。后来，鲁迅在《而已集·魏晋风度及文章与药及酒之关系》中，正式为曹操翻案，恢复了曹操政治家的真面目。鲁迅为曹操正名的影响极大，郭沫若的《蔡文姬》里的曹操，就是一个爱国的英雄。

鲁迅称赞《红楼梦》里人物塑造的成功，就是因为曹雪芹把性格复杂的人物（以贾宝玉为代表）作了"如实描写"，是把现实人物（当时鲁迅认为《红楼梦》是贾氏家传）通过艺术手腕上升为典型。

对于人物性格的复杂性，鲁迅不仅在创作领域作出了杰出的贡献，打击了单纯而绝对化的观点、方法，而且在学术领域，从对作家作品的研究，得出了科学结论，纠正了中国文学史上的历史偏见——文学史家多以文学家性格为单纯而绝对，并作为划分文学流派的标准，恢复了一些被歪曲了的作家的真面目，解决了一些悬案，增强了中国文学史的真实性，由此证明了自己的人物性格观更富于科学性。

随手就可举出两例：

第一例，阮籍是反礼教的名家，可骨子里却是位真儒（《而已集·魏晋风度及文章与药及酒之关系》）。这是鲁迅的一个重大发现，有力地证实了现实中人物性格的复杂性。

第二例，便是陶潜（渊明）。鲁迅指出：陶潜并不是一个成天飘飘然的隐逸诗人。他需要谈情说爱，甚至要化作爱人的鞋子（《闲情赋》）。他也写金刚怒目的诗："刑天舞干戚，猛志固常在。"足见他并未忘情政治［《且介亭杂文二集·"题未定"草（六）》］。他的性格竟如此复杂，鲁迅说：这才是真正的陶渊明。

鲁迅还从读者角度论证现实人物的性格复杂性。他非常赞同明代茅坤论《史记》人物具有强大艺术感染力的话："读《游侠传》即欲轻生，读《屈原、贾谊传》即欲流涕，读《庄周、鲁仲连传》即欲遗世，读《李广传》即欲立斗，读《石建传》即欲俯躬，读《信陵、平原君传》即欲养士。"（《汉文学史纲要》第10篇《司马相如与司马迁》）

这种复杂的感应，由于读者有共鸣，才能如鲁迅所说："握拨一弹，则心弦立应。"如果读者的性格不是复杂的，他就不会从各个不同性格受到强烈的激动，以至要行动起来了。当然，会有所偏爱，但有程度深浅的不同。

既然性格复杂的人，在现实中普遍存在，那么用艺术形象反映现实的人物性格就不可能是单纯而绝对化的。不然，就导致失真。

至此，人们要提问了：

人物的性格既然都是复杂的，就难以区别甲乙，而且也就难以评价，一切人都成了不好不坏，亦好亦坏，中不溜儿的芸芸众生了吗？

这个问题仍然可由现实生活中的人物来回答。

现实中的人物性格虽多样而复杂，但其中有主导的一面，它联系、统摄着其他因素。被统摄因素，构成和丰富了主导性格的特色。如张飞的主导性格是粗鲁，但他又粗中有细，从而构成他的个性：他的粗鲁不同于别人的。个性提挈着人物的全般，是人物性格的主体。只要掌握了人物的个性，就可以认识他、理解他。所以鲁迅非常欣赏果戈理的一段话：一个人的"名号"一出，走遍天下也摆不脱，因为这个"名号"提挈了那人物的全般，是他的特点，也就是个性（《且介亭杂文二集·五论"文人相轻"——明术》）。

鲁迅创造了一个反映国民劣根性的大典型阿Q，性格异常复杂：既革命又反革命，既勇敢又胆怯，既自尊又自卑，既崇尚男女大防又去扭小尼姑的腮……但他的一切失败都成为他的胜利，这种精神胜利法就是他的主导面，就是他的个性。他到任何地方总是这种"阿Q相"。

个性体现人物的整体和趋向。人物从个性出发的社会行为，必然产生社会效果，较有价值而且成为人物的主体趋向，便是好人；反之，则是坏人。鲁迅非常赞同顾宪成的一段话："凡论人，当观其趋向之大体，趋向苟正，即小节出入，不失为君子，趋向苟差，即小节可观，终归于小人。"（《且介亭杂文二集·"招贴即扯"》）可见指出人物性格的复杂性，并不会混淆好人与坏人，黑白仍是分明的。

紧接着又一个问题提出了：

既然人物的性格是复杂的，那么，创造人物性格，是否写得越复杂就越好、越丰富、越典型了呢？答曰：不然。这要看作品的主题思想和题材的具体情况如何而定。阿Q的性格固然异常复杂，是个大典型，这是因为作者要写出的是国民的灵魂；而祥林嫂（《祝福》）也是一个伟大的典型，她代表了旧社会里受压迫、受剥削，尤其精神上创伤累累的农村劳动妇女，但鲁迅并未写她的复杂性格如阿Q那样，只写了她的顽强挣扎同命运斗争的个性。她的悲剧和她的个性分不开。而这个悲剧深刻体现了鲁迅所要控诉的佛、道吃人的罪行。如果鲁迅写她既刚强又懦弱，对于四婶不准她去参加"祝福"劳动，感到无所谓，那《祝福》的情节和主题思想就会改变。

由此可见，人物性格是否要写得复杂，完全取决于作者的创作意图和选材。所以，当鲁迅面对五四运动失败，要写新生力量暂时还战不胜旧封建势力而归于失败的革命经验时，他创作了《离婚》以及《在酒楼上》、《伤逝》等篇。其中一些主角都是带有复杂性格的人物。试分析一下《离婚》：这篇作品的主题思想决定了爱姑性格的复杂性。情节表明：她虽然受到五四新思想的洗礼，刚强善斗，敢于反抗压迫，争作为人的资格，但她的灵魂深处却带有几千年来的封建枷锁，精神创伤累累，所以一遇到一班土豪劣绅的威胁迫害，便怯懦投降了。显然爱姑是个具有复杂性格的人物：勇敢善斗而又怯懦投降。这个复杂性格则取决于主题思想、选材，以至于艺术手腕的高妙。

鲁迅创作《离婚》意在控诉封建势力的基础——土豪劣绅蹂躏劳动人民，尤其数千年来的封建礼教毒害人民心灵，造成精神创伤，而爱姑的性格尤其后来暴露出来的怯懦，充分体现了鲁迅的意图。

主题思想缘事而发，鲁迅说他的创作常是有事实根据的，当然也是经过艺术的集中概括的（《我怎么做起小说来》）。爱姑的复杂性格有典型性，现实中这样的人物大量存在，上升而为艺术形象之后，便成为时代的典型。她代表了子君（《伤逝》）、吕纬甫（《在酒楼上》）一类人物，都是勇猛战斗而又怯懦投降。所以爱姑是个成功的典型，她体现了深刻的主题思想。

从鲁迅创造人物性格的实践，可以受到许多启示。一是，人物性格虽然是复杂的，却不能成公式：凡人物必须写出他的复杂性格。而应根据主题思想与选材以及艺术手法而定。这在简略分析《离婚》及其主角爱姑中，已看得很清楚。二是，由于人物性格的复杂性和主题思想等的千变万化，也不能千篇一律。人物的性格并不像将军的勋章那样明晃晃地挂在胸前。由于人物和社会环境的血肉相连，盘根错节，而又流动变化，因而在其复杂的性格中有的性格固然明显，有的则隐蔽极深，甚至连人物自己也不知道，爱姑的复杂性格就是这样。而有的人物一旦进入高位，处在新环境里，也往往会孳生新的性格因素。《理水》里的大禹就是这样，从而构成他的复杂性格。三是，艺术方法问题，对于上述复杂性格的特殊性，非深刻开掘不可。鲁迅最懂得性格与社会的血缘关系，塑造复杂性格有一原则，那就是用残酷的社会环境进行严格的考验或拷问。爱姑所处的环境虽不同于大禹，但都是在接受考验。大禹原能吃苦耐劳，走群众路线，后因治水成功而居帝位，这时一呼百诺，逢迎者众，养尊处优，居深宫中，离开老百姓就越来越远，他便逐渐走上了孤家寡人的道路。和爱姑一样，大禹因经不起新环境的考验而走向反面，显示出是个具有复杂性格的人物。

由此可见，鲁迅所以能提出和实践他的人物性格复杂化论，主要由于对中国社会及其历史有着深刻认识，透彻理解了人与社会的复杂关系，并坚持现实主义创作方法的缘故。

鲁迅创造的人物性格鲜明，然而从不像传统的旧小说，尤其不像文言小说那样：开端就给人物性格贴上标签，限制住人物性格的活动，不得越出性格的雷池一步。因为鲁迅深知人物是活的，作者绝不能事先框住它。他常让人物在语言、心理和行动中不断表现自己性格的发展与变化，直到小说结束了，性格的创造才得到完成。性格不可以明指，而应让它在人物的行动中流露出来，这是性格创造的含蓄（"不着一字，尽得风流"）艺术；读者也应从人物的语言、心理、行动发展过程中去理解、期待人物性格的发展和形成，因而在读者欣赏方面形成一种期待规律。

中国现代文学史从鲁迅开始革除了人物性格标签化的老传统，鲁迅从小说的开端直到小说的结尾，从不明确指出他的人物的性格是什么，只是通过人物语言、心理和行动去创造人物的性格，让读者也是通过人物的语言、心理和行动去欣赏和期待人物性格的发展变化，以至最后完成。而这完成，也只是从创作者方面说的，性格的完成最后有赖读者的第二期待。即读者通过思考认识研究充实去总结作者所创造的人物性格究竟是个什么型的：复杂的，还是一种性格？个性是什么？可见，人物性格的完成是读者与作者合作的结果。由于人物性格创造是含蓄的艺术，换上另一读者或批评家，也许会作出更深刻更新的性格结论，甚至相反的结论。这就是通常所说的性格期待规律。

鲁迅的性格观是伟大的科学理论，在这一理论指导下的创作成果内涵是挖不尽的，这里说的只是初探而已。

孔子论《诗》与鲁迅论《诗》[*]

《诗经》是我国最早的一部诗歌总集，后人对它的阐释也因时代不同而有所差异。我们选择孔子与鲁迅论《诗》的理由是：孔子对《诗经》的阐释在中国古代具有开创范式的意义，自汉代之后，《诗》被尊为《诗经》，是不能被随便解释的，因而在近现代之前，历代对《诗经》的阐释并没有打破孔子论《诗》的范式；而鲁迅论《诗》则打破了孔子论《诗》的范式，开创了现代的新范式。当然，这并不是说孔子论《诗》对于现代就没有意义了，相反，孔子论《诗》即使对于"反孔"的鲁迅，也有很大影响。

一

孔子之前，《诗》的传习主要是由乐师负责，以尽其"献诗陈志"和"赋诗言志"的职能。据记载，春秋士大夫的赋诗，基本上是从功用的立场"断章取义"，而并不顾及作品本文，只是借《诗》表达自己的情意或外交辞令。罗根泽在反省这种功用主义批评的原因时说："中国的文化，发源于寒冷的黄河上游，经济的供给较俭啬，平原的性质亦较凝重，由是胎育的文化，尚用重于尚知，求好重于求真。"（《中国文学批评史》，第36—38页）鲁迅也说："华土之民，先居黄河流域，颇乏天惠，其生也勤，故重实际而黜玄想。"（《中国小说史略》第二篇）正是在这一文

＊ 原载《文史哲》1992 年第 1 期。署名孙昌熙、高旭东。

化历史背景之下，对孔子论《诗》的功用主义特征才能有恰当的理解。

当然，与春秋那些只是利用《诗》的士大夫相比，孔子还是深明艺术的审美特性的。孔子"在齐闻《韶》，三月不知肉味"（《论语·述而》）。能够在审美陶醉中忘却了现实功利而达3个月之久，是杰出的艺术鉴赏家也难以做到的。所以，孔学所推崇的人生至境就不是宗教的，而是审美的。有一次孔子问弟子们的志愿，子路、冉求、公西赤或说"治国平天下"，或说做一个小司仪。曾点说："莫春者，春服既成，冠者五六人，童子六七人，浴乎沂，风乎舞雩，咏而归。"孔子说："吾与点也！"（《论语·先进》）孔子赞赏的曾点的志愿，正是一种审美的境界。所以孔子将"乐"看作至高的境界："兴于诗，立于礼，成于乐。"（《论语·泰伯》）

但是，孔子身处东周王权衰落、诸侯国起而争雄的时代，所以，孔子以"克己复礼"为理想，以拯救家国为己任，再加上孔子论《诗》是在春秋时人"断章取义"以赋诗之后，就使得孔子对《诗》的阐释具有强烈的功用主义倾向。孔子认为，从积极的意义上说，学《诗》可以"迩之事父，远之事君；多识于鸟兽草木之名"（《论语·阳货》）。而从消极的意义上说，"不学诗，无以言"（《论语·季氏》），"人而不为《周南》《召南》，其犹正墙面而立也与？"（《论语·阳货》）然而，如果熟读《诗》三百，而对于政事外交没有什么帮助，那么也就等于未读。所以孔子说："诵《诗》三百，授之以政，不达；使于四方，不能专对。虽多，亦奚以为？"（《论语·子路》）这就与春秋士大夫的赋诗言志相类了。有一次，孔子在肯定了子贡所言"贫而无谄，富而无骄"之后说："未若贫而乐，富而好礼者也。"子贡说："《诗》云：'如切如磋，如琢如磨'，其斯之谓与？"孔子说："赐也，始可与言《诗》已矣。告诸往而知来者。"（《论语·学而》）然而，孔子这种"言《诗》"的方法，其实是不顾作品本文而想当然的利用了。

鲁迅先生处于西学东渐的时代，而一步入青年就在传播西学的学堂里读书，所以孔子论《诗》已不可能象对传统知识分子那样直接地对他起作用了。鲁迅弃医从文之后第一篇论诗的《摩罗诗力说》，就批判了孔子的诗论，而着力于介绍"恶魔派诗歌"。而在《摩罗诗力说》中，鲁迅吸收了康德的"无目的的合目的性"等理论，提出了文学的"不用之用"，以反对孔子的功用主义文学观。鲁迅说："由纯文学上言之，则以一切美术之本质，皆在使观听之人，为之兴感怡悦。文章为美术之一，质当亦然，与个人暨邦国之存，无所系属，实利离尽，究理弗存。"鲁迅在反省中国神话少而零散的原因时，就对孔子的功用主义表示不满："孔子出，以修身齐家治国平天下等实用为教，不欲言鬼神，太古荒唐之说，俱为儒者所不道。"（《中国小说史略》第二篇）因此，与孔子相比，鲁迅对《诗经》的阐释就是从诗歌的文学性上着眼的。

《诗经》的古老，使鲁迅谈到文学的起源及其"杭育杭育派"时想到了它，并肯定了"采诗"之说："《国风》里的东西，好许多也是不识字的无名氏作品，因为比较的优秀，大家口口相传的。王官们检出它可作行政上参考的记录了下来，此外消灭的正不知有多少。"（《且介亭杂文·门外文谈》）基于这种认识，鲁迅在《汉文学史纲要》中虽然并不同意孔子删《诗》之说，但在《选本》一文中又说："孔子究竟删过《诗》没有，我不能确说，但看它先'风'后'雅'而末'颂'，排得这么整齐，恐怕至少总也费过乐师的手脚，是中国现存的最古的诗选。"对于作品本文的释义，鲁迅说："毛氏《诗序》既不可信，三家《诗》又失传，作诗本义遂难通晓。""要之《商颂》五篇，事迹分明，词亦诘屈，与《尚书》近似，用以上续舜皋陶之歌，或非诬欤？""至于二《雅》，则或美或刺，较足见作者之情，非如《颂》诗，大率叹美。""《国风》之词，乃较平易，发抒情性，亦更分明。"

（《汉文学史纲要》，以下不再注明）总之，"《诗经》是经，也是伟大的文学作品……为什么呢？——就因为他究竟有文采。"（《且介亭杂文二集·从帮忙到扯淡》）

但是，鲁迅处在中华民族面临生死存亡的时代，救国救民对于鲁迅来说，就成为从事其他一切活动的终极目的。因此，孔子论《诗》的功用主义对鲁迅有着潜在而深刻的影响。鲁迅的弃医从文就是要改造国民性，使中国成为"雄厉无前"的"人国"。尽管在《摩罗诗力说》中鲁迅强调了艺术的非功利性，但就在此文中，鲁迅又把诗歌的作用强调到了不适当的地步："国民皆诗，亦皆诗人之具，而德卒以不亡。"这就是说，德国战胜拿破仑，是由于德国人都是诗人的缘故。鲁迅后期认为："在一切人类所以为美的东西，就是于他有用"，"美底愉乐的根柢里，倘不伏着功用，那事物也就不见得美了"（《二心集·〈艺术论〉译本序》）。鲁迅又说："一切文艺，是宣传，只要你一给人看。……那么，用于革命，作为工具的一种，自然也可以的。"（《三闲集·文艺与革命》）鲁迅对文学功用主义的执着，甚至使其放弃了小说、散文诗的创作，而专写攻击时弊的杂文。因此，鲁迅从来就没有走进"艺术之宫"或"象牙之塔"，他更关心的是"艺术之宫"或"象牙之塔"之外的国计民生，所以虽然鲁迅前后期的观点并不一致，但是其感时忧国的精神则一。

二

孔子生当礼崩乐坏的春秋时代，他以为礼乐所以崩坏，是由于人心的麻痹与堕落使人的行为与文制之间产生了断裂，所以只要能克制造成人心麻痹堕落的私欲，重建与礼的和谐关系，才会有好的局面。"一日克己复礼，天下归仁焉。"（《论语·颜渊》）在这样的文化背景下，孔子对《诗》的阐释就容易使艺术道德化，从而使"诗"与"礼"结合，为稳定孔子建构的伦理系统服务。

　　在孔子看来，人的喜怒哀乐的性情是应该借诗抒发的，但是抒发过了度就会有害于礼，导致整个伦理整体的不稳定，所以关键就在于怎样合理地抒发。所谓"合理"，就是"以道制欲""以理节情"，从而达到"无过与不及"的"中和之美"。而一旦诗歌被纳入克服人心麻痹的礼的轨道上来，就会起到"厚人伦、美教化"的作用，所以孔子说："入其国，其教可知也。其为人也，温柔敦厚，《诗》教也。"（《礼记·经解》）孔子推崇《关雎》，就在于其"乐而不淫，哀而不伤"（《论语·八佾》）。为了达到将情意纳入礼的轨道上来的目的，孔子就将一些写情的诗歌以类比的方法予以"理"（礼）的解释。"巧笑倩兮，美目盼兮，素以为绚兮"，本来是赞美卫庄公夫人庄姜妩媚动人的诗句，然而子夏问孔子这几句诗是什么意思，孔子只说："绘事后素。"子夏问道："礼后乎？"孔子说："起予者商也！始可与言《诗》已矣。"（《论语·八佾》）孔子这种"言《诗》"的方法，使后儒不顾作品本文中"隐含的读者"而随意阐释《诗》。譬如，《关雎》本是一首情歌，《诗序》却说表现了"后妃之德"；《狼跋》本是一首讽刺诗，《诗序》却说是"美周公也"；甚至象《七月》那样的农事诗，也被说成是周公所作。而这样一来，一部《诗经》就被阐释成了"美教化"的了。所以孔子说："《诗》三百，一言以蔽之，曰：思无邪。"（《论语·为政》）然而，孔子也看到了《诗经》中有"淫邪"的异端："放郑声，远佞人。郑声淫，佞人殆。"（《论语·卫灵公》）

　　鲁迅生当对于传统文化批判与反省的五四时代，而《摩罗诗力说》作为五四文学革命的先声，已经对孔子论《诗》的"无邪之说"展开了批判："惟诗究不可灭尽，则又设范以囿之。如中国之诗，舜云言志，而后贤立说，乃云持人性情，三百之旨，无邪所蔽。夫既言志矣，何持之云？强以无邪，即非人志。许自繇（由）于鞭策羁縻之下，殆此事乎？然厥后文章，乃果辗转不逾此界。"鲁迅将"温柔敦厚"称之为"污浊之平和"，而他介绍的反抗破坏挑战的"恶魔"之声，就是要打破静态与平和的："平和之破，人道蒸也。"五四时期，鲁迅继续批判孔子论《诗》的"无邪之说"与"温柔敦厚"的诗教，反对以"无邪之说"排斥情诗的"含泪的批评家"，批判"十景病"与"大团圆"。在这种文化背景之下，鲁迅对《诗经》的阐释就与孔子对《诗经》的阐释显出了较大的差异。

鲁迅说："《诗》三百，皆出北方，而以黄河为中心。""其民厚重，故虽直抒胸臆，犹能止乎礼义，忿而不戾，怨而不怒，哀而不伤，乐而不淫，虽诗歌，亦教训也。然此特后儒之言，实则激楚之言，奔放之词，《风》《雅》中亦常有。"鲁迅以《大雅》中的《瞻卬》一诗为例，来证明《诗》三百并不都是"温柔敦厚"的"无邪"之辞，而是有非常"激切"的"怨愤"之言。《瞻卬》是一首讽刺周幽王宠幸褒姒以致乱政害民、国运濒危的诗。诗中说天降大祸，害苦了百姓，繁多的酷刑使得生灵涂炭、民不聊生："蟊贼蟊疾，靡有夷届。罪罟不收，靡有夷瘳。"诗中还谴责统治者掠夺别人的财产，混淆是非，颠倒黑白，滥捕无辜却替罪人开脱等暴行："人有土田，女反有之。人有民人，女覆夺之。此宜无罪，女反收之。彼亦有罪，女覆说之。"孔子"言《诗》"强调"告诸往而知来者"，而如果反过来以"来者"反观"往昔"，以后代那些畏惧暴政的淫威而不敢言甚至粉饰现实社会的作品，来反观《瞻卬》对现实社会的大胆揭露与怨愤心情的真诚抒发，就会感到《瞻卬》是多么了不起地"敢于直面惨淡的人生，敢于正视淋漓的鲜血！"

鲁迅在《诗歌之敌》中说："听说前辈老先生，还有后辈而少年老成的小先生，近来尤厌恶恋爱诗；可是说也奇怪，咏叹恋爱的诗歌果然少见了。从我似的外行人看起来，诗歌是本以发抒自己的热情的……纵使稍稍带些杂念，即所谓意在撩拨爱人或是'出风头'之类，也并非大悖人情，所以正是毫不足怪，而且对于老先生的一颦蹙，即更无所用其惭惶。"鲁迅认为，《国风》就是"闾巷之情诗"，而且能够"分明"而不掩饰地"发抒情性"。孔子推崇《诗》，说明他的神经还不象后来的"道学先生"那样脆弱，"道学先生""大惊小怪"，"绰号似的造出许多恶名，都给文人负担，尤其是抒情诗人"（《集外集拾遗·诗歌之敌》）。而对于《诗经》则从为礼教服务的角度随意诠释。所以，《牡丹亭》中杜丽娘以《关雎》为爱情诗，就使教她的老先生大为惶恐。而鲁迅与孔子对《诗经》阐释的分歧之一，就在于《诗经》的"有邪"与"无邪"上。孔子强调《诗》的"无邪"，是想将《诗》引向礼的轨道上；而反对礼教提倡恋爱婚姻自由的鲁迅，则认为"人志"中不可能"无邪"，因而这"邪"在成为人的个性一部分之后，也就不是"邪"了。所以孔子认为"郑声淫"而要"放郑声"，又遭到了鲁迅的反对："自心不净，则外物随之，嵇康曰：'若夫郑声，是音声之至妙，妙音感人，犹美色惑志，耽燭荒酒，易以丧业，自非至人，孰能御之。'""世之欲捐窈窕之声，盖由于此，其理亦并通于文章。"

当然，鲁迅并不是一味肯定《诗经》而否定孔子。其一，鲁迅对《诗经》也时有批判。在鲁迅看来，中国文学中夸大、粉饰乃至"瞒和骗"的传统，就是由《颂》开启的："《颂》诗早已拍马，《春秋》已经隐瞒，战国时谈士蜂起，不是以危言耸听，就是以美词动听，于是夸大，装腔，撒谎，层出不穷。"（《伪自由书·文学上的折扣》）其二，即使孔子论《诗》的"无邪之说"与"温柔敦厚"的诗教，对鲁迅也不能说毫无影响。这在鲁迅1927年底说的一段话里得到了有力的印证："所谓'深刻'者，莫非真是'世纪末'的一种时症么？倘使社会淳朴笃厚，当然不会有隐情，便也不至于有深刻。如果我的所想并不错，则这些'幼稚'的作品，或者倒是走向'新生'的正路的开步罢。"（《鲁迅全集》第10卷，第446页）

（责任编辑：贺立华）

鲁迅研究无绝期[*]

最近听到一则消息，说某研究机构取消了鲁迅研究史，开设了比较文学研究史。听了之后一喜一惊。喜的是比较文学研究今后将有大发展，惊的是鲁迅研究到头了吗？

鲁迅这座等待我们开采的大矿山，我们对它的研究工作也不过刚刚开始。英国莎士比亚也不过主要有几十部戏剧，研究了三百多年，如今仍方兴未艾。我们的鲁迅，目前新出版的全集有十六大卷，译文集有十大本，我们也不过研究了半个多世纪，难道已经山穷水尽了吗？先不说现在还没有开始接触的一些领域，比如说考古、甲骨文，就是已经着手研究的领域，我们也还差得很远。

现在就只拿鲁迅与比较文学来谈，可以这样说，现代比较文学是由鲁迅开创的。他在《我怎么做起小说来》一文中写道："……但也不是自己想创作，注重的倒是在绍介，在翻译，而尤其注重于短篇，特别是被压迫的民族中的作者的作品。""因为所求的作品是叫喊和反抗，势必至于倾向了东欧，因此所看的俄国、波兰以及巴尔干诸小国作家的东西就特别多。"从而我们可以看出他是从爱国主义出发来研究比较文学的。他翻译的许多域外小说都贯穿了他的这一主题，他的每一部翻译都染有他自己的爱国主义色彩。鲁迅的一切创造和学问的核心就是为了振兴中华。鲁迅不仅留下了十大本译文集，使中国人开阔了眼界，了解了世界文学的情况，丰富了我们的民族文学，而且对于世界文学也有很大的贡献。他在《中国人失掉自信力了吗?》一文中这样写道："我们从古以来，就有埋头苦干的人，有拼命硬干的人，有为民请命的人，有舍身求法的人，……虽是等于为帝王将相作家谱的所谓'正史'，也往往掩不住他们的光耀，这就是中国的脊梁。"在《故事新编》中，他创作了历史小说《非攻》。在此文中，他写出了墨子是以智慧来制止侵略的这一特点，这引起了全世界爱好和平的民族和国家的重视。全世界许多国家都来研究墨子，去年在山东大学还召开了一次国际墨子研讨会。另外，鲁迅还提出越有地方色彩的文学越有世界意义的观点。地方色彩是民族文学创作的一个基本点，也是民族文艺的一个重要方面。不仅鲁迅自己，我们的许多作品都是富有地方色彩的。仅这一问题，就值得我们深入研究。可惜的是，一直到现在还几乎没有人从这个角度去注释、分析和研究鲁迅的文学创作，这不能不说是一个很大的遗憾。至于中国古典文学和世界文学的关系，鲁迅第一个发现其中的联系。如阳羡鹅笼的故事，他在《中国小说史略》的《六朝之鬼神志怪书》中说："盖非中国所故有，段成式已谓出于天竺。"

暂不说其他方面，如鲁迅与古典文学，仅鲁迅的比较文学观就可以从许多角度进行研究。比较文学的最高目标就是研究文艺民族化问题。我们只有研究鲁迅，才能够探索民族化问题。如果忽视了研究鲁迅这个问题，比较文学就失去了方向。一句话，鲁迅这座矿山无穷无尽，现在我们也不过刚刚开采了其中的一点点矿石，甚至有的我们还未开始。至于里面蕴含丰富的闪光的宝藏，还待于我们进一步挖掘。现在仅凭几个现代文学研究者来研究鲁迅还远远不够，我们应该发挥集体的力量，全面系统地研究鲁迅。我们的文化愈先进，我们的学科愈丰富，我们对鲁迅研究愈是无穷无尽。在此，我们不妨化用古人两句诗来作结：天长地久有时尽，鲁迅研究无绝期。

（徐吉中　整理）

（本文作者系著名现代文学史家、山东大学中文系教授）